핵을 들고 도망친 101세 노인

핵을 들고 도망친 101세 노인

JONAS JONASSON

요나스 요나손 장편소설 임호경 옮김

HUNDRAETTÅRINGEN SOM TÄNKTE ATT HAN TÄNKTE FÖR MYCKET
by JONAS JONASSON

Copyright (C) Jonas Jonasson 2018
Korean Translation Copyright (C) The Open Books Co. 2019
All rights reserved.

First published by Piratförlaget, Sweden.
Korean edition published by agreement with the author through Partners in Stories, Stockholm.

이 책은 실로 꿰매어 제본하는 정통적인 사철 방식으로 만들어졌습니다.
사철 방식으로 제본된 책은 오랫동안 보관해도 손상되지 않습니다.

머리말

내 이름은 요나스 요나손이고, 내 입장을 설명드리고자
한다.

나는 『창문 넘어 도망친 100세 노인』의 속편을 쓸 뜻이 전혀
없었다. 그런데 많은 이들이 속편이 나오길 바랐다. 이들 중에
는 이 책의 주인공 알란 칼손도 포함되어 있었는데, 그는 기분
이 내키면 돌아와서는 내 머릿속을 이리저리 거닐곤 했다.

그는 어디선가 불쑥 나타나서 일에 골몰해 있는 나에게 이
렇게 말했다.

「요나손 씨, 혹시 생각 안 바꾸셨수? 내가 〈정말로〉 늙어 버
리기 전에 우리 한 번 더 돌아다니지 않으려우?」

그건 내 계획에 없는 일이었다. 나는 아마도 유사 이래 가장
한심한 시대였을 지난 세기에 대해 하고 싶은 말을 이미 다 해
버렸다. 난 우리가 다같이 20세기의 고약했던 점들을 기억해
본다면, 이런 실수들을 저지를 가능성이 줄어들 거라고 생각
했었다. 나는 내 메시지를 따스하고도 유머러스하게 포장했다.
내 책은 전 세계에 퍼져 나갔다.

하지만 세상은 더 나아지지 않았다.

시간이 흘렀다. 내 안에 있는 알란은 더 이상 모습을 드러내지 않았지만, 인류는 계속 앞으로…… 뭐, 그게 어떤 방향이든지 간에 계속 나아가고 있었다. 이어지는 사건들은 세상이 그 어느 때보다도 불완전하다는 느낌을 안겨 주었다. 하지만 난 그저 구경만 하고 있었다.

그러면서 다시 한번 이야기를 해야 할 필요가 있다는 느낌이 조금씩 자라나기 시작했다. 내 나름의 방식으로, 혹은 알란의 방식으로 말이다. 어느 날, 나는 알란더러 아직도 거기 있느냐고 묻고 있었다.

「오, 나 여기 있소, 요나손 씨!」 그가 대답했다. 「이렇게 오랜 시간이 흘렀는데 날 다시 찾다니, 대체 무슨 일이 있는 거요?」

「당신이 필요합니다.」 내가 설명했다.

「뭐 하려고 그러시오?」

「세상을 있는 그대로 얘기해 보고 싶어서요. 또 세상이 어떻게 되어야 좋을지도 간접적으로 얘기해 보고 싶고요.」

「모든 것에 대해 얘기해 보고 싶으시오?」

「거의 모든 것에 대해서요.」

「그래 봤자 아무 소용 없다는 걸 잘 아시잖소. 안 그렇소?」

「네, 알고 있습니다.」

「좋아. 그럼 한번 해보지, 뭐!」 100세 노인은 흔쾌히 수락했다.

◆

　아, 또 한 가지. 이어지는 글은 우리의 현재와 가까운 미래의 사건들에 대한 소설이다. 나는 몇몇 정치 지도자와 그 주변에 있는 인물들을 등장시켰다. 이들 대부분은 실명 그대로 나온다. 그 나머지 인물들은 보다 관대하게 처리했다.

　이 지도자들은 평범한 사람들의 말에 귀 기울이기보다는 무시하는 경향이 있기 때문에, 그들을 조금 놀려 댈 필요가 있다. 하지만 그들도 모두가 인간일 따름이며, 인간으로서 어느 정도 존중받을 자격이 있다. 따라서 난 이 모든 권력자들에게 〈미안합니다〉라고 말하고 싶다. 그리고 〈너무 불평하지 마쇼, 더 고약하게 쓸 수도 있었으니까〉라고도, 또 〈그래, 내가 만일 그렇게 썼다면 어쩔 건데?〉라고 묻고도 싶다.

요나스 요나손

인도네시아

여느 사람 같았으면 낙원과도 같은 섬에서 귀족같이 화려한 생활을 하는 데에 아주 만족했을 것이다. 하지만 알란 칼손은 〈여느 사람〉이 아니었고, 101세가 된 지금도 그렇게 되고 싶은 생각이 전혀 없었다.

그도 한동안은 파라솔 아래 덱 체어에 편안히 누워 알록달록한 음료들을 홀짝거리는 삶에 만족했다. 특히나 그의 절친이자 유일한 친구이기도 한, 구제 불능의 좀도둑 율리우스 욘손과 함께 있을 때는 더 이상 바랄 게 없었다.

하지만 늙은 율리우스와 그보다 훨씬 더 늙은 알란은 스웨덴에서 가져온 트렁크에 들어 있는 돈다발을 곶감 빼먹듯 꺼내 쓰면서 빈둥거리는 삶에 이내 진력이 나버렸다.

빈둥거리는 것 자체는 전혀 나쁜 게 아니었지만, 문제는 이게 너무 지루하다는 점이었다. 율리우스는 알란과 함께 낚싯대를 들고 앞 갑판에 앉아 있을 생각으로, 선원들까지 포함된 45미터짜리 요트 한 척을 빌렸다. 만일 그들이 낚시질이나 생선 구이를 즐기는 사람들이었다면 멋진 시간이 되었을 것이다.

하지만 이 요트 유람은 그들이 해변에서 지겹도록 배운 것을 바다에서 다시 한번 복습하는 기회를 제공했을 뿐이다. 즉 무위도식을 말이다.

그러다가 이번에는 알란이 손을 써서 해리 벨라폰테[1]를 미국에서부터 날아오게 하여 율리우스의 생일날에 — 돈은 넘쳐나는데 아무것도 할 일이 없음에 대하여 — 노래 세 곡을 부르게 했다. 해리는 계약에 포함된 일정은 아니었지만, 저녁때까지 남아서 식사도 함께 했다. 전체적으로 볼 때 그들은 일상에서 벗어난 유쾌한 저녁 시간을 보냈다고 할 수 있었다.

알란은 초청 가수로 벨라폰테를 택한 것은 율리우스가 요즘 젊은이들의 신식 음악을 좋아하기 때문이라고 설명했다. 율리우스는 고맙다고 대답했지만, 이 아티스트가 제2차 세계 대전 이후로 더 이상 젊은 가수가 아니라는 점을 굳이 지적하지는 않았다. 물론 알란에 비하면 어린아이에 불과했지만 말이다.

세계적 대스타가 발리를 다녀간 일은 이곳의 무미건조한 삶에 약간의 색채를 더한 작은 일화에 불과했지만, 결과적으로는 알란과 율리우스의 삶에 큰 변화를 가져오게 되었다. 이 스타가 부른 노래 때문이 아니었다. 그가 가져온, 그리고 떠나기 전에 아침 식사를 하면서 시종 눈을 떼지 못하던 정체불명의 시커먼 물체 때문이었다. 그것은 사각형의 검은색 판때기로, 한쪽 면에는 반쯤 베어 먹은 사과가 그려져 있고, 반대쪽 면에는 건드리기만 하면 불이 환히 들어오는 화면이 있었다. 해리

---

1 Harry Belafonte(1927~). 그래미상, 에미상, 토니상을 수상한 미국의 가수. 카리브해 음악을 기반으로 상업적인 성공을 거두었다. 이하 모든 주는 옮긴이의 주이다.

는 그것을 한없이 만지작거렸다. 이따금 뭐라고 투덜거리기도 하다가, 풋 하고 웃음을 터뜨리기도 하다가, 또다시 투덜거려 가면서 말이다. 알란은 자신과 상관없는 일에 끼어드는 사람이 절대로 아니었지만, 모든 것에는 한계가 있는 법이다.

「여보시오, 젊은 양반, 내 비록 당신 일을 염탐하고 싶은 생각은 없소만, 지금 도대체 뭐 하고 있는 건지 물어봐도 되겠소? 이…… 어…… 그러니까 이 안에서 대체 무슨 일들이 일어나고 있는 거요?」

해리 벨라폰테는 알란이 여태껏 한 번도 태블릿을 구경한 적이 없다는 것을 깨닫고는, 기꺼이 시범을 보여 주었다. 이 장치는 지금 세계에서 일어나고 있는 일들과 이미 일어난 일들을 보여 줄 뿐만 아니라, 얼마 후에 일어나게 될 일들도 대략적으로 보여 줄 수 있단다. 어떤 부분을 건드리니까, 상상할 수 있는 모든 종류의 이미지와 비디오가 줄줄이 나타났다. 그리고 상상할 수 없는 것들까지 나타났다. 또 어떤 아이콘을 누르니 음악이 흘러나왔다. 또 다른 아이콘을 누르니 시커먼 판때기가 이번에는 말까지 하는 거였다. 목소리로 보아하니 여자인 듯했다. 이름이 〈시리〉라던가, 뭐라던가…….

아침 식사를 마친 벨라폰테는 여행 가방과 그 시커먼 판때기를 챙겨서 공항으로 향했다. 알란과 율리우스와 호텔 매니저는 떠나는 그에게 손을 흔들었다. 택시가 시야에서 사라지자마자 알란은 매니저에게 몸을 돌려 해리 벨라폰테의 것과 같은 판때기를 하나 구해 달라고 부탁했다. 그것의 다양한 내용물은 100세 노인을 아주 재미있게 해주었는데, 살면서 이런 일은 결코 흔치 않다.

매니저는 호텔 서비스를 주제로 한 자카르타의 콘퍼런스에서 막 돌아온 참이었다. 거기서 그는 호텔인의 임무는 고객이 원하는 것을 해주는 게 아니라, 그 이상으로 해주는 거라고 배웠다. 더욱이 칼손 씨와 욘손 씨는 발리 관광업 역사상 최고의 고객들이었다. 따라서 매니저가 당장 다음 날 칼손에게 태블릿을 구해다 준 것은 조금도 놀라운 일이 아니었다. 거기에다가 보너스로 휴대폰까지 한 대 가져다주었다.

알란은 매니저를 실망시키지 않기 위해, 자신이 연락하고 싶은 사람들은 모두 까마득한 옛날, 그러니까 최소한 50년 전에 사망했다는 사실을 밝히지 않았다. 물론 율리우스는 예외였다. 그런데 이 친구에게는 알란의 전화에 응답할 휴대폰이 없었다. 그러나 해결책이 하나 있었다.

「자, 이건 자네에게 줄게.」 알란이 그의 친구에게 말했다. 「이건 매니저에게서 받은 선물이야. 한데 난 자네밖에는 전화할 사람이 없고, 또 자네는 나한테 응답할 방법이 없는 관계로…….」

율리우스는 그의 관대함에 감사를 표했지만, 그들이 — 이번에는 정반대의 이유로 — 여전히 서로 연락할 수 없다는 사실을 굳이 언급하지는 않았다.

「그거 잃어버리지 말고 잘 간수하게나.」 알란이 충고했다. 「꽤 비싼 놈인 모양이야. 전화기를 벽에다가 딱 붙여 놓았던 옛날이 좋았는데 말이야. 그걸 어디다 뒀는지 잊어버릴 염려가 없었거든.」

검은색 태블릿은 알란이 제일 좋아하는 장난감이 되었다. 그걸 가지고 노는 비용은 완전히 공짜였으니, 매니저의 부탁을 받은 덴파사르 컴퓨터 가게 직원들이 태블릿과 휴대폰을 세팅하면서 온갖 부가 기능을 이용할 수 있게끔 해주었기 때문이다. 특히 심 카드를 호텔 네트워크에 연결시켜 놓았는데, 그 결과 호텔 전화 요금이 두 배로 증가했지만 아무도 그 이유를 알지 못했다.

100세 노인은 이 신기한 물건의 사용법을 금세 터득했다. 잠에서 깨어나자마자 간밤에 또 무슨 일이 일어났는지 보려고 부리나케 그것을 켜곤 했다. 그가 가장 재미있게 읽는 것은 세계 각지에서 일어나는 깨알 같은 사건들이었다. 예를 들면 나폴리의 의사와 간호사 1백여 명이 모두가 출근하지 않고 월급을 받을 수 있게끔 사이좋게 돌아가면서 출근부에 대리 서명을 해줬단다. 또 루마니아 정치가들이 부패 혐의로 너무 많이 구속되는 바람에 그 나라 교도소가 발 디딜 틈 없이 꽉 차 버렸단다. 하여 아직 자유의 몸인 그들의 동료들이 해결책을 하나 찾아냈는데, 그것은 새 교도소를 지을 필요가 없게끔 아예 부패를 합법화해 버리는 것이었단다.

알란과 율리우스의 아침 습관에도 변화가 찾아왔다. 이전에 알란은 벽을 통해 들리는 친구의 코 고는 소리에 잠을 설쳤다고 투덜대며 아침 식사를 했었다. 지금도 여기까지는 전과 동일했지만, 여기에다 알란은 자신이 태블릿에서 읽은 것들을 얘기해 주는 시간을 추가했다. 처음에 율리우스는 이 짤막한 뉴스 업데이트 시간을 좋아했는데, 무엇보다도 대화의 초점이 자신의 시끄러운 잠버릇에서 다른 것으로 옮겨졌기 때문이었다. 그에게는 불법을 합법화하는 루마니아 사람들의 아이디어가 너무나 괜찮게 느껴졌다. 세상에! 그런 사회에 살면 좀도둑으로 살아가는 게 얼마나 행복할까!

하지만 알란은 곧바로 그를 환상에서 깨어나게 했다. 도둑질이 합법화되면, 그것은 더 이상 도둑질이 아니기 때문이었다. 발리를 떠나 기꺼이 부쿠레슈티에 정착할 의향이 있던 율리우스는 실망을 금치 못했다. 그를 위로하기 위해 알란은 그곳 주민들이 정치가와 공무원의 계획에 반대하는 시위를 했다고 덧붙였다. 거리로 쏟아져 나온 루마니아 사람들은 그들의 지도자들과 철학이 같지 않았다. 도둑질한 사람은 직함이나 지위에 상관없이, 그리고 교도소에 자리가 남아 있건 남아 있지 않건 간에, 반드시 철창에 갇혀야 한다는 게 그 사람들의 생각이었다.

발리 호텔에서의 아침 식사 중에, 이곳 생활이 너무나도 무료해졌기 때문에 이제 어디 가서 살면 좋을까 하는 문제를 가지고 대화하는 일이 갈수록 잦아졌다. 북극의 온도가 평상시보다 20도나 높다는 소식이 톱뉴스로 뜬 어느 날 아침, 알란은 친구에게 그곳에 가서 살면 어떻겠느냐고 의견을 물었다. 튀긴 국수를 입 안 가득히 쑤셔 넣은 율리우스는 아주 정성껏 씹어 꿀꺽 삼킨 후에 대답했다. 글쎄…… 내가 생각하기에 북극은 별로일 것 같아요. 특히나 요즘 그곳의 얼음이 녹아내리고 있다니 말이에요. 율리우스는 발이 조금만 젖어도 감기에 걸리는 체질이었다. 게다가 거기엔 북극곰들이 있잖은가? 녀석들은 태어날 때부터 잔뜩 골이 나 있다는 것, 이게 율리우스가 그들에 대해 아는 전부였다. 발리의 뱀들은 적어도 사람을 무서워할 줄은 안다.

알란이 생각하기에, 발밑의 빙판이 녹아내리고 있다면 곰들이 골이 나 있는 것은 조금도 놀라운 일이 아니었다. 이런 상황이 계속된다면 녀석들은 서둘러 육지를 찾아야 할 거였다. 예를 들면 캐나다 같은 곳 말이다. 왜냐하면 미국은 또다시 대통령이 바뀌었는데, 새로 대통령이 된 친구는 아무나 자기네 국경을 넘는 것을 허용하지 않는다고 하기 때문이었다. 그런데 이 얘기를 율리우스에게 해주었던가?

물론 율리우스도 새 대통령 얘기를 들었다. 이름이 트럼프라고 했죠, 아마? 맞아, 북극곰들은 비록 색깔이 희긴 하지만, 그렇다고 해서 미국인이 되는 것은 아니지. 그래, 녀석들이 너무 기대하지 않는 게 좋겠군…….

알란의 검은색 태블릿이 제공하는 뉴스의 특징은 큰 사건들과 작은 일화들이 섞여 있다는 점이었다. 애석하게도 대부분은 큰 사건들이었다. 알란은 주로 깨알처럼 흥미로운 작은 일화들을 찾아 읽었지만, 그러기 위해서는 큰 사건들도 보지 않을 수 없었다. 알곡과 가라지를 나누기란 불가능했다.

알란은 지난 1백 년을 살아오면서, 세상일에 별로 신경 쓰지 않았다. 이제 그의 새 장난감은 세상이 얼마나 끔찍한 상태인지 보여 주었다. 그리고 과거에 자신이 세상을 쳐다보지 않고 오직 자신의 일에만 신경 쓴 것이 참으로 옳은 결정이었음을 말해 주고 있었다.

그는 자신이 플렌의 폭약 회사에서 일하던 시절을 떠올려

봤다. 당시 직원들 중 절반은 여가 시간이면 공산 혁명을 꿈꾸었고, 나머지 절반은 중국과 일본의 위협에 맞서야 한다고 열을 올렸다. 황화(黃禍)에 대한 그들의 생각은 황인종의 세계가 백인종의 것을 삼켜 버릴 거라는 시나리오에 입각한 갖가지 소설이며 책자들에 의해 커지고 있었다.

알란은 이런 종류의 이야기들에 전혀 관심이 없었고, 〈갈색셔츠〉²들이 갈색을 모든 색깔들 중에서 가장 추악한 색깔로 만든 제2차 세계 대전 중에도 마찬가지였다. 당시 그는 이런 것들이 존재한다는 사실조차 몰랐고, 그다음에 군중을 끌어모은 새로운 이데올로기에 대해서도 그랬다. 이 새로운 이데올로기는 어떤 것에 대한 거부라기보다는 갈망의 표현이라 할 수 있었다. 세계 평화, 꽃 그림으로 장식된 폭스바겐 미니버스, 그리고 대마초가 유행했다. 모두가 모두를 사랑하는 시대였다. 하지만 알란만은 예외로, 그는 그 무엇도, 그 누구도 사랑하지 않았다. 자신의 고양이만 빼놓고 말이다. 이는 그가 세상에 대해 특별히 원한을 품었기 때문이 아니라 원래가 그런 사람이기 때문이었다.

이런 꽃바람 부는 시절은 마거릿 대처와 로널드 레이건이 각자의 나라에서 권좌에 오를 때까지 계속되었다. 그들은 자신과 자신의 성공만을 사랑하는 것이 더 편하다고 생각했다. 누군가 미워해야 할 사람이 있다면 그것은 바로 러시아인들이었는데, 무엇보다도 위협이 될 만한 다른 존재가 없었기 때문이었다. 레이건이 우주 공간에서 미사일을 쏘겠다고 말하는

---

2 나치 돌격대를 의미한다.

것만으로 소련 공산주의를 끝내 버렸을 때, 모두에게 — 온종일 주린 배를 움켜쥐고 있어야 하는 인류의 절반과 더 이상 내려가야 할 갱도가 없는 영국 광부 몇 명만 빼놓고 — 아주 평온하고도 즐거운 시절이 시작되었다. 이 시대의 새로운 철학? 이제는 필요 이상으로 이웃을 보살필 필요가 없고, 그들을 용인해 주는 것으로 충분하다는 거였다. 그리고 한 번 더 변화의 바람이 일 때까지 모두가 그렇게 했다.

　조금은 예상 밖의 일이라 할 수 있겠는데, 갈색 셔츠가 슬그머니 돌아왔다. 이번에는 독일을 통해서가 아니었다. 독일은 갈색 이데올로기가 부활한 첫 번째 나라가 아니었다. 두 번째 나라도 아니었다. 갈색 셔츠는 많은 다른 나라들에서 부활했다. 미국은 이러한 부활을 선도한 나라는 아니었지만, 최근에 당선된 그들의 대통령 덕분에 금세 가장 주목할 만한 나라가 되어 버렸다. 그의 속이 얼마나 〈갈색〉인지는 알 수 없었는데, 그의 태도가 매일 바뀌었기 때문이다. 하지만 한 가지는 분명했다. 이제 자기만 열심히 살면 된다고 외치는 것만으로 충분치 않고, 우리 모두가 누려야 마땅한 서구 백인의 삶을 위협하는 외부 요소를 적발해야 할 필요가 있다는 거였다.

　알란은 검은색 태블릿을 순수한 오락거리로 여기고 싶었지만, 이제 눈에 보이기 시작한 보다 넓은 맥락으로 인해 마음이 심란해졌고, 거기에서 벗어나고 싶었지만 그게 그리 쉽지가 않았다. 그는 태블릿을 사용하지 않는 것도 생각해 봤다. 적어도 하루는 그것 없이 지내보려 했다. 아니, 하루 정도 더. 하지만 이제 너무 늦어 버렸다는 것을 인정해야 했다. 세상사에 대

17

해 그 누구보다 무관심했던 사람이 이제 그것을 염려하기 시작한 것이다.

「에이, 빌어먹을!」 그가 혼자서 한탄했다.

「아니, 무슨 일이우?」 율리우스가 놀라며 물었다.

「아무것도 아냐. 그냥 그렇게 말했을 뿐이야.」

「에이, 빌어먹을?」

「그래.」

인도네시아

알란이 결국 새로이 발견한 세상에 대한 관심과 타협했을 때, 검은색 태블릿은 그동안 잃어버린 시간을 만회할 수 있게 해주었다. 태블릿은 연못의 붕어들을 당근 가루를 먹여 키운 어느 노르웨이 남자에 대한 기사로 그를 다시 맞아 주었다. 이 붕어를 먹은 곤들매기는 살색이 분홍빛으로 변했고, 노르웨이 인은 녀석들을 잡아 포를 떠서 연어로 속여 팔아먹었단다. 그는 이 짝퉁 연어를 전량 나미비아에만 수출하여 리스크를 최소화하려 했지만, 거기에는 보건 기관에서 일하다가 은퇴한 오슬로 출신의 신사 한 명이 살고 있었다. 이 전직 감독관은 신고했고, 양식업자는 체포되었고, 아프리카 남서부의 연어 가격은 정상으로 복귀했다.

뭐, 대충 이런 얘기들이었다. 어쨌든 검은색 태블릿 덕분에 알란은 다시 인생을 즐길 수 있게 되었다. 반면 율리우스는 마음이 너무나도 허전했다. 정직하지 못한 짓을 한 건도 저지르지 못하고 산 지가 벌써 몇 달째였다. 그는 지난 몇 해 동안 고향 스웨덴에서 노르웨이식 곤들매기-연어 비즈니스의 보다

완화된 형태에 종사해 왔다. 먼 나라에서 채소를 수입해서는 다시 포장하여 스웨덴산이라고 표시한 후 판매한 것이다. 그는 이 사업으로 상당한 돈을 벌기도 했다. 왜냐하면 모두가 스웨덴 특산품이라면 사족을 못 썼기 때문이다. 북유럽의 서늘한 기후와 지지 않는 태양 덕분에 천천히 익은 토마토와 오이는 맛이 일급이었다. 혹은 19세기 시인 칼 요나스 로베 알름크비스트가 멋지게 표현했듯이 〈오직 스웨덴에만 스웨덴 구스베리가 있다〉.

율리우스는 구스베리에는 별 관심이 없었는데, 이에 대한 수요가 많지 않았기 때문이다. 하지만 아스파라거스는 사정이 달랐다. 봄이 지나 초여름이 되면 스웨덴산 아스파라거스값은 너덧 배로 뛰었다.

율리우스 욘손의 스웨덴 아스파라거스는 페루에서 배로 온 것들이었다. 한동안 사업은 아주 잘나갔다. 하지만 욘손의 중간 상인 하나가 욕심을 너무 내어, 스웨덴 고틀란드산 딱지를 붙인 아스파라거스를, 고틀란드섬에서 아스파라거스가 수확되기 적어도 5주 전에 스톡홀름의 회토리에트 시장에 내다 팔았다. 이것이 사기라는 소문이 떠돌기 시작했고, 스웨덴 식품안전청이 정신을 차렸다. 예상치 못한 시간과 장소에서 세 번의 불시 검사가 행해져, 율리우스가 페루에서 수입한 물량 전체가 법의 이름으로 압수되고 폐기 처분된 것이다. 게다가 율리우스와 달리 중간 상인은 체포되었다. 어쩌겠는가, 그게 중간 상인의 운명인 것을.

비록 법망이 조직의 핵심에까지 이르지는 못했지만, 율리우스는 모든 흥미를 잃어버렸다. 그는 비상식적으로 점잔 빼는 스웨덴에 지쳐 버렸다. 아니, 세상에 페루 아스파라거스를 먹고 죽은 사람이 한 명이라도 있단 말인가?

이제 양식 있는 좀도둑들은 더 이상 자신의 일에 열정을 느낄 수 없었다. 하여 율리우스는 은퇴하기로 마음먹었다. 그는 밀주를 조금 담그고, 말코손바닥사슴을 두어 마리 사냥하고, 이웃의 전기를 허락받지 않고 조금 끌어다 쓰면서 조용히 살아왔다. 그러던 어느 날, 백 살 먹은 어느 노인네가 그의 집 문을 두드렸다. 노인은 자기 이름이 알란이며, 훔친 트렁크를 하나 가지고 있다고 말했고, 그들은 보드카를 곁들인 화기애애한 저녁 식사 후에 그것을 열어 보았다. 그 안에는 수천만 크로나의 거금이 들어 있었다.

그때부터 일들이 꼬리에 꼬리를 물고 이어졌다. 율리우스와 알란은 고집스레 이 돈을 회수하려 날뛰는 자들을 하나둘 떨쳐 버리며 발리에까지 오게 되었고, 그때부터 차분한 리듬으로 이 돈을 써온 것이다.

알란은 율리우스가 의기소침해 있는 것을 알아차렸다. 그는 무료해하는 친구에게 뭔가 영감을 주고자, 검은색 태블릿에 실린 세계 각지의 갖가지 비윤리적 사건들을 소리 내어 읽어 주었다. 이탈리아, 루마니아, 노르웨이의 일들은 이미 둘러본 터였다. 납세자의 돈으로 자신의 수영장과 극장을 지은 남아프리카 공화국 주마 대통령의 이야기는 아침 식사 내내 그들의 대화를 뜨겁게 달구었다. 또 세금 환급을 받으려고 한 번의 공연을 위해 드레스 일곱 벌과 구두 열여덟 켤레를 경비 처리한 스웨덴 댄스 밴드의 여가수도 특별한 관심의 대상이었다.

하지만 율리우스의 쭈그러진 얼굴은 펴지지 않았다. 정말로 우울증에 빠지기 전에 뭔가 할 일이 필요할 듯싶었다. 알란은 지난 백 년 동안 걱정이라고는 거의 해본 적이 없었지만, 친구가 이처럼 조금씩 시들어 가는 것을 보고 있으니 마음이 편치 않았다. 그의 정신과 두 손을 바쁘게 해줄 무언가를 정말로 찾아내야 했다.

하지만 오래 고민하지 않아도 되었다. 어느 날 저녁, 알란이 잠자리에 들고 율리우스는 아직도 우울한 생각을 곱씹고 있을 때였다. 율리우스는 호텔 바에 앉아 이 지역 특산주인 아라크 한 잔을 주문했다. 이 술은 쌀과 사탕수수로 만든 것으로, 맛이 럼주와 비슷하고 한 모금만 마셔도 눈물이 핑 돌 정도로 강한 독주였다. 율리우스는 이 술을 한 잔 마시면 마음이 편안해지고, 두 잔 마시면 모든 시름이 사라진다는 것을 알고 있었다. 그래도 확실하게 하기 위해 그는 자기 전에 늘 세 잔을 채우곤 했다.

이날 저녁의 첫 번째 잔이 비워지고 두 번째 잔도 순조롭게 비워지고 있을 즈음, 아직 감각이 완전히 무뎌지지 않은 율리우스는 바 안에 자기만 있는 게 아니라는 것을 알아챘다. 의자 세 개 너머에 아시아인의 용모를 가진 중년 남자 하나가 역시 아라크 잔을 손에 들고 앉아 있었다.

「자, 한잔합시다!」 율리우스는 잔을 쳐들면서 말했다.

사내는 그에게 미소로 화답했고, 그들은 잔을 단숨에 비운 뒤, 똑같이 얼굴을 찌푸렸다.

「하아, 좀 낫구먼요.」 율리우스처럼 눈에 눈물이 그렁그렁 맺힌 사내가 말했다.

「첫 번째 잔이오, 두 번째 잔이오?」

「두 번째예요.」

「나도 그렇다오.」

율리우스와 낯선 사내는 가까이 다가앉았고, 각기 세 번째 잔을 주문했다. 잠시 잡담을 나눈 후, 낯선 사내는 자신을 소개했다.

「심란 아리아바트 차크라바르티 고팔다스라고 합니다. 만나게 되어 반갑습니다!」

율리우스는 옆에 앉은 사내를 뚫어지게 쳐다보았다. 그의 혈액은 아라크 술로 꽤나 포화되어 있어서 속으로 생각하는 게 그대로 입으로 흘러나왔다.

「무슨 그따위 이름이 다 있어?」

아, 충분히 있을 수 있다. 특히나 인도 출신이면 그럴 수 있다. 심란 어쩌고저쩌고는 매우 이해심 없는 어떤 남자의 딸이 연관된 유감스러운 사건을 치른 후, 이곳 인도네시아까지 흘러오게 되었단다.

율리우스는 고개를 끄덕였다. 맞다, 딸을 가진 아버지들은 보통 사람보다 마음이 좁은 경향이 있는 게 사실이었다. 하지만 그렇다고 해서 발음하는 데 반나절은 걸릴 그런 복잡한 이름을 가질 필요는 없지 않은가?

그런데 심란 어쩌고라고 불리는 사내는 자신의 정체성에 대해 꽤나 유연한 관점을 지니고 있었다. 아니면 그냥 유머 감각이 좀 있었는지도 모른다.

「그렇다면 내 이름을 뭐라고 하면 좋을까요?」

율리우스는 이 망명 온 인도 사내가 마음에 들었다. 하지만 둘이 친구가 되기 위해서는, 그 알아듣기 힘든 이름은 적합하지 않을 터였다. 그는 이렇게 대답했다.

「구스타브 스벤손. 발음하기 쉽고, 기억하기도 쉬운 좋은 이름이지.」

사내는 자신은 한 번도 심란 아리아바트 차크라바르티 고팔다스라는 이름을 기억하는 데 어려움을 겪은 적이 없지만, 구스타브 스벤손도 괜찮게 들린다고 대답했다.

「스웨덴 이름인가요?」

「그렇소.」 율리우스가 고개를 끄덕였다.

더 이상 스웨덴적일 수 없는 이름이었다.

그의 머릿속에서 새로운 사업에 대한 아이디어가 번쩍 떠오른 것은 바로 그 순간, 그 장소에서였다.

세 번째 잔의 취기가 얼근히 돌기 시작했을 때, 율리우스 욘손과 심란 어쩌고는 세상에 둘도 없는 친구가 되어 있었다. 그리고 그 저녁 시간이 끝나기 전에, 다음 날 같은 장소 같은 시간에 다시 보자는 약속을 했다. 인도인은 그의 새 이름을 기꺼이 받아들였는데, 전의 이름이 특별히 행운을 가져다주지 않았기 때문이었다.

그는 율리우스를 알게 된 그날 호텔에 이전 이름으로 체크인을 했고, 율리우스와 함께 공동의 사업 계획을 구상하며 거기에 계속 머물렀다. 하지만 방값 지불을 독촉하는 호텔 매니저의 성화가 심해지자, 구스타브는 율리우스에게 이곳을 영원히 뜨겠다고 말했다. 숙박비를 지불하지 않고, 설명도 없이. 어차피 심란 앞으로 나온 청구서에 대해 구스타브 스벤손은 아무 책임이 없다고 설명해 봤자, 매니저는 이해하지 못할 거였다.

하지만 율리우스는 충분히 이해했다. 그럼 구스타브는 언제 떠나려는지?

「늦어도 15분 내로요.」

율리우스는 이 결정 역시 충분히 이해할 수 있었다. 하지만 새로 생긴 친구를 잃고 싶지 않기 때문에 알란에게서 받은 휴대폰을 그에게 내밀었다.

「자, 받아. 서로 연락할 수 있게 말이야. 내 방에서 자네에게 전화를 하겠네. 자, 이제 빨리 가봐. 내가 만일 자네라면, 주방을 통해 나가겠네.」

그날 저녁, 율리우스와 알란이 덱 체어에 편안히 누워 손에 칵테일 잔을 들고 해변에 지는 노을을 바라보고 있을 때, 매니저가 그들에게 다가와서는 두 분의 휴식을 방해하게 되어 죄송하다고 용서를 구했다. 자신은 지금 한 시간이 넘게 인도인 고객을 찾아 헤매는 중이란다.

「욘손 씨, 혹시 심란 아리아바트 차크라바르티 고팔다스라는 이름을 가지신 고객분을 보지 못하셨나요? 요즘 두 분이 같이 계신 모습을 여러 번 봐서…….」

「심란 누구?」 율리우스가 반문했다.

매니저는 인도인이 사라진 것을 욘손 탓으로 돌릴 수는 없었지만, 이 두 스웨덴 노인에 대해 극도의 경계심을 품고 있었다. 사실 인도인이 지불하지 않은 숙박비는 이 두 사람으로 인해 입을 수 있는 손해에 비하면 새 발의 피였다. 지금까지는 숙박비를 꼬박꼬박 지불했지만, 최근 들어 그들의 청구서는 평소보다 금액이 불어나고 있었으므로 신중을 기할 필요가 있었다.

욘손과 스벤손은 사업 얘기를 할 필요가 있을 때는 덴파사르 시내의 한 허름한 술집에서 만나곤 했다. 알고 보니 구스타브는 율리우스 못지않은 사기꾼이었다. 인도에서 그는 차를 렌트한 후 엔진을 갈아 끼워 반납하면서 수년 동안 남부럽지 않게 살아왔다. 일반적으로 자동차가 갑자기 일곱 살을 더 먹어 폭삭 늙어 버렸다는 사실을 렌터카 회사가 발견하기 위해서는 여러 달이 필요했고, 그 사이에 차를 렌트한 수백 명의 고객 중에서 누가 범인인지 알아내는 것은 거의 불가능했다. 또 그게 직원들 중 하나일 수도 있었고.

하여 번쩍거리는 고급 승용차들은 구스타브에게 일상의 일부분이 되었다. 나아가 그는 차가 멋질수록 예쁜 아가씨를 유혹할 가능성이 커진다는 사실을 발견했다. 이 방정식은 여러 차례 사실로 증명되었지만, 어느 날 그는 가장 나중에 사귄 여자 친구와 잘나가는 사업을 뒤로 하고 고국을 떠나야만 했으니, 여자 친구가 덜컥 임신을 해버린 것이었다. 구스타브가 전략적인 판단하에 청혼을 하러 갔을 때, 국회 의원이자 군인인 여자 친구의 아버지는 그를 보병 제7사단에 처넣겠다고 위협했다.

「정말 고약한 작자구먼.」 율리우스가 혀를 끌끌 찼다. 「자기 딸의 장래를 생각한다면 어디 그게 할 짓인가?」

구스타브도 동감이었다. 그러나 여자 친구의 아버지에게도 할 말이 있었다. 그는 자신의 6기통 BMW가 그가 업무차 싱가포르에 가 있는 동안 4기통 BMW가 되어 버렸다는 사실을 발견한 것이다.

「그래서 그자가 자넬 고소했나?」

「네, 아무 증거도 없는데 말이죠.」

「그래, 자넨 결백한가?」

「그건 중요한 문제가 아니잖습니까!」

결론적으로 구스타브 스벤손은 심란 아리아바트 차크라바르티 고팔다스가 이 세상에서 사라져 버려 너무나도 홀가분하단다.

「그 심란이 호텔과 정산할 시간도 없었던 게 정말 유감이에요. 자, 우리 건배나 합시다!」

호텔 바에서 그 우연한 만남이 있은 지 얼마 후, 율리우스 욘손과 그의 동업자 구스타브 스벤손은 트렁크에 남아 있는 돈으로 산속에 있는 아스파라거스 농장 하나를 인수했다. 율리우스는 사업의 브레인, 구스타브는 현장 소장이었고, 한 무리의 가난한 발리 사람들이 농장에서 구슬땀을 흘렸다.

율리우스와 그의 새 파트너는 이전에 스웨덴에서 알았던 이들을 통해 파란색과 노란색[3] 리본으로 예쁘게 묶은 〈구스타브 스벤손의 향토 아스파라거스〉를 수출했다. 그들은 이 아스파라거스들이 스웨덴산이라고 아무 데서도 주장하지 않았다. 그것들에 스웨덴적인 요소가 있다면, 약간 높은 가격과 인도 출

3 파란색과 노란색은 스웨덴 국기를 이루는 색들이다.

신 재배자의 이름뿐이었다. 율리우스는 이 사업이 〈페루 프로젝트〉만큼 불법적이지 않은 것이 못내 아쉬웠지만, 모든 것을 다 가질 수는 없는 법이다. 더욱이 그와 구스타브는 부수적인, 그리고 보다 은밀한 다른 사업 하나를 시작할 수 있었다. 스웨덴 아스파라거스가 국제적으로 너무나 명성이 높았기 때문에, 구스타브의 발리 변종은 스웨덴에서 새로이 포장되어, 세계 각국의 고급 호텔들로 팔려 나갈 수 있었다. 예를 들면 발리의 호텔들에 말이다. 명성 유지에 부심하는 이 섬의 일류 호텔들은 고객들에게 이 지역에서 재배된 맛대가리 없는 아스파라거스를 제공하는 불상사를 피하기 위해 루피아를 얼마든지 쓸 준비가 되어 있었다.

알란은 그의 친구 율리우스가 다시 예전의 모습으로 돌아온 것이 기뻤다. 이제 삶이 두 노인에게 다시금 미소를 지을 수도 있었지만, 문제는 마르지 않는 샘 같았던 트렁크 속의 돈이 드디어 말라붙기 시작했다는 점이었다. 아스파라거스 농장에서 돈이 제법 들어오기는 했지만, 그들이 묵고 있는 고급 호텔은 공짜가 아니었다. 호텔 레스토랑에서 스웨덴에서 수입해 온 아스파라거스를 먹을 때도 거금이 필요했다.

얼마 전부터 율리우스는 그들의 재정 상태에 대해 알란과 대화하고 싶었지만, 그럴 기회를 찾지 못했다. 그러다 어느 날 아침 식사 시간에 마침내 기회가 왔다. 알란은 평소처럼 검은색 태블릿을 가져왔고, 이날의 뉴스는 어느 형제간의 사랑 이야기였다. 북한 지도자 김정은이 말레이시아의 어느 공항에서 자기 형을 독살했다는 거였다. 알란은 자신은 김정은의 아버지를 한 번 겪은 적이 있기 때문에 별로 놀랍지도 않다고 논평했다. 그리고 그의 할아버지도 한 번 겪었단다.

「두 양반 다 날 죽이려고 했지.」 알란이 옛일을 회상했다. 「이제 둘 다 죽었는데 난 여전히 이렇게 살아 있단 말이야. 이게 바로 인생이야.」

율리우스는 알란이 자신의 과거에 대해 들려주는 일화들에 익숙해져 있었기 때문에, 이런 얘기들에 놀라지 않았다. 그런데 이 이야기는 달랐다. 언젠가 한 번쯤 들었겠지만, 잊어버린 것이다.

「뭐? 북한 지도자의 아버지를 만났다고요? 그의 할아버지도? 아니, 영감 나이가 도대체 몇 살이오?」

「백 살, 아니 거의 백한 살이지.」 알란이 대답했다. 「혹시 모를까 해서 알려 주는데, 그들은 이름은 김정일과 김일성이었어. 당시 김정일은 어린아이였지만, 그때부터 한 성깔 했었지.」

율리우스는 여기에 대해 더 물어보고 싶은 유혹을 꾹 참았다. 대신 그는 화제를 처음부터 다루고 싶었던 것, 다시 말해서 돈 가방이 돈 없는 가방으로 변해 가고 있는 문제 쪽으로 돌렸다. 게다가 그들은 두 달 반 전부터 호텔비를 내지 못하고 있었다. 율리우스는 자기는 겁이 나서 청구서를 들여다보지도 못하겠다고 말했다.

「그럼 들여다보지 마.」 알란이 고추 양념이 안 들어간 나시 고렝 볶음밥을 우물거리며 충고했다.

이보다 더 시급한 문제가 있었다. 배 주인이 그들에 대한 신용 줄을 끊어 버렸고, 만일 1주일 안에 배 대여료를 지불하지 않는다면 칼손 씨와 욘손 씨의 모가지에 대해서도 똑같이 할 거라고 연락해 왔단다.

「배 주인?」 알란이 놀라며 반문했다. 「우리가 언제 배를 빌렸었나?」

「호화 요트 말이에요.」

「아, 맞아, 그러고 보니 그것도 배였구먼!」

그러고 나서 율리우스는 자신이 알란의 101회 생일 파티를 계획해 왔지만, 그들의 재정 형편상 해리 벨라폰테를 다시 부르기는 어려울 것 같다고 말했다.

「뭐, 한 번 만나 봤으면 됐지.」 알란은 그를 위로했다. 「그리고 나와 생일 파티가 사이 좋았던 적은 한 번도 없으니까, 그렇게 신경 쓸 필요 없어.」

하지만 율리우스는 신경이 쓰였다. 그는 알란이 자신을 위해 벨라폰테를 초대해 줘서 너무나 고마웠다는 것을 보여 주고 싶었다. 율리우스도 결코 적은 나이가 아니었지만, 지금껏 살아오면서 그렇게 따뜻한 대접을 받아 본 적이 없었다.

「하지만 내가 노래를 부른 것도 아니잖아.」 알란은 거듭 사양했다.

율리우스는 반드시 생일 파티를 열어야 한다고 단언했다. 벌써 이곳 최고의 제과점에서 외상으로 생일 케이크를 주문했다고 했다. 그다음에는 열기구를 타고 샴페인 두 병과 함께 이 아름다운 녹색 섬을 돌아보는 순서가 기다리고 있단다.

알란은 열기구를 타는 것은 괜찮은 아이디어로 느껴지지만, 그들의 주머니 사정이 그렇게나 팍팍하다면 케이크는 건너뛰어도 무방하다고 대답했다. 양초 101개를 사려면 큰돈이 들어갈 건데…….

불행히도 우리의 경제 사정은 양초 101개를 사고 안 사고에 달려 있는 게 아니에요, 라고 율리우스가 한탄했다. 그는 간밤에 트렁크를 열어 돈이 얼마나 남았는지 보았다. 또 호텔이 자기들에게 얼마나 청구할지도 대략 계산해 보았다. 요트와 관련해서는 굳이 계산할 필요가 없었는데, 배 주인이 친절하게도 정확한 금액을 알려 주었기 때문이다.

　「적어도 10만 달러는 부족할 것 같아요.」 율리우스가 시무룩하게 말했다.

　「거기에 양초값도 포함된 거야?」

인도네시아

100세 노인은 늘 주위 사람들의 마음을 편안하게 해주었다. 하지만 예외도 없지 않아서, 몇 사람의 신경을 과도하게 긁어 놓기도 했다. 예를 들면 1948년에 스탈린을 만났을 때 그랬다. 덕분에 그는 시베리아 강제 노동 수용소에서 5년을 썩어야 했다. 또 몇 해 후 만나게 된 북한 사람들도 그를 별로 좋아하지 않았다.

뭐, 이 모든 것은 다 지난 일이었다. 이제 그는 자신의 101회 생일 파티를 애초 계획대로 열고(왜냐하면 율리우스가 너무도 원했으므로) 그다음에 차분하게 앉아서 그들의 경제 문제를 논의하자고 율리우스를 설득했다. 모든 게 잘 풀릴 거야, 조금 운이 따르면 지폐로 빵빵해진 트렁크를 또 하나 만날 수도 있는 일이고. 율리우스는 — 알란과 함께 있으면 무슨 일이 일어날지 모르긴 했지만 — 그 가능성을 별로 믿지 않았다. 비록 상황이 절박하긴 했지만, 그는 열기구에 샴페인 두 병 대신 네 병을 싣고 가자는 알란의 제안을 받아들였다. 고도가 높아지면 바람이 약해질지도 모르고, 그 경우 시간을 보낼 수 있는 무언가가 필요하다는 이유였다.

「어쩌면 샌드위치도 몇 개 필요할지 모르겠네요.」 율리우스가 말했다.

「샌드위치는 뭐 하려고?」 알란이 반문했다.

최근 들어 호텔 매니저는 한 노인네와 그보다 더 훨씬 늙은 그의 친구를 면밀히 주시하고 있었으니, 그들이 지불하지 않은 청구서 금액이 무려 15만 달러를 넘어섰기 때문이었다. 물 쓰듯 돈을 쓰는 두 스웨덴 노인 덕분에 지난해 번 돈에 비하면 이 액수는 새 발의 피였지만, 그래도 그냥 넘기기에는 너무 많았다. 며칠 전부터 매니저는 이 두 양반을 은밀히 감시하기 위해 사람을 붙였다. 그들이 유리도 안 달린 창문을 통해 도주할 위험이 있기 때문이었다.

하지만 그는 욘손 씨와 칼손 씨에게 감사하는 마음도 없지 않았다. 욘손 씨는 이번 주 안에 새로 돈이 들어온다고 상당히 믿을 만하게 암시했었다. 게다가 욘손 씨가 지갑을 열면서 벌벌 떤 것은 이번이 처음이 아니지 않은가? 어쩌면 이 고객은 단지 자기 지폐를 너무 사랑하기 때문에 이러는 것인지도 모른다. 세상에 그렇지 않는 사람이 어디 있는가?

결국 매니저는 조용히 기다리면서, 해변에서 열리는 더 늙은 노인네의 생일 파티에 케이크 하나를 들고 신중하게 고른 축하의 말과 함께 참석하는 편이 전략적으로 현명하다고 판단했다.

알란 외에도 율리우스, 호텔 매니저, 그리고 열기구 조종사가 생일 파티에 참석했다. 구스타브 스벤손도 참석하고 싶었지만, 그러기를 삼갈 정도의 상식은 있었다.

열기구는 한껏 부풀려져서 이륙할 준비를 하고 있었다. 이제 야자수에 매인 밧줄 하나만 풀리면 열기구는 하늘로 두둥실 떠오를 거였다. 조종사의 아홉 살배기 아들은 한없이 슬픈 얼굴을 하고서 열기구의 온도를 조절하고 있었다. 아아, 몇 미터 떨어진 저 케이크 옆에 있을 수 있다면 얼마나 좋을까?

알란은 101개의 촛불을 언짢은 눈으로 쳐다보았다. 돈을 이처럼 낭비해서야 쓰겠는가? 그리고 시간도 말이다! 율리우스가 매니저의 금 라이터(어쩌다 보니 그게 그의 호주머니 안에 들어와 있었다)로 그것들을 일일이 켜기 위해서는 몇 분이 걸렸다. 그래도 케이크는 맛이 제법 괜찮았다. 그리고 샴페인도 진짜 샴페인이었다. 진한 술이 없어서 살짝 아쉽기는 하지만, 그래도 이게 어딘가?

바로 이때, 상황이 예기치 못한 방향으로 흘러갔다. 매니저가 한마디 하려고 자기 잔을 탁탁 두드렸다.

「오늘 친애하는 칼손 씨의 생일을 맞이하여…….」

알란이 그의 말을 끊었다.

「네, 고맙소, 매니저 양반. 정말로 훌륭한 말씀이었소. 하지만 우리, 내 다음번 생일날까지 이렇게 서 있을 건가? 자, 이제 그만 열기구에 오르면 어떻겠소?」

매니저는 할 말을 잊어버렸고, 율리우스는 조종사에게 오케이 사인을 냈으며, 조종사는 먹고 있던 케이크 조각을 즉각 내려놓았다.

「네, 알겠습니다! 공항 기상대에 전화를 해서 바람이 여전히 괜찮은지 알아보고 오겠습니다! 금방 다녀오겠습니다!」

지루한 연설을 듣게 될 위기를 모면한 일행은 우르르 열기구로 몰려갔다. 열기구 바구니에 오르는 일은 백한 살 먹은 노인에게도 전혀 어렵지가 않았다. 접이식 계단이 바깥쪽으로 여섯 단 내려와 있었고, 안쪽으로는 세 단이 있었다.

「안녕, 젊은이!」 알란이 아홉 살배기 부조종사의 머리칼을 다정하게 헝클어뜨리며 말했다.

꼬마는 〈안녕하세요〉라는 수줍은 한마디로 응답했다. 자기 위치를 지킬 줄 알고, 조종에도 능숙한 아이였다. 외국인들의 무게로 인해, 열기구를 잡아 놓는 밧줄은 더 이상 필요하지 않게 되었다. 율리우스는 아이에게 열기구를 어떻게 조종하는지 시범을 보여 달라고 부탁했다. 고도는 열기로 결정되고, 따라서 가스관 위쪽의 빨간 레버를 조작하여 조절한단다. 이륙하기 위해서는 레버를 오른쪽으로 돌리기만 하면 된단다. 반대로 땅으로 내려오려면 왼쪽으로 돌리면 끝이란다.

「오케이, 오른쪽으로. 그리고 왼쪽으로.」 율리우스가 복창했다.

「네, 맞아요, 선생님.」

그런데 갑자기, 몇 초 사이에 세 개의 사건이 발생했다.

첫째, 아이가 자꾸만 케이크를 흘깃거리는 것을 발견한 알란은 빨리 가서 먹고 오라고 말했다. 접시와 나이프 등은 테이블 위에 있었다. 아이에게는 말을 두 번 할 필요가 없었다. 알란의 말이 채 끝나기도 전에 아이는 총알같이 바구니에서 뛰어내렸다.

둘째, 율리우스는 레버를 한번 시험해 보려고 오른쪽으로 돌렸는데, 너무나 힘차게 돌린 나머지 그냥 툭 빠져 버렸다.

셋째, 호텔에서 나온 열기구 조종사는 유감스러운 표정으로 머리를 흔들며 열기구 유람은 어렵겠다고 알렸다. 곧 북풍이 부는데, 그리되면 열기구 조종이 어렵다는 거였다.

그러고 나서 세 개의 또 다른 사건이, 이번에도 거의 동시에 일어났다.

첫째, 조종사는 아홉 살 먹은 자기 아들내미가 케이크에 코를 처박고 있는 모습을 발견했고, 위치를 이탈한 것에 대해 사납게 짖어 댔다.

둘째, 율리우스는 그냥 툭 빠져 버린 빨간 레버에 대고 욕설을 퍼부었다. 그러고 있는 사이, 열기구에 열기가 맹렬히 유입되었으며…….

셋째, 열기구는 땅에서 두둥실 떠올랐다.

「스톱! 스톱! 지금 뭐 하고 있는 겁니까?」 조종사가 고함쳤다.

「내가 그런 게 아냐! 이 빌어먹을 레버가 그랬어!」 율리우스가 대답했다.

이제 열기구는 지상 3미터 높이로 이륙했다. 그리고 4미터, 5미터…….

「아, 이제 좀 낫군!」 알란이 가슴을 활짝 펴며 외쳤다. 「그래, 이게 진짜 파티지!」

인도양

열기구는 한참 동안 떠올라 대양 위로 둥둥 떠가기 시작했고, 결국 칼손과 욘손은 지상에 남은 조종사가 외치는 소리를 듣지 못하게 되었다.

그들은 바람을 등지고 선 조종사가 두 팔을 팔랑개비처럼 흔드는 것을 보았다. 그의 옆에 있는 매니저는 팔을 흔들지는 않았지만, 마음이 조종사만큼이나 갑갑했다. 아니, 더 갑갑했는지도 모른다. 바야흐로 15만 달러가 눈앞에서 사라지고 있는 것이다. 아홉 살배기 아이는 아무도 신경 쓰지 않는 케이크로 돌아가 있었다.

몇 분 후, 어디를 둘러봐도 망망대해뿐, 더 이상 뭍이 보이지 않았다. 빨간 레버에 대고 욕설 퍼붓기를 멈춘 율리우스는 아무리 해봐도 레버가 다시 붙지 않자 난간 밖으로 휙 던져 버렸다.

이제 가스 불을 끄는 것은 불가능했다. 어떤 의미에서는 잘된 일이었으니, 불이 꺼지면 그들은 바구니와 함께 바다 위로 떨어질 것이기 때문이었다.

율리우스는 주위를 둘러보았다. 그러다가 가스통 뒤에서 GPS 장치를 찾아냈다. 오, 반가운 뉴스였다! 열기구를 조종할 수는 없겠지만, 적어도 언제쯤 육지를 보게 될지는 알 수 있을 테니까.

율리우스가 인도양 해도(海圖) 연구에 빠져들고 있는 동안, 알란은 그들이 가져온 네 개의 샴페인 병 중에서 하나를 땄다.

「오호!」 뻥 터진 코르크 마개가 바구니 밖으로 날아가자 알란이 탄성을 발했다.

율리우스는 알란이 이 상황을 심각하게 여기지 않는 것이 못마땅했다. 지금 그러고 있을 때요? 우리가 어디로 가는지도 모르고 있잖소?

알란은 이렇게 대꾸했다. 「난 세상을 하도 많이 쏘다녀서 이제는 어디가 어딘지 대충 알 것 같아. 만일 바람이 계속 이 방향으로 불면, 몇 주 후에 우린 호주에 도착하게 돼. 바람의 방향이 조금 바뀌면 조금 더 걸릴 테고.」

「그럼 어디에 도착하는데요?」

「에, 그러니까, 북극은 절대로 아니야. 어차피 우리가 거기에 갈 생각은 없잖아? 그렇다면 남극 쪽이겠지.」

「에이, 엿 같은! 에이, 빌어먹을! 이런 개 같은…….」 율리우스의 입에서 다시 욕설이 터져 나왔다.

「자, 자!」 알란이 그의 말을 끊었다. 「그냥 술이나 한잔하자고. 이제 내 생일을 위해 건배하잔 말이야. 그리고 무엇보다도, 걱정할 필요가 하나도 없어. 남극에 닿기 전에 가스가 떨어질 테니까 말이야. 자, 앉으라고.」

율리우스는 알란이 시키는 대로 그의 옆 의자에 털썩 주저

앉아서는 멍하니 앞을 쳐다보았다. 알란은 율리우스가 근심이 가득한 것을 보았다. 뭔가 위로가 될 만한 것을 찾아내야 했다.

「그래, 지금 상황이 다소 암울하다는 것, 나도 잘 알고 있어. 하지만 내가 살아오면서 암울한 때가 여러 번 있었는데, 아직도 이렇게 멀쩡히 살아 있잖아? 자, 진득하게 기다려 보자고. 바람의 방향이 바뀔 테니까. 아니면 다른 일이 일어날 수도 있고.」

알란의 설명하기 힘든 차분함은 율리우스 마음을 조금 가라앉혀 주었다. 그 나머지는 샴페인이 해결해 줄 거였다.

「그 병 좀 줘봐요.」 그가 웅얼거렸다.

그러고는 꿀꺽꿀꺽 병나발을 불었다.

알란의 말이 옳았다. 육지가 보이기도 전에 가스가 바닥이 나버렸다. 버너가 캑캑대기 시작했고, 불꽃이 희미하게 가물거리더니만 두 친구가 첫 번째 병을 거의 비워 가고 있을 즈음에 픽 하고 꺼져 버렸다.

열기구는 이날따라 옆 동네 태평양만큼이나 고요하고도 평화로운 인도양의 수면을 향해 서서히 하강하기 시작했다.

「이 바구니가 물에 뜰까요?」 바닷물이 가까워지는 것을 보면서 율리우스가 물었다.

「뭐, 곧 알게 되겠지.」 알란이 대답했다. 「어이, 이것 좀 봐!」

비상용품이 들어 있는 나무 궤짝을 뒤지던 101세 노인은 빨간 레버를 고정하는 부속을 하나 찾아냈다. 그것도 번쩍거리는 신품이었다.

「유감이군. 좀 더 일찍 찾아냈으면 좋았을 텐데 말이야…….

어, 그리고 이런 것도 있네?」

그것은 두 개의 조난 신호탄이었다.

바다로의 불시착은 율리우스가 바랐던 것보다도 훨씬 원만하게 이루어졌다. 해수면에 닿은 바구니는 속도와 무게 때문에 50센티미터가량 물속에 쑥 들어갔다가 다시 튀어 올랐고, 45도 각도로 기울어졌다가 다시 수평을 회복하고는 거대한 낚시찌처럼 물 위에서 까딱까딱 춤을 췄다.

충격과 기울어짐 때문에 고꾸라진 두 남자는 결국 한 무더기가 되어 바구니 한쪽 벽에 처박혔다. 하지만 율리우스는 재빨리 일어나 이제는 필요 없게 된 풍선과 연결된 줄들을 칼로 잘라 버렸다. 바람 빠진 풍선은 물 위에 넓게 펼쳐졌다가 곧 가라앉아 바구니와 두 노인네를 물속으로 끌고 들어갈 거였다.

「아주 잘했어!」 바닥에 널브러진 알란이 칭찬했다.

「고맙수.」 율리우스는 대꾸하면서, 그의 친구가 몸을 일으켜 의자에 앉는 것을 도와주었다.

그런 다음 무거운 버너를 떼어 내서는 네 개의 지지대와 함께 바다에 던져 버렸다. 그 즉시 바구니는 무게가 50킬로그램이나 줄었다. 율리우스는 이마의 땀을 훔치며 친구의 옆자리에 앉았다.

「자, 이젠 어떻게 하죠?」

「이제 술이 깨어 맨 정신이 되기 전에 샴페인 한 병을 더 따야 한다고 생각하는데? 내가 마개를 따는 동안, 자네는 신호탄을 쏘아 올리면 어떨까?」

벌써 바구니 한쪽에서 물이 새어 들어오고 있었지만, 알란

40

의 판단으로는 침몰하기까지는 아직도 두어 시간이나 남아 있었다. 물을 퍼낼 수 있는 그릇 같은 거라도 하나 있다면 시간이 더 남았을 수도 있고.

「두 시간이면 실로 많은 일들이 일어날 수 있다네.」

「예를 들면요?」 율리우스가 정말로 궁금하여 물었다.

「어, 예를 들자면…… 별일 아닌 일이 일어날 수 있지……. 아무 일도 없는 일도 일어날 수 있고…….」

율리우스는 신호탄 한 개의 포장을 뜯어, 인도네시아어로 된 설명서의 해독을 시도했다. 하지만 그는 얼근히 취해 있는 데다가, 해독에 필사적으로 매달릴 기운도 없었다. 한편으로 그는 자신이 곧 죽는다는 사실을 알고 있었다. 다른 한편으로 지금 그는 거의 불사에 가까운 사람과 함께 있었다. 프랑코 장군에게 총살당하지도 못하고, 미국 이민국에서 종신형을 받지도 못하고, 스탈린 동무에게 목이 졸려 죽지도 못하고(하마터면 그럴 뻔했지만), 김일성이나 마오쩌둥에게 처형되지도 못하고, 이란 국경 수비대에게 사살되지도 못하고, 냉전 시대에 25년간 이중 스파이로 활동하면서 머리털 하나 다치지 못하고, 브레즈네프의 고약한 입 냄새에 질식사하지도 못하고, 닉슨 대통령이 실각했을 때도 아무 탈이 없었던 사람과 말이다.

알란이 그 오랜 세월 동안 실패해 온 끝에 드디어 죽을 수도 있겠구나, 하는 생각이 잠시 들게 한 것은 지금 자신들이 망망대해 한가운데, 인도네시아와 호주와 남극 사이의 어딘가에서 물이 줄줄 새는 바구니에 앉아 있다는 사실이었다. 하지만 방금 전에 101세가 된 사람이 만일 여기서도 살아남는다면, 그의 억세게 좋은 운에 율리우스도 편승할 가능성이 농후했다.

「그냥 이것만 잡아당기면 될 것 같아요.」 율리우스는 이렇게 말하며 그대로 해버렸다.

맞는 끈인 것은 사실이었지만, 신호탄을 잘못된 방향으로 잡은 탓에 그게 그만 물속으로 발사되고 말았다. 그렇게 깊이 깊이 들어가서는 아마도 해저 수백 미터 되는 곳에서 완전히 꺼져 버렸을 것이다.

율리우스는 다 포기해 버리고 싶었다. 하지만 알란은 세 번째 샴페인 병을 따서 친구에게 내밀며 몇 모금 마시라고 권했다. 잔에 따라 마셔도 되고, 그냥 마셔도 좋아. 내가 보니 자네에게 좀 필요할 것 같아.

「그러고 나서 두 번째 신호탄을 쏘아보라고. 하지만 이번에는 아래쪽 말고 위쪽에다 쏴봐. 그렇게 하면 더 잘 보이지 않을까?」

인도양

북한의 벌크 화물선 〈명예와 힘〉호(號)의 공식적인 임무는 3천 톤의 곡물을 쿠바의 아바나에서 평양까지 운송하는 일이 었다. 이보다 훨씬 덜 공식적인 임무는 마다가스카르 남동해에서 속도를 늦추고, 야음을 틈타 농축 우라늄 4킬로그램을 배에 싣는 일이었다. 이 금속은 콩고에서 출발하여 다수의 운반책들을 거쳐 부룬디, 탄자니아, 모잠비크를 통과하고 아프리카 대륙의 동쪽에 있는 이 섬까지 온 것이었다.

북한 사람들은 자신들이 철저히 감시되고 있다는 사실을 잘 알고 있었다. 몇 해 전, 같은 종류의 배 한 척이 리비아의 어느 항구에서 반군에게 억류되었다가 선장이 몸값을 지불하고 풀려난 일이 있었는데, 그때 배의 화물칸에는 석유가 가득했다. 소말리아나 이란, 혹은 유사한 명성을 지닌 다른 장소에서 기항하는 것은 공해상에서 UN의 개입을 정당화할 수 있었다. 그들은 벌써 이런 일을 겪은 바 있다. 최근에는 파나마 근해에 서였다. 이때 파나마 군인들은 설탕 포대 밑에서 항공기 엔진과 미사일 부품을 발견했는데, 이는 콧대 높은 조선 민주주의 인민 공화국에 가해진 UN의 제재 조치를 위반하는 일이었다. 발끈한 북한 사람들은 국제 사회에 대고 거기다 엔진과 미사일 부품을 가져다 놓은 것은 자신들이 아니라 국제 사회라고 주장했다.

이번에 쿠바에서 돌아오는 항해는 반대 방향으로 이루어졌다. 어차피 지구는 둥그니까 말이다. 또다시 파나마에서 모욕을 당하고 싶지 않다는 게 공화국의 공식적인 설명이었다. 하지만 화물선이 돌아오는 길에 뭔가 심부름해야 할 일이 있다는 것은 밝히지 않았다.

지금까지 박종운 선장에게는 모든 게 순조로웠다. 배의 화물칸은 ─ 경애하는 최고 영도자 동지께서는 늘 배불리 드시기 때문에 별 관심이 없으시겠지만 ─ 최상급 곡물로 가득 채워져 있었다. 하지만 배에는 농축 우라늄 4킬로그램이 든 네모난 서류 가방도 실려 있었다. 이 방사성 금속은 개 같은 미국놈들과 분계선 이남에 있는 그 협력자들에 대한, 여전히 진행 중인 중대한 투쟁을 위해 반드시 필요한 것이었다. 우라늄 4킬로그램이 나라의 운명을 바꿀 수는 없겠지만, 요점은 그게 아니었다. 북한은 유통 경로를 테스트해 보고 싶었다. 만일 이번 일이 잘 끝난다면, 다음번에는 우라늄을 몇 배로 계속 공급하겠다고 러시아인들이 약속했던 것이다.

선장은 제국주의자들의 인공위성이 평양으로 돌아가는 배의 항로를 계속 추적하면서, 언제든지 개입하여 모욕하고 괴롭힐 기회만 노리고 있다는 것을 본능적으로 느끼고 있었다.

서류 가방은 선장실 금고 안에 잘 모셔 두었지만, 깡패 놈들이 승선한다면 쉽사리 발견될 거였다. 지금까지 놈들은 모습을 보이지 않았다. 당연했다. 실수한 게 하나도 없으니까. 조금만 더 견디면 자신이 금의환향하는 것을 아무도 막을 수 없으리라!

이때 일등 항해사가 노크도 없이 선장실에 우당탕 들어오는 통에 선장의 행복한 상념은 깨지고 말았다.

「선장님! 북쪽 방향 4해리 떨어진 곳에서 조난 신호탄이 발사된 것을 발견했습니다! 어떻게 할까요? 그냥 무시해 버릴까요?」

이런 염병할! 지금까지 잘나갔는데, 웬 날벼락이야! 선장의 머릿속에 여러 가지 생각이 동시에 떠올랐다. 어떤 함정일까? 우라늄을 압수하기 위한? 그렇다면 일등 항해사의 제안처럼 아무것도 못 본 척하면서 그냥 지나쳐 버리는 편이 나을까? 하지만 그 빌어먹을 미국 놈들도 분명히 이 신호탄을 봤을 터였다. 저 위, 우주 공간에서 말이다. 그리고 분명히 사진도 찍고 있을 거였다. 조난자들을 본 척 만 척한 선박, 이것은 해양법을 위반하는 동시에, 위대하신 최고 영도자님의 이미지를 먹물을 끼얹는 일이었다(더불어 선장 자신은 총살대에 설 거였다).

그나마 제일 무난한 선택지는 저 신호탄이 터진 이유를 알아보는 것이었다.

「이봐, 부끄러운 줄 알아!」 박종운 선장이 호통을 쳤다. 「우리 공화국은 조난당한 사람들을 그냥 버리고 가지 않아! 자, 항로를 바꾸고, 구조 작업을 준비해! 실시!」

겁에 질린 일등 항해사는 경례를 하고는 허겁지겁 달려갔다. 그는 혀를 제대로 간수하지 못한 자신을 저주했다. 만일 선장이 자신이 한 말을 상부에 보고한다면, 그의 커리어는 이걸로 끝이었다. 커리어만 끝난다면 그나마 다행이리라.

두 노인이 탄 바구니에는 이제 바닷물이 발목까지 들어차 있었다. 검은색 태블릿에 몰두해 있는 알란은 그게 이 망망대해 한가운데서도 여전히 작동하는 것을 보고 놀랐다.

「세상에, 이 얘기 좀 들어 봐!」

짐바브웨 대통령 로버트 무가베는 동성애가 〈비(非) 아프리카적〉 행위인 고로, 동성애자들에게 가르침을 주기 위해 그들을 징역 10년 형에 처할 거라고 발표했단다. 하지만 웃기는 짓을 하는 것은 대통령만이 아니었다. 무가베의 아내는 그녀의 아들과 호텔 방에서 시간을 보낸 어느 아가씨에게 전기 코드를 휘두르며 분을 풀었다고 한다. 정말이지 이 부부는 동성애뿐 아니라 이성애에 대해서도 문제가 있는 모양이었다.

율리우스는 친구가 읽어 주는 최신 뉴스에 대해 뭔가 의견을 내놓기에는 너무 낙담해 있었다. 그래서 제발 조용히 하고 자기 좀 가만히 내버려 달라고 소리치려는 순간, 멀리서 뚜우 하고 뱃고동 소리가 울렸다. 수평선 저쪽에 배 한 척이 보였다. 물살을 헤치며 그들의 바구니를 향해 똑바로 나아오고 있었다.

「어떻게 이런 일이! 당신, 또 살아나겠어요, 알란!」

「자네도 그럴 것 같은데?」

알란과 율리우스는 검은색 태블릿과 샴페인 한 병만 가지고서 배에 올랐다. 알란은 한 손에는 태블릿을, 다른 손에는 샴페인 병을 들고서 갑판에서 박종운 선장과 인사를 나눴다.

「안녕하시오, 선장.」 알란은 처음에는 영어로, 그다음에는 러시아어와 중국어와 스페인어로 인사했다.

「안녕하시오.」 깜짝 놀란 선장이 영어로 대답했다.

그 역시 러시아어와 중국어뿐 아니라, 쿠바를 여러 차례 다녀왔기 때문에 스페인어도 어느 정도 알고 있었다. 하지만 선원들 중에서 유일하게 영어를 할 줄 아는 그는 그들의 대화 내용을 이해하는 사람이 적을수록 좋다고 느꼈다. 적어도 이게 어떤 상황인지 명확히 밝혀질 때까지는.

선장은 조난자들에게 그들은 조선 민주주의 인민 공화국에 의해 구조되었으며, 경애하는 최고 영도자 동지께 영광을 돌린다고 말했다.

「혹시 그 최고 영도자 동지분을 만나게 되면, 내가 고마워한다고 전해 주시오. 그런데 가다가 우릴 어딘가에 내려 줄 수 있겠소? 괜찮으시다면 인도네시아가 좋겠소만……. 왜냐하면 우린 지금 신분증을 가지고 있지 않은데, 이 상태로 다른 나라에 가면 좀 곤란해지지 않겠소?」

그렇다, 국경을 넘는 것이 얼마나 곤란한 일인지는 선장도 잘 알고 있었다. 그가 온 곳에서 그것은 그렇게 쉬운 일이 아니었다. 하지만 그는 망망대해의 바구니에서 건져 올린 이 두 낯선 노인에게 살갑게 굴고 싶은 생각이 전혀 없었다. 특히나 부하들이 보는 앞에서는.

「난 이 배의 선장으로서, 항해하는 동안 배의 화물을 세심하게 지키고, 화물 소유주의 이익을 보호해야 할 의무가 있소. 또한 나는 이 배를 목적지에 늦지 않게 도착시켜야 할 의무가 있소.」

「그게 무슨 뜻이죠?」 율리우스가 불안해하며 반문했다.

「내가 말한 내용 그대로요.」 선장이 대답했다.

「북한에 도착하기 전까지는 우릴 내려 주지 않겠다는 얘기야.」 알란이 대신 설명했다.

율리우스는 북한에 가고 싶은 생각이 별로 없었다. 「자, 자, 선장님…….」 그가 달래듯이 말했다. 「지금 우리에게 샴페인이 한 병 있어요. 누군가가 우릴 건져 주면 유용하게 사용할 수 있으리라 생각했죠. 그렇게 시원하지는 않지만, 그래도 선장님이 괜찮으시다면 우리 함께 한잔합시다. 한잔하면서 서로 얘기도 좀 나누고, 우리가 미처 생각지 못한 다른 해결책에 대해서도 한번 생각해 보자고요.」

어쭈, 말 잘하는데, 라고 알란은 생각하며 들고 있던 샴페인을 보여 주었다. 선장은 그것을 빼앗은 다음 이 배에서 술은 금지된 고로 이것은 압수한다고 선언했다.

「금지되었다고?」 율리우스가 되물었다.

「뭐시라? 술이 금지되었다고?」 알란도 되물었다. 알란은 하마터면 다시 바구니로 내려가게 해달라고 말할 뻔했다.

「두 분은 두 시간 후에 심문을 받을 거요. 지금으로선 두 분에게 아무 혐의도 없지만, 바뀔 수도 있소. 내가 직접 심문을 진행할 거요. 첫 번째 질문은 두 분의 신원과 공해상에서 샴페인 한 병을 가지고 바구니를 타고 돌아다닌 이유에 관한 것이 될 거요. 하지만 이것은 이따 얘기합시다.」

이어 선장은 일등 항해사에게 두 외국인을 일등 항해사 선실에 모시고, 본인은 소지품을 챙겨 다른 선원들에게로 가라고 명령했다. 그러고 나서 두 외국인에게 나쁜 일이 일어나지 않도록, 혹은 그들이 나쁜 생각을 품는 일이 없도록 보초를 하나 세워 선실을 감시하게 하라고 말했다. 원하면 본인이 직접 해도 좋고.

일등 항해사는 경례를 했다. 그는 돌아가는 상황이 영 마음에 들지 않았다. 이 늙어빠진 두 백인 영감 때문에 내 선실에서 쫓겨나 선원들하고 같이 지내야 하다니…… 선장은 이들을 그냥 바다에 버려두는 편이 나았어. 이 일은 분명히 좋지 않게 끝날 거야.

불길한 예감이 들기는 박종운 선장도 마찬가지였다. 그는 목에 걸고 다니는 열쇠로 금고를 열어서 그 안의 내용물을 다시 한번 확인했다. 금고 안에는 항해 일지, 해양법 사본 한 권, 그리고 농축 우라늄 4킬로그램이 든 서류 가방이 있었다.

그가 최고 영도자 동지에게서 직접 하달받은 임무는 사흘 후면 완수될 터였다. 지금 하늘에는 구름 한 점 없었다. 비유가 아니라, 실제로 구름이 없었다. 다시 말해서 늘 그렇듯이 미국 인공위성들이 그를 계속 주시하고 있다는 얘기였다. 이것은 시커먼 먹구름이었다. 비유적인 의미에서 말이다. 그리고 일등 항해사의 선실에 있는 두 외국인은 또 다른 먹구름이었다.

선장은 이 상황을 〈염병!〉이라는 감탄사로 짧고 굵게 요약한 후, 옆의 선실로 갔다. 그는 보초 서고 있는 선원을 말없이 한참 동안 노려보았고, 마침내 선원은 자기가 문을 열어 주어야 한다는 걸 깨달았다. 선장은 선원이 문을 닫을 때까지 다시 그를 말없이 한참 동안 노려보았다.

「자, 이제 두 분이 심문을 받을 시간이오!」 선장이 알렸다.

「오, 좋아요!」 알란이 그를 맞았다.

콩 고

콩고는 아프리카에서 두 번째로 큰 나라이며 예로부터 두 가지만큼은 넘쳐 났으니, 하나는 천연자원이요, 다른 하나는 빈곤이었다.

빈곤은 벨기에 왕 레오폴드 2세가 이 나라를 자신의 고무나무 밭으로 만들었을 때 절정에 달했다. 그는 마주치는 모든 사람을 노예로 삼았고, 자그마치 천만 명이 넘는 사람들을 학살했다. 천만 명, 이는 스웨덴의 전체 인구에 해당한다. 뭐, 벨기에의 전체 인구이기도 하고.

이렇게 콩고가 오랫동안 어려운 시절을 겪은 후에 마침내 독립했을 때, 조제프 데지레 모부투라는 사내가 대통령 자리를 꿰찼다. 그는 뒷돈을 가장 많이 찔러주는 사람에게 나라의 천연자원을 넘기고, 그 돈을 자기 주머니에 챙기고, 자신의 이름을 〈무한한 인내심과 굳건한 의지로써 승리에 승리를 거듭하며 가시는 걸음마다 찬란한 불길을 남기시는 전능하신 전사〉로 바꿔서 세계적인 저명인사가 되었다.

미국은 이 사내가 콩고와 아프리카의 미래라고 생각했다.

그리하여 이 〈전능하신 전사〉는 CIA의 친절한 도움을 받아 가며 수십 년 동안 집권할 수 있었다. 그동안 우라늄은 고무를 밀어내고 이 나라에서 가장 매력적인 천연자원이 되었다. 미국은 히로시마와 나가사키에 투하된 원자 폭탄 제조에 필요한 우라늄을 콩고에서 공급받았고, 이에 감사를 표하고자 〈승리에 승리를 거듭하며 가시는 걸음마다 찬란한 불길을 남기시는 전능하신 전사〉가 콩고 원자력 연구소를 설립하는 것을 도와주었다. 그렇지만 이것이 미국이 내린 역사적 결정 중에서 가장 현명한 것이었는지는 확실치 않다.

부패하지 않은 구석이 하나도 없는 이 나라에서 엄청난 양의 농축 우라늄이 어디론가 사라져 버린 것이다. 가끔 그중 일부가 여기저기에서 다시 나타나 수거되어 안전하게 처리되기도 했지만, 그 정확한 양을 파악하기도 힘든 나머지는 완전히 행방을 감춰 버렸다.

그리고 세월이 흘렀다. 서구의 주요 안보 기관들은 자취를 감춘 금속을 찾는 일을 포기해 버렸다. 이제 남은 일은 더 이상의 우라늄이 암시장에 흘러 들지 못하게 하는 것이었다. 어떤 이들은 적어도 사라진 우라늄의 힘이 한 해가 갈 때마다 계속 줄어든다는 사실을 위안으로 삼았다.

그러나 독일 총리 앙겔라 메르켈은 이런 장밋빛 희망을 품기에는 아는 게 너무 많았다. 메르켈 여사는 세계 대부분의 지도자들보다 오랫동안 권좌에 있었고, 다가오는 가을에도 재선을 기대하는 터였다. 물리학도 출신인 그녀는 사라진 동위 원소가 그녀의 나라에 실제적인 위협으로 부상하는 날, 그녀는 총리 자리를 잃게 된다는 걸 알고 있었다. 그녀는 나이가 예순

셋이고, 28년 동안 정치를 해왔지만, 아직도 줄 게 많았다. 하지만 그녀 자신의 반감기는 45억 년에 달하는 우라늄의 그것에 비하면 훨씬 짧은 것이다.

북한

 김정은은 자기가 원해서 지금의 그가 된 게 아니었다. 그에게는 형이 둘 있었는데, 그중 하나는 도쿄 디즈니랜드에서 유쾌한 시간을 보내고자 가명을 사용하여 가족까지 데리고 나라를 빠져나감으로써 황태자 자리를 제 발로 걷어차 버렸다. 도쿄, 그것도 디즈니랜드⋯⋯. 둘 다 한심한 선택이 아닐 수 없었다. 그리고 둘째 아들은 아버지 김정일이 보기에 약해 빠진 녀석이었다. 다시 말해서 김정일은 아들이 동성애자일지도 모른다고 의심했다. 여기서나 거기서나, 자기가 원하는 사람을 사랑하는 것은 주위에 문제를 일으키는 모양이다.

 김정일은 꽤 나이가 들어서야 〈영원한 주석〉 김일성의 자리를 물려받을 수 있었고, 자신의 막내아들도 이와 유사한 준비 기간을 갖기를 바랐던 것 같다. 하지만 우리네 인생의 문제는 왕이 됐든 거지가 됐든 누구나 죽는다는 사실이다. 20대밖에 안 되는 새파란 청년이 갓 사망한 아버지의 유업을 졸지에 이어받게 된 것이다. 아니, 그 이상을 해야 했으니, 역사 속으로 사라진 그의 아버지는 배고픈 백성을 굶주린 백성으로 만들어났기 때문이다.

게임보이에 열광하던 어린 김은 단 몇 달 사이에 사성장군이 되었다. 각국의 분석가들은 그에게 큰 기대를 걸지 않았다. 산전수전 다 겪은 부하들을 거느리게 된 새파란 애송이, 분명히 좋지 않게 끝나리라…….

맞다, 아주 좋지 않게 끝났다. 바로 그의 고모부와 다른 장군들이 말이다. 어쩌면 그들은 어떤 음모를 꾸몄을지도 모르는데, 어쨌든 계획을 다 세우기도 전에 제거되어 버렸다. 어린 김은 그렇게 호락호락한 인물이 아니었던 것이다. 고모부는 불륜 등의 죄목을 뒤집어쓰고 사형에 처해졌다. 하지만 정작 김정은 자신의 아버지가 세 명의 여자에게서 다섯 자녀를 가졌다는 사실은 12페이지에 달하는 판결문의 어디에도 나와 있지 않았다.

그로부터 몇 년 전, 어린 김은 어머니가 일반 북한 주민은 사진으로도 구경 못 할 물건들을 쇼핑하느라 유럽을 쏘다니고 있는 동안, 스위스에서 가명으로 학교에 다녔다. 김은 여자아이들보다는 농구와 비디오게임에 관심이 많았지만 성적도 그렇게 부끄러울 정도는 아니었다. 할아버지가 세웠고 아버지가 파산시킨 나라를 갑작스레 물려받게 되었을 때 그가 벤치마킹한 것은 아버지보다는 할아버지 쪽이었다. 외향적 성격의 그는 대중들과 섞이기를 즐겼고, 기분이 좋을 때는 그들의 등을 툭툭 두드리기도 했으며, 심지어 그들과 대화를 나누기도 했다. 특히 그는 북한식 공산주의 시스템을 조금이나마 개선했고, 덕분에 이 나라의 식탁에서 찬바람이 부는 일은 전보다는 줄어들었다.

하여 온 세계가 여전히 애송이를 비웃으며 킥킥대고 있을 때, 그는 자신이 물려받은 나라와 함께 무덤 속으로 들어가든지 아니면 그렇게 되게 만들려고 날뛰는 온 세계와 맞서 싸우든지 둘 중 하나를 선택해야 한다는 것을 깨달았다.

그는 싸움을 택했다.

문제는 북한의 몇 푼 안 되는 자금을 가지고 그걸 해야 한다는 점이었다. 그들이 꼬불쳐 둔 돈을 가지고는 낡은 소련제 탱크와 대포를 업그레이드하는 것은 꿈도 꿀 수 없었다. 그렇다면 아버지가 상당히 성공적으로 진행시킨 프로젝트에 박차를 가하는 편이 나았다. 그에게는 수천 개의 폭탄이 필요하지 않았다. 그저 몇 개만 있으면 되었다. 똘똘한 놈들로 말이다.

한마디로, 핵폭탄이 필요했다.

그는 핵무기 개발 프로그램을 진전시키고 시험 미사일을 무수히 발사함으로써, 경멸 어린 미소를 짓고 있는 전 세계에 대고 북한은 싸울 준비가 되어 있노라고 외쳤다. 국제 사회의 반응 — 공포와 제재와 반복되는 비난 — 은 오히려 그를 씩 웃게 만들었다. 이제 〈어린 김〉이 아니라 〈최고 영도자〉로 불리게 된 그를 말이다.

그런데 하늘이 도운 것인지, 미국인들은 노벨 평화상까지 탄 그들의 대통령을 계속 김정은의 덫에 걸려드는 다른 대통령으로 바꿔 버렸다. 도널드 트럼프는 북한이 〈화염과 분노〉로 쑥대밭이 될 거라고 으르렁거렸지만, 그럴 때마다 최고 영도자의 위치는 더욱 튼튼해질 뿐이었다.

권력을 쥔 처음 몇 해 동안, 김정은은 아버지가 평생 한 것보다 많은 것을 이뤘다. 그의 걱정거리는 딱 하나로, 북한 공장의 능력으로는 플루토늄 만들기가 너무 어렵다는 점이었다. 이 금속은 자연 상태로는 구할 수 없다. 만일 누군가가 그걸 가지고 장난 좀 치고 싶다면 — 예를 들어 그걸로 핵무기를 만들고 싶다면 — 먼저 그걸 만들 수 있어야 하는데, 이건 결코 만만한 일이 아니다.

겨우 5그램의 플루토늄 239를 제조하는 것도 무진장 복잡한 일이다. 하지만 당신이 그걸 어떻게 만들어 냈다고 치자. 그다음에는 그걸 99퍼센트 이상 안정화시켜야 하는데, 이때 사용되는 갈륨이라는 물질은 햇볕을 받은 초콜릿만큼이나 쉽게 녹아내리는 아주 고약한 성질을 가지고 있다. 결과물이 모래가 손가락 사이로 빠지듯 사라지는 것을 막기 위해서는 아주 정교한 원심 분리기가 있어야 하는데, 이 장치를 만드는 것 또한 플루토늄 제조 공정만큼이나 복잡한 일이다. 이 모든 것은 단 5그램의 플루토늄을 위한 조건들이다. 그런데 핵폭탄다운 핵폭탄 하나를 만들려면 적어도 5킬로그램 이상의 플루토늄이 필요하다.

그나마 러시아인들이 계속 발뺌하는 것만 멈춘다면 문제는 해결될 거였다. 그들은 원심 분리기 한 대를 제공하겠다고 은밀히 약속했지만, 지금껏 이런 저런 핑계를 대며 약속을 지키지 않았다. 하지만 그들이 결정을 내릴 때까지 무한정 기다릴 수 없는 처지였다. 그리고 김정은은 누군가의 뜻에 좌우되는 것이 제일 싫었다!

얘기가 나왔으니 말인데, 세상에 이 러시아인들만큼 이중 플레이를 잘하는 인간들이 없었다. 그들은 월요일에는 북한에 대한 제재안에 찬성표를 던졌다가, 화요일에는 원심 분리기를 주겠다고 약속하고, 주말 전까지는 쓸 만한 우라늄 제공처를 소개해 줄 수 있는 인간들이었다.

왜냐하면 농축 우라늄은 플루토늄을 대체할 수 있는 이상적인 해결책이기 때문이었다. 그것은 암시장, 그러니까 아프리카의 가장 으슥한 곳들에서 얻을 수 있었다. 하지만 콧대 높은 조선 민주주의 인민 공화국의 적은 거기에도 많았다. 방사성 물질 5백 킬로그램은 DHL로 보낼 수 있는 종류의 물건이 아니었다.

러시아의 그 정신 분열증 환자들은 콩고에서 우라늄을 얻을 수 있다고 귀띔해 주었다.

하지만 공급자를 믿을 수 있는가?

그리고 운송 경로에는 문제가 없는가?

북한은 지금 이 두 가지를 확인하는 중이었다.

미국, 북한

　미국의 신임 대통령은 알고 보니 국가 안보를 심각하게 위협하는 존재였던 국가 안보 회의 보좌관을 해임해야 했다. 또 그는 임기 초기부터 언론을 길들이려 해봤지만, 결과는 신통치 않았다. 이런 상황에서 평양의 최고 영도자가 탄도 미사일 북극성 2호를 발사하여 5백 킬로미터 떨어진 동해상에 떨어뜨린 것은 트럼프 대통령으로서는 세상의 관심을 다른 곳으로 돌릴 수 있는 절호의 기회였다.

　미국, 일본, 남한의 공동 발의에 따라, 그리고 UN 안전 보장 이사회가 소집되어, 모두가 한 목소리로 북한의 핵 실험을 규탄했다. 거기서 미국 UN 대사는 이제는 〈북한에게 말이 아니라 행동으로 따져야 할 때〉라고 선언했다. 그렇다면 구체적으로 어떤 행동으로? 대사는 기꺼이 공을 대통령에게 넘겼으며, 트럼프는 트위터를 통해 몇 가지 제안을 내놓았다.

　그런데 그해, 북구의 조그만 나라 스웨덴은 안전 보장 이사회의 비상임 이사국으로 선출되었다. 스웨덴 외무 장관 마르고트 발스트룀은 거침없는 언행과 적극적인 성격으로 유명한 인물이었다. 일설에 의하면 이스라엘 총리 베냐민 네타냐후는 화풀이를 할 필요가 있을 때마다 그의 집무실 벽에 붙인 발스트룀의 사진에다 다트를 던지곤 했단다. 왜냐하면 스웨덴이 마르고트 발스트룀의 강력한 주장에 따라 팔레스타인을 정식 국가로 인정했기 때문이었다. 네타냐후와 다른 이들이 보기에 국경도 정부도 없고, 단지 테러리스트들만 우글거리는 나라를 말이다.

하지만 발스트룀은 꿋꿋이 싸워 왔다. 그리고 지금 그녀는 안전 보장 이사회에서 더 큰 것을 노리고 있었다. 그녀는 현 상황의 심각성에 대해 북한의 최고 영도자와 직접 대화할 수 있는 통로를 만들기 위해 자신이 스웨덴과 UN 안전 보장 이사회를 대표하여 평양을 다녀와야 한다고 동료들을 설득하고 다녔다. 이 방문은 먼저 북한이 수락해야 하고, 완전히 비공식적인 것이어야 했다. 이는 매우 고차원적인 외교적 게임인 동시에, 양 진영의 호전적 어조를 완화시키려는 진지한 노력이기도 했다.

그 어떤 서방 국가도 스웨덴만큼 북한과 진정한 외교적 관계를 맺고 있지 못했다. 안전 보장 이사회에서는 발스트룀에게 청신호를 주었다. 이제 자신을 만나 달라고 최고 영도자를 설득하는 일만 남아 있었다.

만일 토르스텐 뢰벤스티에르나가 운동선수였다면, 그는 부자가 되고 아주 유명해졌을 것이다. 하지만 그는 운동선수 대신 외교관의 길을 택했고, 따라서 일반인에게는 전혀 알려지지 않은 사람이 되었다. 거의 30년 가까이 스웨덴 외무부에 몸

담아 오면서 그는 이집트, 이라크, 터키, 아프가니스탄 등에서 탁월한 업무 능력을 발휘해 왔다. 특히 그는 뉴욕의 UN 본부에서 파견 근무를 했고, 이라크 조사단에서는 특별 고문이었고, 마자르이샤리프[4]에서는 결정적인 역할을 수행했으며, 이스탄불에서는 스웨덴 총영사였다. 만일 이 토르스텐 뢰벤스티에르나가 높은 레벨의 외교 영역에서 뭔가 모르는 게 있다면, 그것은 그냥 몰라도 되는 일이기 때문이었다. 그는 현직 평양 주재 스웨덴 대사였는데, 이 평양 주재 스웨덴 대사는 아마도 세상에서 가장 골치 아픈 자리일 거였다.

어떤 이들은 그가 천재라고 하기도 했다. 어쨌거나 북한 사람들을 은밀한 협상 테이블로 데려오는 아주 미묘한 임무가 이 남자에게 떨어졌다.

세계 평화가 여기에 달려 있었다. 토르스텐 뢰벤스티에르나는 늘 그렇듯 치밀하게 준비한 다음 최고 영도자와의 면담을 요청했고, 그 요청은 받아들여졌다. 대사는 조금도 떨지 않았지만 — 그러기엔 경험이 너무 많았다 — 정신은 바짝 집중되어 있었다.

그는 필요한 단어를 적재적소에 써가며, 평양에서의 은밀한 협상이 세계 평화에 큰 이득이 된다는 UN의 주장을 명쾌하게 설명했다. 이 방면에는 달인이라 할 수 있는 그는 중간에 한 번도 쉬지 않고 천의무봉의 연설을 마칠 수 있었다. 북한의 최고 영도자 앞에서 토르스텐 뢰벤스티에르나가 해낸 것은 외교사에 길이 남을 쾌거였다.

4 아프가니스탄 북부의 대도시.

그러고 나서 그는 자신에게 귀한 시간을 조금이나마 할애해 준 북한의 지도자에게 깊은 감사를 표한 다음, 대답을 기다렸다. 북한의 지도자는 외교관의 눈을 똑바로 쳐다보면서 대꾸했다.

「뭐요? 평화를 위한 은밀한 회담? 여기서? 빌어먹을, 지금까지 살아오면서 이렇게 웃기는 얘기는 처음 듣네!」

면담은 끝났다.

「……그러면 전 이만 물러나겠습니다.」 뢰벤스티에르나 대사는 최고 영도자의 거대한 집무실을 슬금슬금 뒷걸음쳐 나오면서 말했다.

그리고 상황은 이것으로 끝나 버렸을 것이다. 알란 칼손이 없었더라면 말이다.

인도양

　박종운 선장은 일등 항해사 선실의 탁자 주위에 하나 남아 있는 빈 의자에 앉았다. 알란과 율리우스는 이미 다른 두 의자에 앉아 있었다.

　종이와 볼펜을 꺼내 든 선장은 이름이 무엇이며, 어디에서 왔으며, 가장 가까운 해안에서도 50해리나 떨어진 바다 한가운데서 버드나무 바구니를 타고 무얼 하고 있었는지 물어보는 것으로 심문을 시작했다.

　율리우스는 이런 종류의 일에는 알란이 더 재능이 있다고 판단했다. 101세 노인은 생각은 많이 하지 않지만, 말은 청산유수였다.

　「내 이름은 알란이고, 여기는 내 가장 친한 친구인 율리우스요. 전에는 아스파라거스를 재배했던 사람이지. 난 늙었다는 것 빼고는 별로 말할 게 없어. 난 오늘로 백한 살이 되었다오. 이해가 되오?」

　박 선장은 이해가 되었다. 그는 시작이 좋지 않다고 느꼈다. 자신이 비정상적으로 늙었다고 주장하는 이 노인네는 주눅 들기는커녕 천하태평이고, 여유작작하지 않은가? 이 사실은 선장을 몹시 불안하게 하고, 바짝 긴장하게 만들었다.

「흠, 당신의 나이에는 별로 관심이 없소이다.」그가 대답했다.「당신은 어디에서 왔고, 여기서 무얼 하고 있는 거요?」

「우리가 여기서 무얼 하고 있냐고? 오, 여보시오, 선장, 지금 당신이 우릴 이 배에 붙잡아 두고 있잖아?」

「자꾸 엉뚱한 소리 하지 마시오!」선장이 호통쳤다.「계속 그렇게 나오면, 원하는 것보다 빨리 이 배에서 내리게 해주겠소. 여기서 동티모르까지 헤엄쳐 가려면 10일, 아니 12일 이상은 걸리지 않을 테니, 좋을 대로 하시오!」

아니, 알란도 율리우스도 그걸 원치 않았다. 하여 알란은 이 모든 것은 발리 해변에서의 생일 파티가 엉뚱하게 발전한 탓이라고 설명했다. 우린 열기구를 타고 섬을 한 바퀴 돌아볼 요량이었는데, 풍향이 바뀌어 그만 열기구가 표류해 버렸어. 선장의 배가 고맙게도 옆을 지나가게 되었을 때는 달랑 바구니만 남아 있었지. 정말로 이상하게 들리겠지만, 모든 일에는 다 이유가 있는 법이야…….

「안 그렇소?」

「뭐라고요?」선장이 놀라며 반문했다.

「모든 일엔 다 이유가 있다고. 선장도 그렇게 생각하지 않으시오?」

불안해진 율리우스는 알란에게 꿈뻑꿈뻑 눈짓을 했다. 지금 입을 너무 많이 놀리는 것은 좋지 않다고 신호하고 싶었다. 선장은 여전히 그들을 배 밖으로 던져 버릴 수 있지 않은가.

「그래서, 두 분이 인도네시아 사람이라는 얘기요?」선장이

미심쩍은 표정으로 물었다.

「아니, 우린 스웨덴에서 왔어. 스웨덴은 아주 멋진 나라지. 선장도 가본 적이 있으시오? 아니라고? 오, 꼭 한번 가볼 만한 가치가 있는 곳이라오. 겨울에는 눈이 내리고 여름에는 해가 무척 길지. 사람들도 친절하고. 뭐, 일반적으로 그렇다는 얘기요. 물론 어딜 가든 없어도 되는 사람이 한둘은 있는 법이고, 그건 우리 나라도 예외는 아니야. 내가 여기에 오기 전에, 그러니까 발리에 오기 전에 있었던 양로원에는 성질머리가 끔찍하게 고약한 원장이 하나 있었어. 발리에 오기 전에 말이야. 그녀를 생각하기만 해도 몸서리가 쳐진다오. 선장도 내가 무슨 말하는지 이해하시겠지?」

박종운은 탁자 너머의 노인이 자신에게 질문하는 게 영 마음에 들지 않았다. 바짝 정신 차리지 않으면, 상황을 통제할 수 없게 될 것 같았다.

「자, 처음부터 다시 시작합시다!」 그는 이렇게 말하고 종이에 알란과 율리우스의 이름, 국적, 그리고 여행 목적을 적어 놓았다. 그들에겐 아무런 여행 목적이 없단다. 그리고 이렇게 바다를 떠다닐 의도도 없었단다. 선장은 그들의 얘기를 믿기로 했고, 어쩌면 이 사건에서 무사히 빠져나갈 수 있다는 생각이 들기 시작했다.

심문은 노크 소리로 중단되었다. 보초가 잔뜩 겁에 질린 얼굴을 하고서 들어왔다. 자기는 두 외국인 양반에게도 저녁 식사를 줘야 하는지 확인해 보라는 지시를 받았단다. 선장은 괜찮은 생각이라고 느꼈다. 좋아, 지금부터 15분 내지 20분 후에 음식을 여기로 가져와.

「술은 여전히 안 되는 거요?」 보초가 다시 나가자 알란이 물었다.

선장은 그렇다고 대답했다. 음식과 함께 물과 차가 제공될 거라고 했다.

「차라······.」 알란이 한숨을 푹 내쉬었다. 「선장, 가다가 어딘가에 우릴 내려 줄 생각이 정말로 없는 거요?」

「그건 화물과 내 목숨을 위험에 빠뜨리는 짓이오. 만일 두 분이 얌전히 지내신다면, 우리와 함께 조선 민주주의 인민 공화국까지 갈 수 있을 거요.」

「우리가 얌전히 지낸다면?」

「그렇소. 그다음에는 경애하는 최고 영도자 동지께서 두 분의 일을 처리하실 거요.」

「일전에 자기 형을 처리했던 것처럼?」

율리우스는 속으로 욕을 퍼부었다. 이 영감은 그렇게도 상어 밥이 되고 싶나?

선장은 알란의 것 같은 태블릿은 가지고 있지 않았지만, 적어도 바다에 있는 동안에는 세계 각지의 뉴스를 접할 수 있었다. 국제 언론이 최고 영도자를 비난한다는 사실을 알고 있는 그는 칼손 씨가 제국주의 프로파간다에 속아 넘어갔다고 성난 목소리로 쏘아붙였다.

「조선의 지도자는 절대로 자기 가족이나 다른 나라에서 온 방문객을 죽이지 않소!」

한순간, 율리우스는 101세 노인이 이제는 자제하리라는 희망을 품었다. 하지만 천만의 말씀이었다.

「아니야, 충분히 그럴 수 있어. 어떻게 내가 이렇게 살아 있는지 아쇼? 그것은 요 몇 년 전 김일성이 나를 총살하려 했을 때, 마오쩌둥이 내 목숨을 구해 주었기 때문이야. 그 마오쩌둥도 나중에는 생각이 바뀌긴 했지만.」

박종운 선장은 자기 귀를 의심했다. 지금 이 백인 영감은 조선 민주주의 인민 공화국의 〈영원한 주석〉을 모독하고 있지 않은가! 그것도 무려 23년 전에 〈영원〉 속으로 들어가신 주석 동지를!

「요 몇 년 전이라고?」 머리가 어지러워지기 시작한 선장은 생각을 정리해 보려 애쓰면서 되물었다.

「아, 참 세월 빠르다! 아마 1954년이었을 거야. 스탈린이 한창 폼 잡고 다닐 때였으니까. 아니, 그때가 1953년이었던가?」

「그러니까 칼손 씨, 당신이…… 영원한 주석님을 만났단 말이오?」

「그럼, 그 양반과 화 잘 내는 그의 아들내미를 만났지. 하지만 이제는 두 사람 다 돌아올 수 없는 긴 여행을 떠났어. 나처럼 나이가 먹을수록 건강해지는 복은 아무한테나 주어지는 게 아니야. 물론 기억력은 점점 나빠지고 있지만. 그리고 청력도…… 그리고 무릎도…… 그리고 생각은 안 나지만 다른 것들도……. 아 참, 기억력 얘기가 나왔으니 말인데…….」

선장은 자신이 위험에서 완전히 벗어나지 못했다는 것을 깨달았다. 어쩌면 과거에 영원한 주석님을 모독했을지도 모를 외국인을 평양에 데려간다면 자신의 운명은…… 제국주의자들이 최고 영도자의 형님에게 닥쳤다고 주장하는 그것이 될 수도 있었다. 반대로, 영원한 주석님을 만났다는 인물을 그분의 손자에게 확인해 보지도 않고 제거해 버린다면…….

그야말로 진퇴양난이었다. 선장은 깊은 고민에 빠졌다.

율리우스는 자신이 아직도 기절하지 않은 게 놀라울 따름이었다. 알란은 지금 상황이 얼마나 위중한지 모른단 말인가? 아니면 그냥 노망이 든 것일까? 어찌 됐든 간에 이 백한 살 먹은 영감이 너무나 수다를 떨어 댄 탓에 그들을 바다로 던져 버리겠다는 북한 선장의 위협이 점점 현실로 다가오고 있었다. 위기에서 벗어날 방법을 필사적으로 찾던 율리우스는 자신도 모르게 이렇게 말했다.

「알란은 조선 민주주의 인민 공화국의 열렬한 지지자예요. 또한 핵무기 전문가이기도 하고요. 안 그렇수, 알란?」

선장은 숨이 턱 막혔다. 그는 금고의 열쇠가 아직 달려 있는지 보려고 무의식적으로 목에 손을 갖다 댔다. 뭐라고? 핵무기 전문가?

깜짝 놀라기는 알란도 마찬가지였다. 그는 자신이 탁자 건너편의 〈절대 금주자〉에게 너무 공격적으로 나갔다는 것을 느꼈다. 이런 상황에서는 늘 그래 온 것처럼 자신의 친구가 즉흥적으로 꾸며 낸 소설을 계속 이어 가는 편이 나았다.

「……그걸 지적해 주어 고마워, 율리우스……. 맞아, 우리는 다양한 분야에서 꽤나 알려진 전문가들이라 할 수 있지. 내 장기는 예전에 사람들이 원자 폭탄이라고 불렀던 것을 뚝딱 만들어 내는 거였어. 난 염소 젖으로 술을 담그는 것만큼이나 그것도 잘하는 게 사실이야. 하지만 이 배에서 술은 안 된다고 했지. 어차피 이 배에는 염소도 없지만…….」

알란은 〈핵무기〉라는 말이 나올 때마다 선장이 뭔가를 찾는 듯이 자기 목을 더듬는 것을 눈치챘다. 물론 단순히 우연의 일치일 수 있었다. 하지만 우연이 아니라면, 그가 이렇게 불안한 표정을 짓고 있는 이유를 설명해 줄 거였다. 그동안 101세 노인은 북한의 핵무기 프로그램에 대해 조금 읽은 바가 있었다. 며칠 전에도 김정은이 동해상에 미사일 한 발을 발사하여 전 세계의 공분을 샀단다. 늙은 폭약 전문가는, 사용법만 조금 익히면 세상의 모든 것을 읽을 수 있는 검은색 태블릿을 가지고 자신의 지식을 업데이트해 왔다.

지난 60년 동안, 그리고 알란이 마지막으로 이 문제를 들여다본 이후로 이 원자 폭탄의 영역에서는 꽤나 많은 일들이 있었던 모양이었다. 하지만 북한 사람들은 이 분야에서 최고는 아닌 듯했다. 오히려 〈초보〉라는 표현이 더 어울릴 것 같았다. 전문가들 말로는, 이 나라의 플루토늄 공장은 그들이 바라는 물질을 여전히 생산해 내지 못하고 있단다.

그렇다면 선장에게 이 얘기를 하여 반응을 떠보는 게 어떨까? 보다 안전을 기하기 위해 뭔가 기대하게 하는 말도 조금 섞어 가면서? 이제 알란과 율리우스는 인도네시아와 북한 중에서 하나를 선택할 수 있는 처지가 아니었다. 그보다는 북한에 가느냐, 아니면 배의 난간 밖으로 던져지느냐의 기로에 서 있었다. 그리고 바닷물보다는 북한이 낫게 느껴졌다.

「에, 그러니까, 핵무기와 나는 세상에서 가장 친한 친구라 할수 있어요. 그리고 당신네는 이 분야에서 여러 가지 문제점이 있는 것 같고……」

선장의 손이 곧바로 목으로 올라갔다. 알란은 말을 이었다.

「당신네의 첫 번째 핵실험 결과로 보건대, 당신네는 아직 플루토늄을 만들어 낼 솜씨가 없거나, 아니면 우라늄이 충분치 못한 거야. 어쩌면 둘 다일 수도 있고. 우라늄에 대해서 얘기하자면, 당신네는 우라늄을 농축하는 방법을 모르는 것 같아. 이 분야의 지진아들이 흔히 겪는 문제이지. 사람들이 당신네를 비웃는 것도 이상한 일은 아냐.」

「뭐? 누가 우릴 비웃는다고?」 선장이 발끈했다.

「그럼 누가 비웃지 않지?」 알란은 물러서지 않았다.

율리우스는 알란이 제발 여기서 멈추기를 속으로 간절히 기도했다.

하지만 여기서 알란은 뭔가 냄새를 맡았다. 선장은 알란이 얘기한 내용 자체에는 이의를 제기하지 않고, 단지 비웃었다는 말에만 발끈했을 뿐이다. 의도치 않게 이들의 아픈 곳을 찌른 건가?

「우라늄.」 알란은 다시 한번 떠보았다.

딱 그렇게 한 마디만 해보았다. 그리고 한 번 더 말해 봤다.

「우라늄.」

목으로 올라간 선장의 손가락이 거의 흰색이 되었다.

「왜 자꾸 〈우라늄〉, 〈우라늄〉 하는 거요, 우라질!」 그는 벌컥 화를 내며, 또 당황하며 소리쳤다.

「플루토늄 시설을 가지고 있으면서 애들 장난감 같은 화약이나 만들고 있다면, 그것은 문제가 있다는 얘기지. 또 플루토늄을 만들어 낼 수 없으면, 대신 우라늄에서 위안을 찾아야하고.」

선장은 다시 목으로 손을 올렸고, 열쇠가 무사히 있음을 확인했다. 알란은 그에게 그렇게 겁먹은 표정을 짓지 말라고 말했다. 지금 내 자랑을 하는 건 아니지만, 세계 제일의 핵무기 전문가라면 이게 어떤 상황인지 대충 짐작할 수 있거든…….

율리우스는 이게 어떤 상황인지 전혀 이해할 수 없었다. 지금 알란이 무슨 독심술을 하고 있나?

「어떤 상황인데?」 선장은 큰 소리로 되물었지만, 속으로는 무서운 대답이 나올까 봐 떨고 있었다.

알란은 하마터면 이 배에는 밀수한 우라늄이 가득 실려 있을 거라고 대꾸할 뻔했다. 하지만 이 생각이 틀렸다면 상황은 훨씬 고약해질 거였다.

「뻔한 얘기 가지고 시간 보내지 말자고.」 알란은 일단 말을 돌렸다. 「물론 이런 종류의 일을 가지고 함부로 떠들 수는 없겠지. 하지만 선장, 당신은 빨리 선택해야 해. 율리우스와 나를 평양에 데려가서 당신네 그 한심한 핵무기 프로그램을 손 좀 보게 하든지, 아니면 당신의 최고 영도자님께 왜 우릴 바다에 던졌는지 설명하든지.」

선장은 두 노인네를 수천 미터 아래 바닷속에 그대로 묻어 버리고 싶었다. 하지만 둘 중 더 늙은 노인네는 이 방면에 대해 꽤나 박식해 보였다. 어쩌면 공화국의 전문가들보다 많이 알고 있을지도……. 이 지식의 덩어리를 물고기 밥이 되게 하는 게 과연 애국적인 처사일까?

알란이 느끼기에 선장은 아직 결정을 내리지 못한 것 같았고, 보다 안전을 기하기 위해서는 한마디 더 던질 필요가 있었다.

「내가 보기에 오늘은 우리 선장님에게 복이 터진 날이야. 자,

우리 모두를 위해 이렇게 하자고!」

그는 열간 등압 압축법의 신기술에 대해 자기가 아는 모든 것을 공화국 최고 영도자에게 알려 주겠다고 약속했다.

「얼간 등압……?」 선장이 발음을 시도해 봤다.

「뭐, 대충 그래……. 간단히 말해서 4분의 1의 우라늄으로 두 배의 힘을 내는 기술이지. 혹은 같은 양으로 여덟 배의 힘을 내거나. 내가 도와주면 당신네는 단 몇 킬로그램으로 일본의 절반을 하늘 높이 날려 버릴 수 있어. 물론 그걸 권하고 싶진 않지만. 왜냐하면 일본 사람들이 무척 화를 낼 거거든. 미국 사람들도 마찬가지고. 자기네들도 오래전에 그렇게 한 적이 있으면서 말이야. 그땐 꽤나 성공적이었지.」

「얼간 등압…….」 선장이 다시 한번 발음해 봤다.

「선장, 그건 제대로 말할 수 있다 해도 그렇게 큰 소리로 말해서는 안 되는 단어일세!」

선장은 즉각 입을 다물고 알란의 다음 지시를 기다렸다.

에, 그러니까, 우선 그 우스꽝스러운 알코올 금지령을 즉각 폐지해야 한단다. 선장은 알란과 율리우스와 함께 앉아서 샴페인을 나눠도 괜찮지만, 꼭 강요하지는 않겠단다. 그리고 만일 선장의 방에 뭔가 마실 만한 게 숨겨져 있다면, 그리고 이 샴페인 병이 혼자 쓸쓸하지 않게끔 그걸 가져온다면 자신은 기꺼이 받겠단다.

「알코올 금지령을 폐지하라고?」 선장이 되물었다.

「아, 내 말이 끝날 때까지 좀 조용히 하고 있어요!」

율리우스는 눈을 질끈 감았다. 알란은 자신들의 생살여탈권을 쥐고 있는 사람을 꾸짖고 있지 않은가? 알란은 계속하기를,

자기 친구가 조금 시끄럽게 자는 경향이 있는 고로 그와 각방을 쓰고 싶긴 하지만, 선장과의 건전한 협력 관계를 위해 그냥 참고 지낼 수도 있다고 했다. 하지만 선장은 알코올 문제를 해결하고 나서 지체 없이 최고 영도자님께 메시지를 보내야 할 거란다. 물론 암호로 된 메시지를 말이다.

「그분께 이렇게 말하시오. 제가 최고 영도자님의 모든 문제에 대한 해결책을 찾아냈습니다. 이제 조선 민주주의 인민 공화국은 열간 등압 압축법과 저의 가열 찬 노력 덕분에 전례 없는 번영을 누리게 될 것입니다. 우리의 핵무기 프로그램은 지금까지 꿈도 꿀 수 없었던 드높은 경지에 올라설 것입니다. 물론 샴페인 문제가 먼저 해결돼야 하겠지만 말입니다. 그리고 나머지 문제들도.」

선장은 열심히 받아썼다.

「열, 간, 등, 압, 압, 축, 법.」 알란이 또박또박 불러 주었다. 「1200 열간 등압 압축법은 미국이 얻어 낸 것보다도 60 내지 80 GDM을 더 낼 수 있어. 그리고 러시아에 비하면 두 배나 되지.」

「G······ D······ M.」 선장은 천천히 발음하면서 받아썼다.

「두 배라고, 두 배! 무슨 말인지 알겠소, 선장?」

아니, 선장은 무슨 말인지 전혀 알 수 없었다. 율리우스도 마찬가지였다. 심지어는 자신도 그렇다고, 다시 둘만 남게 되었을 때 알란이 고백했다.

「그래, 내가 좀 과하게 꾸며 낸 것 같아.」

「아, 그래요? 어느 부분에서요?」 율리우스가 물었다.

「전부 다.」

72

박종운 선장은 〈한번 생각해 보겠소〉라는 말 외에는 다른 약속 없이 두 사람과 헤어졌다. 사실 그는 이미 충분히 생각해 보았다. 아직 상황은 위험성을 포함하고 있었지만, 이 일을 통해 공화국과 자신이 얻게 될 이득이 너무 많았다. 열간 뭐시기 기술의 열쇠를 쥐고 있는 인물의 머리털 하나라도 건드리는 것은, 아니 그의 기분을 조금이라도 상하게 하는 것은 매우 어리석은 짓일 터였다.

선장은 마침내 결론을 내렸다. 어쨌든 그가 할 수 있는 최선의 결론을 내렸다. 곧 그는 암호화된 메시지를 작성하여 최고 영도자님께 보낼 거였다. 하지만 먼저 해야 할 일이 있었다.

선장이 떠나고 나서 10분 후, 누군가가 선실 문을 조심스레 두드렸다. 알란과 율리우스를 감시하는 임무를 맡은 선원이었다. 그는 선장이 보내는 것이라며 먼저 샴페인 병을, 그다음에는 적갈색 쿠바산 럼주 병을 내밀었다. 그러고 나서 두 신사분께서 식사 때 뭔가 음료를 원하시느냐고 러시아어로 물었다.

「고맙지만, 지금으로선 부족한 게 없는 것 같소.」 알란이 대답했다. 「그리고 이 차는 당신이 마셔도 좋소.」

선원은 허리를 굽혀 공손히 인사하고 찻잔은 건들지 않고 방을 나갔다. 그리고 몇 분 후, 그는 쌀밥과 갈비탕을 가지고 돌아왔다.

두 노인은 아주 맛나게 그릇을 비웠다. 문제는 음식을 어떻게 소화시키느냐였다.

「먼저 럼주부터 마셔야 해.」 알란이 잘라 말했다. 「샴페인은 디저트로 남겨 놓고 말이야. 이 차는 우리가 칫솔을 가져왔다면 양치하는 데 쓸 수 있었을 텐데, 좀 아깝군. 어쨌든 열간 등압 압축법과 GDM에 대해서는 내일 같이 생각해 보자고.」

「우리가요?」 율리우스가 반문했다.

인도양

〈명예와 힘〉호의 선장이 보낸 암호화된 보고서는 센세이셔널한 것이었다. 보고서를 직접 읽어 본 김정은은 스스로 결론을 이끌어 냈다. 그는 사안을 부하들에게 맡기기 싫어한다는 점에서 워싱턴의 트럼프와 비슷했다. 트럼프는 읽지도 않고서 결론을 내린다는 점에서 차이가 있긴 했지만.

선장은 〈열간 등압 압축법〉이라는 세상에 존재하지도 않는 명칭을 제대로 쓰는 데 성공했다. 그리고 별 의미 없는 약자 GDM도 틀리지 않게 써놓았다. 반면 국제적 핵무기 전문가 알란 칼손은 그의 펜 끝에서 스위스 사람이 되어 버렸다.

하지만 이 실수는 다음에 일어난 일들을 생각하면 오히려 행운이라 할 수 있었다. 스웨덴의 외무 장관이 핵무기와 관련하여 은밀히 대화를 나누자고 하더니만, 며칠 후에는 역시 스웨덴 사람인 핵무기 전문가가 등장한다? 음모론으로 가득 찬 뇌에게는 의심하기 딱 좋은 얘기였을 것이다. 하지만 선장의 실수 덕분에 상황은 그럴 듯하게 느껴졌고, 김정은은 여기서 어떤 가능성을 보기 시작했다.

〈명예와 힘〉호는 며칠 후에 평양 남쪽에 위치한 남포항에 도착할 예정이었다. 가만 있어 봐, 이거, 잘하면……. 김정은은 속으로 중얼거렸다. 그리고 자신의 생각에 전적으로 동의했다. 그래, 언론전도 전쟁이야! UN과 그 스위스 전문가의 도움을 받는다면, 우리 공화국은 이 영역에서 빛나는 승리를 거둘 수 있지 않겠어?

최고 영도자는 비서를 불러 짤막하게 지시했다. 「스웨덴 대사를 데려 와!」

「네, 최고 영도자 동지! 그런데 언제 말씀이십니까?」

「당장!」

「저와 무슨 하실 말씀이라도 있으십니까, 최고 영도자 각하?」 한 시간도 못 되어 주석궁에 헐레벌떡 달려온 뢰벤스티에르나 대사가 물었다.

「당신과 할 얘기는 별로 없고, 할 말은 있소.」 김정은이 대꾸했다. 「비공식 회담을 위해 UN 안전 보장 이사회를 초청하기로 결정했소. 여기 오고 싶다는 그 사람 이름이 뭐였죠?」

「마르고트 발스트룀입니다. 스웨덴 외무 장관이죠.」

「좋소. 오라고 하시오. 지금 당장!」

「그러면 저는 이만 물러나겠습니다.」 대사는 이날 두 번째로 같은 말을 했다.

그러고는 또다시 뒷걸음쳐서 최고 영도자 집무실을 빠져나왔다. 이때 속으로 웅얼거린 말은 자기 가슴속에만 담아 두었다.

탄자니아

미국인들과 달리 독일인들은 우주 공간에서 특별히 뛰어나
다고 할 수 없었다. 하지만 지상에서는 아주 강했고, 특히 아프
리카에서 그랬다. 독일의 CIA라 할 수 있는 독일 연방 정보부
는 전 세계에 산재한 비밀 사무실 중 하나를 다르에스살람 시
내의 한 이발소에 설치했다. 그곳 책임자는 자기중심적이고
비호감이지만 능력이 없지는 않은 남성 요원이었고, 그의 부
하는 온순한 성격에 우울증에 빠져 있지만 능력은 그보다 조
금 더 많은 여성 요원이었다.

수개월 동안 콩고의 연구소 조수에 대해 조사 작업을 벌이
고, 모두가 가명 아래 신분을 감추려 드는 환경 가운데서 끈기
있게 네트워크를 구축한 결과, 다르에스살람 주재 독일 연방
정보부는 소량의 농축 우라늄이 곧 콩고를 떠나 탄자니아를
거쳐 남쪽으로 갈 거라는, 서로 일치하는 정보들을 수집할 수
있었다.

하지만 거만한 A 요원에게 있어서 세계를 구하는 일보다 더
중요한 몇 가지 중의 하나는 성탄절 기간에 본국으로 돌아가

위태로운 가정의 평화를 지키는 일이었다. 온순한 B 요원은 이 현실을 받아들였고, 성탄절과 새해를 다르에스살람의 이발소에서 혼자 보내야 했다. 사실 그녀에게는 돌아가야 할 가정도 없었으니, 뢰델하임의 치과 의사인 그녀의 남편은 얼마 전에 더 젊고 더 멋진 치아를 가진 여자로 갈아탔던 것이다.

휴가가 끝난 뒤, 그들은 다시 퍼즐 맞추기 작업을 매일, 그리고 매주 끈기 있게 해나갔다. 우라늄은 콩고를 떠나 모잠비크로 간 듯했다. 극히 우려스러운 상황이었는데 이곳의 지배자는 마르크스-레닌주의 반군 출신으로, 김정은의 친구였기 때문이다.

거만한 요원과 온순한 요원은 속이 탔다. 우라늄은 어선에 실려 예전에 소련과 긴밀한 관계를 유지하던 섬인 마다가스카르로 향했다. 거기서부터 자취는 흐려져 버렸다. 그리고 더 이상의 정보를 얻을 수 없었다.

A 요원은 상관의 자격으로, 무슨 일이 일어났는지 알아내는 임무를 B 요원에게 맡기기로 결정했다. 온순한 B 요원은 며칠 동안 분석해 본 끝에 세 개의 가능한 시나리오를 제출했다. 가장 개연성이 없는 시나리오는 우라늄이 아직 마다가스카르에 있다는 거였다. 우라늄을 다시 포장하여 온 길을 되돌아간다? 이건 별로 논리적이지 못한 가설이었다. 그게 아니라면 하늘이나 바다를 통해 어디론가 가고 있을 거였다. 그런데 비행기로 이동한다면 필연적으로 국제공항을 거칠 수밖에 없는데, 짐 속에 우라늄 몇 킬로그램이 든 상태로 그렇게 하기란 불가능했다. 그렇다면 남는 것은 왔을 때 사용했던 것과 같은 운송수단인 선박인데……. 온순한 B 요원은 우라늄이 대양을 건널

수 있을 정도로 상당히 큰 선박에 실려 마다가스카르섬을 떠났을 거라는 결론을 내렸다. 아마도 인도양이나 대서양 쪽으로 갔으리라. 거만한 A 요원은 고개를 끄덕이고, 자기 이름으로 보고서를 베를린에 보냈고, 그의 부하는 이에 대해 찍소리도 하지 못했다.

다음 단계는 최근에 토아마시나 항구를 거쳐 간 모든 화물선의 리스트를 뽑는 일이었다. 신통한 결과가 나오지 않자, A와 B 요원은 문제가 된 기간에 마다가스카르 근해에 있었던 모든 의심 가능한 배들로 조사 범위를 확장했다.

이렇게 해서 얻은 결과물은 딱 하나, 북한의 화물선 〈명예와 힘〉호였다.

이 화물선은 쿠바의 아바나에서 평양으로 항해하다가, 보름 전에 마다가스카르 남단 바로 옆을 스쳐 갔던 것이다.

미국이 독일 총리 앙겔라 메르켈의 휴대폰을 도청했다는 사실이 세상에 알려진 이후로 두 나라의 관계는 썩 좋지 못했다. 메르켈 총리는 문제의 휴대폰으로 오바마 대통령에게 전화를 걸어서는, 지금 자신이 하는 말을 CIA가 듣고 있길 바란다고 쏘아붙였다고 한다.

이처럼 양국 관계가 경직된 이유도 있었지만, 인간 자체가 못 돼먹은 독일 연방 정보부 아프리카 지부 책임자는 왜 CIA가 〈명예와 힘〉호의 정확한 항로를 추적하고, 현 위치를 파악하는 데 도움을 주어야 하는지를 그의 미국 동료에게 설명할 때 새빨간 거짓말을 하면서 아무런 죄책감도 느끼지 않았다.

A 요원으로부터 문제의 북한 선박은 브라질 폭스바겐 공장

에서 벌어진 산업 스파이 행위와 관련이 있다는 말을 들은 CIA는 그들이 아는 것을 모두 알려 주었다. 불평하지도, 꾸물대지도 않고 제꺼덕 말이다. 총리의 휴대폰에 저지른 바보 같은 실수 때문에 그들은 독일인들에게 빚이 있는 셈이었고, 그 빚은 상당히 오랫동안 갈 거였다.

북한 화물선은 그들의 목적지를 고려해 볼 때 필요 이상으로 가까이 마다가스카르 해안에 접근했다고 한다. 미국 인공위성이 제공한 데이터에 의하면, 선박이 섬을 따라 돌면서 항속을 늦추기까지 했다는 거였다.

독일 요원들은 우라늄이 곧 북한에 도착하여 독일을 비롯한 전 세계가 규탄해 마지않는 핵 프로그램을 위해 사용될 거라는 심각한 결론에 도달했다.

비상사태였고, 서둘러야 했다!

아니, 나중에 알게 된 사실이지만, 그렇게 서두를 필요는 없었다.

〈명예와 힘〉호는 이미 두 시간 전에 북한 해역으로 들어갔고, 이날 안으로 남포항에 도착할 것이기 때문이었다.

북한

우라늄이냐, 플루토늄이냐? 플루토늄으로 갈까, 우라늄으로 갈까?

김정은은 그 답이 플루토늄이기를 바랐고, 만일 러시아인들이 원심 분리기를 주겠다는 약속을 지켰다면 그리됐을 것이다. 혹은 북반구에서 평양 원자력 연구소 소장보다 더 한심한 유일한 인물이 1백 킬로미터 북쪽에 있는 영변 플루토늄 공장의 책임자가 아니었더라면 그리됐을지도 모른다. 그들이 공화국에 큰 대가를 강요해 가며 이룩한 성과는 미국과 그 꼭두각시들을 조금 약 오르게 했을지는 모르지만, 실질적인 힘의 과시가 되기에는 어림도 없었다.

하여 김정은은 영변 플루토늄 공장 책임자를 무능하다는 이유로, 다시 말해서 국가 반역죄의 죄목으로 처단해 버렸다. 이것은 최고 영도자의 모든 결정이 그렇듯 올바른 결정이었으나, 결과적으로는 무능한 인물을 똑같은 운명이 기다리고 있는 또 다른 무능한 인물로 교체한 것에 지나지 않았다. 평양의 연구소 소장이 겁에 질린 얼굴로 벽에 바짝 붙어 다니는 데에는 다 이유가 있었다.

결국 최고 영도자 자신이 직접 나서는 수밖에 없었다. 그는 해외 암시장에서 농축 우라늄을 구입하라고 지시했다. 처음에는 시험적으로 3~4킬로그램만 사기로 했다. 러시아인들이 추천한 공급자가 과연 신뢰할 만한지를 확인해야 했고, 보다 많은 양의 구매로 넘어가기 전에 밀반입 루트를 시험해 봐야 했다. 수백만 달러어치의 피 같은 우라늄이 악마들에게 압수되는 일이 있어서는 아니 되니까 말이다.

우라늄 몇 킬로그램을 가지고는 — 심지어는 반 톤을 가지고도 — 전면전에서 승리하기에는 충분치 못했지만, 김정은이 의도하는 바는 그게 아니었다. 그는 남한이나 일본을 공격하는 것은 세계 전체를 파괴하는 것이라는 사실을 알고 있었다. 혹시나 미국을, 아니 괌이라도 적중시킬 수 있다면 말할 것도 없었다. 물론 4킬로그램은 별것 아니었지만, 그의 진정한 목적은 다른 데에 있었다. 즉 그의 힘을 보여 줌으로써 워싱턴의 개들로 하여금 그들이 이라크, 아프가니스탄, 리비아에서 했던 짓을 북한에게도 하려는 생각을 포기하게 하는 거였다. 앙칼지게 물어뜯을 힘이 없는 나라는 산 채로 잡아먹힌다는 사실을 역사는 보여 주었다. 또 핵무장 프로그램은 갈수록 대담해지는 수사(修辭)를 가능케 함으로써, 인민의 사기와 최고 영도자의 위상을 드높일 수 있다는 이점도 있었다.

김정은은 자기 자신과 아버지와 할아버지 외에는 아무것도 믿지 않았다. 북한에서는 종교가 금지되었다. 하지만 지금 자신의 목적을 위해 가장 필요한 바로 그 인물이 인도양 한가운

데서 버드나무 바구니를 타고 표류하다가 북한 화물선에, 그
것도 우라늄을 시험적으로 운반해 오는 배에 구조되었다는 소
식을 들었을 때, 그는 여기에 어떤 초월적인 힘이 개입했다고
믿고 싶었다. 물론 그 사람이 그의 주장대로 핵무기 전문가여
야 하겠지만…… 이 점은 곧 확인할 수 있으리라.

어쨌거나 그 귀한 인물을 데려오는 선장은 스스로 생각할
능력이 있는 친구임에 틀림없었다. 이 친구에게는 훈장을 수
여하리라. 그리고 보위부장으로 하여금 그를 철저히 감시케
하리라. 이 친구는 스스로 생각할 능력이 있는 바, 거기서 한
걸음 더 나가면 쿠데타도 생각해 낼 수 있을 테니 말이다.

세상에는 우라늄이 얼마든지 있었다. 물론 공급자가 있어야
하지만, 이제 그걸 찾아낸 것이다. 김정은은 북한 우라늄의 주
요 공급자가 미국인들이 콩고에 세운 시설의 책임자라는 사실
이 아주 고소하게 느껴졌다.

수소 폭탄이 있다면야 더 바랄 게 없겠지만, 그것을 만들려
면 우선 제대로 된 플루토늄 생산 라인이 있어야 하고(평양과
영변의 얼뜨기들에게 이걸 기대하기는 힘들 것 같고), 그다음
에는 중수소와 삼중수소를 융합하여 헬륨 원자를 만들기 위한
엄청나게 복잡한 무언가와, 또…… 뭐, 어쨌든! 김정은의 두뇌
는 연구원들이 반나절이면 해결할 수 있어야 할 사소한 것들
로 무겁게 하기에는 너무나도 소중한 민족의 자산이었다.

수소 폭탄은 단 한 발로 일본과 남한을 지도에서 깨끗이 지
워 버릴 수 있다는 이점이 있었다. 문제는 그리되면 30초 후에
북한 역시 똑같은 운명을 맞게 된다는 사실이었다. 하지만 저

못 돼먹은 미국 놈들과 일본 놈들과 남조선 놈들이 김정은도 이 점을 잘 알고 있다는 것을 이해하지 못한다면, 폭탄은 그가 원하는 기능을 발휘할 수 있을 터였다.

아쉽지만 수소 폭탄은 아직 시기상조였다. 플루토늄 공장이 여전히 지지부진하니까 말이다. 하지만 지금 우라늄이 태평양의 물살을 가르며 달려오고 있고, 또 어쩌면 그걸 제대로 사용할 줄 아는 인물도 같이 오고 있었다.

이제 남은 일은 전 세계로 하여금 이 엄청난 사실을 알게 하는 거였다.

북한

　최고 영도자는 결코 틀리는 법이 없으므로, 김정은은 그가 추진하는 핵무장 계획의 모든 문제들에 대한 해결책인 백한 살 먹은 노인이 평양에서 남쪽으로 60킬로미터 정도 떨어진 남포항에 곧 도착한다는 〈명예와 힘〉호 선장의 보고를 듣고 나서, 애송이처럼 흥분하지 않았다.

　대신 그는 저녁에 차를 들며 곰곰이 생각해 보았다. 이 스위스 사람 칼손은 정말로 자신이 주장하는 대로 핵무기 전문가일까?

　〈명예와 힘〉호 선장의 보다 상세한 두 번째 보고에 따르면, 칼손은 플루토늄 제조와 관련하여 공화국이 고민하고 있는 부분에 대해 놀라운 통찰력을 보여 주었다고 한다. 이걸 보면 그를 믿을 수 있을 것 같기도 했다. 또 그의 국적이 스위스라는 점도 마음에 들었다. 김정은 자신도 어렸을 때 스위스에서 살면서 공부한 적이 있었다. 사람들은 스위스에 대해 이러쿵저러쿵 말이 많다. 물론 그들은 요즘의 거의 모든 사람들과 마찬가지로 경멸스러운 자본주의자들임에 틀림없다. 아니, 누구보다 지독한 자본주의자들일 수도 있었다. 그리고 그들은 그 빌어먹을 스위스 프랑을 엄청나게 떠받든다. 마치 스위스 프랑에는 북한의 원화에 없는 뭔가가 있기나 한 것처럼 말이다.

하지만 그들은 시간을 칼같이 지키는 사람들이었다. 마치 머릿속에 뻐꾸기시계를 박아 놓은 것 같았다. 그리고 그들은 무슨 일이든 제대로 해냈다. 한마디로 스위스 출신의 핵무기 전문가가 돌팔이일 리는 없는 것이다. 그렇지 않은가?

어쨌든 이 스위스 노인을 만나 보기 전에 사람들을 시켜 철저히 체크해 봐야 하리라.

하여 김정은은 얼마 전에 사라진 과학자의 후임인 영변 플루토늄 공장의 연구소 소장에게 연락했다. 새 소장은 아직 공장의 문제들에 대해 추궁당하지는 않았지만, 이는 시간문제일 뿐이었다. 우선은 스위스 노인이 북한 땅을 밟자마자 그 노인을 만나서, 최고 영도자에게 데려가기 전에 정말로 노인 자신이 주장하는 사람이 맞는지를 확인하는 임무가 그에게 떨어졌다.

여기는 남포항, 사복 차림의 중년 남자 하나와 젊은 군인 여섯으로 구성된 환영단이 배에서 내리는 알란과 율리우스를 초조한 얼굴로 기다리고 있었다.

「혹시 칼손 선생과 욘손 선생이시오?」 중년 남자가 영어로 물었다.

「오, 제대로 보셨소.」 알란이 대답했다. 「내가 바로 칼손이오. 그런데 댁은 누구시오? 우린 최고 영도자님을 도와드리기 위해 그분을 만나야 하는 걸로 알고 있소만. 보아하니 댁은 최

고 영도자 같아 보이지 않는데? 그렇다면 최고 영도자는 댁이
아닐 거고…….」

사복 차림의 남자는 임무에 바짝 집중해 있었기 때문에 알
란의 수다에 별로 신경 쓰지 않았다.

「그렇소. 난 최고 영도자 동지가 아니오. 난 조선 민주주의
인민 공화국의 한 연구소 소장이오. 당분간 내 이름은 밝히지
않겠소. 우리가 조용히 앉아서 얘기할 수 있는 방을 근처에 마
련해 놨소. 만일 대화가 원만히 진행된다면, 그다음에는 두 분
을 최고 영도자 동지께 모시고 갈 거요. 자, 날 따라오시겠소?
상황이 급박하여 1초도 허비할 시간이 없소.」

연구소 소장은 대답도 기다리지 않고 항만 사무실들이 있는
곳으로 걸음을 옮겼고, 여섯 명의 젊은 군인들은 경호를 위해
알란과 율리우스를 둘러쌌다.

얼마 후에 세 사람은 최고 영도자의 지시에 따라 항만 직원
들이 마련해 준 회의실에 자리를 잡았다. 병사들은 문 앞을 지
켰다.

「자, 그럼 시작합시다. 먼저 칼손 선생부터 시작하겠소. 왜냐
면 당신은 자신이 핵무기 전문가이며, 우리 공화국을 위해 기
꺼이 봉사할 뜻이 있다고 말씀하셨기 때문이오. 당신이 우리
를 위해 정말로 봉사할 뜻이 있는지, 그리고 구체적으로 어떤
점에서 기여할 수 있는지 알아보기 위해 몇 가지 질문을 하겠
소. 간단히 말해서, 내 임무는 당신이 사기꾼이냐, 아니냐를 판
단하는 거요.」

뭐, 사기꾼이라고? 알란은 기가 막혔다. 상황상 어쩔 수 없
이 없는 과거를 하나 꾸며 냈다 해서 사기꾼이라고 할 수는 없

잖아?

「아니, 난 사기꾼이 아니야. 그저 평범한 늙은이일 뿐이야. 긴 여행에 지친 늙은이, 조금 배고프고 목마른 늙은이, 그리고 기타 등등으로 힘들어하는 늙은이일 뿐이라고. 아, 그리고 여기 있는 율리우스는 아스파라거스를 재배하는 농부야. 특히나 녹색 아스파라거스를 재배하지.」

지금까지 율리우스는 꿀 먹은 벙어리처럼 가만히 있었다. 하기야 그가 무슨 말을 할 수 있겠는가? 그는 여기서 수만 킬로미터 떨어진 곳에 있게 해달라고 속으로 기도하며 고개를 끄덕였다.

「네, 맞아요. 전 녹색 아스파라거스를 재배해요.」

연구소 소장은 율리우스가 키우는 작물에 대해서는 아무 관심이 없었다. 그는 탁자 위로 몸을 기울이고는 알란의 눈을 똑바로 들여다보았다.

「당신이 정직한 분이라니 정말 다행이오. 단지 난 우리 핵무기 전문가 선생께 나 역시 전문가라는 사실을 상기시키고 싶소. 아스파라거스 같은 엉뚱한 말이나 쓸데없는 말을 늘어놔 봤자 아무 소용 없을 것이오. 그러니 내 질문에나 똑바로 대답하시오. 자, 그럼 첫 번째 질문을 하겠소. 당신은 어떤 동기로 우리 공화국을 도우려는 거요?」

율리우스는 비록 신을 진지하게 믿지는 않았지만 지금 자신이 있는 나라의 위험성을 감안하여 기도를 드렸다. 제발 알란이 너무 오버하지 않게 하옵소서!

「흠, 솔직히 말하자면 당신은 그렇게 전문가처럼 보이지 않는데?」 알란이 대꾸했다. 「정말로 전문가라면 어디 내 도움이 필요하겠소? 아까 언급하신 〈연구소〉는 아마도 플루토늄 공장을 말하는 거겠지? 그래, 북쪽의 공장에서 일하시오? 뭐, 이건 별로 의미 없는 얘기겠지…… 왜냐하면 당신네는 측정 가능한 양의 군사용 플루토늄을 추출하는 데 성공하지 못했을 테니까.」

단 몇 초 사이에 연구소 소장은 대화의 주도권을 잃어버렸다. 알란은 말을 이었다.

「하지만 너무 상심하지 마시오. 이 플루토늄이라는 놈은 엄청나게 복잡한 거라오. 내 생각으로는 당신네는 우라늄 쪽으로 눈을 돌리는 게 좋을 것 같아. 그리고 내가 보기에 당신네는 벌써 이 사실을 깨달은 듯하고.」

진정한 사기꾼들은 너무나도 침착하고 태연하게 말하기 때문에 감히 저항하기 힘든 법이다. 소장이 애초에 지녔던 자신감은 거의 다 사라져 버렸다.

「내가 한 질문에나 대답하시오!」 그는 짧게 말했다.

「기꺼이 대답하리다. 다만 난 지금 이팔청춘이 아니라서, 솔직히 말하자면 아까 무슨 질문을 하셨는지 잊어버렸소.」

연구소 소장도 거의 잊어버렸지만, 열심히 기억을 더듬은 끝에 질문을 다시 반복할 수 있었다.

사실 알란은 북한을 돕고 싶은 생각이 추호도 없었다. 하지만 두 번째 북한 방문에서 살아남는 것을 마다할 생각도 전혀 없었다. 그렇다면 어조를 조금 바꿀 필요가 있었다.

「소장……! 주위를 둘러보시오!」 알란은 갑자기 창문을 가리키며 말했다.

바깥에는 공업지대의 황량한 풍경이 펼쳐져 있었다. 녹지라고는 시뻘겋게 녹이 슨 창고의 좌측에 서 있는 죽은 단풍나무 한 그루가 다였다.

「세상에 이 조선 민주주의 인민 공화국처럼 아름다운 나라는 찾아보기 힘들 거라…… 풍요로운 자연, 헌신적인 사람들, 그리고 갈수록 사악해져 가는 세계에 대한 투쟁……. 누군가는 이 사랑과 평화의 편에 서야 하지 않겠소? 며칠 전에 당신의 나라는 나와 내 친구 율리우스를 구조해 주었다오. 적어도 이 빚은 갚아야 하지 않겠소? 우리는 최선을 다해 당신네를 도와드리겠소. 만일 아스파라거스 재배를 최적화하기 위해 어떤 조언이 필요하다면, 여기 있는 이 율리우스만 한 사람이 없다오. 그리고 만일 당신들이 아마도 확보해 놓았을 농축 우라늄을 최적화하는 방법을 알고 싶다면, 그렇다면 바로 여기에 있는 이 몸에게 물어봐야 한다오.」

사람들은 자기가 듣고 싶은 것만 듣고, 믿고 싶은 것만 믿는 경향이 있다. 연구소 소장은 자기 나라를 칭찬하는 말에 우쭐해져 고개를 끄덕이고는, 공화국은 욘손 선생보다는 칼손 선생께 도움을 청하고 싶다고 말했다. 그런데 좀 더 구체적으로 설명해 주시겠소? 보고서에 따르면 칼손 선생은 열간 등압 압축법의 전문가라 하던데……. 사실 연구소 소장은 죽어라 뒤져 보았지만, 그게 실제로 존재하는 건지 확인할 수 없었다. 그것이 어떤 식으로 작동하는 건지는 더욱 알 수 없었고.

율리우스는 다시금 신에게 기도를 드렸다.

「그 얘기를 하니까 내가 비교적 젊은 나이에 로스앨러모스에서 일하던 시절이 생각나는군.」 알란이 대답했다. 「당시 미국인들은 원자 폭탄을 만들려고 밤낮으로 애를 쓰고 있었는데,

결국에 내가 끼어들어 어떻게 하면 좋을지 살짝 귀띔해 주었지. 하지만 인터넷에는 그 일에 대해 아무런 언급이 없을 거요, 그렇지 않소?」

그렇다. 아무것도 없었다……. 연구소 소장은 인정하지 않을 수 없었다. 그리고 그는 이것은 단지 40년 전에 인터넷이 아직 발명되지 않았기 때문만은 아닐 거라고 느꼈다.

「에, 그러니까, 열간 등압 압축법은 내가 제네바 부근의 한 비밀 연구소에서 개발한 기술이라오.」 알란은 말을 이었다. 「내가 방금 여기에 대해 얘기했기 때문에 이제 그렇게 비밀스러운 곳은 아니지만 말이야……. 당신도 아시다시피, 현 수준의 농축 우라늄의 임계 질량은 25킬로그램, 더 정확히는 25.2킬로그램이지. 그런데 내가 개발한 농축법을 사용한다면, 중성자들은 훨씬 오랫동안 제자리에 붙어 있게 되고, 연쇄 반응은 갈수록 가속되어서, 결국 훨씬 적은 양의 핵심 동위 원소로써 목표물을 콩가루로 만들어 버릴 수 있게 된다오. 특히 몇 톤이나 되는 폭탄을 비행기에 싣는 것보다는 핵탄두를 미사일에다 매달고 싶은 사람에게는 아주 편리한 기술이라 할 수 있지.」

알란은 이 25.2라는 수치를 어딘가에서 읽은 적이 있었고, 너무나도 차분하게 얘기했기 때문에 소장도 믿게 되었다.

「그럼 세부적으로는……?」 소장이 다시 물었다.

「세부적으로? 그런데 우리에게 주어진 시간이 몇 주나 되오? 뭐, 최고 영도자께서는 얼마든지 기다려 주실 수 있으시겠지……. 만일 그러시다면, 나와 또 여기 계신 아스파라거스 재배자 선생의 입장에서 말씀드리는데, 우린 먼저 뭔가 요기 좀 하고, 무엇보다도 침대를 하나, 아니 그보다는 두 개를 얻었으면 하오. 율리우스와 나는 비록 절친이기는 하나, 잠은 따로 자고 싶으니까. 그렇게 배를 좀 채우고 휴식을 취한 다음, 당신에게 기꺼이, 아니 정말로 열과 성을 다하여 소장님이 원하는 모든 것을 설명드리겠소.」

정말이지 101세 노인은 타고난 달변가였다. 연구소 소장은 알란이 추측하고 있는 바대로 김정은은 절대로 1~2주일을 기다릴 수 없다는 사실을 알고 있었다. 아니, 한 시간 이상도 기다리지 못할 거였다. 빨리 결정을 내려야 했다. 소장은 상황상 필요하다면 두 스위스 노인에게 음식과 잠잘 곳을 제공하는 대신에 뒤통수에 총알을 한 발씩 박아 줄 권한이 있었다. 또 그게 민족을 위한 일이라면 이들을 통과시킬 수도 있었다.

어떻게 해야 할까? 이 노인네는 정신 사나울 정도로 수다스러운 게 사실이었다. 하지만 그는 우라늄 임계 질량을 소수점 단위까지 정확하게 말했다. 그리고 너무나 자신만만해 보였다.

소장은 담배 한 개비를 꺼내어 입에 물고는 자신의 라이터를 뒤적거렸다. 그러자 율리우스가 발리에서 슬쩍한 라이터를 그에게 내밀었다. 소장은 감사를 표하고는, 길게 한 모금을 빨았다.

두 번째 모금을 빤 다음, 그는 서둘러 결정해 버렸다. 그렇다, 서둘러야 했다. 최고 영도자 동지는 UN 특사를 평양에 초청하셨고, 그녀와 스위스인들을 함께 보고 싶어 하셨다. 그런데 이 UN 특사는 언제고 도착할 수 있는 것이다.

「우리는 선생의 그 가압법을 처음부터 끝까지 아주 면밀하게 검토해 볼 것이오.」 소장이 말했다. 「여기에 대해선 절대로 실수하지 마시오. 하지만 먼저 두 분을 최고 영도자 동지께 데려가게 하라고 요청하겠소.」

소장은 라이터를 잃어버려서 기분이 언짢았지만, 자기 목소리가 아주 자신 있게 들려서 기분이 좋았다. 실제 마음보다도 훨씬 자신 있게 들렸다. 그가 살아 있는 남은 시간 동안은 이제 그렇지 못할 거였지만 말이다.

그는 바짝 얼어 있는 여섯 군인에게 외국인들을 대기 중인 차로 인도하라고 지시했다.

이렇게 알란과 율리우스는 북한 최대의 위험인물과의 면담을 무사히 통과했다. 하지만 남은 일정도 결코 만만치 않았다. 이제 그들은 GAZ-3111의 뒷좌석에, 가운데 긴 북한 병사의 양 옆에 앉아 있었다. 이 GAZ-3111은 러시아인들이 2004년에 단 아홉 대 생산하고 포기해 버린 모델로, 자기들은 대신 크라이슬러와 계약하고는 이 똥차들을 북한에다 보낸 것이다.

「안녕하시오? 난 알란이라고 하오.」 알란은 군인에게 러시아어로 명랑하게 인사를 건넸으나, 군인은 묵묵부답이었다.

앞좌석의 두 군인에게도 똑같은 말을 반복했지만 아무런 반응도 얻지 못한 그는 율리우스에게 고개를 돌리고는 최고 영도자와의 오후 시간은 이보다는 덜 따분했으면 좋겠다고 말했다. 율리우스도 대꾸하지 않았다. 이런 상황에서 〈따분하다〉라는 표현을 사용할 수 있는 인간은 인지 능력의 상당 부분을 상실한 게 분명하다고 생각하면서. 지금 율리우스가 취하고 있는 전략 — 자신의 목숨을 아무 생각 없는 백한 살 노인네의 손에 맡기는 전략 — 은 정말이지 실행하기가 너무나 힘들었다.

그는 깊이 심호흡을 하고 눈을 꽉 감고는 속으로 999부터 시작하여 숫자를 거꾸로 세기 시작했다. 그리고 이게 얼마간 도움이 되는 걸 느꼈다.

알란은 율리우스가 뭔가로 인해 마음이 무거워졌다고 느꼈지만, 그게 뭔지 알 수 없었다. 율리우스가 속으로 200까지 도달했을 때, 친구의 기분을 풀어 주고 싶었던 알란은 검은색 태블릿으로 뭔가 재미있는 것을 읽어 주겠다고 제안했다.

187, 186…… 아! 이젠 더 이상 참을 수 없었다! 율리우스는 셈을 중단하고, 두 눈을 번쩍 떴다.

「아, 이런 엿 같은!」 그는 소리쳤다. 「정신 바짝 차리지 않으면 우리가 전 세계에서 가장 재미난 뉴스거리가 될 거란 말이오! 그 빌어먹을 열간 등압인지 얼간이 등신인지 뭔가 하는 것에나 좀 집중하면 안 되겠소? 10분 후에 영감은 우릴 죽일 수도 있고 살릴 수도 있는 사람과 얘기해야 한다고! 그러니 그 빌어먹을 태블릿을 잠시 내려놓고 정말로 중요한 것들을 생각해 볼 수는 없는 거요?」

알란은 눈길을 왼쪽으로, 그러니까 율리우스 머리 뒤쪽의 차창으로 돌렸다.

「10분 후에? 아냐, 자네가 잘못 생각했어. 우린 벌써 도착한 것 같아.」

알란과 율리우스는 드디어 북한의 심장부에, 다시 말해서 넓이가 3백 평방미터이고, 천장 높이가 16미터나 되는 최고 영도자의 웅장한 집무실에 인도되었다. 방 저쪽에는 서류 가방 하나, 인터폰, 깃펜 한 자루, 서류 몇 장이 놓인 참나무 책상이 보였고, 그 뒤의 벽에는 〈영원한 주석〉의 거대한 초상화 네 점이 걸려 있었다. 최고 영도자 자신은 어디에도 보이지 않았다. 그들을 인도해 온 군인들이 서둘러 두짝문을 닫고 나간 뒤, 두 노인은 얼마 동안 방 안에 혼자 있어야 했다.

「야, 이거 여기서 연도 날릴 수 있겠는걸? 창문을 열어 바람만 조금 통하게 한다면 말이야.」 알란이 방을 둘러보며 감탄했다. 「심지어는 열기구도 띄울 수 있겠어.」

「열간 등압 압축법에나 집중하라고요!」 율리우스가 쏘아붙였다. 「내 말 듣고 있어요? 열간 등압 압축법!」

존재하지 않는 어떤 것에 대해 생각하는 것은 결코 쉽지 않은 일이었지만, 알란은 이런 말을 하여 이미 상당히 동요하고 있는 친구를 더 불안하게 만들고 싶지 않았다.

바로 이때, 책상 뒤편의 조그만 문이 열렸다. 가죽 권총집을 찬 군인 한 명이 들어와 차렷 자세를 취했다. 그 뒤로 최고 영도자가 뒤뚱뒤뚱 걸어 들어왔는데, 거창한 칭호에 비해서는 팔다리가 다소 짧다고 알란은 생각했다.

「자, 두 분도 거기 앉으시오!」 김정은이 책상 맞은편의 두 의자를 가리키며 청하면서 자신도 안락의자에 털썩 궁둥이를 내려놓았다.

「감사합니다, 최고 영도자님!」 율리우스가 공손하면서도 주눅 든 목소리로 대답했다.

「나도 고맙소.」 알란이 말했다. 「그런데 혹시 이 서먹한 분위기를 깨기 위해 뭔가 마실 만한 게 없겠소? 지금 식사 준비하는 게 어렵다면, 우리가 조금 기다려 줄 수 있고.」

김정은은 서먹한 분위기를 깨야 할 필요성을 전혀 느끼지 않았다. 하지만 그는 1970년대에 만들어진 소련제 인터폰을 통해 차를 주문했다. 그러자 10분도 안 되어, 한 북한 군인이 쟁반을 수평으로 받쳐 드느라 뻣뻣하기 이를 데 없는 자세로 들어왔다. 그는 그의 언어로 뭐라고 했는데, 아마도 늦게 가져와서 죄송하다는 말인 듯했다. 최고 영도자는 그를 내보내고 두 손님을 향해 찻잔을 들어올렸다.

「자, 우리의 길고도 유익한 협력 관계를 위하여! 아니면 그 반대를 위하여!」

알란은 차를 마시는 시늉을 했다. 율리우스도 방금 최고 영도자가 건배하며 흘린 암시에 바짝 얼어서는 알란처럼 했다. 하지만 끔찍한 차 맛이 조금 느껴지기 시작하자, 자신들의 목숨을 구하는 일을 계속 알란에게 맡기는 게 좋겠다는 생각이 들었다. 101세 노인은 여러 가지 결점이 있는 것은 사실이었으나, 적어도 한 가지 재능은 특출했으니, 바로 어느 상황에서고 살아남는 것이었다. 무엇보다도 안전이 우선이었다. 일단 공을 알란에게 넘기고 자신은 앉아서 구경이나 하는 게 상책이었다.

「최고 영도자님.」 그가 말했다. 「저는 율리우스 욘손이라고 하옵니다. 전 여기 계신 세계 최고의 핵무기 전문가이자 제 친구이기도 한 알란 칼손 씨의 수석 조수로서, 이분께 기꺼이 발언권을 넘기겠습니다.」

「아, 아, 잠깐.」 김정은은 미소를 지으며 손바닥을 내밀었다. 「우린 지금 내 집무실에 있고, 누가 말할지는 내가 결정하겠소. 당신이 수석 조수라 했소? 그렇다면 다른 조수들은 어디 있소?」

율리우스가 간신히 뽑아낸 언어 능력은 금방 다시 사라져 버렸다. 이를 알아챈 알란이 서둘러 구조에 나섰다.

「최고 영도자님, 내 조수가 생각을 정리하고 있는 동안 내가 한 말씀 드려도 될까요? 아주 중요한 얘기인데, 물론 최고 영도자께서 이 나라의 미래를 걱정하고 계시다면 말이죠.」

김정은은 이 문제에 지대한 관심을 갖고 있었다. 이 나라의 미래가 자신의 미래와 밀접히 연관되어 있기도 하고 말이다.

「알겠소, 그렇게 하시오.」 그는 불쌍한 율리우스를 놓아주면서 대답했다.

「네, 좋아요.」 알란이 말을 이었다. 「우선 나는 지금 이 나라를 둘러싼 사악한 세력들에 대한 최고 영도자님의 치열한 투쟁에 대해 경의를 표하고 싶소. 우리 최고 영도자께서는 아버님과 할아버님의 유업을 훌륭히 이어 가고 계시지.」

율리우스의 머릿속에 다시 희망의 빛이 어른대기 시작했다. 알란은 상대방의 기분을 잘 맞춰 주고 있었다!

「선생께서 거기에 대해 뭘 알고 계시오?」 김정은의 어조가 약간 방어적으로 변했다.

사실 김정은이 하는 일들에 대해 알란이 아는 것이라곤 검은색 태블릿에서 읽은 게 전부였다. 그리고 그 내용이 항상 예쁜 것만은 아니었다.

「오, 난 다 알고 있어요.」 알란이 대답했다. 「하지만 최고 영도자님의 공적에 대해 얘기하다 보면 최고 영도자님의 소중한 시간을 너무 많이 잡아먹을 거라서…….」

그의 말은 사실이었다. 적어도 시간에 관한 한은 사실이었다. UN 특사인 스웨덴 외무 장관이 순안 국제공항에 언제고 도착할 수 있었고, 그리되면 최고 영도자의 홍보 작전은 결정적 단계로 들어가야 했다.

「좋소.」 김정은이 말했다. 「그렇다면 나한테 하고 싶다는 그 중요한 얘기가 뭡니까? 내 생각으로는 그 열간 등압 압축법에 관련된 얘기가 아닐까 싶은데?」

「네, 바로 그거요. 그러니까 내가 하고 싶은 말은, 나와 내 조수가 열간 등압 압축법에 대한 우리의 모든 지식을 북한에 전수하고, 그 대가로 일이 끝난 후에 우리가 유럽으로 돌아갈 수 있게끔 최고 영도자께서 좀 도와주십사, 하는 것이오. 북한은 정말로 환상적인 나라이긴 하지만…… 그래도 세상에 자기 고국만 한 게 또 있겠소?」

김정은은 고개를 끄덕였다. 이런 종류의 계약에 서명하는 것은 아무런 문제가 없었으니, 계약을 지킬 뜻이 전혀 없었기 때문이다. 만일 이 노인이 이렇게 늙은 것만큼이나 능력이 있다면, 이런 귀한 지식을 가지고서 유럽이나 다른 곳에서 빈둥거린다는 것은 말도 안 되는 일이었다. 그는 영원히 공화국에 머물러야 했다. 얘기 끝!

「음, 알겠소!」 최고 영도자가 흔쾌히 수락했다.

그러고 나서 알란 칼손과 그의 조수에게 지금 가지고 놀 수 있는 농축 우라늄이 4킬로그램 있으며, 5백 킬로그램은 오고 있는 중이라고 설명했다. 그리고 이 4킬로그램은 그들과 같은 배를 타고 왔단다.

「제대로 납으로 싸 가지고 말이오.」 김정은은 이렇게 말하면서 책상 위의 밤색 서류 가방 위에 손을 올려놓았다.

불행히도 그에게는 그 열간 등압 압축법으로 이 가방 속의 내용물을 가지고 무얼 할 수 있는지 물어볼 시간이 없었다. 비서 한 명이 방 안에 들어와서는 최고 영도자의 귀에 대고 뭐라고 속삭였다.

「고맙소.」 김정은이 말했다. 「선생의 그 압축법에 대해 좀 더 들어 보고 싶소만, 이제 다른 곳으로 이동해야겠소. 우리 세 사람은 KCNA로 갈 거요. 아니, 수석 조수는 그럴 필요가 없으니, 곧장 호텔로 가 계시오.」

김정은은 벌떡 일어나 두 노인에게 자신을 따라오라고 손짓했다. 율리우스는 김정은을 따라 알 수 없는 이니셜의 장소로 가는 것과 거기에 못 가는 것 중에서 뭐가 더 나쁜 것인지 판단할 수 없었다.

「KCNA?」 그는 불안한 얼굴로 알란에게 속삭였다. 「그게 뭘까요?」

「뭐, 보면 알겠지. 어쨌든 우리가 마신 차와는 달리 좀 마실 만한 것이었으면 좋겠어. 아니면 먹을 만한 것이든지.」

북한

한국은 무려 1272년 동안 단일 국가를 이루어 왔다. 그러다가 상황이 급속도로 나빠졌다. 제2차 세계 대전이 끝난 후, 미국인들과 러시아인들은 제각기 한국인들이 무얼 원하는지 안다고 주장하면서, 당사자의 의견을 묻는 것은 불필요하다고 생각했다. 러시아인들은 어느 공산주의자를 북쪽의 권좌에 앉혔고, 미국인들은 어느 반공주의자로 하여금 남쪽의 권력을 쥐게 했다. 북쪽의 사내는 온 나라가 자기 것이라 생각했고, 남쪽의 사내도 똑같이 생각했다.

이러한 상황은 역사책들이 〈한국 전쟁〉이라고 부르는 싸움으로 이어졌다. 물론 한반도에서는 다른 싸움도 많았지만, 인간의 기억이란 그리 길지 않은 것이다.

2백만이 넘는 한국인이 (그리고 얼마간의 외국인도) 사망한 후, 사람들은 이제는 충분하다고 느꼈다. 그들은 땅 위에 선을 쭉 긋고는(사실은 전쟁 전부터 선이 그어져 있었다), 당분간 각자의 쪽에 머물러 있기로 결정했다.

북쪽의 공산주의자는 이른바 〈주체사상〉이라는 것을 발명하여 정치 이념으로 내건 반면, 남쪽의 지배자는 그의 독재 체제에 아무런 그럴싸한 이름을 붙이지 못했다.

세월이 흘렀다. 세상의 지도자들이 다 그렇지만, 양쪽에서는 지도자들이 새로 나타나고 또 사라져 갔다. 남쪽의 독재 체제는 점차로 와해되어 갔고, 북쪽의 〈주체〉 체제는 과도하게 발전한 나머지 얼마 안 가 사람들이 굶주리기 시작했다.

오직 자신만을 믿는 사람들은 남을 쉽게 의심하는 법이다. 미국이 전술 핵무기를 휴전선 남쪽에 배치하는 것을 남측이 허용하자, 북측은 이를 아주 고약하게 여겼고, 일이 잘못되어 갔다. 적어도 군축의 관점에서는 그랬다.

지금으로부터 40여 년 전, 스웨덴 예테보리 외곽에 위치한 볼보 공장은 번쩍거리는 세단을 1천 대나 평양에 보내고 나서 축하 행사를 벌였다. 하지만 이 축하 행사는 너무 성급한 것임이 드러났으니, 북한 사람들이 돈 쓰는 우선순위를 재조정한 것이다. 그들은 수입 대금을 지불하는 대신에 핵무기 제조 시설을 짓기로 결정했다. 현재까지도 볼보는 북한으로부터 단 한 푼도 못 받은 상태이다.

그럼에도 불구하고 휴전선에서는 간간히 대화가 이어져 왔다. 분명히 어떤 해결책이 있을 거였다. 21세기가 시작되고 나서 얼마 동안, 전망은 아주 밝아 보였다.

하지만 문제는 골치 아프게도 지도자들이 계속 바뀐다는 점이었다. 맨 나중에 등장한 지도자는 김정은과 도널드 J. 트럼프였고, 2017년 북한과 세계 나머지 국가들 간의 긴장은 최고조에 달했다.

이 둘 사이에 낀 UN 특사 마르고트 발스트룀에게는 자신의 임무가 쉬울 거라는 환상이 전혀 없었다.

UN 특사를 실은 비행기가 예정보다 10분 일찍 순안 국제공항에 착륙했다는 소식을 들은 김정은은 곧바로 알란과 율리우스와의 면담을 중단했다. 발스트룀은 최고 영도자가 기다린다는 말을 들었고, 리무진까지 인도되었다. 그녀의 짐은 본인의 요청에 따라 호텔이나 스웨덴 대사관으로 옮겨질 거란다.

그녀를 실은 리무진은 평양 시내가 있는 남쪽으로 달렸다. 40분 뒤, 리무진은 김정은의 거처인 주석궁을 지나쳐 계속 시내 쪽으로 달렸다.

「잠깐만요, 우리는 최고 영도자님께 가기로 되어 있지 않나요?」 발스트룀이 놀라며 물었다.

「네, 그렇습니다.」 운전사가 짤막하게 대답했다.

그리고 10분 뒤, 리무진은 멈춰 섰고, 발스트룀은 어느 8층 건물 안으로 인도되었다.

「여기가 어디죠?」

그녀가 당황해하며 묻자 안내원이 미소를 지으며 대답했다.

「이곳은 KCNA, 그러니까 조선중앙통신의 본부입니다. 최고 영도자 동지께서 여기서 장관님을 기다리고 계십니다.」

통신사라고? 마르고트 발스트룀은 불안해졌다. 이 방문은 양방 간의 대립 관계를 악화시키지 않기 위해 극비리에 이뤄지기로 되어 있었다. 하지만 이 나라의 어떤 통신사도 먼저 최고 영도자의 승인을 받지 않고는 감히 그녀의 방문을 보도할 수 없었다. 어쩌면 공연히 불안해하는 건지도 몰랐다.

4층으로 인도된 그녀는 긴 복도를 따라 걸었고, 왼쪽으로 돌고, 오른쪽으로 돌고, 또 왼쪽으로 돌았다.

「다 오셨습니다.」경호원이 말했다. 「안으로 들어가십시오.」

만일 벨벳 안락의자를 기대했다면, 마르고트 발스트룀은 실망했을 것이다. 그곳은 어떤 곳처럼 보이냐면…… 그런데 여기가 대체 어디지? 방송국 스튜디오? 공연장의 대기실? 옆쪽에는 케이블들이 어지러이 널려 있고, 한쪽에는 낡은 프로젝터들이 서 있고, 또…….

바로 김정은이 서 있었다.

「오, 장관님, 어서 오십시오!」최고 영도자가 두 팔을 벌리고 반갑게 그녀를 맞았다. 「비행기 타고 오시느라 피곤하지는 않으십니까?」

「오, 고맙습니다……. 뵙게 되어 너무 기쁜데, 우선 두 가지 질문을 드리고 싶네요……. 여기는 어디고, 지금 우린 무얼 하고 있는 거죠?」

「아, 우린 함께 세계를 구할 겁니다. 하지만 먼저 꼭 소개시켜 드릴 분이 있어요. 나도 방금 전에 알게 된 분이죠.」

커튼 밖으로 떠밀려 나온 알란 칼손은 마르고트 발스트룀 쪽으로 향했다.

「자, 이분은 스위스 출신이신 칼손 선생이십니다. 아마도 세계 최고의 핵무기 전문가이실 겁니다. 우리 공동의 목적을 위하여 불원천리하고 조선 민주주의 인민 공화국까지 찾아오신 분이죠.」

마르고트 발스트룀은 걷잡을 수 없는 상황 속으로 빠져드는 것을 느꼈다. 그녀는 김정은의 권유에 따라 스위스 노인과 악수를 나눴다.

「안녕하세요?」 스웨덴 외무 장관은 약간 경계하는 표정을 지으며 영어로 인사를 했다.

「댁도 안녕하슈?」 알란은 쇠데르만란드 억양이 약간 섞인 완벽한 스웨덴어로 인사했다.

김정은은 핵무기 전문가의 알아들을 수 없는 인사말에 반응하지 않았지만, 마르고트 발스트룀은 북한의 핵무기를 업그레이드하려는 사람이 자신의 동포라는 사실을 깨닫고는 오싹해졌다. 아니, 이게 대체 무슨 일이야?

이름이 칼손이라고? 발스트룀 장관은 그와 스웨덴어로 대화를 해보려다가 그만두었다. 지금 취할 수 있는 가장 현명한 선택은 상황을 분석하는 거였다.

최고 영도자는 알란과 UN 특사의 등을 툭툭 치면서 자신은 오늘 저녁 주석궁에서 있을 만찬이 몹시 기대된다고 말했다. 칼손의 수석 조수 욘손도 초대받았단다.

욘손? 이 이름 역시 그다지 스위스적으로 느껴지지 않았다.

「하지만 먼저 기자 회견부터 시작하자고요.」 김정은은 이렇게 말하며 헤드셋을 낀 한 남자에게 손짓을 했고, 남자는 마이크에 대고 뭐라고 지시했다.

갑자기 박수 소리가 들렸다. 그렇다면 여기는 정말로 어느 무대의 백스테이지인 모양이었다. 기자 회견이라고?

「하지만 최고 영도자 각하, 우리가 미디어와 얘기하면 우리가 나누는 대화를 비밀로 할 수 없어요. 우리의 합의 사항은 이게 아니었잖습니까?」 마르고트 발스트룀이 항의했다.

김정은은 너털웃음을 터뜨렸다.

「당연히 우리는 여기서 우리의 대화 내용에 대해 한마디도 하지 않을 것입니다. 또 어떻게 할 수 있겠습니까? 아직 대화를 나누지도 않았는데 말입니다.」

아니, 이 기자 회견은 양측의 공동의 야심을 밝히기 위한 것이란다. 공화국의 최고 영도자로서 김정은은 자기 국민에 대해 의무가 있는데, 발스트룀 외무 장관은 어쩌면 이것을 이해하지 못할 수도 있을 거란다.

「그것은 바로 〈투명성〉이란 것입니다, 발스트룀 여사.」

「아, 괴롭구먼!」 알란이 스웨덴어로 내뱉었다.

어마어마하게 늙어 빠졌고, 스웨덴 사람이 분명한데 자신이 스위스인이라고 주장하고, 북한 핵무기의 미래에 대해 너무나도 헌신적인 이 쭈그렁 영감은 대체 누구일까? 자기 고용주에 대해서는 별로 존경심이 없어 보이는 이 괴상한 노인네 말이다.

스테이지 위에서 어떤 여자가 청중을 앞에 두고 말하기 시작했고, 청중은 잠시 박수를 멈췄다. 이어 그녀는 영어로 바꿔 말했다.

「여기 스웨덴 왕국 외무 장관이시자 UN 특사이신 발스트룀 여사, 그리고 스위스에서 곧바로 날아오신 세계 최고의 핵무기 전문가이시자 우리 공화국의 진정한 벗, 알란 칼손 씨께서 와주셨습니다! 두 분을 열렬히 환영하는 바입니다!」

김정은은 발스트룀과 칼손을 스테이지 언저리까지 인도한 다음, 자신은 거기서 멈추었다. 두 게스트는 네 개의 프로젝터가 내쏘는 눈부신 스포트라이트를 받으며 계속 나아가는 수밖에 없었다. 그들은 각각 테이블 양쪽 끝에 있는 자리로 인도되었고, 청중은 점잖은 박수로 그들을 맞았다. 마르고트 발스트룀은 이 상황이 전혀 마음에 들지 않았다. 주위를 둘러본 알란은 적어도 세 개의 TV카메라가 자신들을 겨냥하고 있는 것을 발견했다.

「그런데 말이오, 내가 TV에 출연하는 것은 이번이 처음이라오!」 그는 외무 장관과 함께 마이크가 놓인 테이블로 향하면서 스웨덴어로 말했다.

진행자는 먼저 UN 특사에게 몸을 돌렸다.

「발스트룀 여사, 여사님께서 이곳에 온 것은 핵무기의 전 세계적 확산과 태평양 건너 저쪽에서 흘러나오는 거친 언사들에 대해 UN과 우리 공화국이 함께 우려하고 있기 때문이 아니겠습니까?」

여기까지는 마르고트 발스트룀도 어느 정도 동의하는 바였다. 그녀는 덧붙였다.

「그리고 그런 언사들이 이쪽에서도 흘러나오고 있고요. 이것은 상호적인 문제예요.」

「발스트룀 여사, 지금까지 우리 공화국을 둘러보면서 어떤 느낌을 받으시었습니까? 이 나라에 대해 어떻게 생각하십니까?」

사실 지금까지 마르고트 발스트룀이 본 것이라곤 공항에서 평양 시내까지 오면서 리무진 차창으로 언뜻 본 농촌과 평양 시내 풍경이 다였다. 농촌은 가난해 보였지만 비참해 보일 정도는 아니었다. 평양 시내는 도로가 운동장처럼 넓었지만 차가 없어 썰렁했고, 갖가지 기념물들만 즐비했다. 개인숭배 분위기가 역력히 느껴졌다.

그녀는 노련한 외교관답게 자신은 떠나기 전에 너무나 푸르고 아름다우며, 날씨도 마음에 드는 이 나라를 좀 더 즐길 기회가 있기를 바란다고 대답했다. 일반적으로 스웨덴 사람이 〈날씨가 마음에 든다〉라고 말할 때는 몸이 동태가 될 정도로 춥다는 뜻이다.

어쨌거나 진행자는 고개를 끄덕였다.

「네, 맞습니다! 〈강성대국〉, 이게 바로 우리 공화국입니다. 여사께서도 이제 그 이유를 깨달으신 듯하군요.」

그녀는 발스트룀에게 대답할 기회도 주지 않고 이번에는 알란에게로 몸을 돌렸다.

「그리고 1200 열간 등압 압축법의 세계적 전문가, 알란 칼손 선생께서도 나오시었습니다. 세계 평화를 위하여 우리 공화국과 당신의 지식을 나누고 싶어 하는 분이시죠. 자, 알란 칼손 선생, 우리의 아름다운 공화국에 대해 어떻게 생각하십니까?」

「에, 그러니까, 내가 이 나라를 방문하는 것은 이번이 처음이 아니라오.」 알란이 대답했다. 「영원한 주석께서 다스리던 시절에 한 번 온 일이 있지. 그런데 검문 바리케이드가 전보다는 줄어든 것 같아…….」

김정은이 자신도 스테이지로 불러 달라고 손짓을 했다. 진행자는 스위스인에 대해 또 다른 질문을 준비해 놓았지만, 최고 영도자는 노인네가 엉뚱한 대답을 할지도 모른다고 경계하고 있었다. 뭐, 검문 바리케이드? 이 영감이 무슨 멍청한 소릴 하는 거야?

최고 영도자에 대해 엄청난 소개의 말이 있었던 모양이었다. 북한의 언어를 모르는 사람으로서는 무슨 말이었는지 이해할 수 없었지만, 어쨌거나 그때까지 미지근한 반응을 보이던 청중은 우렁찬 함성과 함께 일제히 일어나 우레와 같은 박수갈채를 보냈다.

김정은은 먼저 스웨덴 외무 장관에게, 그다음에는 스위스인에게 가볍게 목례를 한 뒤, 자신도 테이블에 와서 앉았다. 청중은 여전히 전원 기립하여 물개 박수를 치고 있었다.

그리고 또 박수를 쳐댔다. 영원히 끝날 것 같지 않은 이 박수는 최고 영도자가 한 손을 들고 나서야 겨우 진정되었다. 진행자는 다시 말을 이었다.

「경애하는 최고 영도자 동지, 동지께서는 이 시대의 가장 위대한 평화주의자이십니다. 동지께서는 당신의 영명하신 지도하에 이 세계가 보다 나은 세계가 될 수 있는 가능성에 대해 어떻게 생각하십니까?」

김정은은 묵묵히 고개를 끄덕였다. 음, 좋은 질문이었다. 마치 그 자신이 써준 것처럼 좋은 질문이었다. 사실은 그렇기도 했지만.

「쌍방 간의 평화는 모두의 협력을 전제로 하는 것입니다. 나 혼자서 평화를 가져올 수는 없는 노릇입니다. 그러기에 난 도움이 필요합니다. 평화는 모든 사람이 원할 때에만 이뤄지는 것입니다. 서글프게도 지금 미합중국과 그 동맹국들은 우리를 파멸에 몰아넣으려 하고 있습니다. 하지만 난 최선을 다하고 있어요. 우리 북조선 인민들도 결코 희망의 끈을 놓지 않을 것입니다. 그리고 난 이 투쟁에 있어서, 중립 국가 스웨덴의 외무 장관이기도 한 여기 계신 발스트룀 여사가 대표하는 국제 연합이 우리의 편에 서 있다는 사실을 대단히 흡족하게 생각합니다. 역시 중립 국가인 — 앞서도 말했듯이 여기 계신 칼손 씨가 대표하는 — 스위스의 도움을 받아, 핵 최강국의 위치는 결국에는 워싱턴, 도쿄, 서울의 악랄한 전쟁광들로부터 사랑과 평화의 중심지인 이곳으로 옮겨질 것입니다.」

발스트룀 장관은 폭발 직전이었다. 저 친구가 지금 뭐라고 지껄이는 거야? 뭐? 스웨덴과 스위스가 북한 핵무장을 돕고 있다고? 만일 이걸 녹화한 게 북한의 국경 밖으로 나간다면, 그대로 전 세계의 톱뉴스가 될 거 아냐?

「잠깐, 잠깐, 잠깐, 제가 말 좀 해도 될까요?」 발스트룀이 급히 끼어들었다.

「오, 물론입니다. 그러기 위해 이곳을 방문하신 게 아니겠습니까?」 김정은이 대답했다. 「네, 우리는 바로 오늘 저녁부터 이 어려운 작업을 함께 해나갈 것입니다. 우리, 그러니까 드높은 긍지를 가지고 호전적인 미국인들의 노선을 따르기를 거부해 온 조선 민주주의 인민 공화국, UN, 그리고 스웨덴과 스위스 말입니다.」

진행자는 기자 회견이 끝났음을 깨달았다. 그녀는 최고 영도자에게 코가 땅에 닿을 듯이 허리를 굽혀 깊은 감사를 표한 후, 최고 영도자 동지와 다른 분들을 기다리고 있는 중대한 작업을 방해하지 않기 위해 더 이상 시간을 빼앗지 않겠노라고 선언했다.

「자, 최고 영도자 동지, 앞으로도 평화를 위해 계속 싸워 주시기 바랍니다. 그리고 우리 인민이 당신을 얼마나 경애하는지 아셨으면 합니다. 자, 우리가 마찬가지로 경애해 마지않는 친구분들과 안녕히 가십시오.」

백스테이지에 돌아온 김정은은 만족스러운 표정으로 기자 회견이 아주 잘 끝났다고 말했다. 발스트룀 여사께서도 그렇게 느끼시는지?

아니, 전혀 아니었다.

「최고 영도자 각하, 외람된 말씀이지만, 방금 전에 있었던 일은 우리가 합의한 바와는 전혀 다르고, 앞으로 있을 우리의 대화를 어렵게 할 뿐입니다!」

김정은은 씩 웃었다.

「오, 그래요, 대화를 해야죠……. 하지만 대화는 한 번이면 충분할 것 같아요. 일단은 말씀드린 대로 오늘 저녁에 주석궁에서 있을 만찬에 오셨으면 합니다. 이제 두 분을 호텔까지 모셔다 드릴 거고, 오후 5시경에 다시 모시러 갈 겁니다. 그때까지 우리 류경 호텔의 환상적인 서비스를 만끽하시길 바랍니다. 수많은 투숙객들이 세계 최고의 호텔이라고 평하는 곳이죠.」

스웨덴 외무 장관은 화도 나고 황당하기도 한 심정으로 스위스인이자 스웨덴인이기도 한 알란 칼손과 함께 건물 출구 쪽으로 인도되었다. 밖으로 나온 그들은 리무진 뒷좌석에 자리를 잡았다. 운전기사는 그들이 무슨 얘기를 나누는지, 혹은 어떤 언어로 말하는지 전혀 알 수 없었다. 리무진이 수백 미터를 굴러갔을 때, 장관이 마침내 입을 열었다.

「솔직히 말해서 당신에 대해 몇 가지 궁금한 점이 있어요.」 그녀가 스웨덴어로 속삭였다.

「아, 물론 그러시겠지.」 알란이 대꾸했다. 「그중에서 가장 궁금한 점이 뭐죠? 아니면 가장 덜 궁금한 것부터 물어봐도 좋고.」

마르고트 발스트룀은 원래 스웨덴 대사관에 체류할 계획이
었으나, 옆에 앉아 있는 노인과 좀 더 시간을 보낼 필요가 있
었다.

「먼저 스위스 사람 행세를 하는 스웨덴 사람이 왜 나와는
정반대되는 일을 하기 위해 이곳 평양에 와 있는지 알고 싶
군요.」

「오, 좋은 질문이오.」 알란이 대답했다. 「그리고 아주 훌륭
하게 표현하셨소. 내 이야기를 처음부터 하지는 않겠소. 내 나
이가 하도 많기 때문에 이야기가 끝이 없을 테니까. 그보다는
발리섬의 멋진 백사장에서 있었던 내 백한 번째 생일 파티 이
야기부터 시작하는 게 좋겠지.」

그리고 그는 열기구가 조난당한 일, 북한 화물선에 구조된
일, 살아남으려고 열간 등압 압축법이라는 아주 사소한 거짓
말 하나를 꾸며 낸 일, 그리고 장관보다 몇 시간 먼저 평양에
도착한 일 등을 들려주었다. 자기가 어떻게 스위스 사람이 되
었는지는 자신도 도무지 알 수 없단다. 자기 기억이 틀리지 않
다면, 스위스에는 발을 디뎌 본 적도 없다고.

「하지만 들리는 말로는 멋진 곳이라더군. 그리고 스위스 사
람들은 선량한 사람들이고.」

「하지만 그 선량한 사람들이 자기들 중에 배신자가 하나 생
겼다는 걸 안다면 마냥 기뻐하기만 할까요?」

「배신자? 누구 말이오?」

「당신 말이에요, 칼손 씨.」

「아, 그 얘기였군!」

류경 호텔은 330미터 높이에 105층이나 되는 어마어마한 건물이었다. 1987년부터 지어지기 시작했으나, 국가 예산이 핵무기 제조와 군사 행진에 우선적으로 사용된 탓에 공사는 참으로 지지부진했다. 공사가 시작된 지 30년이 지난 후에도 겨우 1층과 로비만이 완성되었을 뿐이다. 이런 속도라면 마지막 기와를 얹기까지는 1천5백 년을 기다려야 하리라.

어쨌거나 1층은 아주 우아했다. 오른쪽에는 열두 건의 체크인 혹은 체크아웃을 동시에 처리할 수 있는 금빛 카운터가 번쩍거렸고, 왼쪽에는 세련된 취향으로 꾸며진 피아노 바가 마련되어 있었다. 매일, 그리고 온종일 바의 분위기를 살리기 위한 피아니스트도 세 명이나 고용되었다. 아직까지 예산 관계상 피아노 구입이 이뤄지지 못했으나, 그것은 최우선 사항 목록에 올라 있었다.

104호 객실의 침대 언저리에 걸터앉은 율리우스는 KCNA라는 곳에 간 알란이 돌아오기만을 기다리고 있었다. 거기가 어떤 곳인지 전혀 알 수 없었기 때문에 오히려 현재의 괴로운 상황을 잠시나마 잊을 수 있었다. 대신 그는 발리에 남아 있는 아스파라거스 사업 파트너를 생각했는데, 이 생각 역시 마냥 즐거운 것만은 아니었다. 이제 구스타브 혼자서 모든 걸 처리하고 있을 텐데, 대체 일이 어떻게 돌아가고 있을까?

침대 머리맡 탁자에 전화기가 놓여 있었다. 이 호텔 엘리베이터들과 달리 전화기는 제대로 작동할까? 한번 시도해 보는 것도 나쁘지 않으리라.

그는 사업 파트너, 인도 사람 구스타브 스벤손의 휴대폰에 전화를 걸었다. 어라? 신호음이 들리는데, 구스타브의 목소리가 뒤를 잇지 않고, 대신 음성 사서함 멘트가 흘러나왔다.

율리우스는 짜증 난 목소리로 짤막한 메시지를 남겼다. 서두르는 통에 자신이 아직 살아 있다는 사실은 밝히지 못했지만, 아마도 알아차렸을 거였다.

그리고 나서 율리우스는 신발을 벗고 침대에 드러누웠다. 하품을 하고 눈을 감았다. 생각을 아스파라거스와 그 알쏭달쏭한 이니셜 말고 다른 것으로 돌리려 애를 썼다.

헛수고였다.

남한

아스파라거스는 어때?
이번 달에도 납품이 세 번인가?
반품된 것은 없고?
올 상반기에 5억 달성이 가능할 것 같아?

서울 북서쪽에 위치한 고양시의 어느 14층 건물 맨 꼭대기
층, 한 남자와 한 여자가 헤드폰을 끼고서 네 개의 컴퓨터 화
면과 갖가지 기기들을 마주하고 앉아 있었다. 둘 다 공무원이
었다. 여기까지는 별로 특별한 게 없었다. 여기가 방 세 칸짜리
평범한 아파트라는 사실 외에는. 그리고 이 공무원들이 섬기
는 나라가 대한민국이 아니라 독일이라는 사실 외에는.
　여자는 하급 외교관이었고, 남자는 그녀보다는 조금 더 높
은 외교관이었다. 공식적으로 이들은 양국의 협력하에 진행되
는 일련의 주택 사업 프로그램에 속해 있었지만, 그런 맥락에
서 모습을 보이는 일은 거의 없었다. 대신 그들은 여기 앉아서
BND, 그러니까 독일 연방 정보부를 위해 임무를 수행했다. 다

르에스살람의 그 거만한 요원과 온순한 부하의 먼 동료인 셈이었다.

이 두 외교관이 고양의 아파트에서 행하는 주요 업무는 미국이 북한에서 도청하는 것들을 녹음해 놓는 일이었다. 이렇게 하면 그들의 수고를 덜 수 있을 뿐만 아니라, 덤으로 짭짤한 쾌감도 만끽할 수 있었다. 미국 정보기관들을 가지고 장난치는 일이야말로 인생의 깨소금 같은 즐거움 중의 하나가 아니던가?

가장 접근하기 쉬운 타깃 중의 하나가 바로 이 영원한 미완성 특급 호텔, 평양의 류경 호텔이었는데, 거기서 뭔가 흥미로운 것을 얻는 일은 거의 없었다.

하지만 오늘은 예외였다.

BND에 알려지지 않은 104호실의 어느 고객이 인도네시아에 있는, 역시 BND에 알려지지 않은 어느 인물 소유의 꺼진 휴대폰 음성 사서함에 메시지를 남긴 것이다. 메시지는 영어였고, 다음과 같은 네 개의 암호문으로 이뤄져 있었다.

〈아스파라거스는 어때?
이번 달에도 납품이 세 번인가?
반품된 것은 없고?
올 상반기에 5억 달성이 가능할 것 같아?〉

두 외교관은 〈아스파라거스〉가 무엇에 대한 암호인지 알 수 없었지만, 〈5억〉이라는 엄청난 액수는 이게 마약이나 그보다 더 고약한 어떤 것임을 짐작케 했다. 독일인들은 소량의 농축 우라늄이 방금 전에 평양에 도착했다는 사실을 알고 있었다. 이게 〈5억〉이나 될 리는 없었다. 그렇다면 같은 제품이 여러 번 인도되는 것일까? 예를 들어 한 달에 세 번?

대체 김정은이 무슨 일을 꾸미고 있지? 전 세계를 상대로 전쟁을 계획하고 있나? 그리고 돈은 어디서 나왔지? 5억 달러나 되는 거금이? 그것도 유일한 특급 호텔의 104개 층이 미완성으로 남아 있는 나라에서?

아리송한 점은 이것만이 아니었다. 뭐, 반품한다고? 북한에서 무엇이 나가고 있는 거지? 그리고 어떻게? 어디로? 인도네시아? 아, 빌어먹을!

북한

본의 아니게 북한의 수도에서 꼼짝 못 하게 된 율리우스는 소소하게 사기 좀 치며 평화롭게 지내던 발리에서의 삶이 너무나 그리웠다. 그가 설정한 5억 루피아 — 거의 4만 달러나 되는 액수이긴 하지만 — 는 처음에는 현실적인 목표였지만, 그가 모든 것을 관리할 수 없게 된 지금은 아니었다.

반면, 호텔과 요트 주인에게 진 빚은 이보다도 훨씬 많기 때문에 이렇게 조금 떨어져 있는 게 오히려 나을지도 몰랐다. 그렇긴 해도 북한은 좀 심하지 않은가?

이 상황만 해결되고 나면, 아스파라거스 사업은 아무에게도 빚지지 않은 어떤 곳으로 옮기는 게 나으리라.

「흠…… 태국은 어떨까?」 율리우스가 이렇게 혼자서 중얼거리고 있을 때 객실 문이 열렸다.

알란은 마르고트 발스트룀 외무 장관이 들어올 수 있게끔 정중히 문짝을 잡아 주었다.

「이 사람은 내 친구 율리우스 욘손이라오. 아직 독신이지. 혹시 관심이 있다면 말이오.」

마르고트 발스트룀은 그를 차갑게 째려보았다.

「고맙지만, 전혀 관심 없어요. 난 30년이 넘게 행복한 가정을 이루고 있다고요.」

율리우스는 장관에게 인사를 하면서, 알란을 너그럽게 봐달라고 부탁했다. 아마도 나이 때문일 거예요. 가끔 저 양반 입에서 말도 안 되는 소리들이 튀어나오죠. 뭐, 사실은 아주 자주 튀어나오지만.

발스트룀 장관은 고개를 끄덕였다. 그녀도 이미 느낀 바였다.

돌아오는 리무진에서 그녀는 칼손과 욘손의 정체에 대해 대충 파악을 끝냈다. 이 백한 살 먹은 노인은 정말로 핵무기 전문가이거나, 적어도 왕년에 그런 적이 있었던 사람인 듯했다. 오늘의 유일한 좋은 소식은 이 노인은 김정은을 도와주지 않을 셈이라는 사실이었다. 그리고 정말로 나쁜 소식은 그에게 이를 위한 아무런 계획이 없다는 점이었다.

UN 본부에서의 일반적인 견해는 북한은 핵무기를 제조할 능력을 갖추고 있으되 그 능력은 제한적이며, 김정은이 그렇게 소란을 피우는 것은 바로 이 약점을 감추기 위해서라는 거였다. 그렇지만 위협은 실제적이었다. 핵무기는 너무나도 강력한 것이기 때문에 조잡하게 만들어진 소형 폭탄 하나만으로도 서울이나 도쿄 같은 도시 하나를, 혹은 괌 같은 섬 하나를 날려 버릴 수 있었다.

마르고트 발스트룀은 이것만 생각하면 살이 떨렸다. 또 북한의 핵 프로그램을 진전시켜 줄 수 있는 인물이 자신과 같은 방에 있고, 지금 객실의 미니바를 열심히 뒤지고 있다는 사실에 등골이 오싹해졌다. 게다가 이 인물은 〈스웨덴〉 사람이 아니던가? 그렇다면 스웨덴이 세계 평화를 흔드는 원흉이 된다는 얘긴가?

아니, 무슨 일이 있어도 이것만은 막아야 했다. 가급적 스파이 혐의, 혹은 김정은이 상상해 낼 다른 죄목으로 30년 형이나 그 이상을 때려 맞는 일은 피하면서 말이다.

「혹시 나와 함께 비행기에 올라 이곳을 떠날 생각이 없으세요?」 그녀가 물었다. 「서른 개의 좌석 중에서 스물아홉 개가 비었거든요.」

율리우스의 얼굴이 환해졌다. 음료수를 찾던 알란의 손도 멈췄다.

「이 방의 미니바만큼이나 텅 비어 있어요. 아니, 이 호텔 전체만큼이나요.」 외무 장관은 계속 말했다. 「내가 두 분께 외교관 여권을 만들어 드릴 수 있어요. 나머지 부분은 두 분이 알아서 해결해야 할 것 같고요.」

「나머지 부분?」 율리우스가 반문했다.

「이륙 시간에 맞춰서 비행기까지 오는 일이요.」

알란은 그녀의 말의 앞부분만 들었다.

「외교관 여권이라고? 나도 그걸 한 번 받은 적이 있었어. 1948년에 처칠과 함께 테헤란에서 돌아올 때였지. 가만, 그게 1947년이었던가, 1948년이었던가?」

「윈스턴 처칠?」 발스트룀이 놀라며 물었다.

「맞아, 그게 그의 이름이야. 아니, 그의 이름이었지. 벌써 오래전에 죽었으니까. 대부분의 사람들과 마찬가지로 말이야.」

외무 장관은 불현듯 자신이 첩보 영화 속에 들어온 듯한 느낌이 들었다. 지금 자신이 하려 하는 일을 생각하니 가슴이 체한 듯이 답답했다. 스파이 행위는 기소당하고도 남는 것이다……. 어쨌든 그녀는 휴대폰으로 알란과 율리우스의 얼굴 사진을 찍었고, 며칠 후에 여권을 내주겠다고 약속했다.

「본국 사람들이 작업할 수 있게끔 내 명함 뒷면에다 서명을 하나씩 해주세요.」

오, 정말로 확실한 여자군! 율리우스가 속으로 감탄했다. 아주 아리땁기도 하고…… 아, 결혼했다니 참으로 유감이야!

스웨덴 출신의 UN 특사는 알란과 율리우스의 방 바로 옆에 붙어 있는 105호실을 배정받았다. 그녀는 공식 만찬에 참석할 준비를 하면서, 두 스웨덴 노인을 구출하고, 그럼으로써 김정은에게서 그가 절대로 가져서는 안 되는 지식을 빼돌릴 수 있는 방법을 곰곰이 생각해 보았다. 최고 영도자는 그녀가 빨리 떠나기를 바라는 눈치였지만, 그녀는 칼손과 욘손에게 뭔가 계획을 꾸밀 시간을 벌어 줘야 했다. 그리고 여권이 도착할 때까지 기다려야 했다. 몇 시간 후 대사관에 가기 전까지는 여권 발급을 요청할 수 없었다. 지금 그녀의 가장 큰 적은 시간이었다. 그것 말고도 적이 수두룩했지만 말이다.

그녀는 샤워를 하고 깨끗한 옷으로 갈아입었다. 그런 다음, 문 옆에 놓인 거울에 다가가 자신의 모습을 들여다보았다.

「대체 내가 뭘 하려고 여기 온 거지?」

거울 속의 여자는 자신을 빤히 쳐다보기만 할 뿐 말이 없었다.

김정은은 기다란 테이블의 끝 쪽에서 의자 등받이에 두 손을 대고 서서는 손님들에게 앉으라고 권했다. 뭔가 말할 게 있는 모양이었다. 접시를 받쳐 든 웨이터 두 명이 들어왔고, 뒤이어 와인 병을 든 세 번째 웨이터가 들어왔다. 하지만 그들은 최고 영도자가 눈짓을 한 번 하자 다시 나가 버렸다. 1초 사이에 음식과 음료가 들어왔다가 허망하게 사라지는 꼴을 본 알란의 실망감은 이루 말할 수가 없었다.

　「자, 여러분!」 김정은이 입을 열었다.

　「우리 좀 먹으면서 얘기하면 어떻겠소?」 알란이 제안했다.

　최고 영도자는 못 들은 척하면서, 평화와 자유에 대한 일장 연설에 들어갔다.

　그의 말을 들을 것 같으면, 〈평화〉는 그의 나라가 치명적인 무기를 더 많이 갖추는 것을 의미하는 듯했다. 〈자유〉가 무엇인지는 좀 더 모호했다. 온 국민이 그들의 지도자를 경애할 수 있는 권리와, 여기에 덧붙여 그러지 않는 것을 삼가는 의무 빼놓고는 명확히 얘기된 게 없었다. 어쨌거나 최고 영도자는 미국 제국주의자들에 대한 투쟁에 합류하기 위해 이역만리 스위스에서부터 오신 칼손 선생과, 역시 같은 목적으로 찾아오신 UN 특사 발스트룀 여사를 자기에게 보내 주신 하늘의 섭리에 다만 감사할 뿐이라고 말했다.

　「잠깐만요, 미스터 김!」 마르고트 발스트룀이 참다못해 나섰다. 「내가 여기를 방문한 것은 지금 우리가 하는 것처럼 서로 다른 사람들 간의 열린 대화를 위한 것이지, 오늘 오후에 TV 카메라 앞에서 한 것처럼 귀머거리들의 대화를 하기 위함이 아니에요. 이런 불만에 대해서는 내가 벌써 얘기하지 않았나요?」

오, 이 여자는 아리따울 뿐 아니라, 배짱도 보통이 아니군! 율리우스는 거듭 감탄했다. 이제 알란만 조용히 있어 준다면…….

김정은은 UN 특사의 항의를 듣는 둥 마는 둥 하고, 다시 연설을 이어 나갔다. 그는 공화국 인민들이 얼마나 행복하게 사는지, 여기서 곡식이 얼마나 많이 수확되는지, 그리고 반도의 남쪽보다 이곳 날씨가 얼마나 쾌적한지 모른다고 말했다. 남쪽 사람들이 매년 수만 명씩 월북하는 것은 조금도 이상한 일이 아니란다.

음식과 음료가 문 앞에 잠깐 모습을 비추더니 또다시 퇴짜 맞고 돌아가는 게 보였다. 알란의 인내심에도 한계가 있었다. 때로는 입단속을 잘하는 게 현명한 전략일 수 있지만, 지금은 모두가 굶어 죽기 전에 뭔가를 말해야 할 때였다.

알란의 의도를 눈치챈 율리우스는 얼굴을 찡그리기도 하고 손가락을 꼼지락대기도 하며 친구의 주의를 끌어 보려고 필사적으로 애썼다. 〈안 돼, 알란, 제발 그러지 마요!〉

하지만 허사였다.

「최고 영도자 양반, 미안하지만 한마디 해도 되겠수? 당신이 얘기하면서 계속 내 이름을 들먹이던데 말이야……. 그래, 나 여기 있소. 늙고 힘이 빠졌지만, 당신에게 봉사할 준비가 되어 있다고. 하지만 만일 내가 이러다 굶어 죽는다면 무슨 소용이 있겠소? 그러니 제발 결론 좀 빨리 내려 주시겠소?」

김정은의 얼굴에서 웃음기가 싹 가셨다.

「칼손 선생, 선생은 곧 먹게 될 거요. 하지만 선생께서 핵 기술에 지식이 좀 있다 하여, 이곳 주석궁에서 제멋대로 입을 놀릴 수 있는 권리까지 있는 건 아니야!」

어, 이 친구가 기분이 별로 좋지 않구먼…….

「오, 오, 최고 영도자 양반, 난 결코 나쁜 뜻으로 말한 게 아니야! 어쩌면 요즘 다른 여러 가지 일들도 많았지만, 특히 잠을 잘 못 자서 그런 건지도 몰라. 여기 있는 내 친구 아스파라거스 재배자 있잖소, 이 친구가 밤중에 그렇게 조용히 있지를 못해요.」

「무슨 뜻이오?」

「아무 뜻도 아니에요!」 율리우스가 대신 대답했다.

「이 친구가 코를 좀 골거든.」 알란이 설명했다. 「아니, 좀 고는 정도가 아니라 무지하게 골지. 아, 얼마나 무지하게 고는지, 우리 최고 영도자 양반도 한번 들어 봐야 하는데! 우리를 바다에서 건져 준 배는 쇼핑몰만큼이나 큰 배였지만, 우리에게 각방을 내줄 정도는 아니었어. 그래서 난 잠을 충분히 잘 수 없었다오……. 가만, 우리가 무슨 얘기를 하고 있었더라? 아, 맞아, 음식 얘기! 그리고 음료 얘기도……. 혹시 이것들이 지금 나오고 있을까?」

매우 정신 사나운 알란의 설명에 김정은의 사고는 완전히 흐트러져 버렸다. 멍해진 그는 웨이터들이 다시 주방 밖으로 코를 삐죽 내밀자, 음식을 가져오라고 기계적으로 손짓했다. 버섯 소스를 끼얹은 티본스테이크가 나왔다. 특별히 동양적이라곤 할 수 없었지만, 손님들의 입맛에 딱 맞았다. 거기에 곁들여 그들은 호주산 카베르네 소비뇽 와인도 마셨다.

분위기가 다시 누그러졌다. 알란은 최고 영도자가 무슨 말을 지껄이든 그냥 듣고만 있기로 마음먹었다. 하지만 그가 작년에 실험 삼아 수소 폭탄 하나를 터뜨렸다고 주장하자, 입이 근질거려 도저히 가만히 있을 수 없었다. 그도 이 얘기를 태블릿을 통해 읽었는데, 문제의 수소 폭탄은 터지기는커녕 픽 소리도 내지 못했다는 거였다.

「잠깐! 우라늄 3만 톤을 운반할 수 있는 배에다 단 4킬로그램의 우라늄만 싣고 어떤 알 수 없는 곳에서 평양까지 왔다는 사실은 과연 무엇을 의미할까? 그것은 첫째, 당신들은 수소 폭탄을 만들려면 한참 멀었고, 둘째, 당신들은 〈플루토늄〉의 〈플〉 자도 모르며, 셋째, 현재 당신들이 보유한 우라늄은 이 서류 가방 안에 든 게 다라는 얘기가 아니겠소? 한마디로 지금 당신들이 가지고 있는 것은 우라늄 4킬로그램과 운 좋게 나타난 내가 전부란 말씀이야. 그리고 지금 내 잔은 비어 있고.」

김정은은 술병을 든 웨이터에게 손짓을 했다. 스위스 노인네의 시건방진 언사는 그를 심히 불쾌하게 만들었다. 자, 이제 그에겐 두 가지 옵션이 있었다. 만일 이 영감이 정말로 쓸모 있는 존재인 것이 밝혀진다면, 그를 유럽에 있는 집으로 돌려보낼 이유가 없었다. 만일 그렇지 않다면 다른 곳으로 보내지겠지만, 거기서 영원히 머물러야 할 거였다. 그리고 어느 경우에도 이 시건방진 영감탱이는 자신의 무례한 언사를 깊이 후회하게 될 거였다.

하지만 김정은은 당분간은 너그러운 군주의 모습을 보여 주기로 마음먹었다.

「말씀이 좀 과하십니다, 칼손 선생. 하지만 그렇게 고령이시니 무슨 말인들 못하겠습니까, 내가 이해해야죠. 어쨌거나 칼손 선생은 여기에 일을 하러 오셨지만, 우리의 아름다운 수도를 한 번 둘러보는 것도 나쁘지 않겠지요. 내일, 일과 후에 평양의 가장 고급스러운 쇼핑센터를 방문해 보시면 어떻겠습니까? 불행히도 난 함께 할 수 없지만, 내가 붙여 줄 안내원과 같이 가면 아무 문제없을 겁니다.」

〈평양의 가장 고급스러운 쇼핑센터〉는 이 도시의 유일한 쇼핑센터라는 뜻이었다. 알란은 별로 내키지 않았다. 하지만 율리우스의 저 우거지상도 풀어 줄 겸, 한번 가보기로 했다.

「아유, 친절도 하시지!」 그가 대답했다. 「연구소에서 긴 하루를 보내고 나서 아주 유쾌한 시간이 될 것 같아. 그런데 혹시 우리에게 동전 한두 개 빌려줄 수 없으시우? 우리가 급히 오느라 들고 온 게 샴페인 몇 병 밖에 없는데, 그나마도 바닥이 나 버렸어.」

김정은은 걱정 마시라고 대답했다. 칼손 선생이나 조수 선생께서 뭔가 마음에 드는 기념품을 발견하신다면, 그냥 선물로 드리도록 하겠소.

한편 평화적 임무와 관련해서는, 칼손 선생에게 엿새의 기한을 주겠단다. 기한이 짧을수록 창의력이 마구 샘솟는 경우가 허다하므로. 만일 만족할 만한 결과를 보여 준다면 그들에게 최고 무공 훈장과 스위스행 1등석 비행기표를 주겠노라고 최고 영도자는 엄숙히 약속했다. 율리우스는 최고 영도자의 집무실에서 함부로 입을 놀리다가 경을 칠 뻔한 일이 있었으므로, 얌전히 입을 다물고 있었다.

하지만 알란 칼손의 입은 도무지 겁이라는 게 없었다.

「맞아, 엿새면 정말 많은 일을 할 수 있지. 만일 엿새 후까지

내가 살아 있다면 말이야. 난 아주 오랫동안 겨우겨우 살아오고 있다오. 그런 지가 벌써 40~50년은 된 것 같아. 왜, 그런 말이 있잖수, 한쪽 발은 벌써 무덤에 들어가 있다고……. 노아는 950년을 살았다고 하지만, 난 허구가 아닌 실제의 존재란 말씀이야…….」

「뭐, 누구?」 김정은이 반문했다.

「노아. 성경에 나오는. 음, 좋은 책이지……. 아차, 이건 좋은 예가 아니로군! 아마 최고 영도자께서는 그 책을 안 읽으셨겠지. 읽었다면 자신을 처형해야 하실 테니까……. 내가 종교에 대한 당신네 법을 잘 이해했다면 말이야.」

뭐야? 이 빌어먹을 스위스 영감탱이가 공화국 주석궁 만찬석에서 금서를 들먹거려? 김정은의 인내심은 폭발 직전에 이르렀다.

하지만 마르고트 발스트룀이 진화에 나섰다. 그녀는 재빨리 끼어들어 자신과의 개인 면담을 허락해 주신 최고 영도자께 감사를 드린다고 말했다. 김정은은 그런 약속을 한 적이 없었지만 얼결에 고개를 끄덕였다.

「난 내일 무척 바쁘오. 하지만 모레 점심때는 괜찮소. 그러고 나서 발스트룀 여사께서는 돌아가셔서 세계 최고의 핵무기 전문가가 우리 편이라고 세상에 알려 주시오. 그럼 미국이 좀 겸손해지겠지. 그 나라 인간들이 겸손이란 걸 알기나 하는지 모르겠지만.」

마르고트 발스트룀은 욱하는 감정을 가라앉히려고 와인을 한 모금 꿀꺽 마셨다. 그녀는 김정은과 베냐민 네타냐후를 한 방에다 가둬 놓으면 과연 어떻게 될까 상상해 보았다. 유머 감각과 자기반성 의식이 없기로는 둘이 난형난제였다. 여기다 도널드 트럼프를 심판으로 붙여 놓으면 참으로 볼만하리라.

율리우스는 호텔로 돌아오는 내내 알란에게 잔소리를 늘어놓았다. 도대체 왜 그렇게 쓸데없이 최고 영도자에게 집적대는 거요?

「내가 쓸데없이 집적댔다고? 조금 솔직하게 군다고 해서 그에게 해가 될 건 없어.」

「여기서 그렇게 솔직하게 굴다가 파리 목숨이 된 사람이 한둘이오? 우리도 그렇게 돼서 좋을 게 뭐가 있소?」

알란은 좋을 게 하나도 없다는 것을 인정했다.

「하지만 별것도 아닌 것 가지고 노상 그렇게 안달복달하는 것 좀 그만둘 수 없어? 보면 알겠지만 모든 게 잘 풀릴 거라고!」

「아니, 도대체 어떻게 잘 풀린단 말이오? 오늘 저녁에 이렇게 난리를 쳐놨으니 우리를 절대로 떠나지 못하게 할 건데!」

「어차피 그 친구는 우릴 놔줄 생각이 없어. 나도 그 떠버리를 필요 이상으로 도와줄 생각이 없고. 그가 이 사실을 알게 되었을 때, 우리는 여기서 멀리에 가 있는 게 좋겠지. 가급적 그가 그토록 자랑스러워하는 그 가방을 가지고서 말이야.」

「어떻게 도망치겠다는 건데요?」

「우리 사랑스러운 외무 장관님의 도움을 받아서지. 자네 벌써 잊어버렸나?」

「좀 더 자세히 설명해 보쇼!」

「아휴, 자세히, 자세히……」 알란은 피곤한 듯 손을 내저었다.

거의 초현실적으로까지 느껴지는 주석궁에서의 만찬이 끝난 뒤, 마르고트 발스트룀은 여권 발급 신청을 위해 스웨덴 대사관으로 직행했다. 여권은 즉석에서 뚝딱 만들어질 수 있는 게 아니었다. 스웨덴은 스웨덴이었고, 규정은 규정이었다.

스웨덴 경찰청의 여권 담당 과장은 평양에서 걸려 온 전화에 기분이 별로 좋지 않았다. 그는 완전히 규정에 어긋나는 장관의 요청에 대해 무수한 이유를 대며 맹렬히 항의했다. 그는 왜 장관이 자기 입장을 이렇게 곤란하게 만드는지 모르겠다고 불평했다.

물론 마르고트 발스트룀은 자신은 제3차 세계 대전을 피하기 위해 북한에서 두 스웨덴 노인을 빼내야 한다고 설명할 수 없었다. 하여 그녀는 여권과장에게 당신은 이유를 알 필요가 없으며, 그냥 시키는 대로만 하면 된다고 말했다. 이에 과장이 지금 장관께서는 서명 두 개를 위조하여 여권과 사람들이 한 번도 본 적이 없는 두 노인의 여권을 만들라고 진지하게 요청하는 거냐고 묻자, 그녀는 간단히 〈그래요〉라고 대답했다.

「외교관 여권으로요.」그녀는 덧붙였다.

「외교관 여권? 못 만들 것 없죠. 하지만…….」

「그냥 시키는 대로 해요! 만일 필요하다면 총리께 요청해서 당신에게 전화하라고 하겠어요. 그것도 충분치 않다면 왕궁에 인맥이 있으니 국왕 폐하께도 전화하라고 할 거예요. 그리고 국회 의장에게도요. 자, 또 누가 필요하죠? 국방 장관?」

경찰청 여권과장은 잠잠해졌다. 국왕이 대체 이 일과 무슨 관계가 있지?

「과장님, 제발 내 말 들어요. 지금 시간이 많지 않아요. 이것은 두 스웨덴 시민의 생명이 달려 있는 일이에요. 아니, 더 많은 생명이 달려 있어요.」

결국 과장은 굴복했다. 단 정식으로 작성된 요청서를 두 사람의 사진과 서명을 첨부해 보낸다는 조건으로.

「오케이, 오케이.」 발스트룀 장관이 대답했다. 「하지만 여권을 즉시 발급하여 한 시간 내로 외교 문서로 평양에 전송해 줘야 해요.」

「한 시간 내로요? 아니, 곧 점심시간인데…….」

「지금 점심시간 아니에요!」

미국

「도대체 이게 무슨 엿 같은 얘기야?」 얼굴이 벌겋게 달아오른 트럼프 대통령이 마이클 T. 플린의 뒤를 이어 국가 안보 회의 보좌관이 된 H. R. 맥매스터에게 침방울이 튀기도록 고함쳤다.

북한에서 있었던 이른바 〈기자 회견〉의 동영상을 폭스TV가 방영한 데 이어, 브라이트바트 뉴스[5]가 같은 주제로 기사 한 편을 게재한 것이다. 따라서 트럼프 대통령은 이 일에 대해 — 그 상황만을 제외하고 — 알아야 할 모든 것을 알고 있었다.

발스트룀, 그 빌어먹은 여편네가 무슨 수를 썼는지는 모르겠지만 김정은과 퐁, 피용, 펑…… 이름은 잘 모르겠지만 하여튼 그 북한의 수도에서 비밀 회담을 따낸 모양이었다. 그리고 그자와 함께 TV에 떡하니 모습을 드러낸 것이다! 그래, 이걸 〈비밀〉이라고 생각한단 말인가? 그걸로도 모자랐던지, 그녀는 북한의 핵 프로그램을 업그레이드하러 왔다는 어떤 스위스 공

---

5 미국의 언론인 앤드루 브라이트바트가 설립한 극우 성향의 인터넷 언론.

산주의자와 포옹까지 했단다!

「아닙니다, 아닙니다!」 맥매스터 중장이 고개를 저었다. 「그녀는 스위스 공산주의자와 포옹하지 않았어요. 아마 브라이트바트가 조금 과장했을 겁니다.」

대통령은 보좌관의 설명을 들은 척도 하지 않았다. 발스트룀, 이 여편네가 돌아오기만 하면 박살을 내주겠어! 그런데 그녀가 포옹했다는 그 공산주의자는 대체 누구야?

「말씀드렸다시피 그녀는 포옹하지 않았습니다.」

트럼프 대통령은 자기네가 세상에서 제일 고고한 줄 아는 스위스인들에게 한참 동안 욕을 퍼붓다가, 그들에게 전화해야 한다는 생각이 문득 떠올랐다. 수화기를 집어 든 그는 비서에게 당장 스위스 대통령과 선을 연결하라고 지시했다.

「그리고 거기 대통령 이름이 뭔지 알아봐!」 트럼프가 말하자, 비서는 현 스위스 대통령의 이름은 도리스 로이트하르트이며, 아마도 여성일 거라고 알려 주었다.

「뭐야? 거기도 여편네야? 내 그럴 줄 알았어! 자, 빨리 연결해!」

「각하, 지금 유럽은 새벽 2시입니다.」 비서가 상기시켰다.

「상관없어!」

스위스, 미국

로이트하르트 대통령은 몹시 고단한 하루를 보냈고, 그 뒤의 저녁과 밤 시간도 정신없이 보냈다. 그녀는 다음 날 아침 6시에 어느 정도 회복된 몸으로 일어나기 위해 새벽 1시에 억지로 잠을 청했다.

그렇게 45분 정도 잠이 이뤘을까, 보좌관이 그녀를 깨웠다. 워싱턴의 백악관에서 전화가 왔단다.

몸을 일으킨 도리스 로이트하르트는 약간 멍했지만, 머리를 부르르 흔들어 잠을 털어 냈다. 미국 대통령에게서 전화가 걸려 왔을 때 베개를 뒤집어쓰고 꿈나라로 돌아갈 수는 없는 법이다.

「안녕하세요, 미스터 프레지던트.」 도리스 로이트하르트가 텁텁한 목소리로 전화를 받았다. 「내가 자고 있었냐고요? 아니, 아니, 괜찮아요.」

「음, 잘됐군!」 트럼프 대통령이 말했다. 「그래, 취리히는 벌써 밤인가 보죠?」

로이트하르트 대통령은 그렇다고 대답했다. 맞아요, 지금 내가 있는 베른도 마찬가지고요. 그런데 무슨 일로 전화를 하셨죠?

도리스 로이트하르트는 이렇게 질문했지만 대답은 이미 짐작하고 있었다. 전날 오후, 그녀가 다스리는 연방 국가는 어느 신원 미상의 스위스인이 평양에 있다는 소식에 발칵 뒤집혔다. 이후, 연방 의회와 그녀 자신은 대체 무슨 일이 일어나고 있는지 밝혀내기 위해 스위스 정보기관과의 협력하에 진땀을 흘리고 있었던 것이다.

그런데 트럼프 대통령은 차분하게 대화하려 하지 않고 대뜸 고함부터 치고 있었다. 당신들은 지금 뭘 하고 있는 거요? 당신네는 지금 핵무기와 관련하여 북한과 협력하고 있는데, 이게 우리 미국을 얼마나 도발하는 일인지 알고 있소? 이것은 EU가 비준한 북한에 대한 제재 조치를 전적으로 위반하는 일이라고!

도리스 로이트하르트가 대답하려고 숨을 깊이 들이마시고 있는데, 그 사이에 도널드 트럼프는 만일 그녀가 지구 반대편에 있는 그 미치광이에 대한 모든 지원을 곧바로 중단하지 않는다면, 스위스가 EU에서 축출되도록 조치하겠다고 으름장을 놓았다.

로이트하르트 대통령은 도대체 무슨 말부터 해야 할지 알 수 없었다. 어떻게 이 짧은 시간에 그 많은 멍청한 소리들을 지껄일 수 있지?

「에, 우선 말이죠, 미스터 프레지던트, 우리 스위스는 EU 회원국이 아니기 때문에 우릴 거기서 쫓아내는 것은 쉽지 않을 것 같군요. 또 나는 미국 대통령의 파워가 EU의 회원국 구성을 바꿀 수 있을 정도로 강하다고는 생각하지 않아요. 그리고 말이죠, 대(對) 북한 제재 조치는 우리가 회원국으로 있는 UN 이 결정했어요. 따라서 우릴 거기에서 쫓아내고 싶다면 나를 깨우기보다는 구테흐스 사무총장을 깨우는 편이 낫지 않았을 까요?」

「아직 안 자고 있다고 아까 말하지 않았소?」 트럼프가 맞받 았다.

도리스 로이트하르트는 자신이 새벽 1시에 잠을 자고 있었 는지 아닌지에 대해 미국 대통령과 입씨름을 벌일 정도로 멍 청하지는 않았다. 그녀는 그의 걱정을 이해한다고 대답했다.

「우리는 그 스위스인이라는 인물에 대해 전혀 아는 바가 없 지만, 그의 신원을 밝혀내기 위해 총력을 기울이고 있어요.」

「그렇게 하는 게 좋을 거요.」 트럼프 대통령이 퉁명스레 말 했다. 「그리고 뭔가를 알아내는 즉시 나한테 전화하시오. 이해 하셨소?」

미국 대통령과의 2분간의 대화 후에 로이트하르트 대통령의 상태는 피로에서 탈진으로 바뀌었다.

「뭔가를 알게 되면 우린 상황에 따라 적절한 조치를 취할 거 예요. 당신에게 개인적으로 알려 주는 것은 약속하지는 않겠 지만, 당신이 그렇게나 원하신다니 배제하지도 않겠어요. 하 지만 스위스의 국가 안보와 관련하여 결정을 내리는 권한은 우리 스위스 연방에 있다는 것을 아셨으면 해요.」

트럼프 대통령은 작별 인사도 하지 않고 전화를 끊었다. 그 는 투덜거리면서 스위스인들이 그들의 대통령이 주장하는 것 이상으로 뭔가를 알고 있는지 보기 위해 브라이트바트 뉴스 사이트로 들어가 보았다. 하지만 브라이트바트도 모든 것을 다 아는 것은 아닌 모양이었다.

도널드 트럼프가 스위스의 끔찍한 여자와 통화하고 있는 사이, 대통령 집무실 문 밖에서는 여러 가지 일들이 벌어지고 있었다. 은퇴한 CIA 요원 라이언 허턴이 백악관에 전화를 걸어, 국가 안보 회의 보좌관 맥매스터와 연결되는 데 성공한 것이다. 허턴 요원은 자신은 나이가 여든에 가깝지만, 아직 정신이 멀쩡하고 시력도 좋다고 주장했다. 그리고 장군께서 원하신다면 평양에 있는 그 핵무기 전문가가 누구인지 알려 줄 수 있단다.

「그럼 얘기해 보시오!」 H. R. 맥매스터가 대답했다.

에, 먼저, 그 스위스인은 사실은 스웨덴인입니다. 이름은 알란 칼손이고, 지금쯤 나이가 백 살은 됐을 겁니다. 1970년대와 1980년대에는 미국으로부터 보수를 받고 모스크바에서 첩보 요원으로 활동했고, 1950년대에는 스탈린을 엄청나게 화나게 하여 시베리아 강제 수용소에 갇혔죠. 또 그 전에는 세계 최초의 원자 폭탄 제조에 결정적 공헌을 하여 미국 대통령으로부터 자유 훈장을 받기도 했으며…….

「아니, 그게 스웨덴 사람이라고?」 트럼프 대통령이 고함쳤다. 「도대체 북한에 스웨덴 사람이 몇 명이나 있는 거야? 그 스웨덴 사람들, 대체 뭣 때문에 그러는 거냐고!」

「하지만 대통령 각하, 그는 자유 훈장을 받았다고 합니다.」

「그건 60년 전 얘기요. 그동안에 자유가 무엇인지 까맣게 잊

135

어버렸겠지. 그렇지 않다면 지금 거기서 뭘 하고 있단 말이오? 그 퐁…… 피용…… 피양…….」

「평양입니다, 각하. 우린 모릅니다. 단지 그 기자 회견의 내용과, 전 CIA 요원 허턴이 알려 준 사실들만을 알 뿐입니다.」

「스웨덴 인간 둘에 북한 인간 하나…… 공산주의자가 한꺼번에 셋씩이나 기어 나와 사람을 골치 아프게 하는군!」 트럼프 대통령이 신음했다. 「자, 스웨덴이 전 세계를 접수하기 전에 빨리 가서 그 빌어먹을 발스트룀이나 데려오시오! 또 다른 것은 없소? 없으면 머리 좀 식히게 날 잠시 조용히 내버려 두시오.」

아니, 국가 안보 회의 보좌관은 아직 말할 게 하나 더 남았단다. 미국의 국가 안보국, NSA가 전에 평양의 한 호텔에 도청 장치를 설치했단다. 호텔에 손님이 거의 없으므로 엿들을 만한 게 없었지만 최근에 뭔가 하나를 건졌단다. 〈아스파라거스〉라는 암호명이 붙은 무언가가 정기적으로 북한에 인도되고 있는 것 같단다. 그리고 대화 중에 〈5억〉이라는 금액도 나왔단다. 아마도 5억 달러인 듯하단다.

트럼프 대통령은 아스파라거스 애호가였지만 미국의 호텔들에서 제공되는 최고급 아스파라거스는 〈구스타브 스벤손〉이라는 상표로 스웨덴에서 수입된다는 사실을 몰랐고, 이는 그의 정신 건강을 위해 매우 다행스러운 일이었다.

「뭐, 아스파라거스 가격이 5억 달러? 아스파라거스가 몸에 좋긴 하지만, 그 정도는 아니지. 자, 이 암호가 무얼 의미하는지 빨리 알아내시오!」

북한

알란과 율리우스는 평양의 북쪽에 있는 플루토늄 공장에서의 첫 번째 날을 시작하기 전에 호텔의 아침 식사 식탁에서 발스트룀 외무 장관을 다시 보게 되었다.

모두 자리에 앉자 발스트룀은 자신이 약속한 외교관 여권은 베이징을 거쳐 오고 있는 중이라고 알려 주었다. 별일이 없으면 다음 날 아침까지 그들에게 줄 수 있을 거란다.

「내가 많이 생각해 봤는데요, 그것 말고는 두 분을 위해 할 수 있는 게 없을 것 같아요.」

「그것만 해도 이 상황에서는 한 줄기 햇살이라오.」 알란이 미소 지었다.

율리우스는 그냥 고개만 끄덕였다. 마르고트 발스트룀은 매력적이긴 했지만, 그의 우울한 생각을 멈추게 할 수 있을 만큼 환상적이지는 못했다. 이제 그 사랑스러운 아스파라거스를 다시 볼 수 없으리라! 그리고 아스파라거스가 가져다줄 돈도!

「내일 김정은을 다시 보기로 했어요.」 마르고트 발스트룀이 말을 이었다. 「그는 이 면담 후에 내가 늦어도 이틀 안으로 이

나라를 떠나야 한다고 못 박았어요. 그래, 두 분은 나와 함께 빠져나갈 방법을 생각해 봤나요?」

「어디, 생각해 봤수, 영감?」 율리우스도 물었다.

하지만 101세 노인의 정신은 딴 데 가 있었다. 그는 대답하기를, 오늘 아침에 검은색 태블릿의 기분이 유난히 유쾌해져 있었단다. 우선, 어느 폴란드 출신 유럽 의회 의원이 여자는 지적으로 열등하기 때문에 남자보다 임금을 덜 받아야 한다고 주장했단다. 또 트럼프는 남성의 지적 능력과 관련하여, 세계에서 가장 사랑받고 상도 많이 탄 여배우 중의 하나가 과대평가되었다는 트윗을 날렸단다. 그리고 브라질 대통령 테메르는 뇌물 수수 혐의로 기소되었단다. 부패 혐의로 징역형을 기다리는 중인 룰라의 본을 받아 역시 부패 혐의로 탄핵당한 호세프의 뒤를 이어 대통령이 되었던 그가 말이다.

「누군가가 쓰지 않았었나, 인간은 정말로 불쌍한 존재라고?」 알란은 이렇게 묻고는, 그런데 〈트윗〉이 뭔지 모르겠다고 고개를 갸웃거렸다.

율리우스는 퀭한 눈으로 그의 친구를 쳐다보았다. 외무 장관은 나중에 기회가 닿으면 트위터라는 현상에 대해 설명해 주겠으며, 또 스웨덴 문학사를 함께 탐색해 볼 시간도 갖고 싶다고 대답했다. 하지만 우선은 두 분께서 생존을 위한 계획을 가지고 계신지 알고 싶단다.

「장관께서 꼭 화제를 바꾸고 싶다면 말하겠는데, 지금 이 시점에서 〈계획〉을 논한다는 것은 좀 지나친 것 같아.」

「그럼 무얼 가지고 계시나요, 칼손 씨?」

「아무것도 없어.」 알란이 대답했다. 「문제만 가지고 있지.

그리고 약간의 희망도. 문제가 많으냐, 희망이 많으냐는 우리 둘 중 누구에게 물어보느냐에 달렸겠지.」

마르고트 발스트룀은 두 사람에게 묻고 있는 것이었으나, 지금 율리우스는 절망에 빠져 아무 생각이 없는 것처럼 보였으므로, 알란이 두 사람을 대표하여 말하는 수밖에 없었다. 일단 플루토늄 공장에서의 이 첫 번째 날을 잘 넘기면 상황이 훨씬 나아질 거야. 이따금 해결책은 전혀 예상치 못한 순간에 하늘에서 뚝 떨어지곤 하지. 율리우스와 내가 바다 한가운데 앉아 있는데, 물이 무릎에까지 차올랐던 요 며칠 전처럼 말이야. 물이 따뜻하니 좋긴 했지만, 세상에는 즐거워할 일이 그것 말고도 많지 않겠어?

「그런데 복도 많지. 어디선가 배 한 척이 다가오더니만 우릴 구해 주는 거라!」

「아, 그러슈?」 율리우스가 긴 마비 상태에서 빠져나오며 심통맞게 내뱉었다. 「그 빌어먹을 배가 이 나라 말고 다른 나라에서 오면 어디 덧나나?」

「자, 율리우스, 어서 아침이나 들게. 이보다 못한 나라들도 많아. 뭐, 정말로 많은지는 모르겠지만, 어차피 우리가 지금 여기에 있지 않은가? 그리고 음식이 약간 이상하기는 하지만, 맛도 과히 나쁘지 않고 말이야.」

식탁에는 쌀밥과 생선, 정체불명의 노란 수프, 그리고 〈김치〉라고 불리는 뭔가가 놓여 있었다. 거기다 서양식 커피와 프랑스의 크루아상까지…… 참으로 기묘한 조합이었다.

「이걸 보니 전쟁이 끝나고 나서 내가 다리들을 날려 버리려고 중국에 갔던 일이 생각나는군. 당시에 커피 같은 것은 없었어. 대신 쌀로 빚은 무지하게 독한 술만 있었지. 이보다 훨씬 고약하게 하루를 시작할 수도 있다는 얘기야.」

장관은 칼손의 천하태평한 성격에 감탄해야 할지, 아니면 욜손의 안달복달에 동참해야 할지 알 수 없었다. 하지만 어떤 태도를 취해도 두 남자의 상황이 달라지지는 않을 터, 그녀는 오래 고민하지 않았다.

「출발할 때가 가까워지면, 두 분께 정확한 시간을 알려 드리겠어요. 만일 오신다면 정말 잘된 일이죠. 그러지 못할 경우, 난 서구에 도착하는 대로 최대한 시끄럽게 외교적 소동을 일으킬 거예요. 여기서는 더 이상 어떻게 해볼 수가 없네요. 만일 주석궁에 있는 그 친구가 내가 어떤 법을 어겼다고 생각한다면, 나를 잡아 가둘 수도 있으니까요. UN 안전 보장 이사회 특사가 북한에서 투옥된다! 전례 없는 위기가 발생하겠죠…….내 입장을 이해하시겠어요?」

알란은 마르고트 발스트룀이 식사를 마치고 일어서려 하는 것을 보았다.

「내가 그 크루아상 좀 먹어도 되겠소? 혹시 장관께서 다 드셨다면…….」

「아, 빌어먹을 영감탱이!」 욜리우스가 내뱉었다.

장관은 알란에게 맛있게 드시라고 한 뒤, 작별을 고했다. 그녀는 김정은과의 면담을 준비하기 위해 대사관에 가야 했다. 만나 봤자 무슨 소용이 있겠냐만은, 어쩌겠는가.

로비에서 리무진을 기다리던 발스트룀 장관은 칼손이 그의 친구에게 터키 대통령 에르도안이라는 사람이 네덜란드 국민 전체를 파시스트로, 독일 총리를 나치로, 이스라엘을 아이들을 죽이는 데 혈안이 된 테러리스트 국가로 취급했다고 말하는 것을 들었다.

「그 인간 이름이 뭐가 됐든, 난 아무 관심 없어요!」 율리우스가 버럭 화를 냈다.

「그건 나도 그래⋯⋯. 하지만 이 터키 친구, 좀 심하지 않아?」

리무진의 뒷좌석에 앉은 마르고트 발스트룀은 세상이 칼손을 미치게 만든 것인지 아니면 그 반대인지 알 수 없다는 생각이 들었다.

알란은 검은색 태블릿 외에는 아무것도에도 관심이 없는 듯했으므로, 율리우스는 직접 나서서 그들의 생존 가능성을 높여 보기로 결심했다. 이를 위해서는 우선 지식을 확장시킬 필요가 있었다. 하여 그는 주변도 탐사할 겸, 굳은 다리를 풀어 보기로 했다.

류경 호텔에는 출구가 네 개 있었다. 각각의 문에는 〈안내원〉이라고 불리는 경호원이 두 명씩 서서, 스위스인과 그의 조수가 둘이서만 밖으로 나가려 하면 그들의 객실로 다시 모셔다 줄 준비를 하고 있었다. 이 호텔을 빠져나가는 것은 ― 열기구가 있든 없든 간에 ― 발리에서만큼 쉬워 보이지 않았다. 게다가 그다음에는 어떻게 한단 말인가? 평양 시내를 가로질러 공항까지 걸어간다? 콜택시를 부른다? 어떤 번호로? 어떤 언어로? 택시 요금은 어떻게 내고? 또 곧바로 비상벨이 울리지 않을 거라고 누가 장담하겠는가?

가만, 앞으로 엿새 동안 그들을 플루토늄 공장으로 데려다

줄 운전기사는? 만일 알란이 그 유일무이한 재능을 발휘하여 설득한다면, 친절하게 차를 돌려 그들을 공항까지 데려다 줄지도……?

율리우스는 여전히 식탁에 앉아 있는 101세 노인에게로 돌아왔다. 벌써 9시가 다 되어 있었다. 알란은 접시에 놓인 김치를 쪼가리 하나 남김없이 깨끗이 비우고, 식탁에 굴러다니는 크루아상도 죄다 먹어 치웠는데, 마지막 한 개는 출출할 때를 대비하여 호주머니에 쑤셔 넣었다. 율리우스가 돌아오자 그는 멕시코와 미국 사이에 장벽을 세우는 비용은 동아프리카의 기아를 해결할 수 있는 돈의 무려 네 배에 달하게 될 거라고 말했다.

「뭐요? 동아프리카의 기아?」

율리우스는 알란의 검은색 태블릿을 부숴 버리고 싶었다. 세상의 모든 불행과 비참에 대해 눈을 뜨기 전의 그 노인네가 너무나 그리웠다.

「자, 이것 좀 한번 들어 보라고!」 알란이 말을 이었다.

스톡홀름의 신축 병원에 욕실이 165개가 있는데, 설계 불량으로 수돗물이 나오지 않는단다. 덕분에 모두 다시 지어야 하는데, 그 비용이면 아프리카 전체 기아의 절반을 해결할 수 있을지도 모르겠단다.

여기서 율리우스는 폭발해 버렸다.

「더 이상 못 참겠군! 나 역시 굶주리는 아이들과 엉터리 욕실들 때문에 마음이 무겁긴 하지만, 영감은 우선순위를 좀 조정해 볼 수는 없는 거요? 며칠 후면 우리 머리통에 구멍이 뚫린단 말이야!」

알란도 기분이 상한 듯했다.

「그럼 내가 세상이 어떻게 돌아가고 있는지 좀 알아보고 있는 동안, 자네는 뭔가 해결책을 생각해 봤나? 아니면 그렇게 안달복달, 징징대기만 하면서 시간을 보냈나?」

율리우스는 경비원들이 호텔 입구를 막고 있다고 말한 뒤, 그들이 여기서 지켜야 하는 규칙들을 상기시켰다. 그리고 1분 안에 호텔 밖에서 기다리는 차의 뒷좌석에 앉아 있어야 한단다. 그런데 그 차가 어쩌면 해결책이 될지도 모르겠단다. 운전대를 잡은 남자도 마찬가지고.

「그럼 빨리 가서 그 사람하고 인사나 나누지. 난 새로운 사람들을 만나는 게 좋더라! 자, 어서 가자고! 그리고 기운 좀 내!」

운전사는 두 외국 손님에게 경례를 딱 붙인 뒤, 뒷좌석에 앉으시라고 청했다. 가급적이면 차에 오르시기 전에 진창 위를 걷지 않으셨으면 고맙겠습니다…….

「난 앞자리에 앉아 당신과 잡담이나 나누고 싶소.」 알란이 말했다. 「영어를 정말 잘하시니 말이오.」

율리우스는 뒷좌석에 앉았고, 알란은 운전사가 말릴 틈도 없이 냉큼 앞좌석에 올라탔다.

「원래 이러시면 안 되는 겁니다.」 운전사가 운전석에 앉으며 볼멘소리를 했다.

「난 알란이라고 하오.」 101세 노인이 자신을 소개했다. 「당신은 이름이 어떻게 되시오? 내가 알기론 이 나라엔 김 씨가 아주 많다던데.」

운전사는 자기 이름은 자신의 존재만큼이나 의미 없는 것이라고 대답했다. 반면, 자신의 임무만큼은 매우 중요하단다. 아시겠지만 두 분께서는 매일 아침 9시에 연구소에 출근하셔야 하고, 오후 6시에는 퇴근하기로 되어 있습니다. 저는 매일 연구소 앞에서 온종일 비상 대기하고 있을 거고요.

「그런데 이곳 공항이 아주 멋지다고 하던데…….」 알란이 불쑥 말했다. 「그곳 좀 한 번 구경하게, 무명 씨께서 우릴 데려가 주실 수 있겠소? 예를 들면 내일 정도에?」

아니, 불가능하단다. 호텔과 연구소 사이를 왕복하는 길을 벗어나는 유일한 경우는 오직 오늘 저녁에만 있을 터인데, 두 분을 평양 최대의 쇼핑센터에 모시고 가라는 지시를 받았기 때문이란다.

「하지만 공항에 잠시 들른다고 해서 문제될 게…….」

「네, 문제가 됩니다.」 운전사가 알란의 말을 끊었다.

그렇게 곰살맞은 친구는 아니었다. 알란은 외투 호주머니에 꼬불쳐 둔 크루아상을 꺼냈다. 운전사는 기겁했다. 즉시 차를 세우더니만, 자기 차 안에서는 어떤 종류의 음식물 섭취도 금지되어 있다고 소리쳤다.

「당장 저 도랑에다 버리십시오!」

뭐, 음식을 버려? 아니, 지금 제정신이야? 내가 알기로 이 나라에서 음식물은 군사 행진보다 구경하기 힘들다고 하던데?

「최고 영도자님의 나라에서는 아무도 굶어 죽지 않아요!」 운전사가 대답했다. 「당장 던져 버리십시오!」

알란은 시키는 대로 했다.

「뭐, 배고픈 인민들이 없다는 얘기는 아니지만…….」 운전사가 웅얼거렸다.

그러고 나서 연구소에 도착할 때까지 아무 말이 없었다.

「……자, 다 왔습니다.」

「유쾌한 드라이브에 감사하오.」 알란이 대꾸했다.

호텔에서도 그랬지만 플루토늄 공장에서의 출입은 엄격하게 통제되었다. 딱딱한 얼굴의 경비원 하나가 그 일을 맡고 있었는데, 그는 양방향으로 오가는 사람들과 차량들을 샅샅이 수색했다.

「안녕하시오!」 알란이 그에게 인사를 건넸다. 「난 알란 칼손이라 하고, 우리 기사 양반과는 달리 당신도 나처럼 이름이 있는지 알고 싶구먼.」

경비원은 있다고 대답했다. 하지만 우선 알란의 호주머니를 뒤지고 싶단다. 부적절한 것은 어떤 것도 공장 안으로 들어갈 수 없단다. 밖으로 나갈 수도 없고. 알란은 자신과 자신의 친구 율리우스는 부디 〈부적절한 것〉이 아니길 바란다고 대꾸했다. 왜냐하면 그 경우 모두에게 문제가 될 것이므로. 어쨌거나 그는 경비원의 이름을 알아내지 못했다.

「자, 됐소!」 경비원은 스위스인으로 여겨지는 노인들에게 들어가라고 신호했다.

알란은 연구소 소장에게 실없는 소리들이나 늘어놓으며 첫째 날을 어물쩍 넘길 생각이었다. 소장은 최근에 실적 부진으로 처형당한 동료를 대신하여 취임한 사람으로, 전날 남포항에서 알란과 율리우스를 맞이한 바 있었다.

알란은 계속 사람들에게 이름을 물었으나, 북한 사람들은 그다지 상냥한 성격이 아니었다.

「그냥 〈미스터 엔지니어〉라고 부르시오.」 소장이 딱딱하게 대답했다.

「아, 그렇군.」 알란이 말했다. 「뭐 그렇다면 나도 그냥 〈미스터 칼손〉으로 부르시구려.」

「원래 미스터 칼손 아니었소?」 엔지니어가 반문했다.

이렇게 서로의 호칭이 정해지고 난 후, 알란은 시간을 허비하려 애쓰며 하루의 상당 부분을 보냈다. 그는 연구소를 청결하게 유지하는 것의 중요성에 대해 일장 연설을 했고, 핵무기가 얼마나 중요한 것인가에 대해 두 번째 연설을 했으며, 빨리 봄이 오기를 고대하는 마음에 대해 세 번째 연설을 했다.

엔지니어는 참을성을 잃었다.

「이제 일을 시작해야 하지 않겠소?」

「아, 막 그 말을 할 참이었어.」 알란이 고개를 끄덕였다. 「그래, 이제 일을 시작해야지!」

알란이 대충 세운 계획은 율리우스와 자신이 그들과 함께 도착한 농축 우라늄 4킬로그램을 가지고서 이 나라를 뜬다는 것이었다. 한 가지 긍정적인 요소는 그들이 서류 가방을 찾아 헤매지 않아도 된다는 점이었는데, 그것은 사용되기를 기다리며 실험실의 한쪽 벽에 얌전히 기대어져 있었던 것이다.

「먼저, 내가 정제해야 하는 우라늄을 한번 살펴보고 싶소.」 알란이 말했다.

「왜요?」 엔지니어가 놀라며 물었다.

사실 알란도 이유를 몰랐지만, 앞으로 훔치게 될 물건이 어떻게 생겼는지 알아 둔다 하여 손해날 것은 없었다.

「당신네가 사기당하지 않았는지 보려고.」 알란이 대답했다. 「요즘 시중에 가짜 우라늄이 얼마나 많이 돌아다니는지 안다면, 미스터 엔지니어는 간이 콩알만 해질 거야. 어쩌면 벌써 그렇게 됐을지도 모르겠지만.」

「내가 어쨌다고요?」

「간이 콩알만 해졌다고.」

엔지니어는 고개를 설레설레 젓고는, 서류 가방을 가져와 작업대 위에 올려놓고 주둥이를 열었다. 농축 우라늄은 밀도가 아주 높은 물질로, 거기서 나오는 방사선은 인체에 극히 해롭다. 알란의 눈에 들어온 것은 겉면이 납으로 두툼하게 싸인 벽돌만 한 크기의 덩어리 하나였다. 그는 길이와 너비를 재어 보았다.

「28센티미터에, 12센티미터…… 다시 말해 납층을 제하면 27센티미터에 11센티미터라는 말이렷다! 음, 아주 좋아! 미스터 엔지니어, 축하하오!」

엔지니어는 깜짝 놀랐는데, 전문가의 검토 속도가 엄청나게 빨랐기 때문만은 아니었다.

「벌써 검토를 끝내셨소? 납을 떼어 낼 필요는 없소?」

「아니, 왜? 측정을 제대로 했으니 그럴 필요 없어. 하지만 보다 확실히 하기 위해 무게는 한번 재어 보지.」

알란은 덩어리를 4미터 저쪽에 떨어진 실험실 저울 위에 올려놓았다.

「그게 무게가 얼마나 되어야지 맞는 거요?」 엔지니어가 물었다.

알란은 저울에 숫자가 나타날 때까지 대답하지 않았다.

「5.22킬로그램……. 딱 맞아! 납 무게까지 합하면 바로 이 숫자야! 다시 한번 축하하오, 미스터 엔지니어. 보기와는 달리 일을 제대로 하는 분인 것 같군.」

엔지니어는 이게 대체 무슨 소린지 알 수 없었다.

「뭐요? 〈보기와는 달리〉?」 그가 되물었다.

「너무 말 가지고 꼬치꼬치 트집 잡지 맙시다! 그보다는 가방을 제자리에 가져다 놓고, 일을 본격적으로 시작해 보는 게 어떻겠소? 지금 시간은 없는데, 할 일은 태산이지 않소?」

엔지니어는 왜 졸지에 자신이 작업 속도를 저해하는 원인이 되어 버렸는지 알 수 없었다.

「자, 우리가 어디까지 얘기했더라?」 알란이 말을 이었다. 「연구소를 청결하게 유지하는 게 대단히 중요하다는 얘기는 했던가?」

「했소.」 엔지니어가 대답했다. 「그것도 두 번이나.」

「그리고 우라늄 무게가 제대로인지 확인하는 게 아주 중요하다는 얘기도?」

「방금 그 일을 하셨잖소.」

율리우스는 옆에서 조용히 지켜보고만 있었다. 세상에, 저렇게 자연스러울 수가! 알란만큼 뛰어난 재능의 소유자가 또 있을까?

연구소 신임 소장은 그야말로 바람 앞의 등불 같은 상황이었다. 그의 미래는 전적으로 알란 칼손의 작업 결과에 달려 있었다. 특히나 그가 이 스위스인들을 항구에서 잠깐 만나 보고 나서, 최고 영도자에게 그들에 대해 긍정적인 의견을 올렸기에 더욱 그랬다.

지금까지 플루토늄 공장은 모두가 기대하는 물질을 생산해 내지 못했고, 러시아인들은 약속한 원심 분리기 제공을 한없이 미루고 있었다. 결국 엔지니어는 최고 영도자 동지를 만족시켜 드리기 위해서는 농축 우라늄이 필요하니, 그것을 마련해 달라고 요청하기에 이르렀다.

그런데 가슴 철렁하게도, 앞서 말한 러시아인들이 아프리카의 공급자 하나를 소개해 줬고, 이제 그는 수중에 들어온 이 시험용 분량으로 자신의 능력을 입증해야 했다. 그에게는 덤으로 어마어마한 고령의 전문가 한 명이 붙여졌는데, 그는 같은 양의 원료로 다섯 배 혹은 열 배의 결과를 얻는 법을 안다는 거였다. 1200 열간 등압 압축법? 연구소 소장은 바보는 아니었지만, 아무리 머리를 쥐어짜도 이게 대체 무슨 개념인지 당최 이해가 되지 않았다. 뭐, 아직 닷새가 더 남았으니까……. 내일부터는 대화를 좀 더 타이트하게 이끌어 가리라.

쇼핑센터를 향해 달리는 차 안에서 율리우스는 뒷좌석에 앉아 꾸벅꾸벅 졸았지만, 앞자리에 앉은 알란은 생각에 잠겨 있었다. 어차피 함께 수다 떨 사람도 없었다. 하여 그는 좀 더 생각해 보았다. 얼마 후, 그는 율리우스에게 불쑥 말했다.

「이봐, 지금 내 머릿속에 뭐가 떠올랐는지 알아?」

율리우스의 졸린 눈꺼풀이 반쯤 열렸다.

「몰라요. 뭐가 떠올랐는데요?」

「계획이 하나 떠올랐어.」

율리우스가 눈을 반짝 떴다.

「이 나라를 빠져나가는 계획?」

「당연하지. 자네가 바랐던 거잖아. 아니면 생각이 바뀌었나?」

뒷좌석의 친구는 천만의 말씀이라고 대답했다. 그리고 당장 자세히 설명해 달라고 부탁했다.

알란의 계획은 첫째, 엔지니어의 주의를 분산시킨 뒤 살그머니 실험실을 빠져나와, 둘째, 우라늄이 든 서류 가방을 들고 경비원을 통과한 뒤, 셋째, 운전사는 자신들을 결코 공항까지 데려다주려고 하지 않을 것이기 때문에 대신 차에서 좀 내리도록 그를 설득한다는 거였다. 율리우스는 무슨 말인지 충분히 이해했다.

「그거요? 계획이?」

「짧게 얘기하자면 그래.」

「길게 얘기하면 어떨지 모르겠지만, 우선 우라늄 가방을 가지고서 경비원이 지키는 문은 어떻게 통과할 거요? 운전사는 차에서 내려 달라고 어떻게 설득할 거요? 그리고 공항에서는 어떻게 체포되는 걸 피해서 장관의 비행기에 탑승할 거고?」

알란은 자신의 늙은 두뇌에 한꺼번에 너무 많은 질문을 한다고 투덜거렸다.

평양에서 가장 크며 〈쇼핑센터〉라는 이름이 부끄럽지 않은 유일한 쇼핑센터에는 네 개 층에 상품이 가득했지만, 그걸 사는 고객은 어디에도 보이지 않았다. 무명의 운전사는 알란과 율리우스를 층마다 안내해 주었다.

1층은 남성복과 여성복 매장이었다. 앞의 것은 두 사람에게 이미 있었고, 뒤의 것은 전혀 필요가 없었다.

2층에서는 신발, 외투, 장갑, 가방 등속을 팔고 있었다. 바깥 날씨가 꽤나 추웠으므로, 그들은 외투를 한 벌씩 골랐다. 어차피 지불은 최고 영도자가 할 거였으므로.

그 옆의 매대에는 서류 가방이 40여 개가 진열되어 있었는데, 모두가 우라늄이 든 가방과 모양이 똑같았다. 북한에서 생산되는 서류 가방은 모델이 하나뿐인 모양이었다.

「공산주의에도 좋은 점이 있단 말이야.」 알란이 가방 하나를 집어 들면서 말했다.

율리우스는 101세 노인이 무슨 생각인지 눈치챘다.

3층에는 흥미로운 게 없었다. 장난감, 문방구, 화구 등이 눈에 띄었다. 알란은 앞장서서 걷고, 율리우스는 몇 걸음 뒤에서 걸었고, 다시 몇 걸음 뒤에서 운전사는 지루해 죽겠다는 얼굴로 터덜터덜 따라다녔다.

4층에서 율리우스는 납 테이프를 하나 집어 들었다.

「영감, 이거 어떻게 생각하슈?」

「흠, 제법 똘똘한데? 자, 쇼핑은 이 정도로 된 것 같아.」

1층으로 내려온 알란과 율리우스는 외투와 가방과 납 테이프를 계산대 위에 내려놓았다. 운전사가 물건 값은 최고 영도자 동지께 청구하라고 말하자, 출납원 아가씨는 꼬르륵 실신해 버렸다. 운전사는 그녀를 마루에서 일으켜 주며 노인들에게 사과했다. 이런 일이 일어날 줄 미리 생각했어야 했는데요…….

호텔로 돌아오는 차 안에서 운전사는 뒷좌석의 율리우스와 한사코 앞자리를 고집하는 알란에게 다음 날 아침에는 식탁에서 어떤 것도 들고 오면 안 된다고 못 박았다.

「김치도 안 되오?」 알란이 물었다.

「특히 김치는 안 됩니다!」

「알겠소, 이름 없는 양반.」 알란이 말했다. 「다음에 만날 때는 좀 더 일찍 일어나서 배도 채우고 가뿐해진 몸으로 나오리다.」

알란은 객실 탁자에 앉아 검은색 태블릿에 코를 박고는 남은 저녁 시간을 보냈다. 이번에는 펜과 종이를 가지고서, 어떤 화학식 같은 것들을 적어 내려갔다. 그리고 이따금 〈흐음〉 하면서 흡족해하는 소리를 발했다. 그러고 있는 사이, 율리우스는 납 테이프로 쌀 적당한 물건을 찾아 온 방을 뒤졌다. 결국 그는 세면대 옆에서 세면용품을 넣는 검은색 종이 상자 하나를 찾아냈다.

「아주 잘 골랐어.」 알란이 칭찬했다. 「사이즈도 그렇고, 모든 게 좋아.」

물론 상자는 농축 우라늄보다는 훨씬 가벼웠지만, 경비원이 그 사실을 어찌 알겠는가?

알란이 인터넷 검색과 메모를 끝낸 것은 자정이 다 되어서였다.

「내일은 미스터 엔지니어와 일하지 않아도 될 것 같아.」

북한

알란이 결국 어떤 계획을 생각해 낸 모양이었다. 율리우스는 그게 뭔지 짐작이 갔다. 조금은 말이다.

다음 날, 알란은 호텔 식당의 뷔페 테이블 아래서 티스푼이 가득 담긴 플라스틱 통 하나를 찾아냈다. 그 내용물을 식탁 위에 좌르륵 쏟자 종업원이 놀라 뛰어와서는 지금 뭐 하느냐고 물었다. 알란은 율리우스에게 발리의 호텔 매니저에게서 훔쳐 온 금 라이터로 그녀를 매수하라고 지시했다.

「훔친 건 아니에요!」 율리우스는 종업원 아가씨와 즉석 협상을 벌이면서 알란에게 항의했다. 「그게 내 호주머니에 떨어진 거라고.」

알란은 도벽의 정의에 대해 길게 토론하고 싶지 않았다. 대신 그는 희색이 만면해진 종업원에게 이렇게 부탁했다.

「이 통에다 우유와 시리얼 좀 가득 채워 주시오. 그리고 뚜껑을 꽉 닫아서 내 친구에게 주면 고맙겠소.」

종업원은 라이터에 비치는 자신의 모습을 감상하기를 중단하고는 달려갔다.

「시리얼과 우유? 그걸 가지고 차에 타면 운전사가 되게 싫어할 것 같은데?」 율리우스가 고개를 갸웃했다.

「바로 그거야.」 알란이 눈을 찡긋했다.

운전사를 차에서 몰아낼 수 있을 만한 완력이 없는 상황이었고, 두 가지는 확실했다. 첫째, 운전사는 결코 자의로 차에서 내리지 않을 거고, 둘째, 그들이 아무리 애원해도 그들을 공항까지 데려다주지 않을 거였다.

발스트룀 외무 장관도 식당에 내려와 그들에게로 왔다. 그녀는 바쁘다며 테이블 옆에 서서 프랑스-북한식 크루아상 한 개를 곁들여 커피를 들면서, 예정대로 외교관 여권이 도착했다고 속삭였다. 그러고는 냅킨에 싼 여권 두 개를 슬그머니 그들에게 건넸다.

「아이구, 장관님, 고맙기도 해라!」 알란이 말했다. 「그런데 이륙은 몇 시에 예정되어 있지? 오늘 우리가 처리해야 할 일이 몇 가지 있는데, 비행기를 놓치면 낭패가 아니겠소?」

마르고트 발스트룀은 김정은으로부터 오늘 면담은 마지막 면담이 될 것이며, UN 특사는 당장 오늘 오후에 출국해야 한다는 언질을 받은 터였다.

「한마디로 그는 내게서 아무 말도 들으려 하지 않아요. 트럼프 대통령은 반대죠. 그의 스태프가 말하길, 대통령에게 와서 몇 가지를 설명해 달라는군요. 그리고 공항은 내 비행기가 3시 30분에 이륙한다고 확인해 줬어요.」

「오늘요?」 율리우스가 불안해하며 되물었다.

「미국 대통령이 무슨 설명을 듣고 싶은 걸까?」 알란이 물었다.

「어쩌면 칼손 씨, 당신에 대한 것일 수도 있어요.」

장관은 표정이 슬퍼 보였다. 율리우스는 그녀 때문에 가슴이 아팠다. 사실은 자신 때문에 더 가슴이 아팠지만.

「잊지 마세요, 3시 30분이에요.」 장관이 말을 이었다. 「두 분이 꼭 오실 수 있기를 빌어요.」

과연 이들을 다시 볼 수 있을까? 그녀는 확신이 들지 않았다. 율리우스도 같은 심정이었다.

「오늘이라고요?」 그는 되풀이했다. 「아이고! 우리가 어떻게 그 시간까지…….」

「아, 율레 이 친구, 또 시작이군!」 알란이 그의 말을 끊었다.

「일이 잘 풀리든지, 안 풀리든지, 둘 중 하나 아니겠어? 간단한 거니까, 너무 복잡하게 생각하지 마. 자, 어서 가자고! 벌써 9시야. 우리에겐 해야 할…… 아니, 망쳐야 할 일이 있단 말이야. 자, 시리얼도 잊지 말고!」

「내 이름은 율레가 아니라고.」 율리우스가 투덜거렸다.

두 번째 날, 칼손 씨와 욘손 씨는 새로 산 외투를 입고 플루토늄 공장에 도착했다. 경비원은 엄격하고도 명확한 지침을 하달받은 터였다. 연구소를 출입하는 모든 사람은 예외 없이 똑같이 취급하라! 하여 그는 두 외국인의 호주머니를 샅샅이 뒤졌지만 특별한 건 아무것도 발견하지 못했다.

그런데 칼손은 은빛 나는 상자 하나와 손으로 쓴 화학식들이 적힌 종이 몇 장이 든 서류 가방을 들고 있었다.

「이게 뭐죠?」 경비원이 화학식들을 가리키면서 물었다.

「우리 자랑스러운 공화국의 미래라오.」알란이 대답했다.

화들짝 놀란 경비원은 종이를 황급히 내려놓고는, 이번에는 상자를 집어 들었다.

「그리고 이건?」

「세면용품이라오.」알란은 아주 진지한 얼굴로 말했다. 「소장님께 드릴 선물이지. 하지만 그분께 말씀하지는 마시오. 깜짝 선물이니까.」

그야말로 보석과 자갈이 섞여 있는 격이었다. 하나는 이 나라의 미래가 걸려 있는 물건이고, 다른 하나는…… 가만, 뭐랬더라?

경비원은 경계심을 풀지 않기로 했다. 그는 조심스럽게 테이프를 뜯어보았고, 이 괴상한 노인이 말한 게 사실임을 확인할 수 있었다. 검은 상자 안에는 면도기, 면도 크림, 비누, 샴푸, 컨디셔너, 빗, 그리고 칫솔과 치약이 들어 있었다. 그는 뚜껑 몇 개를 열어 냄새를 킁킁 맡아 보기까지 했다.

「어떻소? 소장님이 이걸 좋아할 것 같소?」알란이 물었다.

치약에서는 치약 냄새가 났고, 샴푸에서는 샴푸 냄새가 났다. 면도기도 정상적인 면도기였다.

「글쎄요…….」경비원이 머뭇거렸다.

확인되지 않은 액체들을 연구소 안에 들여보내도 되는 건가?

「이제 다시 테이프를 붙여 주겠소?」알란이 요청했다. 「곧 소장님이 도착할 텐데, 이걸 보면 기분이…….」

바로 그 순간, 당사자가 나타났다. 화가 나 씩씩거리면서.

「도대체 뭣들 하고 있는 거요? 일을 시작해야 하는 시간이 벌써 10분이나 지났는데…….」

경비원이 황급히 선물 상자를 다시 싸는 동안, 알란은 소장에게 이 경비원은 자신의 일을 했을 뿐이라고, 그것도 아주 열심히 했을 뿐이라고 설명했다. 이제 이분을 승진시키는 것을 심각하게 고려해 봐야 하지 않겠소? 내가 보기에 보다 중요한 일을 맡겨도 될 듯싶은데……. 최소한 경비 반장은 되어야 할 재목이오. 아, 그러려면 경비원이 적어도 한 사람은 더 필요하겠지. 지휘할 사람이 없으면 곤란할 테니까.

이 칼손이라는 작자는 오늘도 허튼소리를 지껄이며 하루를 보낼 작정인가? 아니, 절대로 그럴 수는 없었다!

「자, 갑시다!」 소장이 알란의 말을 끊었다.

알란이 지껄이는 동안, 경비원은 선물 상자를 다시 가방 속에 넣어서 스위스 핵무기 전문가에게 내밀었다. 그는 특별한 것을 전혀 찾아내지 못했다(시리얼 죽은 차 뒤편 바닥에 놓여 있었다). 그는 멀어져 가는 알란과 율리우스와 소장의 뒷모습을 오랫동안 쳐다보았다.

경비 반장이라…… 음, 괜찮은데……?

〈미스터 엔지니어〉는 칼손과 욘손을 이끌고 실험실로 들어갔다. 그는 어제 일과 후에 최고 영도자에게 보고서를 올렸고, 거기에서 스위스 핵 전문가에게서 유용한 지식을 빼내는 작업은 느리지만 확실하게 진행되고 있다고 썼다. 아무래도 백 살이 넘은 고령의 노인네라, 최상의 결과를 얻기 위해서는 본인의 리듬에 맞춰 주는 게 좋지 않을까요? 최고 영도자는 동의했다. 좋소, 소장 동지에겐 아직도 닷새나 남아 있으니까……. 그 정도면 충분할 거요.

「자, 어디 한번 시작해 볼까?」알란이 화학식이 적힌 종잇장들을 소장의 책상 위에 내려놓으며 말했다.「내가 왕성하게 활동하던 시절에는 핵분열이 모든 문제에 대한 해답이었어. 하지만 요즘은 핵융합도 핵분열만큼이나 중요시되고 있지. 어쩌면 미스터 엔지니어도 알고 계시겠지만 말이오…….」

엔지니어는 좀이 쑤셔 몸을 비틀었다. 핵융합에 대한 얘기는 웬만한 어린아이도 아는 당연한 소리였다. 그래도 이 노인네는 검토해 볼 가치가 있는 뭔가를 들고 온 것 같은데…….

「어허, 미스터 엔지니어, 자꾸 기웃대지 마시오! 너무 빨리 진도를 나가려 하면, 모든 게 어긋날 수 있다고!」

엔지니어는 빨리 진도를 나간다 해서 문제될 게 전혀 없을 것 같았지만, 조금 더 참아 보기로 마음먹었다.

알란은 말을 이었다.

「문제는 여러분이 그토록 애를 써서 모아 놓은 우라늄을 얼마만큼이나 농축할 수 있는가, 하는 것이야.」

「그 정도는 나도 알고 있어요.」엔지니어가 끼어들었다.「당신이 그 답을 알고 있다는 것도 알고……. 그 답이 이 종이에 담겨 있는 거요?」

알란은 역정 어린 눈으로 엔지니어를 노려보았다. 물론 이 안에 담겨 있지! 하지만 미스터 엔지니어는 너무 빨리 진도를 나가면 안 된다는 것을 벌써 잊어버렸소? 내가 가장 걱정하는 게 뭔지 아오? 내가 하는 설명을 당신이 제대로 따라오지 못하는 거라고!

엔지니어는 그 점에 대해서는 전혀 걱정할 필요가 없다고 대꾸했다. 그건 어린아이도 따라갈 수 있소. 그리고 본인은 이 분야에서 10년이 넘게 일해 왔소.

「10년인데 결과가 이 모양인가?」 알란이 쏘아붙였다.

그러고 나서 운전사에게 뭔가 할 얘기가 있어 잠시 나갔다 오겠다고 양해를 구했다.

「금방 돌아오리다!」

율리우스는 드디어 〈대혼란 작전〉이 시작되었음을 깨달았다. 그는 엔지니어와 눈이 마주치자 어쩌겠느냐는 듯이 어깨를 으쓱해 보였다. 그러고는 이렇게 설명했다.

「네, 저 양반이 아집이 좀 있어요. 하지만 언제나 일은 제대로 해내죠.」

……적어도 난 그러길 바란다오, 라고 율리우스는 속으로 덧붙였다.

101세 노인은 외투와 서류 가방을 들고서 경비원 앞을 지나갔다. 그 모습을 본 경비원은 의자에서 벌떡 일어나며 〈멈추시오!〉 하고 외쳤다.

「어디 가시오, 칼손 선생?」

「운전사를 보러 가오. 아주 중요한 일이야.」

경비원은 칼손이 소장에게 자기에 대해 좋은 얘기를 해줘서 고맙기는 했지만, 그렇다 하여 일을 대충 할 생각은 없었다. 따라서 알란은 다시 한번 몸수색을 받아야 했다. 서류 가방의 내용물은 몇 분 전과 똑같았다. 메모가 적힌 종이들만 보이지 않았는데, 이것은 상관없었다. 화학식이 실험실에 들어갈 수는 있으나 나와서는 안 되니까.

알란이 차창을 똑똑 두드렸을 때, 운전사는 흰 천으로 차의 대시 보드를 닦느라 여념이 없었다.

「벌써 호텔로 돌아가십니까?」 운전사가 놀라서 물었다.

「아니, 그냥 몇 가지 체크하러 왔소……. 지금 날씨가 너무 덥지 않소? 유리창을 열어 놓으면 바람이 좀 통할 텐데?」

운전사는 잠시 노인의 얼굴을 쳐다보았다.

「지금 영상 3도입니다.」 그가 짧게 대답했다.

「그래서 안 덥다고?」

「안 더워요.」

검은색 태블릿은 조수석에 드러누워 주인을 기다리고 있었다.

「기다리기가 무료하시면 이걸 사용해도 좋소. 이 안에 벌거벗은 여자분들이 아주 많더라고.」

운전사는 기겁하면서 자기는 그럴 생각이 전혀 없다고 손사래를 쳤다.

「음, 그렇다면 됐소.」 알란이 다시 입구 쪽으로 느릿느릿 돌아가며 말했다.

그는 경비원의 눈에 띄지 않고 지나는 데 거의 성공하는 듯했다.

「멈추시오!」 경비원이 외쳤다. 「선생의 외투를 보여 주시오! 그리고 그 가방도!」

알란은 자신의 기억이 정확하다면 차에서 아무것도 가져오지 않은 것 같긴 하지만, 경비원 양반이 자기 말을 믿지 않는 것은 잘하는 짓이라고 말했다.

「내 나이가 되면, 내가 맞는다고 생각하면 틀리기 일쑤이고, 또 잘못 생각했다고 해서 반드시 맞는 것은 아니더라고. 자, 필

요하면 확인해 보시오. 조심해서 나쁠 것 없으니까. 최고 영도
자 양반도 같은 생각일 거요.」

경비원은 최고 영도자 얘기가 나올 때마다 바짝 얼어붙었다.

실험실에 돌아온 알란이 불쑥 말했다.

「그런데 말이야, 방금 전에 생각이 하나 떠올랐어!」

「그게 뭐죠?」 미스터 엔지니어가 급히 물었다.

알란은 크게 숨을 한 번 들이마신 다음, 따발총 쏘듯이 읊어
대기 시작했다.

「$MgSO_4$ — $7H_2O$ $CaCO_3$ $Na_2B_4O_7$ — $10H_2O$!」

「다시 한번 불러 주시오.」 잘 알아듣지 못한 엔지니어가 요
청했다.

「이것은 엔지니어 선생께서 두 배의 폭발력에 만족하실 경
우의 얘기지. 하지만 나는 그걸 열 배 증가시킬 생각이야.」

「다시 한번 불러 달라고요!」 엔지니어가 재촉했다.

「물론 얼마든지 불러 줄 수 있지. 하지만 내가 일은 차근차
근, 순서에 따라 진행해야 한다고 하지 않았소? 내 경험상, 너
무 서두르다 보면 꼭 실수를 하게 되더란 말이야. 우린 그걸 피
해야 하지 않겠소? 안 그렇소?」

엔지니어는 그렇다고 웅얼거렸고, 율리우스는 입에 지퍼를
채운 채로 둘의 대화를 지켜보았다. 저 모든 게 대체 어디서 나
온 거지?

그것은 물론 검은색 태블릿에서 나온 거였다. 이 화학식은
전혀 훈련되지 않은 귀(율리우스)나 미처 준비되지 못한 귀
(엔지니어)에게는 긍지 높은 북한의 모든 핵 관련 문제들에 대

한 해결책처럼 느껴질 수도 있었다.

하지만 그게 아니었다. 이것은 어떤 입욕제와 치약과 표백제의 화학식이었다. 알란은 그의 태블릿에서 뭔가 핵 기술과 관련된 것을 찾았지만, 결국 자신의 욕실과 화장실에 무엇이 있는지 온 세계에 알리고 싶어 하는 한 캐나다 아마추어 화학자의 사이트에 이르게 되었다. 본인이 소리 높여 주장하는 바와는 달리, 알란의 기억력에는 문제가 전혀 없었으며, 그의 머릿속에는 두통약, 베이킹파우더, 오븐 클리너 같은 것들의 화학식도 여분으로 저장되어 있었다. 이 모든 게 온타리오 호반에 위치한 미시소가에 거주하는 한 젊은이 덕분이었다.

사실 엔지니어는 두통약 한 알이 필요할 수도 있었다(베이킹파우더와 오븐 클리너는 물론 아니었고). 그는 다시 기분이 아주 언짢아져 있었다.

「자, 이제는 진도 좀 나갈 수 있겠소?」

「아, 그럼! 물론이지!」 알란이 호쾌히 대답했다. 「그런데 잠깐 저기 좀 다녀오고…….」

그는 다시 화장실로 달려갔고, 거기서 15분 이상을 머물렀다.

대망의 탈출을 얼마 앞두고서, 알란은 다시 한번 운전사를 방문했고(이번에는 날씨가 영상 3도밖에 되지 않았으므로 춥지나 않은지 물어보려고), 엔지니어와의 대화를 조금 더 진전…… 뭐, 적어도 옆길로는 새게 했다. 그러는 사이, 율리우스는 엔지니어와 자신의 기분을 관리하느라 최선을 다했다.

알란은 아침에 서둘러 나오다가 이날 율리우스가 맡아야 할 가장 중요한 임무를 알려 주는 것을 잊었으니, 바로 자신이 서류 가방을 바꿔치기할 수 있게끔 엔지니어의 주의를 분산시키는 것이었다. 하여 101세 노인은 이유를 하나 꾸며 내어 엔지니어를 옆에 붙은 냉동 저장실에 보냈고, 그런 다음 자신의 친구에게 짤막하게 지시했다.

「그가 돌아오면, 주의를 분산시켜!」

「주의를 분산시켜요?」 율리우스가 되물었다. 「어떻게요?」

「시키는 대로만 해! 내가 서류 가방을 바꿔치기할 수 있게끔 말이야.」

「바꿔치기한다고요? 아니, 그가 여기 없는데 왜 지금 하지 않죠?」

알란은 잠시 그의 친구를 뚫어지게 쳐다보았다.

「……왜냐하면 내가 그걸 미처 생각하지 못했기 때문이야. 난 가끔 주위 사람들이 바라는 만큼 생각을 충분히 하지 못하기도 해. 그게 내게는 별 상관이 없지만, 때로는……」

그는 말을 끝맺을 수 없었으니, 엔지니어가 돌아온 것이다.

「저장고를 확인해 보니까 갈륨이 8헥토그램 있소. 자, 그게 우라늄을 농축하는 데 어떻게 사용되는 거요? 이번에는 제발 어떤 바보가 아닌 동료에게 하듯이 내게 설명해 주시오.」

「흠, 8헥토그램이라……」 알란은 걱정스러운 듯이 미간을 찌푸렸다.

바로 그때, 율리우스가 뒤로 벌러덩 자빠졌다.

「사람 살려! 아이고, 나 죽어!」

엔지니어는 기겁했다. 심지어는 작전을 지시한 장본인인 알란마저도 깜짝 놀랐다.

「아야야야!」 율리우스가 바닥을 뒹굴며 비명을 질렀다. 「아야야야!」

알란은 꼼짝도 않고 있는데, 엔지니어가 율리우스를 도우려 달려갔다.

「왜 그러시오, 욘손 선생?」 엔지니어가 율리우스 옆에 무릎을 꿇으며 물었다. 「어디가 안 좋으시오?」

율리우스는 알란이 서류 가방을 바꿔치기하는 것을 곁눈으로 확인했다.

「오, 고마워요! 갑자기 향수병(鄕愁病)이 발작했을 뿐이에요.」

「향수병?」 엔지니어가 어안이 벙벙하여 되물었다. 「아니, 그렇게 바닥에 털썩 쓰러지더니만…….」

「아주 심각한 향수병이죠. 하지만 이제 지나갔어요.」

엔지니어는 지금까지 두 외국인 중에서 율리우스가 그래도 정신이 온전하다고 느꼈지만, 이런 일을 당하고 보니 이 사람도 백한 살 먹은 노인네만큼이나 노망이 든 게 아닌가 하는 생각이 스쳤다.

「욘손 선생, 일어서시려오? 내가 부축해 드릴까?」

「고맙소. 아, 친절도 하시지!」 율리우스는 손을 쭉 내밀었다.

엔지니어는 속이 바짝 타들어 갔다. 먼저 그는 남포항에서 몇 분 사이에 칼손이 사기꾼인지 판별해야 했는데, 만일 그를 사기꾼으로 결론 낼 경우, 자신은 이제까지 준비해 온 것보다도 빨리 어떤 결과를 보여 주어야 하는 상황이었다. 하여 그는 칼손이 사기꾼이 아니라는 결론을 내렸는데 그것은 알란이 그럴듯해 보이기도 했거니와, 무엇보다도 자기가 살아남기 위해서는 그가 진짜 전문가여야 할 필요가 있었기 때문이다. 그런데 이제 이 노인이 완전히 사기꾼은 아니지만, 정신도 그리 온전치 못하다는 사실을 알게 된 것이다. 또 그의 조수도 별반 나을 게 없었다.

엔지니어는 자신은 노인이 사기꾼인지 아닌지를 가리는 데만 신경 썼을 뿐, 그가 치매일 가능성은 염두에 없었다고 하면 어떨까도 생각해 봤지만, 이 핑계는 통할 것 같지 않았다. 남은 옵션은 최고 영도자에게 거짓말을 하는 거였다. 즉, 자신이 열간 등압 압축법의 원리를 완전히 이해했기 때문에 몇 주 내로 구체적인 결과를 낼 수 있고, 따라서 이 두 외국인은 더 이상 필요가 없다고 말하는 거였다. 이 경우, 약속을 지키지 못하는 한 자기에게는 살날이 몇 주 남지 않으리라…….

그래도 칼손은 그 늙은 머리통 속에 화학식 몇 개가 남아 있음을 보여 주었고, 그중 몇 개를 종이에 적어 놓기도 했다. 엔지니어는 스위스 영감들이 퇴근하면 종이를 한번 자세히 들여다보리라 마음먹었다.

어쨌거나 그는 점심 식사 중에 칼손이 또 태블릿에서 읽은 어떤 기사를 가지고 떠들어대자, 버럭 화를 내고 말았다. 그의 말로는 미국의 어느 TV 토크쇼 진행자가 수차례 성추행을 범했을 뿐 아니라, 자신을 빨리 도와주지 않은 신에게 화를 냈다는 거였다. 엔지니어는 자기는 신이나 미국 놈들에 대해서는 조금도 관심이 없다고 고함쳤다. 열간 등압 압축법에 대해서도 마찬가지인데, 곧 농축 우라늄 5백 킬로그램이 도착할 거고, 그러면 알란은 더 이상 필요하지 않을 거란다. 따라서 정신 차리고 똑바로 하지 않으면 당장 실험실에서 쫓아내겠다고 으르렁댔다.

5백 킬로그램? 알란이 이 숫자를 듣는 것은 벌써 두 번째였다. 4킬로그램만 해도 충분히 고약하거늘…….

「여보시오, 미스터 엔지니어…….」 알란이 조용히 타일렀다. 「우리 좀 부드러운 어조를 사용하면 어떻겠소? 전에 한번 스탈린 동지가 나한테 벌컥 화를 내고 나를 시베리아 오지에다 보낸 적이 있다오. 하지만 그 뒤에 뇌출혈을 일으켰지. 내가 늘 말하지만, 화를 내는 것은 건강에 이롭지 않아.」

아닌 게 아니라 엔지니어는 뒷골이 당기기 시작했지만, 이 노망기 있는 칼손만 보면 자신도 모르게 고함이 터져 나왔다.

잠시 후에 101세 노인은 벽에 걸린 커다란 사진 액자 앞에 다가가서는, 중거리 미사일 옆에서 활짝 미소 짓고 서 있는 최고 영도자의 모습을 들여다보았다. 스위스 노인은 미사일의 탄두 부분을 자세히 뜯어보며 생각에 잠긴 얼굴로 또 다른 화학식을 중얼거렸다. 만일 엔지니어가 조금 더 귀를 기울였다면, 그게 비타민 C와 방향염(芳香鹽)의 화학식이라는 사실을 깨달을 수 있었으리라……. 하지만 미처 그럴 틈이 없었던 그는 어쩌면 아직 희망이 있을지도 모른다고 생각했다…….

오후 1시 59분, 드디어 때가 되었다. 그동안 알란은 엔지니어를 얼마나 지루하게 만들었던지, 전혀 쓸데없는 어떤 확인을 위해 또다시 그를 냉동 저장실로 보냈지만 군소리 없이 떠났다. 이번에는 증류수의 사용 기한을 확인해 보라는 거였다. 한 병 한 병 모두 다.

엔지니어가 시야에서 사라지자 알란이 말했다.

「자, 이제 여길 떠도 될 것 같아. 그는 몇 분 동안 나오지 않을 거야.」

실험실 입구에서 알란은 경비원의 책상 위에 서류 가방을 내려놓고, 주둥이를 열었다.

「샴푸가 마음에 들지 않는다는구먼. 라벤더 향이 나지 않는다나 뭐라나……. 그 엔지니어 양반은 취향이 꽤 고급이더라고. 내일 이 안에서 다른 물건을 보게 될 거요.」

경비원이 눈에 익은 상자를 조금 더 자세히 살펴볼 겨를도 없이 알란은 입고 있던 외투를 훌렁 벗었다.

「하지만 이것은 꼼꼼히 검사할 필요가 있을 거요. 호주머니에 잡동사니를 쑤셔 넣고는 무엇을, 그리고 왜 집어넣었는지 기억하지 못하는 경우가 한두 번이 아니야. 한번은 장을 보고 나서 거기다 맹꽁이자물쇠 하나를 쑤셔 넣은 적도 있었지. 그걸 어디다 걸려고 샀는지는 지금도 미스터리야.」

경비원은 칼손의 호주머니들을 뒤져 보았고, 그다음에는 욘손의 차례였다.

「나도 마찬가지라오.」 율리우스가 말했다. 「난 주로 라이터를 잊어버리지만 말이오.」

경비원이 두 개의 외투를 번갈아 쏘아보고 있을 때, 알란은 차분하게 서류 가방을 닫았다.

「경비원 양반과 잡담을 나누는 게 매우 유쾌하기는 하지만, 하루 종일 이러고 있을 수는 없지. 최고 영도자께서 목이 빠지게 우릴 기다리고 계시니까. 자, 외투 수색은 마치셨소? 좋아! 자, 가세, 율리우스!」

두 노인은 운전사가 기다리고 있는 차 쪽으로 걸음을 옮겼다. 율리우스는 부리나케 걸었고, 알란은 평소의 걸음걸이였다. 자동차가 움직이기 시작했을 때, 경비원은 맹꽁이자물쇠와 라이터와 최고 영도자와 방금 전에 일어난 일에 대해 생각해 보며 우두커니 서 있었다.

그로부터 약 30초 후, 엔지니어가 입구로 뛰쳐나왔다. 얼굴은 폭발 직전의 핵폭탄처럼 시뻘게져 있었다.

「그 빌어먹을 얼간이들 어디 있어?」

「방금 전에 떠났는데요?」

「내 허락도 없이 떠나? 기가 막히는군! 내일 그 칼손 영감탱이의 모가지를 비틀어 버리겠어!」

운전사는 두 외국 손님이 오후 2시밖에 안 되었는데 호텔에 돌아간다고 하자 깜짝 놀랐다.

「호텔이 아니라오, 이름 없는 기사 양반. 우린 먼저 최고 영도자님을 모시러 주석궁에 들러야 하오. 아주 중요한 미팅이 있거든. 어때, 흥분되지 않소?」

운전사는 얼굴이 새하얘졌다. 북한의 공무원에게 있어서 최고 영도자를 자기 차에 모시는 것은 어느 스웨덴 목사가 예수 그리스도를 뒷좌석에 태우고 드라이브하는 거나 다름없었다. 사실 운전사는 두 외국인을 호텔을 제외한 다른 곳에는 절대로 데려다주지 말라는 지시를 받았지만, 주석궁은 가는 길에 있었다.

「그래, 나도 이해하오. 아주 떨리겠지.」 알란이 말을 이었다. 「하지만 내가 최고 영도자님을 잘 아는데, 굉장히 살가운 분이야. 그분을 화나게 하는 것은 딱 한 가지지. 아니, 미국까지 포함하면 두 가지라고 할 수 있겠지만.」

운전사는 첫 번째 것이 뭐냐고 불안스레 물었다.

「지저분한 거야. 먼지, 쓰레기, 그리고 어질러진 것은 질색을 하시지. 한번은 어떤 불쌍한 비서가 잘못해서 과일 주스 한 잔을 쏟았는데…… 음, 더 이상 얘기할 필요는 없겠지? 아, 그의 영혼이 편히 쉬기를……. 자, 이제 속도 좀 높여 주시겠소? 최고 영도자님께서 기다리시겠소.」

운전사는 액셀을 힘껏 밟았다. 알란은 스웨덴어로 율리우스에게 행동을 개시하라고 지시했다.

「아, 너무 빨리 달리지 마요!」 율리우스가 비명을 질렀다. 「멀미가 난다고!」

「기사 양반, 지금 우리가 급하다고 얘기하지 않았던가?」 알란이 재촉했다.

차를 가속하는 동시에 감속하는 것은 물론 불가능한 일이다. 운전사는 최고 영도자 동지가 뒷좌석의 늙은이보다는 훨씬 중요하다는 결론을 내렸다. 그렇다, 천만 배 더 중요했다.

한산한 고속 도로에 접어들었을 때, 율리우스는 차가 너무 빨리 달린다고 또다시 징징대기 시작했다. 익명의 운전사는 계속 그를 무시해 버렸고, 알란은 최고 영도자께서 얼마나 훌륭하시며, 지저분한 것을 얼마나 싫어하는 분인지를 설명하며 기사를 격려했다.

「내가 보니까 이 차도 엄청나게 깔끔하구먼. 최고 영도자님께서 아주 흡족해하시겠어……. 그분께서는 분명히 기사 양반의 이름을 물으실 거고, 우린 드디어 기사 양반의 이름을 알게 되겠지!」

익명의 사내는 이제 한 손으로 핸들을 조작하면서, 다른 한 손으로는 그렇잖아도 반들반들한 대시보드를 문지르느라 정신이 없었다.

「아, 구역질이 나!」 율리우스가 하소연하며 시리얼과 우유로 이루어졌으며, 낮 동안에 농후하게 발효된 죽이 담긴 상자를 바닥에서 조심스레 집어 들었다.

다음 순간, 익명의 운전사는 그가 52년 동안 살아오면서 경험한 중에서 가장 불길한 소리를 듣게 되었다. 율리우스가 격하게 토하는 시늉을 하면서 시리얼 죽을 앞의 두 좌석 사이로, 운전사의 목덜미에 걸쭉하게 쏟아부은 것이다. 공황에 사로잡힌 운전사는 차를 180도로 급회전시켜 반대쪽 도로변에 있는 주차 공간에 세운 다음, 자신은 밖으로 뛰쳐나갔다. 피해 상황을 확인코자 함이었다.

나이가 백한 살이나 되면 몸이 — 소싯적에는 어땠는지 모르겠지만 — 더 이상 유연하지 않은 법이다. 그럼에도 불구하고 알란은 팔을 쭉 뻗어 운전석의 차문을 다시 닫고, 또 잠그는 데 성공했다. 율리우스도 재빨리 뒤쪽 차문을 잠그고는, 몸을 요리조리 비틀어 운전석에 옮겨 앉았다.

「자, 이 기계가 어떻게 작동하는 건가 한번 봅시다.」 그는 기어를 1단으로 넣어 차를 출발시키며 말했다.

「우리, 반대 방향으로 가야 한다는 거, 알지?」 알란이 상기시켰다.

두 노인은 한산한 도로 위, 조금 멀리 떨어진 곳에서 유턴했고, 지금 이 순간 한반도에서 가장 깊은 충격에 빠져 있을 운전 사 옆을 지나가게 되었다. 알란은 작별 인사를 위해 차창을 아 래로 내렸다.

「안녕. 내일 우릴 데리러 올 필요는 없어요……. 가만, 그러고 보니 우릴 데리러 올 차도 없겠구먼…….」

그들은 순안 국제공항이 있는 남쪽을 향해 달렸다. 알란은 율리우스에게 시간이 충분하다고 말했다. 그러니 전에 차 도 둑으로 활약하던 시절처럼 급히 운전할 필요는 없단다. 그리 고 교통 체증으로 지체될 위험은 별로 없단다. ……아니, 그냥 다른 차들 자체가 없었다.

율리우스는 고개를 끄덕이고는, 그들이 공항에 도착해서 어 떻게 할지 생각해 봤냐고 물었다. 하지만 알란은 또다시 검은 색 태블릿의 마력에 사로잡혀 있었다.

「오호! 자네가 이렇게 자유롭게 운전하고 다니지만, 사우디 아라비아 여성들도 곧 같은 권리를 얻을 수 있을 것 같아. 이 압둘아지즈 왕자는 꽤나 실용적인 친구인 것 같은데? 사우디 사람들이 UN 여성 권리 위원회에서 한자리를 차지할 만해.」

「그 빌어먹을 뉴스 기계 좀 내려놓고, 우리의 생존을 위해 잠시 생각해 줄 수 없겠소?」 다시 절망감에 사로잡힌 율리우 스가 버럭 소리쳤다.

「그런데 말이야, 모든 게 상대적이야.」 알란은 말을 이었다. 「압둘아지즈 왕자는 와하브파인데, 이 와하브파는 모든 것을 반대한다는구먼. 시아파를, 유대교를, 기독교를, 음악을, 그리 고 술을 반대한대. 자네, 이렇게 끔찍한 얘기를 들어 본 적이 있나? 세상에, 술을 반대하다니!」

율리우스는 욕설을 내뱉었다.

「잡소리 그만하고, 이제 어떻게 할 건지 얘기 좀 해보라고요! 자, 어떻게 할 거요? 공항 철책을 뚫고 달려서 장관의 비행기까지 직행해? 체포되면 그대로 끝장이겠지! 아니면, 정문으로 들어가? 바리케이드 앞에 서 있을 경비원들에게 뭐라고 하지? 그들을 쏴버려? 그렇다면 뭘로? 아, 빌어먹을, 알란!」

101세 노인은 검은색 태블릿을 끄고, 잠시 생각해 보았다.

「그냥 차를 단기 주차장에 세워 놓은 다음에, 서류 가방과 우리의 외교관 여권을 가지고서 체크인하는 게 낫지 않을까?」

체크인 데스크 중 하나가 유독 눈에 들어왔다. 다른 것들과 약간 떨어져 있는 그것 위에는 가장자리에 금테가 둘려 있으며, 알 수 없는 글자가 적혀 있고, 그 아래에는 〈프리미엄 체크인〉이라고 영어로 써진 안내판이 놓여 있었다.

알란은 카운터의 남자에게 인사하고는, 자신은 UN 특사이자 스웨덴 왕국의 외교관인데, 발스트룀 외무 장관의 비행기가 이륙할 준비가 되었느냐고 물었다.

카운터의 남자는 알란과 율리우스의 여권을 받아 검토한 다음, 그들을 쳐다보았다.

「내게는 두 분에 대한 정보가 전혀…….」

「엄밀히 말해서, 정보는 외교라는 은밀한 활동과는 다소 어울리지 않는 면이 있다오.」 알란이 그의 말을 끊었다. 「우리 같은 사람들은 보이지 않는 곳에서 활동하지. 자, 어디 가면 비행기를 탈 수 있는지 좀 알려 주시겠소?」

아니, 사내는 그럴 의향이 전혀 없었다.

「잠깐 기다리십시오.」 그는 자리에서 일어서며 말했다.

율리우스는 알란이 잘하고 있다고 생각했지만, 아직 게임이 끝난 게 아니었다. 1분 뒤, 제복 차림의 남자 하나가 와서는 자기가 도와줄 일이라도 있느냐고 물었다.

「안녕하십니까, 대령님!」 알란은 남자에게 인사했다.

「자, 무슨 일이십니까?」 대령이 아니라 이 공항 보안 책임자인 남자가 물었다.

「당신이 우리를 발스트룀 장관의 비행기로 데려다줄 분이오? 좋소! 자, 내 가방 좀 들어주시겠소? 가진 짐은 별로 없지만, 내가 워낙에 늙고 기력이 없어서……」 알란은 우라늄이 든 서류 가방을 카운터 위에 올려놓으며 말했다.

「두 분이 누구인지 설명을 듣기 전에는 아무 곳에도 데려다주질 않을 겁니다.」 보안 책임자가 의심쩍은 표정으로 대꾸했다.

바로 이때, 기적이 일어났다.

「오, 칼손 서기관님, 그리고 욘손 서기관님! 두 분 벌써 나오셨어요? 오, 좋아요!」 마르고트 발스트룀이 입구에서부터 이쪽으로 성큼성큼 걸어오며 외쳤다. 「최고 영도자님과의 오찬을 마치고 곧바로 오는 길이에요. 우리는 식사를 하며 계속 칼손 씨, 당신 이야기만 했답니다. 두 분께 진심 어린 인사를 전해 달라고 하시면서, 앞으로 기회가 닿으면 꼭 다시 뵙고 싶으시다네요.」

보안 책임자는 얼굴이 창백해졌다. 그는 이틀 전에 발스트룀 여사를 직접 영접했기 때문에 그녀가 누구인지 알고 있었다.

「자, 우리가 무슨 말을 하고 있었더라?」 알란이 말했다. 「아, 맞아! 이 서류 가방 좀 들어 줄 수 있겠소?」

보안 책임자는 2초 동안 곰곰이 생각했다. 그리고 5초……10초…….

「물론입니다, 선생님.」

이렇게 대답한 보안 책임자는 스웨덴 외무 장관 겸 UN 특사의 트렁크와 서기관들의 서류 가방을 양손에 들고는 세 사람을 인도하여 모든 검색대를 통과해 연료를 가득 채우고 날아갈 때만 기다리는 비행기까지 데려갔다.

18분 후, 이틀 전에 도착했을 때보다 승객이 두 명 늘어난 스웨덴 외무 장관 전용기는 예정보다 36분 일찍 북한 영공을 벗어났다.

그리고 다시 세 시간 뒤, 북한의 지도자 김정은은 좀처럼 보기 힘든 맹렬한 분노에 사로잡혔다. 그는 실험실의 서류 가방이 상쾌한 냄새를 풍기는 세면용품들로 채워져 있다는 사실은 아직 모르고 있었다. 방금 전에 플루토늄 공장의 연구소 소장이 냉동 저장실에서 목매달아 죽었기 때문인데, 그는 칼손이 읊은 첫 번째 화학식이 사실은 나일론 스타킹의 그것이라는 사실을 알게 된 것이다. 이름도, 차도 없는 운전사는 고속 도로 갓길에서 25분 동안 기다리다가, 마침내 트럭 한 대가 달려오는 것을 보고는 그 아래로 몸을 던졌다. 공항의 보안 책임자는 자살하고 싶은 마음이 전혀 없었지만, 이틀 뒤 약식 재판 후에 처형당했다.

미국

기내 서비스는 매우 훌륭했다. 알란은 보드카와 콜라를 섞은 칵테일 잔을, 율리우스는 진토닉 잔을, 그리고 발스트룀 장관은 화이트와인 잔을 들고 있었다.

「참 좋은 비행기를 타고 다니시네요!」 율리우스가 감탄했다. 「아마도 스웨덴 정부 비행기겠죠? 이렇게 고향 땅에 돌아가게 되어 기분이 너무 좋아요!」

장관은 와인을 홀짝거리면서 이 비행기는 스웨덴 정부가 아닌 UN 것이라고 설명했다.

「그리고 욘손 씨, 스웨덴에 돌아가시려면 조금 더 기다려야 할 거예요. 트럼프 대통령이 뉴욕의 UN 빌딩에서 날 기다리고 있거든요. 방금 전에 들은 바로는, 그가 칼손 씨도 만나고 싶어 한답니다. 안전 보장 이사회의 내 동료들이 귀띔하기를, 지금 그의 기분이 최상은 아니래요. 그에게 있어서 최상의 기분이 〈격노〉를 뜻한다면 또 얘기가 다르겠지만.」

「이런, 이런.」 알란이 말했다. 「내가 무덤에 들어가기 전에 미국 대통령을 또 만나게 될 줄 누가 알았겠어?」

「네? 이미 미국 대통령을 한 명 만난 적이 있나요, 칼손 씨?」
발스트룀 장관이 놀라며 물었다.

「아니, 하나가 아니라 둘이라오.」

비행기는 존 F. 케네디 공항에 착륙했고, UN에 속한 항공기답게 정중한 대우를 받았다. 마르고트 발스트룀, 그리고 알란과 율리우스는 화물 계류장에 주차된 검은색 링컨 승용차로 인도되었고, 링컨 차는 그들을 VIP 전용 입국 심사장으로 데려다주었다.

그곳에서는 트럼프 대통령의 전략 고문 스티브 배넌이 초조하게 서성대고 있었다. 그는 여러 가지 이유로 잔뜩 화가 나 있었다. 자기가 일개 사환처럼 여기에 보내진 이유도 있었지만, 무엇보다도 그가 중동 정책에 대한 대화 중에 울화통이 터져 대통령 사위의 궁둥짝을 걷어찬 일과 관련하여 트럼프의 침 튀기는 호통을 들어야 했기 때문이었다. 대통령에게 맞고함을 치면 해고당할 수도 있는 일. 그는 화풀이할 다른 사람이 필요했다.

「아, 쓸데없이 물고 늘어지지 좀 마시오!」 스티브 배넌이 입국 심사장 직원에게 소리쳤다. 「지금 대통령 각하께서 기다리고 계신다고!」

심사장 직원은 자신이 대통령의 귀중한 시간을 빼앗고 있다는 사실을 깨닫고는 조금 예민해졌지만, 그렇다고 해서 일을 대충 할 생각은 없었다. 세 외교관 중 두 사람에게 ESTA[6]가 없었다.

---

6 Electronic System for Travel Authorization. 미국의 전자 여행 허가제. 무비자로 미국에 갈 경우 입국 전에 온라인으로 허가를 받아야 한다.

「젠장, 이분들은 외교관이란 말이야!」 스티브 배넌이 으르 렁댔다.

「뭐, 그럴 수도 있겠죠.」 여자가 대답했다. 「하지만 난 내 일을 해야 해요.」

「그럼 빨리 좀 하라고!」

여직원은 한참 동안 입국 심사과의 전산 자료를 뒤지고, 또 어딘가에다 전화 한 통을 건 다음에 욘손 서기관과 칼손 서기관의 여권에 스탬프를 찍어 주었다. 그들의 자료에서는 이 두 사람이 미국의 적일 수 있다는 것을 암시하는 어떠한 전력도 발견되지 않았다. 심지어 그들은 테헤란에서 태어나지도 않았다.

「미국에 오신 것을 환영합니다.」 마침내 그녀가 말했다.

「고마워요.」 알란이 대답했다.

「고맙습니다!」 율리우스는 절을 꾸벅했다.

「자, 어서 날 따라오시오!」 스티브 배넌이 소리쳤다.

「대통령이 이 양반처럼 화가 나 있지 않았으면 좋으련만……」 발스트룀 장관이 중얼거렸다.

불행히도 아니었다.

입국 심사장 직원은 알란의 서류 가방을 조사할 수도 있었겠지만, 원칙적으로 기내 휴대 수하물은 출국하는 공항에서 검사되는 법이다. 그리고 세 사람은 모두 외교관으로, UN 소속 항공기로 도착했다. 게다가 옆에서 계속 짖어 대는 스티브 배넌 때문에 더 이상 지체할 수 없었다.

그리하여 미국은 4킬로그램의 농축 우라늄을 추가로 보유하게 되었지만, 그 사실을 전혀 몰랐다.

반면 율리우스는 UN 빌딩으로 가는 리무진 안에서 그 사실을 깨달았다. 또 그는 알란이 자신이 무얼 가지고 다니는지 발스트룀에게 알리지 않았다는 것을 기억했다.

「영감, 이걸 가지고 무얼 할 생각이우?」 장관이 휴대폰으로 통화하고 있을 때, 그가 알란의 귀에 대고 속삭였다.

「뭐, 대통령에게 좋은 선물이 되지 않겠어?」 알란이 대답했다. 「그 양반이 나를 그렇게 만나고 싶어 한다니 말이야…… 하지만 일단은 자네가 보관하고 있게. 예고도 없이 농축 우라늄을 들고 UN 본부에 쳐들어가는 것은 좀 그렇잖아?」

율리우스는 괴로운 듯이 몸을 비틀었다.

「걱정 말아.」 알란이 안심시켰다. 「내가 다 생각해 뒀으니까.」

외무 장관은 통화를 마쳤고, 리무진은 목적지에 도착했다. 율리우스는 근처의 공원 벤치로 보내졌고, 알란은 곧 돌아오겠다고 약속했다.

보안 검색대 쪽으로 다가가면서, 발스트룀은 101세 노인에게 한 가지 충고를 했다. 아니, 충고라기보다는 부탁이었다. 김정은과의 만찬 때보다는 좀 더 상냥하게 굴어 달라고 말이다. 이렇게 말하는 그녀는 긴장한 빛이 역력했다.

「상냥하게 굴라고?」 알란이 대답했다. 「아, 물론이지! 우리의 생명과 다른 모든 것을 구해 주신 장관님이 부탁하시는데, 적어도 그 정도는 해드려야지!」

미국

도널드 존 트럼프는 스웨덴 시민 알란 엠마누엘 칼손이 미국이 원자 폭탄을 제조하면서 맞닥뜨린 문제들을 해결해 주고 나서 딱 1년 후인 1946년 6월 14일에 뉴욕에서 태어났다.

두 사람은 보기보다 공통점이 많았다. 예를 들어 둘 다 부모로부터 부동산을 상속받았다. 알란은 말름셰핑 마을을 둘러싼 숲속에 있는, 수돗물도 안 나오고 단열도 안 되는 코딱지만 한 오두막 한 채를 상속받았고, 아버지 트럼프는 어린 도널드에게 뉴욕 시내의 아파트 2만 7천 채를 물려주었다. 그러고 나서 아들들은 힘든 시기를 보냈다. 알란은 오두막을 폭약으로 시원하게 날려 버렸고, 도널드도 아버지가 물려준 부동산 제국을 거의 비슷하게 날려 버렸는데, 한 무리의 자애로운 은행가들이 도와준 덕분으로 겨우 파산을 면할 수 있었다.

이들의 또 한 가지 공통점은 둘 다 거의 같은 시간에, 각기 지구의 반대편에 앉아서, 자신의 한심한 삶에 대해 한탄했다는 사실이다. 알란은 검은색 태블릿에 매혹되고 열기구를 타다가 표류하는 신세가 되기 전에 발리에서 그랬고, 도널드는 워싱턴의 어느 커다란 하얀 집에서 바보 천치들과 괘씸한 인간들에 둘러싸여 있을 때 그랬다.

미국 대통령으로 지낸다는 것은 도널드 트럼프가 생각했던 것만큼 유쾌하지가 않았다. 그가 가장 즐기는 취미 중의 하나는 사람들을 해고하는 일이었다. 그가 사업을 할 때나 TV에 출연할 때, 사람들은 그를 존중하고 두려워했다. 하지만 그가 백악관에서 모가지 한두 개(세는 방식에 따라서는 열세 개라고도 할 수 있겠지만)를 날려 버리자, 썩어 빠진 매체들은 그가 정신적으로 불안하다고 수군거렸다.

그를 실망시킨 것은 이것만이 아니었는데, 같은 편인 공화당 의원들마저 그의 말을 들어 먹지 않았고, 법은 그가 이들을 당장 해고할 수 있게끔 되어 있지 않았다.

그리고 인종 차별과 관련된 그 모든 엿 같은 소리들! 예를 들어 그의 선친 프레드가 까마득한 옛날의 어느 날에 뉴욕 퀸스에서 KKK단의 행진에 참여했다가 체포되었단다……. 첫째, 이것은 사실이 아니었다! 둘째, 설사 경찰에 끌려갔다 한들 금방 풀려났는데 그게 무슨 큰 문제란 말인가?

가장 끔찍한 것은 대통령에게는 진실을 말할 권리도 없다는 사실이었다. 멕시코인들이 강간범이라는 것은 삼척동자도 아는 사실 아닌가? 그리고 이슬람교도들은 전부 다 훨씬 흉악한 놈들이 아니던가 말이다!

물론 좋은 점들도 없지는 않았다. 어쨌거나 대통령에겐 강력한 발언권이 있었다. 필요한 경우에는 총으로든 말로든 전쟁을 시작할 수도 있었다. 〈가짜 미디어〉에 대한 전쟁은 이미 시작되었다. 도널드 트럼프는 자신이 〈가짜 뉴스〉라는 말을 만들어 냈다고 우쭐댔다. 새로운 표현을 만들어 내는 사람은 거기에 자기 마음에 드는 의미를 부여할 수 있는 법이다. 이 경우에 있어서 〈가짜 뉴스〉란 트럼프가 읽고, 듣고, 보고 싶지 않은 모든 것을 의미했다.

하지만 실제 전쟁은 좀 더 복잡했다. 다른 나라들의 지도자들은 백악관 보좌관이나 상원 의원들보다 해고하기가 훨씬 곤란했다. 남은 옵션은 폭탄을 퍼부어 그들을 박살 내 버리겠다고 위협하는 것이었다. 이러한 접근법은 〈폭탄〉을 〈고소〉라는 말로 바꿔 사용하면 비즈니스 세계에서는 잘 먹혔다. 하지만 적이 손에 핵폭탄을 들고 있는 땅딸막한 자아도취적 미치광이일 때는 섣불리 행동하기보다는 한 번 더 생각해 보는 편이 나았다. 그런데 한 번 더 생각해 보는 것은 도널드 트럼프의 장기가 아니었고, 이는 자신도 인정하는 바였다. 그러고 있기에 그의 시간은 너무나 소중했다. 그런데 북한의 이 자아도취증 환자를 보면 누군가가 어렴풋이 떠오르는데…… 가만, 그게 누구였더라?

뭐, 어쨌거나 트럼프는 손에 든 패를 제대로만 사용하면 나라의 절반이 자기편이라는 사실을 알고 있었다. 나머지 절반은 어차피 구제불능이기 때문에, 중요한 것은 자기 편 사람들을 결집시키는 일이었다. 예를 들면 새로운 총기 규제 법안 얘기를 꺼내는 것은 좋지 않은 전략이었다. 도널드 트럼프는 늘 자기 친구들, 특히 그가 해고할 수 없는 사람들을 챙겨 왔다. 일테면 총기 로비를 하는 친구들 말이다. 얼마 전에 어떤 사이코패스가 라스베이거스에서 23정의 다양한 총기를 사용하여

60명이 넘는 사람들을 살해한 것은 참으로 골치 아픈 일이었다. 잘못하면 머피의 법칙에 따라 또 어딘가의 학교에서 총격 사건이 터질 수도 있으리라…….

또 대통령은 끊임없이 국민들에게 그들이 직면한 외부의 위협 요소들을 상기시켜야 했다. 그는 보다 확실히 하기 위해, 자신이 꾸며 낸 위협 요소도 몇 개 추가했다. 물론 그의 측근들은 강간범들만 우글거리는 나라와의 국경에 장벽을 세우는 법안에 하나도 빠짐없이 찬성을 외쳐야 했다.

전쟁도 좋은 결집 수단이었다. 그는 진행 중인 트위터 전쟁에서 거의 매일 승리를 거두고 있었다. 남은 것은 미사일을 가진 그 조그만 로켓 맨과의 전쟁이었다.

자아도취증 환자 말이다.

아, 이 친구가 누구랑 많이 닮았는데 잘 생각이 안 나네…….

백악관 비서실장 라인스 프리버스가 대통령을 따라 UN 주재 미국 대사 니키 헤일리 등을 만나러 뉴욕에 온 데에는 그럴 만한 이유가 있었다. 지금 북한에서 전개되는 상황이 극히 우려스러울 뿐만 아니라, 프리버스 자신이 모가지가 잘리지 않으려면 이제부터는 일을 똑바로 해야 하는 입장이었던 것이다. 최근 프리버스는 큰 실수를 저질렀다. 미국 함대가 북한으로 향하고 있다고 트럼프가 말하자, 이 배들은 함대라는 거창한 이름을 붙이기에는 다소 부족하며, 더욱이 그것들은 북한이 아닌 호주로 향하고 있다고 지적한 것이다. 트럼프는 노발대발했고, 프리버스가 『뉴욕 타임스』의 거짓말쟁이들이 진실을 발표할 수 있게 만들었다고 그를 질책했다.

트럼프는 미국 대통령에 걸맞지 않은 부정확한 발언들을 쏟아 내고 있었고, 또 김정은을 계속 모욕하여 상황을 갈수록 악화시키고 있었다. 하지만 그에게 이 사실을 지적하는 것이야말로 최악일 터였다.

프리버스는 UN 안전 보장 이사회 특사 발스트룀 장관이 UN 빌딩에 도착했다고 대통령에게 알렸다. 그리고 대통령이 요구한 대로, 스위스의 핵무기 전문가인 스웨덴인 알란 칼손도 함께 왔다고 덧붙였다.

「그럼 어떻게……?」

「둘 다 여기로 데려와!」 트럼프가 명령했다.

「안녕하세요, 대통령 각하.」 마르고트 발스트룀이 트럼프에게 인사했다.

「안녕하시오.」 알란도 따라서 인사했다.

「두 분, 거기 앉으시오.」 대통령이 말했다. 「자, 발스트룀 여사부터 시작합시다. 여사는 퐁…… 피용…… 펑…… 그러니까 북한을 가자마자 기자 회견을 하셨는데, 대체 몸의 어느 부분을 가지고 생각을 했기에 그렇게 하신 거요? 기자 회견이란 원래 고약한 거지만, 북한의 기자 회견은 특히 고약한데 말이오.」

마르고트 발스트룀은 자신은 몸의 어느 부분으로든 미처 생각할 틈이 없었다고 대답했다. 공항에 도착하자마자 곧바로 대통령 각하와 전 세계가 알고 있는 그 기자 회견장에 끌려가게 됐단다.

「아주 간단히 말해서 우리 모두는 김정은에게 농락당한 거예요.」 발스트룀이 결론지었다. 「UN을 대표하는 사람으로서,

우선 나부터가 개탄을 금할 수 없어요.」

「우리가 아니라 당신들이 농락당한 거요.」 대통령이 그녀의 말을 바로잡았다. 「난 그 조그만 로켓 맨에게 절대로 농락당하지 않소.」

스웨덴 외무 장관은 자신은 대통령을 모욕할 뜻이 없었다고 대꾸했다. 그런데 〈조그만 로켓 맨〉이라는 표현이 북한과의 대화에 과연 도움이 될 수 있는지는 의문이 든단다. 자신은 UN 사무총장에 올린 보고서의 한 장(章) 전체를 할애하여, 적절한 언어 사용의 중요성을 강조했단다.

「각하께서 사본이 한 부 필요하시다면, 곧바로…….」

「뭐, 보고서씩이나? 아니, 누가 골치 아프게 그런 걸 읽고 있소? 엉, 누가? 자, 자꾸 딴소리하지 말고 내가 한 질문에나 대답하시오!」

마르고트 발스트룀은 몸의 어느 부분을 가지고 생각했느냐는 질문 외에는 다른 질문을 들은 기억이 없었다. 비록 이걸 가지고 따지고 들 수는 없었지만 말이다.

「최선을 다해 보죠, 대통령 각하……. 자, 여기 계신 알란 칼손 씨를 소개드리겠습니다. 이분은 알려진 것과는 달리 스위스가 아니라, 스웨덴 출신이십니다. 그리고 북한의 핵무기 개발을 돕지도 않았…….」

「근데 당신은 누구요?」 대통령은 알란에게로 고개를 홱 돌리며 물었다.

알란은 테이블 맞은편에 앉아 있는 사내에 대해 속으로 똑같은 질문을 하고 있었다. 이 사람이 정말로 대통령이야, 아니면 그냥 미치광이야? 뭐, 역사를 살펴보면 대통령인 동시에 미치광이인 사람들이 심심치 않게 있었지만…….

「장관께서 말씀하셨듯이 난 알란 칼손이라고 하오. 그리고 난 스웨덴 사람인데, 이것도 이미 장관께서 말씀하셨고. 또 장관께서 말씀하신 것처럼, 난 북한을 돕지 않았어요. 오히려 그들이 하는 일에 훼방을 놓고 왔지. 자, 간단히 말하자면 난 이런 사람이오. 물론 더 자세히 얘기할 수도 있지만.」

「듣자 하니 당신이 전에 미국 대통령에게서 자유 훈장을 받았다고 하던데,」 도널드 트럼프가 말했다. 「하지만 그것은 과거의 일이오. 만일 내가 하는 질문에 똑바로 대답하지 않는다면 내가 그걸 다시 반납시킬 수 있소. 그걸 반납시킬 수 있다고!」

「만일 질문을 시작하신다면, 내가 최선을 다해 답변할 것을 약속드리겠소. 하지만 내 훈장을 반납하는 것은 좀 어려울 것 같아. 그게 1948년에 레닌그라드로 향하는 잠수함에서 이상하게도 사라져 버렸걸랑? 어쩌면 러시아인들이 꾸민 짓인지도 모르지. 모스크바에 있는 그 푸틴이라고 하는 친구에게 한번 물어보면 알 수 있을 거요. 내가 알기로 당신들 사이가 아주 좋다던데?」

트럼프 대통령은 어안이 벙벙해졌다. 잠수함? 1948년?

이 틈을 타서 알란은 하던 말을 이어 나갔다.

「하지만 답변은 내가 할 수 있는 만큼 해드리겠소. 이런 일에는 벌써 이력이 났거든. 그러니까 트루먼은 원자 폭탄에 대해 모든 것을 알고 싶어 했어. 그다음에는 닉슨이었는데, 그 양반은 특히 인도네시아 정치나 도청 같은 것들에 관심이 많았지. 그에게 내가 알고 있는 것들을 얘기해 주었는데, 그는 거기서 많은 영감을 얻었던 모양이야. 그 외에도 각하께서 무얼 알고 싶어 하든, 다 얘기해 드리겠소. 아마 염소 젖으로 술을 담그는 기술에는 별로 관심이 없으시겠지? 그보다는 차라리 염소 젖을 좋아할 것 같은데, 안 그러우?」

알란은 미국의 국가 원수인 이 불쌍한 사내는 태어나서 지금까지 술을 입에 한 방울도 대지 않았다는 사실을 검은색 태블릿에서 읽은 바 있었다.

트럼프는 잠시 침묵을 지킨 후에 입을 열었다.

「말이 너무 많구먼. 그보다는 당신이 북한에서 무슨 일을 했는지, 또 왜 그 얼간이의 핵무기 개발을 도와줬는지 얘기해 보시오.」

「나는 그 어떤 얼간이도 도와준 적이 없소.」 알란이 대답했다. 「아무리 그래도 우리가 닉슨을 얼간이라고 할 수는 없잖아? 난 내 친구 율리우스와 북한에 우연히 가게 되었다오. 바다에서 표류하다가 어떤 배에 구조되었는데, 불행히도 그 배가 평양 근처에 있는 모항에 돌아가는 중이었던 거라. 설상가상으로 그 배에서는 여기에서처럼 술이 금지되었다는 거야! 선장은 이름이 박종운이라고 했어. 혹시 그 사람 아시오?」

트럼프 대통령은 노인의 설명 중에서 뭔가 의미 있는 내용을 찾아보려고 애썼지만 허사였다.

「자, 요점을 얘기해요, 요점을! 당신이 개입하기 전에 북한 사람들이 뭘 알고 싶어 했느냐고?」

알란은 앞에 있는 사내가 싫어지기 시작했다. 도대체 이 사람은 뭐가 문제란 말인가? 그가 이 질문을 막 입 밖에 내려 하는데, 사랑스러운 발스트룀 여사에게 약속했던 게 생각났다.

트럼프에게 상냥하게 굴겠다고 한 것 말이다.

「내가 개입했는지 모르겠지만, 만일 그랬다면 그로 인해 북한 사람들은 아는 게 전보다 줄어들었을 뿐이야. 맞아, 난 그들에게 화학식 몇 개를 알려 주었어. 내 기억이 맞는다면, 어떻게 하면 구정물을 정화할 수 있는지 알려 주었지. 하지만 그런 걸 가지고 전쟁을 벌일 수는 없지 않겠소?」

「구정물?」

「그걸로는 옷도 표백할 수가 있지. 어쨌든 여기 계신 발스트룀 여사의 귀중한 도움 덕택에, 우린 내 화학식들이 핵무기를 만드는 데 아무짝에도 쓸모없다는 것을 그들이 깨닫기 전에 도망쳐 나올 수 있었다오. 내게 죄가 있다면, 그것은 인도네시아 근해에서 조난당했다는 것뿐이야. 만일 대통령께서 이게 내 훈장을 빼앗을 이유가 된다고 생각하신다면, 그럼 그걸 찾아내어 가져가든지 말든지 맘대로 하시구려.」

심지어는 알란 자신도 이 마지막 문장이 그렇게 상냥하게 느껴지지 않았다.

「그런데 대통령 각하, 이건 지나가는 얘긴데, 개인적인 감상을 한 가지 말씀드려도 될까?」 도널드 트럼프가 이젠 어떻게 해야 하나 생각해 보고 있을 때, 알란이 물었다.

「그게 뭐요?」

뭐, 시도해 봐서 손해 볼 것은 없으니까…….

「각하의 헤어스타일이 굉장히 멋있어요.」

「내 헤어스타일이 굉장히 멋있다고?」 대통령의 실눈이 둥그레졌다.

「사실은 각하께서는 외모가 머리끝에서 발끝까지 완벽하시지만, 특히 그 헤어스타일은 기가 막혀요.」

트럼프 대통령은 그 나풀나풀한 금빛 머리 뭉치를 조심스레 가다듬었다. 부글거리던 분노는 눈 녹듯 사라졌다.

「오오, 그렇게 말한 것은 당신이 처음이 아니라오! 아무렴, 처음이 아니고말고!」 그의 입이 양 귀에 걸렸다.

세상에! 일이 이렇게나 간단할 수 있다니! 알란은 다음번에 어떤 미국 대통령과 마주치게 되면 좀 더 〈상냥하게〉 굴어야겠다고 속으로 다짐했다.

도널드 트럼프가 다시 생각해 보니, 이 스위스-스웨덴인은 꽤 괜찮은 노인네였다. 아주 흥미로운 데다가, 판단력도 그만하면 훌륭했다.

대통령은 손목시계를 들여다보았다.

「음, 난 매우 중요한 일이 있어서 두 분과는 이만 작별을 고해야겠소.」

마르고트 발스트룀도 이 지겨운 인터뷰를 마감하기 위해 자리에서 벌떡 일어섰다. 알란은 나이도 있고 해서 동작이 훨씬 굼떴다.

「잠깐!」 어떤 생각이 떠오르면 오래 뜸을 들이지 않는 성격인 도널드 트럼프가 말했다. 「칼손 씨, 혹시 골프를 칠 줄 아시오?」

「아니, 못 쳐.」 알란이 대답했다. 「예전에 하모니카를 불 줄 아는 스페인 친구가 있긴 했지. 하지만 죽고 나서는 아무것도 못 했어. 내전 중에 머리에 총알을 맞았지. 아주 유감스러운 일이었어······. 까마득한 옛날의 일이지만.」

도널드 트럼프는 칼손이 대체 무슨 말을 하는지 알 수 없었다. 뭐, 내전? 아무리 늙었어도 남북전쟁을 겪었을 만큼 나이를 먹진 않았을 것 아냐? 뭐, 그것은 별로 중요한 일이 아니었다. 이 재미있는 노인네를 조금 더 붙잡아 두는 것도 괜찮을 성싶었다.

사실인즉슨, 트럼프는 뉴욕 외곽에서 있을 골프 라운드에 초대받은 몸이었다. 초대한 이는 그의 절친 중의 하나인 어느 부동산 거물로, 트럼프의 선거 운동에 70만 달러를 투자하고, 이제는 620만 달러어치의 부동산세 감면을 받을 채비를 하고 있는 사람이었다. 이를 축하하기 위한 방법으로 함께 18홀을 도는 것만 한 게 있겠는가? 그런데 불행히도 이 부동산 거물이 독감에 걸려 자리에 누워 버린 것이다. 트럼프는 그런 일로 이 중요한 계획을 취소하고 싶지 않았다. 골프는 골프였고, UN 빌딩의 어느 빌린 사무실에 틀어박혀 하루를 보내는 것은 별로 바람직한 대안으로 느껴지지 않았다. 어쩌다가 짬을 내어 잠시 휴식을 취하려 하면, 온 우주가 작당하여 방해하고 있지 않은가!

따라서 골프는 예정대로 칠 거였고, 칼손 씨도 같이 가서 잡담이나 나누면 좋겠단다. 또 혹시 봉사해 주고 싶은 마음이 있으시다면, 푸에르토리코 출신 캐디 녀석을 좀 감시해 줬으면 고맙겠단다. 푸에르토리코인들이 다른 나라 사람들보다 도둑질을 잘하는 것은 아니지만, 자꾸 꾸물대어 사람을 짜증 나게 만드는 경향이 있다고.

「내게 푸에르토리코 사람들을 다루는 재능이 있는지는 모르겠지만, 뭐, 곧 알게 되겠지.」 알란이 대답했다. 「그리고 각하께서 이 미천한 몸과 함께 있고 싶으시다면, 반대할 생각은 조금도 없어요. 하지만 고백할 게 하나 있는데, 난 어쩌다가 세계 각국의 다양한 지도자들과 엮이게 되어 바로 이런 일을 한 적이 몇 번 있었어. 그런데 그게 한 번도 원만하게 끝난 적이 없어서…….」

이 노인네가 또 튕기기 시작하는군! 하지만 나름 매력은 있단 말이야. 그래, 나름 매력은 있어…….

「자, 그럼 우리 같이 가는 거요!」 대통령이 혼자 결론을 내려 버렸다. 「오케이, 좋았어! 같이 가는 거야!」

그는 발스트룀 장관에게는 이제 그만 가보시고, 앞으로는 좀 더 신중하게 처신하라고 충고했다. 「자, 와주셔서 감사했고, 이제는 가보셔도 되오.」

「불러 주셔서 오히려 제가 감사합니다.」 발스트룀 여사가 공손히 머리를 조아렸다.

한번 외교관은 영원한 외교관이었다.

맨해튼에서 엎어지면 코 닿을 거리에 있는 골프장까지 가기 위해 미국 대통령은 택시를 부르지도 않았고, 우버를 이용하지도 않았다. 대신 그는 헬리콥터를 탔다. 헬리콥터는 UN 빌딩 옥상에서 얌전히 기다리고 있었다. 트럼프와 알란은 비밀 경호국에서 나온 다섯 요원의 경호를 받았고, 다섯 중 셋은 헬기에 동승했다. 또 다른 다섯 명의 요원들은 미리 골프장에 가서 수많은 현지 경찰관들과의 협력하에 보안을 강화했다.

헬기에 오르던 알란은 잠시 율리우스가 생각났다. 날씨는 계절에 비해 화창하니, 햇볕을 받으며 공원 벤치에서 쉬고 있으면 불평할 게 없으리라. 그런데 골프 한 라운드를 돌려면 시간이 얼마나 걸리지? 한 시간?

헬기가 맨해튼과 퀸스 위를 날아가는 동안, 대통령은 자신이 상속받거나 사거나 판 건물들을 알란에게 자랑스레 가리켜 주었다. 또 상속받거나 사거나 팔지는 않았지만 어쨌든 그의 손에 굴러 들어온 다른 것들도 보여 주었다. 그리고 부동산세며, 그 고약한 의료 보험 개혁안이며, 갖가지 자유 무역 협정들이며, 전반적인 경기 침체 등을 자신이 어떻게 처리할 생각인지 설명해 주었다. 그러면서 실업률을 실제보다 두 배로 부풀려 말했고, 그것을 절반으로, 다시 말해서 현재의 수준으로 낮출 거라고 장담했다.

알란은 주의 깊게 들었다. 그는 태블릿을 통해 기사들을 충분히 읽었기 때문에 대통령이 사실을 말하기도 하지만, 또 수시로 과장하거나 날조하고 있다는 것을 알아챘다.

헬기가 착륙했다. 도널드 트럼프와 스웨덴 출신인 동시에 스위스 출신인 그의 백한 살 먹은 골프 파트너는 첫 번째 티[7]에서 불과 몇 미터 떨어진 곳에서 땅을 밟았다. 대통령은 티 샷을 하기 위해 줄 서서 기다려야 할 필요가 없었다. 첫 번째 홀은 310미터짜리 파4 홀이었다. 코스는 약간 왼쪽으로 휘었고, 페어웨이는 운동장만큼이나 널찍했으며, 오른쪽에는 깊은 벙커가 하나 놓여 있었다.

「자?」 트럼프는 푸에르토리코 출신 캐디에게 짤막하게 의견을 구했다.

캐디는 대통령에게 안전하게 플레이하라며, 공을 온 그린

7 골프에서 첫 번째 타를 치기 위해 공을 올려놓는 대.

시킬 수 있는 최적의 위치인 페어웨이 중간에 올려놓으라고 조언했다. 하지만 대통령의 골프 실력은 항상 공을 원하는 위치에 보낼 수 있을 만큼 좋지는 못했다. 지금이 바로 그 경우였다. 스윙이 의도했던 것보다 강했을 뿐 아니라, 바람까지 불어 공이 옆으로 빠지고 말았다.

「이런 아무짝에도 쓸모없는 작자 같으니!」 대통령이 불쌍한 캐디에게 소리쳤다. 「아무짝에도 쓸모없어!」

알란은 골프에 대해 아는 바가 전혀 없었으나, 공이 벙커에 빠진 책임은 캐디보다는 두 손으로 골프채를 들고 있는 사람이 져야 할 듯싶었다. 무엇보다도 흠집 난 음반처럼 자기가 한 말을 꼭 또 한 번 반복하는 대통령의 괴상한 버릇이 슬슬 피곤해지기 시작했다. 이 점을 지적하는 것은 그다지 상냥치 못한 행동일 수도 있겠지만, 이제 발스트룀은 옆에 없었다.

「근데 왜 각하께선 한 말을 꼭 한 번 더 반복하시오?」 알란이 드디어 입을 열었다.

「그게 무슨 말이오?」 대통령이 되물었다.

순간, 101세 노인은 묘한 딜레마에 봉착했다.

「……그래, 각하와 똑같은 잘못을 범하게 될 위험을 무릅쓰고, 다시 한번 묻겠소. 왜 각하께선 한 말을 꼭 한 번 더 반복하시오? 게다가 대부분의 경우, 사실도 아닌 말을 반복하더라고.」

「뭐? 사실도 아니라고? 사실도 아니라고?」 대통령은 으르렁거렸고, 대번에 그들이 처음 만났을 때의 기분으로 되돌아갔다. 「오, 알겠어! 당신, 이제 보니 『뉴욕 타임스』 빠돌이였구먼! 이런 쥐새끼 같으니라고!」

골퍼들 중에는 공을 벙커에 빠뜨리고 나서 여느 골퍼들보다 훨씬 예민해지는 사람들이 있다.

「아니, 난 누구의 빠돌이도 아냐!」 알란이 대답했다. 「내 나이가 되면 기력이 딸려서 누구의 빠돌이도 될 수 없어. 난 단지 세 가지가 이해가 안 될 뿐이야. 첫째, 왜 각하께선 그렇게도 진실을 싫어하실까? 둘째, 공을 벙커에 날린 것은 당신인데, 저 푸에르토리코 친구에게 무슨 잘못이 있지? 셋째, 왜 각하께서는 어떤 멍청한 소리를 지껄이고 나면 그 멍청한 소리를 꼭 한 번 더 반복해야 한다고 느끼는 걸까?」

골퍼들 중에는 공을 벙커에 빠뜨리고 나서 여느 골퍼들보다 훨씬 예민해지는 골퍼들보다도 더 예민한 사람들이 있다. 트럼프 대통령은 이 범주에 속하는 모양이었다.

「이 빌어먹을 뭣 같은 영감 같으니!」 대통령이 으르렁댔다. 「당신, 나하고…….」

〈……골프 한 판 붙어!〉라고 말하려 했으나, 물론 알란은 푸에르토리코 캐디의 감독관일 뿐이었다.

「나하고 뭐? 나하고 뭐?」

알란이 자신의 말투를 흉내 내며 되묻자, 대통령의 기분은 최악이 되었다. 얼굴이 시뻘게진 그는 말도 제대로 잇지 못하고 그저 5번 아이언을 노인을 향해 흔들어 대기만 했다.

「각하께선 충동을 조절하는 법을 좀 배워야 할 것 같소.」

「뭐? 충동을 조절해? 나만큼 충동을 잘 조절하는 사람은 없어! 맞아, 아무도 없어!」

이렇게 소리치며 대통령은 5번 아이언을 푸에르토리코인의 머리 위로 휙 집어 던졌는데, 이 친구는 대통령의 주장대로 다소 게으른 게 사실이었던 모양으로, 아이언이 날아오기 직전에 잔디 위에 풀썩 쭈그리고 앉았다.

「세상에 나보다 더 차분한 사람은 없다고!」

「여기까지 헬기를 타고 오는 그 짧은 시간 동안, 난 어처구니없는 사실을 일곱 가지나 발견했어. 그런데, 공이 벙커에 빠지고 나서 그게 여덟 가지가 됐지. 만일 모든 것을 한 번 더 반복하는 그 버릇만 고친다면, 각하의 거짓말은 절반으로 확 줄텐데 말이야.」

도널드 트럼프는 자신의 귀를 의심했다. 이 영감탱이, 알고 보니 공산주의였잖아! 미국 대통령이 이런 종류의 인간과 사귈 수는 없는 노릇이었다.

「당장 꺼져!」 그가 명령했다.

「네, 아주 기꺼이 꺼지겠소이다, 각하. 하지만 꺼지기 전에 한 가지만 더 말씀드리고 싶네. 나는 현대적인 치료법 같은 것들에 대해서는 별로 아는 바가 없지만 내가 만일 각하라면, 보드카 요법을 한번 시도해 보겠소. 각하께선 지금 나이가 일흔이 넘으셨지? 보드카 없이 70년을 살면 누구라도 정신이 좀 이상해지지 않을까?」

이 말로써 두 사람의 만남은 끝이 났다. 비밀 요원 하나가 대통령과 그의 손님 사이를 탁 막아섰고, 또 한 요원은 알란의 팔을 꽉 붙잡고는 이제 그를 곧바로 UN 빌딩으로 데려다주겠다고 말했다.

「자, 따라 오시오! 헬기 탑승을 도와주겠소!」

「잠깐만 기다릴 수 없겠소?」 알란이 요원에게 부탁했다. 「이 양반이 어떻게 벙커에서 빠져나오는지 보고 싶걸랑.」

미국

　알란이 돌아와 보니, 그의 친구는 한 시간 전 그대로 UN 빌
딩 근처 공원 벤치에서 무릎 위에 북한제 서류 가방을 올려놓
고 앉아 있었다. 북한에서 미국으로 건너온 것은 분명히 좋은
방향으로의 한 걸음이라고 할 수 있었지만, 이 나라에서도 농
축 우라늄을 소지한 자는 수 세기의 징역형에 처해질 수 있다
는 생각에 율리우스는 다시금 불안해져 있었다.

　「어떻게 됐소?」 알란이 다가오는 것을 본 그가 다급히 물
었다.

　「뭐, 비교적 화기애애하게 끝났지.」

　「좋아요. 그렇다면 이제 이 물건을 처리해 버릴 수 있겠네
요?」 율리우스는 서류 가방을 들어 올리며 물었다.

　「아니, 그 정도까지 화기애애하진 않았어. 트럼프에게는 우
라늄을 안 줄 거야. 그 사람 자체가 폭발하기 직전의 상태로 보
였거든.」

　「뭐라고요? 그럼 이걸 어떻게 해요? 그리고 우린 어떻게 되
는 거죠? 영감이 말했잖아요, 다 생각해 뒀다고. 그게 대체 무

슨 소리였죠, 다 생각해 뒀다는 게?」

「오, 내가 그런 말을 했던가? 음, 내 나이가 되면 바보 같은 소리를 많이 하는 법이지. 여보게 율리우스, 난 잘은 모르겠지만, 어쨌든 일이 잘 풀릴 거야. 자네 옆에 앉아도 되겠나?」

알란은 어차피 돌아오지 않을 대답을 기다리지 않고 벤치에 앉으면서, 이렇게 다리쉼을 할 수 있게 되어 살 것 같다고 말했다. UN 빌딩의 복도들은 끝이 없이 긴 데다가, 사람들이 또 얼마나 바글거리는지 쉴 곳이 없었어. 게다가 시차 적응도 안 되었고, 또 온갖 이상한 것들 때문에……. 하지만 율리우스는 알란의 딴소리에 넘어가지 않았다. 영감은 모른단 말이우? 지금 우리가 4킬로그램의 농축 우라늄을 가지고 있으며, 이 서류 가방을 가지고서는 결코 미국을 떠날 수 없다는 사실을? 우리가 공항에서 아무리 외교관 여권을 흔들어도 경보 장치가 삑삑거리는 걸 막을 수는 없단 말이우.

알란은 지금 율리우스가 얘기하니 알 것 같다고 대답했다.

「그리고 오늘 대통령이 화를 냈다면서?」 율리우스는 계속했다. 「그런데 우리가 무얼 가지고 이 나라를 돌아다녔는지 알게 된다면 그 인간이 어떻게 하겠소?」

「뭐, 그렇다면 그가 계속 모르도록 해야겠지.」

알란은 잠시 생각해 본 다음, 율리우스에게 서류 가방을 달라고 하여 그것을 벤치 *끄트머리*에 눕혔다. 그러고는 그 위를 북한에서 가져온 외투로 덮으니 훌륭한 베개가 되었다. 그는 농축 우라늄 베개에 머리를 기대고 상쾌한 공기 속에 스르르 눈을 감았다.

「자, 영감은 이렇게 드러누워 죽어 버릴 거요?」

율리우스가 알란의 더러운 신발에 묻은 흙이 바지에 묻을까 봐 다리를 빼면서 비꼬았다.

아니, 알란에겐 그런 계획이 전혀 없었다. 그저 이렇게 조금 쉬면서 원기를 회복할 생각이었다. 참으로 길고도 고단한 하루였다. 특히나 이륙한 지 불과 몇 분 만에 착륙했기에 — 지구란 놈이 그렇게 돼먹은 것을 어쩌겠는가? — 더욱 피곤했다.

그렇잖아도 엄청나게 늙어빠진 101세 노인이 그렇게 거기에 누워 있으니 너무나도 지치고 가련해 보였다. 1분도 못 되어 지나가던 한 여자가 알란에게 괜찮으냐고, 자기가 도와줄 일이라도 없느냐고 물었다. 생김새로 보아 남미 쪽 사람으로 보였다. UN 빌딩 부근은 아주 국제적인 구역이었다. 알란은 도와주겠다는 제의를 정중히 사양하고는, 자신은 아무 문제없으며 금방 다시 일어날 거라고 안심시켰다.

율리우스는 서류 가방과 그들의 미래에 대해 계속 푸념을 늘어놓았지만, 알란은 이미 귀에 음소거를 해놓은 상태였다. 이 친구는 근심에 사로잡히면 어떤 새로운 생각을 내놓는 적이 거의 없고, 늘 하는 생각은 아무도 즐겁게 해주지 못했다.

몇 분 후, 모자를 쓴 예순 살가량의 남자 하나가 벤치 앞에 멈춰 섰다. 그는 조금 전의 여자처럼 알란이 상태가 괜찮은지, 자기가 도와줄 일이라도 있는지 물었다.

율리우스는 뚱한 표정으로 아무 말도 하지 않았지만, 알란은 지금 자기에게 무엇이 부족한지 깨달았다. 그는 남자를 올려다보면서 혹시 신사 양반에게 뭔가 마실 만한 게 있느냐고 물었다. 자신은 방금 전에 미국 대통령을 만나고 왔는데, 그는 걸핏하면 화를 내고, 성질이 북한의 시골 도로만큼이나 제멋

197

대로라는 점 외에는 별로 말할 거리가 없는 무뢰한이었단다. 게다가 평생 술을 한 방울도 마시지 않은 인간이라고.

「미국 대통령이요?」모자를 쓴 남자가 놀라며 말했다. 「트럼프 말인가요? 오, 불쌍하기도 하셔라! 자, 내게 뭔가 영감님 기운을 돋워 드릴 만한 게 있는지 한번 봅시다.」

그는 어깨끈 달린 가방 속을 잠시 뒤지더니, 황갈색 종이에 싸인 조그만 병 두 개를 꺼냈다.

「별것은 아니지만, 아무것도 없는 것보단 낫겠죠. 운더베르크라고, 약술의 일종이에요. 특히 위장에 좋죠.」

「알란은 소화에는 전혀 문제가 없어요. 두뇌 건강에 좋은 것은 없나요?」율리우스가 빈정댔다.

「아, 그거면 될 것 같소!」알란의 주름진 얼굴에 화색이 돌았다. 「중요한 것은 알코올 함유량이야.」

모자를 쓴 남자는 이게 아마 40도나 그 이상 될 것이지만, 확인해 보지는 않았다고 말했다. 해외여행을 할 때면 항상 몇 병을 짐에 챙겨 넣어요. 위장에 좋기 때문이죠. 아, 이 얘긴 벌써 했던가요?

알란은 힘겹게 몸을 일으켜 한 병을 받아 들고서는 내용물을 한 입에 털어 넣었다.

「캬아!」그가 눈을 반짝거리며 탄성을 발했다. 「이거 마시기 전에 모자를 꽉 붙잡고 있어야 하겠는걸?」

남자는 빙그레 웃었다. 알란의 반응을 본 율리우스는 번개처럼 두 번째 병을 향해 팔을 뻗었다. 그도 101세 노인과 같은 효과를 맛보았고, 두 노인은 만족한 표정으로 새 친구를 쳐다보았다.

「난 UN 주재 독일 대사 브라이트너라고 합니다.」 남자가 자신을 소개했다. 「내 가방 속에 한 병이 더 있습니다만, 그건 내가 간직하기로 하겠습니다. 두 분을 보니, 그걸 서로 마시려고 싸울 수도 있겠으니까요.」

「뭐, 싸우기까지야 하겠소?」 알란이 웃으며 대답했다. 「우린 폭력적인 사람들이 아니라오. 폭력은 아무것에도 이르지 못하지. 율리우스 이 사람은 모든 것을 어둡게 보는 경향이 있긴 하지만, 다만 그뿐이라오.」

율리우스는 알란이 한 말을 기분 나쁘게 받아들일 뻔했지만, 대신 그의 친구와 모자 쓴 남자처럼 미소 짓기로 마음먹었다.

「오, 여기에 UN 직원이 또 한 분 계시구먼! 그렇다면 우린 동료인 셈이군.」 알란이 말했다. 「나, 그리고 지금은 그렇게 뚱해 보이지 않는 이 친구는 스웨덴 출신의 UN 특사 발스트룀 여사를 보좌하는 외교관들이라오. 내 이름은 알란이고, 이 친구는 율리우스요. 알고 보면 아주 좋은 친구지.」

독일 대사는 그들과 악수를 나눴다.

「브라이트너 씨, 혹시 시장하지 않으시오?」 알란이 물었다. 「당신이 준 그 기적의 약술이 내 식욕을 되살렸다오. 어딘가 레스토랑에 가서 함께 식사를 하면 어떻겠소? 계산은 너그러우신 대사께서 해주시면 더욱 좋겠는데, 왜냐하면 마침 우리에게 한 푼도 없다는 사실이 방금 생각났거든. 전에는 금 라이터가 하나 있었지만, 그걸 평양에서 시리얼과 우유와 바꿔 버렸다오.」

브라이트너 대사는 이미 그의 새 친구들에게 호감을 느끼고 있었다. 또 방금 전에 트럼프 대통령을 만나고 왔다는 이 꼬부랑 노인에 대해 호기심이 일기도 했다. 그리고 다른 노인에게

199

서도 뭔가 재미있는 얘기를 들을 수 있을 것 같았다. 하지만 무엇보다도 그는 오랫동안 외교관으로 일해 왔고, 지금도 여전히 활동 중이었다. 평양을 다녀왔다고? 그렇다면 이 두 양반에게서 어떤 귀중한 정보를 얻을 수도 있을지도?

「아, 물론이죠! 기꺼이 두 분께 한두 시간을 내드릴 수 있습니다. 그리고 계산서는 독일 연방 공화국이 처리할 겁니다. 우리가 그 정도 능력은 되니까요.」

브라이트너 대사는 뉴욕 2번가(街)에 근사한 장소를 하나 알고 있었다. 도보로도 그리 오래 걸리지 않았고, 심지어는 알란에게도 그랬다. 그들은 송아지 커틀릿과 독일 맥주와 과일 보드카를 주문했다. 식탁 분위기가 너무나도 유쾌하여 두 번째로 건배할 때는 브라이트너 대사가 알란과 율리우스에게 자신을 콘라트라고 불러 달라고 하기에 이르렀다.

「기꺼이 그리하겠소, 콘라트.」 알란이 동의했다.

「이번만큼은 나도 알란과 같은 생각이오, 콘라트.」 율리우스도 따라 했다.

식사를 하면서 대사는 먼저 아이패드의 기능에 대한 설명을 들었고(그는 이미 두 개를 가지고 있었지만 구태여 밝히지는 않았다) 그다음에는 아스파라거스 재배법을 배웠다. 두 번째 건배 후에는 화제가 바뀌어, 어떻게 알란과 율리우스가 북한까지 가게 되었으며, 발스트룀 여사와 그녀가 마련해 준 외교관 여권 덕분에 그곳을 빠져나올 수 있었는지가 얘기되었다.

콘라트 브라이트너는 두 사람의 이야기와 자신이 지난 며칠 동안 접했던 뉴스들을 연결 지을 수 있었다. 그렇다면 그 스위스 핵무기 전문가가 사실은 스웨덴 사람이었단 말인가! 이 노인은 별로 국가 반역자처럼 느껴지지는 않았지만, 보드카를 마실 때에는 조폭이 따로 없었다. 벌써 세 잔째를 비우면서 계속 투덜거리는 거였다. 뭐야, 과일 향을 넣은 이 달착지근한 물이 보드카라는 거야?

율리우스는 알란처럼 세상만사를 있는 그대로 받아들이는 재능은 없었다. 그는 자기 발밑에 농축 우라늄이 든 서류 가방이 놓여 있다는 사실에 불안해 죽을 것 같았으며, 술이 한두 잔 들어감에 따라 브라이트너 대사가 계속 거기를 힐끔거린다는 확신이 굳어져 갔다. 이게 상상이든 아니든 간에 율리우스는 자신이 선수를 치기로 마음먹었다.

「물론 우리는 알란의 기술적 자료들을 모두 이 가방에 넣어 가지고 도망쳐 나온 것을 너무나 다행스럽게 생각하오. 만일 이게 그 최고 영도자의 손아귀에 들어갔다면 어떻게 되었을까? 아, 상상만 해도 끔찍하군!」

알란은 그의 친구가 술김에 레스토랑 한가운데서 비밀을 떠벌리려 하나 하는 의심에 잠시 사로잡혔지만, 결국 율리우스의 속셈이 무엇인지 알아챘다. 아스파라거스 재배자가 원하는 것은 오직 하나, 농축 우라늄을 떨쳐 버리는 것인데 그걸 뉴욕 5번가와 6번가 사이의 어딘가에 조용히 내려놓고 가버릴 수는 없는 노릇이었다. 맞아, 어쩌면 이 콘라트가 해결책일 수도!

「그래, 율리우스, 이 가방 안에 무엇이 들어 있는지 잘 얘기했네. 사실 우린 이 모든 자료를 트럼프 대통령에게 맡기려고 했었어. 한데…… 아까도 말했지만, 그는 건들기만 해도 폭발해 버릴 것 같은 상태더라고. 우린 이 자료가 좀 더 믿을 만한 사람의 손에 들어가야 한다고 생각해.」

「여기에 대해 발스트룀 장관과 얘기해 봤나요?」 콘라트가 술이 번쩍 깨는 것을 느끼며 물었다.

알란은 마르고트 발스트룀은 모든 점에서 뛰어난 여성이긴 하지만, 1966년 이후의 모든 스웨덴인들과 마찬가지로 핵에 대해 거의 병적인 두려움을 느끼고 있다고 대답했다. 알란이 자신의 전략을 눈치챘다는 것을 알게 된 율리우스가 서둘러 구조에 나섰다.

「가장 안전한 길은 EU가 이 지식을 보관하는 거라오. 영감도 그렇게 생각하지 않수?」

「율리우스, 자네만이 지니고 있는 그 놀라운 지혜를 또 한 번 보여 주는군! 앞으로도 그런 면을 좀 더 자주 보여 주도록 하게나……. 하지만 세계 평화를 위한 의무를 기꺼이 떠맡을 준비가 되어 있는 굳건한 지도자를 찾아내는 것은 생각만큼 쉽지 않을 거야. 흠, 프랑스의 새 대통령, 마크롱은 어떨까?」

「마크롱?」 율리우스가 순진한 얼굴을 하고서 되물었다.

「그래, 일전에 선거에서 이긴 사람. 내가 말해 주지 않았어? 아, 물론 말하지 않았겠지. 자넨 뭔가를 가르쳐 주려 하면 짜증부터 내니까. 이 마크롱의 특별한 점은 좌파도 우파도 아니라는 점이야. 아니면 둘 다이거나. 난 그게 어떻게 그런 건지는 잘 모르겠지만, 어쨌든 괜찮아 보여.」

UN 주재 독일 대사 브라이트너는 결코 바보가 아니었다. 게다가 그는 몇 분 전부터 정신을 바짝 차리고 있었다. 그럼에도 불구하고 그는 덜컥 덫에 걸려 버렸다. 「에, 그런데 말이죠, 우리 독일 연방의 총리이신 메르켈 여사께서 이틀 후에 워싱턴에 오십니다. 그분이라면 책임질 수 있지 않겠어요? 물론 세계 평화를 말입니다.」

율리우스는 결정타를 날리는 일은 알란에게 맡겼다.

「오, 맞아, 콘라트! 당신 정말 천재야! 그렇다면 당신이 핵 관련 자료들로 가득한 이 가방을 앙겔라 메르켈에게 전해 주겠소? 왜 우리가 진즉 그녀 생각을 못 했을까?」

브라이트너는 겸손한 미소를 지었다. 「친구 좋다는 게 뭡니까? 자, 우리 건배하죠!」

잔에 아직 술이 남아 있는 사람은 대사뿐이었지만, 어쨌든 그들을 잔을 부딪쳤다.

서류 가방의 내용물은 납으로 싸여 있었지만, 미국 공항의 보안 검색대에 어떤 도구가 구비되어 있는지는 아무도 모를 일이었다. 방사능 탐지기들이 여기저기서 삑삑거리기 시작한다 해도 조금도 놀라운 일이 아닐 거였다. 알란과 율리우스는 그들의 새 친구 콘라트가 관타나모 수용소에 끌려가 거기서 죽을 때까지 썩는 것을 원치 않았다. 특히나 그는 음식값 계산까지 하겠다고 약속하지 않았는가?

「그런데 문제가 하나 있어.」 알란이 설명했다.

핵무기에 관한 자료들은 납 포장 속에 들어 있는데, 이게 아마 공항에서 문제를 일으키게 될 거란다. 게다가 JFK 공항의 직원들이 납 포장 속에 무엇이 들었는지 들여다보려 한다면 어떻게 되겠는가?

「아, 그래요?」 브라이트너 대사의 표정이 흐려졌다.

「그러니 대사께서 워싱턴까지 택시를 타고 가시면 어떻겠소? 율리우스와 내가 택시 요금을 지불하면 좋겠지만, 그러려면 외상을 져야 할 것 같아. 요즘 우리가 사정이 별로 좋지 않거든.」

「별로가 아니라 아주 좋지 않죠.」 율리우스가 정정했다.

만일 콘라트 브라이트너가 육로로 독일 대사관까지 간다면, 알란과 율리우스의 새빨간 거짓말은 그가 도착한 후에야 드러날 거였다. 일단 서류 가방이 대사관 문을 통과하고 나면, 그도 어쩔 수 없을 거였다. 세계적인 스캔들은 일어나지 않고(왜냐하면 독일인들이 뭘 자랑하겠다고 기자 회견을 열지는 않을 것이므로) 브라이트너는 내부적으로 조금 혼이 나고 사건은 무마될 거였다. 어쩌면 파면당할 수도 있겠지만, 적어도 관타나모에는 안 갈 거였다.

「택시?」 대사가 되물었다. 「뭐, 안 될 것 없죠. 아니, 지금 생각해 보니까, 반드시 그렇게 해야겠네요. 그리고 택시 요금에 대해서는 걱정하지 말아요. 비행기표보다는 쌀 테니까.」

「좋았어!」 알란이 말했다. 「자, 세계를 구하는 일은 오늘은 이 정도로 충분한 것 같아. 이제 목구멍이 말라붙기 전에 한 잔더 돌리자고!」

그들은 도합 여섯 잔의 과일 보드카를 맥주와 비프커틀릿을 곁들여 마셨다. 브라이트너 대사가 화장실을 다녀오겠다고 나갔을 때, 알란과 율리우스는 잠시 대화를 나눌 수 있었다.

「자네가 그런 기가 막힌 생각을 해내다니 정말로 놀라워!」 알란이 칭찬했다.

「콘라트는 괜찮은 친구예요. 그에게 문제를 안겨 준다는 게 영 마음이 편치 않네요.」

알란은 잠시 생각해 봤다.

「흠, 해결책이 있을 거야.」

그는 종이 냅킨을 한 장 집어 들고는 웨이터에게 볼펜을 한 자루 빌려 달라고 부탁했다. 율리우스가 놀라자, 알란은 콘라트가 농축 우라늄만이 아니라 그의 상관에게 보내는 인사말도 들어 있는 서류 가방을 들고 가면 별 탈이 없을 거라고 설명했다.

「메르켈?」

「맞아, 그게 그녀의 이름이지.」

알란은 글을 쓰기 시작했다.

친애하는 독일 연방 공화국 총리 메르켈 여사,

나는 내 검은색 태블릿을 통해 여사께서 믿을 만한 분이라는 사실을 알게 되었습니다. 아스파라거스를 재배하는 내 친구 율리우스와 함께, 나는 우리가 잠시 방문하게 된 북한에서 아주 우연히도 농축 우라늄 4킬로그램을 가지고 나오게 되었습니다. 행운과 대담함 덕분으로 우리와 농축 우라늄은 무사히 미국에 도착하게 되었고, 우리의 계획은 이것을 트럼프에게 맡긴다는 것이었습니다. 하지만 그를 만나 보니 그리 즐겁지가 않았습니다. 그는 쉬지 않고 고함을 쳐댔으며, 그의 성격은 김정은의 그것을 떠올리게 했습니다. 그래서 아스파라거스 재배자와 나는 재고해 보게 되었습니다. 트럼프는 이미 우라늄이 많이 있기 때문에 4킬로그램을 더 가진다 해도 처치 곤란일 뿐이겠죠.

어쨌든 우리는 UN 빌딩 부근에서 귀국의 훌륭하신 UN 대사 콘라트 씨를 만났고, 함께 즐거운 저녁 식사를 하게 되었습니다. 방금 전에 콘라트 씨는 생리적 욕구를 해결코자 잠시 자리를 비웠는데, 난 이 틈을 이용하여 그 사람 몰래 이 글을 쓰는 것입니다. 글씨가 엉망인 것을 용서해 주십시오(두 번째 냅킨에서 계속됩니다).

간단히 말해서, 비프커틀릿과 약간의 맥주를 곁들여 사과맛 나는 보드카 몇 잔을 마신 후에, 율리우스와 나는 콘라트 씨와 약간 지나칠 정도로 허물없는 사이가 되어 버렸습니다. 결국 쓸데없는 소리를 몇 마디 하게 되었고, 콘라트 씨는 지금 여사께서 받으신 서류 가방의 내용물이 핵무기 제조에 대한 자료들이라는 인상을 받게 되었지만, 실은 앞 장의 냅킨에서도 말씀드렸다시피 이것은 농축 우라늄 4킬로그램입니다. 어쨌거나 율리우스와 나는 이것이 믿을 만한 독일 연방 공화국의 손에 들어갔다는 사실에 다만 안도할 뿐입니다. 여사께서는 그리 재미있는 일은 아니겠지만, 어쩌겠습니까, 사는 게 꼭 자기 뜻대로 되는 것은 아니잖아요? 우린 여사께서 이 우라늄을 최선의 방법으로 처리하시리라 믿습니다(세 번째 냅킨에서 계속됩니다).

그런데 내 친구 율리우스 말로는, 독일 사람들도 아스파라거스 재배하는 실력이 아주 뛰어나다는데요? 독일 아스파라거스가 정말로 독일에서 재배되는 건지는 잘 모르겠지만……

이때 율리우스가 알란의 손에서 볼펜을 뺏어 들면서 좀 더 집중하라고 말했다.

「곧 콘라트가 올 거라고요! 빨리 편지 좀 마저 써요, 빌어 먹을!」

알란은 도로 볼펜을 받아서는 다시 쓰기 시작했다.

자, 요점을 말씀드리자면, 우리 콘라트 대사에게 너무 화를 내지 말아 주십사 하는 것입니다. 우리가 보기에 그는 귀국의 모범적인 대표자인 것 같아요. 만일 여사께서 누군가에게 화를 내셔야 한다면, 도널드 트럼프에게 내시면 어떨까 합니다. 아니면 저 멀리 북한에 있는 김정은은 어떨까요? 북한 사람들 주장으로는, 자기네는 우리가 슬쩍해 온 것보다도 백배나 많은 우라늄이 들어오기를 손꼽아 기다리고 있답니다. 5백 킬로그램의 우라늄으로 그들은 실패를 거듭해 나가다가 결국 해결책을 찾아낼 수 있겠죠……. 자, 콘라트 씨가 곧 돌아올 것 같으니, 이만 줄이는 게 좋겠습니다.

그럼 안녕히,

알란 칼손과 율리우스 욘손

알란은 냅킨들을 순서대로 정리한 뒤, 율리우스에게 그것을 서류 가방 뒤쪽의 포켓에 넣으라고 말했다. 율리우스는 독일 아스파라거스와 자신의 관계에 대한 그 바보 같은 부분을 빼 버릴 시간은 없으리라 생각하면서 시키는 대로 했다. 그래도 상황을 감안하면 알란은 꽤 잘해 낸 셈이었다.

하지만 콘라트는 금방 돌아오지 않았다. 화장실에 다녀오는 시간은 경우에 따라 천차만별인데 이 경우는 아주 긴 것인 모양이었다. 이때 율리우스에게 문득 어떤 영감이 떠올랐다. 그는 닳아빠진 그의 여름 재킷의 안주머니에서 꾸깃꾸깃한 종이 한 장을 꺼냈다. 구스타브 스벤손의 전화번호가 적혀 있는 쪽지였다. 테이블 위에는 콘라트의 휴대폰이 놓여 있었다.

「이거…… 될까요……?」 율리우스가 물었다.

「분명히 될 거야.」 알란이 대답했다.

율리우스는 번호를 눌렀다. 그리고 이번에도 음성 사서함 멘트만 흘러나왔다. 아주아주 짜증이 났다.

「구스타브, 빌어먹을! 이렇게 항상 꺼놓을 것 같으면 휴대폰을 대체 뭐 하러 가지고 다녀? 지금 알란과 나는 평양에서 뉴욕으로 왔고, 다음엔 어디로 갈 거냐면…….」

「쉿, 그가 와!」 알란이 속삭였다.

휴대폰은 순식간에 제자리에 놓였다.

「자, 친구분들! 이제는 갈 시간이 된 것 같네요.」 콘라트가 지갑을 꺼내면서 말했다.

계산서는 이미 테이블에 놓여 있었다. 이제 독일 국고에서 620달러와 팁으로 120달러(그리고 인도네시아에 15초 간 통화한 요금)가 빠져나갈 참이었다. 콘라트는 1백 달러짜리 지폐 일곱 장과 20달러짜리 두 장을 테이블에 내려놓고는, 이제 모두들 자리에서 일어나야 할 때라고 말했다.

「그리고 나는 이 흥미로운 서류 가방을 들고서 택시를 잡기만 하면 되겠군요.」

「오, 그럴 거예요.」 알란은 율리우스가 팁을 슬쩍하는 것을 콘라트가 볼 수 없게끔 슬그머니 옆으로 비켜서며 대꾸했다.

미국, 스웨덴

알란과 율리우스가 팁의 일부로 필요한 물건을 좀 사고, 나머지 돈으로는 버스표를 사서 뉴어크 공항으로 향하고 있을 때, 트럼프 대통령은 골프장 클럽 하우스에 앉아서 형언할 수 없는 좌절감을 곱씹고 있었다.

내가 대체 무슨 짓을 한 거지? UN 빌딩에서 그 칼손이라는 영감이 횡설수설하고 있을 때, 발스트룀 장관은 옆에 앉아 속으로 나를 비웃고 있었던 걸까? 그래, 그럴 수도 있어. 아냐, 확실해. 맞아, 분명히 그랬어.

그리고 그 칼손이라는 영감…… 도대체 그 영감탱이가 누구야? 감히 미국 대통령에게 염소 젖 얘기를 늘어놔? 그 야릇한 표정을, 그 비웃는 듯한 미소를 짓고 있는 발스트룀 앞에서 말이야! 그리고 그다음에 일어난 일들은 더 가관이었지!

대통령은 속이 부글부글 끓었다. 그 공산주의자는 자신의 충동 조절 능력을 문제 삼았다. 그냥 골프채로 그 쭈글쭈글한 머리통을 부숴 버려야 했는데! 트럼프는 자신은 너무 모든 사람을 만족시키는 해결책을 찾으려 노력하는 경향이 있다고,

아주 객관적인 관점에서 자신을 비판했다.

자, 이제 어떻게 한다? 대통령은 여전히 부글대면서 노트북을 열고 트위터에 접속했다. 3분 후, 그는 한 명의 TV 사회자를 조롱하고, 한 명의 국가 원수를 모욕하고, 각료 중 하나를 해고하겠다고 위협하고, 자신의 추락하는 지지율은 어떤 신문이 꾸며 낸 새빨간 거짓말이라고 선언했다.

그러고 나니 기분이 좀 나아졌다.

발스트룀 외무 장관은 약속을 지켰고, 칼손 씨와 윤손 씨에게 그날 저녁 스톡홀름으로 가는 비행기에 비즈니스석을 예약해 주었다.

「짐은 없으신가요?」 체크인 카운터의 여직원이 물었다.

「없소.」 알란이 대답했다.

「휴대할 짐은요?」

「방금 전에 누구에게 줬다오.」

고국으로 돌아가는 비행은 즐거운 경험이었다. 그것은 비행기가 이륙하기 전부터, 그러니까 스튜어디스가 알란과 율리우스에게 음료를 제의하면서부터 시작되었다.

「샴페인? 주스?」

「오, 기꺼이! 처음 것으로 주시고, 두 번째 것은 사양하겠소.」 알란이 대답했다.

「나도 마찬가지요.」 율리우스가 덧붙였다.

음료 다음에는 세 코스짜리 저녁 식사가 제공되었고(배는 고프지 않았지만 공짜 음식은 사양하는 법이 아니다), 디저트까지 맛본 후에 좌석에 붙은 버튼만 제대로 누르면 침대까지 갈 필요 없이 그대로 잠들 수 있었다.

「정말 좋은 세상 아니야? 사람들이 다음에는 무엇을 생각해 낼까?」 알란이 감탄을 했다.

「흐음……」 벌써 모포로 몸을 덮은 율리우스가 지그시 눈을 감으며 기분 좋은 신음을 흘렸다.

「태블릿에서 재미난 기사 하나 읽어 줄까?」

「그걸 빼앗아 창밖으로 던져 버리길 원한다면 그렇게 하쇼.」

스웨덴

알란다 국제공항 제5터미널 입국장에 선 알란과 율리우스
는 주위를 둘러보았다. 율리우스는 상황을 정리해 보았다. 그
들은 깨끗이 차려입고, 푹 쉬고, 배불리 먹었다. 그리고 호주머
니에는 20달러나 남아 있었다.

「20달러?」 알란이 반문했다. 「그걸로 맥주를 한 잔씩 할 수
있겠는걸?」

그들은 반 리터들이 맥주 두 병을 사서 마셨다. 그러고는 무
일푼이 되었다.

「이제 우리는 깨끗이 차려입고, 푹 쉬고, 배불리 먹고, 목구
멍이 좀 더 시원해졌군.」 알란이 말했다. 「자, 자네 어디 갈만
한 데라도 있어?」

아니, 율리우스에겐 그런 곳이 없었다. 마지막 남은 달러
를 맥주로 마셔 버리기 전에 그 점을 생각해야 옳았으나, 이미
엎지른 물이었다. 이제 급선무는 재정 문제를 해결하는 것이
었다.

101세 노인은 고개를 끄덕였다. 맞아, 돈은 삶을 여러모로

편하게 해주지. 아스파라거스로 버는 돈은 어떻게 됐어? 스웨덴에는 자네의 아스파라거스를 수입해서 파는 사람들이 꽤 있지 않나? 난 인도네시아에서 생산되는 스웨덴 아스파라거스의 자세한 유통 경로에 대해서는 잘 모르지만, 그게 이 나라를 한 번 거쳐 간다는 사실은 알고 있어. 그렇지 않다면 윤리적으로 다소 문제가 있지 않겠어?

아, 맞아요! 율리우스는 꽤 많은 사람은 아니지만, 적어도 군나르 그레슬룬드는 알고 있단다.

「그게 누구지?」 알란이 물었다.

군나르 그레슬룬드는 율리우스가 오래전부터 아는 사람이었다. 대부분의 사람들은 그를 〈하이에나 군나르〉라고 불렀는데, 그에게 딱 어울리는 별명이었다. 그는 샤워하는 법이 없고, 면도는 1주일에 한 번만 했으며, 항상 코담배를 킁킁대고, 입만 벌리면 욕설이 튀어나왔다. 그리고 사람들을 등쳐 먹으며 평생을 살아왔다(이 점에서 있어서는 율리우스가 그를 비난할 수 없었다). 그는 〈구스타브 스벤손의 향토 아스파라거스〉의 판매책 중의 하나였으며 비록 천하의 못된 인간이긴 하지만 맡은 일만큼은 틀림없이 잘해 왔다.

「택시를 타고 군나르에게 가서 상황을 설명하면, 자기 지갑을 열 거예요.」

「택시?」

「……아니, 걸어야죠.」

스웨덴은 남북으로 거리가 1천6백 킬로미터나 되고, 동서로는 그보다 약간 짧다. 이 엄청나게 넓은 땅에 겨우 1천만밖에 안 되는 사람들이 살고 있다.

이 나라 대부분의 장소에서는 네 시간 동안 헤매고 다녀 봐야 사람 한 명 보지 못한다. 심지어는 말코손바닥사슴 한 마리 보지 못한다. 파리 교외의 허름한 원룸을 살 돈으로 여기에서는 그림 같은 호수까지 딸린 골짜기 하나를 살 수 있다. 하지만 이게 마냥 신나는 일만은 아닌 것이, 얼마 안 있어 당신은 가장 가까운 상점이 120킬로미터, 약국은 160킬로미터 떨어져 있으며, 못에 발을 찔리기라도 하면 병원까지 가기 위해 그보다 더 먼 거리를 절뚝거리며 걸어야 한다는 사실을 깨닫게 된다. 만일 당신이 가장 가까이 사는 이웃에게 커피에 넣을 크림을 빌리고 싶다면, 세 시간을 걸어야 할 가능성이 있다. 그리고 돌아오기 위해 또 세 시간을 걸어야 한다. 돌아오기도 전에 따끈한 커피는 냉커피로 변해 있을 것이다.

이런 식의 라이프 스타일을 원하지 않는 이들은 스톡홀름과 그 인근에 모여 살기로 묵계를 맺었다. 그리고 이들과 함께 기업체들도 모여들었다. H&M, 에릭슨, 이케아 등은 77명의 주민이 아직 떠나지 않은 북극 지방의 나타바라 마을보다는 250만 명의 잠재적 고객들이 살고 있는 곳을 택했다.

따라서 율리우스 욘손과 구스타브 스벤손의 아스파라거스 사업 중앙 물류 창고가 스톡홀름 부근에 위치한 것은 조금도 놀라운 일이 아니었다. 더욱이 항공편으로 수출입을 하고, 고객과의 직접적인 접촉이 필요 없는 회사로서 알란다 공항 근처는 안성맞춤의 장소였다. 더 정확히 말하자면 메르스타였다. 공항에서 걸어서 두 시간이면 닿을 수 있었다. 노인이라면 두 시간 반 정도였다.

아니면 택시로 15분만 가면 되는데, 이 옵션은 아까 아침 식사 대신 맥주로 마셔 버렸다.

인도네시아

벌써 오래전부터 구스타브 스벤손은 알란의 생일날에 감쪽 같이 사라져 버린 동업자 없이 사업을 혼자서 꾸려 왔다. 아직 숙박비를 정산하지 못한 탓에 호텔에 직접 가서 물어보지는 못했지만, 율리우스와 알란이 열기구를 타고 바다로 날아갔다 는 소문을 듣게 되었다.

며칠 후, 구스타브는 자기 친구가 사망한 것이라 생각했다. 그런데 웬걸, 휴대폰에 전화가 걸려 온 것이다. 율리우스는 멀 쩡히 살아 있단다! 그리고 사업에 대해 이것저것 물어보기까 지 했다. 하지만 자기 연락처는 남기지 않았다.

그러고 나서 또 며칠 동안 아무 소식이 없다가, 다시 음성 메 시지가 도착했다. 구스타브는 앞으로는 휴대폰 배터리를 좀 더 열심히 충전하리라 다짐했다. 율리우스는 지금 뉴욕에 와 있단다. 뭐라고? 미국에 갔다고? 열기구를 타고? 북한을 거 쳐서?

하지만 율리우스가 어디 있으며, 언제 돌아오느냐의 문제는 구스타브가 매일 사업과 관련하여 해결해야 하는 문제들만큼

급박하지 않았다. 구스타브는 도대체 어떻게 해야 할지 알 수 없었다. 지금 율리우스도 없는데, 스웨덴의 중간 상인은 스웨덴 느낌이 나는 아스파라거스(〈구스타브 스벤손의 향토 아스파라거스〉)에 아예 스웨덴 상표를 붙이라고 부추기고 있었다. 그리하면 돈을 갈퀴로 긁을 수 있단다.

구스타브는 전에 율리우스가 이 점에 대해 주의를 주었던 게 어렴풋이 기억났다. 그런데 아라크 술의 장점은 속에 묻혀 있는 기억을 해방시켜 준다는 점이었고, 단점은 이 해방된 기억이 다음 날 아침이면 감쪽같이 사라져 버린다는 점이었다.

만일 그럴 수만 있었다면 율리우스는 아스파라거스에 절대로 스웨덴 상표를 붙이지 못하게 했을 거였다. 전번에도 똑같은 짓을 하다가 그 바보 같은 중간상인 녀석이 사업을 말아먹지 않았던가?

스 웨 덴

이런 연유로 알란과 율리우스가 두 시간 반 동안 겨우겨우 걸어 스웨덴 동업자의 창고에 당도해 보니, 문은 굳게 닫혀 있고, 그 위에는 빨간 테두리를 두른 노란 팻말에 검정 글자로 이렇게 적혀 있었다. 〈스웨덴 절차법 제27장 15조에 의거, 입구가 봉쇄됨. 위반하는 자는 법으로 처벌됨. 경찰청.〉

「여기서 무슨 일이 일어났죠?」 알란이 개와 함께 산책 중인 한 중년 여자에게 물었다.

「경찰이 불법 채소 수입업자를 체포해 갔어요.」 여자가 설명해 주었다.

「이런 빌어먹을 하이에나 군나르!」 율리우스가 욕설을 퍼부었다.

「아, 고 녀석 참 귀엽네!」 알란의 정신은 개에 가 있었다. 「이름이 뭐죠?」

두 친구는 또다시 난처한 처지가 되어 버렸다. 설상가상으로 율리우스는 발에 물집까지 잡혔다. 그는 알란 옆에서 절뚝

거리며 메르스타 시내 쪽으로 걸었고, 101세 노인의 걸음걸이를 따라가느라 애를 먹었다. 결국 그는 기권을 선언했다.

「난 더 이상 한 걸음도 갈 수 없어요! 이놈의 물집 때문에 죽을 것 같아요!」

「사람은 그렇게 쉽게 죽지 않아.」 알란이 고개를 저었다. 「내가 경험이 있어서 잘 알지. 그리고 자네는 좀 더 걸어야 할 것 같아.」

그는 길 건너편, 장의사 옆에 붙어 있는 구멍가게를 손가락으로 가리키며 말했다.

「어때, 자네에게 딱 맞는 것 같은데? 왼쪽 가게에 가면 붕대를 살 수 있을 거고, 만일 붕대가 없으면 오른쪽 가게로 가서 죽으면 되니까.」

알란은 구멍가게에 들어갔고, 2미터 뒤에서 율리우스가 절뚝거리며 따라 들어왔다. 나이는 50대로 보이고, 다른 종류의 부적 목걸이 세 개를 두른 여자가 계산대에 앉아 있었다. 그녀는 깜짝 놀라며 고개를 쳐들었다. 보아하니 고객이 새카맣게 몰려드는 가게는 아닌 모양이었다.

「안녕하시오.」 알란이 인사를 했다. 「혹시 붕대를 파시오? 내 친구 율리우스가 발에 물집이 잡혔다오.」

여자는 위생용품이 진열된 매대를 가리켰다. 율리우스는 절뚝절뚝 거기까지 걸어가서는 필요한 것을 찾아내어 부적 목걸이의 여자에게로 돌아왔다.

「36크로나예요.」

「아, 그런데 문제가 하나 있어요.」 율리우스가 설명했다.

「내가 지갑을 깜빡하고 왔지 뭐예요? 내일 다시 와서 지불하면 안 될까요?」

「오케이. 그럼 붕대를 여기다 둘 테니까 내일 와서 지불하고 가져가세요.」 여자는 부적들을 쨍그랑거리며 붕대 꾸러미를 낚아챘다.

「아니, 그게 말이죠, 내가 지금 물집이 잡혀 있어서……. 그러니까 이 붕대를 지금 가져가고, 값은 내일 치르겠다는 거예요.」

이 구멍가게의 주인이기도 한 계산원은 이날의 첫 번째 손님들을 쌀쌀맞게 쳐다보았다.

「난 아주 힘들게 일하는 자영업자예요. 오늘 아침 8시부터 아무것도 팔지 못하고 여길 지키고 있어요. 그런데 지금 당신은 나한테 마수걸이 손님에게 물건을 공짜로 주라고 하는 건가요?」

율리우스는 한숨을 쉬었다. 너무 피곤해 대화를 이어 갈 힘도 없었다. 그래도 자신은 그녀의 관점을 충분히 이해하지만, 그녀가 자신의 관점도 좀 이해해 주길 바란다고 대답했다. 이건 특별한 상황이에요. 사실 난 급한 용무로 미국에 갔다가 방금 전에 돌아온 점잖은 외교관이에요. 그런데 불행히도 지갑을 대사관에 놓고 왔지 뭐예요.

「그럼 가서 가져오면 되잖아요?」

「미국에 있는 대사관인데…….」

부적 목걸이의 여자는 율리우스를 주의 깊게 쳐다본 뒤, 알란을 쳐다보았고, 다시 율리우스를 쳐다보았다. 첫 번째 남자는 자기보다도 늙었고, 두 번째 남자는 상상을 초월할 정도로 늙었다. 그리고 둘 다 전혀 외교관처럼 보이지 않았다.

「그럼 친구에게 전화를 걸면 어떻겠어요?」

율리우스의 왼쪽 발뒤꿈치에서는 피가 나고 있었고, 오른쪽도 특별한 관심을 요하고 있었다. 게다가 빵 한 조각 못 삼킨지가 벌써 여러 시간째였다.

「난 친구가 하나도 없어요.」 율리우스가 힘없이 말했다.

「무슨 말이야?」 바로 옆에 선 알란이 항의했다. 「내가 있잖아, 율리우스.」

「영감은 돈이 얼마나 있는데?」 율리우스가 물었다.

「한 푼도 없어. 그렇긴 해도…….」

「미안해요.」 두 노인의 대화를 듣고 있던 여자가 말했다. 「돈이 없으면 붕대도 못 줘요. 그게 이 가난한 구멍가게의 규칙이에요. 이곳의 주인 사비네 욘손, 바로 제가 정한 거죠.」

「아니, 율리우스도 성이 욘손인데?」 알란이 놀라며 외쳤다. 「이것도 인연인데, 우릴 좀 특별 대우 해주면 안 되겠소?」

부적 목걸이의 여인은 고개를 저었다. 부적들도 따라서 고개를 저었다.

「이 나라에는 욘손이 적어도 10만 명은 있을 거예요. 내가 그 모든 욘손들에게 붕대를 무상으로 제공한다면 이 가게 재정은 어떻게 될까요?」

알란은 이 가게 재정은 분명히 파탄이 나겠지만, 지금 그들은 10만 명이 아닌 한 명의 욘손에 대해 얘기하고 있다고 대답했다. 그리고 보다 확실히 하기 위해, 이 나라의 모든 욘손들은 굳이 여기까지 찾아올 필요가 없다고 입구에 써 붙이는 것도 좋을 거란다.

여자가 대꾸하려 하는데, 율리우스는 완전히 절망해 버렸다.

더 이상 협상하고 싶지 않았다. 발을 치료하지 않고는 절대로 여길 떠날 수 없었다.

「붕대를 내놔! 엉, 붕대를 내놓으라고!」 그는 고함쳤다. 「좋아, 나 이제부터 강도야!」

부적 목걸이의 여인은 겁먹었다기보다는 놀란 표정으로 그에게로 고개를 돌렸다.

「뭐라고, 강도? 지금 당신에겐 무기가 없잖아? 심지어는 물총 하나 안 들고 있잖아? 상점을 털고 싶으면 장비나 똑바로 갖추셔!」

율리우스는 평생 한 번도 어디를 털어 본 적이 없지만, 세상의 모든 전문 강도들을 대신하여 화가 치밀었다. 아니, 언제부터 피해자들이 이다지도 건방져졌지?

알란은 여자에게 혹시 여기서 물총을 파느냐고 물었다. 아니, 여기에 물총 따위는 없단다. 그리고 만일 장난감 살 돈이 있으면, 그걸로 당신 친구 붕대나 사주시지 그래요?

알란은 그녀의 말이 옳음을 인정하지 않을 수 없었다. 하지만 그녀의 어조는 조금 누그러져 있었다. 어쩌면 더 이상 의미 없는 입씨름을 계속하고 싶지 않은 것일지도? 그는 재빨리 화친 계획을 하나 생각해 냈다.

「보아하니 저쪽에 조그만 카페 공간이 있는 것 같은데…….나와 내 친구가 이 붕대를 가지고 저기 가서 앉고, 여사께서도 같이 앉아 따끈한 커피 한 잔 나누면 어떻겠소? 정말로 멋진 반전이 아니겠소?」

부적 목걸이의 여인은 처음으로 미소를 지었다. 그녀는 율리우스에게 붕대를 내밀면서 이제 외상값은 36이 아닌 56크로

나라고 말했다. 커피 두 잔 값이 20크로나란다. 율리우스는 고맙다고 고개를 꾸벅하고는, 가장 가까운 의자 쪽으로 절뚝절뚝 걸어갔다. 알란은 혹시 각설탕 하나를 부탁하면 외상값이 느냐고 물었다.

「설탕과 우유는 이미 계산에 포함됐어요. 자, 곧 갈 테니까, 가서 앉아 계세요.」

스웨덴

사비네 욘손은 커피 세 잔과 각설탕 단지, 냉장고에서 꺼낸 우유 3데시리터, 그리고 방금 전자레인지에 따끈하게 데워 낸 계피 브리오슈 세 개를 들고 왔다. 율리우스는 붕대를 다 감았지만, 당분간 양말 차림으로 있기로 했다.

「우리 계산서가 자꾸 신경 쓰여서 그러는데,」 알란이 물었다. 「그 브리오슈는 얼마요?」

「아, 이거요?」 사비네가 대답했다. 「나머지 것들도 마찬가지지만 공짜예요. 어차피 망해 가는 가게인데요, 뭘. 느끼셨겠지만 난 사업에 별로 재능이 없답니다.」

알란은 사비네가 무엇보다도 잡담을 나누고 싶어 한다는 것을 눈치챘다. 하기야 온종일 계산대에 앉아 있는 것은 그리 재미있는 일은 아니리라. 고객들이 돈을 내려 하지 않을 때는 더욱 그러하리라.

「사비네 양께서는 아주 너그러운 분인 것 같구려. 우리가 이 브리오슈를 먹는 동안, 자신에 대해서 좀 얘기해 주시면 어떻겠소?」

알란이 정확히 짚은 거였다. 마치 버튼을 누르기나 한 듯 그녀의 입에서 사연이 봇물처럼 쏟아져 나왔다.

무얼 알고 싶으시죠? 난 올해 쉰아홉이고, 싱글이고, 친구도 가족도 없어요. 적어도 이 세상에서는요.

「어디라고요?」 율리우스가 되물었다.

「이 세상이요. 왜냐하면 이 세상 말고 저세상이란 게 있걸랑요. 우리 어머니 말씀을 따르자면요.」

알란은 〈저세상〉에 대해서 좀 더 알고 싶고, 그녀의 어머니에게서 직접 설명을 듣고 싶다고 말했다. 그분은 지금 어디 있으신지?

「저세상에요.」

「작고하셨소?」

「네.」

알란은 우물거리던 브리오슈 조각을 꿀꺽 삼켰다.

「그렇다면 사비네 양, 어머니께서 저세상에 계시지 않았다면 해주셨을 말씀을 간략히 요약해 줄 수 있겠소?」

기꺼이 해주겠단다. 대부분의 사람들에게 저세상은 낯선 곳이다. 하지만 엄마 예르트루드의 가르침 덕분에 어린 사비네는 자신이 엄마와 마찬가지로 다른 사람들에게 없는 능력들을 가지고 있다는 사실을 알게 되었다. 그녀의 어머니는 죽을 때까지, 어머니가 보는 것을 자신은 한 번도 본 적이 없다는 사실을 결코 고백하지 않은 딸과 함께 〈저세상 AB[8]〉사를 경영했다. 이 회사의 전문 분야는 신점(神占)이었다. 다시 말해서 모녀는

---

8 스웨덴어로 유한 회사를 뜻하는 *Aktiebolag*의 약자.

고객의 요청에 따라 강신술을 행하기도 하고, 유령들을 찾아내고, 악령들을 다루고, 오래된 집을 지키는 착한 유령들에게 보상하는 방법을 가르쳐 주기도 했다. 그들은 진자, 수정, 점 막대기, 갖가지 음향과 향기 등을 사용했는데, 이 모든 것들은 보이는 세상과 보이지 않는 세상을 이어 주는 것들이었다. 회사 이름이 〈저세상 AB〉인 것은 바로 이 때문이었다.

「목에 차고 있는 그 부적들은 뭐요?」 알란이 물었다.

「엄마가 물려준 거예요. 엄마가 남긴 거의 유일한 것이라 할 수 있죠. 이것들은 〈대지〉와 〈풍요〉와 〈신이 준 능력〉을 상징해요. 뭐, 원하신다면 그냥 〈헛소리〉, 〈헛소리〉, 〈헛소리〉라고 해도 좋고요.」

「당신은 사후의 삶을 믿지 않나요?」 율리우스가 물었다.

「난 지금 살고 있는 이 삶도 별로 믿지 않아요. 정말로 거지 같은 삶이죠.」

사비네의 가슴에는 아직도 하고 싶은 얘기가 잔뜩 쌓여 있었지만, 이번에는 자신이 뭔가를 좀 먹고 싶었다. 이제는 두 남자의 사연을 들어 볼 차례였다. 자, 두 분께서는 구멍가게 터는 것 외에 또 어떤 일을 하시죠? 외교관이라고 하셨나요? 난 멋진 이야기들을 좋아하긴 하지만, 지금은 진실을 듣고 싶군요.

율리우스는 얼굴이 벌게져 고개를 끄덕이면서, 강도짓을 하려 한 것에 대해 사과를 구했다. 그런데 물집 난 발이 아직 너무나 쓰라리단다.

「금전 등록기 옆에 소염 진통제가 있어요.」 사비네가 말했다. 「약값은 카운터 위에 올려놓으시고요. 물론 없으시겠지만.」

율리우스는 고맙다고 하고는 절뚝거리며 카운터 쪽으로 걸어갔다. 그 모습을 보면서 알란은 이야기를 시작했다.

「어떤 점에 있어서는 우린 실제로 외교관이라고 할 수 있다오. 적어도 외교관 여권은 있거든. 지갑 얘기는 사실이 아니지만 말이야. 우린 인도네시아에서 채소 장사를 하다가 본의 아니게 여행을 떠나게 되었어. 그렇게 여기저기 돌아다니다가 스웨덴 외무 장관을 만났는데, 그녀가 우릴 도와주었고, 또 외교관으로 만들어 주었다오. 상황상 필요해서 그런 것이긴 하지만, 뭐 어쨌든……. 미국으로 간 나는 트럼프 대통령의 요청으로 발스트룀 장관과 함께 그를 만났지. 그러고 나서는 그냥 귀국하는 게 가장 낫겠다는 생각이 들었어. 오늘 아침에 알란다 공항에 들어왔을 때는 그래도 호주머니에 20달러가 들어 있었는데, 불행한 상황으로 인해 그걸 다 써버리고 말았지……. 빈털터리가 된 우리가 할 수 있는 일은 그저 무작정 걷는 거였어. 결국 이렇게 더 이상 걸을 수도 없게 되어 버렸지만.」

사비네는 알란의 이야기 가운데 군데군데 뭔가가 빠져 있다는 느낌이 들었다.

「하지만 우리가 한꺼번에 모든 것을 다 말할 수는 없잖아? 안 그렇소?」

물론 그렇죠. 사비네는 알란과 율리우스를 빗자루를 휘둘러 쫓아 버릴 생각도 했었지만, 그러지 않은 게 다행이라고 말했다.

「자, 이젠 당신 이야기를 마저 해주겠어요?」 벌써 발스트룀 장관에 못지않게 사비네에게 반해 버린 율리우스가 말했다. 「〈저세상 AB〉사에 무슨 일이 일어난 거죠? 지금 이렇게 구멍가게를 하고 있는 걸 보면 사업이 잘되지는 않은 듯한데?」

무슨 일이 일어났냐면, 지난해 여름 사비네의 어머니가 여든 살의 나이로 세상을 떠났단다. 그 모든 세월 동안 그녀는 회사를 이끄는 엔진이었으며, 논스톱으로 LSD에 취해 저세상을 다니며 유령들과 소통을 해왔단다.

「얼마나 자주 다녔죠?」 율리우스가 물었다.

「논스톱이라고 했잖아요. 하지만 지난여름, 그렇게 다니던 여행 중 하나가 아주 고약한 방향으로 흘렀고, 결국 엄만 스스로 목숨을 끊었어요. 아니면 그냥 사는 곳을 바꿨다고 할 수도 있겠죠.」

「오, 저런! 어떻게 그렇게 됐죠?」

「엄마는 강신술을 하러 쇠데르텔리에에 갔어요. 나는 엄마를 따라가기로 했어요. 왜냐하면 엄만 LSD에 흠뻑 취해 있어서, 혼자서는 행선지를 찾지도, 집에 돌아오지도 못할 것 같았기 때문이죠. 역의 플랫폼에서 엄마는 그녀만이 볼 수 있는 유령 하나를 발견했고, 내가 미처 말릴 틈도 없이 유령을 쫓아서 철로로 뛰어들었어요. 그리고 노르셰핑발 11시 25분 열차에 치여 버렸죠.」

「오, 저런!」 율리우스가 혀를 찼다.

「그 유령은 무사했나?」 알란이 물었다. 살면서 입을 열기 전에 생각을 해본 적이 없는 사람들이 하는 종류의 질문이었다.

사비네는 지친 눈으로 알란을 쳐다보았다.

「저기 말예요, 유령들은 죽이기가 쉽지 않아요.」

〈저세상 AB〉사의 수입은 대부분 달착지근한 LSD 알약들이나, 마찬가지로 달착지근하며 재미난 캐릭터들이 그려져 있는

LSD 우표들이 되어 날아가 버렸단다. 그래도 모녀는 사비네의 할머니가 소유한 땅에 있는 조그만 오두막에서 공짜로 지낼 수 있었기에 그럭저럭 살아갈 수 있었단다. 이 할머니도 작년 여름에 아흔아홉의 나이로 세상을 떠났고, 엄마 예르트루드는 물려받은 이 집을 LSD로 다 날려 먹기 전에 저세상으로, 혹은 그게 어디가 됐든 지금 그녀가 있는 곳으로 서둘러 떠나 버렸단다.

「아흔아홉 살?」 알란이 말했다. 「아이고, 한창 때에 죽으셨군그래! 그런데 아가씨 본인은 마약과 어떤 관계를 맺어 왔는지?」

「난 마약은 손도 대지 않았어요.」 사비네가 대답했다. 「엄마가 보기에 내가 그토록 멍청한 제자였던 것은 아마도 그 때문일 거예요. 엄마는 항상 말했죠. 나는 나를 해방시킬 필요가 있다고요. 〈넌 너무 많이 생각하는 게 문제야〉라고 말하곤 했죠.」

「흠…….」 알란이 말했다. 「율리우스도 노상 생각만 하고 지낸다오. 그래 봤자 아무 도움도 되지 않는데 말이야.」

문제의 사색가는 알란의 말을 무시해 버리고 사비네에게 이렇게 물었다.

「그래서 댁이 할머니의 집을 물려받았다고?」

사비네는 고개를 끄덕였다.

「그걸 팔아서 장례 비용을 치르고 나니까 2백만 크로나가 남았어요. 앞으로 어떻게 살까 생각해 보니, 기업가가 내게 딱 맞는 직업일 것 같았어요. 난 숫자에 엄청 강하거든요. 기업가……! 세상에서 가장 멋진 단어일 거예요!」

율리우스도 고개를 끄덕였다. 맞아, 세상에는 다른 것들보다 훨씬 멋진 단어들과 표현들이 있지. 〈기업가〉는 그중 하나야. 〈영수증 없이〉는 또 다른 예이고!

하지만 생각처럼 되는 게 하나도 없었단다. 우선 그녀는 고객들이 있는 스톡홀름 중심가에 가게를 얻을 만한 돈이 없었단다. 그곳에서 북쪽으로 40킬로미터 떨어진 이곳에서 이렇게 죽을 쑤고 있는 것은 바로 그 때문이란다. 또 알란의 말대로 생각을 너무 많이 하는 통에 일이 꼬여 버렸단다.

「그래, 대체 어떤 종류의 생각을 했기에 이 메르스타 구석에다 구멍가게를 열었는지, 혹시 물어봐도 되겠소?」 알란이 물었다.

「방금 물어보셨네요, 뭐.」 사비네가 대답했다. 「난 종이와 연필을 들고 할머니의 주방 식탁에 앉았어요. 난 잠재 고객층이 클수록 성공 가능성이 크다고 생각했죠. 이 생각은 나를 두 개의 진실로 이끌었어요. 첫째, 모든 사람은 살아 있는 한 음식을 먹는다. 둘째, 그럼에도 불구하고 모든 사람은 결국 죽는다. 조만간에 예외 없이 죽는다.」

「어쩌면 알란은 예외일지도 몰라.」 율리우스가 끼어들었다. 「이 양반은 얼마 전에 백한 살이 되었어요.」

「와우!」 사비네가 감탄했다. 「한쪽 발이 무덤 속에 들어가 있다는 말이 바로 이분을 두고 하는 말이네요. 영감님께 돈이 없어서 유감이에요. 아니면 내가 관을 하나 팔 수 있을 텐데.」

알란은 주위를 둘러보았다. 가게 안에 관 같은 것은 보이지 않았다.

「잠깐!」 그가 말했다. 「혹시 이 옆에 붙어 있는 장의사도 아가씨 거요?」

알란의 재빠른 추론에 사비네는 미소를 지었다.

「맞아요, 대단해요! 살기 위해서는 음식이 필요하고, 그래서 이 가게를 열었어요. 그리고 죽으면 땅에 묻혀야 하고, 그래서 관을 만들어 팔기로 했죠. 관을 판다는 거, 아주 간단한 거예요.」

사비네의 이야기에 알란의 어조가 무지하게 철학적으로 바뀌었다.

「흐음, 삶과 죽음…… 그리고 그 가운데의 유령들…….」

「어쨌든 유령들은 돈을 가져다주죠. 적어도 일을 위해서라면 LSD로 목숨까지 버릴 수 있는 사람에게는요. 삶과 관련된 나의 사업 콘셉트는 두 분께서 돈도 안 내고 이 상점 매대를 거덜 내기 시작하기 전부터 이미 망해 버렸어요. 그리고 죽음과 관련된 콘셉트는 더욱 한심했죠.」

율리우스는 새 친구에 대해 안쓰러운 마음이 들었고, 이곳을 털려 했던 게 조금 부끄럽게 느껴졌다. 「그런데 아까 숫자에 엄청 강하다고 하지 않았어요?」

「네, 맞아요! 난 다음 분기 손실액이 얼마나 될지 정확히 말씀드릴 수 있어요. 또 그게 그다음 분기에 얼마까지 늘어나게 될지도요.」

「아……!」

「살아 있는 사람들은 자신의 삶이 일시적이라는 것을 믿으려 하지 않더라고요. 그들은 자기가 죽는다고 생각하지 않기 때문에 때가 오기 전에는 관을 사려 하지 않아요. 그리고 그들이 죽게 되면 — 그들은 깜짝 놀라죠 — 그들과 거래하는 것은 불가능해지고요.」

「하지만 죽기 전에는 뭔가 먹을 것을 사야 하지 않나요?」율리우스가 물었다.「죽지 않으려면 말이에요.」

「네, 나도 그렇게 생각해요. 하지만 나한테 사는 사람은 거의 없더라고요.」

그녀가 지역 무가지에 처음이자 마지막이었던 광고를 내자 (〈식품과 관을 염가 판매합니다!〉) 이상한 소문이 돌기 시작했고, 결국 소문을 접한 이 지역 식품 안전청 조사관이 그녀를 깜짝 방문하기에 이르렀다. 사비네 가게의 정육 코너에 시체가 저장되어 있지나 않은지 확인코자 함이었다.

「이 광고는 내가 했던 한심한 생각들 중에서도 최악이었죠.」

율리우스는 이 벽의 양쪽에서 사업이 죽을 쑤고 있는데 앞으로 어떻게 할 거냐고 물었다. 사비네는 모르겠다고 대답했다. 이젠 모든 게 피곤하기만 하단다. 아, 엄마가 그 초자연적인 헛소리들로 날 이렇게 멍청하게 만들지만 않았어도! 사실 그녀는 ─ 숫자에 대한 것 말고 ─ 예술에 재능이 있단다.

「예술에 대한 재능?」알란이 되물었다.

「네, 원하시면 영감님 초상화를 그려 드릴 수 있어요. 4천 크로나면 어때요? 아, 내가 바보 같은 소리를 했네요!」

알란은 사비네의 머릿속에 방금 떠오른 사실에 대해 사과를 구했다. 알란에게 땡전 한 푼 없다는 사실 말이다.

「그리고 말이 나왔으니 말인데, 난 이 젊은 동생 율리우스의 안위에 대해 책임감을 느낀다오. 생겨나기 전부터 그가 아프다고 하소연한 이 물집은 보기에도 끔찍하지 않소? 자, 우리가 뭐라도 좀 도와드리고, 그 대가로 하루나 이틀 정도 여기서 신세를 질 수 있겠소? 저기 보이는 요구르트 매대 앞, 마루에 누위 잠을 잘 수도 있다오. 그리고 내가 자다가 죽지 않겠다고 약속드리겠소. 식품 안전청과 또다시 문제가 생기는 일이 없게끔 말이오.」

율리우스도 고개를 끄덕이며 말했다.

「사실 나는 꽤 괜찮은 목수예요. 혹시 관을 더 만들어 놓을 계획 없어요?」

이들을 하룻밤 재워 준다? 땡전 한 푼 없는 고객들을 반 시간도 안 되어 손님으로 대접해 준다는 것은 조금 성급한 감이 없지 않았다. 하지만 그들과 커피를 마시며 느꼈던 게 지금은 더욱 확실해졌다. 사비네는 이들과 같이 있는 게 즐거웠다. 그러니 안 될 것도 없지 않은가?

그녀는 율리우스에게 고개를 돌렸다.

「우리 젊은 오빠 율리우스, 그런 발을 하고서 어딜 가겠다는 거죠? 당신이 가게를 털려고 하면서 했던 말을 내가 제대로 이해했다면, 당신은 발이 성하더라도 갈 데가 없잖아요. 자, 이 건물 2층에 방이 두 개 있어요. 그중 하나에 보조 침대가 있으니, 한 분은 거기서 주무시면 되고, 다른 분은 장의사의 소파에서 주무세요. 더 편하시다면 관 속에서 주무셔도 되고요. 치약과 칫솔이 필요하면 아까 붕대를 가져온 곳 옆에 있으니 사용하시면 돼요.」

「면도기도 하나 쓰면 안 될까?」 알란이 물었다. 「어차피 곧 파산할 것 같은데 하나쯤 없어진다 해서 큰 문제가 될 것 같지 않은데?」

「두 개 가져다 쓰세요. 외상 장부에 달아 놓죠, 뭐.」

스 웨 덴

다음 날 아침, 사비네가 그녀의 방에서 내려왔을 때, 율리우스는 구슬땀을 흘리며 관을 만들고 있었다. 알란은 소파에 편안히 누워 그가 일하는 것을 구경하고 있었다.

「아니, 지금 뭐 하는 거죠?」 그녀가 놀라며 물었다.

「글쎄 나도 잘 모르겠어.」 알란이 대답했다. 「혹시 먼 여행 떠날 것을 준비하는 것은 아닐까?」

「오, 좋은 아침!」 율리우스가 인사했다. 「우릴 재워 준 값을 하는 거예요. 내가 괜찮은 목수라고 말하지 않았어요? 자, 이 관에 래커도 칠할까? 어쩌면 매출액이 올라갈 수 있지 않겠어요?」

「제로에서 거의 제로로요?」 사비네가 쓴웃음을 지었다. 「자, 그보다도 아침으로 가게에서 뭔가 가져다 드셨나요?」

아니, 그들은 감히 그러지 못했다. 하지만 율리우스는 만일 그들이 이곳에 며칠 더 머물 수 있다면, 자신이 매일 아침 가게 문을 열어 주겠단다. 그럼 주인장께서 잠을 푹 잘 수 있지 않겠어요? 그럴 기회도 별로 없을 텐데.

사비네는 한번 검토해 볼 만한 제안이긴 하지만, 이런 종류의 결정은 빈속으로 내려서는 안 된다고 대답했다.

「자, 가서 뭐 좀 먹어요!」

그들은 치즈 샌드위치와 과일 주스, 그리고 자판기 커피로 아침 식사를 했다. 그러는 동안, 가게에 아침 손님이 네 명이나 들어왔다. 율리우스가 복을 몰고 온 모양이었다. 게다가 그는 금전 등록기도 능숙하게 다뤘다.

「모두 58크로나입니다. 감사합니다. 자, 잔돈 2크로나 받으세요. 좋은 하루 되세요!」

사비네는 가짜 외교관이 처음 생각했던 것보다는 꽤 쓸 만하다고 느꼈다. 게다가 지금까지는 그렇게 돈도 많이 들지 않았다. 들어간 것이라야 붕대 상자 하나, 커피 몇 잔, 브리오슈 하나, 샌드위치 하나, 우유 3데시리터, 그리고 소염제 한두 알이 다였다. 이름이 알란이라는 노인은 율리우스만큼 쓸모 있지는 않았지만, 그보다도 훨씬 싸게 먹혔다.

따라서 이 두 노인네를 데리고 있을 객관적인 이유들이 있었다. 그들과 같이 있으면 즐겁다는 점은 차치하고라도 말이다.

「네, 물론 두 분은 얼마 동안 더 머무셔도 돼요. 하지만 관은 너무 많이 만들지 말아요. 보관 비용이 많이 드니까.」

미국

　메르켈 총리는 워싱턴에서 트럼프 대통령과의 첫 회담을 방금 전에 끝냈다. 이 회담을 통해 그녀는 다음의 사실들을 알게 되었다. NATO는 아무짝에도 쓸모없다. NATO는 환상적이다. 트럼프는 독일을 사랑한다. 하지만 독일은 여러 가지 사안에 있어서 정신 똑바로 차릴 필요가 있다. 두 나라의 관계는 매우 견고하다. 그리고 자신과 트럼프의 유일한 공통점은 오바마에게 도청당했다는 것이다.

　이제 독일 대사관에 돌아온 그녀는 도청 우려가 없는 상황실로 곧바로 인도되었다. 그곳에는 주미 독일 대사, UN 독일 대사, 그리고 독일 정보부의 미국 지부장이 그녀를 기다리고 있었다.

　총리는 오늘 하루는 더 이상 나빠질 수는 없다고 생각했지만, 아니, 얼마든지 그럴 수 있다는 걸 깨닫게 되었다. 정보부 지부장이 미팅을 진행해 나갔다.

　총리가 이미 보고받은 대로, 북한은 〈명예와 힘〉호라는 배를 통해 농축 우라늄 4킬로그램을 평양으로 밀반입하는 데 성공했단다. 김정은이 기자 회견을 통해 소개한 바 있는 스위스 핵무기 전문가는 사실은 스웨덴 사람임이 밝혀졌단다. 그의 이름은 알란 칼손이고, 그들이 우려와는 달리 김정은의 편이 아니란다. 대신 그는 평양을 떠나 뉴욕으로 오는 데 성공했단다. 농축 우라늄을 짐 속에 넣어 가지고서.

「그럼 우라늄이 여기 있단 말인가요? 미국에?」총리가 물었다.

「네, 그렇습니다.」정보부 지부장이 고개를 끄덕였다. 「더 이상 가까울 수 없는 곳에 있지요.」

며칠 전, 알란 칼손은 스웨덴 외무 장관이며 UN 안전 보장 이사회에서 스웨덴을 대표하기도 하는 발스트룀과 함께 트럼프를 만났단다.

「나도 발스트룀이 누군지 알고 있어요.」앙겔라 메르켈이 말했다. 「매우 유능한 여성이죠. 그 회합에서 무슨 얘기가 오갔는지 알고 있나요?」

「정확히는 모르지만, 트럼프 대통령은 발스트룀과 칼손이 잘못한 게 아무것도 없다고 말하고는, 다시는 그런 짓을 하지 말라고 경고한 것 같습니다.」

「그렇게 말하는 게 바로 트럼프의 스타일이죠. 자, 그래서요?」메르켈은 별로 놀랍지도 않다는 듯이 말했다.

「에, 그러니까, 브라이트너 대사는 UN 본부 앞에서 알란 칼손과 우연히 마주치게 되었습니다. 대사는 뭔가 귀중한 정보를 얻을 수 있겠다고 직감하고는 칼손과 그의 친구 욘손을 저녁 식사에 초대했죠.」

정보부 지부장은 표정이 썩 좋아 보이지가 않았다. 그 옆에 앉은 UN 대사 브라이트너는 더 우울해 보였다.

「그래서요?」 앙겔라 메르켈이 재차 물었다.

「대사는 알란 칼손과 그의 친구에게 그들이 독일 연방에 넘기고 싶어 하는 서류 가방 하나를 처리하는 문제를 도와주겠다고 약속했습니다. 그들 말로는 그 가방 안에 핵무기와 관련된 중요한 정보들이 들어 있다는 거예요. 원래는 그걸 트럼프 대통령에게 주려 했지만, 그를 직접 만나 보고는 마음을 바꿨답니다.」

총리는 이 알란이라는 인물에 대해 호감을 느꼈다. 그도 미국 대통령에 대해 자신과 같은 인상을 받은 모양이었다.

「그래서 이제 내가 그 자료를 베를린에 있는 우리의 분석관들에게 보낼지 말지를 결정해야 한다는 건가요?」

「에, 그러니까…….」 정보부 지부장이 머뭇거렸다. 「서류 가방 안에는…… 농축 우라늄 4킬로그램이 들어 있었습니다. 총리님께 보내는 편지와 함께요. 세 장의 종이 냅킨에 쓰인 편지입니다.」

「종이 냅킨 세 장?」 앙겔라 메르켈은 이렇게 반문했지만 속으로는 다른 말을 중얼거리고 있었다. 뭐야? 농축 우라늄 4킬로그램? 여기에? 워싱턴의 독일 대사관에?

미팅이 끝났을 때, 메르켈 총리는 암호 〈아스파라거스〉는 그냥 채소를 가리킬 뿐 다른 무엇도 아니라는 사실을 알게 되었다. 또 평양에서는 농축 우라늄 5백 킬로그램이 들어오기를 기다리고 있다는 말을 칼손이 들었으며, 다르에스살람의 정보부 책임자도 이 내용을 알고 있단다. 4킬로그램의 우라늄 운송은 테스트를 위한 것이었으므로, 본격적인 우라늄 운송도 같은 루트를 통해 이루어질 가능성이 크단다.

이렇게 메르켈은 많은 것을 알게 되었지만, UN 대사 브라이트너를 국가적 영웅으로 봐야 할지, 아니면 독일 연방 공화국 사상 최대의 얼간이로 봐야 할지 판단이 서지 않았다. 일단은 이 둘 사이의 어딘가에 놔둬야 하리라…….

스웨덴

날들이 지나갔다. 율리우스는 매일 아침 가게 문을 열었고, 사비네는 그동안 아침을 먹고는 한 시간 후에 두 남자에게 식탁을 차려 줬다. 율리우스와 사비네가 땅이 꺼질 듯한 한숨으로 2중주를 하고 있으면, 알란은 검은색 태블릿을 꺼내어 소리 내어 읽었다. 그러고 나서 사비네는 계산대에 앉고, 율리우스는 관 만드는 곳으로 돌아갔고, 알란은 소파에 앉아 느긋한 시간을 가졌다.

두 외교관이 새 집에 어느 정도 적응하기 시작하자, 사비네는 몇 가지 규칙이 필요하겠다고 느꼈다. 특히 위생의 영역에서 그랬다. 그녀는 자신의 할아버지가 남긴 옷 네 벌을 그들에게 가져다주고는, 매일 샤워하고 옷을 갈아입을 것을 요구했다.

이건 좀 심한데, 라고 알란과 율리우스는 생각했지만, 끽소리도 못 했다.

율리우스가 몰고 온 행운, 다시 말해서 첫 번째 아침 식사 동안에 고객이 네 명이나 몰려온 것은 그저 한순간의 우연일 뿐이었다. 살기 위해 음식이 필요하다고 생각한 사람들의 수는 그리 많지 않았고, 죽음을 준비하고 싶어 찾아온 고객은 한 명도 없었다.

율리우스는 발이 나을 때까지 계속 양말 바람으로 돌아다녔다. 그는 사업을 끌어올리기 위해 사비네의 허락하에 관에다 알록달록한 색을 입혔는데, 어디선가 사람들이 그리하는 것을 보았기 때문이다. 그가 생각하기에 페인트 몇 통 값 외에는 잃을 게 전혀 없었다. 사비네는 다음 분기의 적자가 너무 새빨개지지 않도록 숫자를 조정했다.

이제 장의사 쇼윈도에는 흰색, 담청색, 분홍색, 황록색, 그리고 회색이 칠해진 튼튼한 소나무 재질의 관 다섯 개가 진열되었다. 작업장에는 몇 개의 조립된 관들이 마감을 기다리고 있었고, 제작 중인 것도 두 개 있었다.

하지만 스톡홀름 북부 교외 지역에서 관 시장은 죽어 있는 것 같았다. 율리우스가 사비네에게 어떤 기준으로 가격을 책정하느냐고 물었을 때, 아주 애매한 답변만이 돌아왔다. 또 이 분야의 시장 상황과 경쟁 상대들에 대해 알고 싶어 하자, 그녀는 자신도 그게 궁금하단다.

2주 후, 율리우스의 물집은 다 나았지만 관 판매 실적은 여전히 제로였다. 그는 지리적으로 가장 가까운 경쟁자는 〈베릴룬드〉라는 장의사라는 사실을 인터넷을 통해 알아냈다. 그가 정찰을 위해 떠나 있는 동안 사비네는 존재하지 않는 구멍가게 손님들을 맡기로 했다.

율리우스가 족히 20분은 걸어 베릴룬드사에 도착하자, 검은색 재킷과 체크무늬 치마 차림의 한 여자가 그를 맞이했다. 그녀는 자신은 이 회사 사장인 테레세 베릴룬드이며, 공동 사주인 남편 오베는 잠시 자리를 비웠다고 설명했다. 율리우스는 그녀와 악수를 나눴지만, 자신의 이름을 즉각 밝혀야 할 이유는 느끼지 못했다.

「자, 무슨 일로 오셨나요?」 테레세 베릴룬드가 물었다.

「여기 있는 관들을 한번 구경하고 싶어서요.」 율리우스가 대답했다.

테레세 베릴룬드는 이런 종류의 고객에는 익숙하지 않았다. 일반적으로는 고객이 누가 죽었는지를 말하고, 그녀는 거기에 맞는 조의를 표하는 것이다.

「네, 그러세요.」 그녀는 약간 찜찜한 표정으로 대답했다.

「보아하니 색상이 아주 다양한 것 같군요. 재질은 어떤 걸로 쓰시는지 물어봐도 되겠습니까?」

문제의 관들은 MDF로 되어 있어, 매우 저렴하단다. 표면은 제대로 처리되어 있어 품위 있는 관으로서 전혀 손색이 없지만, 가격은 생각만큼 높지 않단다.

「그래서 얼마에 파시죠? 저 분홍색 관과 파란색 관 말이오.」

「각각 6천4백 크로나예요.」

「젠장!」 율리우스가 자신도 모르게 욕설을 내뱉었다.

그와 사비네는 그들의 소나무 관들을 팔아서 어느 정도 수지를 맞추려면 대략 1만 5천에 내놓아야 했던 것이다.

남자의 느닷없는 욕설에 테레세 베릴룬드의 눈썹이 꿈틀 올라갔다.

「또 우리는 다양한 패키지 요금을 제공하고 있어요. 여기에는 관은 물론, 부고장, 조화, 관 장식, 감사장 등이 포함되어 있지요. 사랑하는 이가 세상을 떠나고, 당신의 두 어깨가 슬픔으로 짓눌려 있을 때는 생각해야 할 것들이 많답니다. 우리는 상주와의 협의하에 우리의 참여 정도를, 즉 가격을 책정하죠.」

「오, 그러시군요. 하지만 내 경우는 세상을 떠난 사랑하는 이가 하나도 없다오.」

「그렇다면 왜…….」

「앞일은 아무도 모르는 법, 미리 준비해 놓는 것이 현명하지 않겠소? 그런데 관은 두 분이 직접 제작하시오?」

「아뇨, 에스토니아에 제작을 의뢰해요. 특별 주문이 있을 때는 2주를 기다려야 하지만, 대부분의 모델은 재고가 있어요. 하지만 내가 이해가 안 되는 것은, 죽은 분이 아무도 없는데 왜…….」

「더 이상 시간을 빼앗지 않겠소.」 율리우스가 그녀의 말을 끊었다. 「설명해 주셔서 고맙소. 정말로 훌륭한 관들이오. 보기에도 예쁘고 말이야. 그리고 가격도 정말 좋고! 내가 뒈지게 되면 다시 봅시다. 아니, 그럴 일은 없겠지만, 내가 무슨 말을 하고 싶은지 아실 거요.」

나쁜 소식은 베릴룬드 장의사 관들의 품질은 그들의 것과 동일하지만 가격은 절반이라는 사실이었다. 더욱 나쁜 소식은 베릴룬드에서 율리우스와 사비네의 콩알만 한 장의사를 쓸데없는 것으로 만들어 버리는 다양한 패키지 상품들을 제공한다는 사실이었다.

긴급 회의의 두 참석자는 그들에게 두 가지 옵션이 있다는 결론을 내렸으니, 첫 번째 옵션은 관 사업을 접는 것이고, 두 번째 옵션은 그걸 확장하는 것이었다.

「어디, 생각 좀 해봅시다!」 율리우스가 말했다.

「이그…….」 알란이 소파에서 혀를 찼다.

율리우스는 생각을 해보았다.

예를 들어 핑크빛 관 — 장의사들은 〈캔디〉라고 부른다 — 을 주문하는 사람은 어떤 특별한 이유로 그리한다. 그렇다면 고인의 개성을 반영한 다양한 〈테마 관〉들을 만들지 말란 법이 없지 않은가?

동성을 사랑할 권리를 죽을 때까지 요구한 이에게는 무지개 관이 어떨까?

오토바이족을 위한 할리데이비드슨 관?

아예 예수 관을 제공한다면?

생태주의적 상징이 새겨진 관은?

〈내가 가장 좋아하는 축구팀〉 관은? 많은 사람들에게 있어서 축구는 승리 아니면 죽음을 의미한다. 그리고 죽을 때에는 이 죽음이 하나의 승리처럼 보이기를 원하리라.

엘비스 프레슬리 관? 율리우스가 젊었을 때 짝퉁 엘비스 프레슬리가 하나 있었는데, 그는 노래도 어마어마하게 못 부르고 생긴 것도 〈킹〉[9]보다는 구스타프 5세를 더 닮은 사람이었다. 그는 몇 년 후 죽었는데, 풍문에 의하면 말도 안 되는 엉터리 짝퉁에 분개한 어떤 이가 그를 가라오케에서 때려죽였다고 한

---

9 로큰롤의 제왕 엘비스 프레슬리의 별명.

다. 만일 그가 아직 살아 있었다면, 그리고 자신의 죽음에 대해 생각하기 시작했다면, 잠재적 고객의 완벽한 예가 되었을 거였다.

「이제야 사업 윤곽이 잡혀 가는 것 같아.」 율리우스가 자신의 생각을 설명하자 사비네가 칭찬했다. 「난 당신이 지금 열거한 것들을 다 그릴 수 있어. 그 밖에도 많은 것들이 가능해. 할리데이비드슨 관은 2~3일 정도 걸릴 거야. 엘비스 관은 1주일이 필요하고. 가급적이면 그의 커리어 초기의 모습을 그리는 게 좋겠지. 그때는 뚱뚱하지 않았으니까, 페인트가 덜 들어갈 것 아냐?」

다음 단계는 이 소식을 퍼뜨리는 거였다. 메르스타의 지역 신문에 다시 광고를 내면 어떨까?

「아니.」 사비네가 고개를 저었다. 「더 넓게 보자고. 우리의 콘셉트는 국제적으로 통할 수 있어. 혹시 이 분야를 위한 산업 박람회 같은 게 없을까? 일테면 관 견본 전시회 같은?」

율리우스는 그런 종류의 행사가 있다는 말은 들어 본 적이 없었지만, 요즘같이 희한한 세상에 그런 게 없으란 법이 없지 않은가?

「한번 찾아보게 그 태블릿 좀 줘볼래요?」 그가 알란에게 부탁했다.

「뭐라고?」 알란이 소파에서 퉁명스레 대답했다. 「그래, 이걸 주고 나면, 이 세상에서 일어나는 일들은 누가 자네에게 얘기해 줄 건데?」

「한 명도 없으면 더 좋지 않을까요?」 율리우스가 맞받았다.

「내가 가서 내 노트북을 가져올게.」사비네가 끼어들어 두 남자의 말싸움을 끊었다. 「잠깐만 기다려.」

그들에게는 국제적인 행사가 필요했다. 합리적으로 생각해 볼 때, 엘비스 프레슬리 관의 잠재적 고객 99퍼센트가 스웨덴 국경 밖에 살지 않겠는가? 하나의 예를 들자면 말이다.

율리우스는 독일의 도시 슈투트가르트에서 그가 찾는 것을 발견했다. 얼마 후에 거기에서 세계 최대의 여행 및 관광 박람회가 열린단다. 세계 99개국의 2천 여 개의 회사가 참가한다. 여행사, 호텔, 관광 안내소, 레저용 차량, 캠핑카, 캠핑장, 텐트, 배낭, 또 그 외의 무수한 아이템……

「네? 관이요?」율리우스가 부스를 하나 예약하기 위해 전화를 걸자 주최자가 깜짝 놀라며 반문했다. 「원칙적으로 우리는 전시자가 어떤 메시지를 전달하고 싶어 하든 간섭하지 않아요. 하지만 그게 이 산업 박람회의 중심 테마와 어느 정도 관련이 있어야 하지 않겠어요?」

「오, 관련이 있고말고요!」율리우스가 대답했다. 「마지막 여행은 모든 여행들 중에서 가장 중요한 여행이잖아요? 안 그렇습니까?」

이날 슬로베니아의 어느 구두 주걱 제작사로부터 등록 신청을 받은 바 있는 주최자는 이제는 더 이상 놀라울 것도 없다고 속으로 중얼거렸다.

「물론이죠, 사장님. 제가 관련 자료를 보내드리겠습니다. 사장님과…… 사장님의 관들을 진심으로 환영합니다!」

이제는 우선순위를 정해야 했다. 그들은 거기에 견본을 몇 가지 가져가야 할 거였다. 국제적 관점에서 가장 적합한 테마는 무엇일까?

사비네는 독일 사람들은 무엇에 가장 흥미를 느낄까 생각해 보았다. 〈원자력 결사 반대〉관? 그때까지 한 귀로만 듣고 있던 알란이 그것은 통하지 않을 거라고 한마디 했다. 독일에서도 안 통하고, 다른 곳에서도 안 통할 거야. 독일인들은 이미 원자력을 포기했는데, 또다시 반대 시위를 하는 게 무슨 의미가 있겠어? 또 다른 모든 이들에게 후쿠시마 원전 사고는 벌써 옛날이야기가 되어 버렸어. 사람들은 과거의 일이나 현재 일어나고 있는 일보다는 미래의 일을 걱정하기를 더 좋아하지.

어쩌면 일본에서는 이런 관을 두어 개 팔 수 있을지도 모르겠단다. 거기선 기억의 반감기가 다른 곳만큼 짧지 않으니까. 더욱이 후쿠시마 근해의 방사능은 아직도 허용치보다 2천 배나 높다고 하지 않는가? 그리고 최근 측정된 결과에 의하면 손상된 원자로의 방사능 수치가 시간당 5백 시버트 이상이라고 한다.

「그게 무슨 뜻이우?」율리우스가 시큰둥하게 물었다. 사실 그는 〈원자력 결사 반대〉관 계획을 이미 포기했기 때문에 별로 알고 싶은 마음도 없었다.

「방사능 수치가 3이면 거기서 생존이 가능해.」알란이 설명했다.

「3백이요?」

「아니 3.」

사비네는 정말이지 유쾌한 얘기라고 고개를 설레설레 저으며 웅얼거렸다. 영감님의 그 태블릿에 그런 것 말고 우리 사업에 도움이 될 만한 내용은 없나요?

「어쩌면 있을지도 모르겠군.」 알란이 대답했다.

그의 태블릿이 제공하는 것은 대략 말해서 세계 각국의 뉴스들, 그리고 약간의 음악과 몇몇 벌거벗은 여성분들인데, 자신은 주로 첫 번째 것들에 관심이 많단다.

「요즘에 유행하는 풍조는 혜택받은 사람들이 그렇지 못한 사람들과 섞이지 않으려고 하는 거야.」

「그 풍조를 바탕으로 한 우리의 사업 모델은 어떤 것이 되어야 할까요?」 사비네가 물었다.

「음, 이건 확실한 것은 아니지만 말이야…… 매일 수많은 사람들이 지중해에 빠져 죽고 있다는데, 이들의 시체가 해안까지 떠내려오면 관이 하나씩 필요하지 않을까?」

사비네는 난민은 그들의 1차 타깃 그룹이 될 수가 없고, 익사했다면 더욱 그렇다고 말했다. 알란은 수긍하지 않을 수 없었다.

율리우스는 사비네가 사용하는 표현들에 깊은 감명을 받았다. 문장 몇 개를 말하는 사이에 〈사업 모델〉이니, 〈1차 타깃 그룹〉이니 하는, 고급스러운 용어들이 튀어나온 것이다.

「당신은 사업 감각이 남다른 것 같아.」 율리우스가 그녀를 칭찬했다.

「응, 〈망할 사업〉에 대한 감각이 남다르지.」 그녀가 대꾸했다.

「산업 박람회에 대한 경험은 없어?」 율리우스가 물었다.

「사실은 있어.」

20년 전, 사비네의 어머니는 그녀를 미국 네바다주의 라스베이거스로 데리고 갔다. 거기서 그들은 〈영적 통찰력〉이라는 제목의 산업 박람회에 참석했는데, 이 〈영적 통찰력〉 박람회를 느슨하게 번역해 보자면, 그녀의 어머니와 세계 각국에서 모여든 비슷한 사고를 지닌 2만 5천여 사람들 간의 만남이었다고 할 수 있다.

그녀의 어머니는 특히 〈영적 에너지로 치유하기〉라는 세미나에 참석하려 온 것이었으나, 다른 모든 세미나들도 마찬가지였지만 이것도 빼먹었는데, 왜냐하면 박람회장 주변에서 온갖 종류의 LSD를 얻을 수 있다는 사실을 알게 되었기 때문이었다. 미국인들은 이것을 〈애시드*acid*〉라고 불렀다. 엄마 예르트루드는 어떤 영적인 통찰력들이 있는지 알아보기 위해서는 미국의 다양한 LSD들을 모두 맛보는 수밖에 없다고 딸에게 설명했다. 그러고 나서는 박람회가 열리는 나흘 중 사흘 동안 호텔방에 틀어박혀 사비네와 함께 스웨덴으로의 순간 이동을 시도했다. 그녀는 자신은 여러 번 성공했다고 주장했지만, 너무나 경직된 사고의 소유자인 그녀의 딸은 계속 라스베이거스에 남아 있어야 했다.

율리우스는 사랑에 빠지기 일보 직전이었다.

「오, 불쌍하기도 하지! 정말 힘든 세월을 통과했구먼!」

「그렇지, 뭐…….」 사비네는 얼굴을 붉혔다.

그곳의 LSD 여행은 스웨덴에서의 그것들과 크게 다르지 않았다. 그녀의 어머니가 — 적어도 그녀의 영혼이 — 대서양을 부지런히 왕복하고 있는 동안, 사비네는 박람회의 부스들을 돌아다니며 자신의 수호천사와 교신하는 기초적인 방법들을 배웠다. 그녀는 2천8백 달러를 주고 초심자를 위한 교본 세트를 샀는데, 거기에는 DVD 한 장, 교본 한 권, 그리고 아무 소리도 들리지 않는 CD 한 장이 들어 있었다.

「〈천사들과의 대화〉라는 제목의 CD였어. 소리가 들리지 않는 것은 천사들은 원래 말이 없기 때문이래.」

본의 아니게 은퇴하게 된 아스파라거스 생산자는 정말이지 세상은 넓고 할 일은 많다는 것을 다시 한번 느꼈다.

「만일 우리 관 프로젝트가 실패한다면, 당신 모친께서 하시던 사업을 다시 일으켜 보면 어떨까?」 그가 말했다.

「생각해 볼게.」 사비네가 대답했다.

러시아

게나디 악사코프는 1950년대에 레닌그라드에서 성장했다. 그의 아버지는 철학 교수였고, 어머니는 은행에서 일했다. 부부는 외동아들을 애지중지했다. 열 번째 생일날, 게나는 하키 스틱과 새 스케이트를 선물받았지만, 그는 아이스하키를 별로 좋아하지 않았다. 그것은 너무 단체적인 운동이었다. 축구도 마찬가지였다.

대신 그는 맨손으로 하는 러시아 무술인 삼보에 푹 빠졌다. 이것은 두 사나이가 일대일로 맞붙는 운동으로, 게나의 기질에 훨씬 잘 맞았다. 더욱이 그는 체육관에서 볼로디아를 만났다. 그들은 동갑이었고, 삼보 실력도 비슷했고, 같은 것에 웃음을 터뜨렸으며, 인생관도 비슷했다. 한마디로 그들은 막역한 친구가 되었고, 50여 년이 지난 지금도 그랬다.

게나는 볼로디아가 일하는 곳을 제집처럼 드나들었다. 그는 방문자들이 거쳐야 하는 철저한 보안 검색이 면제된 유일한 인물이었다. 심지어 그는 친구의 사무실에 들어가기 전에 노크도 하지 않았다. 이날도 마찬가지였다.

「어이, 볼로디아, 잘 지내?」그가 사무실에 들어서며 대뜸 소리쳤다. 「방금 전에 그 하바롭스크 친구와 통화를 해봤어. 야심이 있는 젊은 친구더군. 그런데 말이야, 이 친구가 꼭 그 평양의 조그만 두목처럼 말하기 시작하고 있어.」

「뭐라고 하는데?」푸틴 대통령이 물었다.

「원심 분리기를 달라는 거야. 미국 놈들과 중국 놈들을 기겁하게 만들려면 그게 필요하대.」

푸틴은 친구가 암시한 내용을 떠올려 보며 씩 웃었다. 중국인들과 미국인들이 동시에 새파랗게 질리며 입을 딱 벌리는 모습을 말이다. 흠, 그림 좋은데?

〈하바롭스크 친구〉는 평양 북쪽에 있는 플루토늄 공장 연구소의 신임 소장이었다. 전 소장이었던 〈미스터 엔지니어〉가 냉동 저장실에서 전기 코드로 목매달아 죽은 후에 소장 자리는 몇 주 동안 공석으로 남아 있었는데, 김정은이 푸틴으로 하여금 북한인들과 그들의 상황에 대해 동정심을 느끼게 하는 데 성공한 것이다. 적어도 김정은은 그렇게 믿고 싶었다. 〈참된 길〉에 등을 돌린 러시아인들이지만, 적어도 마음 깊은 곳에는 공산주의 정신이 조금은 남아 있다고 말이다.

사실 푸틴과 그의 은밀한 오른팔 게나디 악사코프의 의도는 단 하나, 세계의 몇몇 지역을 불안정하게 함으로써 러시아의 위치를 강화한다는 것이었다. 따라서 볼로디아와 게나는 평양의 미치광이에게 플루토늄 원심 분리기를 제공하지는 않았지만, 대신 고도의 능력을 갖춘 엔지니어 한 명을 시베리아에서 파견해 주었다. 바로 북한과 러시아의 국경에서 멀리 떨어지지 않은 하바롭스크 출신의 엔지니어였다.

하바롭스크 출신 엔지니어는 처음에는 어려움을 겪었지만, 얼마 안 있어 자신이 러시아 대통령의 기대에 걸맞은 인물임을 증명했다. 불과 몇 주 만에 첫 번째 지하 핵 실험을 성공시킨 것이다. 이 소식에 각국의 위선자들은 세상의 종말이 오기라도 한 듯 법석을 떨어 댔는데, 모든 것은 다 러시아의 계획에 따른 거였다. 푸틴이 최고 영도자와 맺은 사전 합의에는 러시아도 다른 나라들처럼 충격을 받은 척한다는 내용이 포함되어 있었다.

물론 신임 소장의 1차적 충성 대상은 모스크바였고, 북한에 우라늄을 대준 것도 모스크바였다. 하바롭스크의 사내는 게나디 악사코프에게 정기적으로 보고했다. 그 덕분에 게나와 볼로디아는 어느 스웨덴 노인이 플루토늄 연구소를 난장판으로 만들어 놓았다는 사실을 알고 있었다. 푸틴은 전 세계에 깔린 러시아 첩보망을 풀어 칼손을 찾아 그의 목을 따달라고 귀찮게 졸라대는 김정은 때문에 숨이 막힐 지경이었지만, 속으로는 아주 재미있었다. 생각해 보라! 어느 날 갑자기 백한 살이나 먹은 꼬부랑 노인네가 평양에 나타나서는 그 조그만 두목을 멋지게 골탕 먹인 일을 말이다! 그가 종적을 감추지 않았다해도, 푸틴은 구태여 그에게 손을 댈 생각이 없었다. 그가 생각하기에 이것은 얼마 있으면 저절로 해결될 문제였다.

어쨌든 오늘의 요점은 하바롭스크의 사내가 플루토늄 원심분리기를 요구하는 김정은과 함께 징징대기 시작했다는 사실이었다. 볼로디아는 친구 게나의 얼굴에서 그가 뭘 생각하는지 읽을 수 있었다.

「음,」 러시아 대통령이 드디어 결정을 내렸다. 「좋아, 그들에게 그 빌어먹을 물건을 보내 줘! 하지만 우린 너무 멀리 나가진 않을 거야. 안 그런가, 게나?」

스웨덴, 독일

무지개 관이 장도에 오르기로 했다. 할리데이비드슨 관, 페라리 관, 세상에 골프보다 멋진 것은 없다 관, 존 레논/이매진 관, 파란 하늘을 나는 흰 비둘기 관, 푸른 초원 위 요정들의 춤 관, 그리고 바다 위의 석양 관도 마찬가지였다.

사비네는 순발력을 발휘하여 중고 영구차를 한 대 구입했다. 앞뒤 가리지 않고 후딱 차를 사버린 그녀는 슈투트가르트까지 가기로 한 여덟 개의 관이 차 안에 다 들어가지 못한다는 것을 알게 되었다. 최대한 두 개까지 들어갈 수 있었지만, 사실은 하나가 들어가야 적당했다. 율리우스는 영구차는 나중에 주문받은 것을 배달할 때 사용하면 된다고 위로하고는, 그녀를 가까운 주유소로 보내어 소형 트럭을 렌트해 오게 했다. 출발하기 전, 그녀는 율리우스의 제안에 따라 VfB 슈투트가르트 관을 제작했다. 빨간색과 흰색, 그리고 약간의 노란색이 들어간 바탕에 〈1893년부터 계속되어 온 열정〉이라고 적어 놓았는데, 이 독일어 문구는 구글 번역기를 돌려 알아낸 것이었다.

「VfB 슈투트가르트? 그게 뭐지?」 알란이 물었다.

「그 지역의 축구팀인데,」 율리우스가 설명했다. 「분명히 먹힐 거예요.」

사비네는 가게를 걸어 잠그고, 문에다 〈고객님들이 늘 다른 곳에서 쇼핑하시는 관계로 저흰 쉽니다〉라는 팻말을 걸어 놓았다. 그러고 나서 세 사람은 아홉 개의 관을 싣고 남쪽으로 출발했다.

여행은 꼬박 이틀이 걸렸는데, 도중에 코펜하겐과 하노버에서 하룻밤씩 머물렀다. 그들은 각 도시에서 유쾌한 저녁 식사를 하며 즐거운 시간을 가졌다. 마치 사비네와 율리우스가 세상 돌아가는 것에 대해 아무것도 모르거나 하는 것처럼 고집스레 최근 뉴스들을 큰 소리로 읽어 주는 알란과 함께 하는 저녁 식사치고는 제법 유쾌했다는 뜻이다. 가장 훈훈한 이야기는 전에 비폭력 운동으로 노벨 평화상까지 받았지만 최근에는 평화보다는 동족상잔에 더 관심이 있는 듯한 여자에 대한 것이었다.

하노버에서의 저녁 식사 후, 알란은 자러 들어갔다. 율리우스는 자신도 곧 따라가겠다고 말했지만 약속을 지키지는 않았다. 대신 그는 사비네의 방에서 잤는데, 이는 둘이 얼마 전부터 고려해 오던 일이었다.

「아하!」 다음 날 아침 세 사람이 아침 식탁에 다시 모였을 때 알란이 빙그레 웃었다. 「이제 외무 장관으로는 충분치 않은 모양이지?」

「바보 같은 소리 집어치우시오!」 율리우스가 소리쳤다.

사비네와 율리우스는 몇 달 전에 처음 만난 이후로 낮이나 밤이나 계속 붙어 지냈다. 물론 알란이 옆에 있었지만, 그는 소파를 떠나는 법이 없었고, 그보다 훨씬 젊은 율리우스와, 율리우스보다도 젊은 사비네의 로맨스에 아무런 위협이 되지 못했다.

그들이 첫눈에 반했다고 말한다면 그것은 지나친 말이리라. 처음 만났을 때 율리우스는 미래의 연인에게서 붕대를 훔치려고 했었다. 하지만 그 후로 그들의 감정은 조금씩 자라났다. 그리고 하노버에서의 저녁 시간은 두 사람이 다음 날 아침에 조금도 후회하지 않을 밤으로 바뀌었다. 율리우스는 사비네가 자신을 더 나은 사람으로 만들어 준다고 느꼈다. 그녀는 받기만 하는 게 아니라 줄 줄도 아는 사람이었다. 그는 그녀가…… 자랑스러웠다.

「한 번도 못 하는 것보다는 늦게라도 하는 게 나아.」 사비네는 내일모레가 환갑인 나이에 사랑에 빠져 버린 자신을 두고 이렇게 말했다.

「그럼! 한 번도 못 하는 것보다는 늦게라도 하는 게 훨씬 낫지!」 율리우스는 건배를 위해 잔을 들어 올리며 맞장구쳤다.

「오케이, 알았어, 알았다고…….」 알란이 슬그머니 끼어들었다. 「근데 간밤에 트럼프가 또 무슨 짓을 했는지 알아?」

독일

    산업 박람회는 대성공이었다. 2천여 개의 부스 중에서 아홉 개의 관과 〈하늘은 기다릴 수 없다〉, 〈천국행 티켓〉, 〈마지막 여행〉 같은 플래카드들이 걸려 있는 D128 부스만큼 사람들의 관심을 끈 곳이 없었다. 부스의 디자인을 맡은 사비네는 어떤 메시지를 제시해야 좋을지 알 수 없었지만, 어쨌든 최대한 생기발랄하게 꾸미는 게 좋겠다고 생각했다.

    맨 처음 팔린 것은 VfB 슈투트가르트 관이었다. 어떤 골수 카를스루에 SC 팬이 3천 유로에 사겠다고 했다. 그의 계획은 기회가 생기면 관으로 경쟁 팀인 VfB 슈투트가르트를 모욕한다는 거였다. 만일 그런 기회가 생기지 않으면, 관을 광장에다 가져다 놓고 원하는 카를스루에 SC 팬들로 하여금 10유로씩 내고 그 안에 응가를 하게 할 거란다. 그런 다음 관을 불사르고 그 장면을 촬영하여 유튜브에 올려 대박을 노릴 거란다.

    「그러면 실제로 타게 될 게 뭔지나 아세요?」 사비네는 자신의 계획을 필요 이상으로 까밝히는 고객에게 물었다.

    이때 율리우스가 끼어들며, 이 관의 목적은 VfB 슈투트가르트를 기리기 것이지 조롱하는 것이 아니라고 일침을 놓았다. 그러고는 평화라는 것이 이 세상에서 얼마나 환상에 불과한지 이제 이해가 된다고 덧붙였다. 마지막으로, 그리고 이것은 결코 사소한 얘기가 아닌데, 사랑보다 증오를 앞세우는 당신에 대해 깊은 연민이 느껴진단다.

「어쨌거나 이걸 3천 유로에 가져가겠다면 흔쾌히 드리죠!」

두 번째로 팔려 나간 관은 카를스루에 축구팀의 색깔이 칠해진 관이었다. 그 시끄러운 와중에 VfB 슈투트가르트의 팬 한 명이 앞의 대화를 엿들은 것이다.

「마지막으로 싸는 자가 이기는 거야!」그는 관을 주문하고 계약서에 서명한 후에 카를스루에 팀 팬에게 소리쳤다.

이렇게 말싸움을 시작한 두 남자는 급기야 주먹다짐을 시작했고, 결국 안전 요원들에 의해 밖으로 쫓겨났다.

이날이 끝나기 전에 그들은 열두 개의 관을 더 팔았고, 그 가운데는 특별 주문도 몇 건 포함되어 있었다. 전시된 관들 중에서 유일하게 구매자를 만나지 못한 것은 바다 위의 석양 관이었다. 사비네는 이것은 바다에서 6백 킬로미터 떨어진 슈투트가르트의 지리적 특성 때문이라고 믿었지만, 율리우스는 그려진 게 석양보다는 일출에 가깝기 때문이라고 생각했다.

3천 유로짜리 관을 14개 팔아 도합 4만 2천 유로의 수익을 거둔 풍성한 여행이었다. 〈자부심을 갖고 죽자〉사(社)는 아직 정식으로 설립되지도 않았지만, 벌써부터 미래가 장밋빛으로 빛나고 있었다.

하지만 누가 알았으랴, 그 재수 없는 일이 기다리고 있을 줄…….

덴마크, 스웨덴

극우 단체 덴마크 국가 사회주의 운동[10]을 이끌던 포울 리스크누센은 어느 날 아랍 여자와 동침하게 되었다. 이 사실이 백일하에 드러나자 그는 자기 애인은 피부가 우유같이 희다고 주장하며 위기를 넘기려 했지만, 허사였다. 아랍인은 아랍인인 것이다.

어쨌든 그는 극우 단체의 리더로서 뚜렷한 족적을 남겨 왔다. 덴마크 TV에 출연하여 외국인은 죄다 이 나라를 떠나야 하며, 에이즈를 퍼뜨리는 사람은 누구를 막론하고 사형에 처해야 한다고 주장했다. 또 그의 정적들을 강제 노동 수용소에 처넣고, 〈잘못된 피부색〉을 가진 사람은 거세해 버리고 싶어 했다. 또 그는 어떤 극도로 복잡한 논리에 의거하여 이슬람 근본주의를 숭배하면서도, 이슬람교도들은 (피부가 흰 사람들은 제외하고) 핀셋으로도 만지기를 거부했다. 최근에는 책을 몇권 내어 제2차 세계 대전 때 강제 수용소가 결코 존재하지 않

10 나치 문양을 그대로 사용하는 극우 단체로 1991년 창설되었다.

았다는 것을 증명하려 하기도 했다.

이 덴마크 사내는 스웨덴의 네오 나치 단체인 북유럽 저항 운동[11]에 영감의 원천이 되었다. 이 네오 나치들은 지리학적 논리보다는 생물학적 논리를 펼쳐 지금 위협받고 있는 것은 덴마크나 스웨덴이 아니라 아리아 인종, 아니 인류 전체라고 주장했다.

이 단체 안에는 비교적 온건한 스웨덴 민주당[12]의 가면을 쓰고 활동하는 이들과 당장에 극단적인 행동을 취하길 원하는 이들이 한데 섞여 있었다.

케네트 엥발은 후자에 속했는데, 어느 날 북유럽 저항 운동을 박차고 나와 자기 동생과 함께 〈아리안 동맹〉을 창설했다. 어느 날 북유럽 저항 운동이 정부에 시위 허가를 신청하자 더 이상 참을 수가 없었던 것이다. 아니, 무슨 놈의 〈저항〉이 이래? 시위를 허가해 달라고 신청하다니, 대체 누구한테 신청한다는 거야? 지금 이 나라를 지배하는 썩어 빠진 유대인 권력 엘리트, 다시 말해서 우리의 투쟁 대상인 놈들에게 허가 신청을 한다는 거야?

케네트가 보기에 문제는 간단했다. 진정한 민주주의는 무엇보다도 북유럽 국가들에 속하지 않은 자들을 모두 추방할 수 있는 권리를 의미한다. 만일 그들이 제 발로 떠나지 않는다면, 다른 해결책들이 있다. 〈민주정〉이란 말 그대로 올바른 인민

11 과격 행동을 일삼는 극우 단체로 1997년 스웨덴에서 시작하여 북유럽 국가들로 확산되었다.
12 반(反) 이슬람주의, 이민자 추방을 주장하는 우파 정당으로 1988년 창당되었다.

들, 다시 말해서 국가 사회주의를 지지하는 인민들이 나라를 다스리는 것을 의미하지 않는가!

케네트는 북유럽 저항 운동을 별로 존중하지 않았지만, 그렇다고 해서 양쪽에 대고 싸움을 벌일 생각은 없었다. 그래, 북유럽 저항 운동 애들은 그런 식으로 하라고 해. 뭐, 걔들도 그렇게까지 한심하지는 않으니까. 최근에 예테보리에서 시위를 벌였을 때, 걔들 중 여럿이 구경꾼들을 향해 히틀러식으로 오른팔을 번쩍 치켜 올렸다지? 맞아, 바로 그렇게 하는 거야!

한 가지 짜증 나는 점은 나중에 그들이 그 행동은 동지들에게 보내는 우정의 인사일 뿐이며, 이 나라의 권력 엘리트만이 거기서 다른 의미를 발견할 거라고 주장했다는 점이었다. 너무나도 명백한 사실을 부인하는 그들을 보고 많은 이들이 실소를 금치 못했지만, 케네트는 그들이 비겁하게 느껴졌을 뿐이었다. 그가 보기에 오직 홀로코스트만이 부인할 만한 가치가 있었다. 그것은 유대인들이 이용해 먹는 허구였다. 그 시기에 6백만 명의 유대인들이 어디로 사라져 버렸는지는 네오 나치들이 설명해야 할 문제가 아니었다. 각자는 자신의 생명을 원하는 대로 처리할 권리가 있지 않은가?

권력 엘리트와 논쟁하는 것은 그들을 인정하는 것이다. 따라서 케네트는 이것을 거부했다. 권력 엘리트를 섬기는 엉터리 사법부를 곧 대체하게 될 인민재판이 첫 번째로 해야 할 일은, 인종의 배신자들을 이 스칸디나비아에서 모조리 몰아내는 것이리라. 아랍인, 유대인, 집시 같은 자들 말이다. 결국 권력 엘리트들이 없애 버리려 발버둥치는 순수한 백인들만이 남을 것이다. 순수한 백인종을 없애는 것, 이거야말로 집단 학살이 아닌가? 이것을 보고만 있을 수는 없는 일이다!

그런데 북유럽 저항 운동 애들은 뭘 하고 있다고? 시위를 한다고? 스스로를 부인하는 짓을 하고 있지 않은가?

객관적인 관찰자라면 케네트 엥발을 스웨덴에서 가장 위험한 인물 리스트의 최상단에 올렸으리라. 그는 아리안 형제단[13]의 로스앤젤레스 지부에서 훈련을 받은 적이 있었다. 거기서 그는 나치와 파시스트로서의 커리어를 시작한 것인데, 이 둘의 차이가 무엇인지도 잘 몰랐다고 한다. 그가 건방지게 굴 뿐 아니라 인종도 잘못된 어떤 남자를 전기톱으로 두 동강 내버린 날, 그 바닥에서의 위치가 몇 단계 격상되었다. 이 일로 그는 단 4년 형을 선고받았는데, 아리안 형제단의 기똥찬 변호사가 흉포한 살인 행위를 과실 치사로 바꿔 준 덕분이었다.

그렇게 감옥에 갇힌 지 1주일 만에 케네트는 이번에는 동료 수감자를 살해했는데, 그 이유는 한 멕시코인이 그의 등짝을 어지러이 장식한 문신들에 대해 논평했기 때문이었다. 만(卍)자 문양 위에 올려진 〈아돌프 히틀러를 기리며〉라는 문구, 다시 그 위에 새겨진 KKK단 십자가와 〈백인 지상주의〉라는 문구를 보고서 멕시코인은 뇌 제거 수술을 받은 인간이 아니고서야 어떻게 자신을 히틀러며 KKK단과 동일시할 수 있느냐고 물었다.

바로 다음 순간, 볼펜 하나가 멕시코인의 안구를 관통하여 뇌까지 이르렀고, 입을 함부로 놀린 멕시코인은 〈뇌 제거 수술

---

13 미국의 극우 범죄 조직으로 교도소를 근거지 삼아 활동한다.

을 받은 인간〉 중의 하나가 되고 말았다.

같은 방에 있던 일곱 사람은 이 일이 일어나는 순간 시선을 딴 데에 두는 데 성공했다. 증인이 없으니 죄인도 없었다. 하지만 케네트 엥발이 형을 치른 3년 51주 동안, 아무도 그의 문신과 행동에 대해 입도 벙긋 못 했다.

지금은 고국에 돌아와 있는 케네트는 동생 조니와 함께 북유럽 저항 운동에 들어가 거기서 명성을 쌓아 왔다. 하지만 그가 마땅히 차지해야 할 자리인 우두머리는 되지 못했다. 그가 너무 직설적이란 게 이유였다. 대체 이런 엿 같은 소리가 어디 있단 말인가? 이 나라에 가장 필요한 것은 바로 솔직함 아니던가?

바로 이런 이유로 그는 로스앤젤레스의 아리안 형제단과의 협력하에 아리안 동맹을 창설한 것이다. 그들의 활동은 갓 시작되었고, 아직 어떤 조직이라 할 만한 것도 없는 상태였다. 하지만 케네트와 그의 동생은 정권을 잡기 위한 계획을 세웠고, 외국인들을 살해하고 구타하며 대부분의 시간을 보냈다. 하지만 주로 구타를 많이 했다. 일련의 살인 행위는 권력 엘리트와 그들의 주구인 경찰들에게 경각심을 불러일으킬 위험이 있기 때문이었다. 또다시 20~30년을 감옥에서 썩는 게 새로운 질서에 도달하는 가장 빠른 길은 아니지 않는가?

자금도 문제였다. 미국에 있는 〈형제〉들은 매달 얼마씩 지원금을 보내 주었지만, 나중에는 현금 흐름이 반대 방향으로 이뤄져야 한다고 못 박은 바 있었다. 그들은 케네트에게 터키-이탈리아계 조직으로부터 스톡홀름의 코카인 시장을 탈취할 것을 권고했다. 물론 그럴 용의가 있었지만, 고릴라 같은 보디가드들로 둘러싸인 여덟 명을 단둘이서 상대하기 위해서는 좀 더 준비가 필요했다. 〈*Take your time*(서두르지 말고 천천히 해라).〉 미국인들은 그렇게 대답했다. 그들은 케네트를 신뢰했다.

러시아

게나디 악사코프는 마치 투명 인간 같았다. 그는 어떤 직함도, 부하도 없었고, 공식적인 임무도 없었다. 하지만 그에게는 여권이 두 개 있었는데 하나는 러시아 여권이고, 다른 하나는 핀란드 여권이었다. 이 핀란드 여권은 1998년에, 당시 러시아 연방 보안국장이었던 블라디미르 블라디미로비치 푸틴이라는 이의 도움을 받아 어렵사리 얻은 거였다.

필요할 때는 핀란드 사람이 될 수 있는 게나디 악사코프는 북유럽 국가들을 마음대로 돌아다녔다. 물론 그에게는 이곳을 흔들어 놓는 것 말고 다른 중요한 일들도 많았지만, 스칸디나비아 지역은 새로운 아이디어들을 테스트해 보기에 충분히 큰 시장이었다.

이 무렵 북유럽 4개국에는 국수주의적 성향의 정당들이 확고하게 자리 잡고 있었다. EU에 반대하는 이들은 자신도 모르는 사이에 게나디의 도구가 되어 있었다. 하지만 그들의 정치적 활력은 명백히 정체되어 있었다. 스웨덴 포퓰리스트들의 예를 보자. 그들은 기존의 문제를 부풀리거나 새로운 문제를 만들어 냄으로써 이웃에 대한 두려움을 일깨우거나 응집시켰다. 그런 다음 그들 자신이 일으킨 문젯거리들을 가리키며 오직 자신들만이 해결책을 가지고 있다고 주장했다.

이런 방법은 결코 새로운 게 아니다. 1933년으로 돌아가 보면 히틀러, 괴링, 그리고 괴벨스는 단순 화재를 국제 공산주의자들의 음모로 바꿔 놓는 데 성공했다. 그러고 나서 4천 명의 정치인들이 투옥되고, 긴급 조치가 발동되고, 반대파 정당들과 일부 언론의 활동이 금지되기까지는 많은 시간이 걸리지 않았다. 그리고 이것은 시작에 불과했다.

하지만 그것은 과거의 일이었다. 새로운 세기는 새로운 해결책을 요구하는 법이다. 물론 스웨덴 민주당, 참 핀란드인 당, 민족 전선, 황금 새벽 당, PVV, BNP, AfD, FPÖ, 그리고 기타 단체들은 원한다면 1933년의 방법을 시험해 볼 수는 있겠지만, 이게 통하지는 않을 거였다. 왜냐하면 단순히 스웨덴에서 태어나고 자랐다고 해서, 또 축구를 잘한다고 해서 스웨덴 국민이 될 수는 없다고, 다시 태어난 북유럽에서는 Z로 시작하는 괴상한 이름을 가진 사람[14]이 하나도 없을 거라고 주장하는 정당에 표를 던질 수 있는 이는 스웨덴 국민 다섯 중 한 명도 안 되기 때문이었다.

스웨덴 민주당의 현 당수는 처음에는 그와 정치적 비전을 공유했던 어떤 여자에 이끌려 입당했었다. 비록 그녀는 번들거리는 부츠, 가죽 바지, 셔츠, 스카프 등으로 이루어진 제복을 입고 친 나치 시위를 벌이러 당을 떠났지만 말이다. 이렇게 스

14 스웨덴 축구 스타 즐라탄 이브라히모비치Zlatan Ibrahimović는 동유럽 이민자 부모 밑에서 태어났다.

웨덴 민주당에 들어온 당수는 거기서 커리어를 쌓고, 그의 정치적 언어를 거의 알아볼 수 없을 정도로 다듬었다. 그렇게 새로운 이빨을 갖춘 그는 오랜 세월에 걸친 노력의 결실을 거둘 때를 맞이했다. 하지만 스웨덴 국민 다섯 명 중 넷은 그에게 등을 돌리고 있었다. 게나디 악사코프가 보기에, 이것은 극우 포퓰리스트들이 결코 EU을 분열시키지 못한다는 확실한 증거였다.

무언가 도움을 받지 않는 한 말이다.

돈은 문제가 되지 않았다. 게나디와 그의 친구 푸틴에게는 수십억 크로나가 있었다. 다시 말해서 수억 유로, 혹은 수억 달러였다(루블로 얼마나 되는지는 큰 의미가 없었다). 하지만 스웨덴 민주당이나 참 핀란드인 당 등에게 재정 지원을 하는 것은 위험성이 있었고, 무엇보다도 바람직한 방향이 아니었다. 인간의 본성상, 자신을 극단주의자로 간주하는 사람은 극히 드물다. 스웨덴에 스웨덴 민주당만큼 과격한 다른 정당이 존재하지 않는 한, 이 당이 제시하는 의견에 동의하든 않든 간에 그들에게 투표하기를 꺼리는 사람들이 많을 수밖에 없는 것이다. 따라서 그들의 진실을 더 크게 외칠 수 있게끔 그들의 주머니를 채워 줘봤자 아무런 변화도 없을 거였다.

반면, 어떤 새로운 목소리에, 극우 중에서도 오른쪽에 있는 이들을 지원한다면 두 가지 일이 일어날 거였다. 첫째, 스웨덴 민주당은 이 네오 나치들을 가리키면서 〈저 끔찍한 놈들 좀 봐! 우린 저놈들하고는 달라!〉라고 말하고, 둘째, 사람들은 고개를 끄덕일 거였다. 순식간에 분위기가 바뀌어 스웨덴 민주당에 표를 던지는 것은 훨씬 더 정치적으로 올바른 일이 될 거였다. 15퍼센트였던 득표율이 30퍼센트로 뛰고, 스웨덴에서 세 번째였던 스웨덴 민주당은 제2정당으로, 아니 제1정당으로 거듭날 거였다. 만일 스웨덴 민주당의 인물이 총리가 된다면, 국회의 과반수 동의가 필요하기 때문에 스웨덴이 EU을 떠나는 일이야 없겠지마는, 그래도 정치계에 엄청난 변화가 몰아칠 거였다. 진보주의자들과 보수적인 사회 민주주의자들은 그들의 대외 정책을 재고하는 편이 나을 거였다. 개인과 정당을 막론하고, 세상에 죽어 없어지기를 원하는 사람은 없으니 말이다.

그리고 무엇보다도, 만일 이 실험이 조그만 스웨덴에서 성공한다면, 나중에 이게 정말로 문제가 될 나라에서 똑같이 반복하기만 하면 되리라.

예를 들면 독일 같은 나라에서.

게나디 악사코프는 기존의 북유럽 저항 운동과 새로이 만들어진 아리안 동맹 중에서 하나를 골라야 했다. 첫 번째 단체의 문제점은 스웨덴 비밀경찰이 이 조직에 너무 깊이 침투해 있기 때문에 여기서는 아무도 믿을 수가 없다는 점이었다. 아리안 동맹의 문제는 지금까지 그들은 정말이지 아무것도 아니라는 점이었다.

하지만 게나디는 급하지 않았다. 서두르는 것보다는 느리더라도 확실하게 하는 편이 나았다.

그는 어느 월요일, 케네트 엥발과 그의 동생을 만나러 갔다. 물론 가명을 사용했다. 그리고 화요일에 아리안 동맹의 가상한 활동을 위해 4백만 유로를 풀었다. 엥발 형제는 후원자의 정체와 그들을 돕는 이유에 대해서는 자기들 좋을 대로 생각했다. 그리고 이 두 빌어먹을 천치들이 어떻게든 목숨만 부지하고 있었더라면 모든 게 순조로웠을 것이다.

스웨덴

케네트 엥발은 충동적인 정치적 행동 중에 갑자기 사망했다.

모든 것은 형제가 스톡홀름 국내선 공항에서 그리 멀지 않은 브롬마의 한 대형 슈퍼마켓에 도착했을 때 시작되었다. 핸들을 잡은 동생은 주차할 장소를 찾고 있었다. 이때 조수석의 형이 슈퍼마켓 입구 근처에 앉아 있는 거지 하나를 발견했다. 엄청난 불쾌감에 사로잡힌 그는 즉각 결정을 내렸다.

「여기서 시동을 걸어 놓고 기다려. 오늘 장은 다른 곳에서 볼 거야. 내가 저 친구하고 좀…… 할 얘기가 있어서 말이야.」

케네트의 의도를 대충 짐작한 조니는 고개를 끄덕였다.

형은 차에서 내려, 행인들이 한두 푼 던져 주기를 기대하며 입구 앞에 앉아 있는 루마니아인에게 다가갔다(스웨덴의 윗대가리들은 EU 회원국인 루마니아에게 정신 좀 차리라고 권고하는 대신에 구걸 행위의 합법성에 대해 쓸데없는 입씨름이나 벌이고 있었다).

「안녕하세요.」 루마니아인이 케네트를 발견하고 인사했다.

「그래, 안녕하다, 이 더러운 집시 놈아!」 케네트는 야구 모자를 이마 위로 깊숙이 눌러쓰며 이렇게 대꾸하고는, 걸인의 머리를 부츠로 걷어차기 위해 맹렬히 뛰어가기 시작했다.

그런데 불운하게도 누군가가 떨어뜨린 다진 고기 세일 안내 전단지(〈스웨덴산 친환경 소고기, 킬로당 109크로나〉)가 물웅덩이를 살포시 덮고 있었다. 케네트는 전단지 위로 발을 디뎠고, 쭉 미끄러졌고, 균형을 잃었고, 디딤 발을 축으로 4분의 1 바퀴를 핑그르르 돌았고, 걸인을 걷어차려던 발로 허공을 대신 갈랐고, 뒤로 쫘당 넘어지면서 루마니아인이 바람을 피하려 그 뒤에 웅크리고 있던 시멘트 휴지통에 머리를 박았다. 관자놀이가 쪼개진 케네트 엥발은 심각한 뇌출혈을 일으켜 구급차에서 숨을 거뒀다.

어쩌면 스웨덴에서 가장 위험한 인물일 수 있는 사내가 더이상 존재하지 않게 되었다. 아리안 동맹은 졸지에 멤버의 절반을 잃어버린 셈이었다. 이제 나머지 절반이 할 수 있는 것은 장례식을 준비하는 일뿐이었다.

이 불행한 사고가 있기 전, 조니는 공교롭게도 바로 장례식을 치르고 돌아온 길이었다. 장례식의 주인공은 그와 안면이 있던 사람으로 엥발 형제가 노리는 코카인 카르텔의 여덟 거물 중 하나 밑에서 일하는 최말단 딜러이기도 했다. 케네트의 견해에 따르면, 코카인 시장 탈취 작전의 제1단계는 적진 침투였다. 그렇다면 제2단계는? 불행히도 케네트는 미처 그걸 설명할 틈이 없었다.

어쨌든 최말단 딜러는 자신이 언젠가 제거되지 않을까 걱정할 필요가 없게 되었으니, 이미 제거되어 버렸기 때문이었다.

그 일은 그가 마약이 떨어져 절망에 빠진 어떤 여자에게 등을 돌렸을 때 일어났다. 여자는 아주 조그만 체구에, 모기보다도 가볍고, 닭 한 마리 잡을 힘도 없었다.

적어도 이론적으로는 그랬다.

최말단 딜러는 그녀가 돈을 토해 내지 않는 한, 더 이상 마약 공급은 없다고 선언했다. 그리고 이 여자는 피밖에 토해 낼 게 없다고 확신하고는 가버리려고 등을 돌렸는데…… 등 쪽에 느껴지는 화끈한 통증에 두 눈이 당구공처럼 뚱그레졌다. 모기급 여자가 그의 어깨에 칼을 박은 것이다. 이 잡년을 그냥…….

그의 분노는 거기서 멈췄다. 사실 쇄골하 동맥이 잘린 상태에서는 더 이상 분노하기가 쉽지 않다. 5초 후 그는 의식을 잃었고, 잠시 후에는 심정지가 찾아왔다.

조니의 지인은 2주 후에 매장되었고, 금방 잊혔다. 장례식에서 화제가 된 것은 딜러의 죽음을 둘러싼 상황이 아니었다. 이런 종류의 일은 가끔 일어나곤 한다. 아니, 사람들의 시선을 끈것은 관이었다. 표면은 검은 래커를 칠하여 반들거리고, 양 옆구리에는 할리데이비드슨 오토바이 이미지와 〈지옥행 고속도로〉라는 문구가 새겨진 관이었다. 조니는 교회당 안에서 그렇게 품격 있는 것을 본 적이 없었다.

조니 엥발은 케네트만큼 치밀한 전략가는 아니었지만, 명성만큼은 형에 못지않았다. 그는 살아오면서 사람을 적어도 세명 죽였다. 호모 하나, 깜둥이 하나, 그리고 짭새 — 그것도 깜둥이 짭새 — 하나였다. 짭새를 죽인 것은 스톡홀름 중심가에서 열린 친 나치 시위가 끝나고였다. 제복 차림의 어떤 녀석 하

273

나가 조니에게 바짝 다가오더니 그의 팔을 꽉 붙잡는 거였다.

「건드리지 마, 빌어먹을 짭새야!」 조니가 고함쳤다.

「이 자식아, 진정해!」 경찰관이 말했다. 「난 단지…….」

하지만 조니는 벌써 안주머니에서 콜트 트루퍼 1984 권총을 꺼내어, 20센티미터 거리를 두고 경찰관의 목에 대고 방아쇠를 당겼다.

그의 행동은 약간 성급한 감이 없지 않았고, 조니도 차후에 이 사실을 인정했다. 하지만 완벽한 사람이 어디 있는가? 이 일은 당연히 세상을 시끄럽게 만들었다. 하지만 죽은 짭새에게는 신문사를 찾아가 질질 짤 할망구도, 애새끼도 없었다. 놈은 분명 호모였을 것이다.

이 일이 있고 나서 좋았던 점은 조니가 괜찮은 친구들 사이에서 형의 이름 덕에 누리는 것보다 훨씬 큰 명성을 누리게 되었다는 점이다. 아쉬웠던 점은 그 깜둥이 호모가 정말로 무얼 원했는지 영원히 알 수 없게 되었다는 점이고.

이 경찰관 살해 사건의 진상은 영영 규명되지 않았다. 실제로 어떤 일이 있었는지를 증언할 수 있는 이들 중 누구도 똑같은 방식으로 희생되고 싶지 않았기 때문이었다. 경찰 수사관들은 비공식적 증언 하나 얻지 못했다.

거리 한복판에서 경찰관을 죽이고도 무사히 빠져나간 것은 분명 대단한 쾌거였으나, 조니는 여전히 〈케네트의 동생〉으로 통했으니, 전기톱으로 사람을 두 토막 내버린 범죄를 뛰어넘을 수는 없었기 때문이었다. 게다가 조니는 형만큼 미국에서 많은 시간을 보내지 못했다. 미국만큼 사람을 폼 나게 하는 게 없는데 말이다.

274

스웨덴

세 사람이 독일에서 돌아오고 나서 구멍가게는 다시 문을 열지 않았다. 낡은 것은 버리고, 새것은 들이고, 벽은 허물라! 장의사는 갑자기 사이즈가 두 배가 되었다. 사비네는 전에 구멍가게였던 곳의 문에다 이렇게 써 붙였다. 〈영원히 문을 닫습니다. 음식은 다른 곳에 가서 사세요. 추신: 여러분이 언젠가 죽는다는 사실을 잊지 마세요. 지금 관을 10퍼센트 할인 판매합니다. 옆문으로 들어와 문의하세요.〉

길 가다가 들어오는 고객은 한 사람도 없었지만, 스웨덴과 유럽 각지에서 주문이 쏟아져 들어왔다. 사비네는 율리우스의 능숙하고도 신속한 일 처리를 칭찬했다. 율리우스는 그녀의 예술적 재능과 아름다운 눈에 찬사를 보냈다.

「알았어, 알았어……」 닭살 돋는 광경에 알란은 고개를 돌렸다.

사비네는 배송을 맡았다. 그녀는 직접 영구차를 운전하여 배달하기도 하고, 먼 곳에서 주문이 들어오면 DHL에 배송을 맡기기도 했다. 그녀가 외근하는 동안에는 율리우스가 전화 상담을 맡았다.

「네, 〈자부심을 가지고 죽자〉사입니다. 제가 도와드릴 일이라도 있나요?」

「글쎄, 그럴 수 있는지 한번 봅시다. 내 이름은 조니요…….그래, 당신네가 주문에 따라 관을 만든다고?」

「맞습니다. 우리는 고객님의 주문에 따라 개성 있는 관들을 만들죠. 그게 우리가 전문 분야입니다.」

「그렇다면 난 당신 도움이 필요하오.」

「그런데 말이죠…… 요즘 우리가 일정이 좀 빡빡해서…….」

「5일 안에 해주시오.」

「그게…… 말씀드렸지만 요즘 우리가 주문이 좀 밀려서 말이죠…….」

「얼마면 되겠소?」

여기서 율리우스는 돈 냄새를 맡았다. 돈 냄새 맡는 일이라면 적어도 60년 넘는 세월 동안 계속해 온 활동이었다. 지금 그는 돈은 조금도 문제가 되지 않는 고객과 통화하고 있었다.

「에, 그게 꼭 불가능하지는 않고요…… 우린 국제적인 업체이므로 유로화로 가격을 책정하고 있어요. 그러니까 4천 유로…….」

「내가 원하는 관을 군말 없이 만들어 줄 수 있다면 5천 주겠소.」

「아, 물론 해드리죠!」 율리우스는 이 고객에게는 조금 더 짜낼 수 있겠다고 생각하며 대답했다. 「그런데 5천에다 부가세를 추가하셔야 합니다.」

「아니, 부가세도 영수증도 없이 5천이오. 잡스러운 불평도 없이. 대신 현금으로 주겠소.」

아스파라거스 재배자는 이 고객이 원하는 디자인은 그렇게 예쁘지만은 않겠다는 예감에 사로잡혔다. 조니라는 이름의 고객은 원하는 관의 대략적인 개념만 갖고 있었기 때문에, 전문가 율리우스는 자신의 예술적 견해를 제시해야 했다. 15분 후, 율리우스는 결정된 내용을 다시 한번 요약했다. 조금도 오해가 있어서는 안 되기 때문이었다.

「자, 그러니까…… 관의 대부분은 검은색으로 칠합니다. 뚜껑에는 빨간색으로 만(卍)자 문양을 넣고요. 이거 확실한 거죠? 네, 좋습니다. 자, 계속해 보죠. 양쪽 측면에는 흰색 바탕에다 빨간 글씨로 〈우리의 피, 우리의 명예〉라는 문구를 넣고, 그 뒤에 켈트 십자가를 붙입니다. 그리고 위쪽과 아래쪽의 면에는 흰색으로 〈백인의 힘〉을 넣고 그 뒤에 SS[15] 로고를 붙입니다. 이것도 맞습니까? 오케이. 그리고 남은 공간들은 화염 무늬로 채웁니다. 자, 제가 정확히 이해했나요?」

「맞소.」 조니 엥발이 대답했다. 「아주 잘 이해했소.」

「그리고 경찰과 인종의 배신자들을 죽이자는 문구, 또 호모와 유대인에 대해서도 비슷하게 말씀하셨죠?」

「맞소. 당신은 그게 좀 지나치지 않느냐고 말했던 것 같은데?」

율리우스는 잠시 말문이 막혔다. 사실 처음부터 〈좀〉이 아니라 〈아주〉 지나치게 느껴졌다. 하지만 이 조니라는 사내에게서

15 나치 친위대를 의미한다.

는 거절해서는 안 될 것 같은 뭔가가 느껴졌다. 지금 율리우스는 단지 돈만 생각하고 있는 것은 아니었다.

「음, 그러니까…… 관은 무엇보다도 엄숙하게 보이는 게 중요해서요.」

「알겠소. 그럼 주문을 하겠소!」 조니 엥발이 잘라 말했다. 「토요일에 관을 내가 알려 주는 시체 보관소로 가져오시오. 오케이? 그럼 곧바로 대금을 가방에 넣어 택시로 보낼 거요.」

뭐, 택시? 율리우스는 이렇게 자문했다. 하지만 그의 입에서는 보다 현실적인 질문이 튀어나왔다.

「토요일에요? 보통 토요일엔 장례식을 안 하는데요? 일반적으로…….」

「일반적으로 사람들은 내가 시키는 대로 해!」 조니 엥발이 거칠게 말을 끊었다.

그는 상대가 자꾸 물어보는 게 짜증이 났다. 이역만리 미국에서부터 날아올 문상객들은 스웨덴의 장례 전통을 맞추기 위해 기다리고 있을 시간이 없는 것이다.

「네, 알겠습니다!」 율리우스는 제꺽 대답했다. 「네, 아주 좋습니다!」

이 마지막 말은 진실이 아니었다. 아니, 사실은 조금도 좋지 않았다. 지금 자신은 어떤 나치 손님을 받은 것이다. 주문받은 관은 날림으로 제작하지 않는 게 현명할 터였다. 사비네도 정신을 바짝 차렸다.

하지만 그만 사달이 나버렸다.

스웨덴

「작업을 아주 다양하게 했군그래.」율리우스는 최근에 제작
되어 인도될 준비를 하고 있는 관 세 개를 둘러보며 논평했다.

왼쪽의 관은 검은색으로, 만(卍)자 문양과 백인 우월주의를
상징하는 것들이 그려져 있었다. 가운데 것은 유르고르덴 아
이스하키 클럽에 경의를 표하기 위해 빨간색, 노란색, 파란색
으로 칠해져 있었다. 그리고 오른쪽에 있는 하늘색 관은 옆구
리를 따라 하얀 토끼들이 푸른 들판에서 뛰놀고 있었고, 뚜껑
에는 하얀 뭉게구름과 〈어린 아이들을 사랑하시는 하느님, 여
기 잠든 저를 굽어살펴소서〉라는 문구가 보였다.

「그래.」사비네가 손을 씻으며 대답했다.「오늘은 나치 문양
과 스포츠와 토끼였어. 내일은 레닌이 기다리고 있고. 마지막
공산주의자가 아직 죽지 않은 모양이야. 아니면 지금 죽은 게
그 마지막 공산주의자일 수도 있고. 오늘 저녁에는 레스토랑
에 갈까?」

「아, 좋지! 그런데 뭘 축하하려고?」

「아무거나. 자기가 알아서 정해. 우리가 이렇게 만나게 된

거? 우리 회사 재정 상태가 좋아지고 있다는 거? 아니면 요 몇 달 동안 자기 발에 더 이상 물집이 안 생겼다는 거?」

율리우스는 첫 번째 이유가 가장 좋게 느껴졌다.

「자, 그럼 영구차로 갈까, 택시로 갈까?」

레닌 관을 제작하기 위해 사비네는 먼저 관 전체에 붉은색 래커를 입혔다. 래커가 마르기 시작하자 그녀는 레닌을 그리기 시작했다. 결과는 매우 설득력이 있었다. 적당히 각진 얼굴의 그를 묘사하는 것은 그리 어려운 일이 아니었다.

「피카소 솜씨는 못 따라가겠지만, 뭐, 이 정도면…….」 그녀는 흡족한 얼굴로 중얼거렸다.

그러고 나서 페인트로 더러워진 작업복을 벗고 화장을 좀 하고는 주간 배송 업무를 처리하기 시작했다. 관 두 개는 스톡홀름 남쪽에 있는 시체 보관소로 가고, 세 번째 관은 거기서 30킬로미터밖에 떨어지지 않은 곳에 있는 다른 시체 보관소로 갈 거였다. 현금이 확보됨에 따라 배송을 DHL에 맡기는 경우가 갈수록 잦아졌다. 처음에는 그녀가 직접 차를 몰고 순스발까지 다녀온 적도 있었지만, 지금은 멜라렌 밖으로 가는 물건은 항상 외주를 맡겼다.

이날은 금요일, 일이 터지기 딱 하루 전이었다.

스웨덴

흰 셔츠, 그의 가장 멋진 검정 가죽 점퍼와 검정 가죽 바지, 그리고 검정 장갑으로 〈깔맞춤〉한 조니 엥발은 문상객들을 맞이하기 위해 교회 앞에 서 있었다. 그는 조촐하면서도 엄숙한 장례식을 계획했다. 로스앤젤레스 아리안 형제단의 네 리더는 특별 손님이었다. 사실 손님은 그 넷밖에 없었다. 화가 잔뜩 나 있고, 몹시 위험한 네 명의 사내, 그리고 그들 못지않게 화가 나 있고 위험한 조니, 이렇게 다섯 명이 장례식을 조촐하게 치를 참이었다.

조니는 장례식이 끝난 후 아리안 동맹의 유일한 멤버가 어떻게 스톡홀름의 코카인 시장을 접수하고 나아가 정부를 전복시킬 계획이냐는 매우 난해한 질문을 받게 되리라는 걸 알고 있었다. 하지만 미국인들은 전에 서두르지 말라고 말하지 않았던가? 잘 얘기한다면, 그들은 어쩌면 이번에도 똑같이 말할지도 몰랐다. 그들은 어떤 핀란드인 후원자가 아리안 동맹에 4백만 유로를 지원한 사실을 아직 모르고 있었다. 케네트는 그들에게 상황을 설명할 수 있는 적당한 말을 찾고 있었고, 이제 조니가 형이라면 과연 어떻게 얘기했을까, 머리를 쥐어짜며 생각해 보고 있었다.

재정적 관점에서 미국인들은 더 이상 필요치 않다고도 할 수 있었지만, 그들은 아리안 동맹에 안정성을 더해 주는 존재였다. 그들 덕분에 조니는 더 큰 무언가에 속할 수 있었다. 그런데 이들이 또 다른 후원자의 출현을 나쁘게 받아들인다면……? 그때는 무슨 일이라도 일어날 수 있었다. 조니 자신의 처형을 포함해서 말이다.

모든 일에는 순서가 있는 법, 지금은 장례식을 치를 때였다.

형을 추모하기 위해 세세한 점까지 신경 쓰고 싶었던 조니는 문상객들이 도착하면 교회 계단 발치에서 음료를 한 잔씩 돌릴 생각이었다. 케네트는 생전에 아일랜드 위스키를 무척 좋아했다. 그것도 항상 더블을 고집했고, 거기에 물 네 방울을 섞어야 했다. 일설에 의하면, 그가 캘리포니아에서 지낼 때 말리부의 한 바텐더가 실수로 그에게 진 빔 켄터키 스트레이트 버번을, 그것도 물 한 방울도 타지 않고 내놓았다가 손등에 칼이 꽂힌 일이 있었다고 한다.

스웨덴에 돌아온 케네트는 취향을 조금 다변화했다. 바깥 날씨가 쌀쌀해지면 위스키에다 커피와 흑설탕과 크림을 섞기도 했다. 그것은 아주 따끈하고 달콤하면서도 원기를 북돋는 음료였다. 물론 주원료는 반드시 아일랜드산이어야지, 다른 것은 절대 용납될 수 없었다.

따라서 뭔가 좀 더 엄숙하게 느껴지는 아일랜드 커피를 내놓기로 했다. 네 사람이 도착하여 몸을 데우고 나자, 조니는 짤막한 환영의 인사말을 했다. 먼저 그는 왜 그들이 이 교회에 모여야 했는지를 설명했다. 왜냐하면 이곳에 엥발 가문의 가족 묘지가 있는데, 케네트도 여기에 묻히길 원했을 거란다. 따라서 어떤 목사가 장례식을 집전할 것인데, 조니는 목사에게 하느님과 예수 얘기는 꺼내지 말 것이며, 이를 어길 시 예정보다 일찍 그들에게로 가게 될 거라고 경고했단다.

「내가 얼마나 우리 형을 사랑했는지 여러분 모두가 아실 겁니다. 자, 이제 모두들 안으로 들어가시죠. 그리고 내가 특별히 고른 관에 누워 있는 우리 형님이 얼마나 뿌듯해하실지 한번 상상해 보십쇼!」

호기심에 찬 수군거림이 미국인들 사이에 일었다. 놀란 표정으로 고개를 끄덕거리는 이들도 있었다. 음, 케네트의 동생이 일을 제대로 하는구먼!

조니는 현관 층계 맨 위의 전략적 위치에 서서는 들어가는 사람들과 일일이 악수를 나눴다. 그의 이런 행동은 형에 대한 진정한 경의에서 나온 것이기도 했지만, 그 자신은 별로 인정하고 싶지 않은 또 다른 이유도 있었다.

미국인들은 아직 케네트의 후계자를 공식적으로 지목하지 않았다. 물론 조니가 유일한 후보이긴 했지만, 그래도 공식 선언이 있어야 했다. 또 다른 옵션은 창립자가 사라져 버린 스웨덴 지부를 폐쇄하는 거였다. 하지만 미국인들이 지부를 해체한다는 말을 하기 위해 대서양을 건너 여기까지 왔다고 생각하기는 힘들었다. 어쩌면 당장 오늘 저녁에 조니를 새 지부장으로 임명할지도 몰랐다.

미래의 스웨덴 지부장은 이런 생각들에 너무 골몰해 있었기 때문에 교회당 안에서 소란스러운 소리가 이는 것을 듣지 못했다. 마침내 안으로 들어간 그는 끔찍한 장면과 마주하게 되었다.

네 문상객은 자리에 앉지 않고 목사와 관이 있는 곳까지 나아가 있었다. 두 명은 왼쪽에, 두 명은 오른쪽에 우두커니 서 있었다. 그리고 그들 사이로 도무지 이해할 수 없는 광경이 펼쳐져 있었다.

목사는 조니와 문상객들에게 그윽한 미소를 지었다. 그는 머릿짓으로 관을 가리키면서 자신도 이게 아주 사랑스럽게 느껴진다고 말했다. 그리고 모두들 착석해 주시면 식을 시작할 수 있단다.

아무도 그의 말을 듣고 있지 않았다. 모두가 조니만 주시했고, 당사자는 천천히 그들 앞으로 걸어 나가, 지금 이게 꿈이 아님을 확인하기 위해 관 뚜껑을 살짝 만져 보았다.

분명 이것은 꿈이 아니었다.

조니가 죽은 형에게 경의를 표하기 위해 특별히 주문한 관은, 검은색이 아니라 하늘색이었다. 관 양쪽 측면에는 만(卍)자와 화염 문양은 보이지 않고, 대신 푸른 초장에서 뛰노는 흰 토끼들로 채워져 있었으며, 뚜껑을 덮은 것은 하얀 뭉게구름과 〈어린 아이들을 사랑하시는 하느님, 여기 잠든 저를 굽어 살피소서〉라는 금빛 글자였다.

「네, 가슴이 뭉클하시겠죠. 저도 이해합니다.」 목사가 머뭇거리며 말했다. 「자, 이제 그만 자리에 앉으세요.」

이때 아리안 형제단의 리더가 정적을 깨며 입을 열었다. 만(卍)자 문신을 다른 사람들처럼 가슴에다 하지 않고 이마에 새

긴 사내였다.

「조니, 뭐, 이게 그렇게 중요한 문제는 아니지만 말이오…….
이 뚜껑에 써놓은 스웨덴 말이 무슨 뜻이오?」

「이것의 뜻은, 그러니까…….」 조니는 입을 열었지만 말을
끝맺지는 않았다. 「음, 그냥 모르는 게 낫겠습니다.」

미국인은 순전한 호기심으로 물었지만, 사실 물을 필요조차
없었다. 토끼들만으로도 충분했다. 그리고 하늘색 바탕에 그
려진 하얀 뭉게구름만으로도.

「음, 난 이만 가겠소.」 그가 말했다.

미국인 넘버 2와 넘버 3, 넘버 4도 그 뒤를 따랐다.

목사는 뭐가 뭔지 알 수 없었다. 고인의 동생은 관이 어떻게
생겼든 간에 아무 소리도 하지 말고, 하느님에 대해서도 입도
벙긋 말라며 그에게 1만 크로나를 찔러주었었다. 하지만 이 관
에 대해 무슨 불평을 할 수 있단 말인가? 이보다 훌륭한 관이
어디 있단 말인가?

이때, 조니는 정신적 마비 상태에서 깨어났다. 아니, 미국 친
구들은 내가 이 상황에 대해 책임이 있다고 생각한단 말인가?

「여보시오, 잠깐만! 설마 내가 이렇게 했다고 생각하시는
것은…….」

바로 이 순간, 목사는 그의 커리어 역사상 가장 큰 실수를 저
지르고 말았다. 지금 고인의 동생에게 큰 위로가 필요하다고
판단한 그는 다가와서는 그를 따스하게, 그리고 오랫동안 꼭
안아 주었다.

그로부터 1분 후, 목사는 전신이 너무나도 구석구석 세심하
게 구타당한 나머지 그의 어머니도 알아보지 못할 모습이 되

고 말았다. 조니는 관과 현재의 상황을 다 잊고자 그를 때리고 또 때렸다. 하지만 그 사이에 네 미국인이 조니의 해명을 듣지도 않고서 떠나 버리는 결과만 낳았을 뿐이다. 관은 거기 그대로 놓여 있었다. 목사도 그 자리에 누워 있었다.

동생은 다시 현실로 돌아와야 했다. 그는 피 묻은 두 손을 바지에 문질러 닦으면서 흉측한 관을 고통스레 내려다보았다.

만일 케네트가 이 안에 있다면, 그건 정말 개 같은 일이었다. 그렇지 않다면…… 대체 어디에 있단 말인가?

아리안 형제단 스웨덴 지부장으로서의 조니의 커리어는 시작하기도 전에 끝나 버렸다. 이건 돌이킬 수 없는 일이었다. 지금은 더 중요한 일들이 있었다. 누군가가 그의 형을 모욕한 대가를 치러야 했다. 그리고 형을 다시 찾아내야 했다.

목사는 힘없이 몸을 꿈틀거렸다. 조니는 허리를 굽혀 그의 귀에 대고 속삭였다. 피투성이가 된 목사는 고개를 끄덕였다. 자신은 발을 헛디뎌 설교단에서 떨어져 내린 것이다.

목사를 그 상태로 놔두고서, 조니는 밖으로 나왔다. 그리고 자기 차 안으로 들어가 휴대폰을 꺼내어 시체 보관소로 전화를 걸었다. 베아트리세 베르그라는 여자가 응답했다. 조니는 자신을 소개하고는, 지금 어디 있느냐고 물었다. 왜냐하면 당신을 때려죽이고 싶으니까……. 베아트리세 베르그는 겁에 질렸는데, 충분히 그럴 만했다.

스웨덴

사업은 번창 일로에 있었다. 심지어는 주말에도 작업장의 전화벨이 울렸다. 토요일 오후인 바로 이 순간처럼 말이다.

「네, 〈자부심을 가지고 죽자〉사업입니다. 뭐, 당장 죽어야 할 필요는 없습니다만……」 알란은 그가 노상 죽치고 있는 소파 옆의 조그만 탁자에 놓인 수화기를 집어 들며 응답했다.

시립 시체 보관소 소장 베아트리세 베르그는 떨리는 음성으로 자신을 소개했다. 알란은 그녀를 몰랐지만, 사비네가 이곳에 여러 차례, 특히 전날에 관들을 인도했다는 사실을 알고 있었다.

「오, 이런! 안녕하시오, 소장님! 웬일로 토요일에 전화를 하셨나? 빨리 땅에 묻히고 싶은 분이라도 계신가?」

소장은 더듬거리며 알아듣기 힘든 대답을 했다. 그녀는 제정신이 아닌 듯했다. 말이 뒤죽박죽이었다. 결국 그녀는 포기하고 울음을 터뜨렸다.

「용서해 주세요!」 베아트리세 베르그가 흐느꼈다. 「용서해 주세요!」

알란은 소파에서 몸을 일으켰다.

「물론 난 용서해 드릴 준비가 되어 있어요, 베르그 소장님. 하지만 내가 무얼 용서해 줘야 하는 건지를 안다면 일이 좀 더 쉬울 것 같아. 혹시 토요일에 전화를 한 게 문젠가? 그렇다면 그냥 전화를 끊으면 돼요. 지난 일은 다 잊을 거니까.」

알란은 그녀가 잠시 울게 놔두었다. 그럴 필요가 있어 보였기 때문이다. 하지만 그는 결국 지쳐 버렸다.

「제발 정신 좀 차리시오, 베르그 소장님. 그렇지 않으면 당신을 용서해 주는 것을 재고해 봐야겠어. 대체 무슨 일이오?」

「고마워요. 오케이. 그러니까…… 아, 잠깐만요…….」 베아트리세 베르그는 코를 풀었다.

그러고는 무슨 일이 있었는지 이야기하기 시작했다.

토요일에 시체 보관소에서 혼자 일하는 것은 과히 어렵지 않은 일이다. 하지만 오늘은 장례식장으로 떠나야 할 시신이 두 구, 다시 말해서 평소보다 두 구가 더 있었다.

하나는 어린 소녀였다. 소녀의 가족은 학급 친구들이 많이 참석할 수 있게끔 장례식 날을 토요일로 잡았다. 그리고 다른 하나는…… 너무나도 섬뜩했다.

「내가 지금 어떤 관에 대해 말하고 있는지 선생님도 아실 거예요. 선생님의 동료인 사비네 욘손이 이 관 두 개를 제작했어요.」

알란은 율리우스와 사비네가 하는 일에 대해 자세히는 몰랐지만, 열두 살 소녀를 넣을 관은 생각이 났다. 아주 예쁜 관이었다. 그걸 보면서 알란은 할 수만 있다면 자신의 백한 살 중에서 몇 살을 아이에게 떼어 주고 싶다는 생각이 들었다. 반면, 시체 보관소 소장이 얘기하는 그 섬뜩한 관에 대해서는 전혀 아는 바가 없었다.

「엘비스 프레슬리가 그려진 관을 말하는 거요?」

「아뇨.」 베아트리세 베르그가 대답했다. 「나치 문양과 백인 우월주의와 기타 이상한 것들이 그려진 관이에요. 난 여기서 18년을 일해 왔어요. 18년이요! 그동안 실수한 적이 한 번도 없다고요!」

「〈오늘까지는〉이겠지?」 알란이 물었다.

「네, 오늘까지는요.」

베아트리세 베르그는 다시 울음을 터뜨리려 했다. 하지만 간신히 억누르고는 영구차 1번이 실수로 관 2번을, 영구차 2번은 관 1번을 실어 갔다고 떠듬떠듬 설명했다.

「그게 전부요?」 알란이 놀라며 물었다. 「그렇다면 운전수들에게 방향을 바꾸라고 하면 됐을 것 아니오?」

「아니에요. 실수를 바로잡기에는 너무 늦어 버렸어요.」

그녀는 몇 분 동안 양쪽에서 전화를 받았다. 첫 번째 전화는 화가 난 목사가 한 것으로, 그는 그 끔찍하기 이를 데 없는 관을 유가족이 보기 전에 열두 살 소녀의 장례식을 취소해 버렸단다. 그러고 나서 1분 후, 어디서 전화가 왔냐 하면…….

「어디서 왔소?」 알란이 물었다.

「어떤 무서운 남자인데, 지금 날 죽이러 오겠대요!」

그녀는 다시 울음을 터뜨렸다.

「아니, 여보시오, 베르그 소장님! 만일 누군가가 당신을 죽이러 오고 있다면 ── 믿고 싶지 않은 얘기지만 ── 이렇게 전화통을 붙들고서 횡설수설하며 앉아 있느니보다는 거기서 당장 도망치는 편이 낫지 않겠소?」

「도망쳐야 할 사람은 내가 아니에요!」 베아트리세 베르그가 소리쳤다. 「바로 당신들이라고요!」

알란은 2층에서 한 쌍의 잉꼬처럼 노닥거리고 있는 욘손과 욘손을 불렀다. 그들은 알란이 평소처럼 소파에 누워 있지 않고 일어서 있는 것을 보고는 뭔가 심각한 일이 일어났음을 직감했다.

「자기들이 만(卍)자 문양과 히틀러와 기타 등등이 그려진 관을 만든 것 같은데? 맞아?」 알란이 대뜸 물었다.

사비네와 율리우스는 고개를 끄덕였다.

「히틀러 본인은 아니지만, 그쪽 정신을 표현했어요.」 사비네가 설명했다.

「조금 전에 시체 보관소과 통화했어. 나치 문양 관은 잘못된 곳으로 갔고, 대신 사비네, 당신이 토끼와 구름과 기타 등등을 그려 넣은 관으로 대체되었대. 나치 문양 관의 구매자는 지금 단단히 화가 난 것 같아. 시체 보관소로 전화를 해서 실수한 사람을 죽여 버리겠다고 했다는 거야.」

「그래서요?」 율리우스가 걱정스럽게 물었다.

「그래서…… 시체 보관소 소장은 자기 목숨을 건지려고 우리에게 책임을 떠넘겼어. 우리 주소를 주면서 말이야. 지금 엄청나게 화가 난 나치 하나가 이리로 달려오고 있는 것 같아. 내가 역사를 돌이켜 보건대, 화가 난 나치들은 조심하는 게 나아. 그냥 나치들도 마찬가지지만.」

「에이, 이런 빌어먹을!」 율리우스가 버럭 화를 냈다. 「꾸물대지 않고 곧바로 얘기하면 안 되오? 빨리 여길 떠야 해! 지금 당장!」

「흠, 그거 정확한 분석인 것 같아.」 알란이 고개를 끄덕였다. 「가장 중요한 것들만…….」

〈……챙겨 가지고 말이야〉라고 그는 들고 있던 검은색 태블릿을 흔들어 보이며 말하려고 했다. 하지만 그는 미처 문장을 끝맺을 수 없었으니, 지옥이 눈앞에 펼쳐진 것이다. 상점 진열장의 유리판 세 개가 차례로 박살 났다. 그리고 콩 볶는 것 같은 요란한 소리가 누군가가 지금 거리에서 자동 화기를 상점에 대고 갈겨 대고 있다는 사실을 알려 주었다. 두 노인과 여자는 한 줄로 박박 기어 문을 통해 뒷마당으로 빠져나가는데 성공했다. 그러고는 잠시 조용해졌다가, 총격이 재개되었다.

사비네가 운전석에 자리 잡는 동안, 율리우스는 알란이 영구차의 뒤쪽에 기어오르는 것을 도운 다음, 자신은 조수석에 펄쩍 뛰어올랐다.

「출발!」 율리우스가 이렇게 외쳤지만, 차는 이미 1초 전부터 굴러가고 있었다.

「여긴 좀 비좁은데?」 알란이 말했다. 「이 관 안에 누구 들어 있나? 아니면 내가 좀 드러눕게…….」

영구차는 신속히 메르스타를 빠져나와 E4 고속 도로를 타고 남쪽으로 향했다. 알란은 다음 주 월요일에 인도할 수 없게 된 흰색 바탕에 빨간 십자가가 그려진 관에 드러누웠다. 관은 몇 가지만 조정하면 아주 편안한 공간이 될 것 같았다. 예를 들어 산소가 들어올 수 있는 구멍을 하나 낸다면 두 잉꼬의 분위기가 달아오를 때마다 관 뚜껑을 쾅 닫아 버릴 수 있을 거였다. 하지만 그런 종류의 제안은 삼가는 편이 나았다. 앞좌석의 사내는 빗발치는 총알 세례를 받은 후에 극도로 예민해져 있었다. 이런 일은 처음 당한 모양이었다. 알란은 1937년의 과달라하라 전투가 마치 어제 일처럼 생생하게 떠올랐다. 그때는 머리를 어깨 위에 온전히 달고 있고 싶다면 몸을 바짝 엎드려야 했다. 아, 그때는 정말로 끔찍했었지! 프랑코는 거기서 완전히 박살 났었다. 하지만 그다음에 어떤 일이 일어났는지는 우리가 다 아는 바다. 삶이란 그런 것이다.

알란의 생각이 80년 전의 공간을 떠돌고 있는 동안, 사비네옆에 말없이 앉아 있는 율리우스는 심장만 미친 듯 쿵쾅댈 뿐 머릿속은 하얗게 비어 있었다.

사비네는 좀 더 속도를 높였다. 알란은 재킷을 간신히 벗어 베개처럼 뭉쳐서 머리 밑에 넣은 다음, 검은색 태블릿을 꺼냈다. 흠집 하나 없이 무사히 건져 왔으니, 얼마나 다행인가!

잠시 후에 알란이 말했다. 「와, 이것 봐! 메르스타에 총격이 있었다는 기사가 떴어!」

「세상에!」 사비네가 입을 딱 벌렸다.

알란에게는 태블릿이 있었고, 사비네는 핸들을 잡고 있었다. 율리우스에게는 서서히 기능이 회복되고 있는 뇌밖에 없었다. 그는 자가 치료도 할 겸 소리 내어 상황을 정리해 보았다.

「자, 이게 지금 우리의 상황이야!」 그는 이렇게 말하고 숨을 깊이 들이마셨다.

이제 〈자부심을 가지고 죽자〉사는 더 이상 활동할 수도, 수입을 기대할 수도 없는 사업이 되고 말았다. 지금까지 회사는 대략 10만 크로나를 은행에 넣어 두었는데, 이 돈은 계속 거기에 두는 게 좋을 거였다. 비과세로 말이다. 반면, 회사의 세 임원은 오직 그들을 죽일 생각밖에 없는 어떤 나치에게 쫓기고 있었다. 그들은 수 킬로미터 떨어진 곳에서도 알아볼 수 있는 차를 타고 도주 중이었다. 나치는 아마도 같은 도로 위, 그들 뒤에 있을 거였다.

「설마 차를 갈아타자는 말은 아니겠지?」 알란이 불안스레 물었다. 「난 여기가 편한데?」

「먼저 도로부터 갈아타야겠어.」 이렇게 말한 사비네는 두 남자의 의견도 구하지 않고서 우플란스베스뷔 부근에서 E4 도로를 빠져나왔다.

스 웨 덴

조니는 극도로 흥분해 있었다. 차분하게 관들 사이로 돌아다니며 걸리는 자마다 그 관들 속에 들어갈 신세로 만들어 놓는 대신, 그는 그냥 보도에 버티고 서서 허리 높이로 든 기관단총을 마구 갈기기만 했다. 이렇게 해서 그가 학살한 것은 탁자 위의 노트북 컴퓨터 한 대가 전부였다. 상점에는 그것 말고는 값나가는 게 없었다. 무엇보다 사람이 한 명도 없었다.

조니는 운전석에는 어떤 나이 든 여자가 앉고, 그 옆에는 노인 하나가 앉아 있는 영구차가 뒷마당을 쏜살같이 빠져나가는 것을 언뜻 보았다.

그들이 떠나고 나서 5분이 지났다. 그들이 어디로 갔는지 아는 것은 불가능했지만, E4를 타고 남쪽으로 향했다는 게 합리적인 추측이었다. 그들에 비해 5분이 늦긴 했지만, 지금 출발하면 어렵잖게 따라잡을 수 있을 거였다.

그는 그의 BMW에 앉아 시속 175킬로미터로 스톡홀름 쪽으로 달리면서, 검은색 차의 뒷부분을 발견하려고 눈이 빠지게 앞만 살폈다.

우플란스베스뷔의 남쪽에 이른 그는 상황을 보다 냉철하게 보게 되었다. 만일 그들의 의도가 스톡홀름 시내에 숨는 것이 었다면, 지금쯤이면 그들의 모습이 보여야 옳았다. 솔렌투나 와 시스타 사이의 어딘가에서 그는 추격을 포기해 버렸다. 여러 방향으로 통하는 고속 도로 출구를 벌써 여남은 개나 지나친 것이다. 더 계속하는 것은 어리석은 짓이었다. 그냥 집에 돌아가서 앞으로의 할 일을 생각해 보는 편이 나았다.

멜라르베옌 도로로 빠져나온 세 사람은 267번 국도를 통해 E18로 들어갔다. E18은 노르웨이 수도 오슬로로 향하는 고속 도로였다.

「난 거기에 한 번도 가본 적이 없어.」 알란이 말했다.

「그리고 오늘도 안 가요.」 사비네가 쏘아붙였다. 「우리가 오슬로에 가서 대체 무얼 하겠다는 거죠?」

그렇다면 오슬로 대신 어디로 가느냐가 문제였다. 그리고 세 사람은 이제 어떻게 살아가야 하나?

사비네는 오슬로 방향으로 수십 킬로미터를 달린 후에 다시금 아무 계획 없이 남쪽으로 방향을 틀었다.

20분 후, 알란은 태블릿에서 끔찍한 뉴스 하나를 발견했다. 스톡홀름 중심가에서 테러리스트의 소행으로 보이는 충격적인 사건이 발생했다는 거였다. 트럭 한 대가 군중 사이로 돌진했고, 총격도 있었다고 한다. 율리우스와 사비네는 이번에만큼은 뉴스를 좀 더 듣고 싶어 했다.

에, 그러니까, 이건 몇 시간 전에 일어난 일인데, 트럭 운전수는 도주해 버렸다는군. 체포된 사람은 아무도 없는 것 같아.

사방에 검문 바리케이드가 쳐졌고, 경찰은 시내 중심가에 통행을 금지시켰대. 사망자도 여럿 있는 모양이야.

끔찍한 얘기였다. 순간 율리우스는 부끄럼을 느꼈다. 온몸이 덜덜 떨리기도 했거니와, 무엇보다도 이 테러 사건이 너무나 비극적이긴 하지만, 때맞춰 잘 일어났다는 생각이 스쳤기 때문이다. 이렇게 사방에 바리케이드가 쳐지고 경찰이 쫙 깔렸다면 나치들은 숨을 죽일 수밖에 없을 터, 자신들은 봉쇄된 수도로부터 멀리 도망칠 수 있을 거였다.

바로 그때, 그들이 탄 차 앞에 경찰관들이 나타났다.

「난 관 뚜껑을 닫을게.」 알란이 속삭였다.

두 경찰관 중의 하나는 자신들은 스톡홀름에서 일어난 비극적인 사건 때문에 차량들과 승객들을 검문하는 중이라고 설명했다.

「우리도 방금 그 소식을 들었어요.」 사비네가 대답했다. 「정말 무서운 일이에요.」

경찰관은 율리우스와 그녀의 얼굴을 찬찬히 뜯어보았다. 뒤쪽의 관에 시선이 이른 그는 지금 두 분이 업무상 이동 중이냐고 물었다.

「그래요.」

「맞소, 업무상 이동 중이오.」 율리우스가 맞장구쳤다.

그런데 이상했다. 운전수와 승객은 별로 〈업무〉에 어울리지 않는 복장이었다. 남자는 컬러풀한 재킷, 꾸깃꾸깃한 셔츠, 그리고 후줄근한 개버딘 바지 차림이었다. 여자는 목 주위에 부적이 주렁주렁한 것이 은퇴한 히피를 연상시켰다.

엄격함은 하나의 미덕일 뿐만 아니라, 모든 경찰관의 의무이기도 했다.

「신분증 좀 볼 수 있을까요?」

「물론이죠!」 사비네가 흔쾌히 대답했다. 「……아, 근데 생각해 보니까, 아니네요. 내 지갑을 장의사에다 놓고 온 것 같아요. 이따금 아주 급한 일들이 생기곤 한답니다. 심지어는 우리네 분야에서도 말이죠.」

그런데 율리우스가 조수석 바닥에서 사비네의 핸드백이 굴러다니는 것을 발견했다. 불행 중 다행이라고나 할까. 그는 그녀의 운전 면허증을 꺼내어 자신의 여권과 함께 내밀었다.

「아, 외교관이십니까?」 경찰이 놀란 표정과 어조로 물었다.

「최근에 뉴욕의 대사관에서 귀국한 길이라오.」 율리우스가 설명했다.

「우리 대사관은 워싱턴에 있지 않나요?」

「먼저 워싱턴의 대사관에 들렀다가, 뉴욕의 UN 본부에서 돌아왔다는 얘기요.」

경찰관은 그를 한참 동안 관찰했다.

「잠깐만 기다리세요.」 그는 이렇게 말하고 자기 동료에게로 갔다.

그들은 몇 마디를 나누더니, 둘이서 함께 영구차로 돌아왔다.

「안녕하십니까.」 두 번째 경찰관이 인사했다.

「안녕하세요.」 사비네가 말했다. 「우린…… 뭐라고 해야 하나…… 급한 배달 중이에요. 무슨 문제라도 있나요, 순경님?」

「경위입니다.」 경찰관이 정정했다. 「물론 아무 문제도 없

지만, 우린 지시대로 해야 해요. 자, 차 뒷문 좀 열어 주시겠습
니까?」

바로 사비네가 가장 하고 싶지 않은 일이었다.

「아니, 이것 보세요, 경위님!」 그녀가 소리쳤다. 「신성한 장
례 의식을 존중해 주셔야죠!」

하지만 경위에게는 무엇보다도 나라의 안전이 우선이었다.
직접 차 뒷문을 열고, 레일 위에 놓인 흰 관을 끌어당긴 그는
먼저 하늘에 용서를 구하고는…… 관 뚜껑을 열었다.

「그대에게 신의 가호가 있기를, 순경 양반!」 알란이 반듯이
누운 채로 말했다. 「아니면 경위 양반이든지……. 내가 일어나
서 인사하지 못하는 것을 용서하시오.」

경위는 펄쩍 튀어 올랐고, 뒤로 넘어지며 엉덩방아를 찧었
다. 그의 동료도 혼비백산하며 외마디 욕설을 내뱉었다. 충격
의 순간이 지나가자, 장의사로 추정되는 두 사람과 그들의 살
아 있는 배달물은 조사를 위해 에스킬스투나 경찰서로 연행되
었다.

처음에는 팽팽했던 조사실 분위기는 시간이 지남에 따라 한
결 부드러워졌다. 홀름룬드 경위는 비록 상황이 너무나 괴이
하기는 하지만, 이들은 스톡홀름의 테러 사건과 아무 상관이
없다는 것을 이해했다.

사비네는 자신들은 관 제작자들이며, 배달을 위해 남쪽으로
가는 중이라고 설명했다. 그리고 영구차에 좌석이 둘밖에 없
는 까닭에 약간 창의적인 해결책을 찾아내야 했다고.

「이건 단지 창의적일 뿐만 아니라,」 홀름룬드가 말했다. 「불

법이기도 하죠. 차 안의 모든 승객은 반드시 안전벨트를 매야 해요. 앞좌석은 1975년부터, 뒷좌석은 1986년부터 그렇습니다.」

「허나 난 앉아 있지 않았다고.」 알란이 반박했다. 「그리고 〈뒷좌석〉이라고? 난 궤짝 속에 있었는데 말이야.」

하지만 홀름룬드는 결코 풋내기 경찰이 아니었다.

「성함이 칼손이라고 하셨죠? 난 이번에는 봐주려고 했는데 말이죠, 만약 계속 그렇게 지껄이고 싶으시다면 재고해 볼지도 몰라요?」

「아닙니다, 아닙니다!」 율리우스가 황급히 끼어들었다. 「여기 있는 영감은 나이가 백한 살이지만 백 열한 살 먹은 사람처럼 노망이 들었어요. 이 양반에게는 아무 신경 쓰지 마세요. 앞으로는 이 노인네에게 안전벨트를 확실히 매주겠다고 약속드리겠습니다. 사실 우리는 이 영감에게 구속복(拘束服)을 입힐 것까지 고려하고 있어요.」

「자, 자, 경위 양반.」 알란이 말했다. 「내가 청력이 그리 좋진 못하지만, 당신이 무슨 말을 하는지는 알겠소. 자, 내가 나 자신과 이 젊은 욘손 커플을 대표하여 사과하리다!」

홀름룬드 경위는 고개를 끄덕였다. 오늘 같이 바쁜 날에 좀 모자라는 사람들을 데리고 시간을 허비할 틈이 없었다. 그리고 조사 결과 여자는 정말로 관 제작을 전문으로 하는 회사를 소유한 것으로 밝혀졌다.

「자, 이제 가셔도 됩니다. 그리고 칼손 선생이 다시 그 관 속에 들어가실 생각이라면, 그 안에다 꽁꽁 묶어 놓는 게 좋을 겁니다. 적어도 살아 계신 동안은 말이죠. 그 후에는 어떻게 하든 아무 상관 안 하겠어요.」

　차 앞에서 율리우스는 알란을 묶어 놓을 끈 같은 것을 구해
야겠다고 말했다.
　「아, 그냥 놔둬.」 알란이 손을 저었다. 「다음에는 내가 죽은
척하고 있을 테니까.」

스웨덴

참으로 파란만장한 하루였다. 에스킬스투나의 동쪽에서 사비네는 잠시 숨을 돌리면서 앞으로 어떻게 할 것인지 생각해 볼 수 있는 민박집을 찾아냈다.

그들의 집과 일터와 사업과 미래가 한방에 날아간 것이다. 남은 것이라곤 시커먼 영구차 한 대뿐이었다.

민박집 주인, 룬드블라드 부인은 일흔다섯 살가량의 통통한 여자였다. 그녀는 뜻밖에 손님들이 들이닥치자 입이 헤벌쭉해졌다.

「어서 오세요. 우리 집엔 방이 다섯 개 있는데, 마침 모두 다 비어 있어요. 아무거나 골라잡으시면 돼요. 저녁 식사를 원하세요? 햄을 넣은 콩 수프도 있고…… 콩을 넣은 햄 수프도 있답니다.」

알란의 기억으로는 햄을 넣은 콩 수프건, 콩을 넣은 햄 스프건 간에, 그걸 먹고 신이 났던 사람은 없었던 것 같았다. 하지만 어쩌면 컬컬한 목구멍을 축일 만한 게 있을지도?

「아, 좋아요. 그럼 마실 것은 뭐가 있죠? 혹시 맥주?」

「물론 우유죠.」 룬드블라드 부인이 대답했다.

「아⋯⋯ 물론 그렇겠지.」

문제의 수프로 요기를 한 후, 사비네는 율리우스와 함께 쓰는 방에 사람들을 모아, 율리우스는 이미 깨달은 내용을 요약하는 것으로 회의를 시작했다. 첫째, 그들의 관 사업은 기관총을 갈긴 나치가 그들에게 원했던 상태만큼이나 죽어 버렸다. 둘째, 문제의 나치는 적어도 사비네의 이름을 알고 있으니, 그녀는 회사의 대표인 까닭이다. 셋째, 그가 완전히 쓸모없는 인간이 아닌 이상 기업체 등록국을 통해 알란의 이름도 찾아냈겠지만 율리우스의 이름은 모를 것이다.

「우리에게는 뭔가 새로운 수입원이 필요해요.」 사비네가 말했다. 「완전히 새로운 삶이 필요하죠. 여기에 대해 의견이라도 있나요?」

얼마 전에 율리우스는 농담 반 진담 반으로 아이디어를 하나 내놓았었다. 그는 그 얘기를 다시 꺼냈다.

「자기 어머니의 유덕도 기릴 겸, 신점 사업에 다시 뛰어드는 게 어떨까?」

알란은 가슴이 살짝 뛰었다. 죽은 이들과 얘기를 나누면 아주 흥미로우리라. 살아 있는 자들에게서는 재미있는 얘기가 나오는 법이 거의 없었다. 물론 예외가 있긴 했다. 말름셰핑의 양로원에서 지낼 때, 옆방 남자는 핀란드 겨울 전쟁 때 참호를 팠다고 한다. 아주 흥미로운 작업이었단다. 사실은 그렇게 흥미로운 작업은 아니었겠지만, 어쨌든 남자는 매우 훌륭한 이야기꾼이었다. 군인들에게는 매시간 10분간의 휴식이 주어졌는데, 그 시간을 땅을 파며 보냈다고 한다. 얼어 죽지 않으려고 말이다.

사비네는 알란의 잡담은 듣지 않고 곰곰이 생각해 보았다.

「어때, 가능하겠어?」율리우스가 물었다.

「참호 말이야?」알란이 놀라며 반문했다.

사비네는 101세 노인을 째려본 후, 율리우스에게 대답했다. 「아니. 어쩌면 가능할 수도 있고. 그건 경우에 따라 달라.」

만일 자신의 어머니를 진짜 영매로 간주한다면, 그들이 뭔가 해볼 수 있는 건덕지는 없단다. 자신은 어머니가 지녔던 능력을 전혀 물려받지 못했으니까. 하지만 만일 엄마 예르트루드가 사기꾼이었거나, 꾸준히 복용한 마약 덕에 착란을 일으켰던 것에 불과하다면 문제는 달라진단다.

율리우스는 사기꾼이 꽤 괜찮은 직업이라고 생각하는 소수의 사람들 중의 하나였다. 하여 그는 사비네의 어머니가 분명히 사기꾼이었을 테니 너무 걱정 말라고 사비네를 격려했다. 사비네는 따뜻한 말을 해줘서 고맙긴 하지만, 자기가 보기에 어머니는 착란을 일으켰을 가능성이 더 크단다.

「엄마와 똑같이 하는 것은 가능해. 더 발전시킬 수도 있고.」

여러 해 동안 어머니는 어떻게 자신의 활동과 자기 자신을 새로운 경지로 끌어올릴지 설명했기 때문에, 사비네는 어머니의 얘기를 달달 외울 정도가 되었다. 어머니의 계획이 실현되지 못한 것은 말년에 이르러 침대에 붙어 살았기 때문이란다.

사비네가 가장 좋아하는 이야기는 올레코린코의 이야기였다.

만일 그가 아직도 살아 있다면? 인터넷을 통해 그에 대해 알아볼 수 있지 않을까?

　「내 태블릿에 손댈 생각 하지 마!」 알란이 경고했다.

　「아, 물론 할 거예요.」

스웨덴

미국인들은 조니와 다시 접촉하지도, 그에게 자신들과 접촉할 기회를 주지도 않은 채 로스앤젤레스로 떠나 버렸다. 아리안 형제단의 일원을 토끼가 그려진 하늘색 관에 넣은 자는 상종할 가치가 없었다. 그 개자식을 패죽일 수도 있었지만, 그냥 참기로 했다. 조니 엥발은 케네트 엥발의 동생이기 때문에 봐주기로 한 것이다. 반면, 형제단의 스웨덴 지부는 폐쇄될 거였다. 그것은 창설자와 함께 죽어 버렸다. 아리안 동맹에 붓기로 계획된 지원금은 즉각 취소되었다.

하지만 조니는 희망의 끈을 놓고 싶지 않았다. 관을 뒤바꾼 그자들을 처치하고 나서, 로스앤젤레스와 다시 접촉해 볼 생각이었다.

조니는 완전히 겁에 질린 시체 보관소의 여자를 통해, 케네트가 적어도 관은 올바른 관에 들어갔지만, 그 관이 잘못된 장소에 가 있다는 사실을 알게 되었다. 그리고 이제 시신을 회수했으니 다시 제대로 장례식을 치러야 할 터였다. 불행히도 목사는 그에게 얻어맞고 설교단에서 떨어진 탓에 의식을 집전할 상태가 못 되었지만, 조니에게는 다른 목사를 끌고 올 시간이 없었다. 하여 그는 가장 가까운 동네 화원에서 튤립 한 송이를 사서는 저녁 무렵에 목사가 입원한 병원을 찾아갔다. 목사는 문병 온 그에게 감사를 표한 후, 자신은 코와 광대뼈가 골절된 관계로, 앞으로 6주 내지 8주 안에는 성무에 복귀할 수 없다고 설명했다.

「2주 반을 주겠소.」 조니가 짧게 대답했다.

그동안 케네트 형은 시체 보관소에서 조금 기다려야 할 거였다. 그래도 거긴 땅속보단 덜 추울 거야, 라고 조니는 자신을 위로했다.

그의 우선순위는 명확했다. 무엇보다도 관 사기꾼들은 자기네 창자들 속에서 목욕해야 할 거였다. 그는 관 제작사 홈페이지를 통해 자기가 찾는 여자의 이름이 사비네 욘손이라는 사실을 알아냈다. 하지만 관을 주문했을 때 어떤 남자가 전화를 받았었는데, 아마도 영구차가 도주할 때 그녀 옆에 앉아 있던 자인 듯했다. 만일 사비네와 영구차를 찾아낼 수 있다면, 그자도 같이 잡을 수 있을 거였다.

인터넷을 통해 여자에 대해 더 많은 것을 알아내는 데에는 오랜 시간이 걸리지 않았다.

그녀는 〈자부심을 가지고 죽자〉사의 CEO였고, 상임 이사로는 그녀가 유일했다. 또 다른 이사는 알란 엠마누엘 칼손이라는 자였는데, 아마도 영구차에서 그녀 옆에 앉았던 남자인 듯했다. 사비네는 지금은 청산된 〈저세상 AB〉사의 임원이기도 했다. 저세상 AB? 이 엿 같은 것은 또 뭐지?

오, 그래, 인터넷이 있었지! 〈저세상 AB〉는 신점을 전문으로 하는 회사란다! 그들은 죽은 이들과 대화를 나눈단다. 조니는 케네트 형을 만나고 싶다는 생각이 스쳤다. 잠시나마 마지막 대화를 할 수 있다면……. 빌어먹을, 지금 내가 무슨 생각을 하고 있지? 그런 어처구니없는 것들을 믿다니!

　사비네 레베카 욘손과 알란 엠마누엘 칼손. 회사 이름으로 등록된 검은 영구차. 그리고 그들이 돌아올 가능성이 거의 없는 회사 주소. 그는 알고 있었다. 자기가 그들을 찾아낼 거라는 것을. 하지만 그 방법은 알 수 없었다.

러시아

「잘 있었나, 볼로디아! 어떻게 지내? 뭔가 걱정이 있어 보이는데?」

사실 그랬다. 푸틴은 걱정이 태산이었다. 미국의 트럼프가 요즘 막 나가고 있었다.

「워싱턴의 그 천치가 이번에는 평양의 미치광이를 도발했어. 이거 어떻게 해야 하지, 게나?」

게나디 악사코프는 책상을 사이에 두고 친구와 마주 앉았다. 그들은 무적의 2인조였다. 그냥 강한 게 아니라, 최강이었다. 예전에 삼보와 유도 매트에서 그랬듯이 말이다. 하지만 너무 승승장구하면 좋지 않은 법……. 이게 요즘 러시아 대통령이 곱씹고 있는 생각이었다.

게나의 지휘하에, 러시아는 미국에 대한 은밀한 전쟁을 시작했다. 일단의 젊은 남자들과 여자들이 인터넷에 들어가고, 미국 프로 야구팀 모자를 쓰고, 닥터 페퍼 캔을 따고…… 그리고 공격을 개시했다.

미국 내부에서부터 말이다.

전투는 페이스북, 인스타그램, 트위터, 그리고 각종 블로그와 웹 사이트에서 벌어졌다. 이 인터넷 전사들은 스스로 미국인인 체하면서 사방에 대고 총을 쐈다. 하루는 좌파 운동을, 또 하루는 우파 운동을 지지했다. 페이스북에서는 미국 국가가 울릴 때 무릎 꿇은 미식축구 선수를 응원하면서 트위터에서는 동일한 선수를 애국심이 없다고 비난했다. 보다 엄격한 총기 규제법을 지지하는 동시에 같은 법에 대해 항의했다. 멕시코 국경에 장벽을 세우라고 요구하기도 하고 또 그것에 대해 분개하기도 했다. 의료 보험 개혁을 위한 모든 시도들에 박수를 치기도 하고 욕을 퍼붓기도 했다. 성적 소수자들에 대해 온갖 의견을 내놓았다. 그들은 군중을 — 그들이 누구든, 무엇을 주장하든 관계없이 — 흥분시켰다.

이 모든 것의 목적은 미국인들을 서로 싸우게 하는 것이었다. 분열시켜서 국력을 약화시키는 거였다.

포연이 걷힌 후 러시아 대통령과 그의 친구는 그들의 전사들이 모든 전투에서 승리했음을 확인했다. 하지만 전투가 아닌 전쟁은?

푸틴은 자신들의 전략이 너무 잘 먹힌 것은 아닌가 하는 의문이 들었다. 게나는 불가능한 것까지 이뤄 냈으니, 트럼프 같은 파괴적인 인물을 백악관에 집어넣는 데 성공한 것이다. 이것은 엄청난 대가가 따르는 승리였을까? 자신들은 더 이상 통제할 수 없는 괴물을 만들어 낸 것일까?

미국은 바야흐로 사분오열되고 있는데, 이는 좋은 일이었다. 하지만 국가란 시베리아 호랑이 같은 것이어서, 상처 입은 국가는 치명적일 수 있었다. 미국은 여전히 세계 최강의 군사 대국이었다. 지금 러시아의 은밀한 조력하에 자기 나라를 파멸로 이끌고 있는 사내는 그 어마어마한 멍청함으로 인해 북한과 핵전쟁을 일으킬 수도 있었다. 러시아의 바로 코앞에서 말이다.

이것은 그들이 의도했던 바가 아니었다. 그리고 이러한 상황이 어디로 치달을지 전혀 예측할 수 없었다. 그들은 그 빌어먹을 원심 분리기를 평양에 절대로 보내지 말았어야 했다.

「그럴지도 모르지.」 게나가 고개를 끄덕였다. 「하지만 엎지른 물을 어찌하겠나?」

처음에는 좋은 아이디어라고 여겨졌던 것이 이제 부메랑으로 돌아오고 있었다. 미국과 중국이 무역과 관련하여 대화를 벌이고 있는 시점에서 북한이 한 번, 혹은 그 이상의 진짜 핵실험을 행한다면 러시아로서는 골치 아프게 될 수 있었다.

중국과 미국은 그들에게 어떤 공동의 적이 있음을 알아챌 수도 있을 것이다. 그리고 시진핑은 트럼프와 원만하게 대화하는 법을 찾아낸 것 같았다. 어쩌면 골프에서 트럼프에게 적당히 져주었는지도 모른다. 무얼 했는지는 모르겠지만, 어쨌든 그게 통하는 모양이었다.

「엎지른 물인데 어쩔 수 없잖아?」 게나디 악사코프가 다시 한번 말했다. 「볼로디아, 그냥 놔두고, 유럽에나 집중하자고.」

푸틴은 고개를 끄덕였다.

「그래, 자넨 스웨덴을 다녀왔나? 그쪽은 어떻게 돌아가지?」

게나는 미간을 찌푸렸다.

「자네는 안 듣는 편이 나을 거야. 그냥 스페인이나 독일 얘기나 하자고. 독일에서는 좋은 뉴스를 가져왔네.」

푸틴은 미소를 지었다.

「아, 정말? 메르켈의 그 큼직한 엉덩이가 그렇게 탄탄하지는 못한 모양이지?」

스웨덴

『에스킬스투나 신보』의 벨라 한손 기자는 독자들의 관심을 끌고 싶었다. 그러지 못한다면 기자라는 직업이 무슨 의미가 있는가? 요즘은 테러 사건과 관련된 기사를 주로 썼다. 어차피 사람들은 다른 것을 읽으려 하지 않았다.

그녀는 경찰의 사건 보고서들을 죽 훑어보았다. 간밤에 술집에서 난투극이 벌어졌다고? 이건 아냐. 농가에서 동물 학대가 의심된다? 언제나 충격적으로 다가오는 소식이었지만, 적어도 오늘만큼은 아니었다. 대형 쇼핑몰 주차장에서 자동차 두 대가 동시에 후진하다가 충돌한 얘기도 운전자 중의 하나가 이슬람교도이긴 했지만 테러 사건과는 전혀 무관했다.

하지만 여기 눈에 띄는 게 있었다.

스톡홀름에서 테러 사건이 있은 지 불과 몇 시간 후에 영구차 한 대가 연행되었단다. 그런데 벌금 딱지 하나 받지 않았단다. 하지만 경찰서까지 끌려가 조사를 받았다고 하지 않는가?

도대체 왜?

스웨덴에서는 〈공시(公示)의 원칙〉이라는 게 존재한다. 이

것은 어떤 공무원이 행하고, 쓰고, 말하는 모든 것은 시민들이 열람할 수 있게끔 즉각 보고서로 옮겨져야 함을 의미한다. 일반적으로 시민들은 문제를 제기하지 않는다. 하지만 기자들은 다르다.

영구차를 조사했던 홀름룬드 경위는 길고도 고단한 하루를 보내고서 — 그것도 토요일에 — 퇴근하려 사무실을 나오다가 재수 없게도 젊은 기자 벨라 한손과 딱 마주치고 말았다. 들릴락 말락 한 한숨을 내쉰 그는 기자를 사무실에 들어오게 했다.

산전수전 다 겪은 노련한 경찰 홀름룬드는 보통은 기자들에게 얼굴색 하나 안 변하고 거짓말을 했다. 하지만 오늘 이 기자에게는 진실을 일부분 밝히기로 했다. 그러면 이 여자는 이 사건에 대해 흥미를 잃고는 더 이상 귀찮게 굴지 않으리라.

「네, 무슨 일이 있었는가 하면, 관 하나를 운반하는 차량 한 대가 통상적으로 행하는 검문을 받았어요. 아뇨, 관 속에는 시체가 없었어요. 현장에 있던 수사관들이 확인했죠. 하지만 승객 중 하나가 안전벨트를 매지 않았어요.」

「아니, 어떤 장의사를 연행하여 조사를 했는데, 안전벨트를 매지 않은 게 이유였다고요?」 벨라 한손이 놀라며 물었다.

홀름룬드는 사실 그들은 장의사가 아니라 관 제작자였다고 말하려다가 꾹 참았다.

「아시다시피 오늘은 조금 특별한 날이었어요.」

벨라 한손은 미심쩍은 표정으로 그를 쳐다봤다.

「그래서 조사 결과 무얼 알아냈나요? 직접 심문하셨나요?」

「네, 내가 했어요. 솔직히 말해서 이 조사는 안전벨트 착용을 소홀히 한 승객을 훈방하는 것으로 마감되었죠.」

이 이야기는 테러 사건과는 아무런 관련이 없었지만, 벨라는 몇 가지를 더 질문해 보고 나서 관점을 바꿨다. 더 좋은 아이디어가 떠오른 것이다. 그녀가 머릿속으로 거의 다 완성해 버린 기사는 너무나 기막힌 것이라 온라인에만 올리기에는 아까웠다. 문제는 일요일에는 종이 신문이 나오지 않는다는 사실이었다.

따라서 온라인으로 가야 했다. 하지만 벨라는 이 이야기가 최대한 오랫동안 헤드라인 뉴스로 떠 있을 수 있도록 기사를 다음 날 아침까지 발표하지 않았다. 새로운 세상에서는 무엇보다도 조회 수가 중요하니까.

스 웨 덴

올레코린코는 왕성한 활동을 벌이고 있었다. 주술사도 그 정도 되면 돈을 가마니에 쓸어 담는 모양이었다. 그의 아이디 어들을 베끼려면 그를 가까이서 연구할 필요가 있는데, 아프 리카는 걸어서 갈 수 있는 곳이 아니었다. 따라서 사비네는 당 분간 자신이 이미 알고 있는 것들에 만족해야 했다.

먼저 신점 업계의 현황을 파악할 필요가 있었다. 사비네는 민박집에서 초저녁부터 시작하여 밤이 깊어질 때까지 시장을 분석했다. 그런데 작업을 하면 할수록 맥이 빠졌다. 알란이 그 녀가 자기 장난감을 훔쳐 갔다고 계속 투덜거릴 뿐 아니라, 최 근 몇 년 동안 온갖 점쟁이들의 수가 그야말로 폭발적으로 증 가했다는 사실을 명백히 확인할 수 있었기 때문이었다. 다시 말해서 공급이 엄청났다. 이 분야에 진출하는 것은 어려운 일 이 아니었지만, 여기서 경쟁력을 갖추고 돈을 버는 것은 또 다 른 문제였다. 특히나 사비네는 사업에는 젬병이었기에 더욱 그랬다.

율리우스는 그녀가 혼자 일하도록 놔뒀다. 그녀에게 그게 필요하다고 생각하기도 했거니와, 그 빌어먹을 아스파라거스 생각이 머리를 떠나지 않았기 때문이었다. 민박집 복도의 소형 원탁 위에는 옛날식 전화기가 한 대 놓여 있었다. 그는 집주인이 장을 보러 나갔을 때 그것을 이용할 수도 있었지만, 불행히도 구스타브 스벤손의 전화번호를 잃어버렸다. 쪽지를 뉴욕의 레스토랑 테이블 위에 두고 온 모양이었다.

구스타브의 전화번호가 없고, 구스타브에게도 율리우스(그에게는 휴대폰조차 없었다)의 연락처가 없으니, 두 친구 겸 동업자는 영원히 만나지 못하게 될 위험이 있었다. 〈아니, 분명히 못 만나겠군〉 하고 율리우스는 조금 생각해 본 후 결론을 내렸다. 여러모로 비극적인 일이었다. 그는 인도-스웨덴 친구가 싫지 않았던 것이다. 그리고 뭔가 단단한 것으로 그의 머리통을 후려치고 싶기도 했다.

사비네와 율리우스가 저마다 일을 하는 동안, 알란은 민박집 공용 거실에서 소파 하나를 찾아냈다. 그는 거기에 누워서는 사비네가 쉴 때마다 태블릿을 넘겨받아 놓친 기사들을 찾아 읽곤 했다. 무엇보다도 우체국의 시원찮은 배달 행정에 시민들이 뿔났다는 기사가 눈에 띄었다. 규정상 하루 만에 오기로 되어 있는 우편물이 이틀에 오는 경우가 허다하단다. 이에 대한 우체국의 해결책은 서비스를 개선하는 게 아니라, 규정을 바꾸는 것이었다. 이제 모든 우편물은 이틀에 도착하고, 배달 기일 엄수율은 1백 퍼센트에 접근하게 되었다. 알란은 우체국장이 보너스까지 노릴 수 있겠다는 생각이 들었다.

또 다른 기사에서는, 프랑스의 극우 정당 국민 전선의 간부

하나가 어느 북아프리카 식당에서 쿠스쿠스라는 음식을 맛보았단다. 게다가 아주 게걸스레 먹었단다! 이 행위는 극도로 비애국적인 것으로 간주되었고, 문제의 간부는 당에서 추방된 모양이었다. 아니면 그가 제 발로 걸어 나갔든지. 알란은 이 쿠스쿠스란 게 뭔지 알 수 없었다. 아마도 햄 넣은 콩 수프의 아랍 버전이리라. 한 번 더 이 요리를 받게 된다면, 자신도 탈당할지 모르겠다는 생각이 들었다. 뭐, 어디에서 탈당할지는 잘 모르겠지만.

사비네가 다시 태블릿을 요구할 때까지, 알란은 스웨덴 군이 헬리콥터 편대에 너무 많이 투자한 탓에 돈이 다 떨어져 그것을 사용할 수 없게 되었다는 기사도 읽을 수 있었다. 날지는 못할지라도 헬리콥터들이 아주 폼이 나는 것은 사실이었다.

꼬박 하룻밤을 작업한 끝에 사비네는 자기 어머니와 비슷한 서비스를 제공하는 사람을 무려 마흔아홉 명이나 찾아냈다.

「어때, 잘돼 가?」 아침 식사를 하면서 율리우스가 물었다.

「별로야.」 사비네가 우울하게 대답한 뒤, 설명을 이어 갔다.

지금 세상에는 엔젤 카드, 타로 카드, 추 등이 넘쳐 나. 영혼의 막힌 곳을 뚫어 주고, 원격으로 병을 치유하고, 동물들과 대화하고, 애정 운을 봐주고, 텔레파시로 조언을 하고, 에너지의 일반 법칙에 통달하고, 잉걸불이며 커피 찌꺼기며 수정구를 통해 과거와 현재와 미래를 보는 여자들이 세상에는 무수히 많아……

「과거를 보는 것은 그리 어렵지 않아.」 알란이 말했다. 「기억력이 흐려지기 전에는 나도 볼 수 있었지. 그리고 현재는 그냥 현재 아냐?」

그게 그렇게 간단치가 않단다. 한 개인의 현재는 과거의 평행적인 사건들로 만들어지는 것이며, 미래에 대해서도 같은 말을 할 수 있단다.

「우리를 둘러싼 수호천사들을 제대로 알지 못하면, 우리의 영혼은 길을 잃게 돼요. 방 안에 부정적인 에너지가 있으면 더 나쁘고요.」

율리우스는 사비네의 영혼은 자신의 그것만큼이나 길을 잃고 헤매고 있다는 사실을 오래전부터 알고 있었다. 알란의 영혼은 더 말할 것도 없고. 하지만 사업은 사업이었다. 그렇다면 사비네, 이 점쟁이들이 들끓는 시장 바닥에서 우리는 어디에다 초점을 맞춰야 할까?

오, 아주 좋은 질문이란다! 좋은 소식이 하나 있는데, 그것은 점쟁이들 중에서 혼령이나, 구마(驅魔)나, 저세상과의 교신 같은 것을 다루는 사람은 생각만큼 많지 않다는 사실이란다. 따라서 사비네의 어머니가 전문으로 하던 분야는 사업 전망이 있단다.

알란은 고개를 끄덕이면서, 그렇지 않아도 방금 전에 저세상에 주민 한 명 더 늘었다는 기사가 떴다고 말했다. 백열일곱 살 먹은 우즈베키스탄 농부의 아내가 한 마리뿐인 그녀의 암소에 깔려 죽었다는 거였다.

사비네는 이 노인네가 갈수록 피곤하게 느껴졌다. 이 양반의 102회 생일 선물로 암소를 한 마리 사주는 것도 나쁘지 않겠어.

스 웨 덴

스톡홀름에서 테러 사건이 일어난 다음 날, 『에스킬스투나 신보』는 수도에서 1백 킬로미터 떨어진 곳에서 발생한 충격적인 경찰관의 비행을 폭로했다. 테러리스트 검거에 광분한 경찰관들이 선량하기 그지없는 시민들까지 겁박했다는 거였다. 심지어는 죽은 사람까지 가만히 놔두지 않았단다(벨라 한손은 관 속에 시체가 없었다는 사실은 언급하지 않았다)

그녀의 기사에서 수사관과 경찰 고위층은 우선순위의 개념 자체가 없는 일단의 천치들로 묘사되었다. 세상에, 영구차를 연행하다니! 그러고 나서는 어떻게 했다고?

기사는 매우 예리했다. 끝부분에 가서 약간 방만해지기는 했지만 말이다. 사실 글이 좀 길긴 했다. 그래서 벨라는 영구차를 연행 — 엄밀히 말하자면 연행한 것도 아니었지만 — 한 것은 테러 사건과 연관이 있는지 조사하기 위함이었다고 경찰이 설명한 부분을 마지막 순간에 삭제했다.

천치 같은 경찰관들 얘기는 신문 부수를 늘려 준다. 지방지나 중앙지나 마찬가지다. 스톡홀름 일간지들의 온라인 판도 곧바로 영구차 이야기를 다시 올렸다.

이것은 두 개의 결과를 가져왔다.

첫째, 전날 메르스타의 한 장의사에서 벌어진 충격 사건을 조사 중이던 그리 멍청하지 않은 한 경찰관이 두 사건이 연관되어 있을 가능성을 발견했다. 전화 한두 통만 걸어 보면 이게 정말 수사에 도움이 될지 알아볼 수 있을 거였다.

둘째, 아리안 동맹 — 다시 말해서 조니 엥발 — 은 자기가 무슨 일이 있더라도 없애 버려야 할 자들이 스웨덴을 가로지르고 있다는 사실을 알게 되었다.

「그래, 이 개자식들, 남쪽으로 가고 있단 말이지!」 그는 으드득 이를 갈았다. 「후미진 시골길을 타고서?」

그는 자신의 기막힌 분석력에 미소를 머금었다. 하지만 다음 순간, 스웨덴 남부에는 시골길이 상당히 많다는 사실을 상기하게 되었다. 그리고 그들의 자취가 벌써 흐려졌을 거라는 사실도. 조니에게는 기자가 제공한 것 이상의 정보가 필요했다.

스웨덴

사업 콘셉트는 윤곽이 잡혀 갔다. 어떻게 페이스북 타깃 광고를 통해 올바른 고객에 도달할 수 있는지 백한 살 먹은 알란이 예순여섯의 율리우스에게 가르쳐 주고 있는 동안 사비네는 추, 수정, 수맥 막대기, 그리고 역한 냄새가 나는 몰약(沒藥) 등을 구하러 영구차를 몰고 돌아다녔다. 그녀는 예산 한도액을 넘기지 않으려 노력했다. 추 대신 DIY 상점 세일에서 발견한 토목용 다림줄을 사용하기로 했다. 수맥 막대기는 민박집 정원에서 주운 나뭇가지를 다듬어 만들었다. 수정은 굵은 소금으로 대신할 수 있을 거였다. 그리고 램프에 기름과 새우 수프를 9대 1의 비율로 섞어 넣어 몰약 향로를 제작했다. 비밀은 쌍심지에 있었는데, 하나는 불빛을 냈고, 다른 하나는 타기만 하면서 연기와 냄새를 풍겼다.

민박집 주인은 이런 기구들을 호기심에 찬 눈으로 보면서, 이 모든 것이 어디에 쓰이는 거냐고 조심스레 물었다. 사비네는 자신들은 죽은 사람들을 땅에 묻기만 하는 것이 아니라, 그들과 소통하기도 한다고 설명했다. 이 말에 룬드블라드 부인의 눈이 반짝 뜨였다. 그렇다면 당신이 뵈리에와 얘기할 수 있다는 말인가요?

못할 것도 없었다. 그리고 본격적인 활동을 시작하기 전에 한번쯤 리허설을 해보는 것도 나쁘지 않으리라. 같이 있은 지 하루가 되었는데, 룬드블라드 부인은 말끝마다 죽은 남편 얘기를 꺼냈고, 이제 사비네는 그에 대해 — 그가 15년 전에 작고했다는 사실을 포함하여 — 웬만한 것은 다 알고 있었다. 사전 조사야말로 점술의 알파요 오메가인 것이다.

이어진 시범은 알란과 율리우스에게 깊은 인상을 주었다. 만일 내막을 모르고 있었다면, 그들은 정말로 죽은 남자가 사비네를 통해 저세상에서부터 아내에게 말을 하고 있다고 믿었을 것이다. 남편은 아내에게 영원한 사랑을 맹세했고, 고양이가 8년 전에 향년 16세로 작고했다는 말을 듣고는 고통스러운 신음을 흘렸다. 또 단도직입적인 질문을 받자, 자신은 분명히 담배를 끊었다고 잘라 말했다.

죽은 남편이 자신은 아내가 너무나 그리워 매일 밤 울다 지쳐 잠이 든다고 말했을 때 그녀에게 심장마비가 오지만 않았어도 시범은 너무나 성공적으로 끝났을 거였다.

「아이고, 이런!」 룬드블라드 부인이 탁자에 코를 쿵 박으며 쓰러지자 율리우스가 외쳤다.

사비네도 기겁을 하며 의자에서 일어나 천장 등을 다시 켰고, 율리우스는 노파를 다시 한번 살폈다.

「죽었어?」 사비네가 물었다.

「그런 것 같아.」 율리우스가 대답했다.

여전히 차분한 것은 알란뿐이었다.

「곧 부부는 해후하게 되겠군.」 그가 말했다. 「만일 그 친구가 담배에 대해 거짓말을 했다면, 지금이라도 빨리 끊는 게 좋을 텐데 말이야.」

알란의 불경함에 속이 뒤집힌 사비네는 그가 뭔가 잘못된 인간이라는 것을 이제 분명히 알겠다고 쏘아붙였다. 주섬주섬 도구를 챙긴 그녀는 주방에서 비상 회의를 소집했다. 노파는 일단 그 상태로 놔뒀다.

사비네는 이마를 잔뜩 찌푸리고서, 율리우스는 종이와 연필을 들고서, 그리고 알란은 사비네의 엄명대로 입을 꾹 다물고서 제각기 주방 탁자에 앉았다.

「우린 여기에 남아 있으면 안 돼.」 사비네가 말했다. 「하지만 이제 어디로 갈 것이며, 왜 가야 하지?」

율리우스는 그녀의 시범은 정말로 훌륭했다고 칭찬했다. 이 정도면 돈을 가마니로 쓸어 담을 수 있을 것 같단다. 고객이 충분히 많은 곳이기만 하다면. 하지만 빨리 결정해야 했다. 율리우스는 종이에다 〈스톡홀름〉이라고 썼다. 그 밑에다는 〈예테보리〉라고 썼다. 그리고 그 아래에다는 〈말뫼〉라고 썼다.

스톡홀름은 곧바로 옵션에서 배제되었다. 거기에는 나치들이 너무 많기 때문이었다. 율리우스는 스톡홀름 옆에 〈노No〉라고 썼다.

예테보리는? 스웨덴에서 두 번째로 큰 도시였다. 글쎄…….

아니면 말뫼? 덴마크 수도 코펜하겐에서 멀지 않은 도시였다. 두 나라를 잇는 다리의 양쪽 인구를 합하면 거의 4백만 명이나 복작거리는 곳이었다.

율리우스는 〈예스Yes〉라고 썼다. 말뫼를 행선지로 하는 방안은 찬성 두 표, 무응답 한 표로 가결되었다. 이제 주인마님을 어떻게 처리하느냐를 결정해야 했다.

「경찰을 부르면 안 돼.」 율리우스가 말했다.

사실 관 속에 산 노인을 태워 가지고 경찰 조사를 받고 난 지 하루 만에 다른 노인이 죽었다고 경찰에 신고하는 것은 문제를 자초하는 짓이었다.

율리우스는 민박집의 숙박부를 들여다보았다. 이틀 후에 그리스에서 손님 두 명이 오기로 되어 있었다. 노파는 오랫동안 혼자 있지 않을 거였다.

「뭐, 죽은 건 죽은 거야.」 율리우스가 말했다. 「우리가 어떻게 하든 그녀에겐 똑같은 거라고.」

자, 드디어 결정되었다. 룬드블라드 부인을 이 상태 그대로 놔두기로 했다.

「좋은 선택이야.」 알란이 고개를 끄덕였다.

「입 다물고 있으라고 하지 않았나요?」 사비네가 소리쳤다.

홀름룬드 경위는 주말을 완전히 망쳐 버렸다. 관을 가지고 돌아다니는 그 세 인간을 철창에 처넣지 않은 게 후회가 될 정도였다. 일요일 오후의 커피 타임도 되기 전에 서로 우열을 가릴 수 없을 정도로 괴상한 전화가 두 통 걸려 와 그의 시간과 정신적 에너지를 적잖이 갉아먹었다.

첫 번째 전화는 시 외곽에서 민박집을 운영한다는 한 노부인에게서 걸려 왔다. 화가 잔뜩 난 그녀는 어떤 세 사람을 살인 미수로 고발할 수 없느냐고 물었다. 이 3인조는 그녀의 집에서 하룻밤을 보내고는, 그녀의 남편과 대화할 수 있는 강신술 시범을 제안했다고 한다. 그녀가 너무 큰 충격을 받고 실신해 버리자, 그들은 탁자 위에 널브러진 그녀를 그냥 버려두고 도망쳤단다.

「잠깐만요.」 홀름룬드가 그녀의 말을 끊었다. 「그들이 누구를 살해하려 했죠? 당신? 당신의 남편? 아니면 다른 사람?」

「물론 나죠. 우리 남편은 벌써 죽었어요.」

「언제 죽었죠? 방금 전에 그와 대화했다고 말씀하지 않으셨나요?」

경위는 강신술이란 게 무엇이며, 어떤 식으로 이뤄지는지 잘 몰랐다.

노부인은 설명했다. 15년 전에 작고한 남편이 〈당신이 너무나 그립소〉라고 말했을 때, 난 뇌에서 산소가 스르르 빠져나가는 느낌이었어요. 그러고 나서는 더 이상 아무것도 기억하지 못하게 되었죠. 영매와 다른 두 사람은 내가 죽었다고 생각했지만, 난 그렇게 쉽게 가진 않아요. 난 보기보다 훨씬 튼튼한 사람이고, 이제 그들을 고발하고 싶어요.

홀름룬드는 제발 좀 정말로 중요한 일들에 집중하게 해달라고 고함치고 싶었다. 하지만 꾹 참고서, 법이란 게 어떻게 작동하는지 정중히 설명해 주었다. 목숨을 잃은 사람과 대화한 후에 정신을 잃은 것은 살인 미수의 범주에 들어가지 않습니다. 그리고 제가 이해하는 바로는, 이런 것은 그 어떤 범주에도 들어가지 않습니다. 그런 바보 같은 짓들을 처벌하는 잣대는 존재하지 않아요.

「불행히도 말입니다.」 경위가 덧붙였다.

그가 수화기를 내려놓기가 무섭게 또다시 전화벨이 울렸다.

이번에는 어떤 남자로, 그는 〈우려하는 시민〉이라고 자신을 소개했다. 그는 전날 경찰이 영구차를 연행하는 과정에서 어떤 일이 있었는지 좀 더 자세히 알고 싶단다.

보통 〈우려하는 시민〉들은 〈불만에 찬 시민〉으로 변하여, 그렇잖아도 피곤한 사람의 업무를 몇 배나 과중하게 만드는 경향이 있기 때문에, 경위는 다시 한번 정중히 설명해 주었다. 그세 분은 통상적인 검문에 걸렸고, 몇 가지 불명확한 점을 밝히기 위해 간단한 조사를 받은 것뿐이에요. 그걸 가지고 〈연행〉이니 뭐니 하는 살벌한 표현을 써서는 안 되겠죠.

하지만 〈우려하는 시민〉은 순순히 물러서지 않았다. 그는 영구차가 어느 방향으로 떠났는지 알고 싶다고 했다.

도대체 이 인간들이 왜 이러는가? 수사관은 이것 말고도 할일이 태산이란 말이다! 가만…… 이 우려하는 남자와 그 늙은 여자를 한데 붙여 놓는다면? 이들은 서로 붙어 싸우느라 나를 잊어버릴 게 아냐? 아, 기막힌 생각이야!

「당신이 관심을 가지시는 분들이 에스킬스투나 인근에서 밤을 보냈다는 사실을 배제하진 않겠어요. 더 많은 정보를 원하신다면, 클립펠렌 펜션의 룬드블라드 부인에게 문의하세요. 아주 친절한 분이시고, 두 분께서 할 얘기가 아주 많으실 겁니다.」

딸각. 우려하는 시민은 수화기를 내려놓았다. 이제 〈우려〉에서 벗어난 모양이었다. 잘됐군!

조니는 룬드블라드 부인에게 전화할 의향이 없었다. 그녀를 방문할 생각이었다. 그리고 그녀의 세 고객도 방문할 생각이었다. 만일 그들이 아직 거기에 있다면 말이다. 세 명이라고 했지? 사비네 욘손, 알란 칼손, 그리고 또 하나는 누구지? 뭐, 그거야 목을 따기 전에 대라고 하면 되겠지.

케네트 형이 사고를 당하고 나서 1주일이, 그리고 그 빌어먹을 장례식을 망치고 나서 하루가 흘렀다. 조니는 형이 너무나 그리웠다.

다음 행선지는 말뫼였다. 세 사람 중 둘은 영구차의 앞좌석에 앉고, 세 번째 사람은 검은색 태블릿을 들고서 환기 구멍을 뚫어 놓은 관 속에 누웠다. 그들은 55번 고속 도로를 타고 달렸다.

스트렝네스 남쪽에 이르렀을 때, 알란은 잠시 관 뚜껑을 열었다.

「사람들이 말름셰핑의 양로원에 가둬 놓기 전에 난 이 근방에서 살았어. 난 화약으로 내 집을 콩가루로 만들어 버렸지. 그렇지 않았다면 한 번쯤 들러 볼 수 있을 텐데 말이야.」

「자기 집을 폭파시켰다고요?」 사비네가 놀라며 물었다.

「저 양반은 그냥 무시해 버려.」 율리우스가 말했다.

말름셰핑을 지난 뒤, 영구차는 이번에는 노르셰핑 북쪽에서 다시 E4 고속 도로로 들어왔다. 거기서부터 그들은 스웨덴에서 가장 붐비는 고속 도로를 타고 남쪽으로 쭉 달렸다.

알란은 사비네와 율리우스가 자기가 무슨 말만 하면 핀잔을 하지만, 테러 사건에 대해 이야기할 때는 그러지 않는다는 것을 알아챘다. 수도에서 일어난 일에 대해서는 모두가 같은 심정이었던 것이다.

그는 온 나라의 관심이 이 테러 사건에 쏠려 있는 것 같다고 말했다. 이 사건으로 여러 명이 사망했단다. 체포된 테러리스트는 범행을 시인했고, 알라는 모든 신들 중에서 가장 위대하다고 외쳤단다. 알란은 이 테러 사건에서 알라가 얼마나 책임이 있는지 알 수 없었다. 신들이란 도무지 알 수 없는 존재들이고, 모두가 문제가 조금씩 있었다. 성경을 볼 것 같으면, 신들 중 하나가 사탄과 내기를 하느라 아무 죄 없는 아이 열 명의 목숨을 빼앗았다고 하지 않는가.

사비네가 처음 듣는 얘기라고 말하자, 율리우스가 출처를 알려 줬다.

「구약의 욥기야.」

그리고 더 이상은 말하지 않았다. 그는 52년 전에 자기에게 견진 성사를 받도록 강요한 폭군적인 아버지의 추억에 몸을 부르르 떨었다. 소년은 성경을 훔쳐 팔면서(한 권은 25외레, 두 권은 40외레) 대부분의 시간을 보냈지만, 그래도 성경 몇 구절은 기억에 남아 있었다.

세계 언론은 스웨덴이 이 사건을 통해 그 순수성을 상실했다고 떠들어댔다. 하늘 아래의 천국과도 같았던 이 북유럽 국가는 이른바 〈난민〉들을 너무 관대하게 대하다가, 그 값을 치르게 된 거란다.

알란은 기사들을 읽으며 혀를 차며 고개를 절레절레 흔들었다. 그가 이 땅에 산 그 짧은 세월만 돌이켜 보더라도, 스웨덴은 배 한 척을 침몰시킨 좌익들과 신문사를 폭파시킨 우익들,

그리고 독일 대사관을 날려 버린 급진 공산주의자들 등으로 더럽혀져 오지 않았던가? 그리고 어떤 사내는 여성 장관을 납치하여 상자 속에 가두려 했고, 외국인만 보면 닥치는 대로 총을 갈기다가 결국에는 체포되어 철창에 갇힌 친구들도 있었다.

이들에게는 이런 짓을 하는 나름의 이유가 있다는 공통점이 있었다. 어떤 신비스러운 음성을 듣고서 당시의 외무 장관을 살해한 친구까지 포함해서 말이다. 하지만 거리 한복판에서 총리를 쏴 죽인 사내의 머릿속에는 도대체 무슨 생각이 들어 있었는지 알 수 없었다. 그것은 그가 지금은 죽어 있기 때문이기도 했고, 또 그가 어쩌면 진짜 범인이 아닐 수 있기 때문이기도 했다.

물론 이 모든 것은 너무나도 슬픈 일이었다. 하지만 알란은 스웨덴의 이른바〈순수성〉은 이미 바이킹 시대에 박살 나 버린 것은 아닐까, 하는 생각이 들었다.

「뒤에서 혼자서 뭐라고 웅얼대는 거요?」 율리우스가 물었다.

「나도 몰라.」 알란이 대답했다.

태블릿을 얻기 전에는 모든 게 훨씬 단순했다.

조금 단조롭긴 했지만, 더 단순했다.

101세 노인은 계속 서핑해 나갔다. 이게 요즘 그가 하는 일이었다.

그는 스몰란드 지역에 있는 알베스타의 거리 청소부들에게 문제가 생겼다는 사실을 알게 되었다. 도로를 관리하는 시영 회사 알베스타 렌홀닝 AB 사가 35년 전부터 ARAB이라는 약자로 지칭되고 있다는 사실을 누군가가 발견한 것이다. 이 시민은 시 당국에 보낸 청원서에서 이 약자는 은연중에 아랍인들을 악취와 연결시키고 있다고 분개하며 항의했단다. 알란은 이런 종류의 이야기를 좋아했고, 이 재미난 뉴스를 친구들과 나누고 싶었다.

「아니, 사람들이 그렇게 할 일이 없대요?」 율리우스가 놀라며 물었다.

「가만, 알베스타가 여기서 그리 멀지 않지?」 알란이 물었다. 「거기 한번 들러서 구경이나 해볼까?」

「거기에 뭐가 볼 게 있는데요?」 사비네가 쏘아붙였다.

알란은 이에 대해 별로 아는 바가 없었고, 그래서 대답하지 않았다. 하지만 그는 이 재미난 소식을 제공한 태블릿에 뽀뽀했다. 그리고 다른 것은 다 잊어버렸다.

세 사람은 계속 남쪽으로 내려갔다. 베르나모 부근에 이르렀을 때, 바깥이 컴컴해지기 시작했다. 사비네는 알란의 태블릿의 도움을 받아 이번에는 좀 더 소박한 다른 민박집을 찾아냈다. 얼마 전에 테이블에 코를 박고 쓰러진 여자와 비슷한 노파가 운영하는 집이었다.

「이분하고는 강신술을 하지 말자고, 오케이?」 율리우스가 속삭였다.

스웨덴

조니 엥발이 클립펠렌 펜션에 도착했을 때, 세상은 벌써 어둠에 잠겨 있었다. 건물 앞에 영구차 같은 것은 보이지 않았다. 너무 늦게 온 것이다.

우리가 알다시피 강신술 중에 죽을 뻔했다가 살아난 민박집 주인은 이 깜짝 손님이 등장했을 때 주방에서 또다시 콩 수프를 끓이는 중이었다.

나치는 노파를 너무 겁먹게 하지 않으려고 노력했다. 그녀에게서 정보를 억지로 짜내기보다는 제 입으로 불게 하는 편이 낫지 않겠는가?

「사장님, 안녕하세요?」 조니는 자신의 느끼한 목소리에 몸서리를 치면서 인사했다.

「오, 안녕하세요?」 룬드블라드 부인이 대답했다. 「오늘 밤 주무실 곳을 찾고 계신가요?」

사실 콩 수프는 조니가 세상에서 제일 좋아하는 요리였다. 맛있고, 스웨덴적이며, 음식다운 음식이었다. 특히 그릇 가장자리에 약간의 겨자 소스를 얹고 크네케브뢰드[16] 빵 한 조각과 우유 한 잔 곁들이면 더 이상 바랄 게 없었다.

「어쩌면요.」그가 대답했다. 「그리고 뭔가 요기할 만한 게 있을까요?」

룬드블라드 부인은 그를 저녁상에 초대했다. 수프는 거의 완성되어 있었다. 식기 두 벌을 늘어놓는 그녀는 말벗이 생겨 기분이 좋았는데, 이날 자신은 끔찍한 하루를 보냈고, 이 사실을 누군가에게 하소연하고 싶었기 때문이었다. 하여 그가 요청하지도 않았는데 이야기를 들려주기 시작했다.

어제 어떤 일이 있었는지 아세요? 끔찍한 인간 세 명이 — 그것도 영구차를 타고서! — 여기에 도착했어요. 그리고 젊은 양반이 도착하기 몇 시간 전, 그들은 강신술을 통해 죽은 내 남편과 대화할 수 있게 해주겠다고 제안했어요. 처음에는 잘나갔는데, 내가 너무 흥분한 나머지 실신해 버리자 그 못 돼먹은 인간들은 쓰러진 나를 그냥 버려두고 이곳을 떴죠. 내가 여태껏 살면서 그렇게 비기독교적인 행동은 본 적이 없어요.

조니는 그들이 어느 쪽으로 갔는지 아느냐고 묻고 싶었는데, 또 다른 질문이 먼저 튀어나왔다.

「네? 강신술이라고요? 아니, 정말로 부군과 대화를 나누셨나요?」

「오, 그럼요! 알고 보니 하늘나라에서 행복하게 잘 지내고 있더라고요. 그리고 무슨 일이 있었는지 아세요? 그 양반이 담배를 끊었다지 뭐예요! 나의 사랑스럽고도 똑똑한 뵈리에가 더 이상 담배를 피우지 않는대요, 글쎄!」

16 *knäckebröd*. 북유럽에서 즐겨 먹는 빵으로, 호밀로 만드는 바삭바삭하고 납작한 빵.

332

나치는 어쩌면 자신도 저세상에 있는 케네트 형과 접촉할 수 있겠다는, 놀라우면서도 말도 안 되는 생각에 다시 한번 사로잡혔다. 그리고 이번에는 이 생각을 털어 내는 데 좀 더 오랜 시간이 걸렸다.

　콩 수프는 맛이 기가 막혔다. 노파는 백발이 되기 전에는 분명 눈부신 금발이었을 것이고, 이 생각 또한 풍취를 더해 주었다.

　「사장님께선 정말 훌륭한 요리사시네요. 그런데 그 끔찍스러운 자들이 어느 방향으로 떠났는지 혹시 아세요?」

　물론 모른단다. 그들이 줄행랑쳤을 때 그녀는 의식이 없었으니까.

　「아, 그렇군요. 그들이 뭔가 가져갔나요? 아니면 뭔가 남긴 거라도 있나요?」

　아니, 도둑은 아닌 것 같단다. 그들이 남긴 흔적이라곤 카운터에서 발견된 A4용지 한 장이 다란다. 그녀는 조니가 읽을 수 있게끔 종이를 내밀었다. 거기에는 이렇게 써져 있었다.

　스톡홀름, 노.

　예테보리, 글쎄.

　말뫼, 예스.

　말뫼!

　「우리 잘생긴 젊은 오빠, 수프 한 국자 더 드릴까?」 노파가 간드러지게 물었다.

　「아니, 잘생긴 젊은 오빠는 그만 먹을 거야, 이 할망구야!」 조니 엥발이 벌떡 일어서며 고함쳤다.

　이제야 속이 좀 후련했다.

스웨덴

「최근에 트럼프가 또 무슨 이상한 짓이라도 했답니까?」 율리우스가 아침 식사 자리에 앉자마자 대뜸 물었다.

식사 후에는 곧바로 출발해야 했고, 이제 말뫼까지는 150킬로미터밖에 남지 않았다. 어디에 머물지는 거기서 결정할 문제였다. 일은 한 번에 한 가지씩 처리하는 게 좋을 터! 시간 얘기가 나왔으니 말인데, 만일 알란이 태블릿의 뉴스들을 한꺼번에 다 쏟아 낸다면 시간을 훨씬 절약할 수 있으리라는 게 율리우스의 판단이었다.

「자네가 그런 걸 묻다니 해가 서쪽에서 뜨겠구먼. 난 상황도 상황이니만큼 오늘만큼은 잠자코 있으려 했는데 말이야. 물론 자네들이 자고 있는 동안, 아니 자네들이 자지 않고 뭔가 하고 있는 동안 ─ 벽을 통해 무슨 소리를 들은 것 같아 ─ 일이 한두 가지 일어났지.」

「얘기할 거예요, 말 거예요?」 사비네가 그의 말을 끊었다.

아, 맞아, 트럼프! 그 사람은 새 공보 담당 보좌관을 임명했는데, 이 보좌관의 취임 일성은 자기 팀원들을 모조리 해고해 버리겠다는 거였고, 그러다 되레 자신이 해고당했다는군.

「업데이트해 주셔서 고맙소이다.」 율리우스가 말했다. 「자, 이제 우리…….」

「잠깐, 이 얘기는 서론일 뿐이야. 사람들 말로는, 이런 대통령의 〈최대한 많은 사람을 최대한 신속히 해고하기〉 전략의 배후에 있는 인물이 바로 우리 친구 배넌이래.」

「우리 친구 누구라고요?」

「스티브 배넌. 미국 대통령 전략 고문. 뉴욕 공항에서 우릴 기다리고 있던 그 얼굴이 벌겋고 성질 고약한 사내 말이야.」

「아, 그 사람 이름이 그랬구먼요. 난 그가 미국 대통령 전략 고문인지 몰랐어요.」

「뭐, 이제는 아니야.」

말뫼가 가까워지고 있었다. 조수석에서 율리우스는 선잠에 빠져 있었다. 알란도 관 속에서 깜빡깜빡 졸았지만, 유사시에는 언제든지 죽은 척할 준비가 되어 있었다. 사비네만이 자지 않고 생각에 잠겨 있었다. 그녀는 자신들이 어느 잠자는 나치의 코털을 건드리는 데 성공한 이 스웨덴 땅에서 사업을 새로이 시작한다는 게 영 마음이 편치 않았다. 외국에서 하는 게 더 안전하지 않을까? 하지만 어느 나라에서? 저세상의 누군가를 접촉하는 것만으로는 충분치 않고, 그들이 무슨 말을 하는지 알아들을 수 있어야 할 것 아닌가? 또 과연 신점만으로 먹고 살 수 있을지도 의문이었다. 그런데 이 생각만 하면 꼭 떠오르는 사람이 있었다.

올레코린코. 주술사. 혹은 그 나라 말로는 〈음강가〉. 엄마 예르트루드가 항상 얘기하던 사람. 세상에 오직 하나뿐인 비즈니스 모델을 구사한다는 사람. 하지만 저 머나먼 아프리카 땅에서.

젠장, 젠장, 젠장! 그녀는 들리지 않게 욕설을 퍼부었다. 하지만 율리우스는 너무 조용하여 잠에서 깨어났다. 「무슨 생각을 하고 있어?」

「아무것도 아냐.」

그냥 이 길로 가고, 말뫼에 본거지를 둔 〈영매 에스메랄다〉를 위해 알란과 율리우스가 준비한 페이스북 마케팅을 시작하는 것 외에는 다른 옵션이 보이지 않았다. 그렇다, 스톡홀름의 성난 나치로부터 6백 킬로미터 떨어져 있고, 다리 하나를 사이에 두고 코펜하겐이라는 거대한 시장을 마주보고 있는 말뫼가 그들의 유일한 희망이었다.

나치의 레이더에 걸리지 않고 영업 장소를 찾는 것은 쉬운 일이 아니었다. 지낼 곳을 찾는 것도 쉽지 않았다. 그들의 해결책은 율리우스를 어느 정도의 위험에 노출시킨다는 거였다. 기업 등록부에 나타나 있지 않은 사람으로는 그가 유일했기 때문이었다. 이 근방에는 비어 있는 임대 아파트들이 널려 있었는데, 그중에서도 침실이 두 개이고, 월세가 6천 크로나이며, 말뫼 중심가에서 7킬로미터밖에 떨어지지 않은 로센고르드 남쪽의 아파트가 눈길을 끌었다. 이곳은 말뫼에서 가장 매력적인 곳이라고는 할 수 없었지만, 바로 그 이유로 세 사람에게는 괜찮은 옵션이었다. 시내 중심가의 3~4백만짜리 아파트를 살수는 없는 노릇이니까.

주택 공사 사무실(이것은 로센고르드에 있지 않았다) 앞에서 내린 율리우스는 담당 공무원에게 문제의 아파트에 관심이 있다고 말했다. 그런데 놀랍게도 대답은 〈노〉였다.

「우린 규정을 따라야 해요.」 40대 여자인 공무원이 차분하게 설명했다.

「아니, 그 규정이 대체 뭐요?」 모든 종류의 규정을 싫어하는 율리우스가 물었다.

「선생님은 이름과 주민 번호는 밝혔지만, 현주소도 없으시고, 안정적인 소득을 증명할 수도 없으신 것 같은데, 이런 경우는 좀 힘들어요.」

율리우스는 여자를 노려보았다.

「현주소라면, 그건 지금 내가 얻으려고 하는 것 아니요? 내가 아파트 중의 하나를 얻기도 전에 거기에 살고 있다고 신고할 수는 없는 노릇 아니냐고!」

「맞아요. 하지만 선생님의 연세를 고려해 볼 때, 선생님께서 어딘가 다른 곳에서 거주하셨을 거라고 추측해 볼 수 있어요. 그런데 그 거주지는 선생님께서 작성하신 신청서에도 나타나 있지 않고, 전산망에 선생님의 이름을 쳐봐도 나오지 않아요.」

이런 빌어먹을 나라 같으니! 아니, 이 나라에선 사생활을 누릴 권리도 없는 거야? 적어도 마음에 드는 치약을 선택할 권리는 있겠지? 율리우스는 속으로 이런 욕설을 퍼부었지만, 소리내어 말하지는 않았다.

「이봐요, 아가씨, 나는 외무부 소속 외교관으로서, 쿠바 미사일 사태 이후로 스웨덴에 주소를 가져 본 적이 없어요. 난 고국에 대한 그리움으로 끔찍한 아픔을 느낀 게 한두 번이 아니었지만, 어느 시당국이 내게 등을 돌리는 이 순간만큼 심하게 아파 본 적은 없었소.」

이렇게 말하면서 그는 외교관 여권을 책상 위에 탁 내려놓았다.

여자는 그걸 내려다보았다. 그리고 펼쳐 보았다. 처음에는 아무 말도 없었다. 그러더니 이렇게 말했다.

「그럼 소득 증명은요? 선생님께서도 이해하시겠지만, 우리는…….」

「물론 난 스웨덴에서는 소득이 없소.」 이제 탄력을 받은 율리우스가 그녀의 말을 끊었다. 「세이셸[17]에 있는 투자 은행에서 내 이름을 찾아보시오, 그럼 원하시는 걸 얻을 수 있을 거니까.」

운 좋게도 여자는 금방 꼬리를 내렸다. 사실 율리우스는 은행 이름을 즉석에서 지어낸 거였고, 그녀가 요구했다면 〈세이셸〉의 철자도 제대로 대지 못했을 거였다.

「네, 선생님의 상황을 이해하겠어요…….」 그녀가 머뭇거리듯 말했다. 「제가 어떻게 할 수 있을지 알아보겠습니다.」

「빨리 알아보시오! 시차 적응 때문에 쓰러질 것 같으니까.」 율리우스가 재촉했다. 「난 뉴욕의 스웨덴 대사관을 방문했다가 방금 전에 귀국했다고. 그러니까, 워싱턴에 있는 스웨덴 대사관 말이오.」

여자는 상관의 사무실에 채 1분도 머물지 않았다. 로센고르드에 거주하고 싶어 하는 외교관의 소망이 너무나 이상하게

17 인도양에 있는 조그만 섬나라로 세계적인 조세 피난처의 하나이다.

느껴지긴 했지만, 주택 공사는 그를 받아들이기로 결정했다. 명망 있는 인사는 이 지역의 자랑거리가 아니겠는가?

「우린 외교관님께서 소득 증명을 제출할 수 없는 것에 대해서는 눈을 감아 주기로 결정했어요. 석 달치 집세를 선불로 지불한다면 원하시는 아파트에 입주하실 수 있습니다. 뭐, 그 정도는 할 수 있으시겠죠?」

방 셋의 아파트는 5층 건물의 2층에 있었다. 알란을 위한 침실 하나, 율리우스와 사비네를 위한 침실 하나, 주방 하나, 그리고 강신술과 영적 세미나에 사용될 거실로 구성되어 있었다. 그들은 중고 가구들을 사서는 영구차로 두 차례에 걸쳐 날랐다. 그 전에 율리우스와 사비네는 붉은 장미가 그려진 흰색 관을 야음을 틈타 아파트 안으로 옮겼다.

「강신술 하는 방에 딱 어울리는 물건이야!」 사비네가 흡족해하며 말했다.

「난 어디서 자야 할지 결정을 못하겠어.」 알란이 한숨을 푹 내쉬었다. 「침실에 블라인드가 있긴 하지만, 난 이 관이 좋거든. 언제든 뚜껑만 닫아 버리면…….」

「우리가 사드린 침대에서 주무세요!」 사비네가 잘라 말했다. 「문을 꼭 닫고 말이에요.」

스웨덴

주말이 지나자, 메르스타 경찰서의 빅토르 베크만 형사는 에스킬스투나 경찰서의 홀름룬드에게 연락했고, 후자는 관을 가지고 돌아다니는 3인조가 총격의 대상이었다는 소리를 듣고도 더 이상 놀라지도 않았다. 솔직히 말하자면 그는 기관단총을 갈겼다는 자에게 일말의 공감마저 느꼈다……. 하여 그는 메르스타의 동료가 묻는 질문에 성심껏 대답해 주고는, 행운을 빌었다.

알란 칼손, 율리우스 욘손, 사비네 욘손.

빅토르 베크만은 이 새로운 정보를 머릿속에 새겨 두었다.

이들 중 둘은 스웨덴 외무부 소속이었다. 그리고 적어도 두 사람은 기관단총으로 초토화된 메르스타의 장의사에서 활동해 왔다. 외교관들은 이 일을 경찰에 신고하는 대신, 에스킬스투나로 향하다가 경찰의 검문에 걸렸다. 그리고 한 명은 관 속에 누워 있었다. 팔팔하게 살아 있는 채로.

대체 무슨 일이 일어나고 있단 말인가?

이 셋 중 누구도 범죄 혐의가 없었지만, 베크만 형사는 정보수집 차원에서 이들의 진술을 들어 보고 싶었다.

사비네 욘손과 알란 칼손의 주소지는 메르스타의 장의사의 그것과 일치했고, 율리우스 욘손은 이날 조금 전에 말뫼에서 어느 아파트를 임대했단다. 사실 규명을 위해 직접 찾아가 보는 게 적절할 듯싶었다. 하지만 먼저 파볼 수 있는 곳은 다 파보는 게 좋으리라.

빅토르 베크만은 스웨덴 비밀경찰과 접촉하는 것을 포기했다. 그들은 다른 정보기관 요원들에게만 답변하고, 경찰관들의 질문에는 콧방귀도 뀌지 않으니 말이다. 대신 그는 알란 엠마누엘 칼손과 율리우스 욘손이 정말로 외교관인지 확인하기 위해 외무부에 전화를 걸었다.

형사는 안내 데스크에서 다른 사람에게 연결되었고, 또 다른 사람에게 연결되었다.

그런 다음 1분을 기다려야 했고, 다시 3분을 기다려야 했다.

마침내 누군가가 전화를 받았다.

「마르고트 발스트룀입니다. 내가 도와드릴 일이라도 있나요?」

베크만 형사는 기절초풍했지만, 곧바로 정신을 차렸다. 그는 먼저 공사다망하신 장관님을 성가시게 하여 너무나 죄송하다고 사과한 다음, 자신은 두 외교관 칼손 씨와 욘손 씨의 신원을 확인하고 싶다고 말했다.

마르고트 발스트룀은 누가 외무부에 전화할 때마다 직접 전화를 받는 사람은 아니었지만, 이 두 남자의 이름을 들었을 때, 통제할 수 없는 상황이 발생하기 전에 자신이 직접 나서는 게 좋겠다고 판단했던 것이다.

「네, 이 두 분은 외교관이라고 분명히 말씀드릴 수 있어요. 왜, 무슨 문제라도 있나요?」

「아닙니다, 아닙니다.」 베크만 형사가 황급히 부인했다. 「단지 누군가가 자동 화기로 이 두 분에게 총격을 가했고, 그 후로 두 분의 행방이 두절되었기 때문입니다.」

순간, 마르고트 발스트룀은 정신이 아찔했다. 자신의 커리어가 산산조각 나는 영상이 머릿속에 스쳤다. 그 두 괴상한 노인네를 평양에다 그냥 두고 올 걸 그랬나? 아니, 아니, 절대로 그럴 수는 없었다. 그리했다면 김정은은 그가 이미 보유하고 있는 것보다 훨씬 강력한 무기를 얻게 됐을 거였다. 그들을 거기에 남겨 놓지 않는 것이 훨씬……

「뭐라고 말했죠? 총격을 당했다고요? 그들이 응사했나요?」

베크만 형사는 그녀를 안심시켰다. 외교관들은 응사하지 않았고, 부상당한 것 같지도 않습니다. 하지만 관 여덟 개가 박살이 났어요. 노트북 한 개도 같은 운명이 됐고요.

그 주인공들만큼이나 믿기지 않는 이야기였다. 그래, 최대의 공격이 최선의 방어야, 라고 생각하며 마르고트 발스트룀은 제발 이 일에서 무사히 빠져나갈 수 있게 해달라고 높은 곳의 존재들에게 기도했다.

「이름이 베크만이라고 하셨죠? 좋아요. 먼저, 난 당신의 업무에 끼어들 의도가 전혀 없어요. 만일 외교관 칼손 씨와 욘손 씨가 어떤 범죄를 저질렀다면, 수사를 계속해 가는 것은 전적으로 당신의 권리이자 의무예요. 만일 그렇지 않다면, 난 몇 가지 매우 민감한 정보를 당신과 나눌 수 있어요.」

베크만 형사는 지금으로써는 두 분께 아무런 혐의도 없지만,

그들과 대화할 수 있는 기회를 가졌으면 한다고 대답했다.

「불행히도 그 일에 대해서는 아무 도움도 줄 수 없어요. 내가 그들을 마지막으로 본 것은 뉴욕에서 트럼프 대통령과의 은밀한 회합 중이었어요. 물론 당신은 이 정보를 당신이 원하는 대로 사용할 수 있어요. 하지만 나로서는 세계 평화를 위해 이 정보를 혼자서만 알고 계시기를 바라고 싶네요.」

빅토르 베크만은 외무부에 전화한 게 갑자기 후회되었다. 지금 마르고트 발스트룀은 지구의 평화를 수호하는 묵직한 사명을 자신의 손 위에 올려놓은 것이다. 정말이지 최악의 원수에게나 하고 싶은 짓이었다.

「무슨 말씀인지 잘 알겠습니다, 장관님…….」 베크만 형사가 말했다. 「다시 한번 말씀드리지만, 이 두 분께는 어떠한 범죄 혐의도 없으며, 따라서 제가 이분들을 찾아 나설 이유가 전혀 없습니다. 하지만 이분들에게 총격을 가한 자에 대해 뭔가 짚이는 부분이라도 있는지, 여쭤 봐도 될까요?」

「전혀 모르겠어요.」 마르고트 발스트룀은 대답했고, 이 말은 진심이었다. 「트럼프 대통령과 구테흐스 UN 사무총장에게 혹시 그분들이 알고 있는지 물어보는 게 어떨까 해요. 만일 그분들에게 어떤 정보가 있다면, 당신을 접촉해 보라고 말할까요, 베크만 형사?」

승부수로 던진 말이었고, 이게 통했다.

「아, 젠장, 안 돼요!」 형사는 자기가 지금 누구와 대화하고 있는지 깜빡하고는 이렇게 소리쳤다.

이건 정말 너무하지 않은가? 빅토르 베크만은 최근에 약혼한 몸이었다. 그와 그의 여자 친구는 포르투갈로 골프 여행을 계획 중이었다. 여가 시간에는 메르스타 IK라는 여학생 축구 팀 코치로 활동하는데, 이 팀은 지난 가을에 메르스타 축구 대회에서 좋은 성적을 거둔 바 있었다. 1주일에 한 번은 이게 진급에 도움이 되리라는 생각으로 리더십과 조직 이론을 공부했다. 그리고 매달 마지막 토요일에는 친구들과 만나 포커와 맥주로 즐거운 저녁 시간을 가졌다.

한마디로 그는 제3차 세계 대전을 촉발한 인물로 역사에 길이 남기 위해 이 모든 것을 희생할 생각은 추호도 없었다.

「아, 순간적으로 거친 말을 해서 정말 죄송합니다, 장관님. 하지만 제 수사는 여기서 멈추는 게 좋을 것 같네요. 지금으로선 말입니다. 하지만 만일 관심이 있으시다면, 제게 욘손 씨의 주소가 있습니다. 말뫼의 한 아파트입니다.」

마르고트 발스트룀은 알란 칼손과 아스파라거스를 재배한다는 그의 친구에 대해서는 다 잊어버리고 싶을 뿐이었다. 하지만 그렇게 말하면 수상하게 들릴지도 몰랐다.

「네, 매우 관심이 있어요.」 그녀가 대답했다. 「혹시 테리사 메이가 나중에 욘손을 필요로 하게 될지도 모르니까요.」

뭐야, 영국 총리? 이건 또 무슨 소리야? 아니, 빅토르 베크만은 더 이상은 알고 싶지 않았다. 아무것도 알고 싶지 않았다. 대신 그는 발스트룀 장관에게 주소를 알려 주고 서둘러 작별을 고한 다음, 아이들을 지도하러 밖으로 뛰어나갔다. 그리고 아이들보다 40분이나 일찍 축구 연습장에 도착했다.

마르고트 발스트룀은 테리사 메이에게 조금 미안한 생각이 들었다. 이게 1백 퍼센트 거짓말이라고는 할 수 없었지만, 사실 메이가 율리우스를 필요로 하게 될 가능성은 극히 적었다. 우선은 그의 존재를 모르기 때문이었고, 또 지금 자기 나라를 조각내느라 너무 바쁘기 때문이었다.

스웨덴

페이스북에 스웨덴어와 덴마크어로 대대적인 광고 캠페인을 벌인 결과, 일주일 동안 일곱 명이 접촉해 왔고 그중 네 사람이 약속을 잡았다. 하나는 덴마크 사람, 다른 셋은 스웨덴 사람이었다.

광고는 두 가지 서비스를 약속하고 있었으니, 하나는 저세상과의 접촉이요, 다른 하나는 혼령에 시달리는 이들을 도와주는 거였다. 교령회 장소는 로센고르드에 위치한 영매의 자택이며 가격은 회당 3천 크로나로 책정되었다. 구마 의식이나 기타 유사한 서비스는 가급적 악령이 있는 곳에서 행해지는 것이 좋았고, 이 경우 에스메랄다와 그녀의 조수가 이동하고 체류하는 비용이 요금에 추가되었다.

이 네 명의 고객들은 모두가 세상을 떠난 사랑하는 이와의 대화를 원했다. 그리고 모두가 로센고르드 사람들이었다. 처음 세 번의 교령회는 원만하게 끝났다. 네 번째는 최근에 익사한 어느 어부가 대상이었다. 절망한 그의 여자 친구는 그와 마지막으로 얘기를 나누고 싶어 했다. 에스메랄다는 혼령과 접촉하는 데 성공했는데, 바로 그 순간 여자 친구도 그와 접촉하게 되었다. 익사한 어부는 익사한 게 아니었고, 배 모터가 고장나서 보른홀름 해안까지 떠내려간 것이었다. 구조받은 그가 처음 한 일은 물론 연인에게 전화하는 거였다. 여자 친구는 기쁨에 흐느껴 울다가, 잠시 후 환불을 요구했다.

스웨덴

조니는 말뫼에 있는 구스타브 아돌프 광장의 카페에 앉아서 모닝커피를 마시고 있었다. 조니는 곁들여 먹는 샐러드 채소를 여러 번 씻어 달라고 요청했다. 그는 음식에 포함된 독소 때문에 동성애자들이 증가한다는 연구 결과를 믿는 네오 나치들 중 하나였던 것이다.

구스타브 아돌프 광장은 식사를 하기에 이상적인 장소는 아니었지만, 지금은 까다롭게 굴 때가 아니었다. 전체적으로 볼 때 구스타브 4세 아돌프는 무능한 왕이라고 할 수 있었다. 그는 나폴레옹에게 시비를 걸었다가 박살이 났으며, 결과적으로 핀란드와 스웨덴 왕위를 잃게 되었다. 폐위되어 유럽 대륙으로 망명을 떠났고 몇 년 후에는 스위스의 어느 선술집에서 빈털터리 알코올 중독자로 세상을 하직했다. 왕으로 태어나서 백작으로 강등되어, 몇 년 동안 구스타브손 대령으로 살다가 주정뱅이로 인생을 마감한 것이니 그렇게 빛나는 커리어라곤 할 수 없었다.

샐러드를 다 먹어 치운 조니는 며칠 전부터 매일 아침 그러듯이 말뫼 지도 연구에 들어갔다. 지금까지는 주차되어 있거나 운행 중인 영구차를 찾아 시내 중심가와 북쪽의 항구 구역, 그리고 알뢰브 구역 및 그 주변 거리들을 누비고 다녔고, 이제는 서쪽과 남쪽을 뒤질 차례였다.

하지만 집중이 잘되지 않았다. 그의 형 생각과 에스킬스투나 외곽 민박집에서 노파에게 들은 이야기가 계속 머릿속을 어지럽혔다. 정말로 죽은 사람과 얘기를 나눌 수 있을까?

사비네 욘손은 신점을 전문으로 하는 〈저세상 AB〉라는 회사의 이사였다. 그러다 관 제작 사업으로 돌았던 모양인데, 민박집 얘기를 들어 보면 다시 신점 활동을 시작한 것 같았다.

조니는 그녀의 목에 칼을 들이대고 케네트 형을 불러내라고 하면 어떨까 생각해 보았다. 과연 그녀가 하는 말을 믿을 수 있을까? 만일 형이 영매를 죽이지 말라고 한다면? 그렇게 말하는 게 케네트 형일까, 아니면 사비네 욘손일까? 그걸 어떻게 판단할 수 있을까? 이상하게 보일지 모르겠지만, 조니는 케네트의 존재를 느끼고 있었다. 이것은 그의 형이 어딘가에, 다른 차원에 존재한다는 뜻이었다. 그렇게 생각할 수밖에 없지 않은가?

하지만 죽여야 할 여자에게 저세상의 형을 대신해서 말해 달라고 부탁할 수는 없는 노릇이었다. 그녀 못지않게 능력이 있는 다른 영매들이 분명히 있을 거였다.

인터넷 검색을 해본 결과, 그런 사람이 전국에 널려 있었다. 범위를 스코네 남부로 좁혀 보니, 여남은 명이었다. 조니는 대부분을 대상에서 배제했는데, 그가 필요로 하는 서비스를 제공하지 않았기 때문이다. 이렇게 치밀하게 선정을 해가던 그는 혹시 이런 광고들 가운데서 사비네 온손의 자취를 찾아낼 수 있지 않을까, 하는 생각이 스쳤다. 하지만 그녀가 영구차를 타고 온 나라를 돌아다닐 만큼 우둔한 여자인 것은 사실이지만, 이렇게 쫓기고 있는 상황에서 자기가 어디 있다고 세상에 알릴 정도로 멍청할까? 아니, 세상에 그렇게까지 멍청한 사람은 없었다.

결국 조니에게 네 개의 이름이 남았는데 그것은 보그단, 앙젤리크, 하리에트, 그리고 에스메랄다였다.

보그단은 곧바로 탈락시켰다. 하리에트는 이름이 영매 같은 느낌이 들지 않았다. 그렇다면 앙젤리크는? 이건 포르노 스타에게 더 어울릴 법한 이름이었다. 게다가 포르노 산업은 더러운 유대인 놈들이 장악한 분야 아니던가?

남은 것은 에스메랄다였다. 어쩌면 유색인일지도 모르지만, 그건 쉽게 확인할 수 있었다.

스웨덴

수입은 9천 크로나였고, 그중 절반이 초기 비용으로 들어갔다. 페이스북 광고 비용을 충당하기 위해서는 이걸로는 어림도 없었다. 또 광고 효과도 금방 약해져서, 이 사업에 지속 가능성이 없다는 게 분명했다.

그래도 며칠 후, 세 건의 문의가 들어왔다. 처음의 두 건은 아무 결과에도 이르지 못했고, 세 번째 문의는 비극적 사고로 죽은 형과 접촉하기 위해 교령회를 갖고자 한다는 어떤 남자가 한 것이었다. 고객에 관한 사전 정보는 교령회의 성공을 위한 열쇠인 고로, 에스메랄다는 주방에 앉아 남자에게 인터넷 전화를 걸었다. 그런데 얼마 후, 그녀는 사색이 되어 두 노인이 있는 거실로 들어왔다. 율리우스는 안락의자에 앉아 있었고, 태블릿을 손에 든 알란은 빨간 장미가 그려진 흰 관 속에 등을 대고 편안히 누워 있었다.

「무슨 일이라도 생겼어?」 율리우스가 걱정스레 물었다.

사비네는 아무 말도 하지 못했다. 대신 알란이 대답했다.

프랑스의 새 대통령은 마이크가 꺼진 걸로 생각하고는 쌍

욕을 했단다. 또 모스크바를 방문한 독일 총리는 LGBTQ[18] 문제와 관련하여 푸틴을 엄하게 꾸짖었단다. 그런데 알란은 이 LGBTQ가 뭔지 모르겠단다. 북한의 통신사가 떠오르기도 하지만, 그것은 아닐 것 같단다.

율리우스는 그런 걸 물은 게 아니라고 쏘아붙였다. 지금 사비네가 안색이 안 좋은 게 안 보여요?

아니, 알란은 보이지 않는단다. 관 뚜껑이 시야를 가렸기 때문이란다. 하지만 만일 사비네가 이유를 밝혀 준다면 모두에게 좋을 거란다. 자기가 이 LGBTQ 문제 때문에 걱정이 많은 것 같은데, 맞아? 만일 그렇다면, 난 전적으로 자기 편이야. 특히나 이 글자들이 무슨 뜻인지 알려 준다면 말이야.

사비네는 알란을 무시해 버렸다. 이제는 이력이 난 것이다. 대신 방금 전에 죽은 형 케네트와 대화하기를 원하는 조니라는 사내와 약속을 잡은 사실을 알렸다.

「잘됐군.」 율리우스가 말했다. 「그 케네트라는 친구에 대해 뭣 좀 알아봤어?」

「너무 많은 것을 알아냈지. 우리가 제작한 나치 관에 들어갔어야 할 사람이 바로 그 사람이야.」

「우리에게 총을 쏜 녀석인가?」 알란이 물었다.

「아뇨, 총을 쏜 것은 그의 동생이에요. 그가 내일 여기에 와요. 오후 1시에.」

18 레즈비언*lesbian*, 게이*gay*, 양성애자*bisexual*, 트랜스젠더*transgender*, 퀴어*queer*의 약자로 다양한 성향의 성소수자들을 통칭한다.

스웨덴

조니 엥발은 도시의 남쪽도 이 잡듯 뒤졌지만 별다른 소득을 얻지 못했다. 말뫼의 동부 지역은 내일로 예정되어 있었지만, 그는 예비 조사를 겸하여 영매 에스메랄다를 찾아가기로 했다.

그녀가 그 믿기지 않는 능력을 정말로 가지고 있다면? 만일 조니가 형에게 마지막 인사말을 전하고, 또 대답을 들을 수 있다면? 더 나아가 형제간의 쌍방 소통의 길이 열려 앞으로는 둘 다 외롭지 않게 된다면?

조니는 걸음을 재우쳤다. 에스메랄다의 사무실은 그녀가 사는 집이기도 한 것 같았다. 로센고르드에 있었고 4~5블록밖에 떨어져 있지 않았다. 아니, 그런데…… 저게 뭐야?

갑자기 그게 나타났다.

영구차 말이다. 주차되어 있었다.

바로 그 차였다.

하지만 주변에 높은 빌딩이 너무 많아, 차주가 어느 건물에 있는지 알 수 없었다.

조니는 영구차 있는 곳까지 걸어가 보닛에 손을 대어 보았다. 아직 따뜻했다. 얼마 전까지 운행했다는 뜻이었다. 와이퍼에 끼워진 주차표 유효 기간이 내일 아침까지로 되어 있는 것으로 보아, 차주들이 오늘은 더 이상 움직이지 않을 모양이었다. 그렇다면 사비네 욘손과 그녀의 똘마니들이 나타날 때까지 차를 감시하기만 하면 되었다.

「서두를 것 없어, 조니. 서두를 것 없다고.」 그는 으스스하게 중얼거렸다.

곧 오후 1시였다. 에스메랄다가 기다리고 있었다. 조니는 일단 그녀를 만나기로 했다. 그는 다시 한번 중얼거렸다. 〈서두를 것 없어!〉

메르스타에서 기관단총을 갈긴 나치가 도무지 알 수 없는 이유로 말뫼에 불쑥 나타나 영매 에스메랄다와 약속을 잡았다. 이것은 결코 우연일 리 없었다. 아니, 어쩌면 우연일 수도 있었다. 아니, 분명히 우연일 거였다!

세 사람이 아무리 머리를 굴려 봐도 도대체 뭐가 잘못된 건지 알 수 없었다. 사비네 욘손과 말뫼 중심가에서 남동쪽으로 7킬로미터 떨어진 이 아파트 사이에는 아무런 관계가 없었다. 임대 계약서는 율리우스 명의로 되어 있었고, 사비네와 관련된 그 어느 곳에도 그의 이름은 나타나 있지 않았다. 그녀의 회사에도, 메르스타의 아파트에도.

「정말 이럴 수가 없는데 말이야…….」 이렇게 중얼거리던 율리우스는 말을 뚝 멈췄다.

알란과 사비네와 자신이 에스킬스투나 경찰서에 모두 신원을 밝힌 사실이 생각난 것이다. 이제 세 사람은 경찰 기록에 올라 있었다. 하지만 이 조니라는 자가 경찰 기록에 접근할 수 있단 말인가?

이 나치는 그들 셋을 모두 죽여 버리려고 에스메랄다와 교령회 약속을 잡은 것이리라. 하지만 도대체 왜 그는 자신의 본명을 밝혔단 말인가?

그들은 지금으로썬 어떤 결론도 내릴 수 없다는 결론을 내렸다. 세 사람은 상황에 따라 대처하기로 했다. 어쩌면 나치는 우연히 말뫼에 들렀다가, 정말 영매가 필요하여 전화번호부에서 하나를 찾은 건지도 몰랐다. 물론 믿기지 않는 얘기였다. 하지만 다른 가설 역시 개연성이 없기는 마찬가지였다.

「아, 정말 돌겠네!」 율리우스가 한숨을 내쉬었다.

「아, 나도 그래.」 알란은 별 생각 없이 맞장구쳤다.

「당신은 이미 돌았어요.」 사비네가 쏘아붙였다.

세 사람은 계획을 세웠다.

사비네, 일명 에스메랄다는 혼자서 나치를 맞는다. 알란과 율리우스는 최대한 무장을 하고서 아파트 어딘가에 웅크리고 있는다. 상황이 위급해지면 그들은 숨은 곳에서 튀어나와서…… 뭐, 어떻게 하지?

아주 한심한 계획이라는 걸 세 사람 다 알고 있었다.

어쨌든 율리우스는 쇼핑을 나가서 야구 방망이 하나와 공기총 한 자루를 사왔다.

「김정은이라면 이런 걸 안 골랐을 텐데 말이야.」 알란이 입맛을 다셨다. 「게다가 난 야구 방망이를 들 힘이 없으니까, 그

총 내놔!」

사비네도 나름대로 준비했다. 그녀는 커피를 만들어 잔 속에다 수면제 네 알을 갈아 넣었다. 잠재적 살인마가 행동에 들어가기 전에 잠들면 모두에게 좋을 거였다. 음료를 조금 먹어 본 사비네 자신도 머리가 멍해지는 기분이었다. 이상한 맛은 조금도 느껴지지 않았다.

마지막 순간에 그녀는 영구차를 네 블록 떨어진 곳에 세워놓아야 한다는 생각이 들었다. 만일 행운이 그들의 편이라면, 공연히 잠자는 늑대를 건들 필요는 없으니까.

시곗바늘은 가차 없이 돌아갔다. 11시. 11시 15분. 17분. 12시 10분 전. 12시 20분. 1시 20분 전⋯⋯.

드디어 1시 정각, 띵동, 초인종이 울렸다.

그가 온 것이다.

알란은 공기총을 들고 잽싸게 주방으로 들어갔다. 율리우스는 야구 방망이와 함께 거실 벽장에 몸을 숨겼다. 사비네도 부적 목걸이며 기타 등등으로 만반의 준비를 갖췄다. 어둑한 교령실의 한쪽 구석에는 우아한 관 하나가, 주홍빛 천으로 덮인 탁자에는 몰약과 뜨거운 돌멩이 같은 것들이 놓여 있었다.

잔뜩 긴장하여 문을 연 사비네 앞에는⋯⋯.

「네, 발스트룀 장관이시라고요? 아니, 여긴 무슨 일로 오셨나요?」

「오 그래, 날 아시는 모양이군요. 난 율리우스 욘손을 찾고 있어요. 그의 친구 알란 칼손도요. 우린 예전부터 아는 사인데, 그들에게 몇 가지 물어볼 게 있어서요.」

사비네는 자신이 그 어떤 상황에도 준비되어 있다고 믿었다. 하지만 이것만은 아니었다. 혹시 이 사람이 장관을 사칭하고서…….

그녀가 생각의 끝에 다다르기도 전에, 마르고트 발스트룀 뒤에서 또 다른 사람 하나가 불쑥 나타났다. 그녀의 경호원일까?

「안녕하세요, 조니입니다. 내가 늦었나요?」

스웨덴

외무 장관은 칼손과 욘손을 더 이상 조사하지 못하도록 베크만 형사에게 겁을 주는 데 성공했지만, 그렇다고 해서 이 일을 방치할 생각은 없었다. 그들이 스웨덴에 돌아오고 나서 무슨 일이 있었단 말인가? 그들이 있었던 것으로 추정되는 건물에 누군가가 자동 화기를 발사했다고?

장관은 현기증 나는 생각에 사로잡혔다. 만일 북한 비밀경찰이 스웨덴 영토 내에서 암약 중이고, 스웨덴 시민의 살해를 기도했다면? 최근에 말레이시아에서 북한 사람 한 명이 암살된 일도 있지 않은가? 물론 그것과 스웨덴 땅에서 스웨덴 시민을 죽이는 것 사이에는 큰 차이가 있었다. 하지만 그렇게 큰 차이가 아닐 수도……?

하지만 그 방법이…… 독살에서 기관총 난사로 바뀌었다? 좀 이상하지 않은가?

그리고 왜 칼손과 욘손은 사건을 경찰에 신고하지 않았단 말인가? 두려워서? 그들은 김정은이나 도널드 트럼프 앞에서도 별로 주눅 드는 것 같지 않았다. 세상에 그들보다 무서운 사람이 어디 있는가?

이 모든 질문들로 장관은 머리가 터질 것 같았다. 그녀는 율리우스 욘손의 주소가 있었지만, 자신이 여권을 발급해 준 두 가짜 외교관을 개인적으로 조사하기 위해 일부러 스톡홀름에서 거기까지 찾아갈 수는 없는 노릇이었다. 업무차 그 지역에 가게 될 일이 생기기를 기다려야 했다.

1년 전부터 덴마크와 스웨덴 사이의 출입국 관리는 양국 간에 긴장을 고조시켜 왔다. 곤경에 처한 난민들은 유럽으로 몰려들었고, 그들이 덴마크에 도착하면, 덴마크인들은 그들이 해협을 건너 스웨덴으로 갈 수 있게끔 기꺼이 도와주었다.

이런 상황에는 한계가 있었다. 조그만 나라 스웨덴이 독일을 제외한 유럽 전체를 합한 것보다 많은 수의 난민들을 받아들이게 되자, 시스템은 붕괴되어 버렸다. 이 많은 사람들을 수용할 수 있는 곳은 어디에도 없었다. 스웨덴은 적절한 기한 내에 난민 신청자들을 일일이 조사할 능력도 없었고, 그들에게 품위 있는 미래를 제공할 능력은 더욱 없었다. 게다가 혼자서 들어온 아이들의 상당수가 — 실제 나이와는 상관없이 — 열일곱 살이었다. 이들은 세계에서 가장 가난한 어느 지역의 가족들에 의해 일종의 전초병으로 보내진 것이다. 이 가족들의 가장들에게 남은 마지막 자부심은 온 가족의 생존을 도모하는 게 아니겠는가? 어떤 아이들은 거리에서 자라나고, 범죄 말고는 배운 것이 없다. 헤로인에 의존하는 아이들도 있는데, 사실 그런 상황을 마약 없이 어떻게 견뎌 내겠는가?

유럽의 다른 나라들은 이 바보 같은 스웨덴을 비웃었다. 반대되는 결론을 이끌어 내는 사람은 별로 없었다. 만일 모든 EU 국가들이 스웨덴과 독일처럼 행동한다면, 상황은 관리가 가능해질 수 있다는 결론 말이다. 최후의 심판 날에 대비하여 상점(賞點)을 모으는 것은 더 이상 유행이 아닌 듯했다.

아무튼. 결국 스웨덴은 이웃 덴마크와의 국경을 갑자기 막아 버렸다. 이제 아무도 샅샅이 검사되지 않고는 다리를 건널 수 없게 되었다. 양국을 오가며 출퇴근하는 수많은 노동자들이 끔찍한 지체를 맛보게 되었다.

그 결과는 즉시 나타났다. 스웨덴은 지상 낙원의 명성을 잃었고 망명 신청자들의 수는 거의 제로에 가깝게 줄어들었다. 동시에 두 대도시, 말뫼와 코펜하겐의 일상생활에 큰 변화가 일어났다. 수십 년 만에 처음으로, 스웨덴과 덴마크는 아무 때나, 그리고 피부색이 어떻든 간에, 마음대로 오갈 수 없는 두 개의 다른 나라라는 사실이 명확해졌다.

하지만 이런 관계를 해빙시킬 때가 왔다. 스웨덴은 덴마크 쪽에서 넘어오는 이들에게 더 이상 신분증 제시를 요구하지 않고, 이를 보다 효율적인 출입국 관리로 대체하는 방안을 검토하고 있었다. 이를 위해 스웨덴 경찰은 새로운 인력이 필요했고, 총리는 발스트룀 외무 장관에게 말뫼로 가서 새 정부 정책에 대해 국경 경찰과 논의할 것을 요청했다. 그리고 가능하다면 새로운 업무에 어떻게 대처할 수 있을지 불안해하는 공무원들을 안심시켜 줄 것을 당부했다. 장관은 이 문제의 국제적 맥락을 설명함으로써, 힘들게 일하는 이 공무원들로 하여금 자신들이 더 큰 전체의 중요한 한 부분을 이룬다는 사실을 이해할 수 있도록 도와줄 거였다.

정치가들은 이것을 〈얼굴을 비친다〉라고 표현한다.

외무 장관은 스톡홀름과 말뫼를 잇는 민간 항공편을 이용했다. 국경 경찰과의 미팅을 아주 만족스럽게 끝낸 그녀에게는 세 시간이 남아 있었다. 그녀는 잠시 생각해 보고는, 돌아가기 전에 개인적으로 말뫼의 모처를 들러야겠다고 경호팀에게 말했다.

개인적으로요? 경호원들은 더 자세히 알고 싶어 했다. 장관은 자신은 오래된 지인을 방문하고 싶으며(얼마나 오래된 지인인지는 밝히지 않았다), 자신의 안전에는 아무런 문제가 없을 거라고 안심시켰다. 경호팀은 그녀를 문제의 주소까지 데려다주고, 아파트 건물 안에는 그녀 혼자 들어가는 것에 동의했다. 안전도 중요하지만 사생활도 못지않게 중요하다는 것을 알기 때문이었다.

스웨덴

조니 엥발은 문 앞에 선 두 여자 중 하나는 누군지 알 것 같았다. 누가 에스메랄다인지는 척 보면 알 수 있었다. 목 주위에 요상한 것들을 주렁주렁 두른 여자가 아니면 대체 누구겠는가? 다른 하나는 사업가 같이 보이는데, 뭔가 안면이 있는 것 같기도 했다.

마르고트 발스트룀은 휙 몸을 돌렸다. 갑자기 강한 불안감이 엄습했다. 뒤에서 불쑥 나타난 사내는 온몸을 가죽으로 감쌌고, 난폭해 보이는 인상이었다. 그녀는 다시 사비네에게 몸을 돌렸다.

「말씀드렸듯이 난 율리우스 욘손과 알란 칼손을 찾고 있어요. 하지만 오늘 손님이 계신 듯하니, 다음에 오는 게 좋겠어요.」

사비네는 재빨리 머리를 굴렸다.

「여기에 그런 이름을 가진 분들은 안 계셔요.」

하지만 조니 엥발은 다 들었다. 그리고 이게 무슨 상황인지 이해했다.

「……알란 칼손?」그는 천천히 되풀이했다.

맞아, 영구차가 여기서 몇 블록 떨어진 곳에 주차되어 있었지……. 아, 내가 왜 이리 멍청할까!

「난 알란 칼손이 누군지 알아.」조니가 느릿느릿 말을 이었다. 「그는 관을 제작하는 스톡홀름 북부의 한 회사의 임원이야. 그리고 이 회사는 어떤 신점 업체하고도 관련이 있지…….」

「도대체 무슨 말씀을 하고 계신지…….」사비네가 더듬거렸다.

「그리고 칼손의 영구차는 이 동네에 주차되어 있고.」

「영구차라고요?」사비네는 무슨 영문인지 모르겠다는 표정을 지었다.

「영구차?」마르고트 발스트룀은 정말로 놀라며 반문했다.

하지만 낯선 사내는 칼을 꺼내 들었다.

「자, 두 숙녀분들, 아파트 안으로 천천히 들어가 주시겠어? 내가 할 얘기가 조금 있걸랑. 오늘 난 운이 좋은 것 같아.」

사실 운이 좋다는 것은 완전히 착각이었지만, 그로서는 차라리 모르는 편이 나았다.

조니는 오늘 자기 형과 대화할 수 없다는 생각에 깊은 슬픔을 느꼈다. 그의 슬픔은 맹렬한 분노로 변했다. 그는 어조를 바꾸며 본론으로 들어갔다.

「칼로 사람을 죽여 본 지도 오래됐으니, 오늘 아주 재미있을 것 같아. 하지만 먼저, 내가 의뢰한 관을 접수했던 자가 어디 있는지 말해 줘야겠어. 그자가 칼손 같은데, 맞아? 난 가능하다면 두 연놈을 한꺼번에 죽이고 싶단 말이야. 그리고 당신도 〈투 플러스 원〉으로 묶어서 같이 죽이고.」조니는 장관에게 몸을 돌리며 말했다. 「그런데 우리 어디서 본 적이 있었던가?」

마르고트 발스트룀은 알란 칼손과 그의 친구들은 가급적 멀리하는 편이 낫다는 것을 끔찍한 경험을 통해 배웠다. 하지만 너무 늦어 버렸다. 건물 밖 거리에서 기다리고 있는 경호원들이 갑자기 너무나 멀게 느껴졌다. 문제는 지금 자신의 신분을 밝히는 게 생존 가능성을 높일 것인지, 낮출 것인지를 아는 거였다. 결국 그녀는 결정을 내렸다.

「오, 이거 재미있네요!」 그녀가 말했다. 「나도 당신을 알 것 같아요. 그쪽 혹시 전에 마드리드 주재 스웨덴 대사로 일하지 않았나요? 그렇다면 우린 동료네요. 난 스톡홀름에서 외무부를 이끌고 있어요.」

조니 엥발은 정신이 멍해졌다. 적어도 1초 동안은.

「뭐, 당신이 외무 장관이라고? 그건 또 무슨 헛소리야?」

사비네가 이 기회를 잡았다.

「두 분, 좀 조용히 해줄 수 없어요? 지금 기운이 느껴지고 있다고요…… 케네트? 당신 거기 있어요, 케네트?」

그녀의 교란 작전은 효력이 있었다. 사비네가 두 팔을 들어 올리며 천장을 쳐다보자 조니의 두 눈이 화등잔만 해졌다. 어둑한 방 안에서 그녀의 모습은 거의 으스스하기까지 했다. 한쪽에 놓인 관 위로는 긴 그림자들이 어른거리고…….

조니에게 10초만 있었더라도, 사비네의 잔꾀를 이해했을 것이다. 하지만 장관에게는 5초밖에 필요하지 않았고, 상황은 급변했다. 처음 2.5초 동안 마르고트 발스트룀은 찢어지는 비명을 질러 경호원들이 구조하러 달려오게 하는 방안을 고려해 봤다. 그리고 나머지 2.5초는 이 생각을 포기하고, 대신 책상의 갓등을 들어 그 묵직한 밑받침으로 나치의 머리를 내리치는 데 사용했다.

조니 엥발은 그대로 바닥에 고꾸라졌는데, 기절했는지 죽었는지는 확인해 볼 문제였다.

「손 들어!」

알란이 공기총을 들고 주방에서 튀어나오며 소리쳤다.

「이런 젠장! 영감이 먼저 놈을 교란시키면, 내가 뒤에서 이 야구 방망이로 머리를 내리치기로 되어 있었잖아요!」 율리우스가 다른 쪽에서 나타나며 투덜거렸다.

「그리고 당신은 장관님이 갓등으로 직접 해결하기 전에 이 자를 쓰러뜨려야 했고.」 사비네가 덧붙였다.

정말이지 장관은 엄청난 한 방을 터뜨린 것이다. 갓등을 들고서 우두커니 서 있는 그녀는 머릿속이 휑했다.

「잘했어요, 마르고트!」 율리우스가 칭찬했다. 「당신을 마르고트라고 불러도 될까요?」

장관은 고개를 끄덕였다.

「그래요…….」

이제 장관에 대한 예우 같은 것을 신경 쓸 기운도 없었다.

알란과 율리우스는 숨은 곳에서 모든 것을 들었다. 그런데 저 외무 장관이 대체 어디서 튀어나왔지?

원래 계획에 따르면 알란은 공기총을 휘두르며 주방에서 튀어나오기로 되어 있었다. 또 율리우스는, 그 총이 백한 살 먹은 노인만큼이나 위험하지 않다는 사실을 나치가 깨닫게 될 몇 초 사이에 야구 방망이로 그를 제압하기로 되어 있었다.

「자, 모든 게 잘 끝났어.」율리우스가 상황을 요약했다. 「우리 느림보 영감님 덕분은 아니었지만 말이야.」

「당신 덕분도 아니었어.」사비네가 핀잔했다.

「잘 끝났다고요?」발스트룀 장관이 반문했다. 「지금 내 발밑에 누워 있는 이 사람이 죽었는지도 모르는데? 내가 이 사람을 죽였을 수도 있는데?」

「자, 자,」알란이 나섰다. 「별것도 아닌 일을 가지고 그렇게 걱정하지 마시오.」

「내가 보기엔 숨을 쉬고 있는 것 같아요.」사비네가 장관을 안심시켰다. 「그런데 우리가 정식으로 인사를 못 나눈 것 같네요. 내 이름은 사비네 욘손이에요. 율리우스와 성은 같지만, 아직 결혼한 사이는 아니고요. 하지만 지금도 늦지는 않았죠.」

장관은 사비네가 내민 손을 힘없이 잡았다.

「마르고트 발스트룀이에요.」

「사비네, 정말 나하고 결혼하기를 원하는 거야?」율리우스가 얼굴이 환해지며 물었다.

「오, 그럼, 율리우스!」

이 마지막 말들에 장관의 정지했던 대뇌의 톱니바퀴들이 다시 돌아가기 시작했다.

「제발 부탁드리는데,」그녀가 말했다. 「두 분의 달달한 시간은 나중에 가지면 안 될까요? 내 머리가 돌아 버릴 것 같아요!」

공황 발작을 일으키기 직전의 장관과 눈에 스파크를 튀기며 서로를 응시하는 두 잉꼬 앞에서 알란은 자신이 나서서 상황을 통제할 필요가 있다고 느꼈다.

「우리가 여기를 최대한 깨끗이 정리하고 있는 동안, 장관께서는 다른 곳을 보고 있는 편이 낫겠소. 만일 당신이 말뫼 교외의 어느 교령회에서 의식을 잃은 나치 하나를 가지고 무얼 하고 있었는지 스웨덴과 전 세계에 설명해야 하는 상황이 된다면, 당신 자신에게나 당신의 커리어에 아무런 도움이 되지 않을 테니까.」

「하지만 난 이렇게…….」 장관이 더듬거렸다.

「떠나 버릴 수 없다고? 아니, 떠나는 게 나을 거요.」 알란이 말했다. 「나치를 처리해 버린 사람이 다름 아닌 스웨덴 외교의 최고 책임자라는 사실 때문에라도 말이야. 당신이 한 일에 대해 여러 가지 좋은 말도 할 수 있겠지만, 그다지 외교적인 행동은 아니었던 것 같아. 어디서 이런 웃기는 일이 벌어졌다는 얘기를 들어 본 적이 있소?」

장관은 없다고 대답했다.

알란은 그래도 그녀는 떠나기 전에 설명을 들을 자격이 있다고 생각했다. 하여 어떻게 자신과 율리우스가 메르스타에 이르러 사비네를 만났고, 그녀와 함께 약간 개성 있는 관들을 제작하는 아주 번창하는 사업을 시작하게 되었는지를 간략히 들려주었다. 또 어떻게 어쩌다 한 번 실수한 탓에 지금 그들의 발밑에 누워 있는 사내가 엄청나게 화가 나 기관총을 갈겨대는 바람에 자신들이 도망칠 수밖에 없게 된 이유를 설명해 주었다.

「왜 경찰에 신고하지 않았죠?」 마르고트 발스트룀이 물었다.

「아, 경찰은 사절이오!」 율리우스가 잘라 말했다. 「꼭 필요한 때가 아니면 경찰은 부르는 게 아니죠. 그 경우에도 잘 생각해 봐야 하고…….」

「하지만…….」

장관은 더 이상 말을 이을 수 없었다. 의식을 잃은 사내가 몸을 꿈틀거린 것이다. 그는 신음을 하며 알아들을 수 없는 말을 웅얼거렸다. 사비네는 신속히 대응했다.

「자, 앉아요, 미스터 나치. 그래요, 거기 바닥에……. 네, 좋아요. 자, 이 커피 한잔 드시면 기분이 한결 나아질 거예요. 글쎄, 당신 머리에 별안간 벼락이 떨어질지 누가 알았겠어요?」

「커피?」 외무 장관이 되물었다. 「그게…….」

……과연 좋은 생각일까요? 라고 그녀는 묻고 싶었다. 하지만 조니 엥발은 이미 커피 잔을 받쳐 들고 바닥에 앉아 있었다.

「벼락이 떨어졌다고?」 그는 자신이 어디 있는지 기억하려 애쓰면서 웅얼거렸다.

그는 수면제로 포화된 음료를 쭉 들이켰고, 아직 정신이 몽롱한 상태에서 율리우스가 두 손을 등 뒤로 묶어도 몇 마디 힘없이 불평만 할 뿐, 크게 저항하지 않았다.

「……당신들 지금 뭐 하고 있는 거야? 당신들 누구야? 여기는 어디야?」

「자, 됐어요.」 사비네가 말했다. 「이 친구는 수면제를 네 알 복용했고, 조금 있으면 불평도 못할 거예요.」

이제 장관은 한계에 다다랐다. 더 이상은 아무것도 알고 싶지 않았다. 그녀는 알란에게 고개를 돌렸다.

「칼손 씨, 앞으로 일을 어떻게 진행시킬 계획인지, 한번 들어

볼 수 있을까요? 저 건물 앞에는 두 명의 경호원이⋯⋯.」

「경찰은 사절이라고!」 율리우스가 다시 한번 소리쳤다.

알란의 계획은 장관을 즉각, 그리고 가급적 — 방금 보여 준 실력으로 볼 때 그녀에게 그렇게 필요해 보이지는 않는 — 경호원들과 함께 떠나게 하는 거였다. 남은 세 사람은 바닥에서 갈수록 잠에 취해 가는 나치를 처리할 거였다. 장관님께서는 걱정할 필요가 없으시단다. 요 몇 년 사이에 알란의 주위에서 한두 번 불행한 사고가 있었던 것은 사실이지만, 이 친구가 오늘 죽는 일은 없게끔 할 거란다. 이자가 그럴 자격이 있어서가 아니라, 최소한의 품위를 위해서란다.

최소한의 품위? 외무 장관은 눈을 질끈 감았다. 자신의 커리어가 곧 끝날 것 같은 느낌이 들었다. 하지만 그녀는 자신이 무슨 잘못을 했는지 알 수 없었다. 적어도 윤리적으로는 잘못한 게 없었다. 세계 평화에 조금이라도 기여한다는 게 유일한 야심이었는데, 어떻게 이 지경까지 왔단 말인가?

만일 모든 게 밝혀진다면, 그 어떤 해명도 변명도 충분치 못할 거였다. 미디어의 생리에 대해 지금껏 파악해 온 게 정확하다면, 자신은 신문과 TV에서 린치를 당할 거였다.

그런데 이상하게도 모든 게 끝났다고 생각하니 오히려 마음이 평온해졌다.

그녀는 자신의 행동에 대해 책임을 질 거고, 의연하게 실각을 받아들일 거였다. 하지만 그런 현실이 닥치기 전에 그녀는 아직 쓸모가 있었다. 바로 다음 날에는 브뤼셀에서 유럽 각국의 외무 장관들과 회의가 있었다. 그다음 주에는 총리와 하루를 함께 보내며 프랑스의 새 대통령의 취임 초기의 성과와, 이 것이 다가오는 독일 총선에 미칠 영향을 분석하기로 되어 있 었다. 이 총리와의 미팅 날짜가 정해졌을 때는 EU의 미래가 문제였다. 하지만 그 사이에 현 미국 대통령의 나사 하나가 빠졌다는 사실이 드러났고, 따라서 서구의 운명이 점점 더 전 세계의 운명이 되어 가는 상황에서, 스웨덴은 중요한 역할을 수행할 필요가 있었던 것이다. 비록 이 나라의 외무 장관이자 UN 안전 보장 이사회의 스웨덴 대표이기도 한 인물이 말뫼 교 외의 어느 으슥한 방에, 꽁꽁 묶이고 약물에 취하여 바닥에 뒹 굴고 있는 나치와 함께 있기는 하지만 말이다.

「아, 내 얘기 좀 들어 봐!」한동안 헤어져 있었던 검은색 태 블릿을 다시 찾게 된 알란이 소리쳤다. 「도널드 트럼프가 자신 의 국무장관에게 IQ 테스트를 받으라고 지시했다는구먼!」

세상에, 내가 제대로 들은 걸까? 아니, 그녀는 포기해서는 안 되었다. 세계는 아직도 마르고트 발스트룀을 필요로 하고 있다는 것, 이것은 부인할 수 없는 사실이었다.

「나는 이제 가겠어요.」그녀가 말했다.

두 경호원이 리무진 앞에서 그녀를 기다리고 있었다.

「아무 문제없으십니까, 장관님?」한 명이 물었다.

「물론이죠.」마르고트 발스트룀이 대답했다. 「문제가 있을 이유가 있나요?」

알란, 율리우스, 그리고 사비네는 바닥에 누워 자고 있는 나 치를 빙 둘러쌌다. 그가 깨어나기 전에 이곳에서 들고나가 어 딘가에 놓고 와야 했다.

「양탄자로 둘둘 말아 가면 어떨까?」 율리우스가 제안했다.

「양탄자가 있다면 그럴 수 있겠지.」 사비네가 고개를 흔들었다.

「내 관을 빌려주지 뭐.」 알란이 말했다.

사비네의 얼굴이 밝아졌다.

「드디어 영감님 입에서 분별 있는 소리가 나오는군요!」

율리우스와 사비네가 의식이 없는 사내를 들어 올리는 동안, 알란은 옆에서 나치의 호주머니를 뒤졌다.

「지금 뭐 하고 있는 거요?」 율리우스가 물었다.

「적에 대한 정보를 수집 중이야.」

알란이 찾아낸 것은 자동차 열쇠, 씹는담배 한 갑, 운전 면허증이 든 지갑, 신용 카드 한 장, 그리고 현금 3천7백 크로나였다.

「조니 엥발, 고맙네.」 알란은 운전 면허증의 사진에게 말했다.

그는 돈은 챙기고 나머지는 휴지통에 던졌다.

나치를 관에 넣는 작업이 끝나자, 사비네는 알란을 주방 식탁에 앉힌 다음, 태블릿을 주면서 다음 지시가 있을 때까지 꼼짝 말고 있으라고 말했다. 알란으로서는 더 이상 좋을 수가 없었다. 한편 율리우스에게는 사비네가 영구차를 찾아오는 동안 그들의 모든 소지품을 트렁크에 쑤셔 넣으라는 임무가 떨어졌다. 벌건 대낮에 관을 들고 4~5블록을 걸어갈 수는 없는 노릇이었다. 율리우스와 사비네는 관을 들고, 알란은 바퀴 달린 트렁크를 맡기로 했다.

    나치와 외무 장관과 함께 한 교령회가 있고 나서 한 시간 반이 흘렀을 때, 세 사람은 아파트를 나섰다. 사비네와 율리우스는 잠든 나치로 채워진 관을 옮기느라 비지땀을 흘렸고, 알란은 몇 걸음 뒤에서 홍얼거리며 따라왔다. 건물 입구까지는 층계 하나만 내려가면 되었지만, 힘들기는 마찬가지였다. 그들은 당연히 이웃 하나와 마주치게 되었다. 장을 봐왔는지 비닐 봉지 두 개를 든 여자였는데, 깜짝 놀라며 관을 쳐다보았다.

    「헤로인 과다 복용이라오.」 알란이 설명했다. 「비극적인 일이지.」

    여자는 아무 대꾸가 없었다. 혹시 외국인인가?

    「헤로인스키.」 알란은 러시아식으로 설명해 봤다.

스웨덴, 덴마크

알란과 율리우스와 사비네는 영구차의 앞좌석에 바짝 좁혀
앉았고, 뒷자리는 나치가 독점했다.

10분 후, 조니 엥발은 중심가에서 그리 멀지 않은 인적이 드
문 한 공원의 벤치에 앉혀졌다. 율리우스와 사비네가 낑낑대
며 작업하고 있는 동안, 알란은 자동차의 좌석 사이에서 흰 플
라스틱 컵 하나를 찾아냈다. 그것을 나치의 손에 쥐어 주니, 순
식간에 졸고 있는 걸인 하나가 탄생했다.

「조니 씨, 여기서 너무 오래 머물지 말게나. 잘못하면 감기
들어.」 알란이 남긴 조언이었다.

상황은 아직도 극도로 복잡했다. 나치의 문제도 끝나지 않
은 상태였다. 하지만 땀을 흘리며 관을 옮기고, 또 신선한 바람
까지 쐬다 보니 사비네의 뇌가 다시 돌아가기 시작했다. 이제
이 돌아가는 뇌를 어떤 새로운 생각을 위해 써야 했다. 적어도
획기적인 생각이어야 할 거고, 그게 괜찮은 생각이면 더욱 좋
을 거였다.

사비네는 드디어 결정을 내렸다.

그녀의 단호해진 표정을 보고서, 율리우스는 침묵을 지켰다. 이번에는 모든 결정을 그녀에게 맡겨야 했다.

그들은 말뫼를 빠져나와 고속 도로로 진입했고, 얼마 안가서 덴마크로 건너가는 다리의 입구에 이르렀다. 사비네는 속도를 늦추고는 통행료를 낼 준비를 했다.

「상황이 상황이니만큼, 이 나라를 뜨는 게 현명할 것 같아.」

「덴마크로 가자고?」 율리우스가 물었다.

「아, 난 덴마크가 너무 좋아!」 다시 관 속에 편안히 자리 잡은 알란이 끼어들었다. 「뭐, 그럴 거야. 한 번도 거기 가본 적은 없거든. 아니, 가봤던가?」

「우리를 죽이려 드는 이들로부터 몸을 숨기기 위해서는, 덴마크도 그리 먼 곳은 아니야.」 사비네가 말했다. 「그리고 우리의 지금 사업 모델로는 입에 풀칠하기도 힘들고.」

요즘 들어 그녀는 미래에 대해 많은 생각을 했단다. 그리고 나치가 난데없이 쳐들어와서는 갓등으로 머리를 얻어맞고 뻗었을 때, 모든 게 분명해졌단다.

「적어도 그 갓등은 자기가 어디로 가야 할지 알고 있었던 거지…….」 알란이 말했다. 「내가 만일 내년까지 살아 있다면, 무슨 일이 있어도 사회 민주당[19]에 투표할 거야!」

「아니 영감, 아직도 투표를 하쇼?」 율리우스가 물었다.

「내가 알기론 아니야.」

사비네는 두 남자에게 조용히 하라고 말했다.

---

19 중도 좌파 성향의 정당으로 오랫동안 정권을 유지해 온 스웨덴의 제1정당. 요즘은 우파 성향의 스웨덴 민주당에게 위협받고 있다.

「어쨌든 난 우리의 미래에 대해 곰곰이 생각해 봤어. 우린 더 이상 이 영구차를 타고 돌아다닐 수 없어. 나치는 이 차를 알고 있고, 잠에서 깨어나면 전보다도 훨씬 더 화를 낼 게 분명하니까.」

알란은 나치를 사로잡게 될 분노를 김정은과 트럼프의 그것들과 비교해서 설명해 보려 하다가, 자신은 입을 다물고 있어야 한다는 것을 깨달았다.

「따라서 이제 영구차는 끝이야.」 사비네가 재차 강조했다. 「스웨덴도 끝이고.」

알란은 관 속에서 일어나 앉았다. 대화가 흥미로워지고 있었다. 더 이상은 입을 다물고 있을 수 없었다.

「그럼 사비네 양께서 어떤 생각이 있는 것 같구먼.」

「맞아, 그런 것 같구먼.」 율리우스도 따라 말했다.

사비네는 그렇다고 대답했다. 그녀에 의하면 만일 그들의 신점 사업에 꽃을 피우고, 1주일 이상 생존하기를 원한다면, 국제적으로 놀아야 할 필요가 있었다. 나치와 그의 패거리는 크고 넓은 세계에서는 그들을 찾아내기가 쉽지 않을 테니. 반면, 밖으로 나가면 스웨덴에서보다 경쟁이 훨씬 치열할 거였다. 혼령을 불러내고, 더 이상 말할 수 없게 된 이들과 말할 수 있게 해준다고 외치고 다니는 것만으로는 충분치 않을 것이다.

「그렇다면 우리에게 필요한 게 뭐지?」 율리우스가 물었다.

「신상품 개발이야.」 사비네가 대답했다.

「그리고 어디서 우리가 그 신상품을 가장 잘 개발할 수 있다고 생각하는데?」

「자리에 잘 앉았어?」

「보다시피.」 율리우스가 대답했다.

「난 막 누웠지만, 뭐, 자기가 원한다면야.」 알란도 다시 일어나 앉으며 말했다.

「좋아. 이제 우리는 코펜하겐 카스트루프 공항으로 갈 거야. 거기서 이 차를 영원히 주차시킨 다음, 다르에스살람행 비행기 표를 세 장 끊겠어.」

「다르에스…… 뭐라고?」 율리우스의 눈이 똥그래졌다.

러시아

일련의 좌절을 겪은 후, 게나디 악사코프는 또다시 승리를 예감하고 있었다. 승리도 보통 승리가 아니었다. 메르켈이 이번 독일 총선에서 완전히 망하리라는 것을 오직 그만이 알고 있는 듯했다. 왜냐하면 이기고 나서 통치하지 못할 테니까.

게나디는 그와 그의 절친을 위해 어마어마한 돈을 굴리고 있었다. 그 자금은 외국에 안전히 모셔져 있었고, 게나디의 핀란드 여권 덕에 더욱 안전하게 보호되고 있었다. 국제 사회가 러시아에게 그 어떤 제재를 가하기로 결정한다 해도, 아무도 핀란드 시민 악사코프의 자산을 동결할 수 없었다. 그는 재정적으로 안전했고, 대통령도 마찬가지였다.

요 근래에 그들은 여러 가지 성공을 맛보았다. 악사코프와 그의 인터넷 병사들은 11만 6천 개에 달하는 트위터 계정을 통하여, 영국 유권자들이 브렉시트[20]에 찬성표를 던지도록 작업했다. 아마추어들만이 댓글을 자동으로 생성하는 계정들을 사

---

20 〈영국Britain〉과 〈탈퇴exit〉를 합해 만든 단어. 영국은 2016년 국민 투표 결과 EU 탈퇴를 확정했다.

용할 거였다. 그런 것은 금방 티가 났다. 성공의 비밀은 완전히 자동 생성되는 댓글, 부분적으로 자동 생성되는 댓글, 그리고 1백 퍼센트 인간에 의한 댓글 사이의 완벽한 균형에 있었다. 하지만 메시지는 동일했다. 유럽에 등을 돌리는 게 영국인들에게는 이익이라는 것이다.

투표 결과가 52 대 48로 EU 탈퇴 찬성으로 밝혀지자, 볼로디아는 킬킬대며 게나의 등을 탁탁 쳐주었다. 게나는 설사 자기가 끼어들지 않았다 해도 51 대 49로 결과는 마찬가지였을 거라고 겸손하게 대답했다.

그다음에는 미국 대통령 선거가 있었는데, 이것은 끔찍할 정도로 잘 진행된 나머지 지금은 세상이 그저 끔찍해졌다.

하지만 네덜란드 총선과 프랑스 대통령 선거는 게나와 볼로디아도 실패할 수 있다는 것을 보여 주었다. 극우 정당인 네덜란드 자유당은 모스크바의 강력한 지원에도 불구하고 이 나라에 정치적 혼돈을 초래할 수 있을 만한 숫자를 국회에 보내지 못했다. 중도 우파는 연정 구성을 위해 2백 일이 넘게 고생해야 했지만, 어쨌든 성공한 것이다.

프랑스에서 러시아인들은 거의 수건을 던져야 할 상황이었다. 그들의 전략은 좌파, 우파를 다 밀어주어 그들이 이전투구하고 있는 동안, 마린 르펜[21]이 한 명의 주자만 제외하고 모두를 앞지르고 나면, 러시아인들이 그 마지막 주자를 침몰시켜 준다는 거였다. 하지만 모스크바가 그를 침몰시키기도 전에

---

21 Marine Le Pen(1968~). 프랑스의 극우 정당 국민 전선 설립자 장마리 르펜의 딸이자 현재 당 대표. 2017년 프랑스 대통령 선거에서 마크롱에게 패배했고, 2018년 당명을 국민 연합으로 변경했다.

이 빌어먹을 인간이 멍청한 짓을 하여 대권에서 멀어져 버렸고, 대신 어떤 새로운 중도파 인물이 난데없이 튀어나왔다. 게나가 전략을 바꿀 겨를도 없이, 프랑스는 친 EU 성향의 새 대통령을 선출한 것이다.

마크롱이 동성애자라는 인터넷 병사들의 허위 정보 유포 작전은 마크롱과 그의 지지자들을 강화해 주는 결과를 가져왔을 뿐이다. 만일 당신이 프랑스에서 마음껏 할 수 있는 게 하나 있다면, 그것은 바로 다양한 형태의 사랑인 것이다.

낭패는 이게 끝이 아니었다. 스웨덴에서 게나디는 한 네오나치에게 4백만 유로를 지원했는데, 이 인간은 고마움을 표하고 싶었던지 참으로 우습게도 죽어 버렸다. 입수된 정보에 따르면 이 나치의 동생 — 그 역시 나치였는데 — 은 자동 화기로 어느 장의사를 초토화시켰단다. 그런데 이 이야기 가운데 정말로 믿기 힘든 디테일이 하나 있었는데, 나치가 죽이려 한 인물은 다름 아닌 알란 칼손, 그러니까 평양에서 그 소동을 일으키고 외교관이 되었다는 그 백한 살 먹은 늙은이였단다! 이후에 이 늙은이는 장의 사업에 뛰어들었고, 북한에서의 일이 있은 지 얼마 되지도 않아서 다시 한번 러시아의 국익에 정면으로 충돌하는 존재가 된 것이다. 이 모든 결론은 칠칠치 못하게 보안이 안 되는 전화기를 사용한 한 경찰 수사관과 스웨덴 외무 장관의 통화를 도청한 내용에서 이끌어 낸 거였다. 어쩌면 김정은이 옳았는지도 몰랐다. 그들은 이 늙은이를 추적하여 그의 목을 따버렸어야 했다. 하지만 그는 또다시 증발해 버렸다.

게나디는 1~2주 기다리기로 마음먹었다. 그런 다음, 죽은 나치의 동생과 접촉하여 그들 간의 계약 조건을 복창시키리라. 아니면 그를 깨끗이 제거해 버리든지.

그동안은 곧 설욕의 때가 온다는 생각을 하며 마음을 달래 보리라. 모두가 알고 있었다. 메르켈이 독일 총선에서 쉽게 승리할 거고, 독일 사회 민주당은 너무 약하다는 것을. 하지만 사회 민주당은 총선에서 참패한다 해도 메르켈과의 연정 — 그것은 정치적 자살 행위이니까 — 을 거부하리라는 것, 이것은 오직 게나디만이 직시하고 있는 사실이었다. 러시아의 전략은 약자를 더욱 약하게 만드는 동시에 극우 정당 AfD[22]를 은밀히, 그리고 확실히 지원하는 거였다. 이런 식으로 메르켈을 직접 공격하지 않으면서 양쪽에서 약화시킬 수 있었다. 앙겔라 메르켈은 총선에서 승리하겠지만, 연정은 이룰 수 없게 되고, 결국에는 포기하고 말리라. 러시아에게 가장 불필요한 존재, 그것은 바로 이 대책 없이 강력한 베를린의 여편네인 것이다.

「독일 사회 민주당은 이번 여론 조사에서 3포인트를 잃었다네.」 게나디 악사코프가 러시아 대통령에게 알렸다. 「그중 2포인트는 AfD의 우리 친구들에게로 갔고.」

「게나, 자넨 정말 천재야!」 블라디미르 푸틴이 칭찬했다. 「내가 전에도 이 말을 했던가?」

「여러 번 했습니다, 각하.」 푸틴의 절친이 미소를 지으며 대답했다. 「하도 여러 번 들어서 이젠 그 말이 믿어질 정도랍니다.」

---

22 〈독일을 위한 대안 Alternative für Deutschland〉이라는 뜻으로 2013년 창당되었다.

덴마크

사비네는 코펜하겐 카스트루프 국제공항으로 향하는 다리를 건너고 터널을 통과하는 동안 아무 말이 없었다. 그녀는 이민을 떠난다는 자신의 결정을 다시 한번 검토해 보았다.

그녀는 올레코린코를 너무나 오랫동안 생각해 온 나머지, 그가 모든 문제에 대한 해결책이라는 확신마저 품게 되었다. 그가 사는 탄자니아에는 여러 가지 이점이 있었다. 예를 들어 탄자니아 나치즘은 아직 발명되지 않았다. 또 탄자니아의 고원들에는 두려워할 만한 뱀들이 없는 모양이었다. 이 파충류는 사비네가 나치보다도 싫어하는 것들 중의 하나였다. 그녀는 뱀과 나치와 전쟁과 치명적인 질병을 싫어했다. 열거된 순서대로 싫어했다. 그 외에도 요즘 알란 칼손이 순위에 들려고 애를 쓰고 있었다. 전쟁과 폭력은 이 나라의 특산품 목록에 빠져 있었다. 남은 것은 치명적인 질병인데, 그것들에는 다 치료법이 있는 듯했다. 사비네의 어머니의 말을 그대로 믿을 것 같으면 — 물론 그래서는 안 되겠지만 — 올레코린코의 치료법도 꽤 신통하단다.

그동안 사비네는 사전 조사 차원에서 많은 것을 읽었다. 이 지역에는 올레코린코 말고도 영감의 근원이 많았다. 국경을 사이에 두고 케냐 쪽으로는 한나라는 이름의 사업가가 살고 있었다. 자칭 〈여왕〉인 그녀는 월요일에서 금요일까지 고객들의 병을 고치고, 저주를 풀고, 잉걸불의 형태를 읽고 조언을 하면서 분주히 지냈다. 또 추가적인 수입을 위해 암이나 에이즈 같은 난치병 환자를 받기도 했다. 토요일에는 휴식을 취했고, 일요일에는 보다 확실하게 하기 위해 교회에 갔다.

한나는 누구든 원하는 사람이 있으면 자신의 호화로운 저택과 열다섯 대의 자동차를 기꺼이 보여 주었다. 〈나는 마녀이고 아주 유능합니다〉, 이게 그녀가 자신의 고급 승용차들 앞에 서서 보내는 메시지였다. 〈성부와 성자와 성령의 이름으로.〉

한나는 여러모로 인상적이었지만, 사비네의 관심을 끌기에는 충분치 않았다. 잉걸불을 보고 점을 치는 것은 사비네도 할 줄 알았다.

늙은 복음주의파 목사 올레코린코와 그의 콘셉트는 나이로비에 있는 〈여왕〉의 그것과는 완전히 달랐다. 목사는 세렝게티 사바나에 텐트촌을 하나 세웠다. 그는 중앙 텐트에 딸린 부속 텐트 안에서 은밀하면서도 정확한 제조법에 따라 기적의 약을 조제했다.

또한 그는 환자들에게 아주 적은 액수만을 요구했고, 대신 군중을 모으는 것에 초점을 맞췄다. 그의 치료약은 그곳 텐트촌에서만, 그리고 목사가 직접 축복할 때에만 효과가 있었던 것이다.

사비네는 그의 방법에 대해 더 많은 것을 알고 싶었다. 군중

집회는 요즘의 유럽 신점계에서는 새로운 개념이었다. 그리고 사비네와 그녀가 사랑하는 조수, 그리고 또 그들이 원하든 원치 않든 간에 함께 해야 하는 백한 살 먹은 노인이 가야 할 길이었다.

스웨덴

조니 엥발은 자신의 두 손 가운데 있는 하얀 플라스틱 컵 안에 5크로나짜리 동전 하나가 또르륵 떨어지는 소리에 잠에서 깨어났다. 여기가 어디지? 왜 이렇게 춥지? 누가 나한테 동전을 주었고, 또 왜 주었지?

머리를 갓등으로 얻어맞고 수면제를 과다 복용한 그는 그 후유증을 느꼈다. 첫 번째 일은 기억나지 않았고, 두 번째 일만 떠올랐다. 그는 자신이 어느 공원의 벤치에 앉아 있다는 것을 깨달았는데, 이곳이 정확히 어디인지 생각해 볼 틈도 없이 누군가가 그에게로 몸을 굽혔다.

「아저씨, 괜찮아요?」

얼굴을 그에게 바짝 들이댄 어떤 여자의 얼굴이 보였다. 이 여자가 누구지? 지금 무슨 일이 일어나고 있지? 주위가 다시 눈에 들어오기 시작했고, 그에 따라 조니의 인성도 원래대로 회복되었다.

「뭔데 상관이야, 이 못생긴 여편네야!」

여자는 근처를 지나가다가 벤치에서 잠든 걸인에게 동정심이 일어 지갑에서 동전 하나를 꺼내다가, 걸인이 잠에서 깨어나는 것을 봤던 거였다. 남자는 정말이지 불쌍해 보였다.

「아니, 아저씨, 왜 이렇게 화내요? 자, 따라와요. 어쩌면 아저씨에게 따뜻한 수프 한 그릇을 제공하는 곳을 찾을 수도 있을 테니까요.」

수프? 조니가 아직 흐릿한 머리로 생각했다. 그는 일어서려고 했고, 여자는 그를 부축했다.

「비켜, 이 멍청한 년아!」 그는 소리치며 착한 사마리아인을 밀쳤고, 여자는 하마터면 넘어질 뻔했다.

조니의 어휘 또한 돌아온 것이다. 그는 여자에게 자신과 자신의 나이프가 그녀를 어떤 상태로 만들어 줄 수 있는지 알려 주었다. 그녀는 겁에 질려 한 걸음, 그리고 또 한 걸음 물러섰다. 하지만 그녀는 보통 용감한 여자가 아니었다.

「자, 보다시피 이렇게 비켰어요. 하지만 수프에 대해서는 어떻게 생각하죠?」

조니는 30센티미터나 되는 날이 번득이는 미군 나이프를 꺼내어 여자의 목에 댔다.

「한 번만 더 그 수프 얘기를 꺼내면…….」 그는 으르렁댔다.

여자는 더 이상 군소리하지 않았다. 조니는 그녀를 해치지 않고 멀어져 갔다. 그러기에는 머리가 너무 지끈거렸다. 몇 킬로미터 떨어진 곳에서, 아직도 비틀거리는 나치는 샌드위치와 커피를 들며 정신을 추스를 수 있는 카페 하나를 발견했다.

지금까지 조니는 장례식 날 그의 형을 심각하게 모욕한 자들을 응징하려 애써 왔다. 그런데 스스로에게 부과한 의무를 막 이루려는 순간, 난데없이 머리에 벼락이 떨어져 내렸다. 하지만 그는 포기할 수 없었다. 아니, 포기하는 게 옳을까? 그에게는 4백만 크로나와 죽은 형을 기리기 위해 이뤄야 할 정치적 사명이 있지 않은가?

조니는 자신이 그 늙은 여편네와 외무 장관에게 당했다는 사실을 모를 정도로 멍청하지는 않았다. 이건 그냥 지나칠 수 없는 일, 아니, 그가 우선적으로 해결해야 할 일이었다. 그래, 4백만 크로나와 이 돈을 가지고 이뤄야 할 일은 조금 기다려야 하리라. 장관은 어쩌다 마주치지만 않는다면 그냥 넘어갈 수도 있지만, 빌어먹을 무당과 그 똘마니들은? 그들을 반드시 잡아내고야 말 거였다. 며칠이 걸리든! 아니 몇 달, 몇 년이 걸리든!

이렇게 조니가 결심을 굳혔을 때, 휴대폰에 중요한 뉴스가 떴다.

〈코펜하겐 카스트루프 국제공항에서 테러 기도로 의심되는 또 다른 사건 발생!〉

커피와 샌드위치도 조금만 기다려 줘야 하리라.

덴마크, 스웨덴, 독일

짧은 기간 안에 두 번째로, 사비네는 알란도 가끔은 쓸모가 있다는 사실을 인정하지 않을 수 없었다. 그녀는 운전을 하면서, 다르에스살람으로 가는 가장 빠른 비행기가 언제 있는지 태블릿으로 알아봐 달라고 그에게 부탁했다. 알란은 곧 출발하는 것을 찾아냈다. 프랑크푸르트와 아디스아바바를 경유하기 때문에 약간 복잡하기는 하지만, 이거면 괜찮을 거였다. 문제는 이 비행기를 타는 거였다. 사비네는 조금 더 가속하면서, 공항에 도착하면 최대한 창의적으로 주차하기로 마음먹었다.

그녀는 공항 출국장 바로 앞에서 적당한 공간을 하나 발견했다. 주차가 엄격히 금지된 곳이었다. 그 안에 들어가려면 주차 금지 표지판과 도로 표지용 원뿔들 사이를 곡예하듯 요리조리 빠져나가야 했지만, 그녀는 훌륭하게 해냈다. 규칙을 별로 좋아하지 않는 율리우스조차도 입을 딱 벌렸다.

그들은 카운터에서 표를 샀다. 짐이라곤 작은 기내용 가방뿐이었고 그나마도 얼마 되지 않았다. 사비네와 율리우스가 다른 일에 정신이 없는 동안, 알란이 공동의 트렁크를 아파트에 두고 온 것이다.

「영감님이 챙길 것은 딱 한 가지였잖아요!」 사비네가 소리 쳤다. 「딱 한 가지!」

「내가 챙겨야 했던 게 여러 가지가 아니어서 다행이야.」 알란이 대꾸했다.

어쨌든 덕분에 체크인이 빨리 끝났다. 공항에 도착한 지 20분 만에 세 사람은 프랑크푸르트행 비행기의 앞에서 두 번째 열에 자리를 잡을 수 있었다.

「샴페인?」 스튜어디스가 물었다.

「내 마음을 어찌 그리 잘 아시오?」 알란이 미소를 지었다.

루프트한자 831 항공편은 공항이 폐쇄되기 전에 마지막으로 이륙한 비행기였다. 코펜하겐 카스트루프 공항은 평소에도 보안이 엄격했지만, 스톡홀름에 테러 사건이 발생한 후에는 더욱 강화되어 있었다. 그런데 오늘, 제3터미널 입구 앞에 수상쩍은 차량 한 대가 불법으로 주차되어 있는 게 발견된 것이다.

덴마크에 널리 퍼진 생각들 중의 하나는, 이웃나라 스웨덴은 자살 폭탄 테러범들을 수입하는 것 외에는 별로 하는 일이 없다는 것이다. 시리아 내전 동안 덴마크 전체 인구보다 많은 수의 사람들이 탱크와 포탄과 화학 무기를 피하려 고국을 등졌다. 난민들 중 대부분은 터키로 갔는데, 거기서 그들은 별로 환영받지 못했다. 그래서 많은 이들이 헝가리의 전기 철책이며 조준 발사되는 최루탄 같은 덫들을 피해 가며 북쪽으로 향했다. 수중에 6천 달러가 있는 이들은 최루탄을 피하여 더 먼 곳에 있는 나라들 ─ 거기서도 환영받지 못하는 것은 마찬가지였지만 — 로 갈 수 있었다. 예를 들어 덴마크 같은 나라 말이다. 그러면 덴마크는 눈물에 젖은 아비와 어미와 아이들을 곧바로 스웨덴으로 안내했다. 스웨덴 사람들은 이들에게 전기 울타리나 조준 발사되는 최루탄 대신에 비를 피할 수 있는 지붕을 제공했으니, 죽음을 피해 왔노라고 주장하는 이들 모두가 사실은 테러리스트라고 말할 수 있는 근거는 어디에도 없었기 때문이었다(하지만 몇몇 스웨덴인들은 이런 허튼수작에 넘어가지 않고, 테러리스트들에게 교훈을 주기 위해 가급적 많은 수의 난민촌을 불태우려 했다).

사정이 이러했기에 덴마크인들은 스웨덴 번호판이 붙어 있고, 뒤쪽에 관 하나가 실린 영구차 안에 폭발물이 가득할 거라고 판단했다. 모든 출발편은 즉각 취소되었고, 접근하는 비행기들의 노선이 변경되었다. 또 경찰은 공항 터미널을 소개시키고, 폭탄 해체 로봇을 투입하였다.

비상경보가 내려지고 나서 불과 몇 분 후에 이 소식은 인터넷을 뜨겁게 달궜다.

「오호, 모두 거기에 계셨구먼그래!」 조니 엥발은 휙 하고 휘파람을 불었다. 「그리고 거기서 옴짝달싹 못 하는 신세가 되어 버렸고 말이야. 이 멍청한 노친네들 같으니…….」

그는 사비네 욘손과 그 똘마니들이 다른 모든 승객들과 마찬가지로 공항에 묶여 버렸다고 생각한 것이다. 거기서 몇 킬로미터 떨어진 로센고르드에 주차시켜 놓았던 그는 거리에서 택시를 잡았다.

「자, 로센고르드로 갑시다!」

목적지에 도착하자 운전기사는 당연히 택시 요금을 요구했지만, 조니는 자신에게 지갑도, 차 열쇠도 없다는 사실을 발견했다. 그는 기사에게 잠깐 기다리라고 말하고는, 자기 차의 트렁크를 억지로 열었다. 그리고 조니가 거기서 자동 화기를 꺼내어 들자, 기사는 돈 같은 것은 까맣게 잊어버렸다.

「자, 당신 이름이 뭐야?」 조니는 기사의 이마에 총구를 들이대며 물었다.

「벵트예요.」 남자는 이렇게 대답하고는 울기 시작했다.

「그래, 반가워, 벵트…… 이렇게 하면 어떻겠어? 당신이 요금을 받지 않고 나를 코펜하겐 카스트루프 공항까지 태워 주는 거야. 자, 오케이?」

「제발 날 죽이지만 마세요.」

「그럼 오케이한 걸로 알겠어.」

외레순 다리가 다가오자 벵트는 통행료를 내기 위해 속도를 늦추려 했다.

「혹시 그 잘난 스웨덴 정부에 다리 통행료를 내기 위해 줄을 서겠다는 것은 아니겠지?」 조니가 으르렁댔다.

여기까지 오면서 벵트의 공포감은 처음보다도 훨씬 커졌다. 라디오 뉴스는 지금 자신과 자동 화기의 사내가 향하고 있는 공항에서 테러 공격으로 의심되는 사건이 발생했다고 전하고 있었다. 그렇다면 이 사내 역시 테러리스트라는 결론을 내릴 수밖에 없지 않은가?

하여 벵트는 끽 소리 없이 시키는 대로 했다. 액셀을 있는 대로 밟아서는, CCTV가 촬영하는 가운데 시속 120킬로미터로 톨게이트를 통과했다. 다리 위에서는 더욱 가속했다. 이제 카스트루프까지는 몇 분밖에 남지 않았다.

지금까지 아리안 동맹의 브레인은 상황을 분석할 시간이 없었다. 하지만 공항까지 몇 킬로미터밖에 남지 않은 곳에서, 그는 그의 비자발적인 기사에게 속도를 늦추라고 지시했다. 이제는 차근차근 제대로 행동해야 했다. 서두르면 일을 그르칠 수 있으니까.

죽은 케네트 형을 모독한 세 늙은이는 코펜하겐 카스트루프 공항에 묶여 있었다. 유대계 미디어의 라이브 업데이트에 따르면, 아직은 아무도 체포되지 않은 모양이었다. 그렇다면 그들은 라디오에서 언급한 홀에 다른 여행객들과 함께 있을 터였다.

무엇보다도 먼저 공항 터미널을 찾아야 했다.

사람들은 전쟁과 공포와 절망적인 빈곤을 피해 달아난다. 그리고 이런 것들이 없는 곳으로 이주한다. 그러지 않다면 도피에 무슨 의미가 있겠는가?

스웨덴에는 이 세 가지 재앙이 존재하지 않으며, 따라서 사람들이 도피하기보다는 오히려 들어오려고 애쓰는 나라이다. 이 말인즉슨, 스웨덴과 덴마크가 맞닿는 외레순 다리 위 스웨덴에서 나가는 국경 통제는 비교적 느슨하다는 뜻이다. 스웨덴으로 들어오는 차는 모두 검사를 받지만 나가는 차는 톨게이트 하나만 통과하면 된다. 하지만 이것은 톨게이트를 시속 120킬로미터로 통과했는데도 아무도 뭐라고 하지 않는다는 얘기는 아니다. 이 경우, 덴마크 경찰은 문제의 자동차의 차종과 색상과 등록 번호를 전달받게 된다. 만일 같은 시간에 코펜하겐의 국제공항에서 어떤 테러 사건이 벌어지고 있다면, 이 통행료 납부 회피 건은 진행 중인 테러 사건 수사의 데이터베이스에 들어가게 되고, 거기서 〈결론이 나지 않은 조사〉로 분류되어 삭제될 때를 기다리게 되는 것이다.

여기에 예외가 발생할 수 있는데, 그것은 혐의를 받는 차량의 운전자가 재수 없게도 경찰 검문에 걸리는 경우이다.

코펜하겐 카스트루프 국제공항 터미널에서 8백 미터 떨어진 곳에, 경찰은 도로 표지용 원뿔들로 길을 막아 놓고서 운전자들로 하여금 차를 돌려 돌아가게 하고 있었다. 경찰관들은 운전자들에게 경례를 한 뒤, 새로운 지시가 있을 때까지 폐쇄될 공항에서 경찰이 어떤 활동을 하고 있는지 간략히 알려 주었다. 언제 공항이 다시 열리게 될지 알고 싶다면 미디어 뉴스를 계속 확인하란다. 덴마크 경찰관이 이렇게 설명하고 있는 동안, 그의 부하는 차량의 등록 번호를 체크했다. 형식적인 절차였다.

크로그 경사는 스웨덴 번호판을 단 택시의 기사에게 말을 거는 순간부터 잔뜩 긴장하고 있었다. 핸들을 잡은 사내는 얼굴이 사색이었다. 그 옆 조수석에 앉은 승객은 바짝 집중한 표정이었고, 그의 가죽 점퍼 밑으로 뭔가를 감추고 있다는 게 느껴졌다. 그의 부하 라르센 순경이 돌아와 옆에서 크흠, 하고 목청을 골랐을 때, 경사는 뭔가 문제가 있음을 직감했다.

「신분증 좀 볼까요?」 경사가 택시 기사에게 요청했다. 「당신 것도 한번 봅시다.」 그는 조니 엥발을 쳐다보며 말했다.

그들 가까이에 있던 20여 명의 중무장한 경찰관들은 뭔가가 일어나고 있음을 알아챘다.

벵트는 그의 택시 기사 등록증을 보여 주었다.

「불행히도 내 운전 면허증은 집에 놓고 왔소.」 조니가 말했다.

크로그 경사는 라르센 순경으로부터 간단한 보고를 받았다. 이 차량은 방금 전에 요금을 납부하지 않고서 스웨덴 톨게이트를 통과했단다. 흠, 좀 더 자세히 조사해 볼 필요가 있겠군.

「차에서 내려 주시겠습니까? 네, 두 분 다요.」 크로그 경사가 말했다.

벵트는 차문을 열었다. 그리고 한 발을 아스팔트에 내려놓았고, 다시 한 발을 내려놓더니…… 갑자기 땅바닥에 몸을 던졌다.

「테러리스트예요!」 그가 소리쳤다. 「차 안에 있는 놈이 테러리스트예요! 엽총을 들고 있어요!」

〈엽총〉은 조니의 자동 화기를 제대로 표현한 것이라 할 수 없었지만, 뭐 아무튼…….

조니는 거친 삶을 살아오면서, 골치 아픈 상황을 빠져나오는 최고의 방법은 총을 사용하는 거라는 것을 배웠다. 덴마크 경찰관들은 쉽게 총질을 하는 사람들은 아니었다. 예를 들면 미국 경찰관들처럼 말이다. 그래서 조니는 자동 화기를 꺼내고, 안전핀까지 거의 풀 수 있었지만, 방아쇠를 당기지는 못했다. 스무 명의 경찰관 중에서 아직 반사 신경을 잃지 않은 열두 명이 발사한 총알들로 온 몸이 아주 세심하게 꿰뚫렸기 때문이었다. 다른 여덟 명은 멍하니 있었지만, 결과는 마찬가지였다. 첫 번째 총알에 치명상을 입은 조니는 두 번째 총알에 절명했다. 그 뒤의 서른다섯 발은 쓸데없이 따라온 셈이었다.

15분 후, 영구차는 안전이 확보되었다. 그 안에는 위험 요소가 전혀 없었다.

코펜하겐 카스트루프 국제공항에 대한 테러 공격은 무산되었고, 수상한 차량은 압류되었으며 중무장한 테러리스트는 제거되었다. 이날의 영웅은 스웨덴인이었다. 이름은 벵트 뢰브달이었고, 택시 운전사였다.

프랑크푸르트에 잠시 머무는 동안, 사비네와 알란과 율리우스는 새 옷을 사 입고서 공항 터미널에 앉아 다음 비행기를 기다렸다. 알란은 여전히 태블릿에 코를 박고 있었다.

그는 자신들이 스칸디나비아를 떠난 것은 정말 잘한 일인바, 이걸 믿을 수 있을지 모르겠지만, 그 짧은 시간에 또다시 테러 사건이 터졌다고 알려 주었다. 이번에는 그들이 불과 몇 시간 전에 있었던 카스트루프에서였단다.

「와우!」 사비네가 입을 딱 벌렸다. 「도대체 세상이 어디로 가는 거야?」

독일

자유세계의 리더가 트위터에서 자기 나라 국민의 특정 계층을 윽박지르는 일에 업무 시간의 상당 부분을 할애하자, 세상은 그의 대체자를 찾아 나서지 않을 수 없었다. 사람들의 선택은 예순세 살의 앙겔라 메르켈로 향했다. 루터교 목사의 딸로 태어난 그녀는 화려한 궁전이 아니라 베를린 시내의 평범한 아파트에서 지냈다.

그녀는 월요일에서 금요일까지는 밤마다 네 시간밖에 자지 않았지만, 주말에는 해가 중천에 걸릴 때까지 늦잠을 잤다. 또 그녀는 양배추 수프를 너무나 좋아했다. 그리고 누가 독일 사람 아니랄까 봐 수프를 먹을 때면 꼭 맥주를 곁들이곤 했다.

자유로운 시간에는 조금 일을 하거나, 아니면 남편과 손을 잡고 함께 오페라를 보러 갔다. 특별한 경우에는 좀 더 멀리 떠나서, 이탈리아 알프스 같은 곳에서 트래킹을 즐기기도 했다.

그녀는 물리학도였고 남편은 이론 물리화학 교수였는데 1984년의 어느 날, 두 사람 사이에 모종의 육체적 화학 작용이 일어난 모양이었다.

독일 연방 총리로서 앙겔라 메르켈은 트럼프의 대척점에 서 있었다. 즉 차분하고, 사려 깊고, 분석적이었다. 그녀는 요즘처럼 혼란한 세상에서 이런 것들이 얼마나 중요한 덕목인지를 누구보다도 잘 이해하고 있었다. 사실 그녀는 오는 가을에 정계를 은퇴할 생각이었다. 하지만 그리하면 트럼프와 푸틴 같은 이들이 날뛰는 이 세상에서 무슨 일이 벌어지겠는가?

그녀는 용단을 내렸다. 만일 투표자들이 원한다면 4년 더 봉직하기로. 그다음에 세상은 그녀 없이 헤쳐 가야 하리라.

베를린에 있는 독일 정보부는 나름의 노하우를 몇 가지 가지고 있었다. 그중 하나는 요주의 대상 중 하나가 루프트한자 항공편으로 여행을 하면 그 정보가 자동으로 들어오게끔 해놓는 거였다.

농축 우라늄 4킬로그램을 워싱턴의 독일 대사관에 내려놓고 스웨덴으로 날아가서는 어디론가 증발해 버린 스위스-스웨덴 핵무기 전문가 알란 칼손이 다시 움직이기 시작했다는 사실을 알게 된 것은 바로 이 방법을 통해서였다. 그는 방금 전에 프랑크푸르트행 비행기를 타고 코펜하겐을 떠났단다. 좀 더 깊이 조사해 보니 그는 프랑크푸르트 다음에 아디스아바바를 거쳐, 최종적으로 다르에스살람으로 간다는 거였다. 도대체 무슨 꿍꿍이일까?

북한이 다시 우라늄을 공급받아야 할 때가 온 것일까? 이 이야기 가운데서 알란 칼손은 어떤 역할을 맡고 있을까? 분명 이 노인은 무슨 음모가 꾸며지고 있는지 알고 있으리라. 그 자신이 냅킨에 편지를 써서 메르켈 총리에게 그렇게 말하지 않았던가? 이번에는 무려 5백 킬로그램이란다!

하지만 지금 상황은 분석하기가 너무나 어려웠다. 만일 칼손에게 여태껏 세상이 보지 못했던 많은 양의 농축 우라늄을 북한에 넘겨줄 의도가 있다면, 왜 그 사실을 미리 독일 총리에게 알렸단 말인가? 그것도 냅킨 쪼가리에 써서 말이다.

독일 연방 정보부 부장은 개인적으로 메르켈 총리를 만나서 보고하고 싶었지만, 총리는 그에게 할애할 시간이 없었다. 연방 총선이 가까워질수록 그녀는 몸조심을 위해 아무것도 안하고, 아무 말도 안 하느라 더욱 바빠진 것이다. 여론 조사 결과는 그녀가 유리한 것으로 나타났다. 러시아인들이 메르켈이하는 말과 하는 행동에 대해 거짓 정보를 퍼뜨리며 선거전에 끼어들지도 모른다는 걱정도 쓸데없는 것임이 드러났다. SNS상의 일반적인 견해는 사회 민주당의 마르틴 슐츠는 무능력 그 자체라는 것이었다. 또 극우 정당은 격차를 좁히고는 있었지만, 그것으로는 충분치 않을 거였다.

정치 분석가들은 여론 조사에서 메르켈이 우위를 보일 수 있었던 것은 야당 지도자가 — 대부분의 독일인들도 마찬가지지만 — 그녀와 거의 같은 입장을 취하고 있기 때문에 메르켈의 이미지에서 공격할 만한 흠집을 전혀 찾아내지 못했다는 사실에 어느 정도 기인한다고 판단했다. 하지만 메르켈의 성공은 무엇보다도 그녀 자신이 보여 준 능력과 우려할 만한 국제적 상황 때문이었다. 미국은 정신적으로 문제가 있는 대통령이 이끌고 있었다. 영국에서는 지난해 데이비드 캐머런이 던진 〈우리는 정말로 외국인들을 모두 쫓아내야 합니까?〉라는 수사학적 질문에 〈안 될 것 뭐 있어? 그거 아주 괜찮은 생각이야!〉라는 매우 당혹스러운 대답이 돌아왔다. 폴란드에서는 민주주의를 해체하느라 모두들 열심이었고, 헝가리에서는 그 작업을 벌써 끝냈다. 여기에 카탈루냐 문제를 어찌하지 못하는 마드리드(혹은 마드리드 문제를 어찌하지 못하는 카탈루냐), 그리고 그 뚱뚱한 몸집만큼이나 위험한 인물 김정은도 추가해야 하리라.

이 모든 것들 가운데 메르켈 총리가 마치 들판 가운데 우뚝 솟은 늙은 떡갈나무처럼 굳건히 서 있었다. 주위에서는 밀밭이 바람에 일렁여도 그녀는 흔들리지 않았다.

만일 이런 세계 정세와 독일의 국내 정치적 상황이 선거일까지 동결되어 있는다면, 그녀는 다시 4년을 연임하게 될 거였다. 그리고 전 세계는 안도의 한숨을 내쉴 거였다. 어쩌면 러시아는 아니겠지만 말이다. 또 어쩌면 미국의 그 친구, 그러니까 어떻게 생각해야 할지, 왜 그렇게 생각해야 할지 모르다가, 바로 다음 순간에 마음이 바뀌어 버리는 그 친구도 아니겠지만 말이다.

BND 즉 독일 연방 정보부의 부장은 드디어 약속을 잡았다. 그는 총리 집무실 문을 노크했고, 정중히 안으로 인도되었다. 그리고 총리에게 그 골치 아픈 인물 알란 칼손이 또다시 출현했다고 보고했다. 이 나라의 프랑크푸르트에 출현했는데, 이상하게도 탄자니아로 가고 있단다.

정보부장의 자세한 보고와, 어쩌면 농축 우라늄 5백 킬로그램이 등장할지도 모른다는 경고까지 모두 들은 총리는 당장 정보부 예산을 1천만 유로로 증액해 주었다. 그리고 정보부장에게 그 핵무기 전문가가 계획하고 있는 게 무엇인지 알아내는 대로 자기에게 보고해 달라고 당부했다(비록 선거가 코앞이긴 하지만 농축 우라늄 5백 킬로그램은 무시해 버릴 수 있는 게 아니었다). 부장은 얼굴을 붉히면서, 자신과 자신의 가족은 며칠 후 바하마로 여행을 떠날 계획이지만, 물론 휴가 중에도 업무는 충실히 수행하겠다고 말했다. 다만 베를린에서 나사우까지 비행하는 열 시간 동안 현지에 있는 요원들과 계속 접촉할 수 있을지는 의문이란다.

「주제넘은 말씀을 드리는 건지 모르겠지만, 제가 전화로 연결될 수 없을 때 혹시라도 위급한 상황이 발생할 경우, 우리 동아프리카 지역 담당자가 총리님께 직접 보고 드리는 게 좋지 않겠습니까? 만일 총리님 의견이 다르시다면, 전 휴가를 취소하고요.」

앙겔라 메르켈은 총리라는 엄숙한 가면 뒤에 따뜻한 가슴을 숨긴 사람이었다. 정보부장으로 하여금 아내와 아이들에게 자신은 전화통 옆에 붙어 있어야 하기 때문에 휴가가 취소되었다고 알리게 한다는 것은 그녀로서는 상상도 할 수 없는 일이었다…….

「다르에스살람의 요원에게 내 개인 전화번호를 주세요. 만일 칼손이 어떤 우라늄 농축 공장 혹은 밀수꾼이 있는 곳의 3백 킬로미터 반경 안에 접근하면 낮이든 밤이든 상관없이 내게 전화하라는 지시와 함께요. 자, 좋은 휴가 보내세요. 부인과 자녀들에게도 인사 전해 주시고요.」

정보부장이 6년 만에 처음 갖는 휴가를 떠나기 전에 마지막으로 한 일 중의 하나는 다르에스살람 지부의 두 요원에게 메모를 보내는 거였다. 칼손과 그의 친구들이 다음 날 23시에 에티오피아의 아디스아바바에 도착한다는 내용이었고, 여기에 독일 총리의 개인 전화번호가 첨부되었다. 자신에게 연락할 수 없을 때 어떤 심각한 상황이 발생했을 경우에만 이를 사용하라는 지시와 함께.

러시아

게나디 악사코프는 스톡홀름의 정보원과의 통화 후에 수화기를 내려놓았다. 아니, 내려놓았다기보다는 박살 낼 듯이 전화통에 쑤셔 박았다. 그러고는 옆에 있던 의자를 세차게 걷어찼다.

「게나, 무슨 일이야?」 푸틴이 놀라며 물었다.

「무슨 일이겠어! 그 빌어먹을 알란 칼손, 그 영감 때문이지!」

「그 백한 살 먹었다는 노인네?」

「그래. 그 영감이 두 번째 나치도 죽였대. 4백만 유로가 허공으로 날아가 버렸다고!」

푸틴은 그 정도로는 누가 파산하는 것도 아니라고 말한 뒤, 좀 더 자세히 얘기해 보라고 부탁했다. 그 나치가 한 무리의 중무장한 덴마크 테러 진압 부대원들을 도발했다가, 곧바로 날아온 총알 세례에 벌집이 되어 버렸단다. 푸틴은 이 일과 101세 노인이 무슨 관계가 있는지 알 수 없었다. 듣자 하니 코펜하겐에서의 테러 비상 경보는 폭약으로 채워진 어떤 영구차 때문에 내려졌다던데?

「영구차 안에는 아무것도 없었어. 단지 잘못된 장소에 주차
돼 있었을 뿐이지.」

「잘못된 장소에 주차되어 있었다고? 누가 그랬는데? ……아,
잠깐, 대답 안 해도 돼. 무슨 얘긴지 알겠어.」

탄자니아

올레코린코의 기적의 텐트촌은 세렝게티 국립 공원 안, 마라강과 가까운 어느 곳에 자리 잡고 있단다. 알란과 율리우스와 사비네가 다르에스살람 국제공항 앞에서 택시에 오르자, 입이 하마처럼 헤벌쭉해진 택시 기사는 세렝게티까지 가려면 하루가 걸리며, 텐트촌의 정확한 위치를 찾기 위해서는 얼마가 걸릴지 모른다고 설명했다. 마라강은 길이가 무려 4백 킬로미터나 되고 세렝게티 공원은 면적이 약 1만 5천 제곱킬로미터에 달한단다.

「와, 사자 녀석들, 꽤 널찍하게 사는군.」 알란이 고개를 끄덕였다.

「보다 정확한 주소가 필요해.」 율리우스가 말했다.

「그리고 이 차 말고 다른 교통수단도.」 사비네가 덧붙였다.

그들은 이미 택시에 올라탄 후라, 그냥 행선지만 바꾸기로 했다. 줄리어스 니에레레 국제공항에서 5백 미터 떨어진 곳, 다시 말해서 하루 종일 가는 대신 2분 거리에 있는 국내선 항공기 터미널로 행선지를 변경했고, 택시 기사의 입꼬리가 이번에는 축 쳐졌다. 미터기를 올리는가 싶었는데 벌써 도착한 것이다. 먼저 세렝게티를 향해 달리기 시작한 다음에 얘기했어야 했다.

택시 뒤에는 검은색 파사트 승용차 한 대가 따라왔는데, 그 안에 바짝 긴장하여 앉아 있는 두 BND 요원이 부여받은 임무는 칼손에게서 한순간도 눈을 떼지 않는 거였다. 그리고 노인이 무슨 이상한 짓이라도 한다면 즉시 국장이나 총리에게 알려야 했다.

콩 고

    카탕가 광산은 여러 해 전에 공식 폐쇄되었고, 그 후로 UN의 감시를 받아 왔다. 이와 더불어 광산 바로 옆에 있는 핵 연구 센터에 대한 우라늄 공급도 중단되었다. 이 시설은 1940년대에 히로시마와 나가사키에 투하된 원자 폭탄 제조에 사용된 핵 물질을 제공받은 미국의 도움으로 세워진 것이었다.

    미국 외에는 그 누구도, 돈만 주면 무엇이라도 살 수 있는 나라에 이런 종류의 기술을 가져다주는 게 적절하다고 생각하지 않았다. 하지만 미국인들은 누구보다도 돈이 많았으므로, 그들의 이해가 우선이었다. 한마디로 그들은 콩고라는 나라 전체를 사버린 것이다. 돈으로 말이다.

    하지만 미국도 결국에는 UN의 요구에 굴복하지 않을 수 없었고, 카탕가 광산과 부속 연구소는 세계 평화에 더 이상 위협이 되지 못했다.

    ……정말로?

    UN으로부터 보수를 받는 현지인 감시대가 우라늄 채굴이 일절 없도록 감시하는 임무를 부여받았다. 광산 옆에 붙은 연구 센터도 폐쇄되었다.

이 감시대의 우두머리인 굿럭 윌슨은 매달 말 빈에 있는 세계 원자력 기구에 팩스로 보고서를 보냈다. 그것의 내용은 매번 똑같았다. 〈아무 문제 없음. 우릴 믿으시오.〉

굿럭 윌슨은 대원들을 직접 선발했는데, 셋은 자기 형제였고, 일곱은 가장 믿을 만한 사촌들이었다. 그들에겐 모두 같은 목적이 있었으니, 거부(巨富)가 되는 거였다. 그게 세상에 가져올 결과에 대해서는 신경 쓰지 않았다.

매일 아침, 네 명의 전(前) 실험실 조수는 지하 통로를 통해 폐쇄된 핵 연구 센터로 들어가서는 농축할 수 있는 모든 것을 농축했다. 수익금을 나눠 가질 사람은 모두 열다섯 명이었으나, 실제로는 열한 명이었다. 네 명의 실험실 조수는 그들이 더 이상 필요하게 되지 않았을 때 자신들에게 어떤 사고가 닥치리라는 것을 모르고 있었다. 총 수익금 중 5천만 달러는 굿럭 윌슨이 차지하고, 그의 형제와 사촌들 각각에게는 5백만 달러씩 돌아갈 거였다. 공식적으로는 존재하지 않는 광부들은 일당 8달러로 만족했다. 광산이 폐쇄된 지 6년 만에 서쪽 갱도가 광부들 위로 와르르 무너져 내릴 때까지. 거기 있어서는 안 되는 이 열일곱 명의 광부가 아니었다면, 거기서 무슨 일이 벌어지고 있는지 아무도 몰랐을 것이다. 하지만 그들은 갱도 안에 죽어 있었다. 사건을 덮는 것은 불가능했다. 국제 원자력 위원회는 정말로 아무 문제가 없었다고 한다면, 이 광부들이 갱도 안에서 무얼 하고 있었는지 궁금했다. 위원회는 굿럭 윌슨의 답변을 기다리지 않고 현지에 조사단을 파견했다.

굿럭과 그의 부하들은 농축된 우라늄이 모두 5백 킬로그램이 될 때까지 기다릴 계획이었다. 북한이 러시아인들을 통해 그렇게 주문했던 것이다. 하지만 이제 4백 킬로그램을 급히 납으로 싸서 인근 마을에 있는 어느 오두막에 숨겨 놓아야 했다. 최근의 갱도 붕괴 사고 이후로 비어 있는 오두막이 많았다. 네 명의 실험실 조수(이들 중엔 BND가 심어 놓은 정보원도 섞여 있었다)는 빈에서 감시단이 도착하는 날 아침, 핵 연구 센터의 지하 통로가 — 계획된 대로 — 갑자기 무너져 내리며 사망했다.

국제 원자력 위원회 대표들은 아무런 부정 혐의도 발견하지 못했지만, 신중을 기하기 위해 감시대의 절반을 믿을 수 있는 사람들로 교체했다. 굿럭 월슨의 입장에서는 믿을 수 없는 사람들이었지만 말이다.

모든 것에는 끝이 있는 법이다. 감시대의 우두머리는 이 광산에서 더 이상 아무것도 뽑아낼 수 없다는 것을 깨달았다. 수익금은 8천만 달러뿐일 거고, 그 절반만이 굿럭의 몫이었다. 어쩔 수 없는 현실이었다. 때로는 작은 것에도 만족해야 하지 않겠는가?

탄자니아

줄리어스 니에레레 공항 국내선 출발 대합실의 벤치에 앉은 사비네는 지금껏 시간이 없어 미뤄 온 지리 연구에 몰두해 있었다. 이를 위해 알란은 마지못해 태블릿을 그녀에게 빌려주어야 했다(로밍 데이터 요금은 이미 충분히 사기당한 발리의 호텔 매니저 몫이었다).

세 사람은 일단 세렝게티의 무소마로 가는 첫 번째 비행기를 타고, 목적지까지 가는 자세한 길은 나중에 알아보기로 했다. 올레코린코의 기적의 텐트촌은 아프리카 전역에 알려진 유명한 곳이었기 때문에, 무소마에서 길을 가르쳐 줄 사람을 찾는 것은 어렵지 않을 거였다.

비행기는 단발 엔진이고, 좌석은 열세 개였다. 그중 아홉에는 한 이탈리아 컨설팅 회사가 창립 25주년을 기념하여 며칠간 사파리 관광(매일 15분씩 세미나 시간을 정해 두었으므로 세금이 공제되었다)을 시켜 주기 위해 데려온 간부들이 앉아 있었다. 그리고 세 좌석은 출발 바로 전에 스웨덴 사람들이 예약했다.

두 독일 요원은 우라늄을 북한의 〈명예와 힘〉호에 넘긴 것으로 의심되는 노인을 바짝 붙어 다니라는 임무를 부여받았다. 지난번에는 소량이 탄자니아와 모잠비크를 거쳐 남쪽으로 내려갔었다. 그런데 지금 101세 노인은 다른 방향으로 가고 있었다.

　누군가를 미행한다는 것은, 설사 그 대상이 백한 살 먹은 꼬부랑 노인이라 할지라도, 직접 하고 싶지 않은 일이다. 발각될 위험도 크고 말이다. 또 거만한 상관 A 요원은 베를린의 그 여편네가 어떤 엉뚱한 생각을 했다 해서 자신이 생각하는 우라늄의 예상 경로에서 벗어나야 한다는 게 영 마음에 들지 않았다. 그리고 왜 자신이 온갖 잡무를 처리해야 한단 말인가? 여기서 대장은 자기가 아니던가?

　「자, 이거 받아.」 그는 온순한 부하에게 말했다. 「그리고 가서 티켓 두 장 사와. 그동안 커피 좀 마시고 있을 테니까.」

　이날, 프리시전 에어 항공사는 이 거만한 사내의 편인 듯했다. 비행기에는 좌석이 하나밖에 남아 있지 않았다. 거만한 요원은 아무런 양심의 거리낌 없이(그리고 경멸적인 미소와 함께) 따분한 임무를 온순한 요원에게 맡겨 버렸다. 자신은 탄자니아와 모잠비크 접경 지역을 감시할 생각이었다. 모름지기 진급하기 위해서는 사건의 현장에 있어야 하는 법!

　이 경우에 있어서 〈따분한 임무〉는 〈사건의 현장〉과 멀리 떨어진 곳에서 꼬부랑 노인을 따라다니며 그가 어떤 멍청한 짓들을 하는지 지켜보는 것을 뜻했다.

　그런데 불행히도 B 요원이 앉게 된 자리는 그녀가 무슨 수를 써서라도 시선을 피하고 싶은 타깃의 바로 옆 좌석이었다.

B 요원은 우울한 생각에 빠져드는 대신 곧바로 작업에 들어가기로 마음먹고는 뭔가 쓸 만한 정보를 건질 수 있지 않을까 기대하며 칼손에게 말을 건넸다. 그녀는 인사를 한 뒤 이름은 밝히지 않고 사업가라고 자신을 소개했다.

「오, 그러시구려!」 알란이 고개를 끄덕였다. 「사업이 잘되길 빌겠소.」

「고마워요, 잘되고 있어요.」 B 요원은 이렇게 대답하고 나서 곧바로 화제를 돌렸다.

그녀는 물었다. 선생님께선 무슨 일로 거기…… 가만, 거기가…….

「무소마 말이오?」 알란이 대신 말해 주었다. 「우린 지금 무소마로 가고 있소. 아마 당신도 거기로 가고 있을 거고.」

B 요원은 속으로 자신에게 욕을 퍼부었다. 이런 멍청이, 행선지 이름을 까먹다니! 아까 국내선 터미널에서 하도 정신없이 움직이는 통에……. 탄자니아는 아주 큰 나라였다. 면적이 독일의 세 배나 되었다. 그녀는 다르에스살람을 자기 손바닥처럼 꿰고 있었다. 그리고 수도 도도마도. 모로고로도 물론이고. 그리고 아루샤도. 하지만 무소마는 오늘까지 한 번도 들어 보지 못한 곳이었다. 저 북서쪽 끝에 처박혀 있다고?

알란은 사비네 — 두 줄 앞에 앉아 있는 여자 — 가 영매이며, 새로운 영감의 근원을 찾고 있는 중이라고 스스럼없이 밝혔다. 저기 세렝게티 안에 아주 신통한 치유사가 살고 있는가 보오. 올레코린코라든가, 뭐라든가…… 이름이 좀 괴상하긴 하지만, 뭐, 할 수 없지. 사람마다 이름이 하나씩 있어야 하니까. 사비네 옆에 앉아 있는 내 친구 율리우스는 다른 사람들의 이름을 셔츠 갈아입듯이 쉽게 바꿔 버리지만 그건 내 취향이 아니라오.

「치유사라고요?」 B 요원이 놀라며 물었다.

「아니면 그걸 〈주술사〉라고 하든가? 난 종종 어려운 단어들을 까먹곤 해. 쉬운 단어들은 말할 것도 없고 말이야.」

그들은 올레코린코를 찾아가 그에게서 가르침을 받고, 신선한 영적 에너지를 조금 얻어 올 생각이란다. 만일 우리 사업가 여사께서 관심이 있으시다면, 사비네가 좀 더 자세히 설명해 줄 거요.

「혹시 당신도 점술 사업을 하고 계시오? 아니면 관광업?」

도대체 이게 무슨 얘기지? 뭐? 핵무기 전문가이며, 우라늄 밀매자로 추정되는 칼손이 새로운 영적 에너지를 얻기 위해 사바나에 있는 주술사를 찾아가는 중이라고? 거짓말을 해야 한다면, 좀 더 그럴듯한 거짓말도 많지 않은가?

그녀는 자신은 부동산 사업을 하고 있다고 설명했다. 아닌 게 아니라 그녀와 A 요원은 다르에스살람에서 그렇게 행세하고 있었다. 하지만 이 설명도 기대했던 효과를 낳지 못했다. 알란은 대뜸 관심을 보였다. 듣자 하니, 탄자니아 사바나에는 매입할 만한 빈 오두막이 꽤 많다던데?

이 백한 살 먹은 영감은 지금 비꼬는 건가, 아니면 그냥 뭘 모르는 걸까? B 요원은 한층 불안해졌다.

「음…… 빈 오두막들은 1차적인 목표에 포함되지 않아요. 사파리 캠프 한두 곳 정도는 고려해 볼 수 있겠죠. 무소라고 했던가요?」

「아, 그렇다면 어쨌든 관광업계에 계신 게 맞구려?」

남은 비행시간 동안, 알란과 B 요원 사이에는 많은 말이 오가지 않았다. B 요원은 즉석에서 꾸며 낸 〈부동산 업자〉라는 역할에 익숙해지기 위해 시간이 필요했다. 지금까지 일이 예상대로 진행되지 않았는데, 비행기가 착륙을 준비하기 시작했을 때에도 상황은 조금도 나아지지 않았다. 알고 보니 무소마는 인구가 적어도 10만은 되어 보이고…… 유럽식 건물들이 즐비한 대도시였다!

「와, 저것 좀 보시오!」 알란이 창밖을 가리키며 소리쳤다. 「우리 부동산 사업가께서 할 일이 좀 있으시겠어! 그런데 이걸 모르시고 계셨다니! 자기가 가는 곳의 이름도 잘 모르고 말이야…….」

B 요원은 그렇잖아도 자신을 저주하고 있었다. 그리고 이제는 칼손이 미워지기 시작했다. 아, 이 영감, 정말 싫어!

활주로는 맨땅이었다. 아주 좁았고, 꼭 필요한 것보다 1미터도 더 길지 않았다. 그리고 빅토리아 호수의 남쪽 연안에 펼쳐진 도시의 한복판에 자리 잡고 있었다.

조그만 공항 터미널 건물 밖에서 택시 기사 몇 명이 자신의 기회를 노리고 있었다. 올레코린코가 어디 있는지는 모두 알고 있었지만, 이 세 외국인을 거기까지 모시려 할 만큼 돈에 환장한 사람은 없었다. 거리가 150킬로미터나 될 뿐 아니라, 도로 상태가 너무나 열악하여 피아트나 혼다나 마쓰다 같은 차는 도중에 옴짝달싹 못 하게 될 게 뻔했다.

사비네는 저쪽에서 한 사내가 랜드 크루저에서 승객들과 짐을 내려 주고 있는 광경을 발견했다. 차에는 지붕이 없고, 좌석이 세 줄이며, 어떤 진창에서도 쉽게 빠져나올 수 있을 법한 굵직한 타이어가 달려 있었다. 사내가 승객들에게 작별을 고하자, 사비네는 그에게 다가가 오늘 일을 할 수 있느냐고 물었다.

아니, 그럴 수 없단다. 자신은 이 지역 사람이 아니며, 이틀 후에 새로운 고객들이 도착할 예정인 마사이 마라의 캠프로 돌아가야 한단다.

사비네는 포기하지 않았다. 이어진 대화를 통해 사내의 일터는 케냐에 있는데, 세렝게티 언저리에 위치한 그곳은 올레 코린코의 텐트촌에서 불과 수십 킬로미터밖에 떨어지지 않았다는 사실이 밝혀졌다. 사내는 세 외국인의 제안이 갑자기 솔깃해졌다. 조금 우회하긴 하지만, 어차피 돌아가는 길에 덤으로 일을 하는 것이니 사내로서는 나쁠 게 없었다.

거기서 80여 미터 떨어진 곳에서 B 요원은 슬픈 눈으로 이 광경을 지켜보았다. 그녀도 택시로는 어렵다는 것을 알고 있었지만, 다른 랜드 크루저는 눈에 띄지 않았다.

그녀는 상황을 의논하기 위해 다르에스살람에 있는 대장에게 전화를 걸었고, A 요원은 그동안의 변동 사항을 업데이트해 주었다. 방금 전에 미국인들이 〈명예와 힘〉호의 현 위치에 대한 정보를 보내 주었어. 지금 화물선은 마다가스카르 남단을 불과 며칠 남긴 곳을 항해 중이야. 만일 전에 핵무기 전문가 칼손이 제공한 정보가 정확한 것이라면, 또다시 이 해역에서 농축 우라늄이 인도될 가능성이 커. 지금은 사라진 실험실 조수들 덕분으로 밀운반 루트를 대충 파악하고 있는 바, 이 밀수꾼들이 넘어야 할 최대의 난관은 탄자니아와 모잠비크의 국경이 될 거야. 다시 말해서, 지금 자네가 있는 곳으로부터 약 1천

8백 킬로미터 떨어진 곳이지.

B 요원은 어쩌면 칼손도 이 밀수 조직에 속했을 수 있고, 마다가스카르에 관련된 정보는 그들을 현혹하기 위한 것일지 모른다는 반론을 폈다.

그녀의 우중충한 삶을 밝히는 작은 즐거움 중의 하나는 이 얄미운 A 요원을 가끔씩 엿 먹이는 거였다.

「뭐야? 아까 자네가 뭐라고 했어? 그 영감이 거기 가서 뭘 할 거라고?」

B 요원은 칼손과 나눈 대화 내용을 다시 들려주었다. A 요원은 킬킬거렸다.

「이봐, 제발 정신 좀 차리라고. 정신이 없으면, 그 영감한테 좀 꾸든지.」

「에이, 빌어먹을, 그가 가버렸네!」 온순한 B 요원은 평소보다 약간 덜 온순하게 내뱉었다.

A 요원은 부하의 불운에 유감을 표했다. 자신은 짐을 챙겨 모잠비크로 떠날 거란다. 거기서 BND의 급료를 받는 국경 경비대 대장에게 한바탕 엄포를 놓을 작정이라고 했다.

「자넨 거기에 얌전히 붙어 있으라고. 그래야 메르켈이 만족할 거니까. 자네에게 그리 재미있는 일은 아니겠지만, 뭐, 어쩔 수 없잖아? 혹시 내가 그 5백 킬로그램의 우라늄을 압수하여 영광을 독차지하게 된다 해도 어쩔 수 없고 말이야. 각자에겐 각자의 역할이 있는 것 아니겠어?」

B 요원은 한숨을 내쉬었다. 주위에 보이는 것은 온통 택시뿐이었다. 아스팔트에서는 아주 잘 달리겠지만, 사바나에서는 무용지물이었다.

「그럼 랜드 크루저를 한 대 사!」 상관이 놀리듯이 말했다. 「아니면 헬기를 한 대 사든지.」

칼손이 출현하여 적어도 한 가지는 좋아졌다. 예산 증액으로 BND가 가지고 놀 돈이 더 많아진 것이다.

정말로 오프로드 차를 확 사버려? 하지만 B 요원이 무엇보다도 사고 싶은 것은 새로운 삶이었다.

「네, 방법을 찾아볼게요.」 그녀는 인사도 하지 않고 전화를 끊었다.

세 사람을 태운 차가 올레코린코의 텐트촌에서 10킬로미터 떨어진 곳에 이르렀을 때, 길이 꽉 막혀 버렸다. 이것은 1만 명의 사람들이 같은 때에 같은 장소로 가려 하는데, 양방향 통행도 제대로 할 수 없는 좁은 도로일 때 종종 일어나는 현상이다. 차량들이 끊임없이 마주치고 있었으니, 새로 치유된 사람들이 계속 캠프에서 나오고 있었기 때문이었다.

모두가 차를 타고 가는 것은 아니었다. 오토바이나 모터 자전거를 타고 있는 사람도 많았다. 또 자전거를 탄 사람도 있었다. 더 가난한 사람들은 두 발로 걸었다. 하늘에서 찌르레기들이 울 때마다, 사람들은 검은 물소 떼가 가까이 다가오고 있다는 것을 알아챘다. 그럴라 치면 모두가 가장 가까이에 있는 바퀴 네 개 달린 차들로 — 보닛 위로, 지붕 위로, 혹은 다른 사람의 무릎 위로 — 냉큼 뛰어올랐다. 새들이 다시 멀어져 가면 주위의 혼란은 원래의 레벨로 돌아왔다. 사자나 표범들은 낮 동안은 잠을 자기 때문에 문제가 되지 않았다. 또 코끼리들은 저 멀리에 보일 뿐이었다.

이따금 교통이 원활해지면 랜드 크루저는 5백 미터 정도 전진한 뒤, 다시 멈춰 서곤 했다.

그들이 고용한 운전사는 메이트키니라는 남자로, 자신이 가이드로 일하는 캠프에 제시간에 돌아가지 못하게 될까 봐 걱정했다. 하지만 그는 자신의 결정을 후회하지 않았다. 이 세 명의 스웨덴 승객이 너무나 재미있었던 것이다. 게다가 보수도 두둑이 주었다.

앞자리에 앉은 알란은 운전사의 쌍안경을 빌려서는, 흑멧돼지에서 기린에 이르기까지 보이는 모든 것에 대해 논평했다. 또 그는 태블릿을 보며 바깥세상에서 벌어지는 일들을 소리 내어 읽어 주기도 하고, 메이트키니의 인생 스토리를 들어 보기도 했다. 두 번째 열에 앉은 율리우스와 사비네도 유쾌한 분위기에 일조하기 위해 최선을 다했다. 율리우스의 질문에 메이트키니는 자신은 1백 퍼센트 확신할 수는 없지만, 세렝게티의 기후는 아스파라거스 재배에 적합하지 않을 것 같다고 대답했다.

메이트키니는 케냐의 마사이족으로, 국경의 이쪽으로 넘어오는 일이 드물었다. 그가 케냐에서 탄자니아 무소마까지 데려다준 고객들은 탄자니아에서 비행기를 타고 가겠다고 고집을 부렸단다. 경고를 했음에도 불구하고 그들은 들으려 하지 않았고, 결국 그는 포기해 버렸단다. 그들은 다르에스살람 공항에서 자신들이 탄자니아에 불법 입국했다는 사실을 깨닫게 될 거란다.

「아마 철창에서 1주일을 지내고, 벌금으로 몇 천 달러를 낼 거예요.」 메이트키니가 예상했다.

「아니면 철창에 들어가지 않고, 대신 몇 천 달러를 더 내지 않을까?」알란이 물었다.

뭐, 그럴 수도 있겠지만, 탄자니아 사람들은 아주 자존심이 강하단다. 메이트키니는 칼손에게 가급적 이 나라 법을 지키라고 권고했다.

「위반할 생각은 해본 적도 없다네.」알란이 그를 안심시켰다.

뒤에서 율리우스가 몸을 꿈틀했다. 법률 준수의 풍조가 대륙에서 대륙으로, 역병처럼 번지고 있었다.

메이트키니는 요술이나 기적의 치유 같은 것들을 믿지 않았다. 그는 하느님을 믿었고, 야생 동물들과 조화롭게 살 수 있는 인류의 능력을 믿었다. 마사이족은 더 이상 사냥하지 않는다. 이런 것은 몇 세대 전의 일이었다. 그때는 들판에 나가 사자를 한 마리 죽이지 않으면 어른 대접을 받지 못했다. 오늘날에는 성인이 되려면 먼저 할례를 받은 뒤, 1년을 움막에서 혼자 지내야 한다. 이것에 성공한 소년은 〈마사이 전사〉로 불린다. 이 사람들은 한 번도 전쟁을 벌인 적이 없지만, 어쨌든 이런 칭호를 사용한다.

「메르켈이 독일 총선에서 승리할 것 같아.」알란이 태블릿을 들여다보며 말했다.「덕분에 당분간은 유럽이 무너지지 않겠어. 스페인에서 내전이 일어난다면 사정이 달라지겠지만. 카탈루냐 사람들은 마드리드가 지긋지긋한가 봐. 나도 그 사람들 심정을 이해해. 지난번 내전 때 나도 거기에 있었지.」

「그게 1936년이었죠.」율리우스가 상기시켰다.「그 후로 많은 게 변하지 않았을까요?」

「뭐, 그럴 수도 있겠지.」

율리우스는 운전사에게 고개를 돌렸다. 「메이트키니, 정말로 여기서는 아스파라거스가 자라지 않을까요?」

B 요원은 렌트한 랜드 크루저의 핸들을 잡고 있었다. 길은 꽉 막혔고, 사람들이 그녀의 허락도 구하지 않고 차에 올라타곤 했다. 그들은 아무 설명도 없이 15분이나 그 이상을 차에 앉아 있다가, 마치 어떤 신호가 떨어진 것처럼 한꺼번에 우르르 내리곤 했다.

정말이지 갈수록 모든 게 엉망이었다. 그녀는 〈사건의 현장〉에서 수백 킬로미터 떨어진 곳에 처박혀 있었다. 어디 그뿐이랴. 알란 칼손은 이제 그녀의 얼굴을 알고 있었다. 불행히도 그녀의 감시 대상과 마주치게 된다면, 이 기적의 텐트촌에서 어정대는 이유를 어떻게 설명해야 할 것인가? 하지만 반대로 그 영감을 시야에서 놓쳐 버린다면, 지금까지의 모든 노력은 헛수고가 되리라.

근데 도대체 이 고생은 왜 하고 있는 거지?

아, 차들이 조금씩 움직이기 시작했으니 그나마 다행이었다. 어쩌면 길이 뚫리고 있는지도…… 오, 아니야!

「자, 이제 다 온 것 같아요.」 메이트키니가 깜빡 낮잠에 빠진 알란을 깨우며 말했다.

애초에 아무 계획 없이 떠나온 여행이었다. 해는 저물고, 세 사람은 밤을 보낼 곳이 없었다. 주위에서는 다음 날 기적의 의사를 만날 꿈에 부푼 수천 명의 탄자니아 사람들이 자려고 화톳불을 피우고 있었다. 유사 이래로 야생 동물들은 불을 피해 왔다. 불은 창과 몽둥이로 무장하고 두 시간마다 교대하며 경계를 서는 파수꾼들과 함께 생존 가능성을 거의 1백 퍼센트로 올려 주는 요소인 것이다.

알란은 현실을 있는 그대로 받아들였으나, 율리우스와 사비네는 이 화톳불이 별로 마음에 들지 않았다. 무엇보다도 먼저 땔감을 구해 와야 하기 때문이었다. 사위가 어두컴컴해지는 이 시간에 사바나로 들어가서 말이다. 사비네는 메이트키니에게, 자기네들이 차 안에서 잘 수 있게끔 내일까지 여기에 머물면 안 되겠느냐고 물었다.

메이트키니는 흔쾌히 승낙했다. 이 여행은 자기가 걱정했던 것만큼 오래 걸리지는 않았단다. 그런데 그다음에는? 무소마에는 어떻게 돌아갈 생각이죠? 메이트키니는 자신은 한 관광객 그룹을 나흘 동안 데리고 다녀야 한다고 말했다. 그 일이 끝나기 전에는 다시 이곳에 올 수 없단다.

「우린 그다지 바쁘지 않아.」 알란이 말했다. 「자네 나라가 어떻게 생겼는지 한번 구경해 보는 것도 괜찮을 것 같아.」

메이트키니는 마사이 왕국은 국경의 양쪽에 펼쳐져 있는데, 양쪽이 거의 비슷하다고 설명했다. 하지만 나쁠 것 없죠. 세 분께서 오시겠다면 대환영입니다. 지금은 비수기이기 때문에, 요금도 할인해 주겠어요. 하지만 서둘러야 해요. 늦어도 내일 저녁에는 출발해야 해요. 알란과 율리우스와 사비네의 판단으로는 기적의 사내와는 하루만 같이 있어도 충분할 것 같았다. 모두가 동의했다.

메이트키니는 차를 길가에 세우고, 모두에게 모포를 지급했다. 음식을 가지고 미리 걱정한 사람은 아무도 없었지만, 문제는 저절로 해결되었다. 1만 명에 가까운 사람이 한 장소에 모이니 자동적으로 일종의 상업 활동이 이루어졌다. 여자들이 두 명씩 짝을 지어 갖가지 맛난 것들을 담은 바구니를 들고 다녔다. 율리우스는 샌드위치 여덟 개와 코카콜라 네 병을 샀다.

「혹시 술은 없소?」 알란이 물었다.

「에그, 머릿속에 그 생각밖에 없어요?」 사비네가 핀잔했다.

「저들은 마사이어와 스와힐리어밖에 할 줄 모르기 때문에, 영감님 말씀을 못 알아들어요.」 메이트키니가 알려 주었다. 「하지만 내가 대신 대답해 드리죠. 저들에겐 코카콜라밖에 없답니다.」

「뭐, 원하는 것을 다 얻을 순 없겠지.」 알란이 한숨을 내쉬었다.

「오, 꼭 그렇진 않아요.」 메이트키니가 글러브 박스에서 코냑기 술이 담긴 큼직한 병 하나를 꺼내며 말했다.

「에구머니, 이게 뭐야! 이 예쁜 게 대체 뭔가?」 알란이 외쳤다.

이것은 탄자니아에서 가장 인기 있는 바나나 술로, 레몬 조각이나 얼음 한 조각을 띄워 마시면 제격이란다. 아니면 크랜베리 주스를 섞어 마셔도 좋고.

「아니면 그냥 병째 마셔도 되지 않을까?」 알란이 물었다.

「네, 나도 평소에 그렇게 마셔요.」

「내가 보기에 우린 앞으로 잘 통할 것 같아.」

「자, 우리의 우정을 위하여 건배!」 메이트키니가 뚜껑을 어깨 뒤로 날려 버리며 외쳤다.

「나도 껴도 되겠수?」율리우스가 물었다.

B 요원이 마침내 텐트촌에 도착한 것은 세상이 캄캄해졌을 때였다. 먹을거리 바구니를 든 여자들도 사라졌다. B 요원은 밥도 못 먹고, 모포도 없이 차에서 밤을 보내야 했다. 약 1년 전, 그녀는 싱가포르로 전근할 것을 제의받았다. 만일 그때 제의를 받아들였다면 지금 어땠을까 하는 생각이 들었다. 추워서 좀처럼 잠이 오지 않았기 때문에, 그녀는 추억을 곱씹으며 밤을 지새웠다.

그녀가 아시아를 거절한 것은 프란츠 때문이었다. 그는 치과 의사로서 자신의 직업을 사랑했고, 그녀를 따라가는 것을 거부했다. 전근 제의를 거절한 지 3주도 안되어, B 요원은 남편이 여러 달 전부터 같은 병원의 치과 위생사도 사랑해 왔다는 사실을 알게 되었다. 그녀와 그녀의 완벽한 치아를 말이다.

결별 과정은 파란만장했다. 프란츠는 아내가 어디에 있는지도, 무슨 일을 하는지도 모르고 살아야 한다는 게 너무 힘들었다. 그녀는 자신이 국가를 위해 일한다는 사실 외에는 아무것도 밝힐 수 없다고 항상 말했다. 한동안은 짜릿하게도 느껴졌지만, 결혼 생활 3년 동안 매번 똑같은 대답만 듣다 보니 더 이상은 견딜 수 없었다. 이렇게 비밀스러운 여자와 자녀를 가져도 될까? 그들의 아들이나 딸이 학교에서 어머니의 직업에 대해 작문을 하게 되었을 때, 과연 무엇을 쓰겠는가? 〈엄마는 아무도 알아서는 안 되는 일을 하세요〉라고? 교사들은 그녀가 매춘부일 거라고 생각하리라. 프란츠 자신도 이따금 그런 의심이 들었으니까.

그런데 어느 날, 그녀가 말하길 함께 지구의 반대편에 가서 살고 싶단다. 〈국가에 봉사하기 위해서.〉 뭐, 미지의 삶을 위해 뢰델하임을 떠나라고? 비밀스러운 아내와 사는 것만도 충분히 힘들었어. 그런데 이제 비밀스러운 아내를 따라 외국으로 가라고? 정말 너무하는군. 게다가 그에겐 치과 위생사가 있었다. 또 그녀의 완벽한 치아가 있었다. B 요원은 그 치아를 주먹으로 날려 봤자 아무 소용 없다는 것을 깨달았다. 그러고 싶은 마음이 굴뚝같았지만 말이다.

결별하고 나서 그녀는 비밀스러울 뿐만 아니라, 외롭기까지 했다. 아프리카 대륙을 돌아다니는 농축 우라늄을 찾아내는 불가능한 임무는 그녀에게 모든 것으로부터의 도피를 의미했다. 어느 화요일 오전 9시, 그녀는 다르에스살람에서 근무하라는 제의를 받았다. 9시 5분에 그녀는 수락했다.

다음 날의 치유 의식 대집회는 오전 11시에 시작하여, 날이 너무 뜨거워지기 전인 오후 1시에 끝나기로 되어 있었다. 아침 7시부터 텐트촌은 활기를 되찾았다. 먹을거리 바구니의 여자들도 다시 나타났다. 영어와 스와힐리어로 요금을 적어 놓은 안내판들이 사방에 걸려 있었다. 5천 실링(혹은 2달러)을 내면 기적의 물약 한 모금을 마실 수 있을 뿐 아니라, 보너스로 올레 코린코의 기도와 주문까지 들을 수 있었다. 돈이 없는 사람은 기도와 주문을 듣는 걸로 만족해야 했다.

「2달러면 별거 아니네.」 율리우스가 시큰둥하게 말했다. 「아스파라거스 한 단 값도 안 되잖아?」

「그럴지도 모르지.」사비네가 대답했다.「하지만 아스파라 거스를 하루에 1만 단 팔면 돈을 가마니로 쓸어 담을 수 있지 않겠어?」

매일 2만 달러를 가마니에 쓸어 담는 대집회 외에도, 올레 코린코는 자기 텐트 안에서 개별적인 상담 서비스를 제공하고 있었다. 요금은 20분에 1천 달러고, 한 시간에 2천5백 달러였 다. 고가임에도 불구하며 상담 희망자들이 줄을 섰다.

사비네는 앞에서 두 번째로 줄을 섰다. 그녀는 오후 3시에 20분짜리 상담을 예약했다. 필요한 것을 알아내기 위해서는 이걸로 충분할 것 같았다.

군중 전체가 들을 수 있도록, 올레코린코는 연단 위에 서 서 여덟 개의 자동차 배터리로 돌아가는 두 개의 초대형 앰프 에 연결된 마이크에 대고 말했다. 주최 측은 인상적인 조직력 을 보여 주었다. 사비네가 보기에 약 2백 명에 달하는 여자들 이 군중 사이를 돌아다니며 돈을 낼 수 있는 이들 전체와, 돈은 없지만 아주 절망적으로 보이는 몇몇 사람에게 〈키콤베 차 다 와〉, 기적의 물약 한 모금을 나눠 주었다.

율리우스와 사비네도 제공된 음료를 맛보았다. 씁쓸한 음료 는 당장에는 어떤 효과도 가져오지 않았다. 알란은 뚜껑이 달 아난 병의 밑바닥에 코냐기 술이 조금 남아 있는 것을 발견했 다. 그에게는 이 기적의 액체로 충분했다.

치유사는 높직한 연단에 우뚝 서서 스와힐리어로 노래하기 시작했다. 그의 노래가 끝나자, 여자 조수가 마이크를 넘겨받았다. 조수는 안내판에 이미 적혀 있는 내용을 설명했다. 즉 치료 약은 오직 올레코린코 앞에서만, 그가 — 방금 전에 했듯이 — 축복했을 때만, 또 무엇보다도 의심하지 않는 사람에게만 작용한단다.

「만일 여러분이 올레코린코 님을 믿지 않는다면, 그분의 치료 약도 여러분을 믿지 않습니다.」 조수는 영어와 스와힐리어와 마사이어로 말했다. 「자, 이제 다 함께 기도합시다!」

그리고 자신이 먼저 영어로 시범을 보였다.

「주여! 키콤베 차 다와에 당신의 종 올레코린코의 능력을 넣어 주옵소서! 그 능력의 힘이 진정으로 믿는 이의 몸과 영혼을 채우게 하옵소서! 천식과 기관지염에 신경 써 주옵소서! 류머티즘과 지적 장애에도! 우울증과 실업에도! HIV와 에이즈에도! 암과 폐렴에도! 불운과 정력 부족에도! 불임과 지나치게 잦은 임신에도! 오, 하느님, 올레코린코 님과 그의 제자들에게 올바른 길을 보여 주옵소서! 당신의 은혜가 우리 위에 임하소서! 당신은 우리의 우주이십니다, 아멘!」

사비네 옆에 있던 한 사내가 전립선이 기도 내용에 포함되지 않았다고 투덜대긴 했지만, 전반적으로 열광적인 분위기였다.

올레코린코는 다시 스와힐리어로 노래하기 시작했다. 드럼으로 반주되는 리드미컬하면서도 단조로운 노래였다. 이 노래가 계속되는 30분 동안, 2백 명의 여자들이 군중 사이를 돌아다니며 이어질 보충 기도를 위해 특별 신청을 받았다. 전립선에 문제가 있는 사내는 자신의 질환을 마음껏 하소연할 수 있었다.

집회는 약속된 두 시간이 아닌 한 시간 만에 끝났다. 조수의 설명에 따르면, 올레코린코가 평소보다 훨씬 영적 힘으로 충만한 탓에 치유력의 1분당 분출량이 대폭 증가했다는 거였다. 따라서 여기에 사기당한 사람은 하나도 없단다.

올레코린코는 뒤에 서서 조수의 말에 고개를 끄덕이다가 〈할렐루야〉로 마무리 지었다. 들판 여기저기서 화답하는 〈할렐루야〉들이 솟았고, 1만 군중은 일제히 흩어져 길고도 험한 귀로에 올랐다. 기분이 보다 나아지고, 전립선이나 에이즈가 조금 호전된 것을 느끼면서.

남은 것은 치유사와의 개별 상담을 예약한 사람들뿐이었다. 그리고 온순한 성격에, 지금은 기분이 아주 우울한 독일 연방 정보부 요원도 남아 있었다.

사비네의 상담은 올레코린코의 묵묵한 명상으로 시작되었다. 알란과 율리우스와 메이트키니는 텐트 뒤쪽의 의자에 앉아 있었고, 진찰 중에는 말하지 말라는 주의를 들었다. 그리하면 올레코린코가 더 많은 에너지를 사용하게 되고, 결과적으로 요금도 오르게 된단다.

「저 친구, 돈 빼먹는 방법을 아는군.」 알란이 한마디 했다.

「아, 조용히 하라잖아요!」 율리우스가 소리 죽여 꾸짖었다.

그렇게 잠시 묵상을 한 뒤, 올레코린코는 눈을 번쩍 뜨고는 사비네를 쳐다보았다.

「내 딸아, 무슨 일로 날 찾아왔는고?」

사비네는 올레코린코를 전혀 자신의 아버지로 여기고 있지 않았다. 하지만 그녀는 와야 할 필요가 있는 곳에 마침내 와 있는 것이다. 아, 엄마가 살아 있다면 이런 고생을 안 해도 될 텐데…….

「몇 가지 드릴 질문이 있어서 찾아왔어요. 목사님의 그 마법의 음료에는 목사님의 영혼과 주님의 가호 외에, 또 어떤 것이 함유되어 있나요?」

올레코린코는 그녀를 주의 깊게 관찰했다. 그는 벌써 기자들을 만난 적이 있었다. 이 여자도 그중 하나일까? 어떤 기자는 기적의 음료를 슬그머니 빼가서 실험실에 분석을 맡기기도 했다. 이 모든 소동은 〈이 음료는 인체에 무해하며, 따라서 판매를 허가한다〉라는 정부의 발표로 끝이 났다. 사실은 그 이전에 각종 질환에 시달리는 국회 의원 다섯이 헬기를 타고 이 기적의 사나이를 방문했었다.

「유효 성분은 자네가 말한 그대로야. 즉 주님의 종인 나를 통해 전달되는 하느님의 에너지지. 하지만 주님과 나는 자연과 공생 관계를 맺으며 작업한다네. 그 씁쓸하면서도 달콤한 맛은 음탄담부라는 식물로 낸 거지. 그것에 대해 들어 본 적 있나?」

아니, 사비네는 전혀 모르는 식물이었다. 그녀는 마법의 음료에 그 어떤 비밀스러운 재료도 들어가지 않았다는 사실에 실망했다. 뭐, 자기가 적당한 재료를 하나 찾아낼 수도 있었고, 거기에 그럴싸한 듯한 이야기를 붙이면 유럽에서 괜찮은 사업 모델이 될 수도 있었다. 하지만 〈하느님〉은 그리 간단한 문제가 아니었다. 사비네의 고국에서는 이 〈하느님〉의 장점들이며 결점들이 이미 너무 많이 알려져 있었다. 아니, 그리고 하느님이라니? 올레코린코는 주술사가 아니었던가?

「우리 나라에서 나는 점을 치고, 귀신을 쫓아내는 일을 하고 있어요. 목사님도 이 분야에 경험이 있으신가요?」

올레코린코의 네 경호원의 몸이 갑자기 뻣뻣해졌다. 올레코린코도 고객의 얼굴을 뚫어지게 쳐다보았다. 지금 사비네의 입에서 엄청나게 심각한 말이 나온 것이다.

「주술은 악마에게서 나오는 거야.」 올레코린코가 엄숙히 말했다. 「만일 자네가 악마의 앞잡이라면, 키콤베 차 다와를 마시면 죽을 수도 있어. 그것은 바른 길을 가는 사람들만을 위한 거니까.」

「바른 길?」 사비네는 갑자기 분위기가 싸해지는 것을 느끼며 웅얼거렸다.

내가 사전 조사를 하면서 뭔가 놓친 거라도 있었나?

「그래, 바른 길.」 올레코린코가 되풀이했다.

그러고는 낮고도 적대적인 어조로 흑마술과 그것을 물리치는 가장 좋은 방법에 대해 훈계에 가까운 장광설을 늘어놓기 시작했다. 마녀 짓을 하는 탄자니아 여자들이 다행스럽게도 매년 5백 명씩 살해되고 있단다. 하지만 그것만으로는 충분치 않단다. 악은 항상 한 걸음 앞서가니까. 그래도 한 가지 위안은 마녀들과 마법사들이 서로를 죽이고 있다는 점이란다. 예를 들면 최근에 응고롱고로의 한 마법사가 한 마녀를 죽여서 잘게 토막을 냈는데, 그 토막들이 행운을 가져온다고 믿었기 때문이란다. 지금 그는 18년 형을 받고 복역 중이며, 그의 행운은 여기까지인 모양이란다. 하지만 마법사들을 감옥에 보내면 안 되는 바, 거기서도 사악한 짓을 계속할 수 있기 때문이란다. 그들은 마녀들과 함께 죽여 버리는 편이 낫단다.

사비네는 어안이 벙벙했다. 지금 점잖게 앉아 있는 이 남자는 모든 종류의 주술과 거리를 두고 있단 말인가? 하지만 주술이야말로 그녀가 여기까지 찾아온 이유가 아니었던가? 어디 그녀 혼자만 왔던가? 그녀의 친구도 데리고 왔다. 그리고 알란도.

그렇다면 이역만리 탄자니아까지 찾아온 여행이 다 헛수고였단 말인가? 아니면 그들은 사업성 있는 아이디어의 모델을 잘못 선택한 것일까? 전립선 질환을 치료하기 위해 자연에서 나온 신성한 액체를 마시는 게 마법이 아니라면, 대체 무어란 말인가?

신중하지 못하게도, 사비네는 이 질문을 소리 내어 말하고 말았다. 올레코린코는 대답 대신 부하들에게 손짓을 했다. 네 사내가 앞으로 한 걸음을 내딛었고, 또 한 걸음을 내딛었다.

이때 메이트키니가 벌떡 일어나서는 스와힐리어로 뭐라고 말했다. 아주 엄한 목소리로 말이다. 경호원들은 멈칫 하더니, 눈을 돌려 텐트 바깥의 관목들을 쳐다보았다. 올레코린코도 그들을 따라 한다면 우두머리의 위엄이 한참 떨어질 것이므로, 등을 곧게 펴고 메이트키니를 죽일 듯 노려보기만 했다.

마사이족의 사내는 약간의 시간을 버는 데 성공했다. 그는 알란과 율리우스와 사비네에게 당장 텐트를 나가서 차에 오르라고 지시했다.

「하지만 난 이 사람에게 물어볼 게 있다고!」 알란이 항의했다.

「헛소리 마요!」 메이트키니가 한 눈으로 올레코린코를 살피며 소리쳤다. 「내가 시키는 대로 해요! 빨리!」

그로부터 몇 분 후, 네 사람은 기적의 텐트촌을 벗어났다. 그리고 조금 더 가서 메이트키니는 한숨을 돌릴 수 있었다. 그가 처음 한 일은 자기가 거친 어조로 말한 것에 대해 사과하는 것이었다. 하지만 상황이 세 사람이 생각했던 것보다 훨씬 위급했단다.

「그럼 이제는 얘기해도 되나?」 알란이 물었다.

「네, 얘기하세요.」

「그 친구는 자기가 하는 말을 정말로 믿을까?」

메이트키니는 미소 짓지 않을 수 없었다.

「아까 텐트 안에서 그 말을 하지 않은 게 천만다행이에요. 만일 했다면 더 오래 살기 힘드셨을 거예요.」

「어차피 난 그리 오래 살지 못해. 그런데 아까 자네가 무슨 말을 했기에 그들이 멈춰 섰나?」

「아프리카 독화살 나무가 그들을 지켜보고 있고, 만일 진정하지 않는다면 화살을 날릴 거라고요.」

「아프리카 뭐라고?」

「그들은 내 말뜻을 이해했어요. 난 셔츠의 위쪽 단추를 끌러서 내 마사이 목걸이를 보여 주었죠. 그들은 내 형제 중 하나가 가까운 곳에 몸을 숨기고 그들에게 화살을 겨누고 있다고 믿은 거예요. 주위에는 적어도 10여 개의 관목과 바위와 으슥한 곳들이 있었어요. 지금쯤이면 내가 거짓말을 했다는 걸 깨달았겠지만, 너무 늦었죠.」

「지금 우릴 따라오는 게 아닐까요?」 사비네가 불안스레 물었다.

메이트키니는 백미러를 통해 뒤를 쳐다보았다.

「아니에요, 저건 렌터카예요. 관광객들이 타는 보통 렌터카지, 올레코린코 일당이 타고 다니는 차는 아니에요.」

「무슨 나무라고?」 알란이 다시 물었다.

「아프리카 독화살 나무요. 우리는 거기서 독을 뽑아 화살에다 바르죠. 제대로 맞추면 6백 킬로그램짜리 물소도 10초 안에 죽어요. 올레코린코 같은 말라깽이는 살짝 스치기만 해도 끝이고요.」

「〈우리〉가 누구죠?」 사비네가 물었다.

「마사이족이요.」

「하지만 당신네는 평화주의자라고 하지 않았나요?」

「맞아요. 우릴 괴롭히지만 않으면요. 하지만 자꾸 시비를 걸어오면…….」

「예를 들면 어떤 물소가?」

「네. 혹은 어떤 돌팔이 목사가요.」

탄자니아, 케냐

사비네는 왜 일이 틀어져 버렸는지 아직도 이해가 되지 않았다. 자기가 보기에 올레코린코는 주술사였다. 그리고 자신도 주술사라고 말했을 뿐이다.

「음, 그러니까 이것은 사비네 씨가 생각하는 것보다 훨씬 복잡한 문제예요.」 메이트키니가 말했다. 「내가 한번 설명해 볼까요?」

「네, 설명해 봐요.」

아프리카 사람들은 주술을 행하는 마녀들을 좋은 눈으로 보지 않는단다. 그들 중 하나를 발견했을 때 가장 좋은 처리 방법은 때려죽이는 거란다. 휘발유를 뿌려 태워 죽일 수 있으면 더욱 좋고. 올레코린코의 부하들이 사비네에게 하려 했던 게 바로 그거였단다. 그래서 황급히 거길 빠져나온 거란다.

사비네는 몸을 부르르 떨었다.

「하지만 나는 나이로비의 〈여왕〉에 대해 읽었어요. 호화 저택과 자동차를 열다섯 대나 가진 마녀 말이에요. 그녀는 자부심 강한 커리어우먼처럼 느껴지던데.」

메이트키니는 미소를 지으며 그녀를 쳐다보았다. 「오, 사비네 씨도 〈여왕〉에 대해 들으셨군요? 하지만 그녀는 마녀가 아니라 음강가예요. 어떤 언어권에서는 이 음강가라는 단어를 〈마녀〉라고 번역하기도 하는데 그건 잘못이에요. 왜냐하면 마녀는 사람들을 괴롭히는 존재를 의미하기 때문이죠. 만일 어느 마을에 벼락이 떨어졌다면, 원칙적으로 그건 마녀의 소행으로 간주돼요. 그러면 사람들은 점쟁이를 부르고, 이 점쟁이는 거울 속이나 동물의 내장을 살피기도 하고, 혹은 수정구를 들여다보기도 한 뒤에, 벼락을 떨어지게 한 것으로 의심되는 마녀가 어디에 살고 있는지 알려 줘요. 그다음에는 확실히 하기 위해 그녀와 그녀의 집을 깡그리 태워 버리죠.」

「증거도 없이?」 사비네가 반문했다.

「아뇨, 아뇨, 증거는 있죠. 점쟁이가 한 말이 증거예요. 하지만 마녀들은 아주 꾀바르답니다. 적어도 자신이 마녀로 간주될 위험한 범주에 속해 있다고 느끼는 마녀들은 그렇죠.」

「위험한 범주?」

「네. 나이가 지긋하면서 부유한 여성들이죠. 거기다 과부면 더욱 좋고요. 마을 사람들의 질투심을 유발할 수 있는 여자들.」

「뭐, 한마디로 잘나가는 여자들이야.」 알란이 말했다. 「어느 시대, 어느 대륙을 막론하고 그런 여자들은 남자들을 열불 나게 하지.」

「와, 우리 영감님, 요즘 엄청나게 의식화되셨어!」 율리우스가 말했다. 그는 어떤 것으로도 오염되지 않았던 그의 친구 알란이 너무나 그리웠다.

알란은 고개를 끄덕였다.

「그게 이 태블릿의 불편한 점이야. 내 진심으로 사과를 구하네.」

메이트키니는 다른 대륙에서는 사정이 어떤지 모르겠지만, 아프리카에서는 부유한 과부들이 점쟁이의 수정구 속에 모습을 보이는 경우가 상당히 많단다.

「그런데 아까 그녀들은 아주 꾀바르다고 했잖아요.」사비네가 말했다.「그게 무슨 뜻이죠?」

메이트키니는 선생님 노릇을 하게 되어 아주 기분이 좋았다. 이 양반들은 아프리카의 삶에 대해 어떻게 이다지도 무지할 수 있단 말인가?

「아마 이 아프리카에서 팔리는 피뢰침의 개수는 다른 대륙들을 다 합친 것보다도 많을 거예요. 어느 언덕 위에 피뢰침 하나를 설치하는 데는 큰돈이 들지 않아요. 그러면 벼락은 다른 곳에 떨어지게 되고, 의심받는 마녀는 한동안은 의심만 받으며 지낼 수 있게 되죠.」

「그러면 나이로비의 〈여왕〉은 피뢰침이 필요하지 않나요?」

「네, 필요하지 않아요. 그녀는 마녀가 아니라, 음강가니까요. 이 음강가가 뭔지 알고 싶으시겠죠?」

메이트키니는 뻔한 대답을 기다리지 않고 설명을 이어 갔다.

먼저, 음강가는 오직 하느님만을 믿는단다. 하지만 이 신에 대한 신앙은 온갖 잡다한 것들과 혼합되어 있단다. 다양한 약초, 의식(儀式), 혹은 마법의 효능을 지닌 뿌리 같은 것들 말이다. 진정한 음강가는 인간을 괴롭히는 모든 질병의 근원은 두 가지로, 하나는 육체적인 것이요, 다른 하나는 초자연적인 것이라는 걸 알고 있단다. 만일 맹장염의 진정한 이유가 우리의 이해를 벗어나는 데에 있다면 감염된 부위를 수술해도 아무 소용이 없단다. HIV와 에이즈도 마찬가지란다. 이런 경우들에는 비물질적 능력이 훨씬 효과적이란다.

「비물질적 능력?」

「마술, 구마 의식 같은 것들이요. 그리고 올레코린코의 기적의 물약 같은 것도 여기에 포함될 수 있겠죠. 선을 행한다는 목적이 있으니까요. 그렇지 않다면 그저 사악한 주술일 뿐이죠.」

율리우스는 지금까지는 대화를 듣고만 있었다. 하지만 한 가지 궁금한 게 생겼다.

「이봐, 메이트키니, 녹색 아스파라거스 말이야. 그 안에 어떤 마법의 힘이 들어 있을 수도 있지 않을까?」

그의 머릿속에 지금까지 그가 생각해 낸 모든 것들을 능가하는 기똥찬 사업 아이디어가 떠오른 것이다. 만병을 치료하는 구스타브 스벤손의 기적의 아스파라거스! 오늘 여러분께 대방출!

「뭐, 그럴 수도 있겠죠.」 메이트키니가 대답했다. 「하지만 내가 맹장염에 걸린다면, 그냥 수술을 택하겠어요.」

사비네는 생각해 볼 시간이 필요했다. 어머니 예르트루드가 한 이야기들은 결국은 언어적 오해에서 나온 것이었을까? 이제 어머니의 생각, 어머니의 방식들이 아무 쓸모없다는 사실을 받아들여야 할 것인가? 아니면 제3의 길이 있는 걸까?

그들은 세 시간을 달린 후에 탄자니아와 케냐가 맞닿는 국경에 이르렀다. 국경은 도로 변에 세워진 커다란 바위 하나로 표시되어 있었는데, 운전기사가 속도를 늦추고 그걸 가리키지 않았다면 아무도 알아보지 못했을 것이다.

「자, 내 조국에 오신 것을 환영합니다!」

「그런데 저 차 좀 봐! 우리가 올레코린코와 그의 경호원들로부터 도망쳐 나왔을 때부터 우릴 줄곧 따라오고 있어.」 아직도 충격과 불안감에서 벗어나지 못한 사비네가 말했다.

그녀는 휘발유로든 아니든 간에 산 채로 타 죽고 싶은 생각이 전혀 없었다.

알란은 뒤를 한번 돌아본 다음, 메이트키니에게 쌍안경을 빌려 달라고 했다. 차는 상당히 멀리 떨어져 있었지만, 차 안에는 운전사 한 사람만 있는 듯했다. 어떤 여자였다. 블레이저 코트 차림이었다. 이 아프리카 사바나 한복판에서? 가만 있자, 저 블레이저코트는…….

「메이트키니, 내가 가서 뒤에 있는 여자분과 얘기 좀 하게 차를 세워 줄 수 있겠나? 우리와 구면인 것 같은데?」

어스름이 깔리기 시작하는 저녁 들판에서 마사이족 사내는 주위를 둘러보았다. 얼룩말 한 무리가 오른쪽 언덕에서 평화로이 풀을 뜯고 있었다. 왼쪽에서는 비비원숭이들이 밤을 보낼 준비를 하고 있었다. 녀석들 역시 평화로운 모습이었다. 하늘에는 새 한 마리 날고 있지 않았다. 근방에 사자도, 물소도 없다는 얘기였다. 여기서 차를 세워도 아무 위험이 없겠지만, 지금 칼손 씨가 무슨 생각을 하고 있든 간에, 그들은 서둘러야 했다. 15분만 있으면 세상은 캄캄해질 거고, 그러면 차 밖으로 발가락 하나 내밀면 안 되는 것이다.

율리우스도 사비네의 불안감에 감염된 터였다. 뭐야? 여기서 차를 세우라고? 우리가 아는 사람이라니, 도대체 무슨 소리야? 어딘지도 알 수 없는 이런 곳에서 아는 사람을 만난다고? 이 으슥한 황야 중에서도 가장 으슥한 곳에서 백한 살 먹은 늙은이의 불안정한 느낌을 믿어야 해? 자, 그냥 계속 달리자고!

「이보게, 아스파라거스 재배자, 숨을 한 번 깊이 들이마신 다음에 내쉬어 봐. 그럼 다 괜찮아질 거야.」알란이 충고했다.

메이트키니가 차를 길가에 세우자, 렌터카도 150여 미터 떨어진 곳에서 똑같이 했다. 느릿느릿 랜드 크루저에서 내려온 알란은 렌터카를 향해 몇 걸음 다가가서는 쌍안경을 올려 눈에 대었다. 그의 생각이 옳았다. 다시 쌍안경을 내린 그는 블레이저코트의 여자에게 소리쳤다.

「어이, 부동산 사업 하시는 분, 이리로 오시오! 아, 그렇게 수줍어하지 말고!」

탄자니아, 케냐

B 요원은 그래도 간밤에, 그리고 태양이 다시 평원을 달구기 시작한 아침녘에 자동차 좌석에서 덜덜 떨며 몇 시간 눈을 붙이는 데 성공했다. 그러고 나서 낮 동안 아무 소득도 얻지 못했다. 1만 명의 인파가 들끓는 곳에서 칼손과 마주치지 않는 것은 쉬웠다. 반면 그를 한 번 놓쳐 버리면 다시 찾는 것은 불가능할 터였다. B 요원은 멀찍이에서 스웨덴인들의 랜드 크루저를 지켜보고, 그들이 다시 출발했을 때는 안전한 거리에서 쫓아가는 것 외에는 할 수 있는 게 없었다. 아니, 그렇게 〈안전〉하지도 않았다. 왜냐하면 그들은 여기 왔을 때 온 길로 가지 않고 훨씬 더 험한 길을 타고 북쪽으로 향했기 때문이었다.

워키토키로 계속 연락을 취할 수 있는 지원 인력이 적어도 두 명은 있어야 하는데 그런 도움 없이 누군가를 차로 미행한다는 게 얼마나 경솔한 짓인지는 어느 첩보원이라도 알 것이다. 하지만 B 요원은 이 말도 안 되는 임무를 혼자 수행하고 있었다. 그리고 길은 도로라기보다는 짐승들이 다니는 통로에 가까웠다. 발각될 위험이 너무 컸다.

B 요원은 앞차와 최대한 거리를 두었다. 앞차의 백미러에 비춰지지 않기 위해 전조등도 껐다. 하지만 스웨덴인들과 그들의 운전기사의 시야에서 벗어난 거리에 있으면 안 되었다. 그들은 언제라도 커브 길을 돌아 영영 사라져 버릴 수 있기 때문이었다.

마치 아슬아슬한 외줄 타기를 하는 심정이었다. 게다가 지난밤의 생각들이 다시 그녀를 괴롭혔다. 어떻게 내 삶이 이 지경이 되었단 말인가? 그녀는 아프리카 사바나의 울퉁불퉁한 자갈밭 위에 혼자였다. 모든 의미에서 고독했다. 그렇게 두더지처럼 숨어서 첩보 활동을 하고 있었다. 충분히 망가진 자신의 삶을 완전히 망가뜨리느라 풀타임으로 뛰고 있는 느낌이었다.

바로 그 순간, 상황은 한층 악화되었다. 그녀의 감시 대상이 길 한가운데 서서는 마치 오래된 친구에게 하듯 자신을 소리쳐 부르는 게 아닌가? B 요원은 차를 돌려 그대로 사라져 버리는 방안을 고려해 보았다. 하지만 저 백한 살 먹은 노인은 적이 아니라 친구일 가능성도 있었다. 또 이렇게 발각된 이상, 전략을 바꾸지 않는 한 아무것도 알아낼 수 없었다.

그리고 여기서 더 이상 잃을 것도 없지 않은가. 그녀는 독일에 돌아가는 대로 사표를 내리라 마음먹었다. 뢴델하임의 동네 경찰서로 다시 돌아가? 그것도 하나의 방법이었다. 하지만 치아에 문제가 생겨 동네 치과를 방문해야 할 일이 생긴다면?

그녀는 노인이 있는 곳까지 운전한 다음, 차에서 내려 말없이 알란에게 다가갔다.

「안녕하시오, 안녕하시오.」 알란이 인사했다. 「그래, 그동안 괜찮은 부동산이라도 찾아냈소?」

지금 그들이 있는 곳은 지구상에서 부동산 업자가 가장 올 일이 없는 장소였다.

지난 7년 동안 B 요원은 그림자처럼 살아왔다. 이제는 지쳐 버렸다. 배가 고프고, 목이 말랐다. 자신의 삶과 자기 자신이 지긋지긋했다. 그리고 지금, 자신의 적일 수도 있고, 친구일 수도 있는 남자와 마주하고 있었다.

B 요원은 결정을 내렸다.

「아뇨, 찾지 못했어요. 내 이름은 프레드리카 랑거이고, 농축 우라늄이 아프리카에서 — 예를 들면 — 북한으로 가는 것을 막기 위해 독일 연방 공화국이 고용한 비밀 요원이에요.」

「오호, 그렇구먼! 나도 대충 짐작하고 있었지만…….」 알란 이 말했다. 「당신은 다르에스살람 공항 카운터에서 줄을 섰을 때 우리 뒤에 있었지. 그리고 비행기에서 내 옆에 앉았을 때는 자기가 가는 곳의 이름도 잘 몰랐고. 내가 무소마에는 부동산 이 별로 없을 것 같다고 말하자, 당신은 동의했어. 우리 둘이서 완전히 착각했던 거지. 난 조금 전에 당신을 알아보았어. 어제 부터 계속 그 블레이저코트 차림이어서 말이야. 자, 그런데 이 황량한 사바나 한복판에서 나와 내 친구들 말고 당신이 쫓아 올 사람이 또 있을까?」

「네, 맞는 말씀이에요.」 B 요원은 순순히 시인했다. 지금껏 살아오면서 자신이 이렇게 아마추어처럼 느껴진 적이 없었다.

「무슨 일입니까?」 뒤따라 온 메이트키니가 물었다.

「꽤 많은 일들이 있었지.」 알란이 대답했다. 「내가 소개 좀 해도 되겠나?」

메이트키니는 나이프와 몽둥이를 들고 개입할 채비를 하고 있었지만, 알란의 어조를 듣고 그게 불필요함을 깨달았다. 불쌍한 비밀 요원은 자신이 아무런 무기도 없이 네 명의 잠재적 적들의 손아귀로 들어갔다는 사실을 인정해야 했다. 그녀의 실패 리스트에 또 한 건이 멋지게 추가된 것이다.

알란은 일행에 새로이 끼게 된 이에게 메이트키니의 캠프에 같이 가자고 권했다. 피차 할 말도 많고 말이오. 그렇지 않소?

그녀는 그러겠다고 대답했다.

「자, 그럼 출발합시다.」 메이트키니가 말했다. 「내 차를 따라오세요.」

알란은 곧바로 대화를 나누기 위해 독일 요원의 차에 타기로 했다. B 요원은 기분이 한결 나아졌다. 만일 칼손이 지금 농간을 부리고 있는 거라면, 그 사실은 금방 밝혀질 거였다. 이 경우, 그녀는 늑대 굴 속에 — 무기도 없이, 또 너무 많은 것을 노출시킨 채로 — 있게 되겠지만, 최소한 그들이 늑대라는 사실은 알 거였다.

밤의 어둠이 깔리는 가운데, 알란은 열기구를 타고 발리를 떠난 일과 그 후에 있었던 일들을 그의 과거의 몇 가지 에피소드와 함께 간략히 들려주었다. 랑거 요원은 그의 말을 모두 믿었다. 쉽게 확인할 수 있는 요소들이 너무 많았던 것이다. 만일 그가 북한을 위해 일하는 거물급 우라늄 밀수꾼이라면, 왜 북한에 머무르지 않고 도망쳐 나왔겠는가? 그리고 어떻게 정신이 제대로 박힌 우라늄 밀수꾼이 우라늄 4킬로그램을 미국에 가져와서, 워싱턴에 있는 독일 대사관에 넘긴다는 말도 안 되는 생각을 했겠는가? 앙겔라 메르켈에게 보내는 러브레터를 첨부해서 말이다.

「북한의 핵 연구소 소장은 첫 번째 것보다 훨씬 많은 양이 오고 있다고 말했어.」 알란이 말했다. 「혹시 그 문제의 우라늄이 이 근방에서 나오는 것 아니오?」

아닌 게 아니라 요원들은 그렇게 의심하고 있단다. 보다 정확히 말해서, 콩고에서 나온다고 생각한단다. 그리고 몇 달 전에 칼손과 욘손을 구조했던 북한 선박이 다시 출현했단다.

「우리는 마다가스카르 남쪽 해상에서 물건이 인계될 거라고 거의 확신하고 있어요.」

「아니, 그렇다면 당신은 여기서 뭘 하고 있는 거요?」

이 질문은 랑거 요원을 상당히 짜증 나게 했다.

「칼손 씨, 당신이 아니었다면 난 여기에 있지 않았을 거예요!」

「오, 무슨 말인지 알겠소…….」

도로 상태는 갈수록 악화되었다. 어떤 곳들에서는 폭우에 도로의 일부, 혹은 전부가 깎여 나가는 바람에 전에 없던 새 길이 생겼다. 때로는 도로가 개울 속으로 들어가기도 하고, 커다란 바윗덩어리나 나무뿌리로 가로막힌 곳들도 있었다. 이런 장애물들의 한쪽으로 양방향 통행이 어려운 곳들에서는 장애물의 양쪽으로 좁다란 일방통행로들이 나 있었다. 케냐의 사바나에는 교통 표지판이 드물었다. 그래서 도로가 갈라지는 곳에서 어느 쪽으로 달릴지는 상식적으로 판단해야 했다. 좌측통행을 하는 나라에서 태어나고 자라난 메이트키니는 왼쪽

441

을 택했다.

반면 랑거 요원은 이 나라에 갓 들어온 사람이었다. 더욱이 그녀는 삶의 첫 33년을 프랑크푸르트 암 마인의 아우토반 5와 지척지간인 곳에서 보냈다. 아우토반 5와 케냐의 시골 도로 C12의 차이점은 제한 속도 — 전자는 시속 2백 킬로미터, 후자는 기껏해야 시속 10킬로미터 — 가 아니라, 케냐에서는 우측 통행을 하는 독일과는 다른 쪽으로 달린다는 점이다.

요컨대 랑거 요원은 커다란 바윗덩어리의 잘못된 쪽을 타고 돌았다. 장애물 뒤로는 개울을 건너가기 위해 10미터 간격으로 두 개의 도섭로가 있었다. 왼쪽 것은 제대로 기능을 하고 있었으나, 오른쪽 것은 최근에 내린 폭우로 지반 한 조각이 뭉텅 잘려 나갔다. 어느 관찰력 있고도 세심한 마사이족 남자가 사람들을 위해 이 도섭로는 더 이상 깊이가 30센티미터가 아니라, 약 1.5미터라는 내용의 경고문을 세워 놓았다. 하지만 마사이족 남자는 메이트키니처럼 항상 왼쪽 길을 택하므로, 그는 랑거 요원이 오는 방향에다는 굳이 안내판을 설치할 필요성을 느끼지 못했다.

비밀 요원은 매우 신중하게 개울 속으로 차를 몰고 들어갔다. 하지만 무슨 소용이랴, 바닥 깊이가 단 1초 만에 30센티미터에서 그 다섯 배로 뛰어 버리고 만 것을……. 차는 기우뚱하며 앞으로 처박혔고, 앞의 두 바퀴는 물속의 깊은 진흙구덩이에 파묻혔다. 엔진도 물에 잠겼고, 몇 초 만에 정지해 버렸다.

「이크!」 알란이 두 손을 차 앞 유리에 대고 버티며 말했다. 「내 의견을 말씀드릴 것 같으면, 지금 아주 골치 아픈 상황을 만드신 것 같아.」

랑거 요원은 상황이 갈수록, 그것도 무서운 속도로 악화되고 있다고 생각했다. 그녀는 아프리카의 어느 엉뚱한 지역에 와 있을 뿐만 아니라, 이제는 누군가가 차를 진창에서 꺼내어 수리해 주지 않는 한 이 엉뚱한 지역을 벗어날 수 없게 된 것이다.

알란과 비밀 요원을 건져 내는 일은 결코 쉬운 작업이 아니었다. 메이트키니는 나뭇가지로 수심을 재어 자기 차가 어디까지 접근할 수 있는지 알아본 다음, 독일 여자와 스웨덴 노인이 보닛에서 보닛으로 건너 율리우스와 사비네가 있는 차 안으로 가게 해주었다.

「당신 차는 여기 있어야 할 것 같아요.」 메이트키니가 말했다. 「저쪽에서 견인차가 케이블로 끌어내야 하는데, 사방에 야생 동물이 어슬렁대는 이런 밤중에 할 일은 아니죠. 게다가 당신이 시원하게 세차시키기로 결정한 이 차 엔진이 다시 작동할지도 의문이고요.」

「난 그런 결정 한 적 없어요!」 B 요원이 소리쳤다.

케냐

실망한 B 요원은 메이트키니가 일하는 캠프에서, 그녀에게 제공된 텐트의 차양 아래 앉아 있었다. 마음이 심란하여 밤새 잠을 이루지 못했고, 혼자서 새벽을 맞았다. 사바나 가운데 파릇파릇한 분지가 펼쳐져 있었고, 그 사면에 텐트들이 흩어져 있었다. 약 2백 미터 아래에 연못이 하나 보였는데, 딕딕이라는 이름의 영양 한 쌍이 갈증을 풀려고 왔다가 곧이어 나타난 코끼리 떼에게 깡충깡충 뛰며 자리를 양보해야 했다. 분지의 정적은 참으로 장엄했다. 독일에서도 이랬지, 라고 랑거 요원은 속으로 중얼거렸다. 하지만 또 너무나 달랐다.

아침의 평화로운 정적은 캠프의 라운지에서부터 이어지는 오솔길을 걸어오는 알란과 율리우스에 의해 깨졌다. 동이 트면 야수들은 사냥을 중단하기 때문에 이렇게 걸어 다녀도 문제가 없었다.

「안녕하시오, 비밀 요원 여사. 밤새 잘 주무셨소?」 알란이 인사했다.

「우리가 아침거리 좀 가져왔어요.」 율리우스는 두 손으로

444

들고 온 쟁반을 턱으로 가리키며 말했다.

뭐, 비밀 요원 여사? 아, 맞아, 내가 그걸 밝혔었지.

「네, 잘 잤어요. 고마워요.」 랑거 요원은 미소를 지으며 대답했다. 「그리고 아침 식사 가져오신 것은 잘하셨어요. 자, 여기 앉으세요.」

세 사람은 커피와 달걀 프라이, 그리고 캠프의 자체 농원에서 나온 파파야를 함께 들면서 앞날에 대해 얘기를 나눴다. 적도의 바로 아래, 해발 2천 미터의 고원에 서늘한 새벽이 물러나고 아주 따뜻하고 기분 좋은 하루가 시작되고 있었다.

태블릿을 가지고 온 알란은 앞으로 자기가 거기서 읽게 될 것들을 들려줘도 괜찮겠느냐고 물었다. 하지만 지중해에서 난민이 또 몇 명이나 빠져 죽었는지는 말하지 않을 것이니, 율리우스가 피곤해하기 때문이란다.

율리우스는 오랫동안 자신과 사비네에게 해온 것처럼 그녀를 괴롭히지 말라고 말했지만, 랑거 요원은 알란의 제안을 정중히 받아들였다. 이 사바나와 덤불들 너머에서 무슨 일들이 일어나고 있는지 들어 보는 것도 나쁘지 않을 거예요. 저 동쪽의 최고 영도자가 또 무슨 엉뚱한 일이라도 꾸미고 있나요?

물론 꾸미고 있겠지, 라고 알란이 대답했다. 하지만 태블릿에 들어온 소식은 아무것도 없다오. 대신 그는 다른 것을 읽어주겠다고 했다.

「하지 마요!」 율리우스가 소리쳤다.

하지만 알란은 벌써 읽기 시작했다.

자, 그의 고국에서 무슨 일이 있었는가 하면, 스웨덴 운송국이 비밀경찰의 권고에도 불구하고 기관의 데이터베이스 전체를 동구의 어느 회사에게 넘겼단다. 거기에는 특히 전투기 조종사들과 국가에 봉사하는 비밀 요원들에 대한 민감한 정보들이 포함되어 있었단다. 지금 신문들은 문제를 일으킨 운송국장이 7만 크로나의 벌금을 물고, 적어도 4백만 크로나의 퇴직금을 받을 위기에 처해 있다고 빈정대고 있단다.

「랑거 요원, 혹시 당신의 동료 중에 스웨덴에서 활동하시는 분이 계시오? 내가 보기엔 그럴 필요가 없는 것 같아. 거기서는 사람들 간에 아무런 비밀이 없거든.」

알란은 율리우스가 다시 얼굴을 찌푸리는 것을 보았다. 아니, 자기 생각을 좀 말할 권리도 없단 말인가?

음, 트럼프는 여전히 트럼프스러운 짓을 하고 있고……. 사우디아라비아는 서구의 퇴폐 풍조 속으로 자유 낙하를 하고 있는 것 같아. 여자들에게 자동차 운전이 허용되었을 뿐 아니라, 1983년 이후로 처음으로 남녀를 불문하고 온 국민이 영화관에 갈 수 있게 되었어. 이런 식으로 계속 나가다간, 얼마 안 있어 술 한 잔을 하면서 정상적인 사람의 기분을 느낄 수도 있게 되겠어.

아무 대꾸가 없자, 알란은 화제를 돌렸다.

「자, 이 얘기를 들으면 우리 율레의 기분이 좀 나아질지도 모르겠군.」

그러고는 한 불쌍한 세네갈 선수가 단지 무릎으로 공을 건드렸을 뿐인데 남아프리카 팀에게 페널티 킥을 주었고, 그로 인해 축구계에서 영구 제명된 가나인 축구 심판의 얘기를 들려주었다.

율리우스는 자기 이름은 〈율레〉가 아니라고 투덜거리는 것 외에는 반응하지 않았지만, 프레드리카 랑거는 달랐다.

「축구할 때 공을 무릎으로 건드려도 되지 않아요?」평생 축구라는 오락을 즐겨 본 일이 없는 ─ 아니, 지금 생각해 보니, 축구뿐 아니라 모든 종류의 오락과 담을 쌓고 살아왔다 ─ 그녀가 물었다.

「맞아, 그게 바로 문제였어. FIFA ─ 이 기관 자체가 썩어 빠졌기로 유명하지만 ─ 는 가나 심판이 뇌물을 먹었다고 판단했고 결국 재경기를 하게 되었지.」

소파 위의 친구는 아직 얼굴을 펴지 않고 있었다. 남은 해결책은 하나뿐이었다. 스포츠계에서는 이런 것을 〈율리우스의 진영에 공을 보낸다〉라고 표현한다.

「요원 여사, 혹시 아스파라거스와 무슨 인연이라도 있소?」

프레드리카 랑거가 전혀 예상치 못했던 질문이었다.

「아스파라거스요? 나는 오래전부터 아스파라거스와 아주 따스하고도 친밀한 관계를 맺어 왔다고 할 수 있어요. 우리 할머니께서는 슈베칭겐에서 태어나고 자라셨답니다.」

「슈베칭겐?」알란이 되물었다. 「꼭 칵테일에 넣는 레모네이드 이름 같구먼.」

랑거 요원은 슈베칭겐에서는 물론 술 한두 잔을 마실 수 있고, 저녁 시간이 끝나기 전에 세 번째 잔도 주문할 수 있지만, 이 슈베칭겐이라는 이름은 알코올과는 전혀 상관이 없다고 설명했다. 하지만 아스파라거스 애호가라면 이 슈베칭겐을 다 알고 있어요.

「더 얘기해 봐요!」율리우스가 벌떡 일어서며 소리쳤다.

「다시 돌아와서 반갑네.」알란이 미소 지었다.

프레드리카 랑거는 흰색 아스파라거스에 대해 무한한 애정을 품고 있었다. 그녀의 할아버지 귄터는 왕년에 슈베칭겐 최초의 아스파라거스 재배자 중 하나였다. 그는 모래투성이 밭을 두 무릎으로 기어 다녔고, 소문에 의하면 작물 하나하나를 마치 연인처럼 대했단다. 집에서는 아내 마틸다와 그 흰색의 황금으로 환상적인 요리를 만들었단다. 전채로도, 메인 코스로도, 심지어는 디저트로도 오로지 그것만 먹었단다!

「뭐, 흰색 아스파라거스?」 율리우스가 놀라며 반문했다. 「하지만 진짜 아스파라거스는 녹색 아스파라거스 아닌가?」

이것은 발리에서 그와 구스타브 스벤손이 유일하게 의견이 맞지 않았던 부분이었다. 인도-스웨덴인은 그들의 사업을 다각화해야 하며, 흰색 아스파라거스를 적어도 20퍼센트는 생산해야 한다고 주장했던 것이다. 랑거 요원은 미소를 지었다. 아마도 1년 만에 처음으로 짓는 미소일 거였다.

「제가 이런 말씀 드려도 될지 모르겠지만, 욘손 씨는 아스파라거스에 대해 잘 모르시는 것 같아요.」

예정대로 고객들이 도착했고, 사파리 가이드 메이트키니가 그들을 맞았다. 스웨덴 노인들과 독일 여자는 며칠 동안 그들끼리 시간을 보내야 했다.

알란은 그 시간을 끊임없이 새로운 광경을 제공하는 초록색 분지와 연못이 내려다보이는 커다란 라운지 테라스에서 보냈다. 영양 떼가 다녀가면 코끼리들이 왔다. 녀석들이 목을 축이고 나면, 사자들이 잠에서 깨어났다. 홀로 된 코뿔소 한 마리가 규칙적으로 나타나 물가를 어슬렁거리곤 했다. 신체 구조가 너무도 희한하게 생겨 먹은 탓에 물을 마실 때 두 앞다리를 쫙 벌려야만 하는 기린들도 마찬가지였다.

101세 노인은 모든 게 만족스러웠다. 우선 경치가 기가 막혔다. 또 주문하지 않았는데도 젊은 바텐더 존이 가져다주는 칵테일 맛은 또 어떻고! 그리고 첨단 기술에 대한 그의 지식이라니! 태블릿을 〈네트워크〉인지 뭔지 하는 것에다 연결만 하면 세계 곳곳의 새로운 소식들이 다섯 배나 빠른 속도로 꽉꽉 떴다. 뭐, 같은 내용들이긴 하지만, 그래도.

사비네는 시도 때도 없이 떠들어 대는 알란에게 시달리지 않기 위해 라운지의 저쪽에 자리 잡았다. 그녀는 〈3백 달러 내는 고객 한 명보다 몇 푼 내는 고객 1만 명이 낫다(그리고 가급적 하느님은 끌어들이지 말 것)〉의 원칙에 따라 신점으로 군중을 끌어모을 수 있는 여러 가지 방법들을 검토해 보고 있었다.

「군중을 위한 신점이라……」 그녀는 나지막이 중얼거렸다. 「매주 수요일 11시에 엘비스 프레슬리와의 대화…… 입장료 10달러, 개인적 질문은 20달러…….」

……아니, 별로였다. 가만, 만일 참가자들의 오감을 열어 주는 차를 제공한다면? 어떤 비밀 탕약을 개발해 봐? 거기다 LSD를 조금 풀어서 입소문이 나기 시작하면…….

「어이, 잘돼 가?」 알란이 저쪽 테라스에서 물었다.

「방해하지 마요!」 사비네가 꽥 소리쳤다.

잘 안 돼간다고, 라고 속으로 중얼거리면서.

율리우스와 랑거 요원은 라운지의 맞은편, 캠프의 유기농 농원이 보이는 곳에서 대부분의 시간을 보냈다. 두 사람은 해발 2천 미터에 위치한 이곳의 기후는 아스파라거스 재배에 적합하다는 데 의견이 일치했다. 하지만 철분이 많은 빨간색 토양만큼은 그렇지 않았다. 율리우스는 흰색 아스파라거스는 아무 땅에서나 잘 자랄지 모르겠지만, 녹색 아스파라거스에게는 고운 모래가 섞인 토양이 필요하다고 말했다. 랑거 요원은 그건 흰색 아스파라거스도 마찬가지라고 반박하면서, 녹색 아스파라거스는 어느 토양에서 재배하건 간에 그렇게 먹을 만한 게 못 된다고 단언했다.

녹색이 낫냐, 흰색이 낫냐의 논쟁에서는 의견이 갈렸지만, 두 아스파라거스 애호가는 대체로 죽이 잘 맞았다.

이들의 열띤 토론은 거만한 A 요원에게서 걸려 온 전화로 중단되었다. 그는 B 요원에게, BND의 급료를 받는 국경 경비대 대장과 그의 부하 열여덟 명과 협력하여 탄자니아와 모잠비크 사이에 보이지 않는 그물을 쳐놨다고 알렸다. 우라늄 밀수꾼들이 덫에 걸려드는 것은 다만 시간문제일 뿐이란다.

「자네가 빠져서 유감이야. 이거 나 혼자만 칭찬을 듣게 생겼는걸.」

얼마 전까지만 해도 고분고분하기만 하던 B 요원은 아스파라거스에 대한 대화 이후 새로운 에너지로 채워져 있었다. 적어도 상관의 말을 쌀쌀맞게 받아칠 정도는 되었다.

「오, 잘됐네요.」 그녀가 대꾸했다. 「하지만 만일 우라늄이 선배님 손가락 사이로 빠져나간다면, 분명히 잘못을 내게 뒤집어씌우겠죠?」

A 요원은 B 요원의 이런 모습이 익숙하지 않았다.

「아니, 자네가 센스가 없어서 거기에 있게 된 건데, 나한테 화낼 필요는 없잖아? 자, 칼손하고는 어떻게 됐어? 그를 찾아 냈나?」

「아뇨.」 B 요원은 거짓말을 했다. 「반면 내 렌터카를 사바나 의 진창에다 처박았어요. 며칠 후에 도움을 받아 개울에서 꺼 낼 수 있을 거예요.」

A 요원은 키득거렸다.

「그렇게 웃기는 얘기는 정말 오랜만에 듣는군. 그렇다면 어 쩔 수 없이 거기에 계속 붙어 있어야 하겠어.」

이어 그는 보고에 따르면 〈명예와 힘〉호가 희망봉과 아굴라 스곶을 향해, 그리고 분명히 마다가스카르섬 남단을 향해 계 속 항해 중이라고 말했다. 따라서 밀운반되는 우라늄은 탄자 니아와 모잠비크 사이의 국경을 언제라도 통과할 수 있단다.

「그리하여 나는 이 소식을 알리기 위해 독일 총리에게 직접 전화를 걸지 않을 수 없게 되는 거지.」

지시받은 대로 휴가 중인 BND 부장에게 직접 연락하는 것 은 그의 커리어를 위해 별로 좋은 선택이 아닐 터였다.

랑거 요원은 그녀가 편하게 통화할 수 있게끔 라운지에 들 어가 있던 율리우스에게로 돌아왔다. 그와 같이 있으면 삶의 활력 같은 게 느껴졌다.

「오, 뭘 좀 잘못 알고 계신 아스파라거스 애호가 선생님. 옆 에 앉아도 될까요?」 그녀가 미소 지으며 농담했다.

「오, 앉으시오, 우리 색맹 여사님.」 율리우스도 웃으며 화답 했다.

케냐

세계의 여덟 번째 불가사의로 여겨지는 곳에서 며칠을 보낸 관광객들은 만족하여 돌아갔고, 메이트키니는 다시 알란과 율리우스와 사비네, 그리고 독일 여자를 돌볼 수 있게 되었다. 사비네는 두 친구에게 캠프에서 며칠 더 머물자고 제안했다. 여기 있으면 생각이 잘 떠오르기는 하는데, 아직은 사업 계획이 원했던 것만큼 세워지지 않았단다.

메이트키니는 이 유쾌한 스웨덴인들과 좀 더 시간을 보낼 수 있게 되어 기뻤다. 이제 별로 할 일도 없고 말이다. 아니, 한 가지 일이 남았는데, 바로 독일 여자의 차를 개울에서 끌어내는 일이었다.

〈독일 여자……?〉 B 요원이 속으로 중얼거렸다. 〈그리고 비밀 요원…….〉 그녀는 다시 본명으로 불리고, 민낯으로 살게 되면 기분이 어떨까 생각해 봤다.

「내 이름은 프레드리카예요. 만나게 되어 반가워요.」

메이트키니의 얼굴에 당황한 빛이 떠올랐다.

이때 프레드리카 랑거의 휴대폰이 울렸다. A 요원이 드디어

452

밀수꾼들을……?

아니었다. 그는 단지 그녀가 다시 출발했는지 알고 싶어 했다. 이게 다섯 번째 전화였다. 프레드리카는 준비 중이라고 우울하게 대답했다. 몇 시간 후에 차를 개울에서 끌어낼 거고, 그러면 엔진에 시동을 걸기만 하면 돼요. 내일 아침 무소마에서 비행기를 탈 생각이에요.

「곧장 마다가스카르로 가서 나를 기다려. 그 개자식들이 미꾸라지처럼 빠져나간 게 틀림없어.」

통화가 끝나자 메이트키니가 아까 하던 말을 계속했다. 「우리 모두 같이 개울로 가면 어떻겠어요? 거기서…… 프레드리카…… 당신 차를 끌어내어 다시 엔진을 돌아가게 하고, 거기서 헤어지는 거예요. 그런 다음 우리 넷은 캠프에 돌아오면서 날이 어두워지기 전까지 신나게 사파리를 하는 거죠.」

알란은 연못 주위에서 보았던 동물들을 좀 더 가까이서 관찰하면 재미있겠다고 말했다. 물론 기린이나 표범은 언제든지 태블릿에서도 볼 수 있었지만, 어디 실물과 사진이 같은가?

다른 이들도 동의했다. 율리우스는 프레드리카가 떠나서 유감이었지만, 그녀의 사정을 충분히 이해했다.

간간히 사파리를 해가면서 랑거 요원이 며칠 전에 랜드 크루저를 코부터 처박은 장소에 한 시간 반 만에 도착해 보니, 개울은 여전히 거기 있었으나 차는 온 데 간 데 없었다.

「벌써 누군가가 도와주려 달려온 것 같네요.」 메이트키니가 논평했다.

「그리고 사례비로 차를 가져가 버렸고.」 알란이 덧붙였다.

프레드리카 랑거는 두 손으로 얼굴을 감쌌다. 이제 어떻게 탄자니아로 돌아간단 말인가?

메이트키니는 그녀에게 너무 걱정할 필요 없다고 말했다. 사파리를 한 후에 스웨덴 분들을 캠프로 모셔다 드리고 나서, 밤새 차를 달려 그녀를 무소마까지 데려다주겠단다.

「거기서 먼저 차 도난당한 것을 신고하고, 그다음에 비행기를 타면 되요. 뭐, 별거 아니잖아요?」

맞는 말이었다. 오케이, 그렇게 해요!

하지만 일은 계획대로 진행되지 않았다.

사파리 투어는 정말이지 굉장했다. 좀처럼 흥분하지 않는 알란조차도 깊은 인상을 받았다. 메이트키니는 도로에서 동물들이 나타나기를 기다리는 대신, 녀석들이 있는 곳까지 찾아갈 수 있는 적합한 자동차와 자격을 갖추고 있었다. 그 돌투성이 길들을 〈도로〉라고 부를 수 있는지 모르겠지만 말이다.

사자들이 오는지 어미가 살피는 동안 자기네끼리 아웅다웅하며 노는 어린 치타들. 얼룩말 떼와 톰슨가젤 떼와 누 떼. 어미 코끼리와 그 뒤를 뒤뚱뒤뚱 따라오는 태어난 지 몇 주밖에 안 되는 아기 코끼리. 물 밖으로 나와 먹이를 찾을 수 있는 저녁이 되기만을 기다리는 네 마리 하마의 콧구멍과 눈……. 한마디로 환상적인 풍경이었다.

그러다 보니 어느덧 해가 저물기 시작했다는 사실을 아무도 알아채지 못했다.

「아이쿠!」 메이트키니가 화들짝 놀랐다. 「이제 도로로 돌아가야 해요!」

적도 부근에서 저녁 어스름은 순식간에 칠흑 같은 어둠으로 변해 버린다. 길 양쪽에 야생 동물의 눈들이 번쩍거렸고, 많은 녀석들이 벌써 활동을 시작하고 있었다. 사바나를 30분 넘게 달리자, 저 멀리에 뭔가 불그스름한 게 빛났다. 어떤 차의 후미등인가?

「이거 큰일 났군! 교통 체증이야!」 알란이 말했다.

좀 더 다가가 보니 차 한 대가 꼼짝 못 하고 서 있었다. 무슨 문제가 있는 듯했다. 메이트키니는 네 사람에게 주의를 주었다.

「모두들 꼭 차 안에 붙어 계세요! 발가락 하나라도 내놓으면 안 돼요! 당신도 마찬가지예요, 알란!」

「그런 거라면 걱정 마. 난 꼭 필요할 때가 아니면 절대 움직이지 않으니까.」

메이트키니는 앞차의 왼쪽 뒷바퀴가 폭삭 주저앉아 있는 것을 발견했다. 차는 청색의 도요타 힐룩스로, 짐칸에 커다란 나무 궤짝이 하나 실려 있었다. 운전석에는 한 남자가 차창 유리를 내리고 조심스레 밖을 내다보고 있었다. 메이트키니는 랜드 크루저를 전진시켜 힐룩스 옆에 붙였다. 조수석에 앉은 알란은 새로운 만남에 대한 기대감에 가슴이 뛰었다.

「안녕하시오, 선생!」 그가 인사했다. 「내 이름은 칼손이오, 알란 칼손…… 혹시 당신도 이름이 있으신지?」

힐룩스를 타고 있는 남자는 작달막한 중년의 흑인이었다. 그는 경계하는 눈빛으로 알란을 힐끗 쳐다본 다음 이렇게 대답했다.

「스미스요. 스탠 스미스.」

「오호, 세상에!」 알란이 실소를 하며 말했다. 「그럼 테니스를 치시오?」

「아니, 난 타이어가 펑크 났소.」 자신과 이름이 똑같은 테니스 선수가 있다는 사실을 모르는 스탠 스미스가 대답했다. 사실 그 테니스 선수는 키가 거의 2미터에 달하는 백인이라 이 흑인과 혼동될 위험은 거의 없었다.

메이트키니는 펑크 난 타이어 옆에 십자형 렌치 하나가 떨어져 있는 것을 발견했다. 혹시 스미스 씨께서 타이어를 갈아 끼우려고 이 어둠 속에 차 밖으로 나가셨는지? 그건 전혀 현명한 행동이 아닌데요.

스탠 스미스는 잠시 입을 다물고 있다가 이렇게 대답했다.

「내가 나가지 않았소. 내 친구가 나갔는데, 20분 전에 사자에게 물려 갔소.」

끔찍한 사연이었지만, 스미스 씨는 차분하다 못해 담담하기까지 했다.

「끔찍해라! 정말로 유감이에요.」 메이트키니가 말했다. 「그럼 이 차를 같이 타고 가서, 여기서 가까운 우리 캠프에서 밤을 보내지 않을래요? 내가 내일 아침 일찍 누군가에게 부탁하여, 당신을 여기에 다시 데려다주고, 타이어 가는 것을 돕도록 하겠어요.」

스탠 스미스는 고개를 저었다. 「고맙지만 난 내 화물을 버리고 갈 수 없소.」

알란은 짐칸에 실린 커다란 나무 궤짝을 쳐다보았다. 「혹시 저 안에 뭐가 들어 있는지 물어봐도 되겠소?」

스탠 스미스는 머뭇거렸다.

「필수품이오.」마침내 그가 대답했다.

「필수품이라…….」알란이 되풀이했다. 「그래, 아주 좋은 거지. 물론 어떤 종류의 필수품이냐가 문제겠지만.」

스탠 스미스는 다시 머뭇거렸다. 알란은 이런 디테일을 포착하는 능력이 남달랐다.

「이건 가난한 사람들에게 갈 거요.」스미스는 이렇게 설명했고, 더 이상은 부연하고 싶지 않은 듯했다. 「자, 나 혼자 어떻게 해볼 테니까, 그냥 가던 길 가시오.」

메이트키니는 어깨를 으쓱하고는 다시 떠날 채비를 했다. 그래, 스탠 스미스의 생각도 틀린 게 아니었다. 차 안에 붙어 있기만 한다면 새벽까지 살아남을 수 있으리라. 그리고 도움을 원치 않는다면 할 수 없는 일이었다. 만일 알란이 몇 마디 덧붙여야 할 필요성을 느끼지 않았다면, 이 일은 여기서 마감되었을 것이다.

「그런데 스미스 씨, 아주 멋진 서류 가방을 가지고 계시구려.」

남자는 소스라쳤다.

「나도 전에 이런 서류 가방을 가지고 다닌 적이 있었다오.」알란이 말을 이었다. 「이건 북한식 디자인이야. 확실해! 왜냐하면 나는 북한 서류 가방들을 아주 잘 알거든. 사실 북한 서류 가방은 종류가 몇 가지 안 돼.」

상황이 예기치 못했던 방향으로 흐르기 위해서는 이것으로 충분했다. 굿럭 윌슨, 일명 〈스탠 스미스〉는 재빨리 그의 북한제 서류 가방을 열고 거기서 권총을 꺼내 들었다. 그리고 힐룩스의 선루프를 열고 운전석을 밟고 벌떡 일어서서는 앞좌석의 알란과 메이트키니, 그리고 뒷좌석의 남자와 두 여자에게 번 갈아 총을 겨눴다.

「모두들 꼼짝 마!」 그가 외쳤다.

잠시 시간이 멈춰 섰다. 그 짧은 틈에 굿럭 윌슨은 상황을 분석했다.

지금 나는 칠흑같이 어두우며, 지구상 그 어느 곳보다도 사자가 우글거리는 사바나의 한복판에 있다. 농축 우라늄 4백 킬로그램이 담긴 궤짝을 오늘 밤에, 혹은 늦어도 내일 밤까지는 비행기에 옮겨 실어야 하는 이 지역 공항은 약 7킬로미터 정도 떨어져 있다. 타이어는 펑크가 났지만 나에겐 대체 가능한 차량 한 대, 그리고 권총 한 정이 있다. 일반적으로 권총은 그것을 지닌 이에게 강력한 설득력을 부여한다. 이 경우에 있어서 나는 노인과 운전사, 그리고 뒷좌석의 세 사람에게 그들의 차를 내 차와 바꾸자고 요구할 수 있다.

그렇다면 우라늄은 어쩔 것인가? 나는 인질 중의 하나로 하여금 궤짝 속에 있는 10킬로그램짜리 상자 40개를 하나하나 랜드 크루저에 옮겨 싣게 할 수 있다. 하지만 이 경우 한 사람은 저 빌어먹을 사자들이 우글거리는 바깥에 돌아다녀야 한다. 이런 상황에서 이 권총 한 자루로 이 모든 인간들을 통제하는 게 과연 가능할까?

또 이 인간들은 대체 누구란 말인가? 어떻게 이 늙어빠진 백인 영감탱이가 북한 서류 가방을 알아봤을까? 정말 믿기지 않는 일이다.

시간이 멈춰선 그 짧은 순간에 인간의 두뇌는 얼마나 많은 것을 할 수 있는지! 굿럭 윌슨은 분석을 계속해 나갔다. 또 다른 옵션은 그의 수천만 달러짜리 임무를 위협하고 있는 이 자들을 모조리 사살해 버리는 거였다. 하지만 그것도 문제였으니, 누군가의 도움 없이는 차도, 타이어도 바꿀 수 없기 때문이었다. 지금부터 새벽까지 이 길로 사파리 차가 몇 대나 지나가겠는가?

시간이 다시 움직이기 시작한 것은 그의 생각이 대략 이 지점에 이르렀을 때였다. 마사이족 전사 메이트키니는 평소 투척용 곤봉 하나를 혁대에 차고 다녔다. 그것으로 그는 40미터 거리에서 움직이는 야생 동물을 맞힐 수 있었다. 그리고 그 위력은 야생 동물로 하여금 — 만일 녀석에게 생각할 능력이 있다면 — 다시 한번 생각하게 만들 수 있을 만큼 강력했다.

동물이나 인간이나 본질적으로 큰 차이가 없다. 메이트키니에게 있어서 3미터밖에 안 되는 거리에서 곤봉을 던져 스탠 스미스라고 자칭하는 남자를 맞히는 것은 손바닥 뒤집기보다 쉬운 일이었다. 물소가 곤봉을 옆구리에 맞으면 몹시 아플 거였다. 사람이 그것을 이마 한가운데 맞으면 즉사한다.

메이트키니의 동작은 번개처럼 빨랐다.

「멋진 솜씨야!」 알란이 칭찬했다.

「고마워요.」 메이트키니가 답례했다.

율리우스와 사비네는 아무 말도 하지 못했다. 이 모든 게 너무 순식간에 이루어져서였다. 침묵을 깬 것은 프레드리카 랑거였다.

「지금 무슨 일이 일어난 거죠?」

알란이 대답했다.

「내가 생각하기로는 지금 비밀 요원 여사, 그러니까 우리 프레드리카 씨가 그렇게나 찾아 헤매던 우라늄 5백 킬로그램을 찾아낸 것 같아. 정말이지 세상은 너무 좁단 말이야!」

콩고

몇 달 전, 농축 우라늄 견본 4킬로그램을 북한 사람들이 기다리는 마다가스카르까지 가져가는 작업은 그야말로 천신만고 끝에 이루어졌다. 알란과 그 친구들과의 재수 없는 만남이 있기 며칠 전에 굿럭 윌슨은 〈잭팟 작전〉을 개시했다. 저 멀리 동쪽 나라에 있는 최고 영도자가 어쩌다가 4백 킬로그램이 되어 버린 우라늄 5백 킬로그램을 사고 싶어 했다. 그것도 당장에 사고 싶단다. 하기야 이 귀한 우라늄을 마을 가운데의 오두막에 감춰 놓고 그 양이 절반으로 줄어 들도록 — 40억 년 걸리겠지만 어쨌든 — 놔둘 수는 없는 노릇 아닌가?

하지만 4킬로그램과 4백 킬로그램은 문제가 달랐다. 여기저기 적절히 뇌물을 뿌려 가며 부룬디를 거쳐 탄자니아까지 우라늄을 가져오는 것은 땅 짚고 헤엄치기였지만, 탄자니아와 모잠비크 간의 국경은 엄격히 감시되고 있었다. 이곳의 국경 경비 대원들은 자신의 업무를 매우 진지하게 여기고 있었던 것이다. 굿럭 윌슨의 입장에서는 한마디로 재수 없는 녀석들이었다.

게다가 이 루트를 한 번 이용한 적이 있는 그는 아마도 적잖은 흔적들을 남겨 놓았을 거였다. 굿럭 윌슨은 그의 이름에 어울리지 않게 운을 믿지 않았다. 대신 자신의 머리를 믿었다. 콩고 핵 시설 감시대 대장이었던 사내는 새로운 계획을 세울 필요가 있었다.

농축 우라늄 혹은 국제 시장에서 거액을 받을 수 있는 다른 아이템을 찾고 있는 이들은 화물이 가장 가까운 해안, 즉 탄자니아 해안이나 그다음에 있는 모잠비크 해안으로 향할 거라고 예상하고 있었다. 따라서 굿럭 윌슨은 다른 루트를 택하기로 했다. 우라늄은 부룬디를 가로지르고, 빅토리아 호수를 남쪽으로 돈 다음, 마사이 왕국이 위치한 세렝게티를 통과할 거였다. 마사이족은 소 떼를 돌보고 염소를 기르고 살면서 현대 세계의 일에는 관여하지 않았다. 무엇보다도 그들은 여름마다 보다 비옥한 지역을 찾아 북쪽으로 이동하는 야생 동물들처럼 국가 간의 경계선을 무시했다. 탄자니아와 케냐의 국경선은 마사이 왕국 한복판을 가로지르는데, 거기에는 통제하는 곳이 아무 데도 없었다. 어느 마사이족에게 그의 소 2백 마리를 땅에다 그어 놓은 어떤 선의 이쪽에서 저쪽으로 몰고 가면 안 된다고 말할 수는 없는 노릇 아닌가?

하여 윌슨은 콩고에서 우라늄을 힐룩스에 싣고는 부룬디와 빅토리아호를 거쳐 세렝게티를 통해 케냐로 들어왔고, 그다음에는 키코로크 공항까지 내처 달릴 참이었다. 이 키코로크 공항은 빨간 흙으로 된 활주로 하나와 딱 신문 가판점만 한 크기의 터미널 건물 하나로 이뤄진 초라한 공항이었다. 에어 케냐 항공기들은 나이로비에서 날아와 사파리에 목마른 관광객들을 내려놓은 다음, 투어를 마친 이들을 싣고 떠나곤 했다. 해가 저물면 신문 가판점은 문을 닫았고, 공항은 활동을 멈췄다. 다음 날 아침까지는 근방에 개미 새끼 한 마리 얼씬대지 않을 거였다.

불순한 의도를 품고 있지만, 충분히 밝은 빛을 내는 조명 장치와 쓸 만한 항법 장치가 장착된 비행기를 가진 사람은 얼룩말 한두 마리나 기린 몇 마리 외에는 아무 증인도 없이 어둠 속에서 쉽사리 착륙하고 또 이륙할 수 있었다. 굿럭 윌슨은 러시아인들에게 이런 조종사 한 명을 소개시켜 달라고 부탁했고, 문제는 간단히 해결되었다. 러시아인들에게 부탁한 이유는 북한 사람들과 접촉할 길이 없었기 때문이었다. 그들은 유령처럼 흐릿한 존재들이었다.

물건을 실은 비행기는 해안 쪽으로 날아가서는, 고도 40미터를 유지하고 바다를 건너 마다가스카르 남단에 위치한 어느 빈터에 내려앉을 거였다. 거기서 비밀스러운 북한 사람들은 물건을 인수받게 되리라. 물론 8천만 달러를 가져와야 하겠지만 말이다.

이 마지막 포인트는 굿럭 윌슨을 불안하게 했다. 하지만 심각할 정도는 아니었다. 첫 번째 인도분에 대한 10만 달러는 정상적으로, 다시 말해서 선금으로 지불되었다. 어느 날 아시아인으로 보이는 어떤 낯선 남자가 굿럭 윌슨의 사무실을 불쑥 찾아왔다. 양손에 서류 가방을 하나씩 든 그는 딱 한 마디 했다.

「이름이 뭐요?」

「굿럭 윌슨.」 감시대 대장은 대답했고, 자신도 같은 질문을 하고 싶었지만 꾹 참았다.

아시아인은 고개를 끄덕이면서 설명하기를, 서류 가방 하나에는 약속된 액수의 돈이 들어 있으며, 다른 하나는 고객이 상품이 어떻게 포장되기를 바라는지 보여 준단다. 그 안은 이미 납으로 덧대어져 있었다.

그게 다였다. 아시아인은 들어온 것만큼이나 빠르게 방을 나갔다. 굿럭 윌슨은 사내가 캄팔라 주재 북한 대사관에서 왔을 거라고 추측했다. 우간다와 콩고 사이는 쉽게 오갈 수 있었다. 굿럭 윌슨은 어선을 타고 앨버트 호수를 건널 수도 있었지만, 다른 방법들도 있었다.

중요한 것은 북한 사람들이 약속을 지킬 능력이 있음을 보여 주었다는 사실이었다. 그도 곧바로 보여 주었듯이 말이다. 그때는 모든 게 순조로웠다. 그리고 이번에도 모든 게 순조로울 거였다.

적어도 굿럭 윌슨은 그렇게 믿었다.

케냐

랜드 크루저는 아프리카 사바나의 거친 땅을 달릴 수 있게 끔 특별히 설계된 차이긴 하지만, 자주 사용하면 매주 한 번꼴로 펑크가 난다. 힐룩스는 좀 더 취약하다. 물론 이곳에 잠시만 체류하고, 조심스럽게 운전한다면 타이어를 갈아 끼우는 고역을 피할 수도 있다.

하지만 이곳에는 뾰쪽뾰족한 돌멩이들이 사방에 널려 있다. 위험이 상존하는 것이다. 밤이 되면 한층 조심해야 하는데, 일단 사고가 나면 우리의 바람과는 달리 길가에 자기 혼자만 있는 게 아니기 때문이다. 어둠 속에 사자들이 먹이를 찾아 소리 없이 돌아다닌다. 마사이족이 〈살인 기계〉라고 부르는 표범도 마찬가지다. 심지어는 하이에나도 아주 고약하게 굴 수 있다. 짐승들 중에서 가장 성질이 급한 검은 물소는 모두들 자러 들어가는데, 이것은 타이어가 잘못된 장소에서 터지지 않는 경우에 한에서이다. 그리고 이 〈잘못된 장소〉가 어딘지는 아무도 모른다.

간단히 말해서 밤중에 사고가 발생했을 때 지켜야 할 수칙은 딱 한 가지이다.

꼼짝 말고 있을 것. 거기, 차 안에. 언제까지? 아침이 될 때까지.

하지만 만일 당신에게 시간이 없다면? 만일 당신의 트럭 짐칸에 농축 우라늄 4백 킬로그램이 실려 있고, 거기서 40분 거리에 있는 공항에 비행기 한 대가 궁색한 변명을 대고 어둠 속에 착륙하여 당신이 오기만을 초조하게 기다리고 있다면? 그리고 여기에 무려 8천만 달러가 걸려 있다면?

아마도 누구나 이런 식으로 행동하겠지만, 굿럭 윌슨은 적어도 이번만큼은 운을 믿었다. 자신의 운은 아니고, 가장 친한 사촌 사무엘의 운을 믿었다. 하여 그로 하여금 손전등을 들고 나가 펑크 난 타이어를 갈아 끼우게 했다. 사무엘은 모든 통계 수치를 비웃듯이 무사히 스페어타이어를 갈아 끼웠고, 이제 너트를 조일 준비를 하고 있는데 암사자 두 마리가 서로 다른 두 방향에서 불쑥 나타났다.

사자들은 논리적으로, 그리고 항상 같은 방식으로 생각한다. 녀석들은 엔진이 달린 탈것과 살아 있는 생명체를—이 생명체가 현명하게도 이 탈것 안에 머물러 있는 한—구별할 능력이 없다. 예를 들어 사파리 관광객을 가득 태운 무개 차량 한 대가 도착하면, 사자는 그것을 하나의 전체로 파악하며, 스스로에게 세 가지 질문을 제기한다. (1) 나는 이것을 먹을 수 있을까? (아니, 이것은 너무 커.) (2) 이것은 나를 먹을 수 있을까? (아니, 나의 오랜 경험에 비추어 볼 때, 차량이나 트럭은 절대로 공격하지 않아.) (3) 난 이것과 짝짓기를 할 수 있을까? (아니, 난 그 정도까지 변태는 아니야.)

하지만 누군가가 코끼리만 한 크기의 차량에서 나오면, 사자는 아주 다른 대답을 하게 된다. (1) 난 이것을 먹을 수 있을까? (물론이지, 아주 맛있겠어!) (2) 이게 나를 먹을 수 있을까? (아니, 저렇게 생겨 먹은 게 어떻게 그럴 수 있겠어?) (3) 난 이것과 짝짓기를 할 수 있을까? (아니, 난 그 정도까지 변태는 아니야.)

사자의 특기는 먹잇감의 주둥이를 묵직한 앞발로 후려치는 것이다. 이 때문에 굿럭 윌슨은 처음에는 나지막하게 으르렁대는 소리와 십자 렌치가 자갈밭에 떨어지는 소리 외에는 아무것도 듣지 못했다. 그런 다음 어둠 속에서 두 쌍의 눈이 번득이는 게 보였고, 뼈가 아자작 씹히는 소리가 들렸다. 그때서야 그는 깨달았다.

이제 그는 사바나 한가운데 혼자 남았다. 그가 처음 생각한 것은 사촌이나 사촌의 가족이 아니라, 갑자기 미아가 되어 버린 우라늄 4백 킬로그램이었다. 그리고 그룹 내에 분쟁이 일어나는 것을 피하기 위해 그걸 혼자 보관하는 게 좋겠다는 결론을 내렸다.

암사자들이 수컷과 새끼 사자들도 뭔가 씹을 게 있어야 하겠기에 죽은 사촌의 유해를 덤불 속으로 끌고 갔고, 도로에 차량 한 대가 나타난 것을 보았다. 여기에? 이 야밤에 도깨비처럼 불쑥……? 이런 빌어먹을!

케냐

메이트키니는 세 살 때 창과 단검과 투척용 곤봉 다루는 법을 배웠다. 네 살이 되었을 때는 소 떼를 지키다가 불운하게도 물소 한 마리와 마주치게 되었다. 하지만 더 불운한 쪽은 물소 였으니, 아이가 던진 창에 정통으로 맞았고, 아이가 덤불 속에 숨어 있는 동안 녀석의 생명이 피와 함께 서서히 몸에서 빠져 나왔기 때문이다. 11년 후 열다섯 살 소년 메이트키니는 혼자 사바나에 보내어졌다. 가진 것은 등에 맨 창 하나, 단검 하나, 곤봉 하나뿐이었다. 그게 이들의 관습이었다. 1년 후에 마을에 돌아오는 소년들은 어른의 세계에 받아들여졌다. 그들은 진정한 마사이 전사가 된 것이다. 만일 돌아오지 못한다면, 질문을 제기할 필요도 없었다.

메이트키니는 다른 친구들과 마찬가지로 마을에 돌아왔다. 세 살 때부터 살아남는 법을 배우는 이들이니 오죽하겠는가?

이제 서른두 살의 사파리 가이드가 된 메이트키니는 그의 길벗들에게 꼭 필요한 것이 아니면 입은 옷을 모두 벗고, 차 안에 있는 모포들도 한데 모으라고 지시했다. 그러고 있는 사이,

자신은 차 뒤쪽으로 기어올라가 비상용 휘발유통을 가져왔다.

그리고 휘발유를 적신 옷과 모포들을 두 차량 주위의 전략적인 위치들에 하나씩 던졌고, 사람들에게 손전등을 하나씩 나누어 주면서 어느 방향으로 빛을 비출지 설명해 주었다. 그런 다음 천 뭉치들에 불을 붙여 불길이 확 치솟게 했다.

「자, 됐어요.」 그가 말했다. 「이제 나는 내려가서 우라늄 상자들을 가져올 테니까, 힘이 있으신 분들은 받아서 차에 올려 주세요. 이런 식으로 하면 될 거예요.」

안전을 위한 마지막 조치로서, 그는 휘발유통 옆에서 찾아낸 쇠 지렛대 하나를 프레드리카에게 내밀었다.

「뭔가가 다가오는 게 보이면 던지세요.」

그녀는 굳은 표정으로 고개를 끄덕였다. 이 순간 그녀는 다시 현장 요원으로 돌아온 기분이었다.

10분 후, 메이트키니는 작업을 끝냈다. 천 뭉치들은 아직도 불타고 있었다. 프레드리카 랑거는 여전히 쇠 지렛대를 손에 들고 경계 태세를 갖추고 있었다. 메이트키니가 마지막으로 한 일은 죽은 스탠 스미스를 차에서 끌어내어 도로변에 내려 놓는 거였다.

「사자들에게 주려고요?」 사비네가 물었다.

「아뇨.」 메이트키니가 덤불 속에 반짝이는 네 쌍의 눈을 보며 대답했다. 「하이에나에게요.」

캠프에 돌아왔을 때, 상황은 바뀌어 있었다. 프레드리카 랑거는 메이트키니에게 자세히는 설명하지 않았지만, 이제는 더 이상 무소마에 갈 필요가 없다고 말했다.

「잘됐네요.」메이트키니가 말했다. 「그렇다면 신사 숙녀 여러분, 늦은 저녁을 들기 전에 내가 존에게 부탁해서, 라운지에서 우리에게 뭔가 기분 좋은 것을 한 잔씩 가져다 달라고 하려는데, 모두들 동의하세요?」

「라운지에서 뭔가 기분 좋은 것 한 잔씩이라…… 그거 기분 좋게 들리는데?」알란이 말했다.

다른 사람들도 고개를 끄덕였다.

라운지에서 프레드리카 랑거는 알란을 포함한 그 누구보다도 유쾌한 시간을 보내는 것같이 보였다. 그녀에게는 이게 필요했다. 지금 그녀의 수중에는 정확히 측정되고 포장된 농축 우라늄 4백 킬로그램, 다시 말해서 알란 칼손이 이미 독일 총리 메르켈에게 제공한 것보다 1백 배나 많은 양의 농축 우라늄이 들어와 있었다.

그녀의 상관은 6백 킬로미터에 달하는 탄자니아와 모잠비크의 국경에서 눈이 빠지게 우라늄을 찾아 왔고, 지금은 아마도 마다가스카르에서 그러고 있을 거였다. 프레드리카는 그에게 전화를 걸어 소식을 알리기 전에 조금 생각할 필요가 있다고 느꼈다.

이제 어떻게 할 것인가? 무엇보다도 이제는 모든 것이 피곤하게만 느껴졌다.

「요원 여사, 그러니까 프레드리카 씨, 얼굴이 아주 지쳐 보이는구먼.」알란이 말했다. 「요 얼마 동안 여러 가지 일들로 아주 힘드셨지?」

그리고 이 칼손…… 남의 속을 빤히 들여다보는 영감이었다.

그들이 세 코스로 이루어진 늦은 저녁을 먹기 위해 어두운 분지가 내려다보이는 테라스에 자리를 잡았을 때, 멀리서 자동차 전조등 불빛 두 개가 눈에 들어왔다. 처음에 그것은 어둠 속에 가물거렸지만, 어떤 사람이, 혹은 여러 사람이 캠프에 다가오고 있다는 게 확실해졌다.

율리우스는 불안해졌다.

사비네도 불안해졌다.

프레드리카 랑거 역시 불안해졌다.

메이트키니는 곤봉이 제자리에 있는지 확인했다.

「방문객인가?」 알란이 말했다. 「야, 이거 또 재미있겠는걸!」

전채 요리가 나왔지만 아무도 손을 대지 않았다. 차는 이제 가까워져 있었다. 세상에, 그것은 보통 승용차, 즉 택시였다! 택시를 타고 여기까지 오다니!

「혹시 누군가가 스탠 스미스의 행방을 찾으러 온 게 아닐까요?」 만일의 경우를 대비해 아래로 내려가 쇠 지렛대를 들고 온 프레드리카가 물었다.

「흠…….」 메이트키니가 턱을 쓰다듬었다. 「하지만 그가 없어졌다고 해서 왜 우릴 찾아오겠어요?」

택시는 테라스 바로 옆에 멈춰 섰다. 한 남자가 기사에게 고맙다고 하며 돈을 내밀고는 차에서 내렸다. 한 줄로 죽 늘어선 사람들을 하나하나 들여다보던 남자의 눈이 왼쪽에서 두 번째에 있던 율리우스의 얼굴에서 딱 멈췄다.

「안녕, 친구!」 구스타브 스벤손이 외쳤다. 「다시 만나서 정말 기뻐요!」

인도네시아

발리에서 구스타브 스벤손이라는 이름으로 혼자 지내는 것은 쉽지 않았다. 그리고 심란 아리아바트 차크라바르티 고팔다스로 돌아간다 해도 사정은 나아지지 않았을 거였다.

불분명한 원산지의 채소를 수출하는 요령을 지도해 주던 멘토가 어느 날 갑자기 사라져 버렸다. 구스타브 자신은 일련의 잘못된 판단으로 어느 스웨덴 도매상을 감옥에서 무한정 썩게 만들었다. 아스파라거스는 쑥쑥 자랐지만, 그것을 보낼 곳이 어디에도 없었다. 구스타브에게 필요한 것은 율리우스와 돈이었다.

그래도 돈은 꽤 남아 있었다. 상황을 여러모로 생각해 본 구스타브는 이 남은 돈을 그의 파트너를 찾는 데 사용하는 게 최선이라는 결론을 내렸다. 하지만 그는 대체 어디 있단 말인가? 그가 살아 있다는 마지막 신호는 미국에서 날아왔고, 그보다 앞서서는 평양에서 왔다. 지금 율리우스는 아르헨티나에 있을 수도 있었다. 혹은 뉴질랜드에 있을 수도 있었다. 혹은 이 둘 사이의 어느 곳에도 있을 수 있었다.

구스타브는 친구에게 전화를 걸고 싶은 마음이 간절했다. 하지만 불가능한 일이었으니, 율리우스가 사라지기 전에 하나뿐인 휴대폰을 자기에게 줘버린 것이다. 그렇다면 메일을 보낸다? 아니, 율리우스에겐 메일 주소가 없었다. 사실은 구스타브에게도 없었다. 남은 유일한 옵션은 그의 친구 알란의 태블릿이었다. 발리에서 그것은 항상 뜨듯하게 달궈져 있었고, 분명히 지금도 그럴 것이지만, 그게 무슨 도움이 될 수 있단 말인가?

가만…….

어떤 엉뚱하기 그지없는 생각이 그의 머릿속에서 모습을 드러냈다. 그는 휴대폰을 율리우스에게서 받았고, 율리우스는 알란에게서 받았으며, 알란은 호텔 매니저에게서 이것과 태블릿을 함께 받았다. 매니저는 이 두 기기를 완전하게 세팅하여 이제는 101세가 된 100세 노인에게 가져다준 것이다.

구스타브는 율리우스가 전화를 걸었을 때 휴대폰을 꺼놓은 자신이 죽도록 원망스러웠다. 자신에 대한 벌로서 그는 이 신기술을 제대로 사용하는 법을 열심히 공부했다. 그가 알게 된 첫 번째 사실은 배터리는 주기적으로 충전시키지 않으면 바닥나 버린다는 사실이었다. 두 번째로 발견한 것은 〈블루투스〉라는 것이었다. 그리고 〈로밍〉이니 〈테더링〉이니 하는 요상한 것들과……. 빙고! 〈내 아이폰 찾기〉라는 게 있었다! 구스타브는 이게 정말로 희한한 기능이라고 생각했으니, 지금 자기 손에 휴대폰이 들려 있기 때문이었다. 하지만 좀 더 깊이 들어가 보니, 이 서비스는 알란의 검은색 태블릿까지도 포함한다는 사실이 밝혀졌다. 그렇다면…….

아니, 이게 정말 그렇게 쉬운 걸까?

하지만 안 될 것도 없지 않은가? 지금까지는 그의 모든 노력이 수포로 돌아갔지만, 행운의 여신이 갑자기 방긋 웃을지도 모를 일 아닌가?

케냐, 독일

그렇게 〈내 아이패드 찾기〉를 통해 아이패드의 주인을 찾아낸 구스타브는 무리의 열렬한 환영을 받았다. 이제 그들에게는 우라늄을 처리하는 문제가 남아 있었다. 다음 날 아침, 알란은 캠프 사무실의 전화기 앞에 앉았다. 신호음이 몇 번 울린 후, 누군가가 응답했다.

「여보세요?」

이게 독일 총리 앙겔라 메르켈이 개인적인 전화를 받는 방식이었다. 자기 이름을 밝히지 않고, 그냥 〈여보세요〉였다.

「그럼 나도 여보세요?」 알란이 메르켈식으로 대답했다. 「전화 받는 분이 독일 총리 맞소? 내가 영어를 썼으면 좋겠소? 아니면 러시아어? 원한다면 중국어도 가능하오.」

「지금 전화 거신 분이 누구죠?」 앙겔라 메르켈이 러시아어로 되물었다.

「아니, 내가 말씀드리지 않았소? 난 알란 칼손이오. 저번에 농축 우라늄 한 상자를 보내드렸지만, 이번에도 커다란 궤짝 하나를 찾아냈다오.」

앙겔라 메르켈은 아직 아침 식사도 하지 않았다. 그녀가 실내 가운 차림으로 침실 앞의 조그만 책상에 앉아 이날 처리해야 할 서류들을 훑어보고 있는데, 휴대폰이 울린 것이다. 기껏해야 여남은 명만 그 존재를 알고 있는 휴대폰이 말이다.

「난 이 통화가 그렇게 편하게 느껴지지가 않는군요.」 그녀가 경계의 빛을 띠며 말했다. 「내 전화번호는 어디서 났죠?」

「아, 총리 여사께서 그렇게 놀라시는 것도 충분히 이해해요. 내가 이상한 사람일 수도 있으니까. 그래, 여사의 신중함은 실로 대단한 수준이오! 사실 여사의 위치에서는 그게 아주 중요하지.」

「고마워요. 하지만 당신은 아직 내 질문에 대답하지 않았어요.」

「아, 그랬던가? 그건 내가 지난 40년 동안 건망증이 갈수록 심해져 왔기 때문이라오. 하지만 내가 얼마 전에 냅킨 몇 장에다 급히 편지를 써서 여사에게 보낸 일이 있다고 말한다면, 여사께서는 나는 바로 나라는 사실을 믿으시리라 생각하오. 그런데 지금 생각해 보니 그 편지는 영어로 썼던 것 같아.」

독일 총리는 바짝 올렸던 가드를 몇 밀리미터쯤 내렸다.

「계속해 보세요.」

「음 그러니까, 귀국의 UN 대사와 함께 했던 저녁 식사는 정말이지 대단히 유쾌했다오. 가만, 그 친구 이름이 뭐였더라? 맞아, 콘라트! 아주 좋은 사람이었소. 그가 식사비도 내고, 음료도 샀지. 사람이 조금도 쩨쩨하지가 않아. 그런데 왜 독일 사람들은 보드카에다 사과를 넣는지, 혹시 그 이유를 아시오?」

앙겔라 메르켈은 가드를 몇 밀리미터 더 내렸다.

「보드카에 사과를 넣는 게 헌법으로 정한 규칙은 아니에요. 하지만 칼손 씨, 난 당신이 방금 언급한 그…… 냅킨에 대해 좀 더 얘기해 주셨으면 해요.」

그녀는 만일 수화기 저편의 남자가 메시지의 내용을 얘기할 수 있다면, 그가 자신이 주장하는 바로 그 사람이라는 것을 믿을 것을 고려하고 있었다.

「아, 그래, 그래……. 에, 그러니까 콘라트는 화장실에 갔었어. 그러니까 아마도…… 그러니까 그게……. 여하튼 그는 얼마 동안 일을 보고 돌아왔지.」

「자, 냅킨은요?」 독일 총리가 다시 한번 질문을 상기시켰다.

「그래, 그것은 식탁 한가운데 여러 장이 포개어져 있었고, 나는 그중 한 장을 집어서 글을 쓰기 시작했다오. 그리고 또 한 장을 썼고, 또 한 장을 썼지. 그런데 그 내용에 대해서는 굳이 얘기할 필요가 없겠지. 여사께서 벌써 읽지 않으셨소? 그리고 나는 그것을 쓴 사람이고 말이야.」

이 사람은 사기꾼이거나 아니면 바보임에 틀림없어, 라고 앙겔라 메르켈은 생각했다. 하지만 그의 나이가 백 살이 넘었다는 사실을 상기했고, 따라서 한 번 더 기회를 줘도 될 것 같았다.

이렇게 생각하면서 그녀의 가드는 자신도 모르는 사이에 몇 밀리미터 더 내려갔다.

「만일 이 대화가 더 계속되어야 한다면, 난 칼손 씨께서 본인이 얘기하는 그 사람인지를 확인해야 할 필요가 있어요. 그러니 칼손 씨께서 — 만일 당신이 본인이 맞는다면 — 내게 쓰셨던 내용을 말해 주셨으면 고맙겠어요. 내가 당신이 쓴 편지를 받은 그 사람이라는 가정하에 말이에요.」

이 마지막 문장은 상대가 공갈범일 경우를 대비해서 한 말이었다. 이렇게 하면 자신이 이 이상한 대화에 참여하고 있다는 사실을 인정하지 않아도 되는 것이다.

「아하, 무슨 말인지 알겠소!」 알란이 외쳤다. 「만일 당신이 당신이라면 — 난 그러리라고 생각하오, 왜냐하면 내가 당신에게 전화를 걸었으니까 — 당신은 내 친구 아스파라거스 재배자 율리우스와 나 자신이 어떻게 북한제 서류 가방에 든 농축 우라늄 4킬로그램을 얻게 되었는지에 대해 내가 쓴 보고서를 받았을 거요. 그런데 북한에서는 서류 가방들이 죄다 똑같이 생겼다는 사실을 아시오?」

「제발 하던 얘기나 계속하세요.」 앙겔라 메르켈이 부탁했다.

「아, 그래, 그래……. 에, 그러니까, 우리는 먼저 그 가방을…… 가만있자, 이름이 뭐더라? ……트럼프, 맞아, 미국 대통령 트럼프에게 넘기려고 했었어. 하지만 그 사람이 정말 별로더라고. 세계 지도자들 중에 이런 인간들이 너무 많긴 하지만 말이오. 미안하오, 여사 앞에서 이런 말을 해서.」

「계속하세요.」

「그래서 난, 요즘 사람들 표현을 쓰자면, 완전히 밥맛이 떨어져 버렸어. 하지만 당신, 총리 여사에 대해서는 다르다오. 내 검은색 태블릿 덕분으로 당신을 신뢰하게 되었지. 내 생각으로는, 여사께서 그 4킬로그램을 최선의 방법으로 처리하셨고, 거기다 4백 킬로그램 정도 더 받아 놓으실 공간이 있을 것 같아.」

칼손이 자기가 주장하는 인물이 맞는다는 게 이제 확실해졌다. 그것은 그가 냅킨에 쓴 내용을 디테일하게 반복했기 때문이 아니라, 표현 방식이 그 편지의 약간 횡설수설하는 어조와 똑같았기 때문이었다. 총리는 완전히 가드를 내렸다.

「4백 킬로그램이라고요?」 그녀가 놀라며 반문했다. 「원래 5백 킬로그램 아니었나요?」

총리의 말이 맞아, 라고 알란은 생각했다. 그와 율리우스가 여러 번 상자 수를 세어 보고, 무게를 재어 봤지만, 1백 킬로그램이 부족했다. 하지만 밀수꾼들이 굳이 4백 킬로그램은 한쪽 루트로 보내고, 나머지 1백 킬로그램은 다른 쪽 루트로 보냈을 리는 없지 않은가? 만일 위험을 최소화하고 싶었다면 분량을 절반씩 나누지 않았겠는가?

「……올바른 지적이오, 총리 여사.」 잠시 생각에 잠겼던 알란이 대답했다. 「그것은 내게 정보를 준 사람들이 잘못 알았을 수도 있고, 배송에 문제가 있었을 수도 있어. 아마 두 가지가 다 문제였을 것 같은데…….」

알란은 몇 초 동안 더 생각해 보았다.

「여보세요, 여보세요? 아직 거기 있나요?」 침묵이 길어지자 독일 총리가 물었다.

「그래, 나 여기 있소. 그리고 분석을 마쳤소. 자, 내 결론은 배송에 문제가 있었다는 거요.」

앙겔라 메르켈은 지금 자신이 얼마나 골치 아픈 상황에 빠져 들었는지 깨달았다. 사흘 후면 총선인데, 자신은 농축 우라늄 4백 킬로그램을 떠안게 것이다. 이 사안은 깔끔하고도 은밀히 처리되어야 했다.

「아직 거기 있소?」 이번에는 알란이 물었다.

총리는 그렇다고 대답했다.

「난 이것을 여사에게 보내고 싶었지만, 지난 번 것이 약간 더 가벼웠던 것 같소. 그게 북한제든 아니든 간에 서류 가방 하나 안에 전부 들어갔으니까. 내게 비행기가 한 대 필요하오. 지금 내가 있는 아프리카에서 출발할 수 있는 비행기 말이오. 그리고 독일에서 착륙할 활주로도 하나 필요하오. 만일 여사께서 뭔가 손을 써서, 우리가 접근할 때 격추되지 않도록 해줄 수 있다면 말이오. 솔직히 우라늄 4백 킬로그램이 베를린 위로 비처럼 떨어져 내린다면, 모양이 좀 그렇지 않겠소?」

독일 총리는 이마에 손을 얹었다. 총선 며칠 전에 베를린 위로 떨어져 내리는 우라늄 비라니!

그녀는 부르르 정신을 추스르고는 아직 남아 있는 몇 가지 질문을 던졌다. 칼손 씨께서는 본인과 우라늄이 현재 어디에 있는지 보다 정확히 알려 주실 수 있는지? 그리고 혹시 지금 독일 연방 공화국을 대표하는 다른 사람과 협력하고 계신 것은 아닌지? 왜냐하면 지금 이 사안과 관련하여 아프리카 대륙에서 활동 중인 요원이 몇 있으니까.

알란은 자신은 케냐에 있다고 설명했다. 처음에는 케냐 정부를 접촉할 것을 고려했으나, 이곳에는 얼마 전에 총선이 있었고 — 이 점에서는 독일보다 약간 앞서 있단다 — 그게 너무나도 형편없이 끝난 나머지, 승자는 대법원의 판결에 따라 먹은 것을 곧바로 토해 내야 했단다. 지금은 재투표를 앞두고 있는데, 야당이 승자에게 사기당한 것이거나, 아니면 승자에게 사기 당한 것처럼 보이게끔 사기를 쳤을 것이기 때문이란다……. 각설하고, 우라늄이 총리 여사의 품 안에 있으면 훨씬 안전하겠다고 생각했단다.

품안에 있으나 어깨 위에 있으나 골치 아픈 것은 매한가지였지만, 어쨌든 앙겔라 메르켈은 요지를 파악했다. 하지만 만일 이 걸어 다니는 재앙 덩어리 칼손이 독일 땅에 — 그 새 화물을 가지고든 아니든 간에 — 발을 딛게 된다면, 이 일은 고약하게 끝날 게 뻔했다.

「거기 있는 우리 요원들과는 접촉해 봤나요?」

「오케이, 고맙소!」

앙겔라 메르켈은 정말이지 이 영감은 동문서답에 타의 추종을 불허하는 재능이 있다고 생각했다.

「내 생각으로는, 우리 독일 연방 공화국이 직접 가서 물건을 찾아오는 게 좋을 것 같아요.」 그녀가 말했다. 「현재 계신 곳의 정확한 지리적 위치를 내게 주실 수 있다면 내가 뭘 해볼 수 있을지 알아보겠어요.」

뭐? 정확한 지리적 위치? 내가 그걸 어떻게 알아내? 더욱이 아침 식사가 차려져 있는 이 마당에.

「알겠소, 총리 여사. 하지만 지리적 위치를 알려 주는 것은 내 장기가 아니라오. 그저 바람이 날려 보내는 곳에 툭 떨어지는 것에 더 재주가 있지…… 자, 내일 아침 같은 시간에 다시 전화를 해서, 좀 더 자세히 상의하면 어떻겠소?」

독일 총리는 대답하려 했으나, 배가 고픈 알란은 전화를 쾅 끊어 버렸다.

「어이 영감, 아침 식사 나왔어요!」 율리우스가 불렀다.

「알았어!」

케냐

무리가 가진 돈은 점점 줄어 드는데, 구스타브 스벤손이 도착하여 입만 하나 더 늘었다. 사비네는 스웨덴에서 사업을 할 때부터 자신이 적어도 계산은 잘한다는 걸 알고 있었다. 그녀는 먼저 뺄셈을 배웠고, 관들이 팔리고부터는 덧셈을 배웠다. 지금은 다시 뺄셈이었다.

그리고 신점 쪽으로 사업성 있는 아이디어가 전혀 떠오르지 않았다. 그녀는 이 진창에서 벗어나기 위해 LSD 여행이라도 한번 시도해 보고 싶은 심정이었지만, 마사이 마라에는 마약 시장이 존재하지 않았다. 존재했어도 어차피 그녀는 못했을 거였다. 어머니는 약 기운에 유령을 쫓아가다 열차 바퀴 밑으로 들어갔지만, 자신은 사자 아가리로 직행할 수 있었다.

이제 라운지에 앉아 아스파라거스에 대해 수다를 떠는 것은 율리우스와 프레드리카만이 아니었다. 구스타브 스벤손도 거기 합류했다. 여기서 〈수다를 떤다〉는 완곡한 표현일 뿐이다. 그들은 아스파라거스를 숭배했다.

모두의 의견은 적도 근처, 해발 2천 미터에 위치한 이곳의 기후가 완벽하다는 거였다! 녹색 아스파라거스가 좋겠단다. 아니, 흰색이 좋겠단다. 아니, 어떤 이들은 둘 다 좋겠단다. 하지만 역시 모두의 의견에 따르면, 세상에 이런 비극이 있을 수 없으니, 이곳의 토양은 수백만 년부터 그 붉고도 척박한 토질 탓에 아스파라거스 재배에 전혀 적합지 않단다.

「그럼 흙을 사면 될 것 아냐?」 알란이 테라스에서 태블릿에 코를 쑤셔 박은 채로 말했다. 「아니, 살 필요 없어. 내가 방금 당신들을 위해 주문했으니까.」

사비네와 아스파라거스 애호가들은 자기 귀를 의심했다.

「뭐라고요? 흙을 주문했다고요? 여기에다가요? 아니, 무슨 돈으로?」 사비네가 외쳤다.

「영감이 흙을 주문했다고? 여기다? 무슨 흙을 주문했는데?」 율리우스가 물었다.

「무슨 흙이에요?」 구스타브도 물었다.

「무슨 흙이죠?」 프레드리카 랑거도 궁금해했다.

인터넷 서핑을 하다가 옆에서 들리는 사람들의 한탄 소리, 신음 소리가 지겨워진 그는 자신이 직접 나서기로 한 것이다. 나이로비에는 사질(砂質)의 흙이 없지 않았고, 그는 클릭질 몇 번 만에 가볍게 4백 톤을 주문해 버렸다. 처음에는 이 정도로 충분하지 않겠어?

「다시 한번 물어볼게요.」 사비네가 다시 나섰다. 「대체 무슨 돈으로 흙 4백 톤을 샀죠?」

「돈은 무슨…….」 알란이 대답했다. 「아프리카에선 일을 그런 식으로 하지 않아. 그들은 먼저 청구서를 보낸다네.」

「그럼 그다음에는요? 누가 그 돈을 지불하죠?」

「아, 그게 걱정이 되나? 관 팔고 남은 돈 없어?」

「없어요.」

「음, 그렇다면, 잠시 생각 좀 해볼게.」

사비네의 재정적인 문제 제기는 다른 이들의 이야기에 묻혀 버렸다. 가장 열광하는 사람은 프레드리카 랑거였다.

「어머나 세상에!」 그녀가 외쳤다. 「4백 톤이면 유기농 농원 뒤쪽에 있는 밭을 다 덮을 수 있겠어! 밤중에는 감시를 철저히 해야 할 거야. 비비원숭이들이 농사를 망쳐 버릴 수 있으니까.」

구스타브 스벤손의 얼굴도 환해졌다.

「4백 톤이라니!」 그는 그 양이 실제로 얼마나 되는지도 모르면서 중얼거렸다.

율리우스의 생각은 벌써 다음 단계로 넘어가 있었다.

「가만 있자⋯⋯. 트럭들을 농사지을 땅까지 어떻게 들어가게 한다? 농원 바로 뒤부터 경사가 시작된단 말이야⋯⋯. 기념품 숍과 캠프 사무실 사이가 조금 좁긴 하지만 그리로 들어가게 하는 게 좋겠어. 여러분 생각은 어때?」

사비네를 제외하고는 아무도 흙값을 지불할 돈이 없다는 사실을 생각하지 않았다. 또 아무도 지금 그들은 이곳에 살고 있지 않으며, 적어도 그들 중의 하나 — 프레드리카 — 는 먼 곳에 또 다른 삶이 기다리고 있다는 사실을 떠올리는 것 같지 않았다.

「도대체 이번에는 무슨 짓을 한 거죠?」 사비네가 노인이 있는 테라스로 걸어오며 따졌다.

「무슨 짓을 하다니?」 알란이 놀라며 반문했다. 「저 사람들 좀 봐! 마치 아이들처럼 즐거워하잖아?」

「하지만 우린 돈이 없잖아요.」

「사비네, 우린 전에도 돈이 없었어. 여유를 좀 가지라고! 인생은 단 한 번뿐이야. 우리네 삶에서 확실한 것은 바로 이 사실뿐이라고. 얼마나 오래 사느냐는 사람에 따라 다르지만 말이야.」

케냐, 마다가스카르

지금 프레드리카 랑거는 칼자루를 쥐고 있었다. 다시 말해서 우라늄을 들고 있었다. 그리고 〈절대적으로 긴급한 경우〉가 아니면 사용해서는 안 되는 독일 총리의 전화번호도 있었다.

「아, 절대적으로 긴급한 건 뭐고, 긴급하지 않은 건 또 뭔데······.」 알란이 혀를 끌끌 찼다. 「내가 대신 전화해 줄까?」

그는 실제로 그렇게 했다. 그리고 내일 아침 앙겔라 메르켈에게 다시 전화를 걸 거였다. 참으로 비현실적이면서도 건설적인 상황이었다.

그녀의 상관은 〈사건의 현장〉에서부터 수백 킬로미터 떨어진 사바나에 그녀를 보내고, 자신은 이상적인 위치를 차지했다. 그런데 모든 게 뒤죽박죽이 되어 버렸다. A 요원은 그녀가 마다가스카르를 향해 출발했는지 확인하기 위해 하시라도 전화를 걸 수 있었다. 그녀를 염려해서가 아니라, 귀찮은 잡무를 처리할 사람이 옆에 없었기 때문이었다.

프레드리카가 바에 있는 존에게 냉수 한 잔을 부탁해서 막한 모금을 삼키는데, 휴대폰이 울렸다.

「네, 프레드리카 랑거입니다. 전화 건 분은 누구시죠?」그녀는 상관의 신경을 긁으려고 이렇게 말했다.

「이런 천치 같으니, 나지 누구야! 자네 지금 무소마에 있나? 왜 아직…….」

랑거는 그의 말을 끊었다.

「아니, 난 무소마는 신경 안 써요. 대신 여기에 남아 있어요. 우라늄과 함께요.」

A 요원은 방금 자기가 잘못 들었나, 생각했다. 뭐, 랑거가 우라늄을 찾았다고? 그쪽에서?

「뭐야? 거기 꼼짝 말고 있어! 내가 달려갈 테니까! 지금 어디 있지?」

「케냐요.」

「빌어먹을, 케냐의 어디냐고?」

랑거 요원은 주위를 둘러보았다.

「음, 여긴 어느 사바나인 듯하군요.」

「제대로 대답해, 랑거! 그렇지 않으면 목을 졸라 버릴 테니까!」

「그러기 위해선 먼저 날 찾아내야겠죠?」

「만일 파면당하고 싶지 않으면, 지금 어디 있는지 정확하게 말해!」

이 위협은 기대했던 효과를 낳지 못했다.

「파면당해요? 메르켈 총리님은 오히려 승진 얘기를 하던데요? 지난번에 통화했을 때 말이에요.」

A 요원은 갑자기 숨이 턱 막히는 걸 느꼈다. 이 너구리 같은 랑거가 내 등 뒤에서 총리에게 전화를 해? 아니, 전화번호는

어디서 났대?

「아, 그래요, 물론 선배님이 그걸 가지고 있어야 옳겠죠? 하지만 선배님은 작전 서류철을 가지고 돌아다니는 게 보스로서 품위 없는 짓이라고 생각했겠죠? 내가 보니까, 무게가 무려 1백 그램이나 되겠는데요?」

「당장 전화번호를 내놔! 이건 명령이다!」

B 요원은 재미가 아주 고소했다. 이런 느낌, 처음이었다.

「불가능해요. 이 전화는 보안 설정이 되어 있지 않아요. 날 엉뚱한 방향에다 보낸 게 참 유감이네요. 내가 선배님 대신 전화를 걸어 줄까요? 어머, 이런 바보 같은 소리가 다 있담! 벌써 전화하고서 말이야.」

수화기 저편에서 상관이 헐떡이는 소리가 들렸다.

「총리님은 훈장 얘기를 하던데요? 선배님이 아니라, 나한테 줄 훈장.」

「이거 봐, 이거 봐, 내 얘기 좀 들어 봐……」 A 요원이 간신히 말했다.

「하지만 훈장은 받아서 어디다 쓴담? 난 그냥 사임하고 싶은데. 초과 근무 한 게 아마 1년 정도 쌓였을 테니까, 지금 당장 해도 되겠네요. 그럼 선배님은 날 다시 볼 일이 없겠죠. 그보다 더 좋은 것은 내가 선배님을 더 이상 보지 않아도 된다는 거고요.」

프레드리카 랑거의 설명은 완전히 정확한 것은 아니었다. 베를린에 전화한 사람은 그녀가 아니라 알란이었다. 하지만 A 요원을 좀 더 약 올릴 수 있다면 어떤 것이든 좋았다. 그런데 그녀는 사임하겠다고 말하면서 속이 아주 후련해지는 걸 느꼈다. 그렇다면 최대한 빨리 이걸 실현하는 게 좋으리라.

「하지만 랑거…… 제발…….」A 요원이 애원했다. 「지금……
어디…… 있는…… 지만…… 말해…… 줘라…….」

그녀의 상관은 호흡을 하기 위해 한 번에 두 음절씩밖에 말
하지 못했다.

「말했잖아요, 케냐에 있는 것 같다고. 하지만 지금 난 바빠
요. 앙겔라는 분명히 다른 선으로 내게 전화할 거예요. 아주 괜
찮은 분이더군요. 자, 그럼 안녕.」

그녀는 전화를 끊고, 휴대폰을 캠프에서부터 연못에 이르기
까지 즐거이 굽이치는 시내에 시원하게 던져 버렸다.

「어이, 좋았어?」그녀가 전화하는 것을 본 알란이 궁금해
했다.

「네, 고마워요.」전직 비밀 요원 랑거가 대답했다. 「아주 좋
았어요.」

케냐, 독일

첫 번째 대화를 나눈 지 정확히 24시간 후에, 알란은 독일 총리에게 다시 전화를 걸었다. 메르켈은 벨이 울리자 총알같이 전화를 받았다.

「안녕하시오, 총리 여사. 내가 총리 여사를 〈총리 여사〉라고 부르고 싶은 만큼 실컷 불러도 되겠소? 이번 일요일에 무슨 일이 일어날지 모르니까.」

「안녕하세요, 칼손 씨.」

「내가 총리 여사께 전화를 드린 것은 어디로 물건을 찾으러 와야 할지 알려 주기 위해서요. 그 상자 말이오. 아니, 상자들. 쉽게 말해서 우라늄이지.」

「좋아요. 이번에는 도중에 전화를 쾅 소리가 나도록 끊어 버리지 않고 끝까지 얘기했으면 좋겠네요. 자, 말해 보세요.」

그녀는 이렇게 말하며 전날과 같은 책상 위에 놓인 펜을 집어 들었다. 입은 옷도 전날 아침의 그 실내 가운이었다.

그는 독일 연방 공화국이 은밀히 저공비행하여 접근해서는, 어두울 때 마사이 마라의 키코로크 공항에 착륙할 것을 권고

했다.

「에……. 베를린에서 똑바로 날아온다면 캄팔라 위에서 왼쪽으로 방향을 틀어야 해요. 내륙으로 조금 들어가서 빅토리아 호수 바로 다음에 키코로크가 보일 거요. 아니면 다른 방향으로 올 수도 있는데, 이 경우, 케냐 해안의 라무에서부터 똑바로 날아오면 된다오. 한 시간 조금 넘게 비행하면 키코로크가 시야에 들어올 거라.」

이 칼손은 지금 제정신일까?

「일을 좀 더 합법적으로 처리하려면 나이로비의 케냐 정부에게 상황을 설명하는 게 낫겠지.」 알란은 설명을 이어 갔다. 「도중에 정권이 무너지지 않기를 바라야겠지만.」

메르켈 총리는 타국의 영토를 무단 침입하라는 의견에 전화상으로, 특히나 총선을 이틀 앞둔 시점에서 동의할 의향은 전혀 없었다. 대신 그녀는 이렇게 말했다.

「무슨 말인지 알겠어요. 자, 가야 할 곳의 좌표나 알려 주세요.」

좌표? 이것은 알란의 능력 밖에 있는 일이었다. 하지만 옆에서 통화를 듣고 있던 메이트키니가 총리가 요구한 것을 재빨리 휘갈겨 썼다.

「오, 지금 누가 나한테 쪽지를 하나 주는군. 아, 이게 좌표야? 얼핏 보면 원자 분열이 생각나는데?」

알란은 읽었고, 메르켈은 받아썼다.

「칼손 씨, 언제 물건이 준비될 것 같은가요?」

「시간은 총리 여사께서 정하셔도 되오. 오늘밤이나 내일밤?」

앙겔라 메르켈은 약속 시간을 분명히 말하지 않고, 다음 날 밤도 고려할 만하다고 대답했다. 예를 들면, 밤 1시?

「그리고 그동안에 논의해야 할 다른 문제가 있나요?」그녀가 물었다.

알란에게 불현 듯 어떤 생각이 떠올랐다.

「음, 총리 여사께서 친절하게도 그렇게 물어봐 주시니, 한 가지 있을 수도 있겠구먼.」

「으흠?」

「우리가 우라늄을 북한으로 가지 못하게 하는 과정에서 비용이 조금 발생했다오.」

순간, 메르켈 총리는 불길한 예감이 들었다. 지금까지 칼손은 자신이 보상을 바란다는 암시는 주지 않았었다.

「비용이요?」

「무엇보다도 우리는 좋은 일을 하기 위해 흙 4백 톤을 구입해야 할 필요가 있었다오.」

흙이라고? 그게 농축 우라늄과 무슨 관련이 있지? 아니, 그녀는 자세히 알고 싶지 않았다.

「그럼 흙 4백 톤의 현 시가가 얼마나 되죠?」그녀가 싸늘해진 어조로 물었다.

그것은 사질이 풍부한 최상급의 흙이란다. 그리고 나이로비로부터 운송해 오기 위해 여러 대의 트럭이 필요하단다.

「대략 천만 정도.」알란이 말했다.

「처…… 천만 유로? 흙 4백 톤에 천만 유로?」총리는 숨이 컥 막혔다.

그래, 결국 이 칼손 영감탱이는 사기꾼이었고, 지금 협박을 하고 있는 거야!

「아니, 미쳤소?」 알란이 소리쳤다. 「천만 케냐 실링이라고!」

앙겔라 메르켈은 그녀의 노트북으로 재빨리 환율을 조회해 봤다. 휴우, 안도의 한숨이 터져 나왔다. 1케냐 실링은 0.008유로였다. 칼손이 요구하는 금액은 이 잘나가는 국가가 2분마다 기록하는 흑자액에 해당했다. 그리고 그들은 벌써 4분째 통화하고 있었다.

「물론 당신의 흙에 대해선 보상이 이뤄질 거예요, 칼손 씨.」 그 흙으로 무엇을, 혹은 누구를 묻어 버릴 것인지에 대해서는 조금도 알고 싶지 않은 메르켈이 말했다. 「그쪽 계좌 번호를 알려 주시면 내가 곧바로 처리하겠어요.」

「잠깐 기다리시오, 총리 여사.」 알란은 이렇게 말하고, 메이트키니에게 도움을 청했다. 메이트키니는 일련의 문자와 숫자들을 적어 주었다.

「고마워요.」 총리가 말했다. 「미안하지만 이제 전화를 끊어야겠어요. 내가 해야 할 일이 좀 있어서요.」

사실은 해야 할 일이 아주 많았다. 빨리 키코로크로 항공기를 보낸 뒤, 아무것도 말하지도, 하지도 않는 활동을 서둘러 재개해야 했다. 48시간 후면 드디어 투표가 시작된다.

독일

몇 시간 전에 시작된 독일 총선이 한창일 때, C160 수송기가 아프리카에서 임무를 마치고 코헴-첼 해군 기지에 착륙했다. 내용물을 알 수 없는 상자 40개가 비행장의 짐차에 실렸고, 다시 장갑 버스에 옮겨지기 위해 3백여 미터를 이동했다. 그다음 구간은 마지막 구간이기도 했다. 거기서부터 9킬로미터 떨어진 곳에는, 여러 가지 다른 것들과 함께 4킬로그램의 농축 우라늄이 보관된 지하 벙커가 있었다.

비행장의 동쪽 문 앞에 세워진 장갑 버스는 철책에 붙은 커다란 선거 포스터 두 장에 의해 부분적으로 가려져 있었다. 마치 총리 자신이 이 운반 작업을 지켜보고 있는 것 같았다. 포스터 속의 그녀는 〈우리 모두가 행복하게 사는 독일을 위하여!〉라고 외치면서, 농축 우라늄을 짐차에서 버스로 옮겨 싣는 군인들에게 모나리자 같은 미소를 지어 보이고 있었다.

그녀에게는 기뻐해야 할 이유가 많았다. 우선 각종 매체는 그녀의 승리를 예상하고 있었다(연정을 구성하기 위한 복잡한 협상이 남아 있긴 하지만). 또 그녀가 보낸 비행기는 아무 문제

494

없이 케냐에 들어갔다 다시 나올 수 있었다. 케냐 사람들은 그들 자신의 정치적 문제로 정신이 없었던 것이다.

몇 시간 후, 벙커는 봉인되었다. 독일 총리와 그녀의 남편은 함께 투표소에 갔었고, 지금은 둘이서 조용히 저녁 식사 중이었다.

「결국 그 칼손 씨는 독일의 민주적 절차에 영향력을 행사할 생각은 없는 것 같군.」 교수가 말했다.

「흠……. 투표소가 닫히려면 한 시간이나 남았으니, 아직도 얼마든지 가능해.」 메르켈이 대답했다.

케냐

「이 세상 누구도 완벽하지 않고, 난 더 그래…….」 알란이 사과했다.

메이트키니와 사비네는 그를 사무실에 불러서, 캠프의 은행 계좌에 독일에서부터 8만 유로가 이체된 것에 대한 설명을 요구했다. 알란은 자신이 구입한 흙값을 지불하는 데 도움을 좀 달라고 메르켈 총리에게 정중히 부탁했노라고 대답했다. 그리고 그녀는 너무나도 흔쾌히 부탁을 들어줬단다.

「8만 유로는 흙값의 열 배잖아요!」 사비네가 소리쳤다.

「맞아, 나도 나중에 그걸 깨달았어. 케냐 실링으로 계산한 액수는 0이 하도 많아서, 내가 헷갈려 버렸지 뭐야?」

「알란, 지금 거짓말하는 거 아니죠?」 사비네가 엄하게 물었다. 「그런 식으로 독일 총리에게서 돈을 우려먹으면 안 된다고요!」

바로 이때 방에 들어온 율리우스는 마지막 문장밖에 듣지 못했다. 「안 될 것 뭐 있어?」 그가 말했다. 「……그런데 무슨 일이야?」

스웨덴

마르고트 발스트룀은 아직 해고당하지 않았고, 많은 요소들이 그녀가 장관 자리를 지키게 되리라 암시하고 있었다. 하지만 그녀는 여전히 심란했다.

알란 칼손이 살려 주겠다고 약속했던 나치는 그로부터 몇 시간도 되지 않아 코펜하겐 국제공항 근처에서 경찰과의 대치 중에 간접적으로 자신의 목숨을 끊었다. 칼손은 이 일과는 아무 상관이 없었다. ……아니, 정말로 그럴까? 공항 주변이 극도로 혼란하게 된 것은 결국 칼손이(혹은 그의 패거리 중 하나가) 영구차를 출국장 입구 앞 보도에 세워 놓았기 때문이었다. 이런 행동이 어떤 결과를 초래할지는 누구라도 알 수 있지 않은가?

외무 장관은 경찰의 수사를 면밀히 지켜봤다. 감시 카메라 영상 분석과 전체적인 사건 재구성을 통해 사비네 욘손이 주요 용의자라는 사실이 분명해졌다. 알란 칼손과 율리우스 욘손은 공범으로 간주될 수도 있었으나, 약간 게으른 검사는 이 사건을 〈불법 주차〉 건으로 처리해 버렸고, 따라서 이 두 남자를 기소할 하등의 이유가 없었다. 반면 사비네 욘손은 7천 덴마크 크로네의 벌금을 맞을 수 있었다.

어쨌든 발스트룀은 3인조가 이 나라를 떠나서 속이 시원했다. 그럼 나치의 죽음에 대한 감상은? 그녀는 여기에 대해서는 생각하지 않으려 했다. 그녀의 위치에서는, 남이 죽기를 바라면 안 되는 것이다.

그녀는 전날 있었던 독일 총선이 가져올 결과를 함께 분석하기 위해 총리의 집으로 향했다. 적어도 앞으로 몇 시간 동안은 그 지긋지긋한 칼손에게서 해방된다는 얘기였고, 그 생각만으로도 너무나 상쾌했다.

「안녕, 마르고트, 여기에 앉아요.」 뢰프벤 총리가 자리를 권했다.

두 사람은 이번 독일 총선의 결과가 기대했던 것만큼 좋지는 못했다고 판단하고 있었다. 마지막 순간에 극우파가 강력한 지지를 획득한 반면, 사회 민주당은 성적이 형편없었는데, 둘 다 심히 우려되는 사실이었다.

마르고트 발스트룀의 분석에 따르면, 중도 세력이 기대에 못 미치는 결과를 얻은 것은 매우 산문적인 이유 때문이었다. 즉 푸에르토리코를 휩쓸고 선거 며칠 전부터 플로리다에 심각한 위협으로 등장한 허리케인 〈어마〉가 문제라는 거였다. 이 태풍이 계속된 한 주 동안, 도널드 트럼프는 멍청한 소리를 한마디도 하지 않았다. 설상가상으로 매체들의 포커스는 그의 과거와 현재의 미친 짓들이 아닌 다른 것들에 맞춰졌다. 이 짧은 — 하지만 독일 총선에는 극히 중대한 — 기간 동안, 그는 자신이 사실상 앙겔라 메르켈의 명백한 적이라는 것을 잊게 만들었다. 대중은 기억력이 좋기는 하지만, 문제는 그게 짧다는 점이다. 사람들은 트럼프가 덜 안전한 세상을 보장한다는 사실을 잠시나마 잊었고, 이 탓에 메르켈은 상당한 표를 잃었고, 이를 트럼프의 독일 극우파 사촌들이 주워 간 것이다.

총리는 외무 장관의 직설적인 어조에 놀랐다. 그녀의 분석은 독특했지만, 매우 타당성이 있었다.

총리는 메르켈 총리의 앞날이 험난할 것으로 예상되긴 하지만, 어쨌든 그녀에게 축하 전화를 걸기로 했다.

「아, 거기 있어요, 마르고트. 총리와 나는 당신에게 아무것도 감출 게 없어요.」

10분 후, 두 국가 원수의 전화선이 연결되었다. 총리는 마르고트 발스트룀이 두 사람의 대화를 들을 수 있게끔 스피커를 켜놓았다.

뢰프벤 총리는 먼저 총리와 유럽 전체를 위해 기쁘다고 말했다. 그녀가 가져다 줄 안정성은 모두에게 좋을 거란다.

총리는 감사를 표했다. 그녀는 벌써 세계 지도자 10여 명의 축하 전화를 받았지만, 이 전화는 특별했다. 최근 그녀의 삶에서 너무나도 큰 역할을 한 알란 칼손도 스웨덴 사람이 아니었던가.

이어 발스트룀 장관은 충격적인 말을 듣게 되었다.

「다시 한번 감사드려요, 총리 각하.」 메르켈 총리가 말했다. 「나는 북한의 김정은이 도움을 받으면 안 되는 부분에서 도움을 주지 않기 위해 최선을 다한 귀국의 시민 알란 칼손 씨에게 이 기회를 통해 안부를 전하고 싶어요.」

총리는 대화가 예기치 못한 방향으로 흐르자 다소 놀랐다. 마르고트 발스트룀은 뉴욕에서 돌아온 이후로, 칼손과 있었던 일들에 대해 총리와 얘기할 기회를 갖지 못했던 것이다.

「네, 그분께 말씀드리겠습니다.」 총리가 대답했다. 「혹시 그분께 전할 특별한 메시지라도 있으신지?」

총선에서 승리한 앙겔라 메르켈은 기분이 좋았다. 정부를 구성하기 위해 엄청난 문제들이 기다리고 있다는 사실을 충분히 인식하지 못한 것처럼 말이다.

「오, 혹시 베를린에 오실 일이 있으면 망설이지 말고 나를 방문하시라고 말씀해 주세요. 내가 따끈한 양배추 수프를 한 그릇 대접하고 싶다고요.」

발스트룀 외무 장관은 자신의 귀를 의심했다. 뭐? 그 걸어다니는 재앙 덩어리 알란 칼손이 독일 총리의 친구라고?

통화가 끝났을 때, 마르고트는 뢰프벤 총리에게 말했다.

「이제 그만 집에 들어가 봐야겠네요. 너무나 긴 하루였어요.」

마다가스카르, 북한, 호주, 미국, 러시아

마다가스카르에 있는 북한의 운반책은 8천만 달러를 들고서 농축 우라늄을 목 빠지게 기다렸지만, 그것은 오지 않았다. 〈명예와 힘〉호는 이 섬 근해에서 오래 머물 수 없었으니, 자칫 미국 위성들의 주의를 끌 수 있기 때문이었다. 자기에게 불똥이 떨어지리라는 것을 알게 된 운반책은 스스로 불똥을 뒤집어쓰기로 하고는, 자신과 8천만 달러를 함께 불살라 버렸다.

김정은은 노발대발했다. 우라늄 때문은 아니었다. 이제 그에겐 원심 분리기가 있으니까. 화난 것은 돈 때문이었다! 물론 〈명예와 힘〉호 선장에게도 책임이 있었다. 돌아오는 대로 응분의 처벌을 받게 되리라…….

하지만 선장도 바보는 아니었다. 어쩌면 그의 배가 호주 서부 근해에서 갑자기 고장이 나, 선장에게 퍼스 이민국에 정치 망명을 요청하는 기회를 주게 된 것은 아마도 이 때문이었을 것이다. 이어진 조사 과정에서 그는 자신이 알고 있고 관여된 모든 것들을 털어놓았는데 거기에는 열기구 바구니에 실려 인도양을 떠다니던 어느 101세 스위스 노인과 만났던 일도 포함되어 있었다. 호주인들은 이 정보를 CIA에 제공했고, CIA는 트럼프 대통령에게 알렸다.

알란 칼손의 모험담은 마르고트 발스트룀이 UN에 제출한 보고서에 이미 상세히 나와 있었지만, 72페이지짜리 문서가 72킬로미터만큼이나 길게 느껴지는 트럼프는 그것을 제대로 읽어 볼 엄두가 나지 않았다. 하여 그는 나름의 결론을 이끌어 냈다.

「어떻게 인간들이 이렇게 멍청할 수 있지? 그래, 어떤 스웨덴 빨갱이가 바구니를 타고 바다를 둥둥 떠다니다가 북한 빨갱이한테 구조되었다고? 뭐, 이게 우연이었다고? 웃기고 자빠졌네!」

하여 대통령은 CIA에게 당장 칼손을 체포하여 법정에 세우라고 명령했다.

「무슨 죄목으로요, 각하?」 CIA 신임 국장이 궁금해하며 물었다.

「빌어먹을, 그걸 내가 생각해 내야 하오?」 대통령이 소리쳤다.

대통령 집무실에서 나온 CIA 국장은 사안을 옆에 밀쳐 두었으니, 2주면 대통령이 모든 것을 잊어버린다는 사실을 잘 알기 때문이었다.

게나디 악사코프는 화를 냈다기보다는 당황했지만, 벌써부터 속은 부글부글 끓고 있었다.

「게나, 무슨 일이야?」 그의 친구 푸틴 대통령이 물었다.

「음, 어디서부터 시작해야 하지?」 게나가 말했다.

「자네를 속 썩이는 것부터?」볼로디아가 제안했다.

콩고에 있는 그들의 정보원 굿럭 윌슨이 우라늄을 인도하는 임무에 실패했단다. 이 사실은 러시아인들이 보내어 한밤중에 마사이 마라의 손바닥만 한 비행장에 착륙한 수송기 조종사의 보고를 통해 처음 알게 되었다. 윌슨과 우라늄은 영영 나타나지 않았다. 그날 밤에도 오지 않았고, 만일의 경우에 대비하여 2차 약속일로 정한 다음 날 밤에도 오지 않았다.

「갑자기 간이 쪼그라들었나?」

게나디가 보기에는 그보다 훨씬 고약한 일이 일어났다. 간뿐 아니라, 굿럭 윌슨의 다른 모든 부분들이 비행장에서 약 7킬로미터 떨어진 곳에서 하이에나들에게 먹혀 버렸으며 자동차는 아직 길가에 있었지만, 화물은 사라졌다. 아마도 펑크가 난 것 같단다.

「운이 나빴군그래.」푸틴이 말했다.「그럼 우라늄은 지금 어디 있나?」

그건 게나디도 모르겠단다. 조종사의 현지 정보원들의 말에 따르면 그 일이 있고 나서 며칠 후, 정체불명의 비행기 한 대가 키코로크 비행장에 착륙했다가 다시 떠났단다. 이를 통해 판단하건대 케냐에서, 아니 아프리카 전체에서 우라늄을 찾는 것은 쓸데없는 짓일 것 같단다.

「오히려 잘된 일인지도 몰라.」푸틴이 그를 위로했다.「이미 김정은은 그에게 필요한 것, 다시 말해서 그가 가져야 할 것 이상의 것을 갖고 있으니까.」

게나는 이 점에 있어서 동감이지만, 문제는 거기서 끝나지 않는단다. 왜냐하면 그 알란 칼손 때문이란다.

「스웨덴에서 자네의 나치를 죽였다는 영감?」

「응, 그리고 덴마크에서도 죽였어.」

「그 영감이 지금은 또 뭘 하고 있는데?」

「아스파라거스를 재배하고 있어.」

푸틴 대통령은 아스파라거스를 너무나도 좋아했다.

「오, 흥미롭구먼! 어디서?」

「케냐의 어느 분지에서. 마사이 마라 말이야. 아까 말한 비행장과 하이에나들이 윌슨을 먹어 버린 덤불숲 중간쯤에 위치한 곳이야.」

대통령은 웃음을 터뜨렸다.

「자네, 그건 어떻게 아나?」

「그 망할 영감이 트위터에서 자랑을 늘어놓더라고!」

푸틴은 더욱 크게 웃었다.

「누군가를 보내 그 영감을 죽여 버릴까?」 게나가 제안했다.

하지만 푸틴 대통령은 스포츠 정신이 뼛속까지 배어 있었다.

「이봐, 게나, 우린 백한 살 먹은 노인네에게 한방 먹은 거라고. 그냥 놔둬. 그보다는 여기서 열릴 월드컵에나 신경 쓰자고. 이번에는 우리 약쟁이들이 우승해야 하지 않겠어?」

스웨덴, 미국, 러시아

스웨덴이 UN 안전 보장 이사회에 복귀한 첫해도 어느덧 끝나 가고 있었다. 그래, 제발 빨리 끝나라, 라고 마르고트 발스트룀은 속으로 빌었다.

그녀는 많은 것을 이뤘지만, 북한과 미국의 긴장 관계는 결국 해소하지 못했다. 태평양 양편에 하나씩 서 있는 거대한 자아, 그것은 아무 쓸데없는 두 개의 혹덩이였다.

그녀는 자신의 실패를 알란 칼손 — 단 몇 달 동안 네 개 대륙에서 엄청난 흙탕물을 일으키는 데 성공한 — 의 탓으로 돌리고 싶었다. 지난 한 달 동안은 그에 대해 들리는 소식은 없었다. 이제 또 다섯 번째 대륙에서 한 건 하려고 준비 중인 걸까? 하지만 그녀는 사실 칼손에게 책망할 게 없다는 것을 알고 있었다. 그는 단지 잘못된 때에 잘못된 장소에 가 있는 재주가 특출 났을 뿐이다.

무려 101년 동안 말이다.

〈민주주의가 암흑 속에 죽어 간다〉라고 『워싱턴 포스트』는 외치면서, 도널드 트럼프가 백악관에 입성하고 나서 첫 1년 동안 행한 모든 거짓말과 허위 진술의 목록을 뽑았다. 이 제목을 자유롭게 번역해 보자면, 〈제발 진실이 승리하기를〉 정도가 되리라.

임기 첫해가 끝나 갈 무렵 대통령의 하루 평균 허위 진술은 5.5회였다. 하지만 대통령도 할 말이 없지 않았으니, 그가 이런 높은 점수를 기록할 수 있었던 것은 같은 거짓말을 여러 번 반복했기 때문이었다. 그런데 『워싱턴 포스트』는 반복된 거짓말들을 치사하게도 따로따로 계산에 넣은 것이다.

아무튼 대통령은 전임자의 건강 보험 개혁과 관련해 최소한 60번 거짓말을 하고, 진실을 뒤틀거나 왜곡했다. 또 미국에서의 조세 부담에 대해 말할 때는 140번이나 그릇된 주장을 했고, 그때마다 오류가 시정되었다. 가짜 미디어는 정말이지 〈악의 화신〉이었다.

게나와 볼로디아는 항상 그래 왔듯이 함께 새해를 맞았다. 종이 열두 번 울릴 때, 그들은 전통에 따라 찻잔으로 건배했다. 러시아를 걸맞은 위치에 ─ 그리고 가능하다면 조금 더 높은 위치에 ─ 올려놓는다는 그들의 공동 목적은 술판을 벌이기에는 너무나 중요한 것이었다.

정확히 열두 달 전, 그들은 미국에서 벌어지는 일들과 앞으로 있을 도널드 J. 트럼프의 취임식을 위해 건배를 했다. 선거일 밤부터 게나의 인터넷 부대 1개 사단 전체가 그들이 남긴 흔적을 지우는 작업에 매달렸고, 다른 세 개 사단은 미국의 붕괴에 차질이 없게끔 끊임없이 그들의 입장을 바꾸는 작업에 열중했다. 또 그로부터 열두 달 전에 두 친구는 브렉시트를 축하했다. 그 짧은 시간에 거둔 두 번의 엄청난 승리였다.

2017년은 그렇게 화려하지 않았다. 미국의 혼란은 물론 여러 가지 점에서 환상적이었지만, 또한 섬뜩하기도 했다. 이후에 벌어질 일을 생각하면 조금 겸허해질 필요가 있었다. 그들의 의사 일정 상단에 걸린 것은 이제 트럼프를 제거할 때가 되었느냐, 그리고 만일 그렇다면 김정은에 대해서도 마찬가지로 할 것이냐의 문제였다. 이 둘에 대한 대안은 있었지만, 볼로디아와 게나에게는 좀 더 차분히 생각해 보는 게 필요했다.

더욱이 그들은 지난 한 해 동안 유럽을 침몰시킬 수 있는 기회를 놓쳐 버렸다는 사실을 인정해야 했다. 프랑스에서 일어난 일들은 그들을 너무나 열받게 했다. 프랑수아 피용과 마린 르펜 간의 양자 대결이 이뤄질 수 있게끔 모든 게 준비된 상태였다. 우파 대(對) 아주 우파의 대결이었다. 게나는 르펜을 유리하게 해줄 수 있는 피용에 관련된 정보를 하나 품고 있었다. 그런데 『르 카나르 앙셰네』의 웬 얼간이 하나가 같은 사실을 발견하고는 그걸 발표해 버렸다. 빌어먹을, 너무 빨리 말이다! 물론 아무것도 하는 일이 없는 자신의 아내에게 납세자의 돈 50만 유로를 지불한 사실은 그냥 넘어갈 수 없었다. 피용은 그대로 고꾸라졌고, 그와 함께 파리를 통해 유럽을 침몰시킬 수 있는 기회도 사라져 버렸다.

베를린에서는 사정이 나았다. 하지만 그 목숨 아홉 개 있는 고양이, 그 빌어먹을 메르켈은 여러 가지 난관에도 불구하고 연정 구성에 성공할 모양이었다.

뭐, 모든 걸 다 가질 순 없으니까. 중동 쪽은 비교적 순조롭게 굴러갔다. EU와 NATO의 얼간이들은 바샤르 알아사드[23]가 결국은 정해진 수순에 따라 축출될 거라는 사실을 이해하길 거부하고 있었다. 지금 그를 폭격으로 내쫓으면 러시아는 이 지역에서 영향력을 상실하겠지만, 시리아도 끔찍한 혼돈에 빠질 거였다. 이런 상황을 고려한다면, 화학 무기를 한두 번 사용하는 것쯤은 용인해야 하지 않겠는가? 정말이지 서구의 얼치기 민주주의는 리비아에서 아무것도 배우지 못한 것이다! 더욱이 유럽에 끊임없이 밀려드는 난민들은 러시아의 입장에서는 너무나 기특한 존재였다. 그 불쌍한 중생들 중 하나가 유럽 대륙에서 가장 멍청한 나라 중 하나에서 체류증을 얻을 때마다, 이웃나라에서는 그만큼 외국인 혐오증이 커지니 말이다. 도움 주기를 꺼리는 마음은 아직 아무것도 하지 않은 나라에서 가장 강했다. 원래 인간의 혐오는 그런 식으로 작동하는 것이다.

「자, 친구, 건배하자고!」 블라디미르 푸틴이 찻잔을 들어 올리며 말했다.

「새해 복 많이 받게나.」 게나디 악사코프가 화답했다.

이어 노보고드니예 포다르키, 즉 새해 선물을 교환한 두 남자는 앞날의 일로 화제를 돌렸다.

「자, 우리의 다음 프로젝트는 어디서 벌이지?」 게나가 물었다. 「이탈리아?」

「아니, 거긴 우리 없이도 아주 잘하고 있어.」

---

23 Bashar al-Assad(1965~   ). 시리아 전 대통령 하페즈 알아사드의 아들로, 2000년부터 대통령으로 있다.

새해 전날 밤에 차로 건배하는 것의 이점은 다음 날 아침에 맑은 정신으로 깨어날 수 있다는 점이다. 블라디미르 푸틴은 국가 지도자 간의 직통 전화를 위한 수화기를 들어 올렸을 때 김정은도 자신과 같은 상태인지 알 수 없었다.

　푸틴이 전화를 건 것은 평양과 워싱턴에 있는 두 미치광이의 행태가 이제 수위를 넘어섰다고 판단했기 때문이었다. 아, 이젠 됐어! 이걸로 충분해! 이 조그만 최고 영도자와 그의 백성들이 굶어 죽지 않고 전 세계와 멱살 잡고 싸울 수 있게 하기 위해, 매일 어마어마한 양의 식량이 블라디보스토크에서 출발하여 은밀히 북한 국경을 넘고 있는 것이다.

　신호음이 두 번 울린 후에 김정은이 전화를 받았다.

　「좋은 아침이오.」 푸틴 대통령이 인사했다. 「거기는 오후일지도 모르겠지만.」

　「안녕하십니까, 친애하는 블라디미르 블라디미로비치 동지. 이거 정말 반갑습…….」

　「조용히 하시오!」 푸틴이 그의 말을 끊었다. 「자, 이제부터 내가 시키는 대로 하시오. 먼저 당신의 그 빌어먹을 나라가 평창 동계 올림픽에 참가할 거라고 발표하시오. 그런 다음…….」

　그는 미국에 대해 〈매력 공세〉를 펼치라고 말하려 했으나, 이번에는 김정은이 그의 말을 끊었다.

　「블라디미르 블라디미로비치, 내 비록 동지를 존경하는 것은 사실이오만, 나한테 그런 식으로 명령할 수는…….」

　「물론 명령할 수 있소!」 푸틴이 잘라 말했다. 「그리고 지금도 하고 있고.」

케냐

〈프레드리카 랑거의 향토 아스파라거스〉는 검정, 빨강, 노랑[24]의 삼색 리본으로 예쁘게 묶인 단들로 독일 전역에서 판매되었다. 가격은 실제로 독일에서 재배된다는 불리한 점을 안고 있는 경쟁 상품들보다 20퍼센트 저렴했다. 그런데 프레드리카의 〈향토〉 아스파라거스는 그녀가 바라는 것만큼 향토 상품은 아니었으니, 케냐의 작물은 자라는 데 시간이 좀 걸리기 때문이었다. 그동안은 인도네시아 작물들로 — 어차피 그것들도 〈독일산〉이었다 — 대신할 수 있을 거였다.

〈구스타브 스벤손〉 브랜드는 이제 스웨덴에 존재하지 않았지만, 율리우스 욘손은 개의치 않았다. 구스타브는 케냐의 사업에 꼭 필요한 존재가 되었다. 그는 고랑 사이의 간격, 그리고 고랑의 깊이와 너비가 얼마나 되어야 하는지를 아는 사람이었다. 또 작물 하나하나와 힌디어로 끈기 있게 대화할 줄 아는 사람이었다. 그리고 역시 끈기 있는 실험을 통해 비료의 이상적

24 검정, 빨강, 노랑은 독일 국기를 이루는 세 가지 색깔이다.

인 배합 비율 — 흰색 아스파라거스용 비료는 코끼리 똥 2와 물소 똥 1, 그리고 녹색 아스파라거스용 비료는 물소 똥 2와 누 똥 1 — 을 찾아내는 사람이기도 했다.

사비네는 라운지 뒤에 있는 사무실에서 하루를 보내곤 했다. 그녀는 기업가로서는 정말로 재능이 없다는 게 밝혀졌지만, 회계와 다른 기업가들의 작업을 관리하는 데 있어서는 귀재였 다. 그녀는 수익금의 80퍼센트를 새 흙을 사는 데 재투자했다. 나머지 20퍼센트로는 자기 아버지로부터 땅을 물려받고, 코빼 기도 보이지 않는 어떤 남자로부터 캠프를 구입했다. 그는 킨 샤사에서 술과 여자와 콩고 유행가 속에서 흥청망청 놀기 위 해 돈이 필요했던 것이다.

3개월 동안 메이트키니는 매일 프레드리카에게 케냐의 빨 간 장미를 선사했고, 결국 그녀의 마음은 녹아내렸다. 그리고 다섯 달 후, 그녀는 자신이 임신했음을 깨달았다. 그게 만일 사내아이라면 메이트키니는 〈우부붸붸붸〉라고 부르고 싶어 했다.

프레드리카는 여자아이이길 바란다고 했다.

이 모든 일들이 일어나고 있는 동안, 알란은 연못이 내려다 보이는 테라스에서 빈둥거리며 시간을 보냈다. 그는 새로운 취미를 찾아냈으니, 바로 트위터였다. 그는 이게 어떤 것인지 를 알게 되었을 뿐 아니라, 심지어는 전문가가 되었다. 하지만 트위터를 하면서 자신의 현 위치가 전 세계에 알려진다는 사 실은 깨닫지 못했다.

그는 젊은 친구들이 저마다의 삶에 만족하는 것을 보고 기뺐다. 그러나 한 가지 마음에 걸리는 게 있었다. 그의 검은색 태블릿에 쏟아져 들어오는 뉴스들 가운데 어떤 패턴이 있음을 느끼기 시작한 것이다.

전체적으로 볼 때 세상은 1백 년 전보다 좋은 곳이 되었다. 하지만 발전은 직선적으로 이뤄지지 않고, 주기적인 부침이 있었다.

알란이 판단하기로, 지금 인류는 하강 국면에 있었다. 그리고 충분한 수의 사람들이 충분히 오랜 시간 동안 충분히 끔찍한 일들을 다른 사람들에게 저지르기 전까지는 이 추세가 역전되지 않을 위험이 있었다. 그러고 나면 사람들은 다시 생각하기 시작하리라.

그런데, 지금까지는 늘 그래 왔지만, 앞으로도 그러리라는 보장이 있는가? 연구자들의 최근 발표에 따르면, 인류의 평균 지능이 점차로 낮아지고 있단다. 또 알란은 태블릿을 가지고 너무 많은 시간을 보내는 사람들은 대화 능력을 잃는다는 기사를 읽었다. 태블릿은 그것의 주인과 대화하기보다는 그에게 일방적으로 말하는 경향이 있단다. 인터넷 서핑을 즐기는 사람들은 다른 이들로 하여금 자기 대신 생각하게 하여 결국에는 바보가 된다는 거였다.

알란은 지성이 약해지면 더불어 진실도 힘을 잃는다는 것을 깨닫고는 걱정에 사로잡혔다. 전에는 참인 것과 참이 아닌 것을 구별하는 것은 아주 쉬웠다. 술은 좋은 거였다. 2 더하기 2는 5가 아니었다. 하지만 사람들이 더 이상 대화하지 않게 되고 나서부터, 같은 것을 여러 번 말하는 사람이 진실인 세상이 되었다. 어떤 이들은 이 기술을 완벽의 경지로 끌어올린 나머지

자기가 한 말을 몇 초 사이에 여러 번 되풀이할 수 있었다. 단 몇 초 사이에 말이다!

하지만 알란을 무엇보다도 걱정하게 만드는 것은 자신이 이 모든 것들을 걱정하고 있다는 사실이었다. 이 모든 골치 아프고 복잡한 얘기들 없이 세상만사가 그냥 그 자체일 수는 없단 말인가?

그 옆을 지나가던 사비네가 노인이 검은색 태블릿을 내려놓은 것을 발견했다. 그는 팔짱을 끼고서 멍한 눈으로 사바나를 바라보고 있었다.

「알란, 무슨 생각을 하고 있어요?」

「너무 많은 것을 생각하고 있어.」 그가 대답했다. 「너무너무 많은 것을…….」

감사의 말

다음 분들에게 감사드린다.

지혜의 보고, 소피아 브라트셀리우스 툰포르스 편집장.

마찬가지로 살아 있는 백과사전이라 할 수 있는 안나 히르비 시구르드손 편집자.

조사에 있어서는 타의 추종을 불허하는 나의 동료 마티아스 보스트룀.

내 소설들을 전 세계에 퍼뜨려 주는 에이전트 카리나 브란트.

내 소설들을 읽고, 인정하고, 좋아하는 소중한 친구 라르스 릭손.

내 소설들을 읽고, 인정하고, 남몰래 좋아하시는 내 삼촌 한스 이삭손.

귀중한 지식을 제공해 주신 릴라 비에르스 농원의 아스파라거스 전문가 마르가레타 호아스(비록 내가 이 지식을 상당히 왜곡하긴 했지만).

항상 있는 그대로의 모습을 보여 주고, 이 이야기에 영감을 제공하신 문화적 천재 펠릭스 헤른그렌.

또 나의 공주, 요나탄, 나의 어머니에게도 고마운 마음을 전하고 싶다. 왜냐하면 그냥 그러고 싶으니까.

요나스 요나손

옮긴이의 말
행복은 약간의 균형의 문제

몇 해 전 세계적 베스트셀러가 되었던 『창문 넘어 도망친 100세 노인』에는 재미있고 신기한 장면도 많았지만, 그중에서도 가장 압권이었던 부분은 — 적어도 우리 한국 독자들의 입장에서는 — 알란이 북한을 방문하는 부분이 아니었나 싶다. 특히나 영악하고 고집불통에 사악하기까지 한 어린 김정일이 알란을 총살해 달라고 떼를 쓰다가 아비 김일성에게 따귀를 철썩 얻어맞는 부분에서는 재미있고 우습다 못해 묘한 카타르시스마저 느껴졌던 게 사실이었다. 이 유쾌한 몇 페이지를 읽고 나서 백세 노인의 북한에서의 모험이 좀 더 길게 이어졌으면 하는 아쉬움을 느꼈던 독자는 분명 나만은 아니었을 것이다.

그런데 이 요나손은 참으로 요상하고도 신기한 작가여서, 마치 우리의 마음을 지구 반대편에서 텔레파시로 읽기나 한 듯이 정말로 이런 아쉬움을 채워 주었다. 채워도 아주 확실하게 채워 주었으니, 『창문 넘어 도망친 100세 노인』의 속편인 이 『핵을 들고 도망친 101세 노인』의 주요 배경으로 등장하는 곳은 바로 〈퐁, 피용, 피양〉 평양이며, 요나손의 가차 없는 풍자와 조롱과 골탕 먹이기의 주 타깃은 그 유명한 도널드 트럼프와…… 요즘 우리에게 너무나도 친숙한 〈최고 영도자〉, 바로 그 사람인 것이다.

하지만 세계적 유머 작가가 한반도를 배경으로 쓴 이 배꼽 잡는 소설에 우리가 마냥 신기해하고 킬킬대고 있을 수만은 없는 것이, 〈유사 이래로 가장 한심한 시대였을 지난 세기〉에 비해 〈조금도 나아지지 않은〉 현시대의 어둠과 광기를 대표하는 두 인물로 설정된 것이 바로 이 트럼프와 〈최고 영도자〉이며, 이 비극적인 코미디의 무대가 된 반도에 지금 우리가 살고 있기 때문이다. 우리는 오랜 분단과 군사적 대치 상황에 너무나 만성이 된 나머지, 머리 위로 핵 카드들이 오가는 위험천만한 〈워 게임〉을 마치 강 건너 불구경하듯 하지만, 요나손의 이 신작 소설은 오히려 세계인들이 우려와 관심의 눈으로 이 땅을 지켜보고 있다는 사실을 씁쓸하게 상기시켜 준다…….

어쨌거나 전편에서 그렇게나 비정치적이었던 알란이 여기서는 눈만 뜨면 검은색 태블릿에 코를 박고 세상일을 걱정하는 정치적 인물로 변하여, 스스로 북핵 처리반을 자원하고서 말 그대로 동분서주하는데, 백세 노인의 이런 엉뚱한 어벤져스 같은 활약이 이 소설의 궁극적인 메시지가 아님은 물론일 것이다. 작가는 이 책의 머리말에서 이렇게 밝힌다. 〈세상을 있는 그대로 얘기해 보고 싶어서요. 또 세상이 어떻게 되어야 좋을지도 간접적으로 얘기해 보고 싶고요.〉 〈있는 그대로의 세상〉이 무엇인지는 잘 알겠으나, 〈세상이 어떻게 되어야 좋을지〉는 대체 작품의 어디에 있단 말인가? 알란? 율리우스? 사비네? 랑거 요원? 아니면 앙겔라 메르켈? 이들은 물론 트럼프나 김정은, 혹은 멍청한 나치 조니, 혹은 사악하기 이를 데 없는 게나디와 블라디미르보다는 낫지만, 그렇다고 해서 또 천사가 아닌 것도 사실이다. 요나손의 우주에 숨을 쉬는 모든 중생들과 마찬가지로 이들 역시 도둑질도 하고, 사기도 치고, 거짓말도 하고, 심지어는 — 본의 아니게 — 살인까지 저지르는 죄인들인 게 사실이다. 다른 삶을 살기로 결심한 랑거 요원조차도 짝퉁 신토불이 아스파라거스 재배자가 되며, 가장 긍정적인 인물처럼 보이는 메르켈 총리도 그렇게 무사무욕하지도, 투명하지도 않다.

요컨대 이 책에서 이상적인 세상의 모습은 감추어져 있는데, 그것은 이것이 작가의 말마따나 〈간접적인 방식으로 얘기되고〉 있기 때문이다. 세상은 어떻게 되어야 좋을 것인가? 그해답은 하얀 물고기들 사이에 까만 새들이 숨어 있는 에셔의 그림에서처럼, 트럼프에서 메르켈에 이르는 세상의 다양한 죄인들의 스펙트럼 가운데서 마치 숨은 그림 찾듯이 찾아내어야할 것이다. 역자가 보기에, 요나손은 인간을 근본적으로 선과악이 뒤섞인 존재, 각자의 욕망을 추구하며 어쩔 수 없이 소소한 허물을 범하게 되는 가엾은 중생으로 보지만 그 탐욕과 죄악이 트럼프나 김정은처럼 과도할 경우에는(〈태평양 양편에하나씩 서 있는 거대한 자아, 아무 쓸데 없는 두 개의 혹덩이〉)가차 없는 비난과 야유의 대상이 되어야 하며, 그것들이 메르켈이나 메이트키니의 경우에서처럼 선의와 상식과 적절한 균형을 이룰 때는 따스한 시선과 미소를 받을 만하다고 생각하는 것 같다. 요컨대 행복은 약간의 균형의 문제인 것이다……

요나손의 소설은 생각만큼 가볍지 않고, 그가 전하는 메시지도 생각만큼 단순하지 않다. 정신없이 터지는 폭소들 가운데 삶의 진실을 드러내는 서늘한 촌철살인이 도사리고 있다. 역자는 개인적으로 그동안 요나손의 작품들을 그저 유쾌하고도 행복한 기분으로만 번역했지만, 시간이 흐를수록 이 책들이 툭툭 던지는 한마디 한마디가 얼마나 진실인지(일테면 〈세상만사는 그 자체일 뿐이고 앞으로도 무슨 일이 일어나든 그 자체일 뿐이란다〉) 뼈저리게 느끼고 있고, 또 그 말들에서 비할 바 없는 삶의 지혜와 위안을 얻어 왔음을 고백한다.

　한 가지 개인적 소망이 있다면, 다행스럽게도 꿈틀대기 시작한 비핵화 작업이 부디 순조롭게 진행되어 우리가 사랑하는 이 땅이 풍자 소설의 소재가 되는 일이 제발 이번만으로 그쳤으면 하는 것이다.

2019년 9월

파주에서

임호경

옮긴이 **임호경** 서울대학교 불어교육과를 졸업했다. 파리 제8대학에서 문학 박사 학위를 취득했으며, 현재 전문 번역가로 활동하고 있다. 옮긴 책으로는 요나스 요나손의 『창문 넘어 도망친 100세 노인』, 『셈을 할 줄 아는 까막눈이 여자』, 『킬러 안데르스와 그의 친구 둘』, 피에르 르메트르의 『오르부아르』, 『사흘 그리고 한 인생』, 『화재의 색』, 베르나르 베르베르의 『신』(공역), 『카산드라의 거울』, 조르주 심농의 『갈레 씨, 홀로 죽다』, 『누런 개』, 『센 강의 춤집에서』, 『리버티 바』, 『마제스틱 호텔의 지하』, 앙투안 갈랑의 『천일야화』, 로렌스 베누티의 『번역의 윤리』, 스티그 라르손의 〈밀레니엄〉 시리즈, 파울로 코엘료의 『승자는 혼자다』, 기욤 뮈소의 『7년 후』, 아니 에르노의 『남자의 자리』 등이 있다.

핵을 들고 도망친 101세 노인

발행일   2019년 9월 25일 초판 1쇄
         2019년 10월 6일 초판 6쇄

지은이   요나스 요나손
옮긴이   임호경
발행인   홍지웅 · 홍예빈
발행처   주식회사 열린책들

경기도 파주시 문발로 253 파주출판도시
전화 031-955-4000 팩스 031-955-4004
www.openbooks.co.kr

Copyright (C) 주식회사 열린책들, 2019, *Printed in Korea.*
ISBN 978-89-329-1987-4 03850

이 도서의 국립중앙도서관 출판예정도서목록(CIP)은 서지정보유통지원시스템 홈페이지(http://seoji.nl.go.kr)와 국가자료공동목록시스템(http://www.nl.go.kr/kolisnet)에서 이용하실 수 있습니다.(CIP제어번호 : CIP2019029711)